世界文学评论

THE WORLD LITERATURE CRITICISM

第 15 辑

《世界文学评论》编辑部　编

中国出版集团

世界图书出版公司

广州·上海·西安·北京

世界文学评论

目　录

中外学者与名家访谈

亚裔美国文学研究

文学翻译研究

欧洲文学研究

美国文学研究

英国文学研究

日本文学研究

中国文学研究

比较文学研究

研究综述与图书述评

Contents

American Literature Study

British Literature Study

Japanese Literature Study

Chinese Literature Study

Comparative Literature Study

Research Overview and Book Review

天涯每惜此心清
——苏炜访谈录

江少川

采访对象：苏炜（以下简称"苏"），著名旅美作家、文学批评家，美国耶鲁大学东亚语言文学系高级讲师，专事中文教学。著有长篇小说《渡口，又一个早晨》、《迷谷》、《米调》，短篇小说集《远行人》，散文集《独自面对》、《在耶鲁讲台上》和《走进耶鲁》等。

采访者：江少川（以下简称"江"），中国华中师范大学文学院教授，华中科技大学武昌分校中文系主任。

江：在新移民作家群中，你是出国较早的一位。我的书桌上，此刻就放着你的散文集《独自面对》，也读过并保存有你的长篇小说《米调》与《迷谷》。先从你出国谈起吧，你在20世纪80年代初就走出了国门，请谈谈当时出国的动因与想法。

苏：我的出国留学可以说是一段偶然的机缘，但这机缘却改变了我整个的人生轨迹。关于这段机缘的故事很长，简单说来，我本没有留学之念，是两位访问中山大学（我的本科生母校）的美国教授（一位是哈佛大学、一位是加州大学）的极力建议和推荐促成的，所以我后来到了UCLA（洛杉矶加州大学），读了一个文学硕士后再转到哈佛做研究助理。1986年则是从哈佛回国的，回到北京中国社科院文学所任事，我或算是最早的"海归"吧。出国当年（1982），我的第一部长篇小说《渡口，又一个早晨》在《花城》杂志发表，我好像算是新时期起步的那批知青作家里，最早发表长篇小说的吧，所以当时我还在"作家梦"中，而不是在做"出国梦"。我在《独自面对》的后记里详细述及我当时出国的动因："我想出去看看真实的外部世界，先把自己彻底打碎，再重新拼接回来。"

江：你的文学创作在未出国前就已起步，出国后仍然笔耕不辍，坚持创作。在海外用华文创作之艰辛可想而知，你一直坚守下来，请你说说自己在海外坚持用母语创作的感受，并梳理一下出国前后的创作历程。

苏：说难，很难；说易，也是最自然的选择。母语，是所有人存在的栖身之所。我自小就立志以中文写作为人生志业，所以出国后坚持以母语写作，是最自然不过的事。但是，在此洋风洋水之地，坚持华文创作，一无关职位升迁，二无关金钱实利（如果算实利得益，基本上是"赔本买卖"），三是必须以一个职业饭碗养"写作"，可资让你完整进入创作状态的精力与时间可谓少之又少；更不必说，远离乡土、母语的"原乡"土壤，远离母语环境的读者和受众了。这些都是域外华文写作的"先天"性艰窘之处，这也是与同期"出道"的"文革后"作家（或称"新时期作家"）同行相比，自己的写作量、成品出版量都"大不如人"的原因之一——比如我今天还感到惋惜，自己第一部正式发表的长篇《渡口，又一个早晨》，因为当时正在出国伊始的紧张忙碌之中，根本无暇进入出版成书的操作，所以只能算半成品，今天已很难读到，这是很多有兴趣的读者和研究者近时常常向我抱怨的。当然，自己的写作量偏少，还有更多其他的主客观原因。

然而，"我写故我在"。这么说，好像有点矫情的悲壮，却是所有域外华文写作者最真实的心态。今天，母语写作于我（或我们），主要是为自己写——既为自己还有话要对这个世界说而写，也为写作已成了自己一种"生理习惯"、一种"瘾"甚至一种"病"而写。正因为少了许多功利目的（我不愿意矫情地说，海外华文写作就完全没有功利性，完全与名利绝缘——只要文字面世，就一定会在世态、世俗里打滚,不可免俗),又可以保留一种有距离感的、相对简单纯粹的写作状态和环境心境,所以,"海外华文写作"反而又具有某种同样是"先天性"的优势,可以远离纷扰,澄然静心地"澄怀观道",进入相对沉潜、寂寞的写作状态。写作是一种寂寞的事业,对于今天灯红酒绿的世俗世界,甘于寂寞是写作人的基本操守与修为。海外的环境提供了这么一种"寂寞自处"的可能性——不妨称之为"优越性"。这是海外华文写作近年显得佳作频出、业绩兴隆的原因。我曾在台湾出的一本文集《站在耶鲁的讲台上》的后记《说"澄"》里,解说我自己为什么把在耶鲁的办公室称为"澄斋"的理由,回溯自己几十年间辗转寻找"一张平静的书桌"的经验,可以说,今天身处海外环境,特别是在耶鲁校园,就提供了我这么一张"平静的书桌",我为此心存感恩。深以为这是命运对我的厚待,对苍天造物、大地恩典,常存敬畏之心。

对了,近时坊间有"(美国或海外)好山好水好无聊,(中国)好脏好乱好热闹"的说法流传。我写过一组"暮冬十绝"言说自己的心境,其一云:

> 未愧平生巾履轻,天涯每惜此心清。
> 好山好水甘荒寂,月魄冰魂有浩声。

江:你的短篇小说集《远行人》,可以说是国内最早出版的新移民作家小说集,你出国不久,就写出了这些小说,可谓先行者。你当年创作这一组短篇,主要想告诉读者什么?

苏:说句玩笑话,"一个不小心",就成了一个"之父"。这里面有一段掌故,现在弄海外华文文学研究的人好像很少注意到这个相关史实:上海《小说界》杂志(现在不知是否还"健在")是最早开设"留学生文学"专题的刊物。记得大概是1988年秋天,《小说界》和上海作协联手,在上海开过一个"留学生文学"研讨会——恐怕这是新时期以来第一个与"海外华文文学"相关的正式会议。拙作《远行人》当时刚出不久,自然应邀与会;当时另一位在"留学生文学"栏目上正活跃的作者——和我同时在美国留学也是老朋友的查建英,也出席了这次会议(她的留学生小说集《丛林下的冰河》,大概是在此1年后出版的,《丛林》一文是其中的代表作)。我们两人当时因为很熟,在会上也喜欢说笑打闹,就被与会的作家同

行们起哄,把我和查建英,一个叫作"之父",一个叫作"之母"——就是中国大陆"留学生文学之父"、"留学生文学之母"的意思。这个说法当然没有流传开来,反而流传过一些我和查建英关系的八卦传言(我们都一笑置之,至今仍是常来常往的好友)。但我和查建英,确是中国大陆背景的海外留学人中,最早开始进入"留学生文学"与后来的"新移民文学"创作的,这比一般人喜欢谈论的20世纪90年代引起更多关注的《北京人在纽约》、《曼哈顿的中国女人》等,其实要早好几年,这是一个我们俩都不必自谦的话题。

至于《远行人》要向读者传达的意思,顾名思义,就是"出门远行的人"的"域外故事"吧。在当时那个上海会议上,和查建英小说里显现的蓬勃进取气息相比,我曾开玩笑说,《远行人》属于"留学生文学"中"伤痕文学",那里面的人物都背负着一个沉重的"过去",大都有一种在两种文化撞击中不知所措的心态,其中甚至是一些畸形的典型。所谓"边缘人"、"异乡人"的主题,在《远行人》里表现得比较充分。其中《贝雷帽》、《老夫当年勇》以及《伯华利山庄之夜》和《墓园》等,都记录了文革后最早一批移居海外的中国人特有的生活和精神状态。其中《墓园》,甚至写进了我自己作为最早的"海归"的心态。

江:你这个短篇集受到哪位作家创作的影响?是外国作家吗?

苏:也许可以透露一点《远行人》写作的秘密:《远行人》直接受的是乔伊斯的《都柏林人》的影响。我们中文系出身的人都知道白先勇的《台北人》是受的《都柏林人》的影响。我当时在哈佛燕京图书馆,刚好借到一本《都柏林人》的台湾版中译本,一读之下很喜欢,就开始学着乔伊斯的套路写《远行人》。这组小说最后一篇的《墓园》,其行文气氛,甚至就是直接受的《都柏林人》最后一篇《逝去》的影响,是我读完《逝去》后,一场大雪后在哈佛校园边上的墓园散步,因了"墓园"这么一个意象和一种风雪带来的情绪,回到住处一口气写下来的。

江:2004年,你在《钟山》连续发表了两部中、长篇——《迷谷》与《米调》,这两部长篇并非写移民题材,而是写知青的小说,你觉得,创作这两部作品与出国前的创作有何不同?

苏:《米调》发表时是中篇,是2007年成书时增写成长篇的。《米调》和《迷谷》的写作,也许可

以说明一点：作家和写作，无分类型也无分国界。《远行人》是我个人描写海外生活的实录性作品，里面很多人物都有身边的原型。《米调》和《迷谷》，则就一跳就"闪回"到过去的记忆里去了。1990 年后二度去国，我曾经有一段时间恨难进入文学创作的心境，《米调》和《迷谷》是我收拾心情、重拾笔墨的试笔之作。开始在海外发表时，用的是"阿苍"的笔名，就是想有一个文学的重新起步。但写作过程颇艰难，《米调》初稿写得还算快，但《迷谷》却是前后写了四五年才完成的。这是我自己计划中的"文革小三部曲"的前两部，第三部《磨坊的故事》是我到耶鲁教书后开笔写的，则就写得更艰难了，至今断断续续已写了六七年（海外生存，难以找到完整持续的整块写作时间哪），还没有最后收尾。我目前正在利用假期闲暇作最后的冲刺呢。

正如上面所说，海外华文写作因为拉开了时空距离，会获得一种特别的视角、特别的叙述方式。《米调》和《迷谷》的写作，特别是《迷谷》，虽然构思早就有雏形，但写作的完成是身在海外的环境里，虽然故事文本完全与当下无关，但回忆和想象因为经过了"当下"的过滤，而获得了某种独特的截取角度和叙述语调。虽然自己已无法重复在国内环境里写作同类题材的具体经验（那也一定有另外的独特角度），所以也很难作出孰好孰坏的真实比较，但有一点是肯定的：放在我人在国内的 80 年代中后期，我不可能写出《米调》和《迷谷》来，或者写出来了，也不可能是今天的样子。

江：你在与李陀的对话中说，把长篇《米调》与《迷谷》这两部小说称为"后文革小说"，为什么这样说？怎样理解"后文革小说"？

苏：你注意到李陀不同意我这样的分类吗？他认为"后文革小说"的说法，会把《米调》、《迷谷》的特点和一般"文革小说"混淆了。实际上，坦白地说，之所以叫"后文革小说"，加个"后"字，是出于我对以往一般"文革小说"的叙述方式的不满足、不满意。以往这一类文革题材的小说，要么脱不了伤痕、控诉，呼天抢地的，陷于"五四"以来中国现代文学中弥漫的那种感伤主义、道德主义的泥淖；要么拘泥于历史与现实的写真写实，缺乏某种超越性的观照角度。我写《米调》与《迷谷》，就是想打破"伤痕文学"和"知青文学"已经形成的那些老套路，从一个完全属于我个人的

视角，去进入那段历史的回忆和叙述。比如说，两个故事里都有一个远离现实的荒绝背景，都写了一些特别得几乎超现实的人物和群体的生活，在写实的框架里加入了很多超现实的甚至是超乎想象的元素，但仍旧是回应和质疑社会现实的，等等，这些，都是以往的"文革小说"——"伤痕文学"、"知青文学"与"反思文学"甚至"寻根文学"——所没有的。

江：你谈到，创作《米调》与《迷谷》，受到沈从文《边城》的影响，这是自己一个隐约的心思，你能具体讲讲吗？

苏：这要从我的第一部长篇《渡口，又一个早晨》说起。我是在大学三年级的时候（也就是 1980、1981 年）读到沈从文的湘西文字和他的《边城》的。在那以前，沈从文是被我们教科书里的现代文学史整个忽略掉的。那时候我读到的沈从文，还是非正式出版的"内部参考读物"。沈从文的文字当时给我带来的震撼，确实让我有蓦地进入一片新天地而豁然开朗的感觉。那些远离了"匕首与投枪"（鲁迅言）或"战鼓与号角"（毛《讲话》言）氛围的文字，那么清新水灵的富有泥土气、水腥气以及青草露珠气息，同时又仍然是民俗的、入世的、大众的乡土的，关注时代与社会的，拉开了距离却反而更加切入了人性深处的。我在《渡口，又一个早晨》里，几乎在刻意模仿沈从文的这种笔调，甚至《边城》里写到的"吊脚楼"，我也在《渡口，又一个早晨》写的粤西山城故事里刻意渲染了渡口边的"水楼"；《边城》里写赛龙舟，《渡口，又一个早晨》里也写了赛龙舟——虽然"水楼"和"赛龙舟"，也是粤地"蛋家人"（水上人）特有的生活形态，并不是我模仿拟造的，但《渡口，又一个早晨》里的"沈味"的确很重，这是有心读者可以明显感受得到的。但到了《米调》和《迷谷》，沈从文的影响就成了一种"遥远的回声"或者"隐约的心思"了，所以李陀说他完全看不出来。我觉得我从沈从文那里获得了一个对题材的独特的观照角度，沈从文教会我掌握了某种文学眼光——跟流行的叙述形态不一样的眼光，但这两部小说从叙述语调到描写形态上，都完全脱掉了沈从文的影响。因此，当海外有读者朋友说《迷谷》很像是"文革小说的《边城》"时，我吃了一惊，觉得自己的心思被他点破了，连连问：你是怎么看出来的？

以后，自己与沈家人的结缘——我算是被称

为"民国时代最后一位才女"的沈从文的内妹张充和的耶鲁晚辈,日常多有过从和受教,我的一本关于张充和的新书《天涯晚笛》最近会在国内出版(繁体版香港已出),这或许就是冥冥中我和沈从文先生另一种奇特的结缘方式了。

江:李陀说当今的小说家缺乏想象力,是白的现实主义,请就小说家的想象力,并联系你的小说创作或者说你的教学,谈谈你的看法。

苏:李陀抓住了"想象力"来谈论《迷谷》与《米调》,并且借题发挥针砭当今的汉语文学创作,我以为他是有的放矢、搔到问题痒处的。

我喜欢写作,几十年的写作生涯中,几乎一切写作文类——从诗歌入门到散文、小说、随笔、批评、学术论文以及各种类型的剧本、歌词等,可以说我都尝试遍了,也各有各的写作心得和文字收获,所以我的好几本文集(如《独自面对》、《在耶鲁讲台上》和《走进耶鲁》),都在一本书里收进了好几种不同类型的写作,一直有读者善意抱怨:你这一本书可以出成好几本书,信息密度太高又文体驳杂,至少是几本书的容量。我把话题扯开了,在各种类型的写作中,说真切的感觉,我觉得写小说是最有高难度的,脑力激荡最强烈、最富挑战性的,同时也最具有写作快感的一种写作形式。这种"写作快感",主要就是一种"想象力的愉悦"。

在小说写作过程中,作为主事作者,你就成了上帝、造物主,你为你笔下的人物、环境、景观、氛围赋予生命,而这些生命一旦在纸上(现在是荧屏上)立起来,他们(它们)就是活的、有个性、有意愿的,必须按照他们的意志牵着你的笔往前走的。——说真的,我基本上不属于那种做好万全写作准备,写好写作大纲,列明情节人物细目甚至类似分镜头本一样的条条本本,才能进入写作的作家。从《米调》到《迷谷》,当然有写作的由头,基本的主题、人物以及情绪、调子的意向,但我在整个写作过程中,都是即兴地跟着自己的想象力走——也就是跟着小说规定情境的人物、气氛、调子走,往往它们会把我带到自己原来根本没有想象过的地方,每章、每节故事情节的走向、结局,也往往和原来的粗略设想大相径庭。这种过程,就是写作中最感到愉悦、尽兴、痛快淋漓的。常常关着门自己会高兴地模仿里面人物的语调或样子,手舞足蹈起来。更奇特的是,每个小说里的具体活动环境,对于我后来都变成了真

实的、可触可感、不可更易的,比如《迷谷》里阿佩的窝棚、灶台和上面的绳套、木梳、门后的水流等,都变得如在眼前,具体细致得不行,好像自己真的正在里面生活着一样。

我这里强调了"调子",我很重视这个"调子"——它是语言的节奏、色彩、气味、触觉、明暗、快慢、线状还是块状……等等,说来很玄乎,但我每一次进入写作状态,如果找不到那个叙述的"调子"(称"语调"好像还是太狭义了),不能被那个"调子"领着走,写作就不会顺,也就不会获得那种痛快淋漓的写作快感。这个"调子",也许我可以把它换作另一种名称,或者叫它"即兴的想象力",或者叫它"即兴的旋律","想象力的音乐感"——总之它跟这几样东西有关:想象力、即兴、音乐感。哪怕是写非虚构的散文,我也喜欢被这种"即兴的音乐感"牵着思维和笔杆走。

有意思的是,《迷谷》的英译者、我的耶鲁高足温侯廷(Austin Woerner),本来是一位音乐神童(8岁就写过交响乐),他在翻译中经常也在寻找某一种"调子",他会哼哼着不同的旋律或音调问我:你的这一章,写作过程中是贯穿一种什么样的调子?是这样……?还是这样……?在旁人听来(比如我妻子),也许我们的谈话显得怪里怪气、怪腔怪调的,只有我和他知道这绝非故弄玄虚。温侯廷也"点破"了我某种写作的"隐秘的心思",这样的译者,还真的是跟我"心有灵犀"。

"想象力"的话题很大,本身就是充满想象和发散香气的。我这里说的,不过是写作过程中的一点以往很难为人道的真切感受就是了。

江:我读过你写的旧体诗词,包括其中的唱和诗,这在海外中年移民作家中似不多见,年轻作家就更少了。这些诗作情真意切,尤其是古典诗词的韵味十足,看得出你在古典文学方面下工夫之深。我读你的诗词不全,有些诗作给我很深的印象,如:

无题再感
——夜听廖亦武、北明唱《黄河悼》与《孤风吟箫》

何事微吟化浩歌,一声呇调赋黄河。

孤风箫唳心事断,寒谷水枯烂石磨。

赤地春霖知几少,贫家母乳剩几多?

故乡岂但三户在,终古楚声未蹉跎!

秋日无题(四首)之二

怀人每在暮秋时,红叶萧萧雨丝丝。

今日同樽他日客,远鸿陌上一线痴。

你为何对学习古典诗词产生兴趣？而且学写旧体诗词，谈谈你的经验与体悟。你认为，古典诗词的功底，尤其是写旧体诗词，对小说家有何重要意义？

苏：呵呵，你的问题又搔到敝人近时的"痒处痛处"了。我曾在《程坚甫：中国农民中的古典诗人》一文中（见《走进耶鲁》），以痛切的笔调谈到这样一个令人痛心的事实（也是史实）：从20世纪初年迄今，中国，作为以诗国为主要特征的几千年文明古国，其文明主干之一——"以诗文取仕"的传统诗道，早已被时代激变的泥石巨流所拦腰截断，不分青红皂白地被沉埋多年多时了！传统古体诗词被贬称为"旧体诗"，除了知名人士的偶然之作外，几十年来，无论海峡两岸，"旧体诗"在现实文化语境中几失去了"合法地位"，报刊不登，论者不问，史书不载，更别说在官式机构如"作协"、"文联"里，得不到基本的承认（试问：像程坚甫这样的被行家誉为"当世老杜"的民间农民诗人，可以有资格加入"作协"吗），这几年多少年来，"旧体诗"只能成为活跃在民间一脉潜流，而且愈来愈显现其丰沛、柔韧的生命力。关于传统中国诗道的当代传承课题，应该进入当代作家、学者、文化机构的真实视野和议事日程了！

我从来相信，在艺术范畴里，形式是永远大于内容的。而形式，正是形式，才是古体诗词的生命本体和自我拯救的最佳利器。内容可以更易，古体诗几近完美的形式，则是永恒的。因此，早年不提倡年轻人学习旧体诗的毛泽东，在晚年说过这样"慷慨激烈"的话："我冒叫一声，旧体诗词要发展，要改革，一万年也打不倒！因为这种东西最能反映中华民族和中国人民的特性和风尚。"（见梅白《回忆毛泽东论诗》）而语言——语词、音节的精粹锤炼，则是古体诗形式的核心。以写作为志业的人都知道"叙述就是一切"，而语言"则是一切的一切"。坦白说来，今天台面上的许多中国作家，大多数对汉语言的粗陋把握，已经到了让人不能容忍也不忍卒读的地步。对于以母语为叙述载体的现代中国作家，可以这么说，缺乏传统中国文化的滋润，对诸如古体诗词从形式音律到意境经营的无知，已经成了今天中国作家群体最大"硬伤"之一。

这，正是我和张大春——海峡两岸中、青世代的同辈作家在2007年夏天的聚谈中，所共同痛切感受到的新世纪中国文学面对的大课题。

江：你曾说到，台湾小说家张大春邀你打古体诗的擂台，技艺是写旧体诗词，打成了吗？介绍一下当时的情景，谈谈对张大春的印象。

苏：如何重新从中国文学根基性的传统再出发，将传统诗道的传承、创新视为一己责任，这个话题念想，不可谓不大，也不可谓不"万险千难"——实在因为，自20世纪迄今的近百年间，传统诗道已经被我们荒废得太久，也生疏隔膜得太久了！古来中国士人——也就是今天的读书人、知识者，因为"以诗文取仕"，可以说，如果不是百分百地需要精通明白诗道诗艺——诗体、诗律、诗韵、诗境等等，至少也需要达到百分之九十以上的程度，否则，他通不过科举考试，不可能出仕做官，也无以安身立命。说来真是很可怜，因为时代激变及其功利作用的消失（因为取消了科举式考试，更因为文化激进主义造成的对传统的彻底唾弃），今天，中国现、当代的几代读书人——从40后、50后、60后、70后、80后、90后一直到2000后——当然包括专业作家与职业诗人们，对于传统诗道诗艺——文体特征、平仄音律、意境章法等等，有基本了解的，恐怕就连百分之一的比例人数都达不到！但你问所有人，几乎没有谁不喜欢唐诗宋词的，可喜欢、钟爱，甚至谁都可以对其中若干倒背如流，你我却为什么却不懂、不会更不作？同时也不闻不问、不管不顾，任由这么一脉可以滋润心智灵魂的灵水活泉被沉埋、枯竭、断流？

这个话题，2007年那个夏天在台北，我和张大春可谓从"鼎泰丰"包子馆谈到他友人的咖啡馆，从中午日当头谈到傍晚日将落，一边发着感慨，一边互相用餐巾纸写着彼此的诗词习作，他戏言要和我打诗词擂台，甚至戏称要打两岸同辈作家的诗词擂台。我历来认为，台湾作家同行和人文学界最值得我们大陆文化人学习的地方，就在于他们总有一种"在微细处做出大格局"的沉实气度和坚韧劲头。在这个课题上，以"文学顽童"著称的张大春早已经坐言起行。传言他当时以"每日一诗"的实践固守着"新古典"的营地，古体诗词的创作无论产量、质量，都远远走在我等前面。我对他说：我现在还不敢跟你老兄打擂台，等我练练"摊儿"再说。"练摊儿"是北京天桥的卖艺人的行话，就是先练好武艺才可以摆摊儿的意思。所以才有了后来在中文网络上发表的那些"练摊儿小札"。我对古体诗词的写作认真起来,包括在平仄音律的推敲讲究上认真下工夫,就是从 2007 年以后才真正开始的。比如你上面提到的那两首诗,就还有音律的问题("远鸿陌上一线痴"的"线"字,应该用平声字)。

不过,我和张大春的诗词擂台到底没打起来。我不知道他后来换了电邮地址,我传过去的"练摊儿小札"被退了回来,听说后来他也停下了"每日一诗"的写作。我把其中选的一些诗词包括"练摊儿"的原委传给台湾报系在美国的华文报纸副刊以求抛砖引玉,答复我的一如上述:台湾的文学副刊一概不登古体诗词,在文章里引用者除外(一如中国大陆官方报刊历来对"旧体诗"的冷漠和封杀)。但我还是得好好谢谢张大春,是他的"打擂台"之约刺激了我对古体诗词的研习热情,成为我勤做诗词功课的原初动力,至今,倒可以说是"一发而不可收拾"了。作为写作人,既然说"传承",我当然抱有要把古体诗词"写出样子来"、至少不要愧对古人的雄心和野心。不过这种大话不宜多说,我还是好好"练摊儿"吧。

江:在江西南昌的高峰论坛,你特别强调小说家的语言之重要,我非常赞同你的观点。请你说说当代小说语言方面主要存在哪些问题?你说到小说中的语言存在学生腔,这个比较好理解;你还谈到小说语言中的中文系腔、体制腔,你能具体讲一讲吗?

苏:哈,你又问了一个几乎"只可意会,难以言传"的高难问题。对于小说家,语言之重要,我上面谈古典诗词对语言的锤炼时已经言及。那几乎是一切一切的基础。离开语言和叙述,就没有小说;离开好的语言和叙述,自然就没有好的小说和好的小说家,这也是不言而喻的。当代中国小说在语言方面的主要问题是什么?这个问题比天还大。但我们只要问一句:当今小说家中,谁的语言好?或比较好?恐怕谁都不容易回答这个问题,这就是主要问题所在。"好"的标准,当然就是在叙述语言上风格独具,并且可以引领潮流,形成流派。五四以后的小说家,我们会马上想到鲁迅、沈从文、老舍、赵树理、张爱玲等独具风味的语言风格,最近时期的作家,我们也可以说,白先勇、汪曾祺、阿成、张承志、贾平凹、韩少功、莫言等几位,语言上都有自己独特的"调子"(都说莫言语言风格驳杂,泥沙俱下,但这也是他的风格特点所在),"后新时期"的苏童、余华包括王朔几位,在语言和叙述上也是有自己的

独特性的,但再往后,就很难有清楚面目了,剩下的,就是我说的各种"学生腔"、"中文系腔"、"体制腔"以及面目怪异却模糊、无以规范的"网腔"了。

江:你可以说得具体一点。

苏:关于"中文系腔"和"体制腔",是我在大学阅览室里看中国大陆文学刊物时的某种即兴直觉,不是一个经得起学术标准审核的严格概念。大概那种喜欢掉书袋、修饰语过多、玩耍概念、端"规范"或"学问"架子、喜欢拿腔拿调说教等等之类的文字风格,一看就让我这个"中文系中人""心有戚戚焉",可以自然猜测到他(她)的授业背景的,我都习惯冠之以"中文系腔"。"体制腔",当然就跟"专业作家"、"合同作家"与"作协"、"文联"这种"中国特色"的体制有关。我在耶鲁校园里,常常需要接待过路访问的各方大陆人士,其中又以出访的"知名作家"、"著名学人"为常见。这种时光,中国文化"名人"们身上这种"体制感"就特别明显——那种满身官气,被体制养得脑满肠肥的"牛人"、"大爷"的自我感觉,那种可以对"海外同胞"、"海外粉丝们"颐指气使的张扬气息,在域外世界很是让人触目,也引起普遍的反感。不独耶鲁,我从哈佛大学、哥伦比亚大学以至加利福尼亚州、休斯顿等地友人处,都听到这种非常负面的反应。于是,在刊物作品的阅读中,我就会生出某种敏感——你从那些游山玩水的"笔会"游记里,从那些虚应情感故事,不接地气、缺乏真情实感却把笔墨耍玩得很花哨的"创作"里,你可以感受到"耶鲁接待"中的那些眉眼声口,猜测到这大概是某某"专业作家"、"合同作家"的交差之作,从而嗅出某种"体制味"来。

我知道这"体制味"很难界定,况且也很易得罪人。但没有法子,说到底,"体制味"是一切自由创作、自由思想、独立人格的最大的硬伤。我不是"桃花源中人",我应该说出自己真实的感觉。

江:你在耶鲁大学教中文,请你介绍一下当前美国人学习中文的现状,这种学中文的势头是否形成热潮,在美国中小学开设中文的情况如何?将来的走势呢?

苏:这个话题其实很大,拙作《走进耶鲁》里面有很详尽的我在耶鲁教中文的长短故事,有各种趣闻,也有诸般感触。一般说来,随着中国经济的持续发展,庞大的中国市场需要始终摆在那

里，全球"中文热"目前还处于持续发展的状态。在耶鲁校园，中文已经超越传统上的法文，成为除西班牙语以外最大的第二公共外语课，我知道很多大学现在都如此，在海外各地中学开设中文课更成了普遍的现象。但应该冷静地说，真正"热"的最高峰值已经降下来了。从各大学学中文的学生人数看，2006—2008 年北京奥运，学生人数曾达到了破纪录的最高值，以后几年就逐渐回落，近一两年渐趋平稳。在一些曾经跟潮流"热"过的中小型大学，甚至回落得很厉害，由于生源减少，甚至前几年热度高时增加的教职位置都不得不裁减，反而有中文老师因此而丢了工作。因为前几年盲目"热"，现在中文教职几乎处在人满为患、僧多粥少的境地，任何一个教职出缺，都会有过百人在争抢，竞争非常激烈，这是我个人相当有切身感受的体验。现在反而需要面对的，是"中文热"之后生发的一些新问题：比如曾经作为"中文热"标志而海外各地纷纷建立的"孔子学院"，那是国家化巨款堆出来的"实绩"，但海外对"孔子学院"整体反应却很负面，并没有收到预期的效果，反而给当地带来许多遗留问题（包括很多类似学校教中文的套路都很成问题）。这个话题很大、很复杂，这里不宜展开细谈。

又如，作为一位任教多年的大学中文教师，我碰到的最严峻的事实是：有些学生，不是全部——越是中文学得好，越是几乎把自己全部情感、志趣都投注到中文和中国文化中去的好学生，他们到中国学习、生活的经验越深，反而越容易产生逆反的失落失望情绪，最终"因为了解而分开"，反而让他们离中文而去，甚至站到了中国文化、社会的对立面上去。我在上述拙书中《史力文为什么中止了学中文》一文中只是提出了这个问题的端倪，当时已引起许多反响；现在这个问题其实已变得非常普遍，它涉及的是整个中国社会当今面临的转型困境问题，还真不是我这里可以简单言述清楚的。但是，既然近年喜欢讨论"软实力"，这个话题所涉及到的一些根本面，就是我们每一位"中国文化中人"都需要严肃面对的。

江：这些问题国内的人知道得很少。你除了坚持以母语写作、在大学教中文，我还注意到你近几年还做了一件事：由你作词、霍东龄作曲的知青组歌《岁月甘泉》自 2008 年在广州公演后，在国内、海外引发了持续的演出热潮，引起了热烈反应的同时也产生了各种争议、讨论。最大的争议点，好像就在"岁月甘泉"这个歌题上。你自己身在其中，对各种争议怎么看？

苏：这又是一个"一个不小心"就如何如何了的"高难问题"。首先，组歌《岁月甘泉》（英文叫作"Cantata"，交响叙事合唱）是我和霍两位下乡海南的老知青的一个"无心插柳"的作品，我们为纪念 2008 年大规模知青下乡运动四十周年的演出而写，组歌公演后引发的持续热潮（包括引发争议）有点出乎我们俩的意料。2008 年迄今，《岁月甘泉》除了在广州、海口、深圳、香港、北京、天津等地多次演出过以外，由于耶鲁大学两位知名指挥的欣赏和大力推荐，《岁月甘泉》在海外的演出更是如野火蔓延，已经从耶鲁大学、纽约卡内基、印第安纳、华盛顿一直演到澳洲悉尼歌剧院和不久前的芝加哥交响乐厅，都是一些世界级的音乐殿堂。今年（2013）还将有休斯顿、圣路易斯等美国大城市的演出。海外后续的演出野火，目前还在继续在各地延"烧"下去。有网友议论说，是我在张罗、操控这些演出——我个人哪有这样的能耐！《岁月甘泉》是部大作品，演出长度在 45 分钟。这里的每一场演出都是一个大工程，每场演出的参与者——合唱队加乐队，少则 200 人，普遍在 300 人以上，都是各地知青群体、合唱社团热情投入、自愿无酬的经过长时排练（常常要排练 1 年）才最后得以完成的。

江：这是一种"知青情结"，是吗？

苏：可以说，其中起根本作用的，只有一个东西——"知青情结"。

海外各地这些自觉自愿的演出热潮本身，就可以很好地回答许多争议的观点。大部分的提出争议者其实都是望文生义，既没有认真读歌词文本，也没有看过现场演出，一听说"岁月甘泉"，直接的反应就是：文革和知青经历，分明是苦水，怎么是甘泉？然后一口咬定这是歌颂文革、粉饰知青下乡运动。

我的回答是：首先，我们需要回到歌词文本。歌唱表演虽然主要不是诉诸于理性而是为着倾诉情感，但组歌歌词里对文革和知青运动的批判性思考是明确的、毫无歧义的："那一场暴风雨铺天盖地，把多少年青的花季粉碎"，"山苍苍，夜茫茫，人生的路啊，走向何方？"这不是鲜明的否定么？"岁月甘泉"的歌题，来自歌词"在苦难中掘一口深井"，是要把苦难的岁月历练转换为我们今天的精神资源（甘泉），这怎么会成为问题呢？如果苦水不能转换为甘泉，我们这一代岂不是白白苦了一场，白白活了一场？事实上，知青一代也许是承载着最沉重历史忧患的一代，但也恰恰是最能吃苦、最自强、也最"接地气"、识甘知苦、知道感恩的一代。所以我一再说：是"岁月甘泉"而不是"甘泉岁月"，这可千万不能颠倒了。

其次，再苦难的青春，也是我们的青春；不管在哪一种境况下的青春，都是我们自己亲历的人生，都是美丽动人的，都值得以身心去珍惜。所以我在芝加哥演出完后的座谈里说：人生比政治大，青春比意识形态大。关涉到几乎两千万人的知青一代人的经历，不但值得纪念，也值得歌之咏之。《岁月甘泉》绝不是文革包括知青运动的颂歌，但却是知青一代人的青春之歌。我知道，"一百个人有一百个不同的哈姆雷特"，一百个知青一百个不同的知青遭遇，而一首组歌绝不能代表一切情感、包含一切经历，所以我和霍东龄对各种知青农友的争议意见都能由衷地理解、包容。但我相信，组歌《岁月甘泉》的主题："感念人生，感念土地"是可以成为知青一代人的具有"最大公约数"的共识的。而她在 2008 年公演以来获得这么广大的知青群体的热烈反响，各地自发演出的野火不断在燃烧蔓延，也充分说明了这一点。对此——尽管听到一些难听的话，甚至被某些网友戴上了"红帽子"——我内心感到很安慰，也很坦然。

最后，这也是我在不久前芝加哥的座谈会上说的，知青一代共同遇到的问题，从来都不是是否经历了苦难，而是面对苦难所采取的态度。哪怕是建立在批判性思考的前提下，面对苦难的态度，也是可以不同的，这种不同最后会转换为不同的结果。我借用华盛顿歌友的一个说法，提到今天——几十年过去以后，我们品味人生，面对知青一代经历的苦难，可以有两种模式：一种是祥林嫂式，呼天抢地，鼻涕眼泪、絮絮叨叨，沉湎其中而不能自拔；一种是苏东坡式，举重若轻，积极向上，乐观豁达，"此心安处是吾乡"，"九死南荒吾不悔，兹游奇绝冠平生"。前一种态度——祥林嫂式，不妨比拟为"伤痕文学"式的控诉；《岁月甘泉》则是采取后一种态度——苏东坡式，或者就可以比拟为今天网上流行的说法——从岁月历练里获取"正能量"吧。"岁月甘泉"，指的就是这么一种从"苦难深井"里掘出来的"正能量"。

江：最后一个问题，最近几年，特别是新世纪以来，新移民文学，尤其是小说一度在中国形成潮涌之势，涌现出一群有影响的作家与佳作，你本人也是小说、散文、诗歌多面出击，请谈谈对海外华文文学尤其是北美华文文坛现状的看法及对未来发展的展望。

苏：这个问题，反而不需要太花费笔墨了（有些方面——比如在海外坚持华文写作或许拥有的某种优势，前面已谈过）。因为近年海外华文作家及其创作的实绩，从哈金、严歌苓、虹影、张翎、陈谦等算起，还有北岛、杨炼、刘再复、郑义、马健、孔捷生、康正果等，众多域外写手在诗歌、散文、小说等方面的耕耘不断，收获颇丰，已引起了国际同行与国内行家的瞩目。我自己身在其中，反而是不够勤谨（也为日常教学太分心），所以创作分量相对不够足的。所谓"文章千古事"，真正的作家和文学只需要面对一个东西：时间。正如诗歌不应该有新—旧之别一样，真正的文学创作也不应该有内、外之别。如果真正打破了那些门户之见——种种"内、外"的桎梏，我反而期待未来海内、海外的华文作家出现一个良性竞争的态势，不管身在域内域外，大家都以写出好作品、新作品为目的而努力笔耕，最后让历史和时间老人去评断我们今天的耕耘与收获。如果说，这也算一种打擂台的话，孰优孰劣，谁输谁赢，倒还要走着瞧呢！

跨国研究语境下华美文学研究的几点思考 *

赵文书

在美国研究领域内,跨国研究至少也有二十多年的历史了,并非新话题,但在进入新世纪之后受到越来越多的重视,成为热点话题之一。2004年,美国的美国研究学会会长费希金(Shelley Fisher Fishkin)的就任演讲题为《文化的十字路口:美国研究中的跨国转向》;两年后,新一任会长艾略特(Emory Elliott)的就任演讲题为《美国内外的多元性:美国研究跨国化意味着什么?》[1]。这两位文学领域的专家对跨国研究的关注,表明跨国研究在新世纪的美国研究中已经形成潮流,出现了迅速发展的势头。

华美文学研究领域也感受到了跨国研究的影响。《亚美学刊》(Amerasia Journal)2012年的第38卷第2期刊发了一个专辑,题为《走向第三种文学:美洲的华人写作》(*Towards a Third Literature: Chinese Writing in the Americas*),专辑论文选自2009年7月在南京大学召开的"美国华裔文学国际研讨会"。主持专辑的梁志英(Russell Leong)和胡其瑜(Evelyn Hu-DeHart)认为,该研讨会为中国两岸三地和美国与拉美学者提供了学术合作和对话的平台,不同国度的学者从不同的立场出发,所讨论的南北美洲华人写作形成了"第三种文学"空间,研究对象不局限于土生华裔的美国华裔文学,批评立场也不局限于"盲目地把美洲的(华人)移民写作看作'流散'文学,仅仅从其亚洲祖国解读其意义"(ix)。

在美国的亚美/华美文学研究中,跨国研究实际上早已出现,只不过美国的亚美研究学者一直对亚美/华美文学及其研究跨越国界之后可能出现的后果心存疑虑,希望亚美/华美文学研究把注意力集中在美国范围内。1995年,黄秀玲(Sau-ling Wong)在其《去国家化再思考》一文中对亚美文学的跨国研究提出了保留意见,明确表示:"我认为,亚美人士与美国境内的其他少数族裔的联盟应优先于流散亚裔之间的联合。"(139)2004年,黄秀玲继续撰文讨论这个问题,具体说

明其担心的理由:亚美文学及其研究在跨越美国来到亚洲之后,有可能被"亚洲民族主义者重新利用",即亚洲/中国学者把亚美/华美文学看作亚洲/华人流散文学的一部分,成为亚洲/中国民族主义者的工具(33-40)。梁志英和胡其瑜特意提出"盲目地把美洲的(华人)移民写作看作'流散'文学"这个问题,实际上也正是出于这样的担心。

国内的华美文学研究一直对华美文学中的中国文化元素情有独钟,实际上一直就是一种跨国研究,但这并不是说我们一直走在跨国研究潮流的前头。国内众多的研究把华美文学当作了中国文化在海外延续的载体,认为中国文化是华美文学的精神家园,在华美文学中解读中国文化的延续,恰恰证实了美国学者们的担心。即使在讨论华裔文学批判否定中国传统文化这样的话题时,国内还有不少论文最终得出的结论依然是华裔文学传承了中国文化。对于这样的现状,我们的华美文学研究者自己也不满意,有人对国内华美文学研究中的"唯文化批评"提出了强烈的质疑(孙胜忠 82)。

笔者曾撰文分析中美学者在华美文学研究中的立场差异,发现中美学者所关心的话题实际上大致相同,都围绕着身份问题,集中在文化、族裔性、性别、历史等几个话题上。然而,中美学者讨论的话题虽然相同,但讨论的前提有别,目的不同,结论悬殊。概而言之,研究华美文学的美国学者大多把华美文学之根扎在美国的土地上,在美国的社会历史语境下,在华美文学中阐述华裔的美国身份的合法性,其目的是政治的,可以称之为"美国的民族主义"。中国学者的研究则把华美文学的根扎在中国的文化土壤之中,寻找中国文化传统在华裔美国人中的传承,其目的是文化的,可称之为"中国的民族主义"[2]。

中美的华美文学研究虽有共同的研究对象,但各自表述自己所希望看到的局部都有其局限

性。在这样的情况下,中美学者应该有相互学习、取长补短的雅量。我愿意看到美国学者(大多为华美学者)能够摆脱本土化的执念,关注以往因具有中国文化取向而被排除在华美文学范围之外的大量华美中文作品和英语作品,丰富华美文学的内涵。从《亚美学刊》呼吁"第三文学"空间的专辑看来,美国的华美文学研究者已经谨慎地迈出了重要的一步。

我想,我们国内的华美文学研究者也应该能够抛开离散华人必定心系中华的成见,实事求是地细察华美文学,发现其发展规律。在华美文学研究中,我们还可以做什么?国内有学者提出华美文学研究应走出"唯文化批评"的误区,更多地关注文学作品的美学内涵。这当然是个方向。在华美文学的美学价值一直未受到足够重视的情况下,加强对华美文学之文学性的研究具有非常重要的意义。

华美文学中具有美学研究潜质的作品很多。汤亭亭的《女勇士》和《中国佬》跨越文类界限,走在后现代文学形式创新的前列,是琳达·哈钦(Linda Hutcheon)所讨论的历史元小说的典型样本之一。诗歌是最适合美学研究的文学样本,李立杨(Li-Young Lee)和宋凯西(Cathy Song)等华美诗人已经入选主流的《诺顿美国文选》,受到美国学界的重视,但国内的华美文学研究中,华美诗歌研究仍然是个弱项。华美文学中还有一些先锋派实验作品,特别适合美学研究,比如,姚强(John Yau)的短篇小说集《我的心是那永远的玫瑰纹身》里,有这么一个无标题的一句话短篇:"雨水在蟋蟀身上抹了釉彩,他们晶亮的长腿在水玻璃的早晨颤动。"这实际上是一首很好的意象派短诗,语意浓缩,只是这类作品在中美的华美文学研究中都没有受到重视。

华美文学研究无疑应该加强美学批评,但它绕不开带有政治目的的"文化批评",因为文化内容是文学的根本属性之一,文化研究也是文学研究的合法话题。对于华美文学来说,文化批评尤其重要,因为华美文学的发生和发展有赖于多元文化主义这个政治文化因素。在国内的华美文学研究中,我们所面对的问题可能不是"唯文化批评"这个误区,而是"盲目地"把华美文学中的所有文化现象都理解为中华文化的发扬光大。如果说美国的华美文学研究者能够跨出美国界限,迈进一步,走向"第三种文学"的话,我们中国

的华美文学研究者能否也可以放下我们的"大中华"这个文化包袱,也迈进一步,接近华美作家和美国的华美文学研究者的文化想象空间呢?

无论是跨国研究,还是更广泛意义上的文化研究,都具有明确的社会政治目的。笔者认为,我们研究华美文学的目的不能局限于发现其中能够满足我们自豪感的中国文化的延续,至少还应该包括以下两点:第一,通过华美文学了解美国社会文化;第二,通过华美文学细察华美新文化在文明交流过程中的发生发展的演化机理,以期为中国文化走向世界提供借镜。

要达到这样的目的,我们应该更多地关注美国学者一直强调的华美文学中的美国本土因素,不能仅仅把批评的焦点集中在中国元素比较丰富的华美作品上,也不能把注意力仅仅放在汤亭亭、谭恩美、赵健秀等几个华美名家身上。我们可以改变视角,看一看华美文学中的美国元素,研究华美文学所体现的美国价值观。我们可以拓宽视野,看一看华美文学中的非华人主题作品,研究华美文学与其他少数族裔文学及美国主流文学的关联与互动。

不错,中国题材一直是华美作家热衷写作的对象,因为西方文学市场对华人移民及其后裔抱有执着的期待,希望在他们的文学创作中看到与中国或中国文化相关的故事。受此影响,华人和华裔作家都有一种"中国执念",其文学的内容总离不开中国或华人;用赵毅衡先生的话说,"读一本华人的英文小说,我们不用查作者生平,就猜到作者的身份"(46),但这并不意味着华美文学中没有非华人题材的作品。实际上,华美作家也意识到美国文学市场期待对华美文学表现范围的束缚,许多作家表达了突破这个禁区的愿望且不断做出尝试。

在华美文学史上,蒋希曾(H. T. Tsiang)的《金拜》(*The Hanging on Union Square*,1935)、林语堂的《远景》(*Looking Beyond*,1955)、张粲芳(Diana Chang)的《共识》(*Eye to Eye*,1974)等都是以白人为主角的非华人题材小说。进入20世纪90年代后,非华裔题材的小传统在华美文学中得到进一步发展。梁志英的《凤眼及其他故事》(*Phoenix Eyes and Other Stories*,2000)及翟梅莉(May-Lee Chai)的《富有魅力的亚裔》(*Glamorous Asians*,2004)等短篇小说的再现,对象涉及日裔、越南裔、菲律宾裔、柬埔寨裔等亚

裔群体及欧裔白人；赵惠纯（Patricia Chao）的长篇小说《危险的曼波舞》（*Mambo Peligroso*，2005）着力表现西班牙裔美国人在纽约舞蹈界的经历；何舜莲（Sarah Shun-Lien Bynum）的《玛德琳正在睡觉》（*Madeleine Is Sleeping*，2004）描写法国农村女孩玛德琳的梦境，以实验性的文字创造了《爱丽丝漫游奇境》般的超现实空间；张岚（Lan Samantha Chang）的《一切都被遗忘，什么也未失去》（*All Is Forgotten，Nothing Is Lost*，2010）以写作学校的白人学员为主角，探讨艺术追求的主题。一代又一代的华美作家，不断试图突破华美文学只能表现中国或华美的"文学隔离"，试图与美国的主流社会和其他少数族裔建立联接。从题材上看，华美文学中一直有一个表现非华美题材的小传统，只是这个传统尚未进入批评者的视野，也没有受到读者的注意，尚待发掘。

即便在华美文学与中国文化关系这个议题上，我们也还有进一步开拓的余地和深化的空间。在美国的少数族裔文学中，华美文学是个比较特殊的范畴。在 20 世纪 60 年代的民权运动之后发展起来的当代美国少数族裔文学，奉行多元文化主义，强调不同文化间的平等，凸现本族裔的文化传统的差异，张扬族裔自豪感，但华美文学似乎是个例外：在 20 世纪七八十年代华美文学的萌发阶段，华美作家排斥否定中国和中国文化，"非中国性"成为界定华美文学的标准之一。但这并不是说在华美文学就没有中国文化的影响，恰恰相反，中国文化传统对华美文学的影响非常大，这也正是华美文学在其萌发阶段竭力否定中国文化传统的原因之一。

中国文化传统对华美文学的影响，并不体现在目前我们重点关注的那几个华裔作家的文本中，而是更多地体现在美国华人移民文学之中。在华美文学作为美国少数族裔的一个文学范畴出现之前，华人移民文学早已存在，并且非常丰富，包括移民创作华文作品和英语作品。20 世纪 70 年代，华裔作家把出生于美国作为界定华美作家的先决条件，把大批移民作家排除在华美文学圈外，至今对华美文学疆界的划分和美国学者的华美文学研究仍然有决定性的影响。国内对于华人移民文学的研究一般放在华文或华人文学范畴内，视之为中国文学的延续。我们对华美文学的研究，不必拘泥于华裔为华美文学设定的界限，也不必自限于我们的华文或华人文学的学科边界，完全可以（而且也应该）把入籍美国的移民作家的文学纳入华美文学的框架，研究华文、华人、华裔文学之间的互动和变化，探讨中国文化在全球化过程中的演化机理。

华美文学自身也在不断演化，20 世纪 90 年代之后，华美文坛上出现了一批华裔新秀，但大多尚未进入批评界的视野。总体来说，新一代的华裔作家更多关注个人的生活经历和感受，他们的作品出现了个性化的趋向。就文化认同而言，新的华裔文学作品的"华裔特性"淡化了，不再执着于文化冲突、华美历史、性别政治等宏大主题。较之竭力否定中国文化的前一辈作家，新作家们对中国文化传统可能非常隔膜，也可能怀着一丝淡淡的温情。在 20 世纪 80 年代前的华美文学中，华人移民与华裔在各自的文学中相互鄙夷，正如谭雅伦（Marlon Hom）所言，双方对待对方的态度基本上是"相互排斥"的（29）。在 20 世纪 90 年代后的华美作品中，这种情况已经悄悄发生了变化。张岚的中篇小说《饥饿》（*Hunger*，1998），从华裔女儿的视角叙述了留学生宋天一家在美国谋生的经历，虽然其中也有关于父女冲突的描写，但华裔女儿并不一味排斥移民父母及其所代表的中国价值观，而是对移民一辈在美国谋生的艰难寄予同情和理解，笔调和态度一如华文文学中的留学生文学。这种文化取向态度的变化，在新一代的华裔文学中具有代表性。对我们中国学者来说，无论是美学研究还是文化研究，新一代华裔的文学都是一个值得开拓的领域。

在跨国研究语境下，对国内的华美文学研究而言，一个更值得探讨的文化话题是中国传统文化价值观在当今世界中的意义。长期以来，在华人移民文学中，中国文化是辩护和怀旧的对象，在华裔文学中则是批判和否定的靶子。然而，在任碧莲的新作《世界与小镇》（*World and Town*，2010）里，中国文化传统中的"达观"思想却成为华美主人公孔海蒂在 9·11 之后的美国社会里思考各种冲突的法宝，表明追求和谐与平衡的中国传统思想在当今不断变化的世界中仍然具有精神价值，可以与西方思想形成互补，能够消解当下种种本质主义带来的冲突与对抗。这样的华美作品体现了文化多元性对于美国乃至整个世界的价值和意义，对谋求复兴的中国文化也具有路径的启发作用,值得华美文学研究者的共同期待和关注。

注解【Notes】

* 本文为国家社科基金项目"当代美国少数族裔文学的文化属性研究"(11BWW053)成果之一。

[1] 参见 Shelley Fisher Fishkin. "Crossroads of Cultures: The Transnational Turn in American Studies." American Quarterly 57. 1 (March 2005): 17-57. Emory Elliott. "Diversity in the United States and Abroad: What Does It Mean When American Studies Is Transnational?" American Quarterly 59. 1 (March 2007): 1-22.

[2] 关于中美学者在华美文学研究中立场差异的具体分析,参见赵文书:《反思华美文学的离散批评》,载《外语研究》2012 年第 2 期,第 87—92 页。

引用作品【Works Cited】

Hom, Marlon. "A Case of Mutual Exclusion: Portrayals by Immigrant and American-born Chinese of Each Other in Literature." Amerasia Journal 11. 2 (1984): 29-45.

John Yau. My Heart Is That Eternal Rose Tattoo. Santa Rosa. CA: Black Sparrow Press, 2002.

Leong, Russell and Evelyn Hu-DeHart. "Forging a Third Chinese Literature of the Americas." Amerasia Journal 38. 2 (2012): vii-xiv.

Wong, Sau-ling. "Denationalization Reconsidered: Asian American Cultural Criticism at a Theoretical Crossroads" (1995). Postcolonial Theory and the United States: Race, Ethnicity, and Literature. Eds. A. Singh & P. Schmidt. Jackson: UP of Mississippi, 2000: 122-148.

Wong, Sau-ling. "When Asian American Literature Leaves 'Home': On Internationalizing Asian American Literary Studies." Crossing Oceans: Reconfiguring American Literary Studies in the Pacific Rim. Eds. N. Brada-Williams & K. Chow. Hong Kong: Hong Kong UP, 2004: 29-40.

孙胜忠:《质疑华裔美国文学研究中的"唯文化批评"》,载《外国文学》2007 年第 3 期,第 82—88 页。

赵毅衡:《三层茧内:华人小说的题材自限》,载《暨南学报》(哲学社会科学版)2005 年第 2 期,第 45—50 页。

(赵文书,南京大学外国语学院英语系教授,主要研究方向为美国少数族裔文学。Email: wszhao@nju. edu. cn)

不应忽视的声音 *
——评美国亚裔戏剧三作家及其作品

陈爱敏

内容提要：在美国亚裔戏剧研究中，学者们关注得更多的是赵健秀和黄哲伦两位作家及其作品，而对其他作家少有涉及。本文以三位亚裔剧作家谢耀、黄准美和五反田宽为研究对象，通过对其作品进行分析指出，三位作家在关注亚裔同性恋群体、抨击种族偏见和挖掘历史、再现亚裔创伤方面表现出明确的立场和独特的见解；他们同样成绩斐然，是美国亚裔戏剧中不应忽视的声音。

关键词：亚裔戏剧　谢耀　黄准美　五反田宽
作者简介：陈爱敏，文学博士，南京师范大学外国语学院教授，博士生导师。主要研究美国亚裔文学与世纪之交美国戏剧。近作有英文论文 *Asian American Literary Studies in China*，发表于 *Amerasia Journal* Vol. 38，No. 2，2012。

Title：The Voice that Should not be Neglected：A Review of Three Asian American Dramatists and Their Plays

Abstract：In the past three decades, scholars have shown particular interests in the study of Asian American literature, among which drama is a part of their focus. Owing to their popularity, Frank Chin and David Henry Hwang as well as their works have frequently been visited, while others have rarely been studied. Taking Chay Yew, Elizabeth Wong and Philip Kan Gotanda and their plays as an example, the present paper explores the issues they concern about and the techniques they employ. Through textual analysis, the author points out that the three Asian American writers demonstrate a clear stand and unique understanding in so many issues. Chay Yew pays much attention to the life of those marginalized gay groups of Asian descendents in western countries and investigates the relationship between gay life and race, ethnicity and politics; Wong worries about the conflicts between different cultures and criticizes severely racial bias; while Gotanda reveals the post-concentration camp life of those Japanese immigrants in America by mining history. All in all, the three have made great contributions to the Asian American dramatic polyphony, thus their voice should not be neglected.

Key words：Asian American　dramaChay　ewElizabeth　WongPhilip　Kan Gotanda
Author：**Chen Aimin**, Professor at Nanjing Normal University(Nanjing 210097, China), is the author of over forty essays and one monograph on Asian American literature. His research interests cover British and American literature, recently Asian American literature and American drama across the century. Recent publication includes an essay article："Asian American Literary Studies in China", on *Amerasia Journal*, Vol. 38, No. 2, 2012.

十多年来随着亚裔文学的蓬勃发展，国内外掀起了一股亚裔文学研究热潮，戏剧作为其中的文学样式之一，无疑也受到了学界的关注。国内对美国亚裔戏剧的研究主要集中于少数华裔戏剧作家身上，又以两位作家为多：赵健秀与黄哲伦，而其他亚裔剧作家少有提及。这个中原因在于：赵健秀是亚裔戏剧作家中较早有作品问世，并且成功在美国剧场上演者；黄哲伦的《蝴蝶君》"1988 年获得托尼奖，受到主流观众的热捧，被看成是亚裔作家在美国剧坛上的真正成功"（Lee

18）。但事实上亚裔戏剧中远非这两位，成绩斐然者不在少数，他们同样是美国少数族裔戏剧中不可忽视的声音。本文将聚焦谢耀、黄准美和菲利普·五反田宽三位出色的剧作家，探讨他们的作品的主题思想与表现形式，揭示他们剧作所关注的与众不同的问题。

一、关注边缘，反映亚裔同志社群的心声

谢耀（Chay Yew，1965—　）是当今美国亚裔戏剧界十分活跃的艺术家。他 1965 年出生于新

加坡,16 岁移居美国,就读于佩柏坦大学。毕业至今,他创作兼导演,曾获得多项殊荣,被《时代周刊》称为"美国戏剧界一个有前途的新声音"。凭借《瓷》(Porcelain,1993)及《他们自己的语言》(A Language of Their Own,1995)这两部强有力、富有挑战性的剧作,谢耀将其令人耳目一新又极具诗情的声音带上了美国舞台,开始了他以族裔及同志为导向的戏剧创作之路。

作为美国亚裔第二波剧作家[1]谢耀认为,新世代亚裔作家应该摆脱前辈作家以族裔身份认同(ethnic identity)为聚焦的单一认同,扩大视野到多元认同:如性别、性向、身体,甚至消费的认同;他因此另辟蹊径,关注被双重边缘化、被冷落的亚裔同志社群。其创作主题之一是亚裔男性同性恋问题,借助戏剧这特有的艺术形式,他揭示背后隐含的种族、阶级、性别、东西方关系等问题。他的代表作有《白人地盘》(Whitelands Trilogy)同志三部曲:以英国为背景的《瓷》(Porcelain)、以美国为背景的《他们自己的语言》(A Language of Their Own,1995)和以新加坡为背景的《半生》(Half Lives,1996)[2];谢耀另一创作主题聚焦超越家与国之外,提倡多元杂驳的认同,如:以跨文化视角重新审视美国亚裔移民的《美丽的国度》(A Beautiful Country,1998)、《剪刀》(Scissors,2000)以及《红》(Red,1999)。2000 年纽约格罗夫出版社(Grove Press)出版了题为《带有连字符的美国人》(The Hyphenated American)的戏剧集,将谢耀的四部剧作收编其中。该集一经出版,便佳评如潮。

《瓷》被认为是一部颇具争议的剧本,因为里面浓烈的"色情味",但该剧获得成功主要在于它探讨了一个在西方社会被忽视、但普遍存在而且十分复杂的问题:性向与种族、文化、阶级之间的关系。一个 19 岁亚裔男孩约翰·李与一个名叫威廉·霍普的白人男子在伦敦公厕相遇,引发了一连串事件,勾起了人们对诸多问题的思考。一个黄种人喜欢上一个白人,他们同为男性,发生了性关系。但他们最终没有成为恋人,而是冤家,结果也让人震惊:亚洲男人杀死了他的欧洲"恋人"。

同性恋是一部分人的性取向使然,但它被认为是离经叛道、不光彩的行为,因而受到人们的排斥、鄙视甚至攻击。《瓷》中李的同性恋行为受到双重阻力:来自于本民族文化传统内部的反

对,和西方主流文化的排斥。他是边缘人,种族歧视的牺牲品,但他的遭遇并未得到家人的同情,相反是亲人的拒绝。当李的事件成为媒体的焦点,记者要采访他父亲时,得到了父亲的拒绝,甚至拒绝承认这层父子关系,这其中并非是因为害怕儿子的谋杀罪殃及家人,而是因为儿子的性取向:他儿子竟然是同性恋,这是他难以接受的。同性恋行为在亚裔人心目中被认为是异类,它有伤风俗,败坏门风,给家族丢脸。

另一方面,导致李杀人的直接诱因不是恋人之间的矛盾,而是来自同性恋群体内部的排斥和歧视,确切地说来自白人同性恋群体的歧视。身在被白人所包围的世界内,他试图在白人同性中找到慰藉,但因他的亚裔人种身份,黄皮肤、黑眼睛,一个小个子异类,在伦敦的同性恋俱乐部中,他成为一个被忽视的角色。

因此,他只能转向能给他带来爱、慰藉的地方,那就是厕所。这里不仅带来了一时的安慰与满足,同时使得他有一种归属感,一种被认可的体验。但是这种欢娱只是短暂的。"尽管李一再声称他讨厌厕所,但是他还是不断光顾,其目的是要再次体验一种被接纳、被认同的感觉。这种追寻实际上表明了亚裔社群一种根植于心、渴望有家的归属感,一种深层的在文化、性和种族等方面的失落感。"(Diehl 149)对于李来说,这个厕所之"家"转瞬即逝,这正意味着亚裔社群在西方社会中的无家状态和亚裔同性恋者的边缘境遇。

《瓷》虽然没有给亚裔同性恋者应该如何走出困境,摆脱生活在夹缝中的生存状态指明出路,但是该剧本身一方面说明西方社会种族歧视的思想根深蒂固,西方优越论的观念依然充塞于每个角落,亚裔同性恋者同样难以摆脱在主流话语中被双重边缘化的境遇。另一方面则说明性向与身份、种族、阶级等政治话题密切联系在一起,性的背后包含着极其复杂的政治问题。

在另一部戏剧《他们自己的语言》中,谢耀仍然从同志社群出发,关注他们的生活遭遇。语言是这部戏关注的焦点,语言成为身份、权力的象征。政府、社会、宗教和传统道德观等对同性恋和艾滋病的偏见构成的特殊话语,与权力紧紧连在一起,对这些边缘群体形成挤压;而同性恋、艾滋病群体发展起自己特殊语汇,在困境中求生存。

语言既为人们沟通心灵,了解彼此,增进友

情的纽带,但同时又是恶意攻击、互相诋毁、造成损伤的利器。

剧中人物明(Ming)是在美国出生长大的华裔,他以一口流利的美式英语而感到自豪。语言的优势给了他一种特权,构成一定的权力,从而蔑视甚至操控他的对手、恋人奥斯卡。奥斯卡是来自大陆的新移民,英语不熟练,语言上处于弱势,因而经常成为明纠错的对象,嘲弄的靶子。奥斯卡被检查出艾滋病毒阳性,他们宣告分手。明转而与白人男孩罗伯交往。虽然他们语言交流无任何障碍,但是感情沟通始终成为难题。罗伯与刚来美国的越南男孩潘龙的交往,引起了明的嫉妒。他嘲弄潘龙的蹩脚英语,称其"船民"(刚下船的人 FOB),甚至辱称其"越共"。

但具有讽刺意味的是,明尽管掌握了第一世界语言,但是在白人罗伯面前却未能显示出任何优势,语言刚好成为罗伯发泄对其不满、表达憎恨的工具。一个眼神,一个动作,同样能传达思想,沟通心灵,无声的肢体语言却能胜过一切。罗伯与越南新移民潘龙,虽然英语水平不在一个层次上,一个地道娴熟,一个结结巴巴,但是他们之间却能达到心灵上的沟通,彼此间的理解。尽管明与罗伯语言上无任何障碍,但是他们却难以交流,最后两人还是分手。至此,可以看出语言尽管可以成为操控别人的工具,但并不能最终征服他人。奥斯卡与明、明与罗伯的分分合合让人看出尽管文化同源,性向相投,但不一定成得了"一家";而拥有不同的文化背景、不同的语言,只要能相互理解,同样能结成友好联盟。

然而,在同性恋与艾滋病群体被视为异类的今天,他们的语言只能是隐晦的、低调的。为此他们不得不创造出专属于自己的词汇。奥斯卡虽然被检查出艾滋病呈阳性,但不敢直言。与明同时站在舞台上,他们却在不同空间告诉观众他们分手的原因,连一向敢言的明也只是含蓄地交代:因为奥斯卡"病了",奥斯卡想说"是艾滋病",而明仍坚持是"病了"。面对明不断地否认现实,奥斯卡只好改口说"我得了那种永远好不起来的感冒"(Yew 132)。

但从另一角度来看,社会话语体系的重压才使得艾滋病友们发展出了一套与众不同、属于他们自己的"新语汇",从而与主流话语抗衡。借助于该剧,谢耀一方面突显艾滋病群体被社会挤压到边缘、无法发声的事实,另一方面也表明新的

艾滋语言成为同志结盟的媒介。

从《瓷》到《属于他们自己的语言》,谢耀聚焦那些被挤压到边缘、失声的少数族裔同志群体,表现他们的思想,反映他们的生活遭遇,替他们代言,有力地喊出了他们的心声。他后来的多部作品延续种族、身份、东西方关系等主题,表达了在全球化趋势日渐高涨的今天,超越种族、性别身份,构建和谐共存的新家园的愿望。

除创作之外,谢耀还花费大量时间和精力指导和改编其他作家的剧本。经他指导上演的剧目相当可观。他上演了许多独奏表演(solo),也指挥过很多有着浩大演员阵容的戏剧演出。

作为一个只有在剧院才能找到在家感觉的人,谢耀一直沉浸在发展自己的戏剧、改编和指挥他人剧作的工作中,并深感愉悦。唯一连接他多而杂的工作项目的,是他对性向及族裔边缘化者生活经历的深切关怀,与拓宽和加深亚美戏剧的执着追求。

二、聚焦移民生存现状,抨击种族偏见

亚裔剧作家的队伍中,女性剧作家也是一支不可小觑的力量,其中黄准美、林小琴(Genny Lim)及其作品值得我们关注。

黄准美(Elizabeth Wong)是美国当代成功的剧作家、电视剧作家、歌词作家兼戏剧总监,同时,她还兼任大学教授和社会评论家。黄作为第二代美国华裔移民,在 20 世纪 90 年代开始发表作品,主题涉及华裔及其他亚裔群体的生活现状。她试图从更广阔的视角探讨美国社会中存在的种族歧视、性别歧视等现象。

黄 1958 年 6 月出生于美国加州洛杉矶一个普通的华人移民家庭。1980 年从南加州大学新闻系毕业后,黄在洛杉矶一家电视台担任过制片人,并先后在《圣地亚哥论坛报》(San Diego Tribune)和《哈特福德新闻报》(Hartford Courant)工作过。当时的美国媒体总是刻板化地贬低亚洲人,而黄总是被派去报道有关亚裔的新闻,这让她很不满意,"每当被派去追踪美国亚裔人的故事时,我都很生气。我讨厌这样,他们肯定是因为我的黄种人身份才派我过去的"(Uno 261)。

1988 年,她终于厌倦仅靠报道事实来维持所谓的"职业客观性",开始意识到"我不可以继续客观,不可以继续中立,我需要表明自己的身

份——我是一名美籍华人"。她开始重新评估自己的职业目标,在经历一次激烈地自我反省之后,黄下决心成为一名剧作家。

当年她创作了《中国筵席的后果》(The Aftermath of a Chinese Banquet,1988),黄称这是一部"关于不良家庭的剧本"。这部剧让黄顺利进入纽约大学的蒂施艺术学院(NYU's Tisch School of the Arts),并于1991年获得戏剧创作艺术硕士学位。在校期间,黄完成了剧本《致一位学生革命者的信》(Letters to a Student Revolutionary,1991)和《韩国泡菜和油炸猪小肠》(Kimchee and Chitlins,1990)。这两部剧在洛杉矶、西雅图、纽约、芝加哥等多地上演,这开启了她的戏剧创作生涯。

2005年经过黄的努力,《中国洋娃娃》成功推出。该剧的创意来源于1991年一位英国演员取代中国演员,出演《西贡小姐》这一事件。故事以好莱坞华裔演员黄柳霜(Anna May Wong)的生平为蓝本,揭露了黄柳霜作为第一个在美国获得成功的华裔演员,因自己的族裔身份,在种族歧视盛行的年代遭到排挤的事实。她在好莱坞的发展受到了限制,只能不断地重复一些刻板角色,扮演邪恶的龙女和染着金色头发的妓女,而不能取得更大成功。黄在谈到这部剧时说到:"黄柳霜的成功是我转行做剧作家的动力,这部剧凝聚了我对戏剧的感情、对自我身份的思考,以及重塑华裔形象,创造个人神话的需要。"(Uno 261)

除上述四部剧作外,黄还创作了短剧《庞克女孩》(Punk Girl,1997),儿童剧《快乐王子》(The Happy Prince,1998)、《普罗米修斯》(Prometheus,1999)、《无敌猴王的神奇历险》(Amazing Adventures of the Marvelous Monkey King,2001)等。

正如黄自己所言,她的作品都是对现实的积极反映。《致一位学生革命者的信》描述了不同社会中追求自由与民主的人们;《韩国泡菜与油炸猪小肠》是发生在布鲁克林黑人抵制韩国人店铺事件的再现,讲述了一位被派去报道事件的美籍华人记者的心路历程;《中国洋娃娃》激励她去探寻美国社会中更多的种族偏见。"我与黄柳霜很像,我们都很爱自己的事业。戏剧是我此生的挚爱,正如乔伊丝·卡罗尔·奥茨(Carol Joyce Oates)所说,它是'一切存在的最高庆祝方式'。"(Perkins 310)

《致一位学生革命者的信》是黄最具代表性的作品,该剧讲述了两个女孩间友谊之故事,她们身处中美两个不同国度,有着同样种族渊源,但文化、教育背景截然不同,各自人生理想也不一样。在长达十年的通信过程中,她们经历了情感与精神上的转变,最终开始重新审视原先对身份认同、文化差异和自由、民主等观念的理解。碧碧与凯伦可以看成是她们各自所处社会的一面镜子。她们反映了那些既无权力亦无野心,仅仅希望拥有自由选择权的人们在理想与现实间的矛盾。(Uno 263)她们互相以对方为镜鉴,试图以观察"他者"来反观自己的社会。碧碧在倡导且鼓吹个人自由的美国社会探寻着生存的意义,凯伦则在中国思考着自由与民主的内涵。

碧碧(Bibi)是一位愤世嫉俗、具有叛逆精神的美国女孩。在1979年一次"寻根"活动中,碧碧很不情愿地踏上了中国领土。她很惊讶地发现,这里的人跟她有一样的面孔。这次活动让她邂逅了中国女孩凯伦(Karen),一个充满好奇的理想主义者。凯伦十分向往美国的自由与民主体制,她希望碧碧可以帮助提高她的英语水平,有朝一日能赴美实现自己的美国梦。

戏剧的开始,在碧碧看来,中国是一个压抑个性没有自由的国家,她竭力排斥与这个压抑国度的关系,在理发店,理发师劝她尝试中国洋娃娃头时,她总是坚决地将自己"卷,烫,染"成异样的"他者"。但外表的改变无法抹去"中国性"在她身上打上的深深烙印。在与凯伦接触后,碧碧开始认真审视自己所处的环境。选举事件让她发现,在美国民主只是一个虚空且滑稽的名词,民主与资本主义不可能共存。找工作事件更使她认识到在种族、性别方面所遭受的歧视。在凯伦的开导下,她与父母的关系开始缓和。剧中有一幕碧碧带着妈妈去自由广场,当看到妈妈对广场上题词的反应时,她被感动了。她与妈妈的共鸣,正源于中国这个原先她极力否定与排斥的社会,同时,这也是碧碧对自身的重新认识。最终,碧碧对自身属性以及美国社会所谓的平等、自由和民主产生了质疑,在自我的思考中寻得了生存的意义,远离故乡与亲人,独自去东部的康涅狄格开辟自己的新天地。

凯伦一直思索着自由与民主有何意义?个人与大众的关系又是如何?她希望能从与碧碧

的交流中找到答案。故事的开始，她视碧碧为拥有完全自由的化身。为此，她学习《圣经》，学习西方所谓崇尚个性化的音乐与书籍。但随着越来越深入的学习和与碧碧频繁的书信来往，她发现，自由必须以良好的社会背景为基础，美国并不是人们眼中铺满黄金的天堂。这里不像想象中充满了自由与民主，与之相反，它记载了外国移民在异国他乡谋生时的窘迫与无奈，血汗与泪水。最终，她意识到碧碧并不是她想要效仿的自由对象，她放弃前往美国，满怀着对未来中国的信心，留在了中国。(Lee 182)

不难看出，该剧着重探讨了社会主义与资本主义截然相反的理念。认同何种社会制度，选择何种价值观是主人公们一直思索的问题。最终，她们为自己的身份与生活重新定位，正如黄自己所说："碧碧在去天安门的时候意识到：她是美国人，不是中国人。她和凯伦都犯了同样的错误，即可以在共有的传统上建立起一种友谊，但事实上，她们并没有太多的相似之处。"如何看待历史，如何走进历史，再从中走出，这些都是需要深刻探讨后才能解答的问题。(宋伟杰 506)

黄不仅关注生活在中美两个不同国度年轻人们的价值取向，还关注整个美国社会中少数族群之间的矛盾与冲突。《韩国泡菜和油炸猪小肠》，以1990年在纽约发生的非裔抵制韩裔商店的事件为原型，揭露了亚裔受到来自白人与黑人双重打击、排挤，而政府与执法人员无动于衷的鲜为人知的事实。

故事以一名黑人妇女在韩裔人开的店里购物时，被店主怀疑偷东西的事件开始。双方发生了冲突。这名黑人妇女在冲突中受了伤，被送进医院后又离奇地失踪。华裔记者苏兹被电视台派去调查此事。在调查的过程中，她发现来自不同的族裔和文化背景的人都缺乏沟通，他们互相猜忌、互相敌视，最终导致种族间矛盾越演越烈。

戏剧从苏兹忆起她童年时代对黑人的恐惧开始。苏兹来自广东，住在俄亥俄州。与黄很相似，成长于中美两种文化语境中的苏兹，开始也经历了一段对身份的自我否定与挣扎期。美国亚裔人的身份让她不得不被分配去追踪"有色人种的故事"，而这些在她看来，都属于无关痛痒的"软新闻"(soft news)。当再次被派去报道黑人社区抵制韩裔美国人商店时，她很不乐意。但这次任务的分配，使她意识到白人与亚裔，及亚裔

与非裔间的种族矛盾。最终，强大的责任感使得她开始直面自己的真正身份，她救下了一个被黑人群殴的越南人。在冷静地记录下这次事件时，她写道："那些带棒球帽的黑人彻底打碎了我的美国梦，我是黄种人。"(Kim 533)

在这部剧中，黄再现了自己的记者职业生涯。与黄一样，记者苏兹抵制主流媒体的意见，她试图以独立观察员身份，持中立态度来分析问题，却总以失败告终。黄在此讽刺了以营利为目的的美国媒体，其坚持的所谓客观真实的新闻，无非是一些虚假捏造。

通过《韩国泡菜与油炸猪小肠》，黄探讨了由文化、种族、阶级和性别差异等造成的种族矛盾。正如《今日美国》(USA Today)写道："非裔与韩裔都不了解彼此。他们之间存在语言障碍，种族偏见和文化差异。在韩国文化中，他们会避免与顾客的眼神交流以示尊敬。但这个行为使黑人很恼火，他们认为这是在延续白人对其的种族歧视。"(Kim 534)《波士顿环球报》(Boston Globe)也假设了双方的文化差异："韩国人不喜欢与顾客有肢体上的碰触，即使是在找零时也会尽量避免，因为肢体接触在他们国家是很不礼貌的。非裔人却视之为不友好且带有种族歧视。"(Kim 556)黄试图通过这部戏剧，让大众对所发生的事情得到清楚的了解，并希望借此消除种族之间的误解。

黄在戏剧创作方面获得过多项殊荣，1990年戏剧《致一位学生革命者的信》荣获科罗拉多温泉戏剧工作室颁发的编剧论坛奖；1995年《中国洋娃娃》获得高等教育协会剧院颁发的简·钱伯斯奖、肯尼迪艺术表演中心颁发的马克·大卫·科恩杰出国家戏剧奖(2001)、冷杉基金会的艺术家成就奖(2007)……这些有力地说明了她在族裔戏剧/美国戏剧方面的贡献。

三、挖掘历史，再现创伤

在美国戏剧的发展过程中，日裔剧作家们的贡献同样不可忽视，这其中菲利普·五反田宽(Philip Kan Gotanda)，日内山若子(Wakako Yamamoto)和魏琳娜·哈苏·休士顿(Velina Hasu Houton)均是值得一提的名字。限于篇幅，本文只对五反田宽的作品进行一简要分析。

自1970年起，五反田宽一直是亚美戏剧运动的领军人物。他创作了许多颇具影响力的戏

剧,在当代美国亚裔戏剧界引起轰动。可以说,他的作品带动了美国亚裔戏剧的发展进程。五反田宽与黄哲伦、日内山若子等被称为亚裔戏剧运动第二浪潮的代表作家。他们共同从不同角度,运用各种戏剧手法,将美国亚裔人的生活搬上舞台。

五反田宽的作品描述了一个独特的美国亚裔群体,尤其是美国日裔。他的戏剧风格不一:有现实主义、超现实主义以及美国舞台音乐剧的自由形式。其本人也透露,在作品塑形阶段深受美国现代与后现代剧场、电影中的蒙太奇手法、日本传统戏剧与实验戏剧、德国表现主义的影响。(Savram 35)

五反田宽 1951 年 12 月 17 日出生于美国加州的斯托克顿市。父母都是二代日裔移民。父亲威尔弗雷德·五反田宽原籍美国夏威夷,就读于美国阿肯色大学的医学院,毕业后在加州斯托克顿市一大型美国日裔人社区从医。"二战"爆发后,弗雷德被强行遣返阿肯色,拘留在罗威尔集中营(Rohwer Camp)。"二战"结束后,他回到加州,与教师凯瑟琳·松本(Catherine Matsumoto)结婚,共育有三子,五反田宽最小。

年少时的五反田宽与许多同龄人一样,兴趣爱好广泛。1969 年高中毕业后,五反田宽进入加州大学圣巴巴拉分校学习,主修精神病科。一年后,五反田宽发现对艺术的兴趣与日俱增,远远超出医学,即远赴日本,师从艺术家藤原浩·濑户(Hiroshi Seto)学习陶艺。这段学习经历在其后期剧本《八千代的民谣》(Ballad of Yachiyo,1996)中有所表现。

一年后,五反田宽回到美国,全身心投入艺术学习。1973 年他取得加州大学圣巴巴拉分校日本艺术学士学位。之后,他进入黑斯廷斯法律学院(Hastings College of Law)学习,1978 年取得法律学位。

在校期间,五反田宽从未放弃对音乐的热爱。他将歌谣写进音乐,称其为"日裔歌谣"(Ballad of the Issei)或"美国式的亚洲朋克"(All-American Asian Punk);受日本民谣"桃太郎"(Momotaro the Peach Boy)的启发,1979 年,五反田宽创作出首部音乐剧:《鳄梨的孩子》(The Avocado Kid, or Zen in the Art of Guacamole)。

该剧以亚洲传统文化为基础,但进行了一次大胆的颠覆,而不是对前人简单的复制。剧中嬉

皮士的语言与风格、劲爆的音乐与舞蹈,体现了美国亚裔人积极融入当下美国流行文化的精神。1980 年,该剧在旧金山的亚美戏剧公司上演,得到缆车奖(Cable Car Award)最佳音乐剧提名。这引起东西方表演者剧院(East West Player)艺术总监马克的注意,邀请其去洛杉矶深造戏剧创作。

这次经历让五反田宽决定放弃法律专业,转向音乐与戏剧。他的第二部戏剧《致日裔二代渔人的一支歌》(Song for a Nisei Fisherman,1980)是以其父亲的一生为背景创作的。主人公出生于夏威夷一贫苦家庭,"二战"期间被强行遣返,遭到拘禁。作品还描写了他被释放后的生活。五反田宽以其出色的写作技巧和敏锐的感知力,描绘出第二代日裔移民的心酸经历。

五反田宽的其他作品有《子弹头鸟》(Bullet Headed Birds,1981)《北村的梦想》(Dream of Kitamura,1982)、《洗车房的故事》(The Wash,1985)、《美国狗,去死吧》(Yankee Dawg You Die,1986)、《夜的统治》(In the Dominion of Night,1993)、《极昼》(Day Standing on Its Head,1994)、《鱼头汤》(Fish Head Soup,1995)、《八千代的民谣》(Ballad of Yachiyo,1996)、《松本姐妹》(Sisters Matsumoto,1997)、《用品》(Yohen,1997)等。

这些作品让五反田宽开始在亚美戏剧界占得一席之地。它们先后在美国多家剧院上演,并因此捧得多个重大奖项:古根海姆奖(Guggenheim)、麦克奈特奖(McKnight)、全国艺术基金会奖(National Endowment for the Arts)、洛克菲勒奖学金(Rockefeller fellowships)……

1941 年 12 月 7 日,日本袭击美国珍珠港。日本的偷袭行为令美国政府和人民震怒。偷袭发生的第二天美国即对日本宣战。在此之前,美国国内就已经产生了浓郁的反日气氛,排日运动接二连三。于是,罗斯福总统在 1942 年 2 月 19 日签署"总统 9066 号行政命令",确定美国国内某些地区为"战区",并可以对生活在"战区"内的人进行任何必要的限制,甚至可以把他们排斥在"战区"之外,对在西海岸的 12 万日本人作为敌侨放逐到美国内地,进行监禁。

集中营这个印刻在日本人心中,充满种族歧视和侮辱的历史,成为日本移民永久的伤痛。"不管我有没有写进剧本,集中营的历史都存在

着，它们会被一代一代地保留下来……这是日裔移民的集体心灵伤疤。"(Liu 69) 剧作家日内山若子(Wakako Yamauchi)和里西川(Lane Nishikawa)也将集中营写进作品。不同的是，她们具体描写了集中营的生活，五反田宽则将重点聚焦于战后多年，这段痛苦经历给人们带来的精神创伤。这段背景在《松本姐妹》、《致二代日裔渔人的一支歌》、《洗车房的故事》和《鱼头汤》中都有所提及。

《松本姐妹》发生在 1945 年，松本姐妹一家从罗韦尔集中营回家后，发现昔日美丽的家园已成一片废墟。在主人公们决定忘掉历史，开始新生活后，却发现历史早根深蒂固地闯入所有人的生活，筑起一道阻碍众人追求美好生活的心墙。集中营在该剧无所不在。剧末，亨利与罗丝分离多年后重逢，仍会不自觉地谈起罗韦尔集中营这个大家努力想从记忆中删除的地方。"为了让公众注意到这段历史，我极力地让故事引人入胜，具有说服力，通过各种手法将其最真实的一面展现出来。"(Liu 71)戏剧《致二代日裔渔人的一支歌》以五反田宽父亲早年的生活素材为背景。主人公松本早年在阿肯色大学学医，"二战"爆发后被强行遣返并监禁。松本这样回忆被关进罗韦尔集中营时的感受："开始我反应激烈，很愤怒，甚至暴怒。但一段时间后，我渐渐学会自我控制。"他努力压抑着自己的感情，将愤怒埋藏起来。这些在心底种下的毒瘤最终在其重返生活后彻底爆发。

《洗车房的故事》讲述了一对二代日裔婚姻的破裂。丈夫诺布·松本(Nobu Matsumoto)脾气暴躁，妻子马西(Masi)向往自由。集中营的经历给这一家人打上深深烙印。尽管故事发生在战后四十年，五反田宽没有直接提及白人对他们财产的无情掠夺和拘禁经历给主人公们造成的身心伤害，集中营的生活却无时无刻地渗透到他们的生活。这段历史似一只无形的巨手，时时刻刻操控着他们。意志坚强的诺布没法摧毁心灵上的枷锁，绝望的他将妻子马西作为情感的发泄工具。马西不堪折磨，选择离开丈夫，从一个情感上被忽视的妻子蜕变成独立女人。这部剧1985 年在马克泰帕论坛的新戏剧节上排练，两年后首映于旧金山的尤里卡剧院(Eureka Theatre)。1990 年被美国剧院(American Playhouse)翻拍成电影。五反田宽既直白又不失细腻的描绘，将日裔移民的生活表现得淋漓尽致。

《鱼头汤》的主人公马特·岩崎(Mat Iwasaki)是家中最小的儿子。多年前制造自杀假象，离家出走。若干年后再回家时，发现父亲在精神和身体上都丧失了能力。母亲为寻求慰藉与一名高加索人发生婚外情。他的哥哥维克多(Victor)是一位越战老兵，竭力想挽救面临瓦解的家庭。而要使这个家庭新生，所有的成员必须彻底治愈集中营生活带来的巨大伤疤。剧末，岩崎家残破的房子被狂风吹倒，斑驳的水管与电线尽显眼前。全家人举头遥望满月，思考着未来。五反田宽称这是一部他很满意的家庭剧。岩崎一家的遭遇将美国对亚洲人的敌视情绪和暴力行为赤裸裸地公之于众。

除关注"二战"后美国种族歧视政策等给日本移民其后代带来的影响外，五反田宽还关注美国国内普遍存在白人与有色人种，以及有色人种之间的种族偏见，而且这种偏见渗透到了每个领域。

1986 年推出的戏剧《美国狗，去死吧》，触及美国娱乐业不公平的角色分配现象，犀利地讽刺了美国社会的种族偏见。剧中有两位主人公：心高气傲、脾气暴躁的年轻日裔演员布莱德利(Bradley Yamashita)和相对成熟的华裔老演员文森特(Vincent Chang)。文森特不愿承认自己的美国亚裔人身份，他鼓吹演员在艺术上的身份中立性，认为所有演员，无论其种族身份，在艺术上均可享受平等待遇；他自恃才华横溢，可以饰演各种名著中的经典角色，盲目迷信好莱坞所谓角色分配一律平等的幌子。直到剧末，他终于清醒，亚裔演员即使技艺精湛，也只能充当配角，主角永远是白人担任；而布莱德利尽管看起来早就觉悟，指责文森特："穿着该死的制服，拍白人的马屁……是一个奴性十足的中国人！"(Lee 103)但自己却陷进了另一个"文森特怪圈"：为了改变阻碍自己发展的亚洲人形象，偷偷去做整容手术；他还接下电影中一个"半人半妖"的怪物角色。

作为美国当代杰出的戏剧家，五反田宽在戏剧方面的成就已得到观众和评论界的认可。他的剧作主题广泛，直击历史和人性本质，关注美国社会中亚裔尤其是日裔的生存状态。除了创作戏剧，五反田宽还导演电影。1992 年，其第一部自创自导自演电影《吻》(The Kiss)，在圣丹斯电影节(Sundance Film Festival)、柏林电影节和爱丁堡国际电影节等放映。其他电影作品有《喝茶》(*Drinking Tea*,1996)和《生活无限美好》(*Life Tastes Good*,1999)。《生活无限美好》首映于美国圣丹斯国际电影节,之后便在美国独立电影频道播放。五反田宽可以说是一位多才多艺的艺术家,为亚裔乃至美国戏剧做出了显著贡献。

亚裔戏剧从 20 世纪 70 年代起至今已经发展成一支规模和质量都不可小觑的队伍,不但有开启亚裔戏剧先河的赵健秀、成绩显赫的黄哲伦等,还有谢耀、黄准美、林小琴、五反田宽、魏琳娜·哈苏·休士顿等一大批优秀的剧作家,他们挖掘亚洲移民的辛酸历史,关注不同种族、文化、信仰人群间的矛盾与冲突,寻找不同肤色、文化背景和地域差异的群体和谐共存的方法。他们为亚裔权力呐喊,成为亚裔乃至美国戏剧中不可忽视的一股强有力的声音。

注解【Notes】

* 本文为教育部社科基金规划项目"世纪之交美国戏剧中的身份主题研究"(10YJA752003)和"江苏高校优势学科建设工程资助项目"阶段性研究成果。

[1] 亚美剧作家第一代大抵从赵健秀算起,第二代代表人物为黄哲伦以及日裔戏剧家菲利普·五反田宽。

[2] *Half Lives* 首演后经大幅度修正后出版,更名为 *Wonderland*。

引用作品【Works cited】

Diehl Heath A. Beyond The Silk Road: Staging a Queer Asian America in Chay Yew's Porcelain. Studies in the Literary Imagination. 37.1, Spring 2004, pp. 149-167.

Kim Ju Yon. The Difference a Smile Can Make: Interracial Conflict and Cross-Racial Performance in Kimchee and Chitlins. Modern Drama, Volume 53, Number 4, Winter 2010, pp. 533-556.

Lee Josephine. Performing Asian American: Race and Ethnicity on the Contemporary Stage. Philadelphia: Temple University Press, 1997.

Liu Miles Xian (Editor). Asian American Playwrights: A Bio-bibliographical Critical Sourcebook.

Perkins Kathy A. Roberta Uno: Contemporary Plays by Women of Color: An Anthology. New York: Routledge. 1996.

Savram David. The Playwright's Voice: American Dramatists on Memory, Writing and the Politics of Culture. New York: Theatre Communications Group, 1999.

宋伟杰:《中国·文学·美国:美国小说戏剧中的中国形象》,广州:花城出版社 2003 年版。

Uno Roberta. Unbroken Thread: an Anthology of Plays by Asian American. The University of Massachusetts Press, 1993.

Yew Chay. Porcelain and A Language of Their Own: Two Plays by Chay Yew. New York: Grove Press, 1997.

论亚裔美国文学之族裔批评范式的形成 *
——以 1970 年代为观照

蒲若茜

美国是世界上最大的移民输入国,移民问题在美国历史的地位举足轻重。在哈佛大学任教超过 50 年之久的著名历史学家奥斯卡·汉德林(Oscar Handlin,1915—2011)曾不无夸张地说,"一想到写美国移民史,我发现移民就是美国的历史"[1],移民问题在美国社会的重要性可见一斑。移民众多,人种复杂,使美国的种族问题和族裔政治尤其突出:美国历史上唯一的一次内战(1861—1864)就是由解放黑人奴隶引发的,林肯总统由于支持废除黑人奴隶制被刺杀;而改变美国 20 世纪社会历史的"民权运动",其发起者是黑人领袖马丁·路德·金,为争取美国黑人的平等权利献出了自己的生命。

至 2011 年 10 月 9 日,美国的总人口已达到 312 340 000;但土生的印第安裔美国人和阿拉斯加土著只有 2 932 248 人,占美国总人口的 0.9%;夏威夷及太平洋诸岛原住民 540 013 人,占 0.2%。其他近 99% 的人口,都是来自世界各地的移民及其后裔,其中,白人占 72.4%,黑人及非洲裔占 12.6%,梅斯蒂索混血儿(Mestizo,指西班牙人与美洲印第安人的混血儿)和穆拉托混血儿占(Mulatto,黑白混血儿)等占 6.2%,亚裔占 4.8%,多种族混血儿(Multiracial)占 2.9%。[2]可以看出,白人虽然也是移民,但后来者居上,占美国人口的绝大多数,成为美国社会的主流,而真正的土生原住民,却成了名副其实的少数民族。

比较有规模的亚裔移民美国的历史从 1850 年代开始:中国广东的农民为了他乡淘金,漂洋过海到达梦中的"金山",成为最早从太平洋海岸进入美国的亚洲人。在大约 40 年后,第一批日本移民到达美国,之后是韩国人及印度人。至 1900 年,在美华人的数量达到 90 000,日本人达到 86 000,而韩国人和印度人分别为 7 000 和 2 000。[3]与 1565 年最早到达美国的西班牙移民相比,亚洲人到达美国的时间晚了近 300 年。

作为晚期到达的移民和人口较少的少数族裔,在很长一段时间里,亚裔美国人在美国历史上基本是处于被消音、被涂抹的地位,直到"民权运动"展开之后,亚裔的族性意识才逐渐苏醒,开始追求自己的族裔权利。

亚裔美国文学的族裔批评范式,就是在这样的历史语境中产生的。该批评范式与 20 世纪后半页以降美国的社会主潮相契合,真实反映了亚裔美国文学的诉求与主旨,反映了亚裔美国人在美国勉力生存的历史与现状。值得注意的是,亚裔美国文学批评一开始就是以"外部研究"引人瞩目,其最典型的表现就是对于作家族裔身份的界定和论争。

早在 1972 年,第一本亚裔美国文学选集——《亚裔美国作家选》(Asian American Authors,1972)出版之时,编者许芥昱(Kai-Yu Hsu)和海伦·帕卢宾斯克斯(Helen Palubinskas),就以李金兰(Virginia Lee)与赵健秀(Frank Chin)在 1970 年一次访谈中的差异性身份认同为引子,提出了亚裔美国作家身份界定的问题。

在这次访谈中,李金兰声称自己并没有关于身份的概念,说"亚裔美国作家首先是一个人,正如诗人首先是一个人,然后才谈其诗性……我并不太关心我是中国人或美国人,或华裔美国人(Chinese-American),或美国华人(American-Chinese)",而赵健秀则针锋相对地调侃道:"这等于说你是一粒豆子,是世界上成万上亿的豆子中的一粒,甚至既不是黑豆也不是黄豆,那你的身份是什么?"(Hsu & Palubinskas 1)由此可见,关于作家族裔身份的论争,早在 1970 年已经出现,而李金兰与赵健秀的族裔身份观,基本上贯穿了亚裔美国文学批评近 40 多年的发展历程,代表了亚裔美国作家在身份认同上的差异性声音。

应当特别指出的是:在 1970 年代,对于"亚裔美国人"的区分和界定,并不只是亚裔美国文学批评界的学术命题,而是亚裔美国研究的主要关注点,是社会学、心理学、历史学界共同关注的学术领域:

1971年7月,《亚美研究》第二期刊登了心理学家史丹利·苏与德里克·苏(Stanley Sue & Derald Sue)共同署名的文章《华裔美国人格与精神健康》(Chniese-Amerian Personality and Mental Health,1971),以旧金山华裔青年的精神疑障为个案,探讨了在美国"同化"政策及种族歧视的夹击之下亚裔美国人所产生的人格分化,分别为固守华人身份的"传统人"("Traditionalist")、完全认同西方价值观的"边缘人"("Marginal Man")和形成了亚裔美国认同的"亚裔美国人"("Asian American");而从该文所记载的病例来看,"传统人"蛰伏于华人社区,与美国主流社会完全隔绝,有自闭倾向;"边缘人"就是黄皮白心的"香蕉人",因为思想被"白化"而歧视、憎恨黄种人,但又得不到主流社会的接纳;"亚裔美国人"是亚裔运动的产物,思想激进,勇于行动,又为得不到家人的理解而深感困扰。在史丹利·苏与德里克·苏看来,这三种人的人格发展都面临危机,都需要"心理健康护理"("Mental Health Care")。(Sue 38)因为他们在传统家庭、西方文化和种族主义的多重压力下挣扎,都面临着人格被扭曲的窘境,具体表现为"怀着过度的犯罪感,自我憎恨,好斗,认识不到自我价值"。(Surh 159)

同年,在《亚美研究》第三期,华裔美国学者本·R·唐(Ben R. Tong)发表了《精神的格托:关于华裔美国历史心理的思考》(The Ghetto of the Mind:Notes on the Historical Psychology of Chinese America,1971)一文,指出苏文所论"对华裔美国文化感性理解不够,对由于集体经验累积而成的人格问题理解甚少,对当下所需要的'治疗'知之甚少"。(Tong 1)唐文认为,二苏的研究仅仅局限于研究华裔美国大学生群体,是一种在概念上不精确的"人格类型",正好契合了现存的以WASP为导向的精神治疗体系,而这种体系亟待彻底改革。(Tong 1)

由此观之,亚裔美国文学之族裔批评话语与当时的政治、历史、社会环境紧密相连,离不开亚裔美国社会学、历史学、心理学各学科领域学者对于亚裔美国人族裔身份认同的研究和共同探讨。正是在这样的历史语境之中,以"哎咦——集团(Aiiieeeee Group)"[4]为首的亚裔美国作家和批评家,掀起了对亚裔美国文学边界及亚裔美国人族裔身份的探讨。

在1974年出版的《哎咦——亚裔美国作家选集》(Aiiieeeee! An Anthology of Asian American Writers,1974)前言中,"哎咦——集团(Aiiieeeee Group)"对何为"亚裔美国人"进行了明确的定义:

"亚裔美国人首先不是一个民族,而是几个民族——包括华裔美国人、日裔美国人和菲律宾裔美国人,他们由于地理、文化和历史的原因与中国和日本已分离了七代和四代。他们已发展了自己独特的文化和感性,很明显,他们既不是中国人、日本人,也不是美国白人。

…………

"……这是一个专门的亚裔美国文学选集,作者是出生和成长在美国的菲律宾裔、华裔和日裔。他们从美国文化推销中,通过收音机、电影、电视和漫画书了解中国和日本,认为就是那些在受伤、伤心、愤怒或发誓时发出'哎咦'的哀叫、呼喊或尖叫的族类。亚裔美国人,长期以来被忽略,被排除在美国文化的创造性建构之外,他们受伤、伤心、愤怒、发誓、迷惑。这本选集就是他们'哎咦'的哀鸣、呼喊和尖叫,这是我们五十年来发出的集体的声音。"(Chan Vii-Viii)

这段话,已然成为亚裔美国文学批评的源头和经典,但其遭人垢病之处也是显而易见的。首先,该定义没有纳入华裔、日裔、菲律宾裔之外的其他亚裔美国作家,比如韩国裔和印度裔作家。难道这些亚裔族群就没有自己的文学创作?其次,"哎咦——集团"限定"出生和成长在美国"是判定"亚裔美国作家"的必要条件,却又把9岁从广东台山移民美国的雷庭超(Loius Chu)和生在美国长在中国的戴安娜·张(Diana Chang)作为亚裔美国文学的奠基人加以推介,而把土生的刘裔昌(Pardee Lowe)和黄玉雪(Jade Snow Wong)排除在外。其界定的标尺是,是否用英语写作,是否具备"亚裔美国感"(Asian American Sensibility),但其真确性却遭到众多亚裔美国作家和批评家的质疑。

虽然与"哎咦——集团"处于同一时代,许芥昱(Kai-Yu Hsu)和海伦·帕卢宾斯克斯(Helen Palubinskas)对"亚裔美国作家"的身份界定却宽泛、包容得多。在其1972年出版的《亚裔美国作家选》(Asian-American Authors)序言中,他们首先以赵健秀与李金兰关于身份认同截然相反的意见为引子,探讨了亚裔作家族裔身份认同的问题:

"但这[身份认同]确实是一个问题。而且这问题从不同的方面困扰着亚裔美国作家，因为这是困扰所有敏感的人的问题，不管其族裔背景如何。……佛说，人的自我是一种虚幻（illusion），一旦人忘记自己，就获得了自由。但我们不是佛，不能忘记'自我'（self），所以就探寻——永无休止地探寻。"

"……或许处于双文化或跨文化中的人的[自我]探寻并不更复杂，但却更加凸显，由于强力的牵引被推到前台，从而无论从内在还是表面，左右人的存在。"

"最明显的一点，就是文化、族裔、社会甚至政治的对抗与冲突，经常给双文化中的人带来痛苦的创伤和伤害。"（Hsu & Palubinskas 2）

接着，许芥昱和海伦·帕卢宾斯克斯列举了丹尼尔·井上（Daniel Inouye）、俊夫盛雄（Toshio Mori）等日裔作家在幼年及"二战"中所遭受的种族歧视与种族隔离——被强制迁徙、进入沙漠中的日裔集中营的经历；也论及"哎咦——集团"成员之一劳森·稻田所遭受的种族歧视——虽然已经是第三代日裔，可他所任教的马萨诸塞州的学生还是在其身后窃窃私语："看，一个日本佬老师！一个日本佬老师！"（Hsu & Palubinskas 4）。而"哎咦——集团"另一成员陈耀光（Jeffrey Chen）娶了美国白人做妻子，得到女方亲戚的接纳，却被自己的父亲断绝了父子关系。许芥昱和海伦·帕卢宾斯克斯通过这些事例证明，虽然某些亚裔美国人憎恶把自己与白种美国人区别开来，但这种区别性对待却无处不在，从反面论证了保持族裔身份、争取族裔地位的必要性。

但在其文集选编的作家作品中，许芥昱和海伦·帕卢宾斯克斯并没有排斥异己，既收录了刘裔昌（Pardee Lowe）、黄玉雪（Jade Snow Wong）、李金兰（Virginia Lee）、俊夫盛雄（Toshio Mori）后来受到"哎咦——集团"批判的华裔和日裔作家的作品，也有赵健秀、陈耀光、徐宗雄、稻田等亚裔美国文学的积极倡导者和践行者的作品。对比"哎咦——集团"的激进态度，在族裔运动高涨的 1970 年代，这样包容的学术态度殊为不易。从其所选作家的母居国来源来看，该文集选入了华裔、日裔、菲律宾裔作家作品；在作家身份的界定上，许芥昱和海伦·帕卢宾斯克斯秉持了两个原则，一是出生和生长在美国，二是用英文写成作品。这样的界定，与"哎咦——集团"所坚持的"本土视角"是基本一致的。

而同时代的华裔美国学者王燊甫（David Hsin-Fu Wand），在亚裔美国作家的身份界定上，却与"哎咦—集团"和许芥昱和海伦·帕卢宾斯克斯大异其趣：在其 1974 年主编出版的《亚裔美国文学遗产：散文与诗歌选集》（*Asian American Heritage：An Anthology of Prose and Poetry*，1974）绪论中，针对日裔学者 Daniel I Okimoto 将日裔作家 S·I·Hayakawa 视为"黄色汤姆大叔"（"yellow Uncle Toms"）和"顶级香蕉"（"Top Banana"）的贬斥，王燊甫提出了"何为亚裔美国人"的问题：

"什么是亚裔美国人？答案绝不是简单而清晰的。是不是只有一世、二世、三世、四世（日语的第一代、第二代、第三代、第四代）出生和生长在美国的才算得上亚裔美国人？……难道一世——比如像友安野口（Yone Noguchi，1875—1947）那样选择用英语写作的第一代日本移民就不能被界定为亚裔美国作家？那么华裔诗人斯蒂芬·刘（Stephen S. Liu）和王燊甫又如何界定？他们虽然出生在中国，但早年就来到美国，并且只在美国杂志和文选中发表自己的作品。如果我们把亚裔美国人的定义局限在出生和成长在美国，那我们会排除掉许多用英语写作的最好的作家；如韩裔作家康永山（Yonghill Kang）和理查德·金（Richard E. Kim），他们都出生在韩国，还有卡洛斯·布洛桑（Carlos Bulosan），他出生在菲律宾的一个小村庄。"（Wand 2）

由此可见，在"亚裔美国文学"学科发展的"草创"阶段，具有前瞻性眼观的亚裔美国学者就提出了后来学者一直辨析、论争的问题，其问题的提出和探讨具有共时性、众声喧哗的特点。

不仅如此，王燊甫对于亚裔美国文学作品的语言问题也提出了极具挑战性的意见：

"我们的亚裔美国文学作家选集能否包括完全用汉语、日语、韩语或他加禄语[菲律宾语的基础]写作的作家？事实上，自1850年以来汉语和日语的报纸和杂志就在美国西海岸出版。在绝大多数这样的报纸中，有许多的诗歌和文章记录了早期华裔和日裔移民在美国的经历。比如旧金山的《华人世界日报》（*The Chinese World Daily*），其中发表的许多诗歌是中国古体诗，表达的是华人移民的生活和对'金山'（华人对旧金山的称呼）的印象。这些诗歌难道不应该被看着华裔美国文化遗产的一部分吗？它们难道不应该被翻译为英文，并且被收录进亚裔美国文学选集之中吗？"（Wand 2-3）

的确，如果把英语作为界定亚裔美国文学的语言标尺，大量早期华裔用汉语、日裔用日语创作的、真实反映其族裔历史、人生经验和文学想象的作品就会被排斥在外，而这，显然与"泛亚运动"及亚裔美国文学钩沉、寻找亚裔美国文化遗产、构建亚裔美国历史的主旨相违背。在王燊甫看来,这样的非英语文学,不仅应该被纳入亚裔美国文学体系,还应该作为族裔文化遗产受到重视。但现实的情况是,大部分第二代以上的日裔不会日语,读不懂早期日裔移民创作的短歌、俳句;年轻一代的华裔也读不懂早期华裔移民用汉语创作的的古体律诗,这一点,使亚裔美国文学选集的编撰者不得不做出妥协,要么把英语以外的华裔美国文学排除在选集之外,要么像《埃伦诗集》和《大哎咦》那样,用双语出版早期亚裔移民作品。

王燊甫不仅在作家身份界定问题上表现出"非本土"视角,在语言上也包容早期亚裔移民的非英语作品;更出人意料的是,他在其选集中选录了夏威夷、萨摩亚、塔西提的玻利尼西亚语口述诗歌,并且在开篇部分大力推介玻利尼西亚语口述文学(Wand 9-13)。这显然是对亚裔美国作家身份界定的重大突破,但这种突破并没有在1970年代之后的亚裔美国文学批评界引起呼应,直到21世纪初,夏威夷及太平洋诸岛的文学创作才重新进入亚裔美国文学研究者的视野。

王燊甫在亚裔美国作家身份上的包容性态度,与以赵健秀为主的"哎咦——集团"的保守态度形成鲜明的对比,为后来的亚裔美国文学研究者继续拓展亚裔美国文学研究领地奠定了基础。

1982年,著名亚裔美国文学研究者金惠经(Elaine H. Kim)在《亚裔美国文学:对亚裔美国写作及其社会背景的介绍》(*Asian American Literature: An Introduction and Their Social Context*, 1982)的前言中指出,不管是土生华裔还是新移民,只要是亚裔美国人用英语书写的具有"亚裔美国意识(Asian American Consciousness)"的作品,都可以被称为亚裔美文学(Kim xi-xii.)。1988年,张敬珏(King Kok Cheung)和斯丹·尤根(Stan Yogi)在《亚裔美国文学:注释书目》(*Asian American Literature: An Annotated Bibliography*, 1988)的前言中提出,"我们包括了所有定居美国或加拿大的有亚洲血统的作家的作品,不管他们在哪里出生,什么时候定居北美,以及如何诠释他们的经历,我们还包括了有着亚裔血统的混血作家和虽然不定居在北美,却书写在美国或加拿大的亚洲人经历的作品"(Cheung & Yogi 5);1990年,林英敏(Amy Ling)出版的专著《世界之间:华裔美国女作家》(*Be-

tween Worlds: Women Writers of Chinese Ancestry*, 1990)更从广义上指称华裔美国文学,"即包括中国来的移民及美国出生的华人后裔,不管他们是华侨还是美国公民,只要他们的作品在美国出版,都属于华裔美国文学的研究范围"(Ling 136);在《解读亚裔美国文学:从必要到奢侈》(*Reading Asian Ameirican Literature: From Neccisity to Extravagance*, 1993)一书中,黄秀玲把加拿大日裔乔伊·古川(Joy Kogawa)反映"二战"中日裔加拿大人族裔经验的《婶婶》(*Obasan*, 1981)也纳入了亚裔美国文学的分析框架。

由此可见,亚裔美国文学之族裔身份界定,随着时间及社会、历史语境的变化发生了很大的转变,其总的趋势是定义越来越宽泛,不仅突破了赵健秀在出生地上"土生"视角,语言也不再局限于英语,血统也不一定是纯种亚裔,含有亚裔血统的混血儿"水仙花"甚至被推举为亚裔美国文学的先驱。

但值得注意的是,无论是金惠经、张敬珏和斯丹·尤根,还是林英敏、黄秀玲,都用不同的字眼表达了对以赵健秀为主的"哎咦——集团"所论及的"亚裔美国感"(Asian American Sensitivity)的基本认同:金惠经的"亚裔美国意识"(Asian American Consciousness)与"亚裔美国感性"(Asian American Sensibility)仅一字之差,张敬珏和斯丹·尤根认为亚裔美国文学应反映"美洲大陆经历",林英敏认为欧亚裔混血儿"水仙花"并不缺乏"亚裔感",黄秀玲把加拿大日裔作家乔伊·古川(Joy Kogawa)纳入自己的研究视野,为的是证明"泛亚洲情感的存在"。由此观之,亚裔美国文学的族裔身份批评有其基本原则,即反映亚裔美国独特的、驳杂多元的族裔经验与文学想象。

亚裔美国文学的发生发展,迄今已有近160年的历史,而作为亚美研究(Asian American Studies)之重要组成部分的亚裔美国文学批评,则兴起于20世纪60年代末70年代初,是在"民权运动"精神引领下,与美国亚裔弘扬族裔联盟的"泛亚运动(Pan-Asian Movement)"相伴而生的。虽然"亚裔美国文学"的命名及研究其发端晚了100多年,但亚裔美国文学1960年代以来的蓬勃发展,彻底改观了美国的文学及文学批评典律。可以毫不夸张地说,如果离开了亚裔、非洲裔、墨西哥裔、印第安裔等多族裔背景的作家及理论家的巨大贡献,20 世纪后半叶以来的美国文学及文学理论将黯然失色。

在美国,近 40 年来,在亚美研究的学科体制之内,亚裔美国文学批评范式经历了一系列的转变,其关注的核心问题、理论热点一直处于发展过程之中,发生了以下显著的改变:(1)从专注有色人/白人种族对立到关注种族多元共存;(2)从静态、封闭到动态、扩展的种族概念;(3)从研究作为牺牲品的亚美社群到研究美国社会中差异性的权力主体及其相互关系;(4)从对亚裔同质性的研究到泛族裔性、异质性的比较研究;(5)美国内部的亚裔族群研究转变为全球性离散研究的一部分。[5]

随着批评范式的转变,亚裔美国文学批评的理论关键词也得到丰富和拓展:从早期批评话语中对传统亚裔、"边缘人"、亚裔美国人定义的区分,以及对"亚裔感"的追寻,到后现代思潮观照下对亚裔种族、性别、性、阶级的多维度呈现,以及 20 世纪末"全球化"语境中的"去国家化(denationalization)"、"跨国(transnational)"、"离散(diasporas)"论争等,亚裔美国文学批评观照亚裔美国人各个历史阶段的生存语境和文学想象,在与后现代主义、后殖民主义、女性主义、文化研究等理论的互动中,凝练出一系列具有自身特色的理论关键词,初步形成了亚裔美国文学批评的理论体系。

综上所述,可以看出亚裔美国文学之族裔批评范式之经久不衰。本文从亚裔美国文学及其批评的历史出发,梳理亚裔美国文学之族裔批评范式的早期发展路径,企望为建构具有学科意义的亚裔美国文学批评体系有所裨益。

注解【Notes】

* 本文是笔者主持的国家社科基金项目"亚裔美国文学批评范式与理论关键词研究"(09CWW008)和广东省哲学社会科学规划项目"亚裔美国文学批评之理论问题探析"(07K04)阶段性成果。

[1]　转引自 Roger Daniels, American Immigration: A Student Companion. New York: Oxford University Press, 2001, p. 7.

[2]　参见 http://en. wikipedia. org/wiki/Demographics _of_the_United_States#Race_and_ethnicity

[3]　该组数据来自笔者 2011 年 9 月—2012 年 8 月年在加州大学洛杉矶分校做访问研究期间在周敏教授课堂上所做的笔记。

[4]　"哎咦——集团"("Aiiieeeee Group")(Chan et al xiii)是对赵健秀(Frank Chin)、陈耀光(Jeffery Paul Chan)、劳森·稻田(Lawson Fusao Inada)、徐宗雄(Shawn Wong)等四位亚裔美国文学及其批评的挖掘者、开拓者的总称,他们因共同编著具有奠基意义的亚裔美国文学选集《哎咦! 亚美作家选集》(Aiiieee! An Anthology of Asian American Writers, 1974)和《大哎咦! 华裔与日裔美国文学选集》(The Big Aiiieeeee! An Anthology of Chinese American and Japanese American Literature, 1991)而得名。

[5]　参见 Sau-ling Cynthia Wong, "Denationalization Reconsidered: Asian American Cultural Criticism at a Theoretical Crossroads", Amerasia Journal 21. 1 (1995), pp. 1-27; Stephen Hong Sohn and John Blaire Gamber, "Current of Study: Charting the Course of Asian American Literary Criticism", Studies in the Literary Imagination37. 1 (2004), pp. 1-19.

(蒲若茜,暨南大学外国语学院教授,博士生导师。研究方向:英美文学、海外华人文学、华裔美国文学。)

当代翻译研究热点评析

祝朝伟

内容提要：当代翻译研究热点问题主要表现在以下四个方面：一是翻译研究的"文化转向"使翻译研究呈现出多元共生、动态互补的格局，翻译伦理研究、机器翻译与语料库翻译研究、生态翻译学研究和翻译史研究是四大值得关注的热点领域；二是莫言获得诺贝尔文学奖，引发了中国文化走出去的热议；三是翻译学科的独立，激发了翻译学科建设的热情；四是翻译产业的崛起，呼唤翻译时代的到来。

关键词：当代 翻译研究 热点 评析

作者简介：祝朝伟，四川外语学院翻译学院教授、博士，硕士研究生导师。主要研究领域：翻译研究、当代西方文论。

Title："Hot Spots" in Contemporary Translation Studies：A Review

Abstract：The "hot spots" in contemporary translation studies can be summarized as follows. First, the "cultural turn" ushers translation studies into an era of diversity and heterogeneity where researches on translation ethics, MT and corpus-based translation studies, eco-translatology and translation history have attracted great academic attention. Secondly, Mo Yan's winning of the Nobel Prize for Literature has triggered out heated discussion on the strategies for Chinese culture to go out. In the third place, the recognition of translation as an independent discipline has stimulated the nationwide zest of discipline construction, and finally, the rise of translation industry signals the coming of the translation era.

Key words：contemporary translation studies "hot spots" review

Author：**Zhu Chaowei** is professor, Ph. D and M. A. supervisor at the College of Interpretation and Translation, Sichuan International Studies University (Chongqing 400031, China). His academic interest lies in translation studies and contemporary Western literary criticism. Email：zhuchaowei@sisu.edu.cn

所谓"热点"，是指受民众关注的新闻、信息或某一时期引人注目问题，而学术研究热点则是指某一时期受某一领域学者关注的问题或现象。细数当代翻译研究的理论与实践，"文化转向"、"莫言获奖"、"学科独立"和"产业崛起"可谓当今翻译的四大热点，本文拟对这四大热点予以评析。

一、文化转向，促进翻译研究多元共生

长期以来，翻译被视为一种语言之间的转换行为。20 世纪初哲学的"语言学转向"和索绪尔现代语言学的巨大影响，形成了翻译研究的语言学范式，使翻译理论家们借助现代语言学理论和信息论，探索翻译中语言的转换规律，使翻译研究走上科学化的发展道路。"等值"、"转换"、"成分分析"、"翻译单位"、"忠实"、"标准"等成为这一时期的研究重点与热点。20 世纪 60 年代以降，随着西方跨学科文化研究思潮的涌现和壮大，国内外学者认识到，翻译并非一个发生在语言层面的静态、封闭的行为，而是跟翻译行为发生的社会文化语境密不可分的。研究者们跨越语言学式的微观研究方法，将翻译放到一个更加宏大的社会文化语境中去审视和探索意识形态、诗学、赞助、接受语境等文化因素对翻译的影响以及翻译对于文化建设的意义，由此出现了翻译研究的"文化转向（Cultural Turn）"。其结果，各种历史、政治、文学的因素纷纷进入研究者的视野，使翻译研究逐渐跳出传统以语言学为基础的研究范式，走向更加广阔的文化空间，形成跨文化、跨学科的翻译研究生态。在这种语境中，阐释学、后殖民批评、解构主义批评、女性主义批评等文化思潮不断冲击翻译研究，使翻译研究由传统囿于语码转换规则、以原文为中心的规约性研究范式（Prescriptive Paradigm）转向以译文为中心的描述性研究范式（Descriptive Paradigm）。

翻译不再被视为一种语码向另一种语码的转换过程，而更多地被视为跨文化交际行为，肩负着特殊的文化批评使命。

翻译研究的"文化转向"是近年来翻译研究的最大热点，国内学者纷纷著文探讨"文化转向"的意义，对"文化转向"中各家翻译理论进行译介、梳理和评说，并结合中国语境进行学理上的审视，产生了一大批理论研究成果，使翻译研究进入一个众声喧哗、多元共生的局面。此外，在"文化转向"的大语境下，翻译研究近年来还涌现了一些其他的热点，如翻译伦理研究、机器翻译与语料库翻译研究、生态翻译学研究和翻译史研究等。

（一）翻译伦理研究

虽然伦理是一个道德范畴，但翻译作为一种跨文化交际行为，它跟伦理具有密不可分的联系，因为翻译伦理所研究的，实际上就是不同时期译者从事翻译活动所遵循的规范与准则。法国哲学家 A. Berman 是较早研究翻译伦理的学者。他在《异的考验》（1984）、《翻译与文字》（1995）、《翻译批评论》（1995）等著作中详细阐述了他的翻译伦理思想，认为翻译伦理就是尊重原作，尊重原作中的语言和文化差异，其翻译伦理目标就是通过对"他者"的传介来丰富自身。（罗虹 63）另一个对翻译伦理特别关注的西方学者是 Douglas Robinson。他在《译者登场》（The Translator's Turn）一书的第四章中详细讨论了翻译的伦理问题，认为翻译是一项非常复杂的实践活动，翻译的伦理可以体现在 10 个含有 vert 的词语中[1]。最终使翻译伦理成为翻译研究热点的是 2001 年国际权威译学杂志《译者》（The Translator）以"回归伦理"为题的专题讨论。该期专题特邀西班牙翻译理论家 A. Pym 为执行主编，邀请 12 位来自世界各国的学者撰文，从不同的角度，多视角、多维度地透析了翻译的伦理问题。Pym 在引言中指出，20 世纪 90 年代之初，翻译伦理是一个令人心生不快的字眼（an unhappy word），然而随着经济全球化的拓展和翻译文化研究的深入，"伦理"的价值又再被重新发现，翻译研究又再次回归到伦理问题（Pym 129）。

翻译伦理的研究热潮很快跨洋过海，引发了国内学者对翻译伦理的思考。近年来以"翻译伦理"为题的文章不下百篇，跟翻译伦理有关的则多达数百篇。这些研究主要可以分为以下几个方面的研究：一是有关翻译伦理回归的讨论（如刘卫东 95-99）；二是有关普适性翻译伦理构建的讨论（如王世荣、赵征军 190-193）；三是翻译伦理研究在翻译实践应用方面的探讨（如王妭、陈可培 78-80）。但总体而言，这些探讨还没有跳出西方学者设定的框架，创新性还有待进一步加强。

（二）机器翻译及语料库翻译研究

机器翻译（MT）肇始于 20 世纪四五十年代，美国科学家 W. Weaver 和英国工程师 A. Booth 发表了《翻译备忘录》，提出了利用计算机进行翻译的设想。1954 年，乔治伦敦大学和 IBM 公司合作，公开演示了世界上第一个 MT 系统，宣告了机器翻译时代的到来。此后随着科学技术的发展，MT 项目在世界各国蓬勃发展，先后开发出 Weinder 系统、EURPOTRA 多国语翻译系统、TAUM-METEO 系统等多种机器翻译系统。20 世纪 90 年代语料库研究方法的引入，大大推动了现代机器翻译研究的发展，使机器翻译研究进入新的纪元（彭述初 123）。

我国首个俄-汉 MT 系统的研发始于 1959 年，20 世纪 70 年代中期还启动了"748"机器翻译工程，但相比国外而言，国内机器翻译研究在整体上是比较落后的。迄今为止，国内还没有一本可以用于教学的机器翻译教材。不过，随着计算机和网络技术的不断发展，机器翻译和语料库翻译已经开始受到国内学者的重视并已开展相关研究。这主要表现在：

一是全国性机器翻译研讨会相继召开。自首届全国机器翻译研讨会（2002）在北京召开以来，该研讨会至今已召开了八届。2009 年，全国首届语料库翻译学研讨会在上海交通大学召开，至今已举办了两届。二是相关研究正处于上升趋势，涌现了大量高质量的研究成果。以 2010 年为例，在国内 26 种外语类专业期刊所刊发的 621 篇以"翻译"为题的研究论文中，翻译技术研究论文为 29 篇，占总数的 4.7%，而全国 2009 年的论文总数仅为 9 篇（穆雷、蓝红军 23）。这些论文主要涉及：①机器翻译应用系统的介绍；②网络在线翻译工具的利用；③语料库的设计与制作；④基于语料库的研究等（穆雷、蓝红军 24）。相较而言，基于语料库的翻译研究是此类研究的一大亮点，因为相对于传统的翻译研究而言，"语料库翻译研究在研究方法上以语言学和翻译理论为指导,以概率和统计为手段,以双语真实语料为对象,由大规模翻译文本或翻译语言整体入手,采用语内对比与语际对比相结合的模式,对翻译进行历时或共时的研究,对翻译现象进行描写和解释,探索翻译的本质(王克非、黄立波10)",是未来翻译研究的一大新的动向。三是各类机器翻译产品的开发与应用。20世纪80年代以后,我国的机器翻译研究发展加快了步伐,首先研制成功了KY-1和IMT/EC863两个英汉机译系统,近年来许多公司也相继推出了一系列高科技的机译软件,如"译星"、"东方雅信"、"通译"、"科建"等。这些产品的开发与应用一方面助推了机器翻译研究向纵深发展,另一方面也推动了翻译产业的发展。

(三)生态翻译学研究

"生态翻译学(Eco-translatology)"是胡庚申教授2006年8月在"翻译全球文化国际研讨会"上首次提出的概念,其理论基础来源于E. Haugen(1971)的"语言生态"(language ecology)概念、M. Halliday的生态语言学(ecolinguistics)理论和胡庚申自己的"适应选择论"。从根本上说,生态翻译学是翻译研究的生态学途径或生态学视角的翻译研究,它"着眼于翻译生态系统的整体性,从生态翻译学的视角,以生态翻译学的叙事方式,对翻译的本质、过程、标准、原则和方法以及翻译现象等做出新的描述和解读"(胡庚申11)。这一理论是中国学者基于国外语言学理论和翻译研究最新成果提出的具有重大原创性的理论,是翻译理论的一大贡献。该理论引起了翻译界的广泛关注。迄今为止,国际生态翻译学研讨会已召开了三届,一大批以"生态翻译学"为主题的研究成果在Perspectives等国外期刊上发表。国内学者也纷纷运用"生态翻译学"的相关理论,探讨翻译的诸多问题。这些研究主要包括以下领域:①运用"生态翻译学"的相关理论解读严复、冰心、林语堂等诸多翻译家的翻译生态;②运用该理论探讨广告、外宣、影视、商标、旅游文本等特定文本的翻译问题;③运用该理论对某具体文学翻译文本进行解读等。笔者相信,在全球生态化的背景下,随着该理论的不断丰富完善和接受认可,相关研究还会拓展到更多的领域,产生更多高质量的研究成果。

(四)翻译史研究

翻译史的研究是翻译研究的重要领域,但无论是在中国还是西方,都是一个比较边缘的领域。1972年,J. Holmes在《翻译研究的名与实》一文中描画翻译学的蓝图时甚至忽视了翻译史的研究,仅仅将其轻描淡写地归属于"理论研究"下的一个小版块中。(Munday 10)翻译史研究专家A. Pym也指出,无论从数量还是从质量上而言,当前的翻译史研究论著都不尽如人意(Pym 3)。西方的翻译史研究,除L. G. Kelly的《西方翻译理论与实践史》(The True Interpreter: A History of Translation Theory and Practice in the West,1979)以外,近年来出版的也仅有A. Chesterman的《翻译理论读本》(Readings in Translation,1989)、Lefevere的《翻译·历史·文化读本》(Tanslation/Histoy/Culture: A Sourcebook,1992)、D. Robinson的《西方翻译理论:从希罗多德到尼采》(Western Translation Theory: From Herodotus to Nietzsche,1997/2002)、A. Pym的《翻译史研究方法》(Method in Translation History,1998)和L. Venuti的《翻译研究读本》(The Translation Studies Reader,2000/2004)等屈指可数的几本。

国内的情形大致与此相似。《中国翻译》作为译界的权威性刊物之一,在2003年之前很少刊发有关翻译史的文章,是年以后才开设"翻译史研究"专栏(2007年更名为"翻译史纵横")。同时,相关研究表明,"上世纪后半叶我们翻译方面出版的书籍约500本,其中理论研究占20%以上的比重,而翻译史仅为1‰而已"(柯飞31)。翻译史研究的状况由此可见一斑,但这种状况近年来得到了极大的改观,产生了一大批高质量的学术研究成果,成为当前翻译研究的另一大热点。

据笔者的不完全统计,自1984年以来,国内已有23本翻译史专著问世。[2]同时,翻译史研究正受到政府越来越高的重视。数据表明,1989—1996十年间,全国共有5个翻译课题获得国家哲学社会科学基金资助,其中翻译史研究项目占4项,占比80%(许钧、王克非39)。2005年教育部批准的人文社科研究项目中,有3个项目为翻译史专题研究。[3]翻译史研究正受到越来越多学者的关注。

细数国内翻译史研究,最主要的研究还是通史和简史研究,如马祖毅(1984,2006)、陈玉刚(1989)、谭载喜(1991)、陈福康(1992)、吕正惠(1996)、孟昭毅(2005)和黎难秋(2006)等。除此以外,这一领域的研究还出现了以下几个新的动向:①技术的发展使史料更加翔实,研究更加深入,如马祖毅(2006)的《中国翻译通史》,全书共五卷本,煌煌400万字,堪称一部百科全书式的史料著作。②翻译史研究不再局限于编年体式的通史或简史研究,出现了断代史和区域翻译史的新动向。1984年以来出版的23部专著中,除8部通史类著作外,其余大多数为断代史研究。此外,近年来,区域翻译史的研究也取得了很大的成绩,西域翻译史、孤岛翻译史和抗战翻译史研究也异军突起。③翻译史的研究逐渐突破了文学翻译史和翻译文学史的界限,出现了科技翻译史、新闻翻译史等新的研究领域,如黎难秋(2006)的《中国科学翻译史》等。

当然,翻译史研究在取得瞩目成绩的同时,也还存在一些不足或问题。一是一手的史料还有待进一步发掘,史料与史论还应有机结合。有学者指出,"现有的翻译史倾向于引用的多半是第二、三手资料,同时也颇爱引用名人评语,很少再加考证或思考(孔慧怡 10)"。二是研究角度的"自我化"显得比较突出,很多的翻译史都是中国人视野中的翻译史,我们还需要用"一个'他者'的眼光来指导我们的翻译史"(郑贞 111)。三是翻译史的研究,主要集中于文学翻译史和经典译本、精英译者的研究,研究视角不够多样、研究类型还有待拓展。从研究视角来看,翻译史研究有传统意义上的时空视角、文体类型视角、跨文化视角和统计学视角等;从研究类型来看,有国别研究、时期研究、译者研究、理论研究、翻译机构和出版社翻译贡献研究和专题分类个案研究等。(许钧、朱玉彬 451)笔者深信,随着学界对翻译史研究的不断重视,这些问题将逐渐得到克服和解决,涌现出新的学术著述。

二、莫言获奖,引发中国文化走出去热议

莫言是诺贝尔文学奖100多年历史上首位获奖的中国作家。莫言的获奖,引发了中国文化走出去的热议,成为翻译研究的另一热点。如果用CNKI搜索引擎输入"莫言"进行检索,2012年11月以来的三个月期间,全国发表的相关文献竟达186条!这一数据乍看似乎并不是很多,但如果将期刊文章出版的周期纳入考虑,在得知莫言获奖以来短短的三个月间,这一数据已经大得惊人了。同样,截止到2013年2月底,以"走出去"

为题的出版文献已达5 763条,仅2012年一年就有2 011条之多。由此可见,莫言获奖给文学翻译和中国文化走出去引发了怎样的热潮。

其实,莫言获奖已经不是什么新闻。其中篇小说《红高粱》曾获全国中篇小说奖,《丰乳肥臀》获首届《大家》文学奖,《白狗秋千架》获台湾联合文学奖,《酒国》(法文版)获法国儒尔·巴泰庸奖,《檀香刑》获首届鼎钧文学奖、台湾《联合报》十大好书奖,另获意大利第三十届诺尼诺国际文学奖,2004年获法兰西文化与艺术骑士勋章等。但由于诺贝尔文学奖的特殊地位,莫言获奖"不仅在当代中国文坛引发了空前的震撼,更是注定将被载入当代中国文学的史册"(黄云霞《作为当代文学史事件的"莫言现象"》)。之所以这样,是因为我们的国家是一个曾经创造过辉煌文学成就的国度,姑且不论鲁迅如何拒绝诺贝尔奖的提名,老舍、沈从文如何与诺贝尔奖擦肩而过,巴金、王蒙、北岛等人屡获提名却与该奖失之交臂,在当今全球化趋势日益加剧的背景下,莫言的获奖对中国的民族文学走向世界无疑是一个标志性的事件,由此引发中国文学和文化走出去的热议也是顺理成章的事情。那么,莫言的获奖到底引发了哪些方面的热议呢?

一是莫言获奖的原因。莫言的小说具有浓郁的乡土特色和个人特点,这无疑是其文学作品高质量的体现。但仅有这些还不够,细数与诺贝尔奖产生关联的中国作家,鲁迅、老舍、沈从文,哪一个不具有这些特点?莫言的获奖,除了其文学作品优秀的内在品质以外,更多地可能要归功于当下的文学环境,即中国文学的崛起和大国地位的不断提升对中国文学走向世界并得到认可的强烈诉求。瑞典文学院给莫言的评价是:"以梦幻般的现实主义和民间故事,将历史和当下社会融合在了一起。"解读莫言的获奖,恐怕要首先要观照当下中国的文学现实及中国文学与世界文学的关系。换句话讲,莫言的文学禀赋与当下中国文学"民族性"的紧密结合,即"将历史和当下社会融合在一起"才是其获奖的原因。解读莫言,"需要回到我们自身的民族本性及蕴含于民间的丰富的文化资源上来,回到现代中国作家曾经有过的对于'国民性'问题的思考及对'乡土'民间的关切上来"(黄云霞《作为当代文学史事件的"莫言现象"》)。

二是莫言获奖对于文学译者的要求。对于

莫言作品的阅读,瑞典文学院评选委员会中除著名汉学家马悦然(Goran Malmqvist)可能直接阅读莫言的"汉语"文本之外,其他评委则只能阅读翻译家陈安娜(Anna Gustafsson Chen)的瑞典文"译本"。因此,莫言作品的翻译"在帮助莫言走向诺贝尔文学奖殿堂中功不可没"(李景端《莫言获诺奖,翻译要加油》)。陈安娜翻译质量的问题虽然还有待于精通瑞典文和中文的专家予以研讨,但莫言的瑞典文翻译是由瑞典汉学家陈安娜、英文翻译是由美国汉学家葛浩文等母语为外语的汉学家完成这一事实说明,从文学译者的素质角度来说,聘请母语为外语的汉学家来承担中国文学"走出去"这一任务,也许是一条比较可行的路子。之所以这样,是因为"中译外许多情节,涉及中国传统的习俗、典故、俗语、双关语等,单纯的文字转换,很难充分达意,需要译者用西方人的语言习惯和接受方式,讲西方人听得懂的'中国故事',而这一点,正是中国译者的弱项"。因此,要想走出去质优量多,"无疑要首选运用母语翻译的外国译者"(李景端《莫言获诺奖,翻译要加油》)。

三是莫言获奖对文学翻译在"走出去"策略方面的启示。这一问题实际上跟文化"走出去"息息相关。文化"走出去"是在国家文化战略指引下,针对国外主流大众和国际文化消费市场,通过文化外交和对外文化贸易等两种方式,输出一国的文化形象和核心价值观。(刘伟冬 22)对此,党和国家非常重视并把它上升为国家文化战略,先后组织了《大中华文库》等大型翻译活动。但是,这种政府主导的方式在中国文化"走出去"的过程中,其效果却差强人意。以《红楼梦》的翻译为例,杨宪益、戴乃迭的英译本在国内备受推崇,被认为是中西合璧的典范,但就其读者借阅量、译本引用率、出版发行量和译本再版次数而论,都"与霍克思、闵福德的译本有较大的差距"。(曹阳、刘占辉 211)由此可见,并不是我们花了大力气、认认真真组织人翻译的作品,就能够顺利地走出去,就能够得到西方读者的认可。文化"走出去",除了政府的支持以外,恐怕应该更多地考虑作品的接受语境和读者对象,选取母语为外语、同时又精通中国文化的汉学家或双语(文化)精英来翻译,这样才能把"中国的故事"更精彩地讲给西方读者,达到文化"走出去"的真正目的。

三、学科独立,激发翻译学科建设热情

根据国务院学位委员会和教育部颁发的最新学科目录,翻译学已获得独立的学科地位,这标志着翻译学学科建设取得了根本性的进展。改革开放 30 年来,伴随着中国翻译学科的建设,从最初的"翻译学梦想"到现在的学科独立,学界围绕中国翻译学科建设,就翻译人才的培养、翻译学的学科体系、翻译教学与研究队伍建设等方面展开了热烈而深入的讨论,掀起了一个又一个高潮,成为翻译研究的另一大热点。

改革开放以后,国家对外语人才和高水平翻译人才的需求迅速增加,人们开始思考如何培养高质量、专业化的翻译研究和翻译实践人才,适应国家和地方经济社会发展的需求。2004 年,上海外国语大学首先在在外国语言文学一级学科内自主设置了翻译学学位点,培养翻译学博士生和硕士生,这一做法得到了广东外语外贸大学、北京外国语大学等多所高校的响应,纷纷设点培养翻译学博硕士。2006 年,教育部在复旦大学等三所高校进行试点,设立翻译本科专业,迄今已有 7 批 57 所院校获准设立这一专业。2007 年,在广泛调查和严格论证的基础上,国务院学位委员会批准设置翻译硕士专业学位,培养高层次、应用型、专业性的翻译人才,迄今已有 159 所院校获准设置。自此,一个由本科、硕士(含专业硕士)和博士教育组成,学术型与专业型兼顾的学科体系和翻译研究与实践人才培养体系逐渐形成。伴随着这一进程,学界专家和学者就翻译人才与传统外语人才的区别、翻译人才培养的内涵、模式、途径、课程设置、教学改革等进行了深入的探索,形成了一大批富有创见的研究成果。

此外,在翻译学科内涵及自身体系构建方面,从最初"翻译学梦想"的提出,到中国翻译学的学科构建与建设路径,学者们积极参与、建言献策,最终获得学界内外的认可。伴随这一进程,翻译教学与研究队伍不断壮大,产生了"中华翻译研究丛书"、"翻译研究文库"、"译学新论丛书"等一大批理论研究成果,编写了"翻译本科专业系列教材"、"全国翻译硕士专业学位系列教材"、"翻译专业必读书系"、"中译翻译教材"、"大学翻译学研究型系列教材"和"大学本科翻译研究型系列读本"等定位明确、特色鲜明的系列教材,探索人才培养的有效途径。

客观地说，一门学科的创立与发展是学科理智与学科制度交互作用的结果，其产生、发展、独立和成熟与学科共同体内外的承认密不可分。从形式上说，学科的承认包括学科共同体内部的同行承认、学科共同体之间的局外人承认和学科共同体外部的社会承认（王建华 12）。翻译学科虽然获得了独立的身份，但其获得承认和成熟还需要时间，更需要学界和社会人士的支持，需要广大学者贡献智慧、奉献热情，因而这一翻译研究热点还会持续进而产生更多的研究成果。

四、产业崛起，翻译时代呼之欲出

翻译产业（Translation Industry）的崛起是当今译界另一个热议的话题。我们所处的时代科学技术高度发达、日新月异，文化全球化和科技信息时代的到来使不同国家和地区的人们有更多的机会对以科技发展为主要特征的现代社会生活进行更广阔和更深层次的交流合作及信息共享，语言服务逐渐成为新的服务产业。这一时代，德国翻译理论家 R. W. Jumpelt 将其称为"翻译时代"。伴随翻译时代到来的，是翻译产业的崛起。据 1998 年的一项世界范围的调查显示，全世界拥有 14 万名全职翻译和 25.2 万名兼职翻译。该研究预测，到 21 世纪初，世界翻译市场达 88 亿—96 亿美元，人工翻译市场达 57 亿美元，机器翻译达 1.17 亿美元。软件和网站的本地化市场将分别达到 35 亿和 30 亿美元（龙明慧、李光勤 188）。另一项数据表明，2009 年我国共输出翻译出版物版权 4 205 种，其中图书 3 103 种，2010 年初我国共有各类翻译公司约 20 000 家，正在营业的企业大约 15 000 家，翻译行业从业者有 60 多万人（范春生、王淇《翻译市场乱象丛生准入门槛亟待规范》）。这些数据表明，翻译产业崛起的翻译时代已经到来。

为了促进我国翻译产业更好地发展，2007 年中国译协翻译服务委员会编制了《翻译服务规范第 1 部分：笔译》、《翻译服务译文质量要求》和《翻译服务规范第 2 部分：口译》等三项"国家标准"，以期规范我国翻译产业的发展。同时，产业的崛起带动了翻译软件的开发。"东方雅信（CAT）"翻译软件、"格微协同翻译平台"、Google 免费在线语言翻译服务和 Trados 等高效、实用的翻译软件相继开发并投入使用，对传统的翻译理念和运作模式提出了新的挑战。翻译产业的

崛起还引发了学界有关国内翻译产业发展的思考，也进一步激发了翻译软件和翻译技术的开发，从而形成翻译研究的另一大热点。

需要指出的是，与翻译产业迅速崛起极不相称的是国内翻译产业发展环境的稚嫩。我们还缺乏国外普遍采用的政府指导，还没有健全的翻译产业协会，翻译产业的管理还不规范，产业从业人员的培训缺乏相应的机构和执行标准，翻译公司还主要是零散的、作坊式经营模式，缺乏比利时 Lernout & Hauspie 等跨国语言服务公司的组织能力与服务能力。此外，尽管国内外已经研发了数量众多的翻译应用软件，翻译质量自动评估软件、语音同步翻译软件等领域的开发还几乎是空白。这些意味着，这一热点还将进一步持续，因为刚刚崛起的翻译产业还需要学界和技术界的关注与努力。

五、结　　语

本文勾勒了当代翻译研究的一些热点，但限于篇幅，这一勾勒是不全面的，有些热点，如"技术类翻译文本研究"，是学界一直关注的问题，本文并未涉及。而且，随着国内翻译学科的发展和翻译产业的发展壮大，这些热点很可能被新的热点所取代。尽管如此，笔者也希望，这种"以管窥豹"式的梳理能够对相关研究者和翻译从业者有所启发。

注解【Notes】

[1] 这十个词语分别是 introversion（内向）与 extroversion（外向）、conversion（转化）与 advertising（广告）、reversion（回复）、subversion（颠覆）、perversion（歪曲）、aversion（移位）、diversion（多样化）及 conversation（对话）。

[2] 这 23 部专著分别为马祖毅（1984）的《中国翻译简史》、陈玉刚（1989）的《中国翻译文学史稿》、谭载喜（1991）的《西方翻译简史》、陈福康（1992）的《中国翻译理论史稿》、吕正惠（1996）的《大陆的外国文学翻译》、孙致礼（1996）的《1949—1966：我国英美文学翻译概论》、邹振环（1996）的《影响中国近代社会的一百种译作》、郭延礼（1998）的《中国近代翻译文学概论》、王建开（2003）的《五四以来我国英美文学作品译介史：1919～1949》、卫茂平（2004）的《德语文学汉译史考辨：晚清和民国时期》、方华文（2005）的《20 世纪中国翻译史》、谢天振和查明建（2004）的《中国现代翻译文学史（1898—1949）》、孟昭毅和李

载道(2005)的《中国翻译文学史》、李伟(2005)的《中国近代翻译史》、马祖毅(2006)的《中国翻译通史》、黎难秋(2006)的《中国科学翻译史》、胡翠娥(2007)的《文学翻译与文化参与——晚清小说翻译的文化研究》、马士奎(2007)的《中国当代文学翻译研究(1966～1976)》、查明建和谢天振(2007)的《中国 20 世纪外国文学翻译史》、李晶(2008)的《当代中国翻译考察(1966～1976):"后现代"文化研究视域下的历史反思》、韩一宇(2008)的《清末民初汉译法国文学研究(1897～1916)》、任淑坤(2009)的《五四时期外国文学翻译研究》和王晓元(2010)的《翻译话语与意识形态——中国 1895～1911 年文学翻译研究》等。

[3] 这三个翻译史专题分别是:谢天振的《中国当代翻译文学史(1949—2000)》、王建开的《英美文学作品在中国现代文艺期刊的译介研究》和袁筱一的《法国文学翻译史》。

引用作品【Works cited】

曹阳、刘占辉:《浅议中国文化走出去的现状和策略》,载《中国报业》2012 年第 2 期,第 211—212 页。

范春生、王淇:《翻译市场乱象丛生准入门槛亟待规范》,载《新华每日电讯》2010 年 11 月 25 日。

胡庚申:《生态翻译学解读》,载《中国翻译》2008 年第 6 期,第 11—15 页。

黄云霞:《作为当代文学史事件的"莫言现象"》,载《当代文坛》2013 年第 1 期。

柯飞:《译史研究 以人文本》,载《中国翻译》2002 年第 3 期,第 31—32 页。

孔慧怡:《翻译史另写》,高等教育出版社 2005 年版。

李景端:《莫言获诺奖,翻译要加油》,载《中国新闻出版报》2012 年 10 月 15 日。

刘卫东:《翻译伦理的回归与重构》,载《中国外语》2008 年第 6 期,第 95—99 页。

刘伟冬:《文化"走出去"与国家文化形象塑造》,载《南京艺术学院学报》2011 年第 6 期,第 22—26 页。

龙明慧、李光勤:《基于产业集群导向的翻译产业发展研究》,载《经济研究导刊》2010 年第 18 期,第 187—189 页。

穆雷、蓝红军:《2010 年中国翻译研究综述》,载《上海翻译》2011 年第 3 期,第 23—28 页。

Munday, Jeremy. *Introducing Translation Studies: Theories and Application.* London: Routledge, 2001.

彭述初:《机器翻译学科发展综述》,载《华中科技大学学报》2006 年第 2 期,第 123—124 页。

Pym, Anthony. *Method in Translation History.* Manchester: St Jerome Press, 1998.

王克非、黄立波:《语料库翻译学十五年》,载《中国外语》2008 版,第 9—13 页。

王�//、陈可培:《从翻译伦理分析〈红楼梦〉两个英译本》,载《中州大学学报》2008 年第 5 期,第 78—80 页。

王建华:《学科承认的方式及其价值》,载《中国高教研究》2012 年第 2 期,第 12—19 页。

王世荣、赵征军:《文学翻译中普世伦理建构的必要性》,载《山西农业大学学报(社会科学版)》2009 年第 2 期,第 190—193 页。

许钧、王克非:《近年国内立项的翻译研究课题评述》,载《外语教学与研究》1997 年第 1 期,第 39—44 页。

许钧、朱玉彬:《中国翻译史研究及其方法初探——兼评五卷本〈中国翻译通史〉》,载《外语教学与研究》2007 年第 6 期,第 451—455 页。

郑贞:《翻译史研究的一种方法》,载《外语研究》2009 年第 1 期,第 110—111 页。

论翻译审美心理机制的建构

颜林海

内容提要：本文基于中国古代文论和传统美学思想，整合了传统审美心理机制，并建构了翻译审美心理机制。本文作为《翻译审美心理学》的一个部分，旨在完善笔者建构的翻译心理学体系。

关键词：翻译 古代文论 心理机制

作者简介：颜林海，四川师范大学外国语学院教授，硕士生导师，主要研究方向为翻译心理学。

Title：On Construction of Aesthetic Mechanism of Translating

Abstract：Based upon traditional Chinese literary theories and aesthetics, this paper integrates traditional aesthetic mechanisms and tries to construct the aesthetic mechanism of translating in order to perfect the author's psychotranslatological system.

Key words：translation traditional Chinese literary theories mental mechanism

Author：Yan Linhai, Professor, Literary Master, Master Tutor, is now specializing in Psychotranslatology.

一、引 言

罗新璋 1983 年发表了文章《我国自成体系的翻译理论》，文章不仅从古至今地梳理了我国主要翻译观点，而且认为我国的翻译理论自成体系、源远流长。他在文中说"我们的前辈翻译家在厘定翻译标准时，倒没有就近取譬，采用现成的欧化标准。一些重要译论，大都渊源有自，植根于我国悠久的文化历史，取诸古典文论和传统美学"（罗新璋，1984：15）。文章批评了我国译论界盲目照搬西方译论的现象，认为汉语与外语属于不同的语言，而且文化传统也不同，因此，外国的翻译理论未必就切合中国的翻译实际，但他并没有否决外国翻译理论的引进，反而认为"对外国的翻译理论，自当广泛介绍，'它山之石，可以攻玉'"。他认为，对待外国译论，我国译界应当"善于学习，第一能'通'，第二能'化'"（罗新璋，1984：18）。纵观过去 30 年，我国译论界的确如罗新璋所说的那样"广泛介绍"，然而也仅此而已，既未达到罗新璋所说的"通"，也未能达到"化"，从而导致我国译论至今都还没有形成一套"自成体系的翻译理论"，其重要原因在于，我国译界似乎太过崇洋媚外，认为凡是外国的都是好的，照搬外国译论，而且总是以极端的译例来证明外国译论的正确性。翻译理论如果不立足于自身的传统，可能永远也没有"大部头成系统的翻译理论著作"（罗新璋，1984：16）。罗新璋认为，我国译论原本为古典文论和传统美学的一股支流。他主张应该立足于其中，但又要从中"逐渐游离独立"出来，"形成一门新兴的学科——翻译学"（罗新璋，1984：18）。

笔者也是基于形成"我国自成体系的翻译理论"的理念，立足于"我国的古典文论和传统美学"，以现代科学态度审视和尝试建构《翻译审美心理学》作为笔者建构的《翻译心理学》体系（包括《翻译认知心理学》（颜林海，2008），《翻译审美心理学》和《翻译文化心理学》的一个分支学科。因篇幅有限，本文只论述其中的翻译审美心理机制。

审美心理机制，是指主体在审美过程中各种心理要素所构成的基本原理和规律。审美过程，无论是审美创作还是审美欣赏，都是一个始于审美观照，继而审美体悟，终于审美品藻的过程。

二、审美观照

观，按《说文解字》，指"谛视也。寀谛之视也。"（许慎，1998：408）"观"的本义是运用耳目等感觉器官去观察事物。

观,作为一个审美范畴,具有以下几个内含:①就观的内容而言,指审美主体透过观物的外形去观物的精神内涵,即《老子》所说的"常无,欲以观其妙;常有,欲以观其徼"(任继愈,1992:99)也就是说,要常从"无"中去观照道的奥妙;常从"有"中去观照道的端倪。②就观的方式而言,指审美主体的感官与心灵对审美客体的一种整体投入,即心灵的观照,庄子在《知北游》中说:"天地有大美而不言,四时有明法而不议,万物有成理而不说。圣人者,原天地之美而达万物之理,是故至人无为,大圣不作,观于天地之谓也。"(庄周,1991:383)也就是"天地有大美"、"四时有明法"、"万物有成理",因此,对这些自然规律要"不言"、"不议"、"不说"。圣人之所以为圣人,那是因为圣人是在推究天地的大美和通晓万物的道理。而推究和通晓的方式是"无为"、"不作",具体地说,要在天地之间"观"道。可见,作为一个审美范畴,"观"就是审美主体身心投入审美客体之中而非单纯的耳目之观。③就观的特点而言,指审美主体处于自由而无功利心理状态。

要达到自由而无功利的心态,审美主体就必须保持虚静,对待审美客体施以静观。

（一）静 观

静观就是老子所说的"致虚极,守静笃,万物并作,吾以观复"(任继愈,1992:112)。即排除一切思虑、排除一切有意识的活动,使心灵处于一种空明纯净的无意识状态,只有这样才能从"万物并作"中观万物并发的根源。"静"是主体"观"时所必须具备的心境;荀子在《解蔽》中所说:"凡观物有疑,中心不定,则外物不清。吾虑不清,则未可定然否也。"(荀况,1995:457)简言之,如果心不定,那么观物不清;如果心有疑虑,是非难断。因此,只有保持"虚一而静"才能观察到事物的本源即"观复"。

虚静正式纳入文艺创作是出现在刘勰的《文心雕龙·神思》,即"陶钧文思,贵在虚静"(周振甫,1986:249)。"虚静"义同"澄怀",南朝宋代宗炳说,"圣人含道暎物,贤者澄怀味象。至于山水,质有而灵趣……,夫圣人以神法道,而贤者通……"[1]圣人心中含道,并通过物象映现出来,贤者只有澄清情怀才能体味这种"物象";山水这种物象,就是道的外形,是圣人用来神明来模仿

道的,因此,贤者可以通过山水这种物象来通向道。也就是说,"味象"不过是手段,"观道"才是目的。"味象"需要"澄怀",同样,"观道"也需要"澄怀",所以即使宗炳年老生病,无法远足时,他也可以"澄怀观道,卧以游之"(《宋书·宗炳传》)。

翻译解读中的静观指译者观原作之美时要"澄怀"(即抛弃私心杂念和功利事务),保持虚一而静的心理状态。笔者认为,译者在翻译解读中的心理活动极其复杂。译者对原作之美的观照并不是什么时候都会发生。只有当译者保持一种审美心境时才能对观照出原语承载的审美属性。

翻译表达过程中,译者同样需要保持"虚静"。具体地说,译者经过对原语的解读并根据自己的审美构思后,在审美表达前所保持的一种非功利,非世俗的审美心境,即暂时忘却译文责任编辑、金钱和译语意识形态的操控,是译者荡漾在"胸有成竹"的审美意境中的一种宁静状态。

当然,保持"虚静"并非意味着译者要绝对地无所思、无所想,而是指"翻译过程中,没有任何世俗的功名利禄,只有纯净的意象世界"(欧内斯特·布莱索著,颜林海译,2010)。这样,译者就可以使自己达到"神与物游,思与境谐"的境界。

（二）神 思

神思,也就是现在所说的想象,是我国古代文艺美学最为常见的术语。从东晋玄言诗人孙绰"驰神运思"到宗炳"万趣融其神思"[2]再到刘勰的"形在江海之上,心存魏阙之下",神思都是指主体身在此而心在彼(即)的不受时空限制的心理状态。在这种心态下,主体的情感与客观物象融合在了一起,从而达到刘勰所说的"神与物游"。

翻译审美解读中的"(驰)神(运)思"是指译者把原语语言符号所表示的事物在头脑中按时空关系加以形象化。译者的驰神运思体现在两个方面:①译者既要以语言感知理解的准确性为基础,又要以平日对事物形态及其象征意义的亲身感受为前提;②译者在解读时的情感投入,与原作的思想情感产生共鸣,译者在翻译时,他的心灵"必须飞到遥远的历史时代,飞到遥远的异国,看到那里的人民的生活和劳动,看见他们的风俗人情,生活状况,看见他们内心的思想和秘密,和他们一起为真实的生活问题喜悦、悲哀、交

际、忧愁。只有当译者象原作及其同时代的读者一样感到这种历史时代的精神,和当代人民同呼吸,共命运的时候,他们才能真实地、生动地把历史生活的画面描绘出来"(张今,1987:16)。

如果说翻译解读中的神思强调译者"设身"为作者,沉浸在原语的情景之中,那么翻译表达中的神思强调译者在寻找两种语言所呈的现情景之间寻找契合点。翻译表达也离不开译者的驰神运思。对此,茅盾有深刻的体会,他说:"好的翻译者一方面阅读外国文字,一方面却以本国语言进行思索和想象;只有这样才能使自己的译文摆脱原文的语法和语汇的特殊性的拘束,使译文既是纯粹的祖国语言,而又忠实地传达了原作的内容和风格。"(罗新璋,1984:513)也就是说,译者在解读原语时,先将原语转化为一种情景或现实,然后用译语加以再现。在用译语再现过程中,译者沉浸在译语所呈现的情景或现实中,并穿梭在两种情景之中寻找契合点。

三、审美体悟

审美体悟就是主体通过切身体验而对美的领悟。"体"为方式,"悟"为思想过程及结果。所谓"体",就是朱熹所说的"设以身处其地而察其心也。"(朱熹,1983:29)注解为"察其心"是审美体悟的目的,而"设身处地"是审美体悟的方式。悟,许慎(1998:409)解释为"觉也"。最早见于《尚书·顾命上》:"今天降疾殆,弗兴弗悟。"(慕平,2009:283)最初指人的知觉活动。但"悟"作为一种思维方式,经历了道家、玄学、心学的发展、演变逐步建立起来的。在道家看来,"道"是无形的,而不可捉摸,唯有"涤除玄鉴"使人的精神达到"纯粹而不杂,静一而不变"才"能体纯素"。

"悟"的最高境界就是"妙悟"。所谓"妙"就是"美"的意思;"妙悟"就是对美的感知。妙悟是对客体的审美属性的直观把握,它既是一种艺术思维活动,也是审美方法。文学文本的"妙"处就在于"不涉理路,不落言筌者,上也。诗者,吟咏情性也。盛唐诸人惟在兴趣,羚羊挂角,无迹可求。故其妙处透彻玲珑,不可凑泊,如空中之音,相中之色,水中之月,镜中之象,言有尽而意无穷。"(严羽著,郭绍虞校释《沧浪诗话》,1983:26)

"悟"作为一种审美把握方式,是指主体对自然美的审美把握。悟不仅需要主体驰神运思,也需要主体设身处地去体悟。

(一)情 观

所谓情观,即刘勰在《诠赋篇》中所说的"物以情观"(周振甫,1986:81)。刘勰在《知音》篇中说:"夫缀文者情动而辞发。"(周振甫,1986:439)在《定势》中"夫情致异区,文变殊术,莫不因情立体。"(周振甫,1986:278)既然文本是作者"情动而辞发"的结果,而且各种文体都是"因情立体",那么文本解读者自然应当以情观之,即"物以情观"。至于如何"物以情观",刘勰在《知音》篇章说:"观文者披文以入情,沿波讨源,虽幽必显。世远莫见其面,觇文辄见其心。"(周振甫,1986:439)也就是说,文本解读者通过对文本的解读就可以进入文本之情即"披文以入情",好比顺着水流可以寻找源头一样("沿波讨源"),顺着文本的次要内容也可寻找到主要内容,即使主要内容比较隐晦,也能让其凸显出来("虽幽必显")。后世解读者虽然与作者所处时代相继甚远,难见作者的面目("世远莫见其面"),但是只要解读作者的文本,就能了解作者的内心("觇文辄见其心")。

原文是作者"情动而辞发"的结果。翻译审美活动的本质是译者对原文审美内容和审美属性的体验,当然包括原文所呈现的审美情感。换句话说,译者只有充分体验到了原文蕴含的情感,才能根据审美意图再现原文蕴含的情感。当然,译者要体验原文蕴含的情感,必须与自己的审美心境形成共鸣,否则,翻译充其量不过是语言转换而非审美再现。翻译作为一种审美活动,译者往往会随着情感的介入,使自己与原作品中的主人翁达到认同。译者对原作人物的认同是建立译者自己的审美态度上。

翻译表达时,"披文入情"是指译者既要像作者一样"入情"式地领悟原文蕴含的情感,又要把自己"设身作"译语读者"入情"式地去择用每一个字词、设置每一个句式、以及布局每一个篇章,同时还要根据译语读者所处的时代背景对原文文本所承载的审美信息做出取舍和变通。

当然,译者要真正达到"物以情观"还必须"设身处地"去体悟。

(二)设 身

设身,即设身处地,是指解读主体设想自己处在别人的那种境地来解读文本。解读杜甫,解读者就要设想自己是杜甫(即"设身作杜陵",见戴鸿森《姜斋诗话笺注》1981:74),这样就可以看出杜甫的"情中景"。叶燮认为要想诗歌"呈于象,感于目,会于心"(叶燮,1979:31)就必须"设身而处当时之境会"(叶燮,1979:30)。可见,解读者必须站在作者或作品人物所处的时代背景之中,即设身处地地去解读文本。"设身处地"要达到苏轼所说的"身与竹化"的程度。

翻译审美解读中的"设身处地",是指译者在对原文文本进行审美解读时,"设身而处当时之境会"。这里"当时之境会"指译者既要将自己设身于作者所处的时代背景以及创作的时代背景,即王夫之所说的"设身作杜陵",还要将自己设身于作品人物所处的典型环境。比如说,翻译莎士比亚的作品,译者就要将自己"设身作莎士比亚",回到莎士比亚的时代;翻译哈姆雷特,译者就要将自己"设身作哈姆雷特"。也就是说,译者翻译时要将自己设想为原文作者,原文文本中的人物,置自己于作者的时代,置自己于文本人物所处之境,只有这样,原文所承载的理事情象才会栩栩如生地呈现于译者的眼前,融会于译者的心里。

翻译表达时,译者的"设身处地"具有双重性,既要"设身作"作者,又要"设身作"读者。"设身作"作者是指译者以作者的身份向译语读者传递审美内容;"设身作"读者是指译者以读者的身份,在译语所呈现出来的意境中与作者进行对话、与人物对话。这就意味着,译者既要以作者的身份,斟酌每一字词、句式和篇章来传递和描写特定的意境,又要以读者的身份体味译语的每一字词、句式和篇章所呈现的意境,并对两种意境做出比对。在比对过程中,译者的两种身份往往会出现相互冲突的现象,从而导致译者根据翻译审美来做出取舍。

朱光潜说:"译者……第一步须设身处在作者的地位,透入作者的心窍,和他同样感,同样想,同样地努力使所感所想凝定于语文。所不同者作者是用他的本国语文去凝定他的情感思想,而译者除着理解欣赏这情感思想语文的融贯体以外,还要把它移植于另一国语文,使所用的另一国语文和那情感思想融成一个新的作品。"(罗新璋,1984:455)

郭沫若说:"译雪莱的诗,是要使我成为雪莱,是要使雪莱成为我自己。译诗不是鹦鹉学话,不是沐猴而冠。男女结婚是要先有恋爱,先有共鸣,先有心声的交感。我爱雪莱,我能感听得他的心声,我能和他共鸣,我和他结婚

了。——我和他合而为一了。他的诗便如我自己的诗。我译他的诗,便如像我自己在创作一样。"(罗新璋,1984:333)茅盾曾说:"更须自己走入原作中,和书中人物一同哭,一同笑。"(陈富康,1992:248)

颜林海认为:"翻译过程中,译者就是作者,是作者的心,想其所想;是作者的口,言其所言;是作者的眼,见其所见,是作者的手,书其所书,是作者的腿,行其所行。……翻译过程中,没有任何世俗的功名利禄,只有纯净的意象世界。置身原著意象世界中,仿佛为其中一员,是天地,或云或雨;是山川,壑深水激;是平原,一望无际;是一草一物,一枯一荣;是春夏秋冬,冷暖更迭。是北冥之鲲,是南海之鸳雏,怒而飞,若垂天之云,观世间百态,览人间之疾苦。唯有如此,方可明作者之意图。"(欧内斯特·布莱索著,颜林海译,2010)

可见,"设身而处当时之境会"是译者审美理解不可或缺的一种方法。

四、审美品藻

"品":正如许慎(1998:85)所说"众庶也,从三口,凡品之属皆从品"是本指事物众多,既然事物众多,必有优劣之分,而要知道事物孰优孰劣,必须先加以鉴别;而要鉴别,必须对所有事物加以详察。可见,"品"的本义已经隐含了主体对众多事物的鉴别的心理活动。后来,"品"演化为动词,意为"品尝"。

作为美学范畴的"品"与作为事物众多的"品"有两点共性:①强调主体对客体的切身体会,②旨在辨别食物的优劣。具体地说,作为美学范畴,"品"既指众多客体之间存在的优劣,即品第,也可以指主体通过切身体会对客体的优劣加以鉴别、体察、辨析的过程,即用作动词,意为"品藻"。所谓"品藻"就是品评鉴定优劣,宋梅尧臣《次答黄介夫七十韵》:"好论古今诗,品藻笑锺嵘。"可见,品藻就是品评,即"定其差品及文质",那么品评必然有方法,这种方法实际上就是审美理解。

"理",指剖分玉石而见其文理的意思,后引申为事物的机体本质,即脉理或条理。解,"判也,从刀判牛角"(许慎,1998:186)。因此,理解就是指顺着脉理或条理进行解剖分析。事物的脉理或条理总是通过一些外在表征形式表现出来,因此,透过或顺着事物外在表征形式,去抓住

事物本质性的脉理或条理就是理解。依此类推,透过或顺着事物外在审美表征形式,去抓住事物内在本质的脉理或条理,就是审美理解。

要准确地理解作品的美,仅凭观照体悟还不够,必须对作品加以"知人论世"和"附辞会义"地品藻。

(一)论　世

论世即"知人论世",是中国古代的文学批评的原则和方法,出自《孟子·万章下》:"颂其诗,读其书,不知其人,可乎? 是以论其世也,是尚友也。"(朱熹,1983:324)所谓"知人论世",就是要"知人"(了解作品的思想内容),必须先"论世"(作品的写作背景)。清代章学诚(1988)在《文史通义·文德》中说:"不知古人之世,不可妄论古人之辞也。知其世矣,不知古人之身处,亦不可以遽论其文也。"

在前翻译阶段和翻译审美解读阶段,"知人论世"不仅要求译者对自己的能力要有清楚的认识,而且要求译者对所译作者及其作品的相关信息有所认识。这些相关信息包括:①对作者的生平、历史背景和总体写作风格的了解;②对所译原文的意图和风格的了解;③对作品中涉及的人物(包括虚拟人物、真实人物)、地名(真实地名和虚拟地名等)和事件(真实事件和虚拟事件)等的了解。

当然,译者不论怎样对作者进行知人论世,他的审美解读最终还是要落实到对原文文本的审美属性的解读。

在翻译表达和后翻译阶段,知人论世要求译者对以下问题加以核实比对:①所选字词、句式、篇章是否体现原语文本的总体风格;②译语文本是否体现了原语文本的意图;③译语文本是否再现了原语作品的人物(包括虚拟人物、真实人物)、地名(真实地名和虚拟地名等)和事件(真实事件和虚拟事件)的象征意义,如果有象征意义的话。

知人论世只是文本审美理解的前奏,而要真正对文本加以审美理解还必须弄清文本创作的原则和技巧,把文本当作一个整体去品藻,即附词会义。

(二)附　会

"附会"出自刘勰《文心雕龙·附会》(周振甫,1986:377-388),指"附辞会义"。"附辞"是指文辞方面的安排,是就文本外形而言的,即文本的音字句篇。"会义"是指内容方面的处理,是就文本的内实而言,即文本的理事情象。

那么如何实现处理文本的外形和内实呢? 刘勰提出创作主体必须要有整体观和结构观。整体观指文本的内实要连贯一体,即"总文理",文本前后要统一,即"统首尾",详实要得当,衔接紧密无缝隙,即"定与夺,合涯际",这样就可以使整个文本构成一个整体,即"弥纶一篇"。文本创作除了需要有整体观外,还需要有结构观,内容可丰富多彩,但不能彼此乖越,("使杂而不越者也"),同时文本创作犹如建造房屋,需要有基础和结构("若筑室之须基构"),也好比裁缝衣,需要先裁剪后缝纫("裁衣之待缝缉矣")。刘勰认为,整体观和结构观才是正确的文本创作体制,因此,学习创作应该端正文本的体制。

从本质上看,"附辞会义"是一种审美方法;从创作角度看,"附辞会义"是文本创作的基本原则。既然文本创作的原则是"附辞会义",那么审美理解也就可以按照创作原则即"附辞会义"去理解。换句话说,设身处地地站在创作的角度整体把握文本外形和内实在秩序、节奏和辞格上体现出来的审美属性。

译者的审美理解是指译者在翻译过程中对原语与译语的文本外形和内实所呈现出来的审美属性做出的理性判断。翻译审美理解是一种由外而内的、由浅入深、由片面到全面的循环渐进的认识过程。在审美解读过程中,译者的审美理解通过对感知到的和想象到的语音、字词、句式和篇章加以"附辞会义"和"务总纲领"的理性认识。在审美表达过程中,译者的审美理解主要是在审美意图的控制下,对原文蕴含的"理"、"事"、"情"、"象"所体现出来的审美属性加以取舍,并对译语的"音"、"字"(词)、"句"和"篇"进行字斟句酌,逐字论之。

五、结　论

以上论述是基于我国古代文论和传统美学思想,对中国传统的审美心理机制进行了整合,并在此基础上建构了翻译审美心理机制,认为翻译审美心理机制分为三个层面、六个要素。具体地说,在审美观照时,译者不仅要保持一种"虚一而静"的心境,同时也要"物以情观"地投入情感;在审美体悟时,译者不仅要"驰神运思",更要"设身处地"去体悟文本的美；在审美品藻时，译者不仅要"知人论世"地对文本进行追根溯源，更要"附辞会义"地将文本的各个部分置于整体范围之内加以品评。然而，翻译审美心理机制只不过是对译者在审美心理活动的基本规律进行了描述，但这种基本规律却受译者审美意图的控制，即翻译审美控制机制，由于篇幅有限，笔者将另文详论。

注解【Notes】

[1]　北京大学哲学系美学教研室：《中国美学史资料选编（上）》，中华书局 1980 年版，第 178 页。

[2]　北京大学哲学系美学教研室：《中国美学史资料选编（上）》，中华书局 1980 年版，第 178 页。

引用作品【Works cited】

安居香山：《纬书集成》，河北人民出版社 1994 年版。

陈福康：《中国译学理论史稿》，上海外语教育出版社 1992 年版。

戴鸿森：《姜斋诗话笺注》，人民文学出版社 1981 年版。

罗新璋：《翻译论集》，商务印书馆 1984 年版。

慕平：《尚书》，中华书局 2009 年版。

欧内斯特·布莱索：《堪城遗孤》（译后记），颜林海译，四川文艺出版社 2010 年版。

任继愈：《中国古代哲学名著全译丛书（一）》，巴蜀书社 1992 年版。

许慎：《说文解字注》，段玉裁注，浙江古籍出版社 1998 年版。

荀况：《荀子全译》，蒋南华等译注，贵州人民出版社 1995 年版。

严羽：《沧浪诗话校释》，郭绍虞校释，人民文学出版社 1983 年版。

颜林海：《翻译认知心理学》，科学出版社 2008 年版。

叶燮：《原诗》，霍松林校注，人民文学出版社 1979 年版。

张今：《文学翻译原理》，河南大学出版社 1987 年版。

章学诚：《文史通义》，上海书店出版社 1988 年版。

周振甫：《文心雕龙今译》，中华书局 1986 年版。

朱熹：《四书章句集注》，中华书局 1983 年版。

庄周：《庄子全译》，张耿光译注，贵州人民出版社 1991 年版。

论许渊冲"中国学派的文学翻译理论"

向 琳

内容提要:许渊冲教授提出的"中国学派的翻译理论"无论从其理论来源——中国传统哲学思想,还是其认识论基础,尤其是对"美"和"创造性"的认识,都体现出一种"中国性"特质。在其长期而卓越的古籍外译实践基础上,许教授提出的文学翻译理论对于"中国文化走出去"、"建设社会主义文化强国"具有重大的学术与文化意义。

关键词:许渊冲 中国学派 文学翻译理论

作者简介:向琳,文学博士,四川师范大学外国语学院副教授,硕士生导师,研究方向为英美文学文化、翻译理论与实践。

Title: On Xu Yuangzhong's "Chinese School of Literary Translation Theories"

Abstract: Professor Xu Yuanzhong put forwards a notion of "Chinese school of translation theories". This notion, whether considered from its theoretical origin or its epistemological basis, shows a feature of "Chineseness", especially in Xu's ideas of "beauty" and "creativeness" in translation. Furthermore, he not only has made great contributions to translating ancient Chinese Classics into foreign languages, but also has put forwards his own literary translation theory which is of great significance in implementing the strategies of "Chinese culture going to the world" and "constructing a socialist cultural power".

Key words: Xu Yuangzhong, Chinese school, literary translation theory

Author: **Xiang Lin,** with a doctoral degree in Literature, is now an associate professor in Foreign Languages School, Sichuan Normal University. Her academic interest covers British and American literature and culture, translation theory and practice.

　　欣读许渊冲教授于 2012 年发表在《中国翻译》杂志上的最新文章《再谈中国学派的文学翻译理论》,不由惊喜于许渊冲耄耋之年的笔耕不止。察其行文,仍不失一贯的渊博学识与雄辩之风,古今中外,旁征博引,显出一代译豪的大家之气。许渊冲的文学翻译理论一贯坚持从中国传统出发,显示出其独特的"中国性"诉求。为了更好地理解许渊冲提出的"中国学派的文学翻译理论",笔者认为,有必要从其理论来源和认识论基础出发,探讨其文学翻译理论的"中国性"特质。

　　许渊冲提"中国学派的翻译理论",绝非空穴来风、枉自尊大之言,实乃高屋建瓴、瞻前顾后之论。许渊冲坚持从中国的传统文化中汲取营养,开宗明义地指出:中国学派的翻译理论来自老子和孔子的思想。[1]首先,他从老子的"道可道,非常道"推导出中国学派的文学翻译理论的实践论和艺术论,即反对空头理论、翻译理论是一种艺术理论的观点。紧接着,他又从"名可名,非常名"推导出了中国学派的翻译理论的本体论和认识论,即文字不等于现实、译文不可能等于原文、发挥译文优势的"优化论"等观点。而在对孔子的"学而时习之,不亦乐乎?"、"从心所欲不逾矩"的创造性阐释中,许渊冲又得到了对翻译的实践论与艺术论的补充:作为一种理性认识,翻译理论来源与实践,且必须经受实践的检验;不仅如此,还要按艺术规律充分发挥译者的创造性。由此,许渊冲贯通了老子与孔子的思想,发现它们既有相通之处又有互相补充之处,将二位的哲学思想灵活地运用于翻译理论,实乃古今第一人。不仅如此,许渊冲还将"知之者不如好之者,好之者不如乐之者"转化为翻译的"知之、好之、乐之"的"三知论",加上老子的"信与美"之言,结合后来的鲁迅等人的直译、意译之争、严复的信达雅之论、矛盾的"艺术创作论"、傅雷的"神似论"、钱钟书的"化境说",许渊冲又先后提出了"三化论"、"三似论"及"三美论"。

许渊冲的这一思路,不仅梳理了整个中国翻译理论的历史脉络,最重要的,是许渊冲将孔老哲学与近现代翻译理论融会贯通,从而用中国人自己的语言来描述整个翻译科学,建立了真正意义上具有中国性(chineseness)的具有系统性和科学性的文学翻译理论。之所以说"用中国人自己的语言",是因为在过去,西方国家的翻译理论一直以其"科学性"和"系统性"、并由于较早建立了翻译学科而受到尊崇,中国的翻译理论则一向被批评为"印象式"(impressionistic)而受到诟病。在这样的背景下,中国被认为是没有翻译理论传统的国家,更难说用汉语去描述翻译科学。而许渊冲无疑改变了此种状况,从本体论、认识论、实践论、艺术论等诸方面科学而系统地阐释了中国学派翻译理论的形成、历史以及最新论断。中国学派的文学翻译理论的提出,对整个中国翻译理论的建立与发展举足轻重:它不但鼓舞了中国翻译者的信心,还为他们参与建设中国翻译理论体系提供了指导性原则:西方的翻译理论固然有值得人们学习的地方,但人们自身的文化也能为人们提供足够的活水源泉。

许渊冲对此种"中国性"的坚持,不仅体现在他的美学观上,还体现在他的认识观上,这可在他对"美"与"创造性"的追求上得到印证。

许渊冲的文学翻译理论,首先落实在一个"美"字上。文学本身就是一种语言的艺术,文学翻译,自然也应该是一种语言的艺术。抓住这一问题的实质,许教授根据鲁迅《汉文学史纲要》的"诵习一字,当识形音义三……意美以感心,一也;音美以感耳,二也;形美以感目,三也"而提出了诗歌翻译的"三美论"。而在其《毛泽东诗词集》的译序中,许渊冲更是提出了诗歌翻译乃是"美化之艺术"的论断,"to face the powder and not to powder the face"则成为毛诗英译之佳句。[2]"三美论"的提出,首先澄清了文学翻译的本体论问题,也就是说,文学翻译,就是把一种语言的美转化成另一种语言的美。在这样的本体论指导下,首先对文学翻译者的素质提出了要求:文学翻译并非仅仅通两门语言的人就可为之,除了语言基本功之外,还必须具备较高文学审美与鉴赏能力。也就是说,文学翻译者不仅是外语通,还应该是一个美学家(或具有较高的美学素养),否则,其翻译质量就很难得到保证,更难说产生"美的译文"。事实上,细数中国文学翻译史上的大家如郭沫若、矛盾、卞之琳、朱生豪、傅雷等,哪一个翻译家或翻译理论家不是诗人或作家,这说明,没有极高的文学与美学造诣,就不可能做好文学翻译。

"三美论"更为重要的意义,还在于它为具体的文学翻译过程提供了极具操作性的指导性原则。以诗歌翻译为例,什么样的翻译是好的翻译?就要看它是否传达出原诗的意美、音美、形美,缺一不可,这尤其体现在中国古典诗词的英译之上。众所周知,中国古典诗词区别于西方现代诗的最为突出的特征,就是其独特的音韵美。如果把古典诗以自由诗(free verse)的形式翻译出来,即便能传达出原诗的意境(即意义层的美),也绝对损失了原诗的形美和音美。因此,在古典诗词的英译方面,许渊冲先生一直是"韵译派"的坚定代表,认定在英译中保持原诗的韵、格律、形式是天经地义之事。对于那些贬斥其韵译乃"戴着镣铐跳舞"的言论,许渊冲给予了有力的回应,他引闻一多先生的"带着镣铐跳舞,跳得好才是真的好",指出"既然写诗的作者愿意带着音韵的镣铐跳舞,诗词的译者有什么理由要丢掉这副镣铐呢?如果丢掉了音韵,翻译出来的东西能够算是诗词吗"[3]?足见出许渊冲对诗歌翻译中"音美"这一维度的坚持。因此,对古诗英译者而言,能否传达出原诗的音美,就成为他们翻译实践过程中一条重要的指导原则。只有在这样的翻译原则指导下,古典诗词所具有独特的"中国性"才能得以保留。在某种意义上,在翻译中不遗余力地保持古典诗词音美,也是翻译家对中国传统文化的尊重,同时也为世界更好地了解中国文化作出了贡献。因此,许渊冲的诗歌翻译"三美"原则无疑称得上是"中国学派的文学翻译理论"之中的佳论。

在追求"美"的基础上,许渊冲教授进一步强调文学翻译中的"创造性"。文学翻译既是一门艺术,那它就绝不是科学上的"1+1=2",而是"1+1>2"。通过简单明了的数学公式,许渊冲提出了艺术与科学之分,指明了文学翻译中蕴涵的巨大的创造性。在某种程度上,翻译的过程与原作的诞生过程一样,是一种创造,包含了翻译者的能动性与创造性。对创造性的强调首先批评了那些以"忠实"为借口亦步亦趋、不敢越雷池半步的死板的翻译方法。许渊冲在多篇文章中对一些中外名篇的中文、英文、包括法文译本作了细致的比较，批评那些不尊重译语习惯、更没有能发挥译语优势的翻译腔严重、令人匪夷所思的译法，究其原因，就在于没有认识到译者的创造性。相对于其它语言，汉语在韵律上的先天性优势可以说为诗歌翻译者提供了很大程度的创造自由。比如许教授将《唐璜》中的"But passion most dissembles/ yet betrays/ Even by its darkness as the blackest sky/ Foretells the heaviest tempest"译成汉语五言诗"有情装成无情，总会现出原形，正如乌云蔽天，预示风暴将临"，就显示出汉语在译诗方面的优越性与译者的创造性。

除了为文学翻译者提供翻译策略外，创造论还挑战了西方翻译界以奈达为代表的"对等"理论，指出文学翻译尤其是诗歌翻译过程中应选用译语中最好的、而不是对等的语言来再现原作内容。[4] 许渊冲多次在文章中指出：西方文字（如英法德俄西）有90%以上可以对等，而中文和英文差距很大，大约只有40%可算对等，由此可见，中英文字的互译，很难遵循"对等"原则。因此，出自英语国家的翻译理论，未必就适合于中国译者，建立中国自己的文学翻译理论，由此迫在眉睫。许渊冲指出，世界上的使用得最多的语言就是英语和中文（各有10亿多使用者），因此，如果一种翻译理论"不能解决中英互译的问题，就不能算是解决国际翻译难题的理论。而直到目前为止，还没有一个外国人出版过中英互译的作品，因此，建立国际译论的重任，就只有落在有中英互译经验的中国人身上了"。[5] 再一次，许渊冲不仅将创造性作为文学翻译的指导性原则，而且还将其运用到了具有中国特色的翻译理论的构建上来，体现出其思维的创造性，并为中国学派的翻译理论的创立提供了理论与实践两方面的依据。

正是在长期的中英互译实践基础上，许渊冲教授提出了中国学派的文学翻译理论，这一点，恰好也符合他对建立国际译论需要"有中英文互译经验的中国人"的要求。除大量的法文与英文文学作品的中译外，许教授最为人称道的，就是他在中国古典作品的外译方面所做的大量工作了。就后者而言，目前国内外已经出版了他翻译的多部汉英对照中国经典名著，包括哲学经典《论语》、《老子道德经》、文学经典中的诗词《诗经》、《楚辞》、《唐诗三百首》、《宋词三百首》、《元曲三百首》、《汉魏六朝诗选》、《唐五代诗选》、《宋元明清诗选》、戏剧《西厢记》、《牡丹亭》、《长生殿》、《桃花扇》、小说四大名著《三国》、《水浒》、《西游记》、《红楼梦》。看这一长串名单，想必没有人会不起佩服与景仰之心。就许渊冲在古籍汉译方面所做的工作与贡献而言，恐怕在目前的中国，无人能出其右。就国家提出的"中国文化走出去"、"建设社会主义文化强国"而言，许渊冲建立在起长期而卓越的实践基础上的始终坚持"中国性"的"中国学派的翻译理论"，无疑具有重大的学术与文化意义。

注解【Notes】

[1] 许渊冲：《再谈中国学派的翻译理论》，载《中国翻译》2012年第4期，第83—89页。

[2] 许渊冲：《美化之艺术》（《毛泽东诗词集》译序），载《中国翻译》1998年第4期，第46—49页。

[3] 许渊冲：《"三美"和"三似"的幅度》（《唐宋词选》英法译本代序），选自《诗词翻译的艺术》，中国对外翻译出版公司1986年版，第365—378页。

[4] 许渊冲：《中国学派的古典诗词翻译理论》，载《外语与外语教学》2005年第11期，第41—44页。

[5] 许渊冲：《谈翻译理论的研究——杨振宁给我的启发》，载《解放军外语学院学报》1997年第6期，第32—37页。

论费特诗歌的艺术美

林明理

内容提要：费特(1820—1892)，是 19 世纪俄罗斯纯艺术诗派的领袖。他的诗主要歌咏爱情、大自然、艺术，音调轻柔，清新隽永。本文将着重对其抒情诗进行探讨，进而回头思考费特诗评不只在于正确地诠释作品及判断其美学质量，它的功能更多的是衬显艺术对感性的酝酿及价值，以期能为读者打开最广阔的视野。

关键词：费特 纯艺术 诗人 浪漫主义

作者简介：林明理(1961—)，台湾云林县人，法学硕士，曾任屏东师范大学讲师，现任中国文艺协会理事、中华民国新诗学会理事，诗人评论家。

Title：On the Artistic Beauty of Fet's Poetry

Abstract：Afanasy Afanasyevich Fet(1820—1892)was a Russian poet regarded as one of the finest lyricists in Russian literature. He mainly praised love, nature and art in his poetry. His tone was soft and gentle, fresh and thought-provoking. This article probes into his lyrical poetry, not only tries to interpret correctly his poetry and to judge its aesthetic quality, but also to uncover the value of art and to cultivate the sense of perception, thus broaden the artistic vision for the readers.

Key words：Afanasy Fet pure art poet romanticism

Author：Lin Mingli, a poetess and a critic, was born in Yunlin county of Taiwan province in 1961. She received her LLM in 1987 and was a lecturer at the Pingdong Normal University in Taiwan.

1820 年，费特·阿法纳西·阿法纳西耶维奇(1820—1892)出生于俄罗斯奥廖尔省姆岑斯克县诺沃肖尔卡村，是 19 世纪俄罗斯纯艺术诗派的领袖。其父亲原是贵族地主，不料，由于奥廖尔宗教事务所出面干预，费特突然由一个贵族的后代沦为平民，因而，如何讨回贵族身份，遂成了费特生活中最强烈的冀望。

费特上中学期间就开始写诗，他在爱沙尼亚的一所德语寄宿学校学习。1838—1844 年就读于莫斯科大学语文系期间，费特几乎每天都沉迷于写诗；还把德国著名诗人歌德(Goethe，1749—1832)及海涅(Heinrich Heine，1797—1856)的抒情诗翻译成俄语，得到了好友波隆斯基等诗人的赞美。1840 年，20 岁的费特以阿·费为笔名出版了第一本诗集《抒情诗的万神殿》，其中，《黎明前你不要叫醒他……》、《含愁的白桦》、《求你不要离开我……》等诗，虽有着俄罗斯古典浪漫主义风格，在诗坛也崭露头角，可惜并未获得许多

回响。但是，到了 1842 年，费特在《祖国纪事》、《莫斯科人》等开始发表诗作后，便引起了诗坛的认真关注。文学批评家别林斯基(1811—1848)在《1843 年俄罗斯文学》中赞赏地指出，"莫斯科健在的诗人当中最有才华的当数费特先生"，就连大文豪列夫·托尔斯泰也在给一位朋友的信中由衷地赞赏费特。然而，这些成就并未减轻费特内心深处的痛苦，其中，失去了贵族身份依然是令他苦闷的主因。

于是，费特选择离开莫斯科，下决心投笔从戎，于 1845 开始参军服役，其目的就是想在军中得到升迁，赢得贵族称号。起初，他以下士身份被分发到偏远地区的一个骑兵团；后来，又辗转在部队驻防的赫尔松省的小镇度过了将近十年的军旅生涯。就在费特即将得到中尉军衔前，军队突然颁布了新令，规定只有少校军衔才得以获得贵族身份，这让费特感到十分沮丧，因为继续升迁已没有指望。此时，不仅没能赢得贵族名

衔，反而遭遇了另一次重大挫折。那就是，他喜欢上了一位清秀少女玛丽娅·拉季绮。她是小地主的女儿，喜欢文学诗歌，费特最爱听她弹奏钢琴；但她竟意外葬身火海，让这场恋情酿成了无可挽回的悲剧，也给费特留下了终身的懊悔与愧疚。于是，费特的心灵又再次被阴影笼罩，《另一个我》、《你身陷火海……》、《当你默默诵读……》等诗篇，都是费特怀念恋人拉季绮的伤心之作。在他的第二本诗集（1850）中更出现许多优美诗篇，如《别睡了……》、《燕子消失了踪影》等，它们以其独特的魅力征服了多位俄罗斯名家的目光；《给唱歌的少女》一诗更采用了通感手法，把听觉形象转化为视觉形象，亦受到知名作曲家柴可夫斯基（1840—1893）的高度称许。

费特33岁时，由于部队换防，来到了彼得堡附近，又恢复跟俄罗斯名士接近，诗人屠格涅夫（1818—1883）和冈察洛夫（1812—1891）、作家列夫·托尔斯泰（1828—1910）、评论家鲍特金等人遂成了他的好友，而柴可夫斯基、格林卡（1804—1857）等名家也纷纷为他的抒情诗谱曲。这期间，费特诗集问世，批评界都给予一致的好评。借萨尔蒂科夫·谢德林（1826—1889）的一句话说："整个俄罗斯都在传唱费特的浪漫曲。"尤其19世纪40年代后期到50年代，是纯艺术派最风光的一个阶段。费特曾说："艺术创作的目的就是追求美！"因此，被冠以"唯美主义"的头衔，又称为"纯艺术派"。费特申请退役后，先在莫斯科定居。37岁时的费特，娶了批评家鲍特金的妹妹玛利娅为妻，虽然她相貌平庸，还是再婚，可她的父亲是经营茶叶生意的富商，给女儿的嫁妆也十分丰厚，从而大大改善了费特的经济状况。

从19世纪60年代开始，费特意识到文学创作难以维持一家的生计。于是，他在老家姆岑斯克县的斯捷潘诺夫卡村购置了田庄、土地；他的创作激情衰退，专事农庄经营。此时，俄罗斯实施废除农奴制，社会进入了一个动荡变革的时期；而费特的纯艺术诗歌逐渐被边缘化，并遭受非议与冷落，著名批评家皮萨列夫在《无害幽默之花》杂志上甚至对1863年出版的费特诗歌极尽嘲讽挖苦，说只配做糊墙壁下边的衬纸使用。创作连续遭遇打击后的费特，把心思都集中在种燕麦、修磨房及创建一个大型养马场上，并担任乡间民事调解法官将近10年，几乎与诗界的友人断绝了来往，只跟列夫·托尔斯泰保持联系。

托尔斯泰也把费特看成挚友，有一年还亲手做了一双高筒皮靴子送给他，这让费特感动不已。这样经营农庄的日子大约持续了20年之久，闲暇之际，费特多用来阅读哲学书籍解闷，尤其喜读叔本华的著作。

到了1873年，53岁的费特平生期待的一件事终于得以实现：经过沙皇恩准，费特获得了贵族身份，成了有300年历史的申欣家族的后代。他在得知这一喜讯的当天就给妻子写了信，要求她立刻更换庄园里的所有徽章标志，并在信中写道："要是你问我：怎么描述所有的磨难与痛苦，我会回答：所有磨难与痛苦的名字——叫费特。"尽管有的朋友不明白费特为什么非要改换贵族姓氏不可而肆意调侃，但费特对所有批评的言论置之不理；追究其因，是他从十几岁就一直期待的梦想，不可能放弃，且以实际的行动继续追求荣誉。为了报答沙皇的恩宠，费特不顾年事已高，居然申请当宫廷侍从，也引起了当时许多文人志士的嘲笑。

19世纪80年代以后，费特又重提诗笔，但依然保持了旺盛的创作热情与活力。他晚年出版的三本诗集均以《黄昏灯火》为标题。诗里仍有许多作品是抒发初恋时期痛爱交织的复杂心情，如《我心里多么想……》、《当你默默诵读……》等缅怀之作。诗人主要是对一生所经历的不幸进行追忆和思索，表现出爱情的沧桑与凝重。费特19世纪90年代所作的《春天的日子……》、《明天的事……》等作品中透出一股对世道的无奈，深深拨动我们的心弦。十月革命后，费特诗歌再次被打入冷宫，直到20世纪50年代后期，才重新恢复费特的声誉。虽然，历来评家对于费特诗歌褒贬不一，有些人抨击他题材狭窄或逃避社会斗争，但20世纪80年代俄罗斯人早已把费特视为俄罗斯诗坛十杰之一。

费特在他长达半个世纪的创作生涯中，留下的抒情诗共800余首。尽管终其一生诗人的痛苦与快乐是浑成的一片，然而，其才情洋溢，迄今仍受到广大读者的喜爱之因，首要一点，正是他诗歌中所抒发的细腻感人的真实情怀和对自然、爱情与美好理想的追求，激起了人们感情的共鸣。曾在军队服役多年的费特，满面络腮胡须，看起来似乎不像是个俊俏潇洒的诗人，事实上却是一位情感特别深厚的诗人。除了继承俄国抒情诗的浪漫主义传统外，他还主张诗歌的唯一目的就是描写美。此外，诗歌不应有社会伦理教育等任何其他目的，也等于是费特的精神宗旨。他也宣扬"艺术思想的无意识性"，并认为，艺术首先必须是艺术，必须是与政治性、公民性无关的"纯艺术"。他的诗里有自己独自知道的别一世界的愉快，也有着自己独自知道的鲜明的悲哀与伤痛。虽然，当年俄罗斯文坛曾把"纯艺术派"诗歌看成是地主阶级知识分子逃避现实的表现，以致费特诗歌曾一度受到不公的评价。但费特诗歌终以其喷薄的热烈的感情及艺术风格的绚丽多姿，给人一种撼动心神的力感，从而被越来越多的人所喜爱、推崇。他尤其擅长形象的描绘与音乐性的巧妙组合，能把握住世间爱情稍纵即逝的瞬间感受。

一、优雅隽永的抒情美

且看诗人在 1840 年写下的早期之作《燕子》，调子舒缓而幽雅："我喜欢驻足观望，/看燕子展翅飞翔，/忽然间疾速向上，/或像箭掠过池塘。//这恰似青春年少！/总渴望飞上九霄，/千万别离开土地，——/这大地无限美好！"诗中所描绘的在空中飞翔的这一燕子的探求及诗人的设问，体现出一种美妙、俊逸的抒情美。再如1842 年所写的《含愁的白桦》，似乎看见诗人在霞光下，向他所爱恋的白桦倾诉心曲："一棵含愁的白桦，/伫立我的窗前，/脾气古怪的严寒，/为它梳妆打扮。//宛若一串串葡萄，/树枝梢头高悬；/披一身银色素袍，/入目端庄美观。//我爱这霞光辉耀，/将这白桦晕染，/真不忍飞来雀鸟，/摇落一树明艳。"诗人创造出白桦的形象美的方法是，在情的激发下，通过丰富奇特的想象力，来寄托自己的情怀。然而，这含愁的白桦又是诗人人格的化身和自我形象的塑造；在这里，使情和形象得到了完美的结合，给人一种昂奋向上、悲凉与壮怀尽展的美感力。接着，同样是在1842 年写下的《相信我吧……》，以象达情，是真正发自诗人内心的强烈情感："相信我吧：隐秘的希望，/激励我谱写诗篇；/或许，突发的奇思妙想，/会赋予诗行美好内涵。//这正像秋天乌云翻卷，/暴风把树木摇晃，/褪色的叶子飘零悲叹，/偶而吸引你的目光。"诗人那种要求自我提升的情绪，是诚挚的；而这种情绪的产生，恰是费特渴望美好的理想时萌发的。

二、感情注入物象的音乐美

一般而言，象征主义诗歌的特征，除了整体的象征性外，还特别讲求音律的美。很显然地，费特从翻译德国歌德及海涅诗歌入手中，也学习了这一点。诗人在艺术上的感人之处，还在于常以优美的画面创造出动人的意境，如他在 1854 年写下的《森林》。此诗如从内在节律上分析，可看出诗人感情的抑扬起伏："无论我走向哪里张望，/四周的松林郁郁苍苍，/简直就看不到天空。/远方有板斧伐木的声响，/近处啄木鸟啄木声声。//脚下的枯枝陈腐百年，/花岗岩乌黑，树墩后面/藏着银灰色的野兔，/而松树树干长满了苔藓，/不时闪现长尾巴松鼠。//一条荒僻的路罕见人迹，/有座桥已倒塌圆木发绿，/歪斜着陷入了泥塘，/这里早就再也没有马匹/沿路奔驰蹄声响亮。"这首诗是写一座森林的寂寞，虽然松林苍绿，但却静无鸟喧，树干长满苔藓，连桥也倒塌。内里含着诗人对森林寂静的感叹与同情，蕴聚着深深的诗情，这让我们不得不承认他也是用语言描绘出动人画面的高级画师。

1857 年，诗人又写下了《又一个五月之夜》，他从五月的夜色、夜莺的歌唱到白桦的期待与颤动三组意象触发情思，表现出自己的伤悲与惆怅："多美的夜色！温馨笼罩了一切！/午夜时分亲爱的家乡啊，谢谢！/挣脱冰封疆界，飞离风雪之国，/你的五月多么清新，多么纯洁！//多美的夜色！繁星中的每颗星，/重新又温暖、柔和地注视心灵，/空中，尾随着夜莺婉转的歌声，/到处传播着焦灼，洋溢着爱情。//白桦期待着。那半透明的叶子，/腼腆地招手，抚慰人们的目光。/白桦颤动着，像婚礼中的新娘，/既欣喜又羞于穿戴她的盛装。//啊，夜色，你温柔无形的容颜，/到什么时候都不会让我厌倦！/我情不自禁吟唱着最新的歌曲，/再一次信步来到了你的身边。"这的确是一首很有韵味的诗，费特在诗的音乐美方面也是下了大功夫的。有时为了造成一种音乐气氛，还常以画体情，从飞动凄怆的画面中，使人看到了诗人悲苦的心，以增添诗的独特表现力。如他在 1862 年写下的《不要躲避……》："不要躲避；听我表白，/不求泪水，不求心灵痛苦，/我只想对自己的忧伤倾诉，/只想对你重复：'我爱！'//我想向你奔跑、飞翔，/恰似那茫茫春汛漫过平原，/我只想亲吻冰冷的花岗岩，/吻一吻，随后就死亡!"看,诗人又描绘了一幅多么凄冷的画面!可以看出,诗的节奏是音乐的;他以沉痛的心情悼念恋人拉季绮之死,感情自然也是真挚而深沉的。

三、以情入境的纯粹美

由于爱情的幻变,费特常借助于激荡的感情,捕捉多姿多色的客体物象和月光、星空、霞光、雪夜、夜莺、白桦等优美的画面创造出高远深邃的意境。如1878年所写的《你不再痛苦……》一诗:"你不再痛苦,我却依然痛心,/命中注定我会终生忧虑,/魂身颤抖,我不想去追寻——/那心灵永远猜不透的谜。//有过黎明!我记得,我回忆——/月光、鲜花和充满爱的话语,/沐浴在明眸亲切的光波里,/敏感的五月怎能不勃发生机!//明眸已消逝,坟墓何足惧?/我羡慕,羡慕你寂静无声,/何苦去评论善恶,分辨圣愚,/快呀,快进入你的虚无之境!"诗歌虽是时间艺术与空间艺术的综合体,但作为时间艺术的特征在费特诗歌里更突出。可以说,此诗是诗人情绪的直写,每段也都押韵,以情入境,思情之深,从而造成了一种凄美苦楚的音乐感。诗人对自然的微妙变化感觉也十分敏锐,从艺术构思来讲,正由于费特面对外界的批评与嘲讽不予理会,一心追求诗艺臻于纯洁无瑕之美。诗人这一热切的愿望,化为浓烈的诗情。以情为动力,用想象之花,终能结出形象之果。

再如1885年写下的《冬夜闪闪发光……》,寄托着诗人的各种情思,有的幽静而肃穆,有的古朴而典型。这是质感多么强的画面!或许恰好为诗人长夜难眠、寂寞空寥的内心做了衬托,更表现出诗人以笔燃烧自己、为世界创造花果的欣慰:"当草原、村舍和大森林/都在白雪覆盖下沉睡,/冬夜闪闪发光显示威力,/这是一种纯洁无瑕之美。//夏季夜晚的浓阴已消失,/树木也不再喧哗抱怨,/夜空万里无云星光熠熠,/愈发明晰,愈发灿烂//彷佛是遵造神明的指点,/此时此刻你沉静虔诚,/独自观赏大自然的安眠,/领悟宇宙祥和的梦境。"

诗中描绘的是在冬夜冰冷中,万物祥和而给人带来希望的景象。从艺术上看,诗人的风格日臻成熟,呈现了区别于其他纯艺术派诗人的独具风貌,也是其诗美艺术主张的具体实现。

四、追求爱与光明的意境美

当恋人拉季绮意外丧生火海后,年逾70多岁的费特,每一忆及,仍感心伤。于是,在1886年写下了《你身陷火海……》,其中,感情炙人的句子,也写尽了人物俱非的伤感:"你身陷火海,你的闪光/把我映照得也很明亮;/有你温柔的秋波庇护,/我不因漫天大火而惊慌。//但是我害怕凌空飞翔,/我难以平衡摇摇晃晃,/你的形象乃心灵所赐,/我该怎么样把它珍藏?//我担心自己面色苍白,/会让你厌倦垂下目光,/在你面前我刚刚清醒,/熄灭的火又烧灼胸膛。"诗中浸透了诗人对拉季绮由衷的眷恋,而对她凄惨的悲苦命运,又寄予了无限的哀思。当费特已在诗坛崭露头角之际,年龄小于费特20岁的俄罗斯作曲家柴可夫斯基才刚刚出生;然而,命运的牵系,让他们彼此接近。由于费特的不同流俗,柴可夫斯基将其特别推崇为"诗人音乐家",并为他的抒情诗谱曲,两人终成了忘年之交。1891年,费特70周岁时,遂而写下了《致柴可夫斯基》,诗里热烈地讴歌两人之间的相知相惜以及对音乐与诗歌共鸣的感慨,也写出了诗人对爱与光明的渴求:

> 我们的颂诗,亲切的诗句,
> 本不想把他奉承;
> 岂料音乐轰鸣,诗人赞誉,
> 竟然违背了初衷。
>
> 由表及里被他的琴声感染,
> 深深震撼心灵,
> 兴奋得无力分辨诗乐界限,
> 心情彼此相通。
>
> 既然如此,就让我们的诗神
> 把乐师高声赞颂,
> 让他振奋,如酒杯泡沫翻滚,
> 像心脏欢快跳动!

是的,音乐虽很难用文字给予把握和传达,可是诗可以明白表现。费特的许多抒情诗源于歌,语言的节奏全是自然的。诗人理解世界的深度,而致力于将诗美的形象在心里孕育,结成粒粒真珠,进而使读者更亲近诗歌与音乐。其诗常可歌,歌与诗互相辉映,往往能娓娓动听。这种为诗歌传播光明贡献一切的诗思是何等高尚啊!较之费特过去的作品,此诗更为深邃,追求爱与光明的精神境界更为宏阔。

诚然,诗的姐妹艺术,是音乐与绘画;诗求人能"感"[1]。进入21世纪的今天,在俄罗斯各国乃至世界诗歌史上,费特的诗都是直接打动情感的。其抒情诗仍被视为不可多得的瑰宝之因,主要是具有音乐与图画的双重艺术性。费特诗语的特征是格调高雅,色彩繁盛而不庞杂,飘逸而蕴味悠长、精致奇巧;时间、空间常能融为一体,凝聚成一种纯粹的美、集中的美。而诗里对爱情的铭感与大自然的哲理意蕴等情趣则是缠绵不尽、往而复返的,尤以优美的韵律赢得了柴可夫斯基、拉赫玛尼诺夫(1873—1943)等许多作曲家的喜爱。过去,俄罗斯诗歌有过黄金时代,它是由普希金(1799—1837)、丘特切夫(1803—1873)、莱蒙托夫(1814—1841)、涅克拉索夫(1821—1877)、费特等著名诗人来标志的。笔者作为诗歌爱好者,对费特的认知是,其诗世界是丰富多彩的。正如《吕进诗学隽语》中所言:"诗来源于生活。诗是生活大海的闪光。把诗与生活隔开,就无法认识诗的内容本质。"[2]研读谷羽教授所著的《在星空之间——费特诗选》,笔者有以下几点深刻的体会:其一,费特是以生命为诗的痛苦歌者,而诗歌正是他痛苦又丰富的人生写照。其诗歌是唯美的艺术,风味隽永,也表达出俄罗斯文学中特有的悲情诗性。从早期的诗歌,直到晚年的创作,费特从不掩饰自己强烈的爱与对美的追求。费特认为,艺术的目的,是追求美、发现美进而再现美。其二,诗人观察之细、联想之巧,常创造了他人难以代替的唯美的意象世界。其诗歌的美丽就在于,他能捕捉大自然中的瞬息变化,让各种生物的形象变得新奇灵活,并赋予爱情不寻常的哲思,让人体悟到其中的幸福与痛苦,内里都渗透着费特的灵魂之光。其三,费特的爱情是其创作思想的总汇,爱情可以看作是诗人生命、血液、灵魂的全部倾入。他不尚雕琢,仍然是在艺术返照自然的叙述与画面中用生动的形象去创造诗美。

总之,对费特而言,诗与音乐是同类艺术,因为它们都以节奏语言与"和谐"为艺术表现的媒介。由于费特有深厚的艺术功底和长期写抒情诗的创作经验,因而,他的诗歌写得很清纯,能"从心所欲,不逾矩",给人以视觉上的美感,而且节奏感也很强,诵读起来又给人以听觉上美的感受。在笔者看来,费特是一位天才而苦闷的诗人,其竭力表现诗人在苦难中勇于追逐梦想的情感历程,无疑具有研究的诗学价值,也理当在世界诗史上占有一席重要地位。费特犹如冬夜里的一颗灿星,其诗心已然在和大自然的融合中获得了永恒的平静。

注解【Notes】

[1]　朱光潜:《诗论》,顶渊文化事业有限公司2004年版,第103页。

[2]　吕进:《吕进文存·第一卷》,西南师范大学出版社2009年版,第61页。

《伊戈尔出征记》中罗斯大地的象征意蕴

杜国英 秦 怡

内容提要:《伊戈尔出征记》是古代俄罗斯文学最杰出的作品。作者在思考国家、历史、个人命运时,叙述的虽然是一次军事行动,但却博古通今,赋予自己笔下的形象多重象征意义,折射出其精神本质。长诗反映了古罗斯人的信仰、精神追求和情怀,蕴含着十分丰富的人文文化内涵。形象的象征意蕴的丰富是作品最突出的诗学特征。其中"罗斯大地"是最重要的象征形象,象征着政治的统一、历史和精神的统一以及宗教神话的统一。"罗斯大地"已经成为一种原型,对俄罗斯文学创作有十分长久的影响,其象征意义已经超越时空,获得了永恒的意义。
关键词:《伊戈尔出征记》 罗斯大地 象征 统一

作者简介:杜国英,博士,副教授,哈尔滨工业大学外国语学院俄语系,研究方向为俄罗斯文学和文化;秦怡,硕士,副教授,哈尔滨工业大学外国语学院,研究方向为应用语言学和英美文学。

Title: The symbolic meaning of Russian earth in *The Expedition of Eagle*

Abstract: *The Expedition of Eagle* is the most outstanding work in ancient Russia literature. In spite of a military action that involves with the author's thinking about country, history and individual destiny, its images are given multiple symbolic meanings and reflects the essence. The poem reflects the belief, spiritual pursuit and feelings of ancient Russian, and has rich humanistic connotation culture. The abundant symbolic meanings of images are the most remarkable poetic characteristic. Russian earth is the most important symbolic image, which symbolizes the unity of politics, history and spirit, religion and myth. "Russian earth" has become a prototype, which has long-lasting influence on Russian literary creativity. Its symbolic meaning has transcended time and got eternity.

Key words: *The Expedition of Eagle* Russian earth symbolization unity

Author:Du Guoying: Doctor, Associate Professor, Harbin Institute of Technology School of Foreign Languages. Research directions: Russian Literature and Culture. **Qin Yi:** Master, Associate Professor, Harbin Institute of Technology School of Foreign Languages. Research directions: applied linguistics, British and American literature.

一、引 言

《伊戈尔出征记》(Слово о полку Игореве)(以下简称"《出征记》")是古代俄罗斯文学最杰出的作品,代表了古代俄罗斯文学的最高成就。它与法国的《罗兰之歌》、西班牙的《熙德之歌》和德国的《尼伯龙根之歌》并称为欧洲中世纪"四大英雄史诗"。自从 18 世纪末被穆辛·普希金发现、翻译、整理、出版以来,迄今已有二百多年的历史,但它一直没有脱离人们的视野,成为文学家、剧作家、史学家甚至一些自然科学家关注和研究的对象。他们从不同侧面对该作品进行了考证、研究和解读,出现了很多有关作品研究的争鸣:关于作品的成书年代、作者、作品中反映的历史事实、作品中反映的宗教、人文思想以及作品的体裁、主题和文本特点等。我国读者大都知道《出征记》,但是对该作品的研究却不是很多。有人注意到了作品的体裁和主题问题;有人挖掘作品中反映的宗教思想,认为基督教和多神教意识在作品中的共同体现是俄国从多神教向一神教过渡历史阶段的特殊现象;也有人阐释作品独特的时空世界和表现手段以及作品中蕴含的朴素而深邃的天、地、人合一的人文思想。可以看出,对作品的评论呈逐渐深化的趋势。

金亚娜先生在谈到普希金的《青铜骑士》时说:"一切艺术,甚至最现实主义的艺术,都不可能没有象征和象征主义形象性的构成。"[1]这句话同样适用于俄罗斯最古老的文学作品,其中包括《出征记》。在古希腊语中,象征的意思是"拼凑"、"类比",用来表示符号与所代表的事物之间的关系,后来人们就用象征来泛指"某一事物代表、表示别的事物"[2](40)如今,该词已经成为术语,被广泛应用于不同学科领域中。如在与我们的研究密切相关的文学评论中,象征作为一种方法,不仅可以代表或暗示某种事物,也可以指一种精神、一种意念,或者某种品质,具有多层次性。一般说来,"其第一层次的象征意义是艺术形象本身内在的,第二个层次的象征意义则超出了这个艺术性的界限,进而造成完全相异的新形象的无限数列"。[2](85)所以,我们在考察一部文学作品时,不但要研究艺术形象本身的象征意义,而且要充分注意作者借助象征所要表达的永恒思想和追求。为了进一步理解《出征记》中所蕴含的丰富的人文文化内涵,在众多的学者研究的基础上,我们拟用象征和象征主义文论对作品中罗斯大地形象的象征意蕴做一些剖析,以期揭示古代俄罗斯文学特有的精神本质。

二、全诗的灵魂——罗斯大地形象

作品中形象的象征意蕴的丰富是作品最突出的诗学特征。从文本本身来看,《出征记》的内容不难理解,讲述的是诺夫哥罗德—塞维尔公伊戈尔对草原游牧民族波洛伏齐人的征讨。不过,从作者的叙述中我们可以看出,古代俄罗斯的艺术家们努力从整体上把握所描绘的对象,体现了古代俄罗斯美学中的协调原则。《出征记》的作者并没有介绍诸如出征路线、兵力分布、第一次战役的过程细节等重要的信息,而是讲述了伊戈尔从出征、首战告捷、再战、失败被俘到逃回罗斯的全过程,完整地叙述了伊戈尔出征这一历史事件的始末,真实地再现了古罗斯一定历史时期的现实,有民族志的成分。作品的体裁是叙述长诗,带有抒情性质。它的魅力不仅在于作品拥有生动形象的叙事,也有深刻浓郁的抒情。作者使用了大量相互关联的具有象征意义的多神教形象、基督教形象以及其他一些人物形象。此外,还有一些辅助象征意义的形象。其一是象征古罗斯人英雄主义的伊戈尔;其二是多神教形象和基督教形象。这两种形象的象征性是对罗斯大地象征性的补充和进一步明确,与后者共同构成一个整体。

有人认为作品的中心形象是伊戈尔,但是也

有人认为,"贯穿整部作品、并把所有叙事有机结合起来的主要形象是罗斯大地"[3]。从长诗的叙事结构来看,我们认为,俄罗斯学者的上述观点并不互相矛盾。首先,叙事长诗这一体裁的运用使作者能得心应手地驾驭自己的情感,直抒胸臆。这样,在史实叙述的过程中,他就能做到既不回避,也不掩饰自己的主观评价,游刃有余地抒发自己的情感。作品有对往昔罗斯 150 余年历史的深情回顾,也有对现实中王公们内讧和不睦的谴责;有对失去亲人的罗斯妇女们的深深同情,也有对美好未来的希望和坚定的信念。因此正是在这样的叙述和抒情中,作者反复强调伊戈尔出征的全部事件不仅发生在罗斯大地上,而且与罗斯大地的政治和历史命运有着密不可分的联系。其次,作者采用了特殊的"双重视角":一是作者似乎隐在罗斯大地后面,让罗斯大地成为伊戈尔出征事件的亲历者;二是作者以"老弗拉基米尔"的角度来评价"今天的伊戈尔"。这样,作者通过罗斯大地把忧国忧民的情怀以及炽热的爱国情感与伊戈尔出征的整个叙事有机地结合起来,从而使罗斯大地成为贯穿全文和统领全诗的重要形象。可以说,罗斯大地形象是全诗的灵魂,是最重要的象征性形象。正如利哈乔夫所说:"俄罗斯的这块土地才是他作品主要的主人公。"[4]

粗略统计,"罗斯大地"在作品中出现的次数多达 21 次,除了几次明显的抒情插叙外,每次出现大都融合在作者对史实的叙述和评论中。作者正是从罗斯大地这个形象有感而发,去思索政治、历史等问题。它的象征意义贯穿全文。"罗斯大地"一词反复出现在作品中不是偶然的。据克柳切夫斯基考证,"按照古代《罗斯国土纪事》的作者猜测,'罗斯'一词的原初意义是有关部落的;即我国最初的几个王公出身的瓦里亚格部落(又译作'瓦兰部落')。"[5](157)《古史纪年》(又译作《往年纪事》)中的记载也证明了这一说法。852 年,出现了"罗斯"这一称谓,并用来直接称呼瓦兰人。"后来这个词获得了等级的意义:按照君士坦丁·巴格里亚诺罗德内和一些阿拉伯作家的说法,10 世纪的罗斯是指罗斯社会里的上层阶级,主要是指大多数由那些瓦兰人组成的王公亲兵。"[5](157)在《古史纪年》中我们还找到一条重要信息:945 年伊戈尔大公和希腊皇帝罗曼签订的条约中首次出现罗斯或罗斯大地的名称。

从条约中可知,该词不仅指瓦兰人,也指瓦兰人聚居的地方,从而获得地理上的意义。克柳切夫斯基指出,11—12世纪,罗斯和罗斯国土在原来意义的基础上,又获得政治上的意义,因为该词已经指向"从属于罗斯王公的整个疆土,以及这个疆土上的所有信奉基督教的斯拉夫—罗斯居民"[5]。(158)据史书记载,雅罗斯拉夫死后,从11世纪中叶开始,罗斯逐渐确立了一种严格的宗系制度和疆土制度,也就是按照长幼次序统治王族的每个族人都有权暂时管辖一定部分土地的顺序制。实行这种制度不仅使王族对整个罗斯大地共同行使权力,而且共同的利益、习尚和各种利益关系把罗斯大地的各个部分紧密联系起来,地区间的交往日益加强,国土统一感逐渐觉醒。到了12世纪下半叶,"罗斯大地"就相应地成为一个术语渗入到人们的生活和意识中,并成为一个集合的形象。

三、罗斯大地的象征意蕴

(一)政治的统一和历史精神的统一

在《出征记》的作者看来,罗斯大地的地理空间是按照古希腊人类居住地带的模式建构的。罗斯大地是乡土,也就是宇宙的中心,"其内部是按照基辅(核心,政治的、爱国主义的和道德的典范中心)和周边各公国的模式设计的"[6]。基辅大公斯维亚托斯拉夫向各个公国说出的"金言"非常说明古俄罗斯人对自己所处的空间和领土的认识。基辅是中心,四周是各个公国和大河,如:东北部伏尔加河、顿河流域的苏兹达尔公国、西南部罗斯河、苏拉河的沃伦公国、西北部德维纳河、诺夫哥罗德和特穆塔拉坎的波洛茨克公国等。作品中,与罗斯大地概念相对的是波洛伏齐人的土地,作者称其为异教徒的土地。他认为,这块土地不仅是古罗斯人的栖身之地,也是实实在在的生存基础和家园,它是完整、不容侵犯的。他不希望罗斯大地因公们的内讧和互相残杀而四分五裂。他坚信,只有强大的政治统一,才能保证国土的统一,保护全罗斯人的利益。可以说,统一的思想是《出征记》的主要激情。基辅大公的含泪"金言"代表了全体俄罗斯人的共同心声。难怪克柳切夫斯基说:"每个人都把罗斯国土看作整体的、全国共同的事业,看作全体与每个人不可逃避的、责无旁贷的事业。"[5](194)作

品中,罗斯大地已经从生存空间概念上升到政治概念,成为政治统一的象征。

从这个意义上讲,伊戈尔出征不是单纯地为了谋取自己的荣耀和功名,而是关乎罗斯大地政治统一的重要事件,而伊戈尔本人则是公们的表率和榜样。他是古罗斯人英雄主义的象征,是罗斯大地的英雄。作为英雄,"他分担着所有人的命运,他是一种理想"[7]。虽然作者认为他为建功立业而盲目出兵不可取,但是又赞美他不怕牺牲、敢于战胜自己的命运、蔑视死亡的精神和崇高的英雄荣誉感。在作者心中,他的形象近乎神,已经成为人们崇拜的神偶。作者虽然对他有对神一般的崇拜,但是对他的描写也有很强的非神话化的倾向,更注重史实的描写。毕竟,伊戈尔是罗斯大地的现实生活造就的英雄,这也就意味着,只有伊戈尔这样的公才能保证罗斯大地的完整和安全。所以从某种程度上来说,伊戈尔形象是罗斯大地政治统一的象征的外化。

《出征记》的作者把罗斯大地的现实和过去巧妙地联系起来,使历史叙事成为解说今天的事实的依据。难怪作者在描述伊戈尔从出征到失败以及成功出逃的全过程时,追忆了往昔的历史,引述了八次在罗斯大地上曾经发生的重要战役:"米斯蒂斯拉夫(Мистислав)与卡索卡人(Касоги)之战,伊戈尔(Игорь)与波洛夫齐人之战,涅扎季纳—尼瓦之战,斯都葛纳河上之战,涅米加之战,弗谢斯拉夫三世(Всеслав Ⅲ)攻打诺夫哥罗德之战,斯维亚托斯拉夫三世(Святослав Ⅲ)与科比亚克(Кобяк)之战,伊贾斯拉夫(Изяслав)与立陶宛之战。"[8](74)尤其值得一提的是,作品中还多次说到公元2世纪罗马帝国的特洛扬时代、东斯拉夫人的祖先安特人、伊戈尔父辈们的英雄战绩。这些历史事实与伊戈尔作战的现实构成对话,书写了特殊的历史神话。从古俄罗斯文献中我们可以找到作者这种独特的历史观的根源。我们看到,俄罗斯的编年史从《古史纪年》开始,几乎无一例外都从圣经《创世纪》的大洪水讲起。人的历史被看作为神谕,历史是上帝赐予人类的沉思。因而俄罗斯历史上发生的所有事件不仅是上帝创世再现,也是继续和结果。古俄罗斯人用圣经创世学说的宗教神话来诠释古代俄罗斯历史,是为了说明当初上帝分给诺亚后代雅弗及其子孙的这块土地永远沐浴在上帝的灵光之下,罗斯大地是神圣的,其利

益是神圣不可侵犯的。显然,《出征记》的作者继承了古史中的这种精神,并以开阔的眼光和博大的胸怀去思考俄罗斯在世界历史中的地位和影响,使罗斯大地成为世界关注和瞩目的中心。如作品中,除了波洛伏齐人的土地,作者提到了罗斯大地界限以外的很多地方。诗中有这样的句子:"德意志人和威尼斯人,希腊人和摩拉瓦人,齐声颂扬斯维亚特斯拉夫的荣耀。"[8](58)当伊戈尔逃回罗斯大地时,基辅也可以听到欧洲多瑙河上少女们庆祝和欢乐的歌声。读者在阅读中领悟到罗斯大地更深一层的象征意义:神圣性、历史精神的传承性和统一性等。

(二)神话和宗教的统一

阅读长诗时,我们感受到作者对罗斯大地的无限的爱,这种爱与古罗斯最古老的对大地母亲的崇拜密切相关。作者采用拟人等多种艺术手法,塑造了一个有血有肉、充满母性情感的罗斯大地形象。同时,随着情节的发展,基督教圣母崇拜因素融入到对大地母亲的崇拜中。作者正是基于对俄罗斯多神教、基督教的把握,赋予罗斯大地神话和宗教的象征性。

"多神教是人类历史上最早的宗教形式。"[9]古罗斯人在与大自然打交道的过程中,时刻感受到大自然神秘的力量。在他们的观念中,大自然,甚至自然界的所有物体和自然现象都具有神性。它们保护人类,与人类和谐共处,因此他们信仰的多神教的最大特点是崇拜无所不在的自然力量。显然,《出征记》的作者也受到这种泛神论的影响。他仿佛生活在多神教的世界中,自然神性几乎渗透到诗中的所有形象。除了印欧语的民族神话中被称为"弗拉基米尔神祗"的几位神(歌手博扬是牲畜、贸易和财富之神韦列斯神的后代,风是宇宙之父和创造者斯特利博格的子孙,罗斯人自己是光、生命和知识之神达日博格的后裔),还有各种动物和鸟类(布谷鸟、乌鸦鹰、水鸭、灰狼等)以及至今仍然没有给予统一解释的一些形象,如卡娜和齐利亚(Карна и Жля)、妖枭(Див)、特罗扬(Троян)等。这些与多神教信仰有关的神话化的形象积极参与罗斯大地的生活,与其一起创造罗斯的历史。英勇善战、不怕牺牲的公们被比喻用各种动物或天体,如伊戈尔被称为"原野上的灰狼"、"白鼬"、"野兔"、"鹰"等,奥列格被比作新月……总之,所有这些象征性的形

象与罗斯大地的感受和情感保持惊人的一致。当罗斯大地充满悲哀时,"草茎因怜悯而低头,树干因悲哀而弯腰。"[8](53)作者多次使用乌鸦和布谷鸟的形象来加强忧伤的气氛,因为根据多神教的信仰,乌鸦是不吉利的鸟,能预知灾难;布谷鸟象征忧伤和悲痛。作者置罗斯大地象征性形象于核心主导地位,使其他形象服从于罗斯大地的整体象征,表达了古罗斯人独特的世界感受。

在古希腊神话中,大地是卡俄斯(混沌)之后的第二位神,也就是地母该亚。从诞生之日起,她就被视为万物的根基,地上所有的一切,包括动物、植物、河流、山丘,乃至整个人类都依赖于她。在俄罗斯的传统文化中,大地同样是一种神秘的自然力量。她也被看成一位女性,被尊奉为一切有生命之物的母亲。她不仅滋养万物,而且对其生养的一切给予无限的母爱,她又被称为"润泽的大地母亲"。《出征记》中"对大地母亲的崇拜是古罗斯人最古老观念的最鲜明印迹"[10]。诗中的诸种多神教形象都受到大地母亲的滋养,所以不难理解它们的象征意蕴以罗斯大地为中心,并使罗斯大地的神话象征具有弥漫性。当伊戈尔和兄弟会合、不顾各种自然现象的凶兆执意出征时,罗斯大地充满无比惆怅和担忧,好像一个母亲送儿子上战场;当波洛伏齐人集结大队人马包围伊戈尔和将士们时,罗斯大地无比焦急,想方设法发出警报;当伊戈尔战败被俘、车尔尼戈夫被异族人劫掠时,她陷入深深的悲伤;但是她没有被悲痛击垮,她坚强地面对伊戈尔身陷囹圄的事实,寻找机会,帮助伊戈尔出逃。作品中最能代表大地母亲情感的是雅罗斯拉夫娜的哭诉。她的哭诉已经不是妻子对丈夫的单纯的哀痛,而是罗斯所有妻子和母亲的哀伤。雅罗斯拉夫娜没有和丈夫一起出征,但这不妨碍她在面对巨大痛苦时表现出与男人几乎相同的精神特征。她要克服重重困难,像鸟儿一样飞到多瑙河边,为"公坚强的躯体拂拭流血的伤口。"[8](42)她敢于问责风神、太阳神、第涅伯河等多神教的诸神,并向它们提出要求。在为生存而进行的斗争中,古罗斯人已经意识到,人类在自然面前虽然有时是软弱无力的,但是人类可以拥有坚强的意志和精神,可以与自然和命运抗争,并从中感受到极大的快乐。在这一方面,古罗斯人禀有多神教信仰的精神。"多神教时代是勇气和力量的时代,这是一种时代精神,崇尚英勇果敢而无所畏惧的

品格,这没有性别上的分别,是人们所共有的精神面貌和性格特征。"[11]

《出征记》创作于 12 世纪末、13 世纪初,也就是罗斯受洗 200 年后。虽然作者向读者展现了一幅多神教的画面,但基督教的影响也存在,并逐渐改变着人们的思想观念。随着叙事情节的发展,长诗中对大地母亲的崇拜融入了基督教圣母崇拜的因素。当伊戈尔回到罗斯时,他没有回到自己管辖的诺夫哥罗德—塞维尔公国,而是直接去了毕洛戈什的圣母堂,拜祭圣母,向她致谢。在当时的人们看来,向大地母亲求助就是向圣母求助,拜谢圣母就等同于拜谢大地母亲。虽然有的学者强调"伊戈尔及其军队的全部不幸发生在多神教神话符号下。基督教的上帝使伊戈尔的拯救变得神圣:是上帝给伊戈尔指出了逃出波洛伏齐土地的道路"[6]。但是不可否认的是,罗斯大地集多神教和基督教的宗教神话象征于一身,并使二者在长诗的结尾处结合在一起。

四、结束语

由此可见,罗斯大地这一形象的丰富内涵在故事情节的发展中得到进一步认识,其多维的象征意义也随之被步步深入揭示。作品给我们的感受是独特的,正如曹靖华先生在谈到《出征记》的情节结构时曾说:"作者写的虽然是一件具体的史实,但与编年史不一样,作者并不追求完全写实,他的主旨是写出这一具体历史事件所具有的内在、全民族的含义。"[12]或许,这部作品的不同寻常之处就在于它具有深刻的象征意蕴。作者在思考国家、历史、个人命运时,抒写的虽然是一次军事行动,但却博古通今,赋予自己笔下的形象多重象征意义,折射出其精神本质。长诗反映了古罗斯人的信仰、精神追求和情怀。其中蕴含的人文文化内涵十分丰富。最重要的是,它的一些形象,如伊戈尔、罗斯大地等,成为一种原型,对俄罗斯文学创作有十分长久的影响,其象征意义已经超越时空,获得了永恒的意义。

注释【Notes】

[1] 金亚娜:《〈青铜骑士〉的象征和象征主义意蕴》,载《求是学刊》1999 年第 1 期,第 85 页。

[2] [美]勒内·韦勒克、奥斯汀·沃伦:《文学理论》,刘象愚等译,江苏教育出版社 2005 年版。

[3] Платонов О. А. Святая Русь, Большая энциклопедия русского народа, Русская литература, М.: Издательство Институт русской цивилизации, 2004;908.

[4] [俄]利哈乔夫·德·谢:《解读俄罗斯》,吴晓都译,北京大学出版社 2003 年版,第 173 页。

[5] Ключевский В. В. Русская история: Полный курс лекций. Т. 1., М.: Издательство АСТ. Мн.: Харвест. 2002.

[6] Шелемова А. О. Символический образ "земли незнаемой" в "Слове о полку Игореве". Филологические науки, 2000(5);3.

[7] Колесов В. В. Язык и ментальность, СПб: Петербургское Востоковедение. 2004;148.

[8] 李锡胤:《伊戈尔出征记》,商务印书馆 2003 年版。

[9] 乐峰:《俄国宗教史》,社会科学文献出版社 2008 年版,第 16 页。

[10] 金亚娜:《期盼索菲亚:俄罗斯文学中的"永恒女性"崇拜哲学与文化探源》,人民文学出版社 2009 年版,第 34 页。

[11] 金亚娜:《充盈的虚无——俄罗斯文学中的宗教意识》,人民文学出版社 2003 年版,第 43 页。

[12] 曹靖华:《俄苏文学史》(上卷),北京大学出版社 1992 年版,第 5 页。

《鞑靼人的沙漠》：存在的抽象演示

贾 晶

内容提要：小说描写军官德洛克见证巡疆士兵殷切等待战事的来临却希望破灭，以死亡告终的论题。作品反映资本主义物质文明在喧嚣沸腾的表面之下，暗暗涌动扭曲而空虚的心灵，渴望在孤寂的军旅生涯中获得生命的洗礼。沙漠净洗，从理论证实的角度导引孤独与尘沙的浩劫。作品从正反两个方面论证沙洗的张弛作用：其一，沙漠清空肃杀有形的生命机体，展现无情、冷漠的面貌；其二，白沙的素洗淘净物质的铅华，还归心灵原本的纯真和质朴。两者交相更迭，一张一弛，互为作用。小说依循辙痕，由表入里深入人物的内心世界，剖析囚缚于沉重的现实羁绊，说明感官觉识的多维时空转变，意识引发迁流的超自然现象。作家在远离尘嚣的塞疆拓展心灵的净土，在纯净的光礼中证实自己的圣性。

关键词：意识流 牵引 浩劫 尘沙 觉识

作者简介：贾晶，四川外语学院法语系意大利语教研室副教授，博士，主要从事意语语言及文学方面的研究。

Title：*The Tartar Desert*：the Abstract Illustration of Existence

Abstract：The novel describes the theme of the official Drogo, who testifying the the soldiers' eager wait of the war at the national northern frontier, finally witnessed their death and the disillusion of their hope. The opera reflects under the surface of the capitalism's noisy and excited material civilization, secretly surges the contorted and vain soul, eager to acquire the life's baptism in the solitary and silent military career.

The desert's purifying wash, conducts the solitude and the ravages of dust-sand from the moral evidence. The opera proves the tight and distensivo function of the sand's wash from the positive and negative aspects: from one side the desert emptys and kills the visible life's organism, demonstrating the cold and cruel appearance; from another side the clean wash of the white sand purifies the substance's impurity, returning the original pureness and modesty to the soul. The two sides alternate from each other, tightening and distending, reacting on each other.

The novel, proceeding into the military men's inner world, cuts-straight analyzing the heavy burdon tightened by the reality, indicating the multi-spaces' change of the sensitivity. The post conscience provides the transferring flush of the super naturalphenomenon. The writer extends the soul's purified land in the border area far away from the dust clamour, and finally testifies his proper divinity in the pure brightness.

Key words：conscience flush transferring ravages dust-sand sensitivity

Author：**Jia Jing** graduated as doctor, is an associate professor at Italian Teaching and Research Section of French Department of Sichuan International Studies University, mainly engaged in research of italian language and literature. Email：jingjia7860@hotmail.com

一、引 言

意大利当代短篇小说家迪诺·布扎蒂[1]曾于1940年写下了一部以刻画人的潜意识为特征的小说《鞑靼人的沙漠》，描写现代人孤寂、迷惘，无所适从的心态。作品反映的时代正值风云变幻，社会局势举棋不定，工业革新要求高效、快节奏的高速运转，人被旋风卷入紧张的劳作，莫名的焦虑和恐惧笼罩浮云空际。小说创作的原委正是作家有感于现代人疲于奔命的生活现实，徒然辛劳而不知所终，又感于自身的劳瘁经历，恍如光阴蚕蚀生命的肌体，一点一点地被剥夺，耗竭。为此，他在1966年小说的再版序言中写道："目睹同龄或比我年长的人整日伏躬操劳，时间的长河慢慢吞噬着他们的生命……我慨问，是否有一天我也像他们退休前就满头白霜，等待的只是瞬间留下的惨淡回忆……"作家感怀流光飞逝,投诸文笔埋首写作,在写作的过程中理性的疑问和思考不断碰撞,激发灵感,布扎蒂倾注巨力,视小说为集结他毕生心血的结晶,伴随至生命的临终。

二、中心论题:哨兵的离思乡愁 ——孤独

《鞑靼人的沙漠》具现给读者的故事场景古老、神秘、充满异域色彩。作者采取超现实主义的文学手法,远离喧嚣忙碌的物质文明,逃逸至原始荒僻的旷漠,满目陌生枯草凋零的苍野,置身其中只觉孤寂苍凉;自然的蛮荒适从被资本主义社会扭曲而空虚的存在意识,主人公重逢未踏进物质社会的质朴,放逸干涸无所寄托的心灵,平息困惑劳顿的思绪。生命不再从属那个机器建造起来的社会,与大自然重新达成默契。小说表现面对命运,人孤寂无奈,戍守边陲殷切等待战事的来临却希望破灭,以死亡告终的主题。布扎蒂超越限制再造四维时空,展现跟常规相对的生存视野,从军职守取代都市繁忙的日常劳务,边塞境遇透视现代人茫然奔波的羁旅写照。生存的孤独,孤独的等待构成军旅生涯的整个目的和意义。

小说描写军官德洛克受上级传达的驻疆之命,告别熟悉的都市环境,接任来到位于北部边陲的荒漠。初来乍到迎候的是仿佛时光溯源而上至久远的历史画面,古代童话重拾熟悉的风景:"仿佛重新邂逅低矮、坍塌的悬崖,蜿蜒的山谷寸草不生,那些倾斜的陡坡,最后荒芜的三角洲平原,眼前的岩石无法掩盖。在德洛克心灵里重新苏醒极深远的回音:无意识地感觉存在于一股非理性之力的冲击下,会意这股力量从更遥远的'我'中出,投影在环绕他周围的大自然,并意欲征服之。"[2]视觉震撼,瞬间诞生于这片未知荒漠的足下,一股潜在的原始暗流冲刷着男主角朦胧的意识,突如其来的力量塑造作品人物自身之外的另一个生命体,揭示埋伏在潜意识中,被现代文明催眠了的原始本性。

景观描写与思维主体的感性波动相连。自然的变换更替,无论迷人的场面铺叙,还是恐怖的,山丘、沙漠如如不动,依旧巍立。然而在人与周围环境之间仿佛存在一种默契:心境的流动决定自然景物的无止变迁。这一特征时而反射军官德洛克的心情格调,时而守边士兵的思绪和期待被不易察觉的景致变化所感染。许多停滞的

片刻凝结诡异的外部氛围,哨兵的离思、乡愁浓缩于日光天色所刻画的沙漠幻境。

作品把整篇的故事格局定位在军旅生涯的期盼之上。小说面貌呈现纯粹,惆怅的泛化情绪,小说主题底部蕴含的哲理思考——孤独成为生命必然迈过的足迹。布扎蒂设置个体命运的时光消耗于战事等待——其余的附属情节从属单维的构思机制,以人物的心境,环境的烘托为载体,营造整部作品的框架。"等待——布扎蒂声明——没有恐惧或疑虑,或许代表了唯一可能准允的幸福形式。"[3]单调无奈的戍疆守命充斥日复一日的军地生活,如一线风筝凝聚所有渴望的心情,等待——折射前线将士卫国效力,雄兵沙场的抱负;折射个体从军,实现立功的价值。

三、理证孤独与尘沙——沙漠的净洗

观沙漠,等战事。寥无声息,原始的静谧占据军士服役的阵地,消溶一切利欲主导的浮躁情绪,简化生存的劳碌形式。一代代哨兵前仆后继莫名驻疆消耗有限的青春,存在本身被赋予留滞的漠然,昭示适者生存的自然法则,瓦解慷慨的军事斗志。白日变换不定的荒景摄取驻守的目光,渗透错综迷离的离间力,促生内心的茫然——存在的客观原由被撼动……无所聊赖,面临肃杀,人似芥末渺小地移动于艾草碣石丛中。

对于漫长的岁月,小说安排用一系列的小插曲来导引读者的好奇,给神秘静默的战地气氛注入日常生活的气息。插曲之一:闯入戍边前沿的一匹马,频繁的询问揭示众人迫不及待的探究心理,"从什么地方来……谁知道……是什么……也许……"试图挖出隐藏在马身后的威胁信号;插曲之二:突如其来的武装部队穿越沙漠,临近边界,在古堡上空营造不安的暗袭气氛。操纵沙漠时局的神秘驾驭战场的命运棋盘,活跃在棋盘上的士卒没有选择,只能原地待命。作者以洞彻命运的目光暗示人在旅途的不可预见性。军事生命的寄托——对战争的期望折射出现代人期盼生命出路的本质。

作品从潜意识层面剖析作家囚缚于沉重的现实羁绊,渴求出离、寻找精神栖息的净土。沉闷,喧嚣,迷惑主体的感官意识,繁重的劳务日复一日,促使人沦入更加无序的状态。资本物质社会演绎的尘嚣陷人于无所聊赖的境地。埋藏在内心的本能,希冀摆脱尘世无形的枷锁,走出樊

笼,趋步轻松,无碍,放怀身心之地。

沙漠[4]打破伦常烙印既定的格式,以无比宽宏大度的际遇开怀迎纳千里迢迢奔赴而来的将士。反面观之,似乎合理契于事机常情,茫茫然上苍自有定数,尘情物我如出一辙。

心仪趋使,此间迸发仿佛萌动的暗流,丝丝入扣闯进沙漠白沙的素洗,寸寸磨蚀,生命的本原逐渐毕显素洁光辉,或喜或忧,无声无息,似水小溪潋潋,莫名心语。孤独,骤然间转换由冷凝,凝滞变温暖的呼吸,轻盈,洗浴尘情虚伪,一切不真实的感性,嘀嗒嘀嗒,如时针行进,昭然若揭……至此,沙洗的功能凸显毫端,静若虚渺,排除非真非有错误认识,哲理的光华绽放,无上妙悟,竟显其间。沙漠的洗礼漠然升华生命本来面貌,反证真如实性,光阐释道,妙语如珠。

四、天道自我平衡,重点论述沙漠的张弛作用

沙漠象征人寄形于宇内,撷取生命本源的存在核心。沙漠清空一切杂乱无章的物质形态,剥夺肃杀有形的生命机体,在潜意识当中对抗现代人膨胀的欲望。边塞的蛮荒在视觉感应上安抚历经重荷,被劳顿压得喘不过气来的身心。用风尘,流沙淘洗物质铅华,驱赶寄生在心里的蜉蝣,还渺小的生命个体原本的质朴和真纯,展示具象的现实人生变换过渡至抽象的再造文境。

沙漠赋予尘世人精神洗礼,使之重获新生,导引终级的归宿趣向。它的净化功能宣示超现实主义文学所探求的蹊径。譬如一个巨大无形的磁场,吸纳无数失重的现代人洗涤心灵上的尘沙,重脱桎枯。沙漠的磨砺锻造生存意志,跋涉者独步踽行,击风搏沙,每往前迈出一步都须激发生存的本能。沙漠在整篇意象布局中升级为归宿的港湾,虽然小说揭示边塞戍兵无所寄托的悲观等待,战事成为一种托词,但表面无奈的结局已被淡化,生存的意义被浓缩进荒漠巨大向心力的磁场,出离喧嚣找回生命本有的宁静。

一张一弛,沙漠磨砺心性的本真,使之散发妙谛,如玉矶春风徐徐吹散客尘写下的尘垢,张的作用在于净化,弛乃肃杀,两者互补恰如其分。大道万物此长彼消,总而言之彰显生灭的道理,天道玄机,平衡原理。沙漠洗礼在人性的心田栽植最聪慧的种子。晶兰静光乃承载宇宙最深奥妙觉的载体,将士的心识觉悟,一呼一吸之间,全赖净光真体。天道寄寓沙漠最虚灵的光芒,白沙浩荡,恰如腾龙栾凤唱和宇宙的真理。沙漠,徘徊于自然界的平衡,张弛作用的运营,给将士开启福慧之门;其浩瀚无垠承运上天游步无疆,似历历在目。由此细沙所蕴涵的玄机,大大超越人类思维所能到达的境地。

"白浪淘沙,层层叠嶂,风云突兀四起;飞雁成行,孤鹜惊怖,述说沧海岁语。"[5]从此命题,衍生而出将士浮躁心理的漠化:守候无望实际上暗应沙漠洗涤纤尘,消溶尘世争恐的功利情绪。

五、多维时空的转变,后现代意识流引发迁流

作品主角德洛克以见证人的角度体悟边塞羁旅的抽象含意,他不仅目击沙漠重塑心灵的群体画面,布扎蒂在其身上投影自己的内心世界,借助作品人物完成现实怀揣的梦幻。德洛克成为布扎蒂的代言人。从原始时空出发,主体思维的迁流在无形的意识层面上完成精神的飞跃。作家从多维创作角度,时空置换,悬念设置,开凿陌生未知的思维疆土,回归内心的真趣所在。德洛克肩负跋涉的使命,在潜意识的真空存在中探寻被尘沙埋没的本我。他卸掉迄今为止沉甸的包袱,重温未被膨欲洪流浸润的净土,默然寂寥感受内心的洗礼。

主角的进驻,走出荒漠在空间轨迹上完成一个圆周:象征布扎蒂跨越现实时空,徜徉无穷浩渺玄奥的精神之旅。追逐真谛的轨迹徒步迁徙蛮荒无烟的浩漠,与黄沙、尘霭朝夕为伍,仰面俯首非人的自然面庞传喻天地物我的无情。尘沙似水,磨蚀冲刷胸壑间积淀的心垢;黄昏暮日笼罩下沙浪此起彼伏,奔腾,蕴藏和诉说宇宙不可理喻的奥谛。粒粒尘沙,似轻风拂拭懵懂无明的人性意识;又或以叱咤飞瀑的雄魄川流脑海,启迪蒙昧者的无知状态。

如果说水昭示天地间物换星移的洗礼方式,沙洗则喻比沧海桑田的蹉跎岁月。由此体现出造物者别出胸臆、抚恤万灵的潜机。然而黄沙磨蚀跋涉者的肢体躯干,沙海彰显乾坤对立的二元正面与反面。一行大雁,如白日长虹,冲天而去开辟明蒙,屏除幻妄;又如碧虹深潭,蛟龙含藏,纳吐心语。自然万灵莫不归于无心天宇,大旨虚空,微小芥末,恒如一心。

沙漠静海,此起彼伏,从反面论证人宇的浩瀚,无奈,卑微。若天与神瑰丽的宫殿讴歌光明,皓幢巍巍,只为心性觉悟。三千大千世界,明暗

齐趋,无影像差别,无尊卑贵贱,齐入慧海真如,当言即是。直指琉璃妙身,心所栖处。由此跋涉所透露而出的精神,消融于沙海,缄默无语。日境和夜幕更迭,蚕食岁月光阴所抛撒的寂寞。德洛克把自己搁置于荒漠,终于在这里他卸下超负荷,让打上都市烙印运转的意识随风逐渐地消散,一天一点,一天一点;让自己秋笋般层层脱去浮躁,烦恼的外衣,迎候新生的到来。

小说人物角色的刻画上,群体将士正面铺排,与主角众星拱月交叉矢射,形成竹林溪径,袅袅烟霭,不禁言中。弯弓驰飞而出的箭羽形成真空里的抛物线,形象地将其喻为一条生命的抛物线,勾勒出无常人生的静观图。

六、从表面意识到理性意识的飞跃

若从意识层面分析,作家布扎蒂依循纵深求索人生之途,首先停驻于喧嚣的表意识。这是宇宙万物物质现象左右人身心,感性意识主导理性意识,由实相生发意识虚像,产生思维,心念的层面。所谓闭目神思,是对意识表象投影于大脑深层意识,逐渐循序渐至理性认识的生成,排除幻心幻识。这个过程要经历三个阶段的飞跃。

第一个环节潜挖至表面亚意识:此界面感性与理性意识相互并存,而觉心与虚妄潜藏伏识,故该层面承载作家半写实半虚构的意识:写实——实相主宰真理;虚构——思绪引发幻识。由此界面,作家进一步纵深挖掘,至第二个意识界面:浅层内意识。

人的精神活动在浅层内意识形成。人性对真理的渴求从浅层内意识生发,埋下种子。所谓实相真体,点点星火,即从浅层内意识似浮光掠影萌发。此时人的觉想与迷离,按弗洛伊德精神分析学解释,是产生梦影的层面。唯理性之光卓越的人士一举一动,一个思维能驾驭主导,不受梦想的钳制。

末了,第四个层面即是深层内意识,即是神思遐飞的真灵闪现。它是凝聚人类所有理性阐释义理的聚焦核心。完全体现真如实性。人性的灵感,光点,在剥夺表层幻意识,表层亚意识,浅层内意识的遮翳之后涤水出青莲,脱颖而出。故而深层内意识凝结理性之光,熠熠生辉,乃光彩焕发之面。如群机普泽,慧日出海面,最具灵性,生机。若比上下五千年文明史之光,朗若星辰,其重点全系于一光束。

大概后现代精神分析意识流作品,悉数脱胎于浅层和深层内意识。作家卡尔唯诺跟踪分析活跃于深层内意识的影像具备超越人体官能的特性,由此解说卡尔唯诺捕捉自然信息,如光纤编撰意识深层次的实语。

故由现代人超负荷运载的人生终于在幻垢的境界中剖显,垢障深重不能自剔。故而自力精华,魂魄都须仰仗天宇。借助天外灵光赫赫,完成白沙净涤。萦绕大漠的孤寂和沉默潜移默化独语的心灵,包袱心灵的外茧随时光推移渐渐褪去,心元趋向合一。

军旅驻地,边塞古堡[6]矗立在天幕映衬之下,无垠旷野之上,原始,神秘,荒凉。寂寞似一张恢宏的网宇,吸纳出入古堡的寥落的人物气息,不经意间物体碰撞。主体的意识似光影折射般阡陌纵横……涌动在潜意识当中的影像心绪,抽象地被意识拆掉同化成空际。无声胜有声。纤尘落漠,沙雨纷飞,沙漠凝固现代人迷惑游离的思绪,似放飞的风筝。寂寞从最真实的生存角落展示自然演绎的法则。古堡荆草吹不尽,白日黄沙空对日。寥落的乌鹊鸢飞鹤唳停驻于断桠枝头,叙述大漠寂无人烟的空旷。

虚阔浩瀚的冥空俨然真宰居高凌驾,与造物合光同尘。天扉启迪,从宇外透射入真寂定光,如海绵吸吮,开启生命真谛。寂光真静,天外玄机不假文字借助光泽来传递。光雨启迪心扉,以最玄妙的方式运作,去粗取精去伪存真,实现生命的真氧供给。将士沉浸在天穹的荧光中,静默无语,身心寂然,感悟万籁寂静的空盈。净光渗透心灵的每一个细胞,光洁轻盈。光滋润沉醉的心神,神游空静。彼时人与自然合二为一,究畅无极。

风动,吹移,神游,若隐或若无。虚无真境塞外疆场,戍边卫子无意体真常。雾霭真意,有还归于无,窅窅邈邈,似虚非实。

七、结　语

由此后现代意识诸家所做的人生探旅,在鼻祖弗洛伊德的辉映下找到真趣所在。然人的资旅毕竟有限,管窥全豹,洞灼观火,与君共勉。塞外歌曲演绎千年,历代传钵古堡荒漠的沧桑、变迁。而烽火干戈息事宁人,归因于静,种下和平、虚静的种子。含藏纳识,意识流作家布扎蒂倾注心力,终于在远离尘嚣、大漠孤烟直的塞疆,拓展了一片自己的净土,让萧杀的尘砂洗涤自己翻腾的心性,在纯净的光礼中证实自己的圣性。

注解【Notes】

[1] 迪诺·布扎蒂(1906—1972),意大利家喻户晓的作家,被誉为"意大利的卡夫卡"。他诡奇独特、鬼斧神工的艺术特色,在他的短篇小说中发挥得淋漓尽致,在看似虚构荒谬的故事里,其实蕴含发人深省的深层思考。他擅长深刻的描绘人物、命运、欲望,罗织魔幻、秘密的笔法,甚至挑战理性的事实,让幻想成真。而其恣肆放纵的笔调,表现人的心灵状态及难以逆料的奇异,充满趣味,更令人震撼。他的首部作品《大山里的巴尔纳波》(1933),迅速把我们引入一个世界,其中话语,景象和感情都拥有一个微妙不同于现实的凝重,几乎不可思议有时神秘。故事的情节简单:一些森林看守人得守护一个被遗弃的火药库(象征人们艰辛绕缠的一些事物却不知所由),一些秘密生活在山上的土匪一天杀死了看守长,引发广泛的调查。巴尔纳波因没有跟土匪冲突时在场被辞职。四年后他回来杀土匪;之后却放弃:在对他人和自己的怜悯中他熄灭了复仇的欲望,以自然和时间的慷慨力量赢得内心的宁静与和谐。可以说布扎蒂早在《巴尔纳波》,在孤寂的大山和无尽的天空之间,实现题材和行动将经常接下来在他的叙事文学中遇到:存在的忧郁,痛苦的反思,等待之后放弃,时间的无情;诸多因素将达到其集大成在1940年的《鞑靼人的沙漠》。在该书里,正如在前作中,凌驾大山的迷人王国;但对于大山的象征,随着附加在小人物身上的重荷与其深奥的承诺,又附加其他的题材,丰富了场景,延伸了叙述的意义。在《鞑靼人的沙漠》中,布扎蒂能更好地表达生活在孤独中忧虑期待、人面对命运的题材,排空

一切希望以死亡告终。凭借《鞑靼人的沙漠》,布扎蒂的叙事文学——整个由存在的神秘和谜一般的含义穿梭,持久面向愈发深入的阅读,直至达到象征和隐喻的峰巅。

[2] Nel testo, *a cura di Silvana Cirillo e Giuseppe Gigliozzi*, Minerva Italica Bergamo, 1990, p. 858, 评语译文。

[3] 在布扎蒂身上时行一种每个人内心创造的个人时间概念,在自身期望的节律上延长或缩短时光。德洛克将之建筑在自身期待的尺度上。频繁的疑虑,持续的询问创造一个不确定凝滞与不安的气氛,折射出现实中德洛克和其他军人的焦虑和欲望。

[4] 沙漠隐藏着纯洁和绝对的理想,从中人们可以汲取必要的力量以弥补存在与冒险的不足。没有意识到举目了望一个无尽空间的界限,为了无穷的时光,不为别的只为寻求某种不存在的东西,因为人面朝唯一的定点才可以汲取到真正的力量:在自我存在的中心,在自己的行为意志中,而不是在一个伟大命运的希望中。注释[2]所述书本的阅读理解部分分析译文,第858页。

[5] 自书于本篇论文创作时。

[6] 有关古堡的命题请参阅注释[2]所述书本的阅读理解部分分析译文,第858页。"事物和距离的衡量悬挂于一个详细而精确的定位和时空之外的空间投影。这样,彼得罗三世的神秘王国中,巴斯蒂安尼碉堡与其壕沟,观景塔,路径;哨卫的值班,喇叭的吹哨,棋局;那个碉堡在其所有人显得等同而在大众显得不同,如此巨大而平淡无奇,在德洛克和其他人眼中成为一个'神秘从没想过从属它的世界……'如此,越加作为隐喻和象征自发观瞩沙漠与其人们,他们就越加显得脱胎于真实的笔墨。"

《等待戈多》:对话主义的典范之作

侯春林

内容提要:《等待戈多》通过神人对话,表现了第二次世界大战后现代人信仰的迷失和救赎,"等待"的主题贯穿其中。贝克特在"等待"的过程中展现了现代社会多样共生、互动对话的思想体系,以及人们在面对不同选择时的迷茫和坚守。巴赫金的对话主义以"并存的差异之间的交流"为核心,把自我/他者之间的对话看作存在活动的根源,追求狂欢化和未完成性,为文学和文化研究开辟了新的领域,具有积极的社会意义。《等待戈多》堪称对话主义的典范之作。

关键词:《等待戈多》 神人对话 巴赫金 对话主义

作者简介:侯春林,河南大学比较文学与世界文学专业研究生,主要从事圣经文学和比较文学研究。

Title:*Waiting for Godot*:The Paradigm of Dialogism

Abstract:*Waiting for Godot* by the dialogue between God and man represent the lost and redemption of modern people's belief after World War II, the theme of "6waiting for" runs through them. Bakhtin's dialogism view "coexistence of differences between the exchanges" as the core, the origin of self / other conversations when there are active, the pursuit of Carnival and unfinished, opens up a new field for the study of literature and culture, and has positive social significance. *Waiting for Godot* can be called as a paradigm of dialogism.

Key words:*Waiting for Godot* the dialogue between God and man Bakhtin dialogism

Author:**Hou Chunlin** is a postgraduate of Comparative literature and world literature in Henan University. His research focuses on the study of Biblical Literature and comparative literature. Email:houchunlin2012@163.com

荒诞派戏剧在存在主义哲学盛行的思想背景下产生,经历了两次世界大战的人们深感世界的不可知、命运的无常和行为的无意义,如何在信仰缺失的荒诞社会里突围成为荒诞派作家的使命。"存在主义消解荒诞性的方式是把选择的权力交给个体,创立一种以个体为基础的生存方式,承认个体是自己的创造者和救赎者。"[1]荒诞派戏剧的代表作品《等待戈多》由于"揭示人类在一个荒谬的宇宙中的尴尬处境"(胡乔木 125),并充分表现个体在选择自身信仰时候的独立和坚守,"使现代人从精神的贫困中得到振奋"(胡乔木 128),获得了诺贝尔文学奖。

尼采在 1882 年宣告"上帝已死",但第二次世界大战证明他所说的超人理想的存在只会给人类带来灾难。由此造成整个西方社会乃至全人类在信仰层面处于"破而未立"的状态,《等待戈多》为打破这种状态所做的努力,并非是为全人类找到一种能够填补上帝位置的确定信仰(事实上也不可能),而是客观地陈述现代社会纷繁复杂的思想状态,用两个小人物弗拉季米尔和爱斯特拉冈的等待和选择,象征现代西方人精神的流浪和出路。英国戏剧理论家马丁·艾斯林在其《荒诞派戏剧》中说:"荒诞派戏剧的出现,就是一种探索的征兆,它也许最能称得上是我们时代真正的宗教;它是一种努力,尽管这种努力是小心翼翼的,尝试性的,但它仍要歌唱、欢笑、哭泣——及怒吼——如果不是为了上帝(上帝的名字,用阿达莫夫的话来说,早已被用滥了因而也失去了意义),至少是寻求一种不可言喻的维度,这个努力使人类意识到人类状况的终极现实,给人类再次灌输已消失的宇宙奇迹感和原始痛苦,使他们感到震惊而脱离陈腐、机械、自鸣得意以及丧失了有意识的尊严的生存。"[2]

《等待戈多》注重未完成性和不确定性的内在追求,正是巴赫金对话主义的完美实践。米哈伊尔·巴赫金(1895—1975)是前苏联著名的文艺学家、文艺理论家、批评家,也是世界知名的符号学家苏联结构主义符号学的代表人物之一,其理论对文艺学、民俗学、人类学、心理学都有巨大影响。巴赫金的研究领域极为广泛,涉及哲学、神学、语言学、心理学、社会学、诗学等几乎所有的人文科学领域,"像米哈伊尔·巴赫金这样在世人眼中如此多姿多采而具有动人魅力的思想家真是寥若辰星"(克拉克 16)。但巴赫金的思想并非一盘散沙,复调、狂欢化是它的基本观点,对话理论则是其精髓。巴赫金认为,"生活中一切全是对话,也就是对话性的对立","存在就意味着进行对话的交际"。(巴赫金 343)巴赫金充分强调个体的独立性,并且认为个体的独立性是在与他者(other)的交流和对话中实现的,人的本性在于对话。每一个主体"在世界上的位置是惟一的和不可取代的","审美观赏和伦理行为不可能脱离开这种行为主体和艺术观赏主体在存在中所占据的具体而惟一的位置","我的生活是在时间上包容其他人存在的一种东西"。[3]值得一提的是,对话不仅表现为语言和文字,而且也表现为思想和行为,"在更普遍的意义上,对话被看做一种广泛存在的状态,直接以两人之间的实际交谈为原型,但不限于这种交谈。归根结底,对话指并存的差异之间的交流"(克拉克 16)。"差异"是现代哲学思想的首要问题,巴赫金极为关注差异和多样性,希望发现其中的关联。在社会学层面上,巴赫金寻求调整的是话语权中心化和一体化,反对"独语式"社会,追求"已在"和"未在"之间的不断转换。

《等待戈多》作为对话主义的典范作品,从其神人对话中得以体现。"等待"是该剧的主题,弗拉季米尔和爱斯特拉冈是等待的主体,波桌、幸运儿和小男孩是等待的旁观者,戈多是等待的客体;对戈多的等待,是贯穿全剧的中心线索。关于戈多到底是谁、意味着什么,剧里并没有明确的说明,甚至贝克特自己也说:"我要是知道,早在戏里说出来了。"[4]"有人通过考证,发现戈多的法语'Gedot'是英语'Ged'(上帝)的变形,后缀'ot'是法语中名字的昵称,'等待戈多'即等待上帝的拯救。"剧中出现的《圣经》词汇数不胜数,主人公讨论的耶稣受难等故事更是广为人知,等待戈多的弗拉季米尔和爱斯特拉冈就是迷失了信仰的西方现代人。"希望迟迟不来,苦死了等待的人。"(5)[5]20 世纪特别是第二次世界大战后,

存在主义、解构主义、超人哲学等哲学思想不断冲击着西方人的信仰,上帝作为西方社会唯一信仰的地位已然动摇,尼采更是宣告"上帝已死"。多样化的思想给人们带来了多样化的选择,人们对世界和自身的看法发生了史无前例的改变,放弃还是坚守?《等待戈多》回答的就是个问题,方式为神人对话。《等待戈多》中的神人对话是巴赫金对话理论意义上的,不仅包括人物之间的言谈,还包括人物的行为选择。巴赫金强调语言的物质性,"只有通过符号的物质媒介,意识才能显现,成为一个可见的事实",在说话时,"词语是一种双面的活动,同时受到词语本身和词语接受者双方决定"。巴赫金的这种意识,深受俄国东正教"上帝形相抛弃论"影响,其最突出的特征在于强调物质的潜在神圣性和基督降生为人的重要意义。对话理论认为,"说话是一种彼此交遇,上帝自己与我们自己交遇,他派遣肉身化的、物质的道来我们这里……"[6]。

荒诞派戏剧在形式上以非理性的情节和破碎的舞台形象著称,《等待戈多》也不例外。该剧情节发生在乡间小路的一棵枯树下,"枯树"在《圣经》中指有罪的人和被神诅咒的人。(孙彩霞 308-309)在枯树下面等待戈多,象征现代西方人对上帝信仰的背离以及等待的无意义和荒谬。从弗拉季米尔和爱斯特拉的对话中,可以发现虽然两个人都是流浪汉,但前者显然比后者更为富有和理性,两个人的关系却异常和谐:

弗:我只要一想起……这么些年来……要不是有我照顾……你会在什么地方……?(果断地)这会儿,你早就成一堆枯骨啦,毫无疑问。

爱:那又怎么样呢?

弗:光一个人,是怎么也受不了的。(略停。兴高采烈地)另一方面,这会儿泄气也不管用了,这是我要说的。我们早想到这一点就好了,在世界还年轻的时候,在九十年代。(4)

众所周知,第一次世界大战发生于 20 世纪初,战争客观上加速了科技的进步,却在精神领域造成了巨大的危机。自然科学的发展和存在主义哲学盛行,人们对上帝的存在产生怀疑,并开始敌视他人和世界,萨特甚至宣称"他人即地狱"。弗拉季米尔所怀念的 90 年代正是第一次世界大战之前上帝作为共同信仰的时代,与之相比,现代社会由于信仰缺失正在走向衰老。弗拉季米尔和爱斯特拉冈在相互鼓励下坚持等待戈

多,正是贝克特对精神贫弱的现代人寄予的期盼。

弗拉季米尔和爱斯特拉冈等待的戈多虽与上帝极为相似,但显然不是已经"死了"的那个上帝,他们提到"忏悔"时,有一种本能的庄严,甚至连笑都不敢大声,这是对西方人过去信仰的致敬。二人憧憬能够到《圣经地图》里显示的地方度蜜月,象征着现代西方人对共同信仰时代的渴望。但是,过去的那个上帝已经不再适合现代社会的需要,二人对《福音书》的争论鲜明地体现了这一点。《四福音书》在描写耶稣受难时的不一致,说明《圣经》本身就存在问题,而《圣经》正是上帝信仰最重要的载体,戈多仅是类似于上帝的一种终极信仰。戈多可能会在星期六到来,星期六是上帝造人的日子,对话主义认为上帝存在于对话之中,上帝造人的日子对于主体意义上的人来说就是上帝产生的日子。然而,在剧中,二人对戈多的等待似乎遥遥无期:

> 弗:他说是星期六。(略停)我想。
>
> 爱:你想。
>
> 弗:我准记下了笔记。
>
> 他在自己的衣袋里摸索着,拿出各色各样的废物。
>
> 爱:(十分凶狠地)可是哪一个星期六?还有,今天是不是星期六?今天难道不可能是星期天!(略停)或者星期一?(略停)或者星期五?
>
> 弗:(拼命往四周围张望,仿佛景色上写有日期似的)那决不可能。
>
> 爱:或者星期四?(12)

戈多到来的日期似乎成了一个迷,谁都不能确定他什么时候来,在这种情况下选择等待,本身就是一种不愿迷失的挣扎。面对未知的戈多,两个流浪汉有两种选择,一种是继续等待,一种是放弃等待而死亡。弗拉季米尔和爱斯特拉冈两次提到上吊却都不了了之,体现了他们对终极信仰的坚守,也体现了贝克特对迷失于现代社会而选择轻生的人们一种无奈的叹息。在等待中,二人对上帝有了新的认识,他是一个有代理人、通讯员、银行存折的高贵人物,而普通人在上帝面前毫无立场和尊严,对上帝的解构也是戈多另有其"人"的又一佐证。

波卓和幸运儿的出现,似乎给弗拉季米尔和爱斯特拉冈两人带来了希望,也最能体现《等待戈多》中的对话主义。波卓和幸运儿其实代表了西方现代社会多种思潮流派对人们精神的冲击,

被误认为戈多的波卓其实是一个颐指气使的老爷,对幸运儿极尽剥削之能事。幸运儿则象征迷失了自我的现代人,他在麻木中发表的大段演讲其实是现代人最无力的自白。在第一幕中,波卓披着戈多的外衣到来,用一副救世主的姿态面对苦苦等待的弗拉季米尔和爱斯特拉冈两人,甚至用几根鸡骨头就险些让爱斯特拉冈臣服。但是在第二幕,波卓变成了瞎子,摔倒后连爬起来的能力都没有,只能不停地对曾经的被施舍者喊"救命",这无疑是极大的讽刺。"狂欢化"是对话主义的重要概念,巴赫金追求一种"狂欢式"的世界,一切人都是自由和平等的。他高度理想化地评价了狂欢式及其世界感受:"狂欢式——这是几千年全体民众的一种伟大的感受。这种世界感知使人解除了恐惧,使世界接近了人,也使人接近了人……狂欢式的世界感知中,没有丝毫的虚无主义,自然没有丝毫的不着边际的轻浮和庸俗的名士浪漫型的个人主义。"(巴赫金 223-224)《等待戈多》对波卓的无情讽刺,其实是对"独语式世界"的强烈排斥,戈多是作为一种终极信仰而被追求的,在戈多出现之前,"狂欢化"的世界也许就是一种适合现代社会的理想状态。在这样的社会里,良莠不齐的各派思想可以杂生共存,但如果有某一派思想妄图结束这种状态——除非它是一种真正可以取代上帝位置的信仰——否则定会给社会带来灾难而遭到鄙视,尼采妄图取代上帝的"超人哲学"正是波卓形象的直接原型。

《等待戈多》的小男孩,作为弗拉季米尔和爱斯特拉冈二人与戈多联系的唯一线索,是神人对话的显性体现,通过第二幕中小男孩的描述我们知道戈多的胡子是白色的,而《圣经》中提到上帝胡子也是白色的。但是,戈多这唯一的线索也处处体现着对话主义的不确定性,与戈多共同生活的小男孩并不确定自己是不是真的快乐,似乎在暗示即使弗拉季米尔和爱斯特拉冈两人真的等来了戈多,也并没有他们预期的那么好。这一方面说明戈多并不是人们曾经信仰的那个仁慈的上帝,另一方面也说明《等待戈多》对"狂欢式"世界的追求:弗拉季米尔和爱斯特拉冈二人可以在等待戈多的过程中享受相互扶持的温暖,现代社会也可以在追求终极信仰的过程中获得可贵的民主和平等。

神人的二元对立构成了《等待戈多》中的神

人对话,神所代表的终极信仰与人进行交流,构成一对自我/他者关系。巴赫金认为,"自我不是终极的实在,不是至高无上的意向的根源,也不是完整意义的基础……,自我只有对话的方式才能存在"(克拉克19)。对话主义赞美他者的存在,世界需要异己性以获得意义,自我也需要他者来界定或创生我的自我。自我与世界在自我/他者对话的过程中趋于完善,这一过程永久持续促使我和世界始终处于未完成的状态,一旦这种状态终止,万物也将终结,因为存在的活动根源于自我与他者之间永恒的张力。解构主义的代表德里达创造术语"差延"表示"在场"是普遍的"不在场"的一种后果,对索绪尔语言学的能指与所指进行消解,把意义置于一切具体差异背后的普遍差异结构中,主张不可知论。(克拉克90)巴赫金所持的立场是"我们占有意义",并将意义植根于社会性,追求社会与人的不断完善。这就将对话主义上升为一种人的哲学,在信仰缺失的现代社会体现出强大的人文关怀和现实意义,"我可不是文艺学家,我是哲学家"是巴赫金的自我定位。对话主义的人的哲学在具体的应用性变体上又是一种社会学理论,巴赫金的理想社会是一个"杂语喧哗"的社会,人的价值和地位是完全平等的。因此,人的意识和思想也是完全平等的;而在一个独白型的世界里,他人的思想不会得到描绘;他人思想要么被同化,要么在辩论中遭到否定,要么就不再成其为思想了。《等待戈多》的最后,弗拉季米尔和爱斯特拉冈选择继续等待戈多并有可能永远等待下去,象征了现代社会缺失终极信仰的精神状态,但是从对话主义的角度分析,等待恰恰是最好的选择,因为等待也是一种坚守和追求。现代社会在等待戈多的过程中会呈现杂语喧哗的状态,人与人可以平等对话,没有官方意识形态的霸权,没有独白话语对他人和他人思想的扼杀,民主和平等是这样的社会最伟大的成就。至于戈多最终会不会出现,也

许我们可以用巴赫金生平最后一篇文章的结尾来回答:

> 对话的上下文没有止境。它们伸展到最深远的过去和最遥远的未来。……在当前的对话中,有大量的意义被遗忘了。但是,在未来某一时刻,对话又获得了新生命时,这些意义将被回忆起来。因为没有绝对的死物:每一种意义终有一天会节日般地到来。[7]

注解【Notes】

[1] 王晓华:《后上帝时代的等待者——对荒诞派戏剧〈等待戈多〉的文本分析》,载《深圳大学学报》2000年第5期。

[2] [英]马丁·艾斯林:《荒诞派戏剧》,刘国彬译,中国戏剧出版社1992年版。

[3] [苏联]巴赫金:《巴赫金审美活动中的作者和主人公》,佟景韩译,中国社会科学出版社1996年版。

[4] [法]若利韦等:《诺贝尔文学奖秘史》,王鸿仁译,中国友谊出版公司1989版。

[5] 本文所引《等待戈多》皆出自[法]萨缪尔·贝克特等:《荒诞派戏剧集》,施咸荣等译,上海译文出版社1980年版。以后凡出自该引文的,仅标明页码。

[6] 肖四新:《信仰的破灭与重建——论〈等待戈多〉的潜在主题》,载《当代外国文学》2001年第1期。

[7] [苏联]巴赫金:《关于人文科学的方法论》,载《巴赫金全集》第四卷,河北教育出版社2009年版,第373页。

引用作品【Works cited】

胡乔木编:《中国大百科全书·外国文学》(上),中国大百科全书出版社1952年版。

[美]克拉克,霍奎斯特:《米哈伊尔·巴赫金》,语冰译,中国人民大学出版社1992年版。

[苏联]巴赫金:《陀思妥耶夫斯基诗学问题》,白春仁、顾亚铃译,生活·读书·新知三联书店1988年版。

孙彩霞:《西方现代派文学与〈圣经〉》,中国社会科学出版社2005年版。

"神经症与宗教"的辩证统一 *
——对美国现当代经典诗歌的文化透视

张士民

内容提要:论文从美国现当代文化语境,结合社会学、精神分析与存在分析以及批判理论,尝试探察美国现当代文学经典化的内在因素。论文认为美国作家同美国社会的疏离使他们获得了创作经典作品的主题——神经症与宗教;在"神经症与宗教"的辩证统一中,美国文学经典继承了莎士比亚的审美自律,一直保持象征高于讽喻、现实与崇高同一的文学美学传统。在此基础上,论文概括分析了美国现当代经典诗歌。作为一个"社会—政治—审美的有机体",美国诗歌揭示了时代社会的"神经症"和"宗教意识",在再现这一现实的同时又将自身投射为"神经症"和"替代性的宗教",并在前者艺术审美和后者信仰牵引之间记录和报道了美国"民族自我发现的经验"。
关键词:美国诗歌 神经症 宗教 经典

作者简介:张士民,文学博士,河北大学外国语学院教授,主要研究英美文学。

Title: The Dialectical Unity of Neurosis and Religion—A Cultural Perspective of the Modern and Contemporary American Canons of Poetry

Abstract: The essay examines the internal elements of the formation of American poetic canons in the cultural contexts of modern and contemporary America and in terms of sociological, psychoanalytical and existential, and critical theories. It argues that the estrangement of American poets from their country brings them the canonical theme—neurosis and religion, and that it is through the dialectical unity of "neurosis" and "religion" that American literary canons continue Shakespeare's aesthetic self-consciousness, keeping up the tradition of symbolism above allegory and the realistic identical with the sublime. It then makes an analysis of modern and contemporary American poetry, holding that a "social-political-aesthetic organism", American poetry reflects the "neurosis" and "religious consciousness" of the times and society. While representing the reality it in turn projects itself as a "neurosis" and "religious substitute", and between the artistic aesthetic of the former and the compelling belief of the latter records and reports the American nation's "experience of self-discovering".

Key words: American poetry neurosis religion canon

Author: Zhang Shimin is professor at the College of Foreign Languages, Hebei University (Baoding 071002, China), Ph. D. of literature. His research focuses on British and American literatures. Email: asdfzsm789@sina.com

民族文学是"现代文化景观的一种承载",是"民族文化的基石"(Corse 1),文学经典因此被视作最高的文化成就。有的学者甚至声称"民族身分的标准特征"之一在于"拥有一种民族文学"(8)。然而,从20世纪60年代起,女权主义、多元文化主义、大众文化和相对主义的文学理论逐渐占据美国的大学,传统文学经典的地位遭到削弱,人们趋向于认为,旧秩序的丰碑正让位于新的文学经典,让位于更大的文化多样性和不断变化的政治观念。他们相信性别均衡的、民粹主义

的抑或多元文化的经典具有更大的社会代表性,有助于促进平等。但是只顾高扬艺术的社会和意识形态功能而置经典作品的审美内涵或品质于不顾,至少背离了经典概念一直具有的实用主义的和理想主义的双重蕴涵。正如E·迪安·科尔巴斯(E. Dean Kolbas)所言,"示范性作品所具有的经典观念同时也是一种审美理想,这种审美理想中包含着某种认知的内容,它否认对艺术的肯定性或者说意识形态本质做任何狭隘的假定"(Kolbas 139)。也许只有对文学经典化过程的历

史限制和物质条件做另类描述,像批判理论那样既承认经典形成的客观决定因素,又认识到艺术审美自律的批判价值,才能拯救艺术中所包含的真理性内容。

由于"集体无意识"以一套与众不同的价值观念、紧张关系、神话以及突出的心理特质为特征,这些特征又构成某种易于辨识的民族性格,那我们从本土文化产品中就可以读辨出这一性格以及由以形成的价值观念、紧张关系和神话来。(1-4)本文将沿着这个思路,从美国现当代文化语境,结合社会学、精神分析与存在分析以及批判理论,并在论证美国诗歌一直是一个"社会—政治—审美的有机体"的基础上,(Bercovitch 6)尝试探察美国现当代文学经典化的内在因素。

一

美国各代文学史家和批评家在不同的语境中,从不同的立场和角度来观察美国文学/文化,试图树立不同的文学经典。在20世纪80年代重写美国文学史和重塑美国文学经典的浪潮中,弗兰克·克莫德"假定文学经典是现行权力结构的一种承载要素",并相信通过重塑文学经典"有助于摧毁这种权力结构"(阎嘉56)。保罗·劳特在《经典与语境》中强调语境、政治、社会、历史的重要性,要求文学、文学教学与研究担负起特定的社会功能与使命。他正确地指出,在"功能性的艺术观"、文化研究的范畴、多元文学(史)观这些语境当中质疑、挑战美国传统文学经典,容易让人忽视某些稳定而长久的起决定性作用的文学和文化要素或传统:多元文化下的自我意识与身份认同、主流社会的核心价值观念等。

以美国新的"国民生态学"而著称的《心灵的习性》宣称,圣经教义的传统与共和主义的传统、表现型个人主义和功利型个人主义是构成美国文化核心的"象征、理想和情感方式"(雷诺兹58)。这四种传统都是文化的,也就是语言的。作为美国消费文化重要组成部分的"谋取文化"是占优势地位的美国文化,它滋养并奖励嗜欲的行为和态度。"真正的嗜欲总是滥用使人快活的活动来对付无法控制的内心冲突、压力、紧张和抗衡。"(92)它"摇摆于妄自尊大和自惭形秽两者之间,摇摆于近乎全能和完全无能两者之间"(98)。包括心理疗法在内的一些因素使这种极

端利己的个人主义合法化了。在汤姆·沃尔夫的《虚荣之火》里,在物质至上时代的纽约城,蔓延到社会最底层的金钱热和掌控一切的虚荣,使每一个人都变成邪恶的了,产生了人格的堕落。

套用精神分析的话说,上述现当代美国生活的矛盾反映的正是文明、压抑和神经症总是不可避免地交织在一起。一般来讲,对事物的固执偏离文化模式时就会发展为神经症。根据卡伦·霍妮的研究,个体的潜能与生活中的实际成就之间的差异也是形成神经症的原因,例如,个体具备种种天赋和外部条件却仍然无所作为;或是身在"福"中不知"福"。神经症患者认为正是他自己阻碍自己的前进。可以把神经症描述为因为恐惧(焦虑)和为了对抗这些恐惧而建立的防御机制导致的以及为了解决冲突倾向而努力寻找妥协方案所引起的心理紊乱,(霍妮10)即对抗那些充满冲突的外界环境而形成的病态的反应。

霍妮认为当代美国生活中的矛盾诱发神经症,因为美国文化中存在着的一些矛盾,构成了典型的神经质冲突的基础。这些矛盾包括成功与竞争、友谊与羞辱、进取和排他与基督教的谦卑和服从、激励与挫折、自由与限制之间的矛盾。这些深植于美国文化中的矛盾,恰恰就是神经症患者拼命加以调和的内心冲突。实际上,在神经症患者身上重复出现的一些问题与文化中困扰正常人的问题只是量上的区别而已。所以,霍妮和弗洛伊德都一致认为,"文明的发展将不可避免地意味着神经症的发展。神经症是人类为了文化进步必须付出的代价"(167)。

然而,托克维尔曾认为美国人之所以能获得政治和个人的极端自由全在于他们是如此虔诚的教徒;加尔文教派甚至认为美国人都有一种自我反省意识。马克斯·韦伯早就说过,美国是最世俗的,同时又是最信奉宗教的国家。《心灵的习性》的作者们认为"教会和类似的宗教组织也是美国最有活力的机构和价值体系之一,而且还可能是改造美国文化的一种工具"(雷诺兹65)。在美国人的生活中,"宗教是文化中道德方面的一个部分,在这个意义上说,也是文化的核心"(381)。在基督教中,真理等同于一种人格,世俗与神圣不可分离,真理使人获得自由。对美国人而言,神意味着"思想的扩展或人类的自由没有极限"(莫耶斯671)。汤姆·沃尔夫一度提倡旨在摆脱宗教束缚的第五种自由,但同时看到了放

纵的、自主的、自我探索的极限。实用主义哲学家威廉·詹姆斯"让宗教经验服从于心理观察，将后者作为确定宗教信念有效性的手段"（威尔肯斯205）。其实，美国人对宗教的神圣的感觉是它最大的私人化。《圣经》已经融入社会生活，深入到人的骨髓，并用以处理有关人的本性和人的命运的基本问题。

美国的文学作品中有他们生活的那个社会的影子，一个乐园的影子，一个不灭的神话，一个返回伊甸园、在地球上创造天堂的幻想。在这个影子里既有哈姆雷特又有苏格拉底。但是，一些作家，例如托多洛夫已经看到，在美国这个文化恭维社会中，文化正统不乐意接受那些具有重大社会及政治观念的作家，而更加青睐完美的小手笔。描述社会动力与外界世界相联系的作家越来越少。虽然欧洲作家曾批评美国作家在写作时没有将自己与社会联系起来，德里克·沃尔卡特则认为"美国的诗人反映着这个国家的良知。"（莫耶斯570）"在美国，那些最好的作品中的一个经久不衰的主题就是因心灵的正直受到威胁而使国家的命运受到威胁。"（571）

美国作家意识到自诩自己的职能乃拯救社会是虚妄的，他们所能做的是靠诗歌对生活的领悟，来扩大我们的人性，启发我们认识生活的博大精深，并借此尽量分散和减少人们的痛苦，"推动事物向好的方面一步步发展，走向文明，走向启蒙"（120）。他们深知，好的作品写出来时并没有明显的社会作用，但具有预见性，特别是它们以各种奇异的方式改变人们的意识。他们也意识到，"重大事件往往是民族之灵魂——我们是谁，我们想走向何方，我们的命运何在，以及当考虑到所有这一切时，我们在宇宙间将身处何方"（113）。在汤姆·沃尔夫那个处于巨大变革开端、某些实践活动已经达到最高阶段的时代，他宁愿成为一个作为报道者的作家。支配美国作家的是弗洛伊德所希望的净化良心和理解良心的努力。

弗洛伊德所说的良心也是他人格理论中的超我，难怪精神分析伊始便迅速在美国膨胀为一项大的产业。诗人 W·H·奥登在弗洛伊德成为"整个舆论氛围"的同时不免为"逝去的时代而哭泣"（斯特龙伯格450，465）。即便在 20 世纪 60 年代美国小说抛开经典的限制，为纷纷攘攘的多样性而狂欢，仍有"多的令人不安的小说表达了

对美国和美国梦的痛苦的幻灭"（Hume 1）。美国文学总是致力于批判理想与现实之间的反差，以此为主题的许多优秀作品都成了经典。

现在，从表面上看，美国文学已经发生了爆炸，变成一堆贴着种族、宗教、族裔、性别和性倾向团体标签的分崩离析的碎片。但是，万变不离其宗，美国作家同美国的疏离使他们获得了创作经典作品的主题——神经症与宗教。现代哲学一直抱着关于心灵对世界的指向的忧虑，即经验如何既是一种被动的感受性，同时又和信念之间具有理性的关系？（麦克道威尔 2）神经症与宗教反映的正是心灵与世界的关系，美国文学以文字图像的审美形式说出了在哲学上一直没有完美解答的问题。

文学修辞展示意识形态的内部冲突，将其变成难以辨认的形式。在心理学领域，弗洛伊德不但把艺术看作是一种神经症性质的幻想，也将宗教鄙视为集体的神经症。他告诉我们症状是"潜意识欲望"的象征，真正的"事实"存在于象征符号背后的那种"心灵"现象。但如同梅达特·鲍斯将精神分析与存在分析融会贯通一样，这些症状同时也是"某种人与世界关系的象征性表达"（孙平 166）。通过这一"躯体性"，美国文学经典当中存在的各种形式的"神经症与宗教"结合体，赋予作品以作为"现存社会对立面"的真理性内容，并以其经验性存在的审美自律对社会展开批判。在"神经症与宗教"的辩证统一中，美国文学经典继承了莎士比亚的审美自律，一直保持象征高于讽喻、现实与崇高同一的文学美学传统。

二

美国自然主义美学家杜威一再重申，艺术是生动地再现人与环境相互作用的经验；而他所谓的环境是由我们的自我所"规定"的非我或他者。人与世界之间的紧张关系和冲突经由艺术的美学实践，经由它的创造性行为得到缓和。美国现当代文学在美国社会文化巨大变迁的过程中以一种特别的方式恰恰起到了这种作用：它揭示了时代社会的"神经症"和"宗教意识"，在再现这一现实的同时它将自身投射为"神经症"和"替代性的宗教"，并在前者艺术审美和后者信仰牵引之间记录和报道了"民族自我发现的经验"。

后现代的艺术观主张艺术表现了被延迟了的意义和没有被满足的欲望。当代艺术试图以

一种令人不安的方式,用"猥亵、正面裸露、流血、排泄、残身、真实的危险、实际的疼痛、可能的死亡"来打破艺术与生活之间的隔离界限。(迪萨纳亚克 310)按照古德曼的分析,艺术作品通过自己的表现形式展现了自己要表达的所有内容。丹托认为艺术的背景和媒介最终决定了这种"骚扰式的"当代艺术。美国学者埃伦·迪萨纳亚克也正确地看到"它们的'打扰性'是有意使用的,因为它给群体真理赋予了情绪的现实,否则这种真理就会显得抽象和苍白无力"(310)。实际上,用"神经症"概括丹托所说的"身体艺术"或"表演艺术"的特征更为恰当。神经症的概念不仅直接来源于精神分析学而且与社会学相关,更为重要的是,它一直伴随着人类进化的漫长景观,既彰显着艺术对人类的根本性和艺术的人性化,又暗示着艺术曾经拥有的神圣性和神秘性。迪萨纳亚克在她的《艺术为了什么?》中就曾把现代西方艺术的概念比做"癫病"的概念。弗洛伊德认为神经症是一个比艺术更为广阔的领域,艺术应该在更高范围上与之建立起联系。他相信"通过那一领域,我们的愿望和冲动就能在我们的生命中表现自己"。《论艺术与心理》的作者沃尔汉推测说弗洛伊德会把艺术等同于"在与现实相反的道路上的发现或补偿"(布鲁姆 282-283)。

说到发现和补偿,这涉及投射、内投和认同与艺术的作用之间的问题,而造成压抑和焦虑的刺激物已经有了一个响亮而时髦的名字——后现代主义。它在很大程度上表现为对"美国主义"和"美国化的"的恐惧,具体指的是普遍的理性基础的丧失,也包括丧失了神圣不可冒犯的艺术、文化或社会标准。当然,"在一个充斥焦虑和忧郁的时代,不曾经历过一场精神崩溃或短期精神病,简直是怪事"(斯特龙伯格 613)。个体感受与公共文化之间的冲突或许在美国最为尖锐。就"自恋主义文化"而言,艺术作为一种"发现"其本身也是一种起防御作用的从"心灵"到"肉体"的"神经症"。艺术首先挺身而出,对抗骨子里与审美背道而驰的社会主流。与此同时,像人一样已经失控的艺术,抛弃了现代主义不想失去的一整套高贵的表达方式,在"语言游戏"中永无休止地寻求新奇,导致愈发怪诞、浅薄、空洞。而支离破碎的艺术竟然得到补贴、宣传和吹嘘,成为猎取权力和声誉的法宝。

然而,这只是问题的一个方面。问题的另一个方面——作为"补偿"的艺术试图担当替代性的宗教,即某种信仰似的东西——却一直未受到应有的重视。不难看出,西方社会回归传统教会的迹象一直存在,宗教冲动经久不息。不仅有教义复兴和神学研究的热潮,更有为迎合大众信仰而层出不穷的各种教派。因此,艺术"宗教化"同在非宗教性的现代社会出现狂热的"宗教意识"都是文化境遇的问题。尼采认为艺术创作是最高贵的人类任务,应当与宗教相关。考虑到信仰可以看作是心灵对象征的态度,以及"宗教"要素占据了社会幻想的领域,爱德华·萨义德指出"大多数批评的含义仍然是'宗教批评'"(阎嘉77)。老一辈文学家如奥登和 T·S·艾略特皈依了基督教,努力以文学的形式发掘基督教的精神遗产。拿方兴未艾的文学传记来说,其盛行不单单是文化原子化的证明,在个性泯灭的"神经症"时代其潜意识恐怕是希望被当作"使徒书"或者"启示录"。就连儿童文学也开始关注"心理灾难、暴力、不公正、不应得到的毁灭"(斯特龙伯格616),这既说明有关世界末日主题的宗教骚动无处不在,也说明文学艺术在规模宏大的世俗化过程中以"神经症"为牺牲来寻找甚至替代它曾经服务过的宗教。

在这个过程中,文学经典不可或缺的条件仍然是将巨大的社会内容和历史深度,将丰富的蕴含统一于高超的审美艺术。《美国文学史》主编罗伯特·斯皮勒"一开始就把文学视为一个民族在特定的时空所发展出来的一般文化在美学上的表现"(Spiller ix)。虽然后来的《哥伦比亚美国文学史》有意回避文学的定义,让包括"美国"和"历史"在内的概念处于开放状态,但是"文学"不断扩张,包容进各种表现形式和文类,以致文学文本充当了思想的驻地,再次暴露出阿诺德把文学当作宗教替代品的倾向。我们这里所说的"神经症与宗教"同样是文学"感性"取代宗教"信仰"的艰难的"替代"关系在当代美国文学中的主题化。

把文学的"神经症"和文学的"宗教"主题化的努力是美国文学批评界一直秉持的方向之一。在利维斯的话语里文学被表现为走向永恒"异端"的方向,因此,如果文学作品未能体现与现代性非正统的或批判的关系就将被排除在经典之外。这似乎表明,一切经典文学说出的都是无法获得"统一体验"的神经症说出的"悖论的语言"。

新批评把现代主义诗歌经典化"有一个重要步骤，就是把艰深确定为诗歌语言的普遍特质"。这项议程以文学内在的"艰深"建立形式上的"统一战线"，用文学形式表现出来的"宗教性正统"来抵抗"大众文化"。艾略特更是追求一种"无意识的基督教式的文学"，相信"基督教信仰"能够普遍地赋予诗歌以创造性。他甚至最终把"传统"确认为"正统"，将文学的概念和教义的概念合并起来，其总体文化和社会批评的形式旨在重建一个"基督教社会"："诗歌必须从属于教义，要使信仰与感性联系起来。"（阎嘉 60-95）

在这类主张的哲学源头爱默生那里，人性和自然都被神圣化了，超验主义的自发的直觉具有了信仰的地位。在这类主张的美学源头桑塔亚那的"存在"体系中，物质存在归根结底是不可知的，它的存在只有靠信仰来认识。桑塔亚那产生于美国的思想充满诘难和怀疑，充满对诗和想象力的偏爱；那永远无法挣脱的冲动和欲望的绳索把他的思想和世界联系起来，并最终使他走向诗歌与宗教等量齐观的过程："诗歌的力量高扬到至高无上的程度时就等同于宗教"。他幻想的"理性诗歌"类似神经症患者，"能够口若悬河地向灵魂说话"，能够"营造一个更加贴近心灵渴望的世界"（韦勒克 88-90）。心理被看作是物质王国中的一种"转义"，其沉思的"特点"便是本质。但是，尚有无数决不能在物质中或思想中被现实化的多样的本质。面对每一个都是个别的、具体的、而且绝对的、永远是它的实际样子的本质，自我必须寻找"对应的客体"，将"神经症"的强度转化为对客体的感受力。由此来反思美国传统主义者和后现代化主义者之间的"文化战争"，可以看出前者漠视文学"先锋派"创新和实验的美学意义，更忽视了"民族文学和民族本身都是在同一政治和历史条件下的社会建构"这一事实。（Corse 4）

当然，强调文本与被建构的民族性格相互契合有利于解释经典的可变更性，但不能忘记桑塔亚那提出的表现美。如他所讲，在一切表现（expression）中，一个富于表现力的东西暗示着另一事物，暗示着更深远的思想、感情，或者唤起了形象。只有这两者共存于心灵之中，它们的结合才会构成表现，才会有表现美。也可以进一步说文学开动起一架"心灵机器"，上演的是一部"心灵戏剧"。帕斯卡尔说过一句神经质的话："心灵有

其（理性）根据，那是理性所根本不认识的"（昆9）。所以福克纳才告诫当代的青年作家，只有描写人的心灵之中的自我冲突才能产生优秀的文学。也正因为如此，"艺术是不可解译的"，正如"宗教无法解译自身"。（柯林伍德 121）事实证明，符合科尔斯标准的美国民族文学经典首先是在"神经症和宗教"之间揭示美国人心灵的审美的文学作品。

人们习惯说美国的黑色幽默文学表达的是"有组织的混乱"和"制度化了的疯狂"。如果说"神经质"的本质是"有组织的混乱"，则应强调美国经典文学在追求多元审美趣味的同时努力实践象征高于讽喻的文学美学；如果说"宗教"的本质在于"制度化了的疯狂"，则应强调美国经典文学在挑战正统观念的同时努力实践现实与崇高同一的文学美学。

三

《哥伦比亚美国诗歌史》的主编杰伊·帕里尼肯定地说，"美国诗歌的整体成就在很大程度上可以用来衡量美国文化本身所取得的成就"（Parini vii）。美国诗人一直远离最引人注目的政治和文化权力的中心，表现出鲜明的"神经症"特征。他们坚守一种能够反映一个特殊民族之真诚与独立的声音，"用精灵的语言"，一种"共同的语言"，捕捉住了所有形式的民族情感，创造了"美国的宗教"（Parini xiii）。美国诗歌固然有许多不同的"传统"，但它们恰如其分地估量了整个民族文化，记录了"美国"意识的发展，乃至"人类"心灵的历程。

民主理想与开放社会成就了惠特曼这个集内敛与豪放于一身的叛逆的巨人，一个敢说敢为的先知。诗人庞杂的思想、内心的多重情感、太阳般的热情、孤独的激愤、超过了自身知识范围的神秘的洞察力，迫使他把自己变成一个歌唱着的意识，一个特里林所谓的在"诚与真"之间"分裂的意识"。当这一切在传统诗歌形式中形成难以融合的张力时，他用取自生活的自由语汇和声音，创造了能够表现美国人在体魄上、情感上、道德上、知识上与美学上鲜明个性的"自由诗体"。一连串相似的形象、思想、事物、动作被目录式地罗列并置在一起，大量的叠句、排比、反复和停顿等平行法的运用，产生的是自我与他者的汇和，内心意识化身为"神经症"的对话的声音——独

白,那是一个完全感观化、肉体化了的"兼收并蓄的身体"(160)。

惠特曼神经症般高度强化的自我,凌驾于一切之上,"歇斯底里式"的向外扩张,"唱出了自己民族共同的追求与信念"。源自爱默生的神秘主义——诗人的心灵通过幻想与宇宙的心灵交融,却让诗人在喧哗自恃之后"对人类处在宇宙间壮丽之中而表现出的弱点深表哀思"(斯皮勒73)。惠特曼的诗呐喊出信心与绝望,烘托出现实与理想之间的反差,充满史诗的气势和悲剧的意境。《草叶集》既是民族的也是个人的史诗。惠特曼渴望他的诗歌获得永恒,不仅让他自己的过去取代读者的现在,还要取代读者的未来。他在自己的诗歌里一再声称自己的诗歌"已经把他的现在变成了沟通过去和未来的桥梁,能够在他的过去中包容读者的未来"。他"在自己的过去中回忆起读者,将活动在他诗歌中的先知的记忆转变成能够作用于读者历史现在的力量"(Parini 169-170)。显然,在惠特曼"重新修正的民主"理念中,寄托着一种"宗教"拯救的信念:他企图靠自己预言诗的资源,像上帝一般,给予那些尚被社会排除在外的东西一个应有的名分,并与之神圣地相互沟通。

惠特曼甘当民众心目中的"诗人上帝",艾米莉·狄金森则不屑于按价格"拍卖"自己的"心灵":她是自己心灵的"上帝"。在自然神论盛行的历史背景下,狄金森也努力在她的诗中将有限与无限糅合起来,但无论如何上帝与人的灵魂终竟无法达成完满的和解,要么是因为上帝永久性的缺场,要么是因为人类灵魂的无比尊严和自然崇高的合法性。拯救变成对自我内心世界的探索,变成将自我生命的外延向宏大的世界扩展,变成对生命景观与人生感悟的书写。她退隐到一个"无可挽回地充满矛盾对立的世界"(斯皮勒136),用"神经症般"的独白,将飘忽难言的痛苦感觉变形为精神和肉体上的怪诞图像和行动,在悲喜两极的平衡中以"上帝"般坚定的权威口吻给读者,特别是一战后的美国公众以智性上的启迪。

狄金森诗歌的语气、态度、声音和主题变化多样,令人惊叹,但是身处维多利亚中期的美国,狄金森对正统宗教和世俗偶像的鄙视使她的"神经症"主要体现为精神自闭者的内省。这种内省表现的却是"人类状况。""她创造出一种充满巨

大力量的特殊的女性声音,并运用这一女性声音破坏了那些怡然自得的陈规俗套和虔诚的社会信仰,因为正是这些东西篡改了妇女的真实经验。"(Parini 126)她在与"上帝"调侃、辩论和撒娇的同时实现了死亡与永生、美与真的对话。她把飘忽不定的情感,用具有表现力的意象,那些具有高度意念性和具体性的词语,客观化为桑塔亚那所谓的使感觉与快感并存的表现美。可以说,狄金森对"思想的知觉化"就是"世界"从"心灵"到"肉体"的投射。在狄金森的诗歌中我们可以看出,她坚信,相对于那些作为"知识"的"历史","意义"是"文本"。"若不首先掌握语言,重新占有它,直到改变它的意义以顺应'现实',就没有哪个艺术家能够改变我们对历史的理解。"(126)所以,狄金森的许多诗歌创新带有激愤和挑战的色彩。和惠特曼一样,她颠覆性地利用艺术,将"现实"的"神经症"外化为反传统的诗歌形式。破坏语言连贯性的颠覆性技巧透着阳刚之气和上帝般的抱负;精简浓缩的形式,明白如话的用字,起伏跳动的破折号则蕴藏着圣经般的微言大义。在狄金森营造的感伤与幽默的睿智氛围里、典雅与纤细的审美环境中,我们没有理由怀疑杜威的话,他说,在充满鸿沟和壁垒的世界,艺术经验能够也必须塑造未来。

被惠特曼和狄金森推开的现代诗歌之门,迎来的是艾略特用新的表现方式,用象征主义的所有技巧所描绘的"失去家园"后的感受,"美国生活一败涂地"的感受,一种更加突出的"神经质"的症状。艾略特诗歌的根脉,其情感源泉,都源自美国。他的前辈以及同时代的美国作家已经为美国心灵准备好这样一个世界,一个私密而庸俗的现代日常生活的世界。身处这样的世界,他的感受性受制于一种双重束缚:渴望生机勃勃的普通生活,却又强烈厌恶世俗生活的庸俗无聊;喜爱诗歌却又对文学充满恐惧。然而,"自我已经遭到那个世界深深的打扰,要想遁世而悠然独处只有走艺术风格创新之路"(Rosenthal 75)。艾略特把桑塔亚那的"对应物"(correlative objects)发展为自己的"客观对应物"(objective correlative)。这种"抽象的"方法是理解整个存在和意识状态的手段,而他的诗歌把这种状态转变成了一种词语化的生存斗争,即将社会幽闭恐怖症变成真实表达的契机同传统的令人窒息的修辞之间的斗争。

艾略特在哈佛攻读哲学博士期间就开始研究多种意识的边界状态。这时期的大部分诗歌都与疯狂和隔绝有关,也因此打开了"不确定性的诸多层面"(Beach 38),而不确定性正是现代神经症的特征之一。他的感情生活宛如"修辞病症"的晚期病人,比如他"乐于时不时将自己切成碎片,等着看这些碎片会不会分蘖"(57);一些气急败坏的戏仿则让他把许多天壤之别的声调滑稽可笑地并置在一起。他认为自己是他人冷漠超然的旁观者,一个能理解人类隐秘内心的人。在《荒原》中,那种霍桑式的审视犯罪和事不关己的旁观者姿态合二为一。在该诗互不相同的声音中我们听到的不仅有孤独的遁世者,还有努力享受生活中各种关系带来的快乐的人,结果反倒落入既是受害者又是肇事者的悲惨境地。这种带着"优雅的窘迫"的诗歌呈现给我们的是一幅消极的现代景观:对绝望和变态的详细描写,挑战与希望的昙花一现,没有上帝眷顾的理解的痛苦。

艾略特诗歌是对自我的戏剧化,是诗意的"神经质"。总的来讲,艾略特是一个被宗教怀疑所困扰、为内在与外在权威之间的冲突所撕扯的新英格兰人。他用诗歌的形式把未经规训的无意识力量或者称为"神经症"成功地传达出来。伦德尔·贾里尔(Randall Jarrell)说他是"最主观、最超凡的诗人之一,是自身势不可挡的冲动和强迫症的受害者和茫然的受益者"(Litz 52)。他最后在 17 世纪的基督教里找到了逃避现代世界的去处。他出身于清教家庭,有丰富的宗教知识并倾向于用诗歌语言加以重新阐述。20 世纪 20 年代晚期他诗歌的宗教针对性更加明显,"从关注现代人的个人无所作为及社会荒原之感转移到关注作为人类价值观念象征系统的基督教传统"(斯皮勒 224)。他把神学引入艺术,以基督教神话为背景讨论当代心理问题,借此实现批判现代美国生活的伦理目的。以探索秩序、形式和戒律为宗旨的《荒原》提出"我能不能至少把我的祖国整治有序"的问题。(223)《四个四重奏》以哀歌体的形式奏出最纯的抒情之调,在"方生方死,方死方生"的涅槃中,继续探索感受性的极限,同时坚定地表现了美国统一和信仰的传统。在他的文学评论的权威口吻中贯穿于每一陈述的是冷静的嘲讽和坚定的信念,自信到不惜压抑"个性"来维护作为"正统"的"传统"。面对逐渐加剧的"感受力分化",艾略特倡导通过诗歌的"无个性化"回归宗教信仰,恢复正在分裂的"统一的感受力",并希望在"小诗人"身上实现"大诗歌"的梦想。

四

艾略特因为"给人类带来了新的艺术和技巧"而被拥戴为"文化英雄"(Bercovitch 13)。战后美国尊重诗歌的文学文化巩固了艾略特在美国保守文学运动和现代诗歌举足轻重的地位。作为新学院批评的"新批评派",揭露文雅传统所持的文学性质和文化功能已经没有立足之地,强调文学与政治和道德判断相互脱离;大学借这股"新批评"之风变身为美国文学文化的中心,现代诗歌也随之被经典化了。特别是,新批评派人物重视诗人及其读者的身心整体性,重视智力与感受合一的"统一的感受力"的培养。因此,即便是那些极力排斥艾略特将诗歌与宗教合并的新批评派人物,还是把诗歌当作了"为宗教所作的准备活动",或者说还是在做着类似宗教的"社会工程"(韦勒克 262)。

然而,在艾略特之后美国经典诗歌开始以某种极端的形式保持"神经症与宗教"的辩证统一。但无论如何,象征高于讽喻、现实与崇高同一,仍然是诗人们追求的文学美学。20 世纪初参与美国新诗运动的诗人们往往悲观地、怀旧地看待文化变迁。阿林顿·罗宾逊诗作的背后是深深困扰美国人的失败的主题——因命运无常而生的"神经症"。新英格兰田园风景画大师罗伯特·弗罗斯特借自然景物的描写表达他对人与世界之间关系的思考。人类举步维艰,无法返回天堂乐园。孤独、无家可归的人类却深信诗歌即便是"真理与虚假之间危险的游戏",也能"把诗歌变成那种对意义的史诗般的追寻",或者哪怕是"为抵御混乱而做的短暂停留"(Beach 22)。对诗歌宗教性的信仰反映了美国知识分子向往宁静的精神状态的更隐秘、更细微的思想感情。同样致力于诗歌的"通俗化"和"民主化"的"芝加哥诗人"卡尔·桑德堡,他的"芝加哥"一诗于粗犷中不免有些空虚的妄自尊大,罗森萨尔(M．L．Rosenthal)却评论说,"有一种美国本地的激进主义在我们的文学中还从来没有充分地表达过,他似乎也让那些尚未实现的巨大可能付诸东流了"(Rosenthal 154)。

深受艾略特影响的哈特·克莱恩则尝试再现某种美国的激进主义。他独创性地将艾略特悲观主义的追问和质疑转化成明朗的颂歌基调。在著名长诗《桥》中诗人用迷狂的语言展现了一个关于美国历史和精神的重要性的庞大意象,极力表现了美国民族的巨大开拓力量和蓬勃向上的强壮生命力。然而诗中也时有疑惑、彷徨和愤懑之音。从力争达致高度个性化和强烈的隐喻性的理想平衡这一艺术追求来看,《桥》更像是克莱恩私人的心理剧:他最终成了跳海自杀的"神经症"患者。正如罗森萨尔指出的那样,"《桥》更让人信服的地方不在于他盛赞的景象的真实性,而在于激发这些景象的极其严重的人格危机"(169)。

与反浪漫主义的艾略特不同,"抒情现代主义"诗人史蒂文斯赋予艺术想象力以无上的重要性。对他而言,西方社会迷惘困惑的"自我"依靠的是自然世界的纯粹的诗歌。这个"'自我'令人恐怖地缺乏信仰,而这却成了一个自由之源"(Beach 50)。史蒂文斯坚信艺术能拯救心灵,能充当身处"荒野"中、"深渊"中的人的向导,并为自然世界创造秩序。意象派诗人 W·C·威廉斯指责史蒂文斯过分依赖隐喻来把表面上毫不相干的事物关联起来。在寻找适合现代美国经验的诗歌语言中,威廉斯对存在审美性的一面进行了更深入、更大胆的洞察。他相信艺术的力量在于揭示经验现实的意义,在于"匡扶正义"。他曾写过这样的话,"把那些经受感觉直接审视的东西交给想象来处理",这是艺术的任务——这既是个"几乎不可能完成"的任务又是一个其难度"赋予所有艺术作品以价值并使它们成为一种必需"的任务。(Rosenthal 114)

20 世纪五六十年代"新批评"式微之后主流诗歌仍然奉艾略特为楷模,使诗歌在美国担负起"信仰"和"救世"的任务。战后"先锋派"则以反精雕细刻、广征博引、艰涩深奥的学院派诗风为己任。他们效法"新批评"方法无法解读的那些诗人的实验传统,很快就受到读者和出版商的青睐。异军突起的各种"反文化"的诗歌流派将美国社会和艺术的"神经症"特征暴露无遗。

黑山派诗人率先与学院派形式主义的优雅风格相对抗。他们创作的"投射诗"反对传统形式的"封闭诗",提倡使诗歌语言的能量和自发性最大化的"开放诗"。他们实践庞德和威廉斯奉行的从感觉直接引向感觉、"所言即所指"的诗

学。这些形式技巧在明确诗歌的讲话者的声音和情绪方面起到了重要的作用。他们使用自我分析和澄清的语句来自我打断,让叙事吞吞吐吐,达到了戏仿"神经症"患者的言语行为的效果。查尔斯·奥尔森(Charles Olson)推崇,是气息产生语言的言语力量,因此就由气息来决定诗行的长短和形状。这些诗歌理念对"垮掉派"诗人金斯伯格影响颇深。当然"垮掉派"诗歌也受到"新超现实主义"的影响。在精神分析和存在主义哲学的影响下,新超现实主义诗歌采用"深层意象"躲进"无意识的、唯我的宗教情绪中",以恢复"无知"和"信仰"。与此类似,"垮掉的一代"是被社会抛弃的皈依禅宗的"局外人"。可以说,"垮掉派"诗人大多都具有神经质的气质,他们反对美国社会的道德规范和市侩气,粪土功名,蔑视法规,在集体沦落中发泄无奈的痛苦,寻找歇斯底里的愉悦。他们把诗歌看作是一种能够将内在世界外化的艺术形式,认为诗歌的真实性就在于公开内心世界。按照美国诗歌的标准《嚎叫》当之无愧地成为了畅销书。作为一位严肃诗人,一位美国诗歌史上与众不同的诗人,金斯伯格取得并维持着受公众关注的地位。一代文化叛逆者的"神经症"的"嚎叫"却一度难为主流文学机构所接纳。当时社会能接受的那种对个人和社会忧惧的表达,是"自白派"诗人的作品。在为受到"淫秽"指控的《嚎叫》辩护时,出版商声称下流的不是诗人,而是美国社会。美国人民是被献给高速发展的美国社会的祭品。法官最后宣布《嚎叫》不是没有"拯救社会的重要性"(Beach 191)。

美国诗歌朝着"探查深渊"的方向一步步迈进。"自白诗派"甚至主张去除一切面具,以惊人的坦白方式直接表达内心世界,包括一切非理性和荒谬的东西。三位著名女诗人伯利曼、普拉斯和塞克斯顿先后自杀,这些极度的"神经症"诗人把艺术与疯狂糅合在一起,以桑塔亚那的表现主义,执着地发掘自我与客观世界关系中的混乱。用诗歌来震动感观,刺痛心灵,她们直率的自我剖露道出的是不可思议的视野和意象,发出的是敏锐、坦诚而震撼人心的女性的声音:女性的自尊、自重、自我觉醒和自我抗争。米德尔布鲁克(Diane Wood Middlebrook)评论说:

塞克斯顿和普拉斯写的诗歌试图在妇女立场之内建构一种诗学。它摧毁了被理想化了的、遭人鄙夷的文化

偶像——"弗洛伊德的母亲",以此来揭示被投射所阻断的纯粹的妇女。它使女性身体,尤其是女性的乳房,从被男人的凝视所客观化的状态中获得再生,将她重塑为生殖的规划中肉体与文化相联系的一个原则。(Parini 641)

使现实的神经症变成艺术化的神经症的诉求,也许正是"自白诗派""自白"的内容,为这一美国战后中产阶级的艺术风格赢得了经典的地位,带来了批评标准的嬗变,尽管它僭越了为流行的严肃文学主题所确定的经典规范。

美国后现代诗歌一直与学院派进行着斗争。其挑战权威的姿态,反文化、反英雄的倾向,表现为巨大的实验的力量、高度的平民化和更强的精神分裂。20世纪四五十年代出生的一些颇有成就的当代美国诗人如路易斯·格吕克、乔丽·格雷厄姆、简·赫斯菲尔德,堪称新一代"教授诗人",都获得了美国各大文学奖项,受到政府的学术鼓励与资助。她们在"自白派"和"新超现实主义"诗风的基础上不断创新,用包容哲学、神话、宗教,甚至禅宗思想的诗歌美学来探索人类灵魂与精神的困境,使美国诗歌"神经症与宗教"的经典传统在新的时代背景下进一步发扬光大。这三位女性诗人的诗歌被评论界认为是"对沉沦世界抒情美的一瞥",是"对大千世界的智性的、天启般的思考",是"对一切生灵的苦厄的一种深刻的神入"(舒丹丹 188,213,257)。

美国当代诗歌多元的审美趣味正在形成新的融神经症与宗教于一体的文学经典。实用主义的传统让他们在相互有机联系的实在中包容人类存在中的所有激情和经验;超验主义的精神又激励他们用心灵的语言呈现自然与精神相合一的图像。当美国诗人大卫·梅森说"当代美国诗歌是一个美学的自由论坛"时,他不忘强调,其字里行间"游荡着现代主义的幽灵,也回响着更坦诚的自白派以及更传统的学院派的声音"。(凯赖安 2-3)而当美国诗人迈克尔·多纳吉声称"美国诗歌文化就是一座人类学家的迪士尼乐园"时,(1)我们则似乎为美国诗歌是"神经症与宗教"之间的辩证统一这一论断找到了最好的注脚,也似乎发现了梅森所谓"美国人所特有的那永不停息的精神"的本质所在。

托马斯·麦克法兰的《文化形态》已经预见到这个时代的一个主要病症:分离型的老年性痴呆。(斯特龙伯格 605)但我们现代的文化境遇也许用美国学者莱昂内尔·特里林借用的黑格尔关于自我的两种历史模式来加以描述更具说服力,它们是"诚实的灵魂"与"分裂的意识"。特里林说,"当今时代,'诚实的灵魂'与'分裂的意识'之间的冲突已经趋于公开,阿波罗精神与狄俄尼索斯精神的那种古老的辩证关系也已经改变"(特里林 56)。由于自我要走向自由的自主自为,"分裂的意识"不但会取得霸权地位,而且它还是精神的更高阶段。精神进步、自我拓展这种"文化"的精神事业便成了一种痛苦的体验。这一事实导致艺术与生活界限的模糊不清。只有审美自律的艺术才能保持批判的立场。这就要求艺术无论是在真实自我的寻常生活中还是在异化的自我的"卑贱意识"中总是去"顿悟""神性"或者去"顿悟"阿多诺所说的"真理性内容"。艺术与生活的真实性还要求艺术在"诚实的灵魂"与"分裂的自我"之间实现辩证的统一。这就是"神经症与宗教"之间的统一成为美国经典诗歌的重要的传统因素的原因。

某种意义上,"社会进步和文学进步完全是一回事"(Bercovitch 203)。自20世纪60年代美国就已经实现了诗歌的职业化,现在研究生的创作项目就有200多个,政府资助的诗人不计其数。"在洛威尔时代的初期,诗人是艺术家中的王子。现在在知识分子心目中诗歌已经没有了这层涵义,但在大众媒体中诗歌仍然戴着这顶皇冠。一般认为诗歌的形式化与社会的形式主义难分伯仲,美国人当然信不过社会的繁文缛节。"(Bercovitch 208)但美国诗人更像爱默生那样讨厌一致性,视一致性为愚蠢。他们从不与其他话语形式所认可的涉及社会、政治、经济等经验的组织体系相苟同,美国的诗歌成就恰恰就在于此。尽管从20世纪50年代起诗歌就丧失了文化权威与特权,虽然诗歌在美国仍然很紊乱,令人不安,但当代美国诗歌却仍是受崇拜的对象。而且,更令人深思的是,美国诗歌还有种"史诗情结",它一直对长诗情有独钟,希望创作出在规模、力度和视野等方面都与不断壮大的美国国力旗鼓相当的诗歌来,而现有的长诗几乎都是"神经症与宗教"因素辩证统一的经典。

注解【Notes】

* 本文为国家社科基金 2011 年度项目"贝克特文学叙事多元艺术媒介研究"(批准号:11BWW039)初期成果。

引用作品【Works cited】

Beach Christopher. The Cambridge Introduction to Twentieth-Century American Poetry. Cambridge: Cambridge University Press, 2003.

Bercovitch Sacvan. Ed. The Cambridge History of American Literature: (Volume Eight: Poetry and Criticism, 1940—1995). Cambridge: Cambridge University Press, 1996.

Corse Sarah M. Nationalism and Literature. Cambridge: Cambridge University, 1997.

Hume Kathryn. American Dream, American Nightmare: Fiction Since 1960. Beijing: Foreign Language Teaching and Research Press, 2006.

Kolbas E Dean. Critical Theory and the Literary Canon. Boulder: Westview Press, 2001.

Litz A Walton. Weigel, Molly. Eds. American Writers. New York: Charles Scribner's Sons, 1998.

Parini Iay Millier Brett C. Eds. The Columbia History of American Poetry. Beijing: Foreign Language Teaching and Research Press, 2005.

Rosenthal M L. The Modern Poets. Beijing: Foreign Language Teaching and Research Press, 2004.

Spiller Robert E. et al. Eds. Literary History of the United States. New York: Macmillan, 1974.

[美]埃伦·迪萨纳亚克:《审美的人》,卢晓辉译,商务印书馆2004年版。

[美]比尔·莫耶斯:《美国心灵:关于这个国家的对话》,王宝泉等译,生活·读书·新知三联书店2004年版。

[美]哈罗德·布鲁姆:《批评、正典结构与预言》,吴琼译,中国社会科学出版社2000年版。

[德]汉斯·昆、瓦尔特·延斯:《诗与宗教》,李永平译,生活·读书·新知三联书店2005年版。

[德]卡伦·霍妮:《我们时代的神经质人格》,杨丽娴译,上海锦绣文章出版社2008年版。

[美]凯赖安等:《当代美国诗选》,杜红等译,人民文学出版社2011年版。

[英]柯林伍德:《精神镜像》,赵志义、朱宁嘉译,广西师范大学出版社2006年版。

[美]莱昂内尔·特里林:《诚与真》,刘佳林译,江苏教育出版社2006年版。

[美]雷内·韦勒克:《近代文学批评史(第六卷)》,杨自伍译,上海译文出版社2005年版。

[美]雷诺兹,诺曼:《美国社会:〈心灵的习性〉的挑战》,徐克继等译,生活·读书·新知三联书店1993年版。

[美]罗伯特·E·斯皮勒:《美国文学的周期》,王长荣译,上海外语教育出版社1990年版。

[美]罗兰·斯特龙伯格:《西方现代思想史》,刘北成、赵国新译,中央编译出版社2004年版。

[美]史蒂夫·威尔肯斯,阿兰·G·怕杰特:《基督教与西方思想》(卷二),刘平译,北京大学出版社2005年版。

舒丹丹:《别处的意义:欧美当代诗人十二家》,重庆大学出版社2010年版。

孙平,郭本禹:《从精神分析到存在分析:鲍斯研究》,福建教育出版社2011年版。

阎嘉:《文学理论》,中国人民大学出版社2006年版。

[美]约翰·麦克道威尔:《心灵与世界》,刘叶涛译,中国人民大学出版社2006年版。

《谁害怕弗吉尼亚·沃尔夫》的仪式化形式与荒诞性主题解读

樊晓君

内容提要:《谁害怕弗吉尼亚·沃尔夫》是美国戏剧家爱德华·阿尔比的代表作。该剧通过戏仿古老宗教驱魔仪式,揭示美国物质文明高度发达,精神文明却逐步堕落甚至走向毁灭的荒诞性。本文试分析该剧的仪式化形式与荒诞性主题,探索剧作家在戏剧日渐式微的后现代进化过程中从戏剧形式到戏剧主题的探索和革新。

关键词:仪式化　荒诞性　谁害怕弗吉尼亚·沃尔夫

作者简介:樊晓君,山西师范大学戏剧影视专业博士研究生,主要研究美国戏剧。

Title: Interpretation of *Who's afraid of Virginia Woolf* Ritualized Form and Absurdity Theme

Abstract: "who's afraid of Virginia Woolf" is representative of American dramatist Edward Abble. The play parodies old religious rites of exorcism, revealing the United States highly developed material civilization, spiritual civilization has gradually fallen even to destruction. This paper analyses ritualized form and absurdity of the drama, and explore the playwright's innovation fromdramatic form to dramatic theme.

Key words: ritualization　absurdity　Who's afraid of　Virginia　Woolf

Author: **Fan Xiaojun**, Ph. D. Shanxi Normal University. Research direction; American drama.

　　仪式与戏剧在西方社会最初是密不可分的。亚里士多德在《诗学》中论述:"悲剧和喜剧都是从即席创作发展而来。前者起源于酒神颂,后者起源于生殖器崇拜的颂诗。在我们今天的许多城市里,作为一种传统习俗,这种崇拜仪式依旧存在。"文艺复兴后直到 20 世纪中期,在理性主义观念的影响下,戏剧中的宗教仪式因素相对弱化甚至消失。后现代主义戏剧在反文学、反戏剧、反理性的后现代主义文学理论大背景下,从语言、人物、戏剧结构、舞台表演等多方面试图革新传统叙事戏剧;非理性主义的酒神精神在西方戏剧中复活,甚至有戏剧理论家提出戏剧回归仪式(如安托南·阿尔托等人)。荒诞派戏剧正是在此背景下,回归西方文学的源头,通过宗教仪式表演,拓展戏剧表现的新形式;在宗教酒神迷狂审美意识的主导下,利用怪诞夸张的语言,梦幻般的戏剧场景,提出严肃深刻的荒诞性社会主题,做出西方文明沦落的悲观预言。

　　爱德华·阿尔比作为美国荒诞派戏剧的代表作家,对通过宗教仪式拓展戏剧的表现形式,通过仪式的模拟性、象征性表现人类生存的深层

荒诞本质显示出相当大的热忱。《谁害怕弗吉尼亚·沃尔夫》是阿尔比的代表作。西方著名理论批评家马丁·艾斯林在《荒诞派戏剧》中如此论述阿尔比的《谁害怕弗吉尼亚·沃尔夫》:"表面上看,这是一部斯特林堡和后期奥尼尔传统的残酷婚姻之战。"在它一系列的三个仪式(第一幕,"快乐游戏";第二幕,"瓦尔普吉斯之夜";第三幕,"驱魔")组成的结构中,也有热奈式的仪式要素。[1]本文将通过解读作品的仪式化形式与荒诞性主题,探索剧作家在戏剧日渐式微的后现代进化过程中从戏剧形式到戏剧主题的探索和革新。

一、戏剧形式仪式化

　　马丁·艾斯林在其《戏剧剖析》中讲述戏剧与仪式的密切关系"我们可以把仪式看成是一种戏剧性的/舞台上演出的事件,而且也可以把戏剧看成是一种仪式"[2]阿尔比的《谁害怕弗吉尼亚·沃尔夫》就是通过从时间、地点、人物、结构等形式上的仪式化,对游戏—狂欢—驱魔古老宗教仪式进行戏谑模仿,表现美国社会生活人类精神上着魔的迷狂与荒诞特征。

世界各地各民族几乎都有驱魔仪式,《谁害怕弗吉尼亚·沃尔夫》剧中的驱魔仪式应是欧洲中部英、德、瑞典、荷兰等国家民间五旬节(又称魔鬼狂欢节)所举行的驱魔仪式。传说每年 4 月 30 日到 5 月 1 日的夜晚,也就是"瓦尔普吉斯之夜",魔鬼与女巫要聚会狂欢,因此五旬节前夕的邪气最盛。民间驱魔仪式往往在驱魔人的引导下,人们手持扫把、棍棒等物,通过大声叫喊、敲打锅盆等制造噪音,驱赶魔鬼和女妖。

《谁害怕弗吉尼亚·沃尔夫》分为三幕剧,第一幕题为"快乐游戏"(Fan and games)。第二幕题为"瓦尔普吉斯之夜"(Walpurgisnacht),也就是魔鬼狂欢夜。第三幕题为"驱魔"(The exorcism)。仅从三幕的题目就可以看出是"游戏—狂欢—驱魔"的仪式化结构形式。第一幕中,作为主人的乔治和玛莎使用粗俗的语言自我鞭笞和相互鞭笞;作为客人的尼克夫妇在语言的暴力和诱惑中,被动参与到这种危险游戏中。第二幕中,乔治和玛莎几乎剥下对方人性的外衣,将彼此内心真实的幻想,而现实生活中呈现出的虚伪、矫情赤裸裸揭露出来。而在乔治的引诱和酒精的麻痹中,尼克和哈妮也如同魔鬼乱舞,扯下伪装做作的外衣。尼克坦诚娶哈妮只是因为从小一起长大,并且哈妮有钱。哈妮则告诉乔治不想要孩子的真相。四个人酗酒/吵闹/跳舞/厮打/纵欲,从而使午夜聚会类似"魔鬼狂欢夜"。第三幕中,尼克扮演基督传道士的角色,通过拉丁语的祷告词驱使玛莎面对无子的真相,并逐步剥除众人身上虚伪的外衣,督促众人面对各自现实生活中的真相,从而完成"驱魔"仪式:游戏—狂欢—驱魔。

整个戏剧仪式又包含了四个小游戏,形成戏中戏的双层戏剧结构。按剧中人物乔治的语言提示,四个游戏分别为:①羞辱主人(Hemiliate the host);②玩弄客人(Get the guests);③干女主人的游戏(Hump the hostess);④带孩子(Bringing up baby)。四个游戏对应驱魔仪式中游戏—狂欢的环节。尼克夫妇一开始抵触参与午夜聚会游戏,保持清醒的理性和表面的客套。乔治和玛莎不得不通过相互羞辱,使尼克和哈妮放松戒备,逐步撕下虚伪的面具,释放内心的欲望,陷入危险游戏中。尼克试图同女主人调情达到往上爬的目的,哈妮则暴露出酗酒和不愿生孩子的真相。剧中人纷纷陷入着魔的狂欢状态中。

第三幕驱魔仪式开始,在"带孩子"的游戏过程中,乔治通过念咒语和祈祷词,驱赶众人内心的魔鬼,揭穿现实的真相,众人才从迷狂状态中松懈安静下来,逐步恢复现实生活中的冷静、理性和秩序。

《谁害怕弗吉尼亚·沃尔夫》剧情发生时间设定在午夜两点之后,天亮之前三幕剧结束,并通过男主人乔治之口说出该剧剧情设定地点是新迦太基的某个学院。对基督教徒来说,"瓦尔普吉斯之夜"是异教徒的节日,其聚会受到基督教的排斥,因而聚会都在夜晚秘密举行,该剧剧情设定时间与驱魔仪式时间特点吻合。新迦太基是约 3000 年前古代腓尼基人的城邦,腓尼基人擅长航海贸易,甚至是强盗和贩奴者,性格自私狡诈而残暴,生活奢侈而荒淫,因而新迦太基是一座象征罪恶荒淫,并最终由于堕落而消亡的城市。对基督徒来说,新迦太基是异教徒的聚集地。男主人乔治说他们生活在新迦太基城,是对古老而神秘异教徒生活的假想。新迦太基既是虚拟的仪式发生地,更是现代人的堕落和荒淫的隐喻和象征符号。

剧中人物在仪式中分别扮演异教徒、基督传教士、参与者。整个戏剧的四个游戏都是通过男主人乔治讲出来,并在乔治的督促甚至是强迫下进行的。乔治具有仪式中主持人的结构功能,扮演基督传教士的角色。剧中女主人玛莎换了衣服下楼后,乔治说玛莎穿的是礼拜天教堂服,说玛莎喜欢把她的东西周围画上蓝圈,并称玛莎是"东海岸唯一真正的异教徒"。而玛莎也自称是地母。仪式的作用是通过固定化的形式活动,使整个仪式的参与者感受到神秘和庄重的气氛,并置身其中,达到精神上的共鸣和震撼。尼克和哈妮在参与整个仪式后,灵魂受到洗礼的表现非常明显。尼克自私贪婪,在驱魔仪式后流露出颓败与沮丧;显然意识到自己的浅薄,灵魂上的空洞。哈妮一直生活在虚幻中,逃避现实;在驱魔仪式后,终于鼓足勇气面对现实婚姻中的真相,面对要生育的现实。

在戏剧语言使用中,乔治也多使用宗教语言,暗示仪式的进行过程。第三幕驱魔游戏中,乔治不断向玛莎丢金鱼草,并念拉丁祈祷文,如"主啊,把所有忠诚的死者的灵魂从罪恶的任何一种锁链中解救出来吧!(Absolve ,Domine, animas omnium fidenium defunctorum ab omni vinculo delictorum.）""那些人蒙你的神恩,理应免受报应的判决。（Et gratia tua illis succurrente, mereantur evadere judicium ultionis.）""义人名垂千古,不担心流言蜚语（In memoria aeterna erit justus;ab auditione mala noontimebit.）"。乔治通过祈祷,试图驱逐众人灵魂中魔鬼,督促众人剥下虚伪的外衣,真诚面对婚姻,面对现实,面对真相。

《谁害怕弗吉尼亚·沃尔夫》从戏剧结构、戏剧发生时间、地点、戏剧语言、戏剧角色装扮上,都暗示该剧是对古老驱魔仪式的戏仿。仪式本是神秘和庄重的,而阿比尔则通过游戏性的戏仿,使驱魔仪式变得夸张、滑稽和怪诞。并通过对"谁害怕弗吉尼亚·沃尔夫"童谣的戏谑,阿尔比提出的是有关婚姻中两性关系,沉迷幻想与面对真相的矛盾,以及物质文明和道德沦落辩证关系的一系列严肃问题,甚至是在作一部美国文明的"哀史"。

二、戏剧主题荒诞性

传统戏剧充斥了仪式,如典礼、婚礼、葬仪等等。而阿尔比重新发掘古老宗教仪式的作用,充分发挥其形式上的模拟性,内容上的隐喻象征性,赋予戏剧作品从形式到内容的多重表现力。《谁害怕弗吉尼亚·沃尔夫》通过直白浅显,无深度的人物语言;夸张怪诞粗俗的人物行为;戏仿古老驱魔仪式的结构形式;隐喻深刻的荒诞性社会主题。

(一)戏剧的题目(也是仪式中反复歌唱的童谣)隐喻了现实与虚幻矛盾关系的荒诞主题

乔治和玛莎、尼克和哈妮在戏剧仪式过程中,多次歌唱"谁害怕弗吉尼亚·沃尔夫","驱魔"仪式结束后,乔治再次唱"谁怕弗吉尼亚·沃尔夫",玛莎回应乔治"我怕……乔治……我怕"。弗雷泽《金枝—巫术与宗教之研究》中描述五旬节人们同样在驱魔仪式中高唱:"女妖跑开,从这里跑开,不然你的恶运就要来。"大声歌唱喧闹,本是驱魔仪式的一部分。而剧中两对成年夫妇在午夜聚会上高唱童谣,戏谑驱魔仪式歌曲,表现出夸张、怪异和荒诞性特点。《谁害怕弗吉尼亚·沃尔夫》(Who's afraid of Virginia Woolf)"woolf"与"wolf"中间只差一个字母,也是戏仿童谣"谁害怕大灰狼"。在孩子的想象世界中,大灰狼象征着可怕和毁灭,而"谁害怕大灰狼"暗示了勇敢面对幻想中的恐惧,面对现实。从题目到仪式过程中的歌唱童谣,戏谑驱魔仪式唱词,象征着乔治和玛莎驱逐出心中的魔鬼,从幻想中的世界走出,面对残酷现实和真相;更是鼓励现代人走出自我幻想的牢笼,面对现实,面对真相。再者,Virginia Woolf 也是对英国意识流女作家弗吉尼亚·沃尔夫名字的调侃。女作家弗吉尼亚·沃尔夫的作品多表现主人公的意识流世界,据说女作家本人在现实生活中也十分敏感,很容易感受到生活的破碎感,覆灭感,活在自我想象的悲观世界中。阿尔比对女作家的戏谑也暗示了谁害怕虚幻世界。一味沉浸在虚幻的假想世界中,逃避现实,会使人们在理性、冷漠而残酷的现实世界中言行怪诞不堪;这恰是现实与虚幻难以调和造成的荒诞性。

(二)作品人物在戏仿古老驱魔仪式人物时,映射美国现实社会中夫妻关系冷漠、人与人无法沟通、现代人精神堕落颓废的荒诞主题

乔治在仪式中扮演着基督传教士的角色,玛莎被乔治称为异教徒,且也自称地母。乔治和玛莎在仪式中,既表现出亲昵,又相互仇恨、相互诋毁,竭力剥除对方优雅文明的外衣,暴露对方粗俗、荒淫、颓废的真实面目。玛莎当着乔治的面和尼克调情,指望刺激乔治。乔治表面上无动于衷,却下定决心通过杀死夫妻共同幻想出的孩子来击溃玛莎的精神世界。戏剧中粗俗夸张而又荒诞的游戏,揭露出现代社会夫妻间无力沟通,情感冷漠的生存现状。美国高度繁荣的物质文明掩藏了人们精神世界的颓废与荒漠化,极端个人主义使人们关系隔膜,即使代表最亲密关系的夫妻也不能例外,这种人际关系的极度不和谐表现出现代人孤独无助、极度悲凉的精神状态。

在驱魔仪式中,乔治不仅驱逐自己和玛莎之间的魔鬼,也驱逐尼克和哈妮之间的魔鬼。尼克为了钱娶哈妮,为了往上爬,讨好玛莎。贪婪和自私造成尼克虚伪做作,灵魂堕落。贪婪是尼克内心的魔鬼。然而尼克野心勃勃,看不到自己精神世界的空洞和道德上的无耻堕落。乔治看透尼克不择手段往上爬的咄咄逼人,设计"干女主人的游戏"的游戏,既是释放玛莎内心的魔鬼,也为了揭露尼克不顾廉耻的灵魂堕落。通过游戏,玛莎也看透尼克,对尼克说:"你什么都看见,就

是看不见思想；你看见所有的细节和废物，但是你看不见在发生什么。""你知道的如此之少，你还要接管世界，嗯？"在第三幕的"驱魔"仪式中，玛莎一再称尼克是"男仆"，讽刺嘲弄尼克卑躬屈漆的奴才相。尼克陷入颓废沮丧溃败中，乔治驱魔仪式成功。尼克在剧中不到 30 岁，是生物系老师，暗示科技高度发达下物质文明野心勃勃、蒸蒸日上；而乔治头发灰白，46 岁，是历史系老师，暗示精神文明的行将衰败。乔治和尼克的矛盾隐喻新旧两代人权利的争夺，以及精神文明与物质文明的矛盾斗争。

（三）通过戏仿驱魔仪式化的语言、仪式化的舞台道具，象征现代人精神世界着了魔、美国文明衰落沦丧的荒诞性主题

乔治在驱魔仪式中大段大段的念拉丁祈祷词，使得午夜狂欢聚会显得神秘怪诞，气氛严肃而庄重。玛莎从放荡不羁的迷狂中转为恐惧而安静下来；尼克从野心勃勃转为颓败和谦卑；哈妮从刻意蒙蔽的愚钝中醒来，直视夫妻间的真相，诚实勇敢面对现实生活。乔治的祈祷词意味着魔鬼的死亡，也预示：尽管我们生活在文明衰落、道德沦丧的现实世界，然而"谁害怕呢"？

驱魔仪式表演往往要使用道具，通过道具象征某物，或者通过道具作用于人或物，达到驱逐魔鬼的目的。《谁害怕弗吉尼亚·沃尔夫》在剧院演出时，舞台上乔治和玛莎的房间，有倒挂着的美国国旗，鹰徽标志的美国国徽，代表旧时代的家具、书架，以及高保真的设备都在映射美国乔治·华盛顿总统。阿尔比本人亲自肯定评论界的这种揣测。[3]剧中乔治和玛莎也与乔治·华盛顿总统夫妇名字吻合，并且同样没有孩子。乔治·华盛顿代表着有着旺盛创造力、激情而辉煌的美国旧时代；而无子的事实暗示没有未来和希望的美国。舞台道具的设置，象征现代美国民主文明的衰落，且看不到希望。

《谁害怕弗吉尼亚·沃尔夫》戏仿"游戏—狂欢—驱魔"古老宗教仪式化形式，通过直白粗俗的戏剧语言，暧昧混乱的人物关系似是而非，喧闹怪诞的戏剧场景，暗示美国社会的着魔化状态，美国文明的没落，提出严肃而深刻的荒诞性社会主题。阿尔比结合宗教仪式化形式，从形式到内容拓展戏剧表现的多重空间，揭示人类生存的深层荒诞本质。美国社会人与人无力沟通的现实，使夫妻家庭关系陷入无爱并相互厮杀状态。美国社会物质文明高度发达，而精神文明却逐渐衰弱堕落，人们在幻想中逃避真相，在自欺欺人言行怪诞；这种在现实中生存的自我分裂感，无理性、无逻辑的荒诞感，常常使人们不知所措，绝望甚至崩溃。事实上，今天我们同样生活在一个有着相对的、无根据的各种规约的时代，一个对金钱、权利过分吹捧的世界；高度物质文明与严重精神颓废构成了人们现实生活灵与肉的严重分离。各种欲望的魔鬼一直诱惑着我们抛弃本性中真实、正直的道德信仰，诱惑我们放弃内心真实的渴望，扭曲我们的爱和审美。欲望的魔鬼常常驱使我们沉溺在幻想和虚妄中，使我们浅薄和堕落。"今天，魔鬼，或者对某种不怎么受阻碍生物的任何暗示，都可能带来新鲜空气和神智正常。这就是我们所处的位置"[4]。然而，现实如此，谁害怕呢？

注解【Notes】

[1] ［英］马丁·艾斯林：《荒诞派戏剧》，华明译，河北教育出版社 2003 年版，第 213 页。

[2] ［英］马丁·艾斯林：《戏剧剖析》，罗婉华译，中国戏剧出版社 1981 年版，第 20 页。

[3] George McCarthy. *Edward Albee*, MacMillan, 1987, p. 66.

[4] ［英］阿诺德·P·欣契利夫：《荒诞派》，樊高月译，北方文艺出版社 1988 年版。

论《纳粹高徒》中的隐形监狱 *

仇云龙　关　馨

内容提要:本文聚焦斯蒂芬·金名作《纳粹高徒》中的隐形监狱,着力探讨了隐形监狱的建构、隐形监狱中的权力运作、权力运作导致的悲剧性结局三个问题,并得出以下结论:托德和杜山德都以对方的秘密做把柄,为对方建构了一座隐形监狱,并对其进行规训,最终实现了对对方的改造;两人将隐形监狱的建构和运作想象得过于理想,殊不知自己也在对方的规训中被重新形塑,最终只能是作茧自缚;被改造后,二人人格扭曲,为了发泄恐惧带来的苦闷不约而同地选择了暴力的方式,犯下了更多的罪行,成为了现实监狱中真正的囚徒。
关键词:斯蒂芬·金　《纳粹高徒》　隐形监狱　权力运作
作者简介:仇云龙,东北师范大学外国语学院博士研究生,讲师,主要研究方向为英美文学和语用学;关馨,东北师范大学外国语学院硕士研究生,主要研究方向为英美文学。

Title: A Study of the Invisible Prison in *Apt Pupil*

Abstract: Based on Stephen King's masterpiece *Apt Pupil*, this paper focuses on the invisible prison in the novella and discusses three issues in particular, the construction of the invisible prison, the power improvisation in the invisible prison and the tragic ending resulted from the power improvisation. And it is concluded that Todd and Dussander both construct a prison to discipline and refashion each other; however, taking for granted the harm such "imprisonment" could do to himself, they are disciplined and refashioned and indulging in violence, which brings them into visible prisons.

Key words: Stephen King　*Apt Pupil*　invisible prison　power　improvisation
Author: **Qiu Yunlong** is a lecturer and PhD candidate at School of Foreign Languages, Northeast Normal University (Changchun 130024, China). His research focuses are mainly English and American Literature and Pragmatics. Email: chouyl726@nenu. edu. cn; **Guan Xin** is a postgraduate student at English and American Literature at School of Foreign Languages, Northeast Normal University (Changchun 130024, China). Her research focuses are mainly English and American Literature. Email: qingqinglanre@qq. com

斯蒂芬·金(Stephen King)(以下简称"金")是美国最著名的通俗小说家之一,他于 20 世纪 70 年代中期声名鹊起,其后新作不断,并久居《纽约时报》畅销书排行榜榜首;他于 2003 年获得"美国国家图书奖终身成就奖",被称为"美国恐怖小说大王"。金的作品超越了传统的恐怖小说,他的惊悚小说不是在渲染恐怖,而是"审视一些为人们所关心的现实社会中发生的重大事件","描绘特定个人所承受的不寻常的压力和恐惧"。(王守仁 533)金对这些压力和恐惧的来源有着深入的思考,他曾总结出十种最能引起人们恐惧的因素,它们分别是黑暗、软粘的物体、畸形、蛇、老鼠、禁闭空间、昆虫、死亡、妄想症和其他人。(Collings 76-77)笔者将连续评述金笔下的一类典型禁闭空间——监狱。这些监狱有些

是有形的,比如《肖申克的救赎》(*Shawshank Redemption*)和《绿里奇迹》(*The Green Mile*)中的监狱;有些则是无形的,它们是画地为牢的结果,不需高墙,无须狱吏,但其囚禁效力却毫不逊色。中篇小说集《四季奇谈》(*Different Seasons*)中的第二篇《纳粹高徒》(*Apt Pupil*)就刻画了这种隐形监狱。Stephen J. Spignesi 将《纳粹高徒》列为金最优秀的小说之一,他认为这是一部高质量的小说,一部让读者读到悲剧性结局之前不忍释卷的小说,一部将恐怖压抑的气氛营造得自然有力的小说。(Spignesi 116)小说中的两位主人公托德(Todd)与杜山德(Dussander)在隐形监狱中进行困兽之斗,在身不由己的选择中发酵悲剧[1]。要理解悲剧的发酵过程,我们就要了解小说中的隐形监狱是如何建构的,其中的权力是怎

样运作的,以及权力运作又是如何导致悲剧发生的。下文将依次论述这三个问题。

一、隐形监狱的建构

《纳粹高徒》中的两位主人公托德与杜山德关系错综复杂,他们既是互相角力的对手又是相互依赖的伙伴。在二人的关系中,他们都试图赢得主动以控制对方。为了控制对方,他们都为对方建构了一座隐形的监狱,成为"全景敞式监狱"中坐在瞭望塔上的人,但又同时成为对方监狱中被瞭望的对象。

在托德为杜山德建构的隐形监狱中,托德是狱吏,杜山德是囚徒。托德以何保证杜山德乖乖入狱呢?这源于托德的一个重大发现,这个发现就是看似孱弱的邻居阿瑟·登克尔实为尚未伏法的纳粹战犯古特·杜山德。这个发现令托德喜出望外,因为托德对集中营中发生的事情很感兴趣,而历史书和杂志等二手资料难以满足他强烈的好奇心,故而托德决定不揭发杜山德,而是以这个秘密为筹码要挟杜山德把自己的集中营往事一五一十地讲出来。作为一个隐藏了四十年的逃犯,杜山德并不愿意回忆那些不堪回首的往事,而只想隐姓埋名、了此余生。因而,他在漫长的逃亡生涯中谨小慎微,不知不觉地离"杜山德"这个符号渐行渐远。但托德的出现彻底打乱了他平静的生活,而在致命的威胁面前,杜山德即便再不情愿也只能委曲求全,穿上托德为他准备好的囚服,走进托德的监狱。

在杜山德为托德建构的隐形监狱中,杜山德是狱吏,托德是囚徒。杜山德以何保证托德的乖乖入狱呢?这源于托德的知情不报和学习成绩的下滑。杜山德是一个谨慎多疑的人,尽管托德已与他达成口头协议帮其保守身份的秘密,但他仍担心托德会出卖自己,于是他借力打力,明示托德明知不报本身也是犯罪,并将其用作恫吓托德的一个筹码。同时,托德因沉迷于杜山德的故事,故而学习成绩直线下滑。杜山德借机假扮托德的祖父到学校与老师见了面,帮托德度过了老师见家长的难关,但同时也抓住了托德在校表现不好的把柄;若此事泄露出去,托德在家人面前的优等生形象将顷刻破碎。

可见,二人既是对方秘密的知情者,又是对方秘密的参与者。两人的斗争推动了小说情节的发展,而随着情节的发展两人又为对方建构了

隐性监狱,并身陷对方的隐形监狱之中。角色的分裂导致二人精神的压抑,为最终的心理变态和行为失控埋下了种子。

二、隐形监狱中的权力运作

上文指出,托德与杜山德在两座隐形监狱中穿梭角力,既动态博弈,又稳定相持。他们都在自己建构的监狱中规训着对方,又在对方的监狱中得到规训。规训是一种相对温和的惩戒方式,在军队、工厂、医院、学校、监狱等机构中广泛施行,它借助一整套技术对人进行规范,并通过强力控制使其驯服。(福柯 2012)

托德对杜山德采取的规训技术是强制性操练。这种技术的特点一是强制性,二是持续性。(福柯 155,181)托德对杜山德进行强制操练的方式是令其持续讲述纳粹集中营中的往事。这就如同将军战前的不断练兵,或是教师考前的经常模考,托德给杜山德布置了任务,并强迫他有规律地练习,每隔几天就会去听故事,检查任务完成情况。但这仍不能让托德满足,他不仅希望听到纳粹故事,他希望一个英武的纳粹军官而不是一个孱弱的老头给他讲纳粹故事,于是便强迫杜山德穿上类似纳粹军官制服的衣服,像军人一样在房间里踱步,慢慢进入杀人恶魔的角色。持续操练可以改变受训个体的习惯、行为和思想,使个体产生一种"创生"意义上的进化。(福柯 180)这种进化主要体现在:杜山德逐渐习惯了回忆,即便托德不来听故事,他也会自发地想起集中营的生活,甚至在梦中都会时常想起。他已渐渐恋上了托德的监狱,因为在那里他已不再是个如履薄冰的垂垂老者,而是掌握生杀大全的纳粹暴徒,那种统治者的感觉使他陶醉。

杜山德对托德采取的规训技术是教育。在《纳粹高徒》中,杜山德与托德的关系近似于老师和学生,杜山德讲述故事的行为类似于老师传授知识的过程,他也如同老师一样对托德进行教导,托德在监狱中的主要任务是学习。杜山德在信息和经验上处于优势地位,因而他在对集中营历史的讲述中掌握主导权,托德只能聆听而无力质疑。杜山德从自己的视角给托德灌输历史经验,托德跟随杜山德的视角被动接受历史经验。这使杜山德对托德的教育非常高效,很快就控制了托德,影响了托德的心态和判断力。小说中两人都经历了做噩梦、残杀动物、杀人的过程,但每

一步的发展中都是杜山德在前,托德在后,可见杜山德的情绪和思想行为一直在影响着托德,托德就在这种教育下逐渐接受了杜山德的规范和标准。托德几次想要摆脱最终都失败了,他的失败不只是由于杜山德的威胁,更主要是由于他本身已经在规训下经历了创生,成为了一个与之前不同的、被规范与教化了的个体。

三、权力运作产生的影响

上文的论述说明托德和杜山德两人是互相控制、互相改造的,但他们二人并不是对立的敌人,他们按照一定的规则共同生存,与《肖申克的救赎》中安迪与狱吏的关系非常类似。(仇云龙34—37)托德和杜山德有着牵制对方又保障彼此安全的协议,在囚禁着杜山德的监狱中他们的协议是杜山德提供纳粹集中营的信息,托德为其保守身份的秘密;而在囚禁着托德的监狱中他们的协议则是托德做忠实的听众,杜山德帮托德保守其知情不报和成绩下滑的秘密。两人在斗争的同时紧密合作,形成了休戚与共的关系,这样的共生体在没有外界干扰的情况下应该是稳定的。但二人最终都走踏上了毁灭之路,这是为什么呢? 这主要是因为两人在权力运作过程中激发了恶念,陷入了恐惧。

恶念的激发是指,杜山德本想将过去的恶行统统忘记,隐姓埋名度此余生,但托德的出现打乱了他本来的计划。在托德的监狱中,他被规训成为恶念重生的纳粹狂徒。在这种情况下,杜山德已不再满足于日常的生活,他的思维已经回到了四十年前,被唤醒的恶念指引着他按照回忆中的做法大开杀戒。对托德而言,他本来是个前途无量的优等生,受到老师的重视、家长的信任,他的生活中本不该存留杀戮的痕迹。但杜山德将恶念蔓延至托德,在对托德的教育中传授杀戮,年幼的托德在长期的耳濡目染中被杜山德的话语所收编,被训练成为一名具有暴力症候的"纳粹高徒"。可见,隐形监狱中的权力运作使杜山德恶念重生,并在现实生活中重新做恶,进而通过规训在托德心中种下恶的种子,致使托德的恶行接踵而至。

恐惧的萌发源于杜山德和托德的秘密,他们就像定时炸弹一样,随时可能被引爆。杜山德和托德的痛苦是可想而知的,他们自己本身性格内

向,朋友又少,心理排泄渠道就不畅通;而生活中又存在着一个随时可能爆炸的炸弹,没人帮助自己将其拆除,与自己关系最密切的人又是那个随时可以引爆炸弹的人,因而他们时刻笼罩在恐惧之中。身陷恐惧的两人栖身于一根绳索的两头,看似平稳的绳索蓄积着巨大的张力。神经紧绷的两人需要发泄,但他们没有正常的发泄渠道,因而被裹挟进暴行之中。每一次暴行过后两人都会获得一时的精神解脱和心理满足,但很快又会重入恐惧,在新的痛苦中挣扎,接着酝酿下一次暴行。这种发泄方式形成了一种恶性循环,越紧张,越需要发泄,发泄得越多,错误就越多,错误越多恐惧和不安就越多。

在斯蒂芬·金所营造的恐怖环境中,"禁闭空间"的惊悚氛围并不浓重,但它"温水煮青蛙"式的做法会使个体再造自我。在《纳粹高徒》中,托德和杜山德都以对方的秘密做把柄,为对方建构了一座隐形监狱,并对其进行规训,最终实现了对对方的改造。两人将隐形监狱的建构和运作想象得过于理想,殊不知自己也在对方的规训中重新形塑,最终只能是作茧自缚。被改造后,二人人格扭曲,为了发泄恐惧带来的苦闷不约而同地选择了暴力的方式,犯下了更多的罪行,成为了现实监狱中真正的囚徒。

注解【Notes】

* 本文受国家社科基金一般项目"冷战终结前后的美国文学转型研究"(12BWW029)资助,特此感谢。

[1]　本文有关《纳粹高徒》情节的描述均出自[美]斯蒂芬·金:《肖申克的救赎》,施寄青、赵永芬、齐若兰译,人民文学出版社 2006 年版,第 89—260 页。此译本英文原名为 Different Seasons,包括《肖申克的救赎》、《纳粹高徒》等四部中篇小说,中译本译名由译者更换。

引用作品【Works cited】

[法]米歇尔·福柯:《规训与惩罚》,刘北成、杨远婴译,生活·读者·新知三联书店 2012 年版。

仇云龙:《论〈肖申克的救赎〉中的权力运作》,载《东疆学刊》2011 年第 2 期,第 34—37 页。

王守仁:《新编美国文学史》,上海教育出版社 2002 年版。

Collings, Michael R. *The Many Facets of Stephen King*. California: Starmont House, 1985.

Spignesi, Stephen J. *The Essential Stephen King*. Franklin Lakes, NJ: Career Press, 2003.

论《黛妈妈》中的乌托邦书写 *

武玉莲

内容提要：当代美国黑人女作家格洛丽亚·内勒在《黛妈妈》中全面呈现了一个田园乌托邦世界，同时这个田园乌托邦也是一个不受白人影响控制、黑人能坚守自己文化传统的种族乌托邦，亦是一个对父权神话重新改写了的母权乌托邦。乌托邦书写批判了社会现实之弊，体现了作家对美国种族问题和两性关系的思考。

关键词：黑人女性 乌托邦想象 格洛丽亚·内勒

作者简介：武玉莲，北京外国语大学博士研究生，研究方向为美国文学。

Title： On the Utopian Writing in *Mama Day*

Abstract： In Mama Day, the contemporary African American woman writer Gloria Naylor presents a pastoral utopian world, which is also a racial utopia, exempt from white domination, where the blacks can hold on to their cultural traditions, and a matriarchal utopia which subverts the patriarchal control. The utopian writing criticizes the social reality, embodying Naylor's reflection on race and gender.

Key words： black women utopian imagination Gloria Naylor

Author： **Wu Yulian** is a PhD candidate at the School of English and International Studies, Beijing Foreign Studies University (Beijing 100089, China). Her research focuses on American Literature. Email：yulian245@126.com

非裔美国女作家格洛丽亚·内勒（Gloria Naylor）是当代文坛上的一颗亮星，被誉为非裔美国文学史上最富洞察力、最重要的作家之一。她塑造的黑人妇女形象独特鲜明，赢得了众多读者的青睐，她的作品也因其深邃的思想内涵而获得诸多奖项。《黛妈妈》是内勒的第三部作品，发表于1988年，于次年获得"南方地方委员会"颁发的利里安·史密斯图书奖。小说因充斥着大量的伏都教描写，被誉为"魔幻现实主义"的代表之作，但细读文本会发现该书具有乌托邦文学的表征，小说借旅行文学（travelogue）的范式，以乔治陪妻子珂珂回家探亲为主线，展现了妻子故里柳泉岛上的风土人情，由此传达出内勒对没有种族歧视和阶级压迫，男女平等相处的理想生存状态的憧憬。那么内勒是如何传达她的乌托邦思想的呢？

首先，需要澄清一下乌托邦这个概念的涵义。乌托邦（Utopia）这个词滥觞于托马斯·莫尔的小说《乌托邦》一书。莫尔将希腊文的"u"和"topos"结合起来，创造了一个拉丁新词"Utopia"，但希腊语中的"u"的谐音可以是"eu"（好、优美）或"ou"（无、没有），所以乌托邦既指福地乐土，又寓无有之乡，即不存在的美好乐园。"乌托邦"一词最早由严复于1898年翻译过来，这个词完美地传达出了原词的意蕴，自此在我国学术界流传至今。乌托邦以对社会现实的不满足和否定性评价为前提，包含着对社会未来需要的积极预测。作为政治的乌托邦，它力图将人们从不幸中拯救出来，使人性的力量得到充分地展现，从而获得自由与幸福。乌托邦因其说教功能往往赋予教育意义，"是一种比哲学和历史更能劝人从善的一种文学形式"（谢江平18）。

一、田园乌托邦

作为一种文学样式，其作家大多秉承莫尔的创作思路，幻想和描绘存在于孤岛或者峡谷，或存在于过去或未来的某个理想社会。《黛妈妈》遵循了这个模式，将时间设定在了1999年，由主人公讲述过去发生的事情，而背景设在了一座孤岛——柳树泉岛上。孤岛与现实的社会有空间上的距离，它的天然封闭性又使其美好的制度风俗不受侵扰。柳泉岛就是这样一个地方，处于佐治亚州和卡罗莱纳州的中间地带，但不属于其中任何一个州，在地图上也找不到该岛的名字，是一个在现实中不存在的地方。这里不受政府的控制，靠一桥与外界相通，所以柳泉岛处于半封闭状态，而"'半封闭'是乌托邦的一个基因"（马少华 154）。这座木头桥虽然铺有沥青，较为坚固，但由于沿海地区经常遭受暴风骤雨侵袭，所以每隔六十九年，桥要重修一次。岛上景色优美、生活宁静，俨然一张"风景明信片"（Naylor 163）。乌托邦是一种完美的状态，是静止的、不动的。柳泉岛亦是如此，时间在这里似乎停滞，"除了季节的变更没有任何变化"（Naylor 160）。乔治初到此处，惊叹于眼前美景，以为自己进入了另一个世界。清晨，乔治在小路上漫步，呼吸着新鲜的空气，抬头仰望着在这片大地上孕育了两百多年的参天巨树，低头观望着脚下未遭破坏的茂密的原始植被，即使"乐园"（Naylor 175）一词也无法描述此景。岛上居民远离城市的喧嚣，过着俭朴的田园生活。柳泉岛景色迷人，是黑人的乐土与家园。

柳泉岛保留了传统的农业生产方式，人们自己耕种土地，春华秋实，自给自足。园子里新鲜的蔬菜，树上新摘下的桃子，母鸡刚下的鸡蛋，蜜蜂刚酿造的蜂蜜，都直接成为人们餐桌上的美食。遇到收成不好的年月，大家相互帮助，互赠食物，岛上居民基本上能满足食物自给。小岛居民不仅从自然母亲那里索取食物，黛妈妈秘制的药物也均取材于自然物质，如草木、植物的种子、动物的骨髓等。所以人们把小岛当作真正的家园，尊重大自然的客观规律，不仅爱护植物，也保护动物。乌托邦作品中，植物和动物世界不仅能影响人类行为，还具有强大的、动态的威力，是必须被尊重的力量。通过岛民爱惜自然的行为，作家呈现了一幅人与自然和谐共处的画面。

传统的农业生产方式决定了劳动的必要性，人们要自己动手，获取生活必需资料，所以也就更加珍重手工劳作的意义。小说的最后部分，黛妈妈去纽约帮珂珂搬家，领略了大都市的繁华，但她也不无感叹，在像纽约这样的地方，没有"一件真正的产品"（Naylor 306）。在她看来，真正的产品应该获取于大地母亲，用双手精制而成，而在纽约，大多东西都是批量生产，没有融入生

命个体的心思与劳作，因而不具实际价值。

农业经济也决定了岛上居民的工作方式完全迥异于大都市纽约人的工作方式。"对于生产力的幻想的其中一个结果，就是劳动时间的减少，它是乌托邦的一个重要内容，意味着休闲和人的自由，人的精神生活的丰富。"（马少华 95）柳泉岛的居民也需要干活工作，但只是作为谋生的一个必要手段，不像以乔治为代表的北方人那样拼命工作。岛上居民坚守这种悠闲的方式，不仅在农忙时如此，关键时刻亦是如此，譬如当小岛与外界相通的唯一桥梁被暴风雨摧毁之后，他们没有赶修小桥，而是依然保留了饭间休息以及周末休息的习惯。

就娱乐生活而言，岛上居民没有丰富的娱乐生活，但岛民也能自娱自乐。这里男士们唯一的消遣方式是打扑克牌，巫医巴扎德（Dr. Buzzard）是年纪最大、德高望重的男性人物，每周岛上的男人们都会聚到他的住处打扑克牌，他们也会赌，但他们不是为了赢牌。每次打牌巴扎德都是最后的赢家，其他男士们无法理解其中的缘故，久而久之，他们不再去探究巴扎德使用的鬼把戏，而是尽量避免输得太惨，他们也能从中自得其乐，所以打扑克牌是小说中的一个"重要仪式"（Hall 90），寓指一种男人聚在一起怡然自乐的方式。乔治来到柳泉岛之后，被邀请前去打牌，早就对巴扎德始终赢牌的传奇故事有所而闻，他决定探个究竟，牌桌上，他运用概率等一系列知识分析其中缘由，最后发现巴扎德在扑克牌上做了刻痕为记号，揭穿了他的花招。然而，其他男士们并没有因为赢牌而欣喜不已，反倒由于乔治破坏了游戏规则而感到败兴。

由此可见，柳泉岛走的是农业为主的道路，岛上人们建立了一个团结互爱的团体，人与人之间不再是一个个孤立的个体，而是大家彼此认识，彼此信任，通过相互协作、共同帮助结成了休戚与共的关系，这也是一个没有治安官与法院，也没有政府的地方。田园乌托邦为人与人之间的隔离提供了一个有效的解决方案。露丝·列维塔认为乌托邦是一种对"更好生存方式的意愿"（Levitas 191）当然，内勒并不是想通过这个虚构的乌托邦世界，让人们再回到农业时代，而是表现人们对未来生活环境的理想，以及人类与自然和谐共处的观念，倡导田园乌托邦给人们带来的身心统一理念。可以发现，柳泉岛无论在经济、

工作习惯和娱乐生活方面都表现出了一种"身心融合"(Tharp 127),而这种融合恰是黑人心灵愈合的源泉。"田园乌托邦视大自然拥有再生的力量,人们在这里精神愉悦,心智得到健全发展,人类的行为回到原始本能状态。"(Pfaelzer 68)。通过描摹一幅田园风景画,内勒反衬了工业资本主义带来的弊病及城市文明的弊端,希望以此来弥补物质文明的发展,给以乔治为代表的北方黑人带来的精神贫乏,填补他们心灵上的缺憾与精神上的落寞。

二、种族乌托邦

柳泉岛不仅是个远离尘嚣、自然优美的田园乌托邦,也是一个黑人种族的乌托邦,其始祖是萨斐拉,一位会施魔法的女人。1823年,她嫁给了白人主人巴斯科姆,为他生下了七个儿子,她说服丈夫把柳泉岛上所有的土地立契转让给黑奴。在此之后,根据不同的传说版本,她要么毒死、要么捅死了巴斯科姆,选取了一个颇有象征意义的姓氏——黛(Day),作为孩子们的姓,寓意一个新时代的开始,自此,她的子孙后代都以黛作为自己的姓氏。作为一个黑人女奴,萨斐拉颠覆了白人种族压迫体制,书写了黑人历史的新篇章,一百多年以来,她的子孙后代一直繁衍生息在这片土地上,柳泉岛成为一个纯黑人社区乌托邦。白人一直觊觎柳泉岛,开发商想高价购买土地,在柳泉岛建别墅区,但都被岛上居民所拒绝。传统的乌托邦,是一种独立于外部世界的空间,这种空间对外部世界持有警戒的态度,它们竭力避免被外部世界所污染。岛民拒绝白人入内,从而保证了柳泉岛的纯洁性。

柳泉岛是种族乌托邦,不仅因为岛上的居民都是黑人,更在于岛民能坚守自己的黑人文化传统。黑人来到美洲后在地域上失去了与非洲古老文明的联系,而种族歧视又使得他们无法被西方文明所接纳。一方面,他们没有机会接触西方文明的精髓,另一方面,物质主义、种族歧视在无形中侵蚀着他们的文明传统。但在柳泉岛这个海中孤岛上,岛民有幸坚持自己的文化传统,保证了岛内文化和社会习俗的完整性和延续性。他们有自己的传统节日,白人过圣诞节,他们在圣诞节前一天,即12月22日过自己的节日,即"秉烛游行"(Candle Walk)。先祖萨斐拉在杀死白人丈夫之后,成功地逃离了刽子手的绞索,正

如莫里森笔下的人物所罗门一样,飞回了故土非洲。为了纪念萨斐拉,后人就在她逃离的那一天,秉烛夜行,蜡烛点亮整个小岛天空,照亮她飞回故土非洲之路。一直以来,非裔美国人认为自己没有历史,从贩卖奴隶的船只登陆美洲大陆的那一天起,黑人的历史就结束了,取而代之的是白人的历史。但岛上这一传统节日让岛民认识到自己在美洲的悠久历史,通过铭记自己的历史,重拾自尊与生活信心。小岛不仅有自己的节日,还有不同于白人的独特丧葬仪式(standing forth)。譬如在小凯撒的葬礼上,邻居们走向他的灵柩,跟他讲述往事,"你喜欢我的玩具哨,是吧?"杂货店老板问他。"好,等下次见你时,你该到我店里给你的女朋友买银耳环了。"(Naylor 269)同基督教葬礼追思逝者不同,这里的人们信奉灵魂不死,死去的亲人可以将来再回到人间。柳泉岛"象征着黑人文化传统"(嵇敏 294),作为社会的弱势群体,美国黑人在长期的奴役中接受了白人的意识形态而消磨了自我,但黑人文化传统让他们重新认识自己,肯定自我,传达出作家回归黑人传统的乌托邦思想。

柳泉岛不仅有自己的传统节日和丧葬仪式,更有自己的传统宗教——伏都教(voodoo)。伏都教是来自达荷美的一种西非宗教,一种包括巫术、神话、迷信、文学、艺术等因素的黑人原始宗教,是非裔美国人"对抗基督教强加的精神奴役与钳制的一种反种族主义的武器"(宁骚 425)。伏都教书写是很多黑人女性写作的重要方面,但多数作家并没有直接描写伏都教和伏都巫术,而是在着手人物刻画和情节发展的重构策略时,"利用伏都教文化来烘托神秘不可知的宗教氛围,使作品产生出深刻的哲学蕴意"(嵇敏 311)。《黛妈妈》中就描写了会施巫术的黑人女奴萨斐拉·瓦德的传奇人生。"她皮肤像丝绸那样光滑发亮、浅黄色中透出佐治亚般的红色……她在雷电暴雨中行走也不会触电;她把闪电一把抓住手里;用闪电的热气来给药罐下面的炉子生火。"(Naylor 3)萨斐拉的这种本领遗传给了她的子嗣,其中黛妈妈就能施展巫术,拥有治病消灾的自然魔力,她的妹妹阿尔碧盖也具有看天相的神奇功能,能预测风暴,还能破译大自然的秘密。伏都教也具有神奇的功效,小说中,鲁比怀疑珂珂与自己的丈夫有暧昧之情,给珂珂施了巫术,致其生病。黛妈妈知道珂珂的病是鲁比施魔法

所致,只有已经与珂珂融为一体的乔治能够救她,她希望乔治跟她联手,用伏都教巫术给珂珂治疗。但乔治没有听黛妈妈的话,不信巫术,不相信他和黛妈妈的合作能驱除珂珂的病魔,带着疑惑的情绪,他在鲁莽之中破坏了巫术程序,心脏病突发而死去。在北方长大的乔治,完全认同了白人的文化思想和价值观念,他不相信巫术,他更信赖医生,所以他迫切地想带珂珂去大陆接受治疗,临死之前,他认识到了伏都教的威力,他对伏都教态度的转变代表了白人文化对黑人传统文化的认同。可见,在柳泉岛这个黑人种族乌托邦里,黑人不仅能坚守自己的传统文化,还能信仰自己的黑人宗教。

乌托邦的概念承载着作家面对社会、面对人类的思想价值观,自然也是他们各自所属时代精神理想的折射。可以看出,内勒刻画了一个远离白人传统和白人价值观,保留着自己独特的非洲传统文化的种族乌托邦,包含了她对种族歧视现实的不满和对完满生存的憧憬。

三、母权乌托邦[1]

柳泉岛不仅是没有白人统治与压迫的种族乌托邦,也是一个"母权统治的独立王国"(Tharp 129)。

在柳泉岛,萨斐拉是权威的象征,"没有一个人胆敢直呼萨斐拉·瓦德这个名字"(Naylor 6)。她把黑人奴隶反叛、抗争的精神传统传给了后世,在人们心中,萨斐拉早已被神话,成为了女神。她用巫术为子孙后代谋得了一块生存之地。黛妈妈(原名米兰达)是萨斐拉的后代,在其母亲死后,米兰达承担起了抚育妹妹及下一代的责任,终身未嫁,不仅给予小说主人公珂珂以母爱,还成为整个岛屿社区的母亲,是岛上居民公认的族长,被众人尊称为黛妈妈。"女性的力量和智慧有力地体现在米兰达身上"(Andrews 296),她能施展巫术,用巫术来造福岛上居民,譬如柏妮丝不孕,在她的引导调养下成功地当上了妈妈。黛妈妈也是黑人文化传统的代表,"是文化记忆的守护者,又是向被异化了的北方城市人传播蕴含于南方民间美学的智慧的传播人"(曾艳钰 52)。她还是道德、宽容、善良的化身,她相信万物有灵,与植物世界有着天然的联系。黛妈妈也代表了权力威严,在岛上,只要黛妈妈说不的事情,没有人敢说是,这就是为什么白人一直蓄谋开发小岛,但均未得逞的原因。

如果黛妈妈说不,岛上所有人都会说不。那柳泉岛的事就完了。18与23、18与23——没有人会拿这些芝麻小事去烦黛妈妈。她知道怎样利用它——她是萨斐拉·瓦德的直接后代,是萨斐拉第七个儿子的第七个儿子的女儿——哇、哇。黛妈妈说不,岛上所有人都说不。大把大把的钱又怎么样?没用的!(Naylor 6)

在父权乌托邦书写中,女性基本上屈从于男性,她们只是传宗接代、社会繁衍的工具,但在《黛妈妈》里,女性是创建者、管理者和维护者。实际上,柳泉岛是个母权统治的乌托邦,岛上的"男性固然重要,但是次要的"(Hall 80)。在这部女性处于主导地位的小说中,男性人物大多处于无助或者从属的地位。这从岛上男性人物的名字可略见一斑。Junior Lee 的名字中"Junior"暗含他"在岛上居民中的从属地位"(Hall 89)。

"柳泉岛是乌托邦,还因为柳泉岛是母爱之岛,世世代代以来,母亲可以抚养自己的孩子,且不会受到大陆文化的影响。"(Tharp 122)奴隶制剥夺了黑人女性做母亲的起码权利,她们的孩子成为奴隶主的私有财产,大多被卖掉,母子经历生离死别的痛苦。《宠儿》中的贝比·萨格有八个孩子,其中四个被抓走,四个被赶走。回想起来,活了一辈子,贝比所抚养过的其他孩子中,没有一个逃脱了出逃、上绞刑、被租用、出售、抵押、赌去甚至被抢去的命运。悲惨的黑奴母亲们被迫用独特的方式表达对子女的爱,以至于不惜杀死亲生骨肉以免其遭受奴役之苦。而在柳泉岛,一个多世纪以来,母亲享有抚育子女的特权。即使母亲离世之后,子女还会有其他亲属代养,小说的女主人公珂珂就是由外婆阿尔碧盖和姨婆黛妈妈共同抚养长大成人的。但北方长大的乔治从未体会到母爱的呵护,他是个孤儿,自小在孤儿院长大,他没有根,没有过去,甚至连自己姓什么都不知道。孤儿院的生活环境造就了他自立自强的性格,他完全承继了白人的价值理念,坚信只有靠自己的努力和奋斗才能在社会上获得一席之地。大学毕业后跟人合伙创立了一家公司,但物质上的成功并没有给他带来精神上的快乐,日常生活中的他倍感自卑和空虚。所以每当妻子珂珂跟他描述柳泉岛上的生活,讲述外婆和姨婆如何养育与宠爱自己的故事时,乔治为自己从小失去母亲而黯然伤神。初到柳泉岛,岛上人们热情欢迎他的到来,从未体味过大家庭生活的他极为感动;在岛上的日子,黛妈妈的爱让他感到母爱的伟大,他获得一种从前所未有的归属感。

作家用乌托邦"观察者"(observer hero)来展现乌托邦世界是如何优于现实世界的(Lewis 145)。按照乌托邦文学传统,"观察者"或者"外来侵入者"(outsider)必须放弃原有的世界观,接受本地的价值体系,融入当地生活。小说中,乔治作为"外来侵入者",起初他始终带有一种文化优越感,一开始并没有真正地接纳这个母权社会,而是视柳泉岛为"他者",并不认同这个社会群体的文化思想和价值理念。但他后来发现他的理性与知识在黛妈妈的能力面前显得毫无价值,从怀疑到对黛妈妈的渐渐接纳,象征着"西方男性理性主义的破灭与非洲母性传统的胜利"(Lamothe 167)。乔治最后用自己的生命挽救了珂珂,保住了黛家最后一条血脉,他以这种方式"融入到当地社区"(Eckard 132),成为了柳泉岛历史与集体记忆的一部分。乔治之死象征着以他为代表的理性统治、男权压制让位于柳泉岛上的女性传统。

由此,作家塑造了一个母权乌托邦空间。十九世纪,奴隶解放之后,为了彻底摆脱白人的统治,在黑人男性的带领下,很多黑人团体纷纷成立了自己的乌托邦社区,这些社区一般以父权为中心、以等级制为基础,女性的定位依然是女儿、妻子、母亲,女性没有发言权,基本处于失语状况,遭受男权社会的压迫。与此相反,内勒在这里创造了一个母权基础上的乌托邦,对父权神话进行了重新改写,颠覆了父权社会中女性对男性的依赖,书写了母权神话,表现了黑人女性的自信自立。

四、结　语

乌托邦研究集成大师莱曼·萨金特认为,通过憧憬超乎现实的另一个更美好的社会,乌托邦表示出对现状某种程度的不满以及对现状的批判,乌托邦是一面镜子,映射出现实与现世的堕落与罪恶(Sargent 308)。在一次访谈中,当被问及如何看待种族关系时,格洛丽亚·内勒坦言,"在有生之年不会看到种族关系的改善","对种族问题没抱太大希望"(Michelle 258);在谈到两性关系的问题时,内勒陈言,虽然两性关系会有改变,但是"不会看到重大的转变"(Michelle 259),残酷的现实让内勒对种族和两性关系问题

深感绝望。

但是另一方面,乌托邦是内在于人的生存结构中的追求理想、完满、自由境界的精神冲动,而这种精神冲动正是人的存在的重要维度,"乌托邦是对存在的研究与揭示"(姚建斌 107)。完美的黑人(尤其是黑人女性)的生存状态既然在现实生活中不会实现,内勒转向文学创作,通过返回农业南方岁月,在文学空间里创造出了一个和平、恬静、秩序井然的乌托邦世界,"重构在后现代城市中不可能存在的完整黑人社会"(曾艳钰52),塑造了一个没有种族压迫与阶级统治,两性达成和谐的完满的黑人生存社区,展现了非裔美国人对美好世界的憧憬。在内勒所建构的这个世界里,它所具有的男女平等互助的群体精神与美国现实社会的物质主义、种族主义和性别主义形成鲜明反差,展现了对理想关系模式的追求。通过呈现乌托邦社会之美,内勒批判了社会现实之弊。

总之,内勒在《黛妈妈》中乌托邦表征的运用大大增强了小说的深刻性。同时,她以充沛的激情和大胆的构想所表现出的社会良知和个人责任,表现了她对黑人文化传统和命运的关注和强烈的民族情感,也体现了这位人本主义学者的终极关怀。内勒作品所倡导文学的乌托邦精神,对文学本身的发展而言,无疑也具有深刻的意义。

注解【Notes】

* 本文为中央高校基本科研业务费专项资金资助(Supported by the Fundamental Research Funds for the Central Universities)项目"格洛丽亚·内勒小说研究"(项目编号:2012XX006)的部分研究成果。

[1] 传统认为母权是一个与父权相对立的概念,但并非如此,母权绝不是女性占有并控制男性。20世纪70年代第二次女性浪潮期间兴起的"母权研究"学派(Matriarchal Studies)呼吁对母权进行重新定义,其代表人物 Göttner-Abendroth 将"母权"界定为"非父权",从而修正了传统观念对母权的偏狭认识。本文沿用母权(matriarchy)的这层涵义。

引用作品【Works cited】

Andrews, "Larry. Black Sisterhood in Gloria Naylor's Novels", Henry Louis Gates Jr, (ed.) *Gloria Naylor: Critical Perspectives Past and Present*. New York: Amistad, 1993: 285-301.

Eckard, Paula Gallant. "The Prismatic Past in Oral History and Mama Day", MELUS 3 （20）, *History and Memory*, Autumn, 1995：121-135.

Fowler, Virginia C. *Gloria Naylor：in Search of Sanctuary*. New York：Twayne Publishers, 1996.

Hall, R. Mark. "Serving the Second Sun：The Men in Gloria Naylor's Mama Day", Shirley A. Stave, （ed.） *Gloria Naylor：Strategy and Technique, Magic and Myth*. Newark：University of Delaware Press, 2000：77-96.

Lamothe, Daphne. " Gloria Naylor's 'Mama Day'：Bridging Roots and Routes", *African American Review*. 1/2(39) (Spring 2005)：155-169.

Levitas, Ruth. *The Concept of Utopia*. Syracuse University Press, 1990.

Lewis, Arthru O. "The Utopian Hero", Kenneth M. Roemer （ed.） *America as Utopia*. New York：Burt Franklin& Company, 1981.

Michelle, Loris C. "Interview：The Human Spirit is a Kick-Ass Thing", Sharon Felton and Michelle C （ed.） *The Critical Response to Gloria Naylor*. Loris. Westport, Connecticut：Greenwood Press, 1997：253-264.

Naylor, Gloria. *Mama Day*. New York：Ticknor & Fields, 1988.

Pfaelzer, Jean. *The Utopian Novel in America*, 1886-1896：*the Politics of Form*. Pittsburgh, Pa.：University of Pittsburgh Press, 1984.

Sargent, Lyman Tower. "Changing Utopia：Utopianism as an Essential Element in Political Thought and Action", Tom Moylan and Raffaella Baccolini, （eds.） *Utopia Method Vision：the Use Value of Social Dreaming*. New York：Peter Lang, 2007.

Tharp, Julie. "The Maternal Aesthetic of Mama Day", Shirley A. Stave （ed.） *Gloria Naylor：Strategy and Technique, Magic and Myth*. Newark：University of Delaware Press, 2000：118-131.

嵇敏：《美国黑人女权主义视域下的女性书写》,科学出版社 2011 年版。

马少华：《想的很美：乌托邦的细节设计》,中国青年出版社 2011 年版。

梅丽：《两性乌托邦》,载《外国语》2009 年第 6 期,第 72—78 页。

宁骚：《非洲黑人文化》,浙江人民出版社 1993 年版。

谢江平：《反乌托邦思想的哲学研究》,中国社会科学出版社 2007 年版。

姚建斌：《乌托邦小说：作为研究存在的艺术》,载《北京师范大学学报》（社会科学版）2003 年第 2 期,第 105—114 页。

曾艳钰：《再现后现代主义语境下的种族与性别——评当代美国黑人后现代主义女作家歌劳莉亚·奈勒》,载《当代外国文学》2007 年第 4 期,第 47—55 页。

《拯救溺水鱼》与电影化叙事策略

邹建军　周亚芬

内容提要：谭恩美第五部长篇小说《拯救溺水鱼》以电影化叙事策略来表现主题"拯救的悖论"。作者采用幽灵叙事手法，利用幽灵无所不知、无所不能的能力，在视点转移、空间视觉化呈现和蒙太奇组合等方面，将其与摄影机所拥有的功能等同起来，在言说别人的同时，也在表述自我。但是，谭恩美并没有以丧失小说特有的审美品性为代价，而是在成功借鉴"电影化叙事"模式的基础上，形成了个人的独特风格，发挥了一种非凡的艺术创造能力，同时也体现了现代小说与电影化叙事手法相结合的成功尝试。

关键词：谭恩美　《拯救溺水鱼》　电影化叙事　小说艺术

作者简介：邹建军，华中师范大学文学院教授，博士生导师，主要研究文学地理学与比较文学；周亚芬，华中师范大学文学院硕士研究生毕业，主要研究美国华裔文学。

Title：The Film-like Narration Strategy of *Saving Fish from Drowning*

Abstract：*Saving Fish from Drowning*, the fifth novel of Amy Tan, expressed the theme of "the paradox of salvation" with the strategy of film-like narration. Through the narrative method of ghost, Amy Tan utilized the omniscience and omnipotence of ghost to equate the function of camera with it in the respect of viewpoint transform, spatial visualization and Montage composition, expressing the self when discussing the other. But, instead of losing the aesthetic characteristic of novel, Amy Tan formed her own style and performed her outstanding artistic creative ability on the basis of "film-like narration" mode, embodying the successful combination of modern novel and film-like narrative skill.

Key words：Amy Tan　*Saving Fish from Drowning*　film-like narration　art of fiction

Author：**Zou Jianjun**, Professor of School of Chinese Language and Literature, Central China Normal University, majoring in literary geography and comparative literature. **Zhou Yafen**, a master of School of Chinese Language and Literature, Central China Normal University, majoring in Chinese American Literature.

小说的叙事有多种多样的方式，所以当我们讲到叙事学理论的时候，就会产生多种多样的可能性界说：地理叙事、伦理叙事、生态叙事、历史叙事，五花八门，不一而足。而电影化叙事则是侧重于艺术与形式的一种经典叙事方式，为现代小说作家所看重。

电影化叙事也是美国华裔作家谭恩美长篇小说的显著特征，从其第一部长篇小说《喜福会》中，就已经有所表现。这部创作于1989年的长篇小说，一经问世就产生了极大反响，继而于1993年被华人导演王颖搬上了荧屏，使得它及其作者谭恩美在美国家喻户晓。第一次触电成功，对谭恩美的小说创作产生了重要影响，电影化叙事也因之被应用在后来的小说中，并且形成了鲜明的个人风格。所谓"电影化"叙事，是指"以电影化的手段来进行叙事，即用非语言的手段、技巧来表现人物和情节"[1]，主要就是利用语言手段将自己的虚构和想像与电影的创作技巧（比如视点的移动、画面效果、场面调度、蒙太奇手法等）相结合而创造出来的一种新的叙事方式。《拯救溺水鱼》是谭恩美最新的长篇力作，也是运用电影化叙事最为成功的一部作品，作家借助"幽灵叙事"的方式，将这种叙事手法发挥到了极致，达到了很高的艺术境界。《拯救溺水鱼》的主体内容是一个"幽灵"所讲述的故事，以一个美国旅行团到东南亚地区旅游的经历为线索，表现了"拯救的悖论"主题。谭恩美是如何将电影化的叙事方法融合在小说里面，从而形成自己独特的艺术风格，从而表现出作者在美学上的一贯追求的呢？电影化叙事虽然是谭恩美的一种叙事策略,但是其立足点并不在于如何表现其技巧,而是以此为主导,将其他电影化叙事方法融贯其中,并借此来探讨叙事背后更深层次的政治、文化、民族的相处与融合,以及人类的未来走向等重大主题,也正是在这一点上,谭恩美表现出了作为一个跨文化书写者的责任感和道德感。

一、显著的"幽灵叙事"

与其他作家不同的是,对于以影像的方式来讲故事,谭恩美似乎有着一种天然的敏感性,她说:"通过观察,我生活中的每件事情皆有可能转变成影像或者问题,如果幸运,还可能激发出创作灵感,虽然事情本身可能微不足道。"[2]《拯救溺水鱼》中对"幽灵叙事"的选择,可以说是这种影像转换的绝佳例证,而"幽灵叙事"本身则是谭恩美运用电影化叙事手法构造出的首要特征。

《拯救溺水鱼》是一部旅行小说,其叙事主体是一个"幽灵",即主人公之一陈璧璧。在写作这本小说的时候,作者说她需要找到一个"全知"的叙事者,而"这个叙事者是一个对什么事都很有意见的人"[3],因此,"幽灵"陈璧璧就以这样的性格特征担当了小说的叙事者。陈璧璧是华人的后代,第二次世界大战结束时随同家人从中国上海移民到美国旧金山,以一个成功的商人形象,成为当地的"社交名媛"。她原计划作为领队带领一个美国旅行团到包括中国云南在内的东南亚地区旅行,却在出发前夕莫名其妙地死去;一心要弄清死亡真相的她,随后化身为"幽灵",跟随自己的十二个美国朋友,从旧金山出发来到遥远的东南亚,完成了既定的探险之旅,也明白了自己死亡的真相。小说通篇也就是作为"幽灵"的陈女士对这一旅行历程的自述。该书以第一人称"我"来讲述"幽灵"的所见所闻,因此,实际上就是作为小说作者的谭恩美,以"幽灵叙事"的方式在讲自己的所见所闻。"幽灵"以一种特殊的形态存在——"虽然用普通人的感觉,对我的存在来说没有用。但我可以存在于意识中,而不是现实的物质世界"(76)——在谭恩美的描述中,"幽灵"具有无与伦比的神通:她可以透视物体,看到常人看不到的事物;可以透视别人的心灵,觉察他们不为人知的内心世界;可以瞬间飞越万里,从东南亚的原始森林一下子回到遥远的旧金山,并将发生在不同地区不同时间的事件,以一种电影蒙太奇的方式组合在一起,并一一呈

现出来,在读者面前铺设出了一幅幅繁复无比的画面。正因为"幽灵"的这种无所不知、无所不能以及自由表述的能力,使得她拥有了一种"神仙的视角"[4],在叙事上获得了巨大的发挥空间。从电影叙事的角度来讲,与摄影机在电影中的讲述能力极为相似,但是在某些程度上,却又超越了摄影机的叙事局限,可以说,"幽灵叙事"就是《拯救溺水鱼》采用电影化叙事的最重要的技巧之一。

爱德华·茂莱在《电影化的想象——作家和电影》一书中曾经指出:"在一个以语言为主要手段的作家手里,电影技巧能帮助他以一种更富有动力和含义的方式开掘他的主题,达到非此难以进入的境界。"[5]幽灵好比是一台不断移动的摄影机,而幽灵的眼睛也好比是摄影机的镜头,这就意味着幽灵之所见也正是作者之欲呈现。幽灵无所不知、无所不能,在一定程度上充当了一个全知全能的主观叙事者角色,其在视点转移、场景描摹、人物内心表现和场面组合方面具有非凡的能力,而电影中的众多镜头,也是利用摄影机不断地推、拉、摇、移、跟、升、降、旋转和晃动等各种运动形式,形成了电影特有的动感和节奏。《拯救溺水鱼》作为一部旅行小说,其中的人物从旧金山来到东南亚,空间在不停地改变,场景也在不断地移动,人物的活动丰富多彩,特别是到了小说的后半部,其所牵涉的各种政治势力的角逐更是显得异常复杂,而作者却将其表现得游刃有余,可以说谭恩美正是在效法影视艺术这种叙事特点的基础上,为作品创造了一种动感的印象,改变了小说沉闷的叙事节奏,使之变得轻快而有力。首先,在小说的开始,谭恩美让"摄影机"采用俯拍的方式让幽灵陈璧璧来叙述自己的葬礼。她说:"我的葬礼有幸空前盛大,约有八百人出席了葬礼,还包括一条狗。"(4)这是她豢养的宠物狗,由这条狗,她引出了该书的主人公之一——驯狗师柏哈利。然后,她又依次介绍了她的好朋友薇拉,和即将随团旅行的其他成员,对他们每个人的职业、爱好、生活习惯、旅行动机都各自做了详细说明,显示了她作为一个"全知"者无所不知的一面,相当于对电影背景的一个全面而详细的介绍。在旅行团乘飞机即将到达兰那王国时,她又继续采用这种"俯拍"的方式,将兰那王国的自然风景展现出来,小说写到:"只见下面全是一片绿色,层层叠叠的山峦,幽深可怕的

峡谷,间或蜿蜒曲折的公路……机场外面是大片的森林,即便冬天仍然绿得扎人眼球。"(79-80)绿色是生命的象征,这为旅行团成员们在接下来的遭遇中不期然地得到灵魂的新生埋下了伏笔。而在小说的结尾,所有的故事即将尘埃落定时,被"拯救"出原始森林的南夷部落的人们,面对着无法适应的光怪陆离的社会——"他们躺在垫子上,注视着将天空遮盖的树顶……夕阳西下,星辰坠落,他们开始回忆,听到一百面青铜鼓的敲打,一百支牛角齐鸣,一百只木头葫芦呜咽,风笛唧唧,铃声回响,小溪汩汩……",则又采用了仰拍的镜头:人们无望的眼神,空茫地注视着头顶浓密的枝叶,背景逐渐淡出画面,往昔的生活梦一样地呈现在眼前,那是他们再也回不去的故乡……可以说,谭恩美正是将摄影机多方位、多角度的拍摄技巧灵活地运用在自己的叙事当中,从而极大地改变了小说原有的叙述方式,使小说中人或物的位置比固定的画面更生动更突出,也起到了意在言外的效果。"摄影机所造成的运动,或者说主体视点的运动,是影视艺术对小说的最大的贡献,它标志着一种新的小说笔法的诞生……从根本上改变了小说内容的性质,使之得以崭新的面貌出现。"[6]不管怎么说,谭恩美对移动镜头的得心应手的运用,给《拯救溺水鱼》带来的叙事效果,比任何语言的描写都更为有力。

但是,作品虽然大量运用电影化的叙事方式,谭恩美还是尽量避免电影对人物内心世界挖掘不够的缺陷,让幽灵的眼睛窥探到人们的内心深处,她让幽灵自说自话:"他们的思想好像是我的,他们的动机和渴望,负罪感和悲伤……瞬间涌入我的大脑……有了这种能力,我就可以听到朋友们的心里话了。"(28)为了表明幽灵叙述的客观性,她强调:"我没有偷窥他人的习惯。但现在我有了神奇的能力,这是天眼所见,天耳所闻,我还能进入别人的大脑。"(56)因为有了这样一种超凡的能力,幽灵得以知道每一个人的心理活动,包括他们的起心动念,哪怕是操着不同语言的陌生人。谭恩美赋予了幽灵如此"神通",从另一个角度来讲,可能正是为了避免小说在人物表情刻画和视觉化表现方面的不足而聊加弥补的一种措施,从而为她自由地、多角度深入地表现人物深化主题做下铺垫。

二、视觉化的空间营造

小说是语言的艺术,而电影是视觉的艺术,电影的长处在于在空间和视觉造型上拥有广阔的天地,小说似乎稍逊一筹,但是小说在视觉化描写和空间建构上,也并非完全无所作为,恰恰相反,语言描写的魔力完全可以通过对接受者的想象力施加影响,来发挥巨大的"造型"作用,因此,同样可以给人以视觉化享受。对于如何以语言的方式来传达视觉化的效果,谭恩美早在《〈喜福会〉与好莱坞》一文中就说过:"现在我想,至少在视觉构图方面,我的想象力和摄影机很相似。我的想象力总是先预构出五六个场景,之后从各种不同的视角去捕捉镜头。"[7]谭恩美认为,想象力与摄影机的相似性,主要体现在视觉构图方面,而所谓的视觉构图,实际上是指摄影中的画面安排,即通过确定画面中各个部分之间的相互关系,而使它们构成为一个和谐的整体。一个完整的构图,不仅包括光、影、线条和色彩的合理搭配与有机融合,更重要的在于如何通过这些构图来突出主题和作者本人的审美意图。同时,从这段话也可以看出,从一开始谭恩美就在小说创作中,有意识地进行一种与电影化叙事相融合的尝试,并试图突破传统小说在视觉化效果方面的局限。在长篇小说《拯救溺水鱼》中,一方面借助幽灵叙事类似摄影机的叙事技巧,继续发挥小说语言艺术的魔力,另一方面又将电影在空间和视觉造型上的长处,借助语言的形式表达出来。首先是在游客们初到云南丽江的第一个早晨:

早上七点,马塞先生叫起洛可和海蒂,还有年轻淘气的鲁珀特、埃斯米,以及怀亚特和温迪。

他们走出酒店,慢跑穿过丽江古镇,在崎岖不平的石头路上,绕开地上的猎犬们。鲁珀特和埃斯米超过了马塞先生。

…………

清晨的空气带着高山上的芳香,他们可以闻到烟火的味道,听到劈啪作响的烧烤声,甚至感到数百年前路过此地的忽必烈骑兵军团的马蹄声。

"要追上你啦!"

他们高喊着绕过一群纳西女人,她们都背着九十来磅重的松针。[8]

这是一组动态的镜头,仿佛摄影师采用跟拍的技术摄下的极具动感的画面,一方面是幽灵叙事的延伸,另一方面又在视觉上给人以极大的吸引力,提供了极为丰富的空间信息:高山之巅,空气中有着湿漉漉的甜香,有人间烟火的气息、异域的风光,四周的风景随着他们轻快的脚步飞一般地往后掠过，游客们兴奋的心情溢于言表，他们在异域他乡享受到了一种久违的自在的快乐。这样生动的文字描写，在读者心中唤起的是一幅幅活生生的电影画面：景色优美，音响和谐，节奏轻快，伴随着场景的移动，文字描写借助摄影机的运动，发挥了它不可思议的叙事功能，营造了一种人天和谐的美好画面。与此同时，谭恩美也巧妙地利用了小说的技巧弥补了电影叙事的不足，比如空气的"芳香"、烟火的"味道"、"马蹄声"等等，这些感官描写本非电影所长，而读者借助小说的描写，却自由地发挥联想，丰富了小说的内容。

"不管是不是叙事上的主观，移动的摄影机的眼睛、镜头的移动取景成为我们的眼睛和注意力的代理人。"[9]镜头的移动带来的最大的改变就是空间的转换，而空间是电影相当重要的元素，它所承载的信息往往大于它自身，这就是电影空间的言说能力。作为一部充满旅游元素的作品，《拯救溺水鱼》中更多地表现为一种影像化的空间建构，先看下面这段描写："两艘船发动了，不一会儿就在风信子和漂浮的植物中穿梭。他们转入了一条小河，穿过灌木丛的河岸，岸边有女人们用桶打水，倒在孩子们身上。"（135）人物和风景呼之欲出：小船在移动，风信子往两边倒去，两岸的风景飞速后退，女人和孩子告诉我们，这里有着与现代化大城市完全不一样的风俗。空间一个接一个快速地进入人们的眼帘，又飞一般地快速离去，似乎没有什么特别之处，但是联系到小说的主题，就发现它们实际上是在告诉人们，只有这些远离尘嚣的自然生活，才是"拯救"现代大都市人们精神荒芜的良药。游客们冒着风险穿越原始森林，来到土著部落们居住的"无名之地"时的场景，一方面更是视觉化的效果，另一方面却是一种难得的空间架构，空间的隐喻色彩也在其中得以体现。

> 最后卡车停了下来。乘客们把头伸出车外，这里的树木要高得多，树冠非常密集，只有细微的光线能射进来。
> ……我的朋友们已经爬下了卡车，他们看到一个枝叶茂盛的拱门，通向一个未知的世界，犹如爱丽丝的仙境。
> 旅行者们又回到车上，卡车开始倒退。随着一声引擎的轰鸣，卡车已正对着神秘大门。植物不断被刮到折断，为他们让开了一条路。卡车挤进拥有反抗力的入口，

> 就像新生的婴儿冲出母亲的身体。
> 他们进入了一片绿色的新世界。真是一片充满活力的世界！（153）

这是一组跟拍的镜头，给人以强烈的视觉冲击力，同时鲜明的隐喻色彩也赋予了文字鲜活的生命力：游客们乘坐的卡车车厢是一个相对封闭的空间，令人窒息，象征着他们以前的生活状态。原始森林给人的视觉化冲击力恰恰在于它触目可见的绿色，而这正是生命与希望的象征，"枝叶茂盛的拱门"意味着已知世界和未知世界之间的通道，而未知的总是充满各种可能性。卡车挤进拥有反抗力的入口，恰好与新生儿的出生形成一种对应，其中的隐喻性不言而喻，一个崭新的"充满活力的世界"也随之打开，暗示着游客们将在这片意想不到的天地里得到灵魂的"拯救"，获得新生。《拯救溺水鱼》将空间以一种特别的方式组合在一起，从而与电影叙事空间在艺术的隐喻性方面达到了高度的一致。

谭恩美的语言既充满了文学性，又洋溢着电影化的色彩，在视觉形象和空间造型上所显露出的那种电影化的质感，非常引人入胜；同时，文字已简化成为一种载体，通过文字在读者心中唤起的感官体验及其所蕴含的隐喻意味，则表达了文字本身所不具有的视觉体验。因此，约翰·伯格等人认为，"这样的瞬间在文学作品里屡见不鲜，但是它们本身却不属于文学，而属于视觉"[10]。谭恩美正是借用电影在视觉表现上的唤醒力，使她的文字插上了翅膀，让读者的想象也相随着飞扬。

三、高强的蒙太奇

"影视艺术产生之后，逐渐形成了一套相对独特的艺术语言，如蒙太奇特写剪接、空镜头溶入、溶出、叠化等。这些技巧一旦成熟之后，又反过来对小说技巧发生影响。"[11]这种影响是深远的，对于曾经参与过电影《喜福会》拍摄的谭恩美来讲，蒙太奇艺术甚至成了她结构小说的主要手法。如前所说，《拯救溺水鱼》是一部旅行小说，其空间跨度相当大，从现代化的美国大都市到遥远的东南亚热带地区再回到美国，里面活动的既有美国人、中国人、兰那人，也有丛林中的土著部落等等，这些人身份各异，不光有贫民、艺术家，还有导游、政客、媒体记者，甚至还有间谍等，他们每个人又不是孤立的个体，往往是一个群体的

代表,从而构成了该书复杂的人物关系网络。因此,要想把如此广阔的场景和人物关系厘清,并不是一件容易的事情,而借用"幽灵叙事"以蒙太奇的手法加以表达,则体现了谭恩美在小说创作上不拘一格的天才想象。

在小说的后半部,当游客们误打误撞地进入丛林中的"无名之地"被外界宣告"失踪"时,各种媒体、官方势力开始以各种理由介入,这时所有的故事都在不同地点同时展开,而这些发生在不同地区的故事,又不约而同地指向同一个目的,那就是如何找到"失踪者"并把他们"拯救"出来。幽灵陈璧璧这样说:"凭着佛赐予的能力,我能够安全无阻碍地飞行。"(161)这就使她得以将几组空间里同时发生的故事无缝地衔接起来,从而造成蒙太奇效果。在这个过程中,谭恩美不仅叙述了旅行队们与丛林中部落人们相处的生活细节,又叙述了新闻媒体对这件事的反应,及他们无所不用其及的新闻报道手段;这还不算,她又将上至美国政府、官员、失踪人员家属的相关情况以及他们对这件事的反应叙述得非常详尽;与此同时,一向故步自封的兰那王国,也被这件事情卷入到了国际纷争的漩涡里面⋯⋯在作者将这些故事娓娓道来时,那些空间的转换、衔接、淡入、淡出、闪回、叠加等原本属于电影欣赏过程中的体验,却每每呈现在了读者眼前,既让人感觉眼花缭乱,又感到乱中有序,并且始终围绕着"拯救"这个主题展开,而其中各种势力强与弱的对比,并非"失踪"的游客和部落人们之间的友好相处与外界各种关于他们被绑架、或遭恐怖袭击的盲目猜测之间构成了强烈的对比,形成了极大的讽刺,而"拯救"的指向性也因之鲜明地凸显出来。

罗钢在《叙事学导论》一书中说道:"故事讲述者与故事的关系有点像一个电影导演与剧本的关系,当导演开始拍摄的时候,他首先要确定的是哪一个角度或是哪一系列角度的组接和变化能够最有效地将故事呈现给观众。"[12]《拯救溺水鱼》中的"幽灵"充当了摄影机的作用,摄影机作为影像表现的一种工具,它实际上承载着导演本人带有一定主观意图的言说功能,说什么,怎么说,以哪种立场、哪种角度来说——限制性的抑或非限制性的、客观的抑或主观的、批判的抑或褒扬的等等——完全是由导演来决定的,摄影机只起着忠实记录的作用。因此,从另一个角度

来说,摄影机在忠实于自己所叙述的事实之外,也在泄露着导演本人的意图,即它在言说别人的同时也实现了自我言说。在这部小说中,作者谭恩美力图表现拯救的悖论主题,从标题"拯救溺水鱼"即可看出来:鱼本来是一种水生动物,而人却要主观臆断地把它从水中"拯救"出来以免它被"淹死",这本身就是一个荒谬的悖论。而作者所要表达的则是,诸如此类的悖论在我们的生活中其实比比皆是,就像文中提到的"老水牛"、"我"——陈璧璧、东南亚贫困地区的人们、热带丛林中的南夷部落等等,无不是美国人眼中的"被拯救"的对象,因此,"溺水的鱼"实际上就是一个带有隐喻性的符号,指代一切需要"被拯救"的对象,然而在拯救与被拯救之间,却存在着一种奇特的关系,在作者谭恩美以蒙太奇的方式将这些意象罗列在一起时,其所产生的悖论意味昭然若揭。

在我们这个时代,电影、电视已经成为人们生活的一部分,人们借助它们认知、了解世界,同时也被动而不自觉地接受它们对自己认知和参与生活方式的改造,这一变化也包括艺术领域,小说、建筑、绘画、雕刻等艺术产品也无不被打上了它们的烙印,既改造着它们,也被它们所改造,而小说的"影视化"则被认为是"现代小说创作的新景观"。[13]作为一个作家,谭恩美无疑是紧跟时代步伐的,第一部长篇小说《喜福会》的"触电"成功,直接促使她个人影视化创作风格的形成,其实她后来许多作品都是为电影改编做准备的。作家也是人,他/她必然会受到时代的影响,但是谭恩美并没有为了一味地追求"电影化"的色彩而牺牲小说自身的创作规律。在《拯救溺水鱼》中,她利用"幽灵"倾听人物对话和心声的特长,对人物的心理进行了细致深入的刻画,而这正是小说长于电影叙事的地方。因此,虽然电影化的叙事方式对谭恩美的影响非常之深,但是她仍然坚守了小说创作的底线,没有失去一个小说家的本色。从这里可以看出,谭恩美一方面在将电影化的叙事模式拿来为我所用,另一方面她也非常清醒地认识到,电影化的叙事手段只能作为小说创作技巧的一个有益补充,而绝不能成为它的附庸。这也就是为什么从第二部小说《灶神之妻》开始,她就放弃了电影的改编计划,尽管这样做给她造成了巨大的损失,但是就如她所说的那样:"我本质上还是一个小说家,而不是一个编

剧,为了对电影的屈从而牺牲了我作为一个小说家的自由,这是我不愿意的。"从这里可以看出,谭恩美实际上是一个态度非常严肃的作家,也是一个有原则的作家。她之所以不可避免地受到了电影技法的影响,也是因为时代使然,但是在内心深处对自己有一个准确定位。因此,我们完全可以用下面这段话来肯定谭恩美的努力,即爱德华·茂莱在他的《电影化的想像——作家和电影》一书中讲到的:"如果要使电影化的想像在小说里成为一种正面的力量,就必须把它消解在本质上是文学的表现形式之中,消解在文学地'把握'生活的方式之中。换句话说,电影对小说的影响只有在这样的前提下才是有益的:即小说仍是真正的小说,而不是冒称小说的电影剧本。"[14]从这个角度上讲,谭恩美的长篇小说《拯救溺水鱼》对电影化叙事模式的追求和借鉴无疑是清醒而成功的,显示了作家在创作上的不断创新与开拓精神。

　　然而,小说与电影虽然分属于不同的文艺学门类,一个是属于文学中的小说,一个是属于艺术中的电影,然而也存在诸多的相通之处。在所有的文学文体中,也许小说离电影是最近的,因此,根据小说文本改编为电影是顺理成章的事情。谭恩美虽然深知此理,并且也一直在小说的电影化叙事方面走在时代的前列,然而她也知道小说与电影毕竟有所不同,语言艺术还有更大的创造空间,也有更加多样化的手段为小说叙事的成功提供帮助,所以她在小说中求得了两个方面的平衡,让小说艺术达到了很高的境界。一位美国华裔女作家,以自己的小说艺术实践为现代小说理论体系提供了某种新的观点。

注解【Notes】

[1]　[美]詹妮弗·范茜秋:《电影化叙事》,王旭锋译,广西师范大学出版社 2009 年版。

[2]　[美]谭恩美:《我的缪斯》,卢劲杉译,上海远东出版社 2007 年版,"致读者"。

[3]　中国侨网:《美国华裔作家谭恩美五年磨一剑:〈救鱼不淹死〉》,2005 年 10 月 20 日。

[4]　董小英:《叙述学》,社会科学文献出版社 2001 年版,第 70 页。

[5]　[美]爱德华·茂莱:《电影化的想象——作家和电影》,邵牧君译,中国电影出版社 1989 年版,第 307 页。

[6]　申载春:《影视时代的小说技法》,载《青海师专学报》2004 年第 2 期,第 79 页。

[7]　[美]谭恩美:《〈喜福会〉和好莱坞》,《我的缪斯》,卢劲杉译,上海远东出版社 2007 年版,第 122 页。

[8]　[美]谭恩美:《拯救溺水鱼》,蔡骏译,北京出版社 2006 年版,第 46—47 页。

[9]　[美]大卫·波德维尔,克莉丝汀·汤普森:《电影艺术:形式与风格》,彭吉象等译,北京大学出版社 2003 年版,第 234 页。

[10]　[英]约翰·伯格,[瑞士]让·摩尔:《另一种讲述的方式》,沈语冰译,广西师范大学出版社 2007 年版,第 96 页。

[11]　申载春:《小说:在影视时代》,南京师范大学博士学位论文,第 40 页。

[12]　罗钢:《叙事学导论》,云南人民出版社 1994 年版,第 159 页。

[13]　申载春:《影视时代的小说技法》,载《青海师专学报》2004 年第 2 期,第 79 页。

[14]　[美]爱德华·茂莱:《电影化的想象——作家和电影》,邵牧君译,中国电影出版社 1989 年版,第 302 页。

论福克纳《野棕榈》的地理空间对位

张　静　陈海容

内容提要：在小说《野棕榈》中，福克纳以其对艺术的敏锐感受力打通了音乐谱曲与文学写作的精髓要义，于两个下属文本的交替讲述中，构建起相反相成、宏大深远、丰厚隽永的地理空间对位关系。论文主要从地理空间的差异性、认同性和隐喻性三个方面来分析《野棕榈》中的地理空间对位。正是在地理空间对位的基石上，才演绎出主题、人物、叙事、意象等多层面的丰富对位，整部小说因此而获得了一种超越于两个文本之上的回声缭绕般的谐音美质，具有了宏大深沉的效果和震撼人心的力量。

关键词：文学地理学　福克纳　《野棕榈》　对位法　地理空间

作者简介：张静，黄山学院文学院教师，近期主要从事文学地理学研究；陈海容，黄山学院英语系教师，主要从事英美文学研究。

Title：On Geographical Spatial Counterpoint of Faulkner's *The Wild Palms*

Abstract：With his keen artistic sensibility, Faulkner draws on the counterpoint of composing music while creating *The Wild Palms*, which consists of two interwoven subordinate texts that construct an opposite and complementary, magnificent and profound, rich and meaningful geographic space counterpoint. This article will analyze the counterpoint from the angle of differences, identifications, and metaphorical meanings of geographic space. Based on the counterpoints of geographic space, such aspects as subject, character, narration, and image of the novel echo mutually and thus make the whole novel coherent and obtain a harmonious nature with profound and soul-stirring effect.

Key words：Geography literature　William Faulkner　*The Wild Palms*　counterpoint　geographic space

Author：**Zhang Jing**, a teacher at the College of Literature of Huang Shan University (Huang Shan 245041, China). Recent academic interest in geography literature. **Chen Hairong**, a teacher at the Foreign Department of Huang Shan University (Huang Shan 245041, China), mainly doing research on British and American literature.

《野棕榈》是福克纳刻意采用音乐中"对位法"（counterpoint）[1]的谱曲方式创作的一部小说，包括两个下属文本"野棕榈"和"老人河"。"野棕榈"讲述威尔伯恩抛弃了即将获得的行医资格，夏洛特抛弃了丈夫和两个女儿，两人一起私奔却始终受制于金钱、受制于别人的眼光，流离的生活中夏洛特意外怀孕，最后威尔伯恩不得不帮她堕胎，然而手术失败，夏洛特渐渐衰弱死去，威尔伯恩因此被捕入狱，开始了五十年的监禁生活。"老人河"讲的是密西西比河畔一个高个犯人在洪水中受命营救受困孕妇，经过四个星期的艰难漂流，终于完成使命返回监狱，却因"企图越狱未遂"[2]（福克纳 284）而被加判十年。

这是我们读过小说之后梳理出来的两条情节线索，然而，福克纳显然不愿简单地追随情节线索而动，他采取了一种独特的结构方式，将这两个文本以章节为单位交错讲述，交叉推进。虽然时间维度上情节线索会间或断裂，但在地理空间上却因两个文本的并置而获得了别开生面的效果。

在两个文本交替讲述的场景跳转中，相反、相成、相通的地理空间印象不断在读者头脑中对照、互补、叠现，在宏观层面上精妙互补、潜在交融，在微观层面上动态对照、流动突破，在隐喻层面上暗合互渗、萦绕共生。这种幽微、厚密的对位手法，细腻、丰满的艺术效果，确已达成了福克纳的愿望："我想要同一个音乐家那样做，音乐家创作一个乐曲，在曲子里他需要平衡，需要对位。"（转引自李文俊 291）而他那不露斧凿痕迹的地理空间对位技法，也隐隐折射出音乐中"对位法"的三大规律即对抗律、互补律和置换律的精髓要义。

一、对抗律：地理空间的差异性

音乐谱曲的对抗律，其"本质是以对立作为双方能够同时存在的先决条件"，"欲增加各声部的独立性，就要增加对抗的程度"（陈铭志 6）。在小说创作中追求"对位"的效果，最基本的前提就是小说内部的分化及其差异性。只有在各部分之间独立、对立的关系中，对话才得以展开，对位才得以存在。在这部小说中，分属"野棕榈"和"老人河"的两个地理空间系统彼此分离、对立互峙，表现出较强的差异性。一个主要表现为封闭的社会空间，另一个主要表现为开放的自然空间，一个是对人的力量的禁锢，另一个则是对人的力量的激发。在两个对抗的地理空间系统中，上演了对立的人物性格、对立的人物关系、对立的情节走向、对立的冲突性质，以及对立的价值倾向。对位文本以其"绝对对立面"[3]的特点与正位文本形成分庭抗礼的态势，进而获得独立性。而在文本分化的过程中，起到基础性作用的，正是地理空间的差异性。

（一）社会空间对人的禁锢

"他想：这是城市造成的，我想是城市。城市和冬天一起，两者联合，强大得我们受不了，有时候——冬天驱赶人们进入四壁之内，无论他们在哪里；可是，冬天一旦和城市联合在一起，就构成一处地牢；人们逐日频频犯罪，甚至通奸卖淫也不成为罪过。"（108-109）

这是"野棕榈"中的男主人公威尔伯恩的一段内心独白。在他的感知中，四壁之内的城市生活犹如封闭的牢笼，它对人的禁锢如影随形、无所不在。不管野棕榈情侣向往多么自由的爱情，他们仍不得不生活在人类社会特别是城市之中。城市是一个空间高度规划的场所，它的空间规划和空间分配是一种无形的力量，"影响、指引和限定人类在世界上的行为与方式的各种可能性"（菲利普·韦格纳 137）。空间本身就是一种社会主导价值和运转模式的体现者。当这一对情侣决定抛弃世俗观念，为这份"非法的爱情"（70）而私奔时，他们就站在了社会价值的对立面。所以，不管漂泊到哪个城市、城市中的哪个地方，他们都只能做"命中注定的弱者"（120）。

野棕榈情侣在漂泊的过程中，也接受过社会规约的归化，那是他们在湖滨别墅钱粮告罄，不

得不回到芝加哥市区寻找工作来糊口的时候。这一段时间他们居住在靠近公园的公寓，一个他们"应该"居住的地方，是"一个供结婚两年、年收入五千元的人居住的地段，这是由市政法令和建筑式样决定的"（115）。"市政法令"之类的社会意志体现在空间的规划和分配中，通过对空间的精细划分来实现有效的监管和控制。既定的空间分配体制，使得人们围绕社会主导价值有序运转。尽管威尔伯恩并不苟同，但他也意识到普遍存在的生活模式：

"那样的丈夫，每个星期六领一个装着工资的信封，城郊有一幢带游廊的平房，里面满是不让妻子动手干活的电动机械"，"如果他十年内不被解雇或者不出车祸，这幢平房将归他所有"。（113）

事实就是，只有依照社会的运转模式生活，才能"有一幢带游廊的平房"，才有存身之处。威尔伯恩和夏洛特这时所做的正是"赚钱支撑住房的租金"（111），他们似乎在不自觉中渐渐融入到攘攘熙熙的社会洪流中，融入到高度分化、严密组织的社会空间里。威尔伯恩为三流杂志撰稿，夏洛特在夜间为一家百货商店布置橱窗。百货商店虽然不大，却俨然是一个高度组织化的场所，白天这儿"充满了佩戴毛领顾客的贪婪无情的喃喃低语，身穿绸缎像机器人般的女售货员的不自然的机械笑容"；到了夜间，"会有干苦力活儿的妇女出现，她们双膝跪在地板上，不时推移身前的水桶，仿佛她们是某个另类物种，刚像鼹鼠一样从大地自身基脚的某个地道或孔穴爬出来"。（103-104）百货商店这样一个典型的现代性社会空间，以某种社会法则把营业员和女劳工禁锢在一天中的某一时段，为实现百货商店的空间功能而劳作。社会法则及其强制实现的方式显然是不公平、不正义的，然而，更让人难以认同的一点还在于它对爱情的禁锢。

忙碌且晨昏错位的生活方式，使野棕榈情侣渐渐流失了爱情。当百货商店在圣诞节后还留夏洛特继续干下去的时候，威尔伯恩决定带夏洛特离开繁华喧嚣的芝加哥，去寻求她所想的能容纳爱的地方。可在出发前，威尔伯恩就已经非常清醒地认识到："今天的世界没有爱情的地位，在犹他州也不会有。我们已经把爱情窒息了"（116），人类的生活模式"现在已经变得无爱可言——你要么就范，要么死亡"（120）。而最后夏洛特死去、威尔伯恩入狱的结局，也昭示了现代

性语境下社会空间对人的自然情感和本质力量的严厉禁锢。

(二)自然空间对人的激发

与人类社会通过复杂精细的空间划分来贯彻社会意志不同,大自然在生态体系的整体性空间中,尽显自然力量的威仪。洪水伴随着昼夜不停的降雨,天上的雨水和周围的洪水湿透了高个犯人的衣服,使"他早已不感到在下雨"(133),天际水面一片苍茫,富饶的三角洲地带整个被淹没。在大自然这样铺天盖地的暴怒面前,人们几乎无处藏匿。高个犯人在被洪水卷走的瞬间"记起了坚固的大地"(124),"在大地上干犁地的活儿有时会是很苦的,会弄得你筋疲力尽,厌烦透顶","但是她接纳你的方式不是让你空悬无着,不会包围你,窒息你,让你下沉,一直沉到底"(200)。高个犯人对陆地与洪水绝然相反的体验,更反衬出洪水的暴虐无常。

然而,在洪水的肆意汹涌中,人类的生存意志反而被磨练得更加顽强。高个犯人在艰难的四天三夜里驾小船抗击洪水,两次经历倒灌洪水反扑的惊涛骇浪,两次向人求救都因身上的囚服遭到驱赶,但他并没有放弃生存的希望和肩负的责任,终于在第二次洪峰冲击过来时登上了一个小岛。女人在岛上顺利产下婴儿,第二天他们驾船准备离开,却发现船桨丢了。高个犯人赶紧跳入水中,猛扑猛打,挣扎着重新登上小岛,设法重新制作桨板。即使没有任何工具,他也绝不放弃。他先用火把树烧断,"又在适当长度的另一端把树干烧断,再想方设法,不断沿着这截木头的周边用小火烧,烧成船桨的形状"(202),最后用这个"像是旧烟囱被河狸啃过"(204)的桨板,带着女人和婴儿离开小岛,在洪水的激流中寻找登岸的机会,直到遇见搭载他们的大汽轮。

当他们乘坐大汽轮来到三角洲地带的沼泽地时,这个充满野性生灵的自然空间更是让高个犯人爆发出惊人的力量和勇气。他在克京人的提议下捕鳄鱼,仅凭一柄刀子与鳄鱼搏斗,刺中一刀后"伸手死死抱紧怪兽的喉咙,逼得它嘶嘶喘气,脑袋直摇,尾巴甩来甩去,这时他用另一只手握刀直探致命要害,探着了,于是热乎乎的鲜血喷涌"(223)。这一刻,兽血浸透了他全身,他的形象犹如一个从远古走来的英雄,不屈不挠的勇猛无畏令人肃然起敬。

总之,在"老人河"浩瀚荒凉的自然空间中,高个犯人虽饱受磨难,但却在一次次磨难中迸发出生命的力量,他的顽强不屈、锲而不舍、坚韧耐劳和勇于承担,使他在强大的自然力量面前更凸显出人的价值和尊严。而"野棕榈"的社会空间虽有便捷的交通、丰足的食物、舒适的旅馆和繁华的街道,却在繁琐的空间分化和暗藏权利的空间分配中变成了一处"地牢"。社会空间经过了规划和细分,各空间内部和空间之间的运转,都有着顽固的规律性和冷漠的机械性。它给人类生活划定一条条界线,任何越界行为都会遭到惩罚;人类的自由、创造、独立、荣誉、勇气、价值、尊严、爱情等一切本质力量,都在高度分化的空间中遭到禁锢和分解。

小说的两个故事在这样迥异、对抗的两个地理空间系统中展开,在各自独立、彼此对立的关系中进行对话,使对位法的形式在具体可感的对照中落到了实处。小说中两个相反的地理空间系统,恰似正负相对的两个磁极,因为对立所以相依,因为悖反,所以又暗藏着强烈的吸引。

二、互补律:地理空间的认同性

互补律是音乐中对位法谱曲的又一大规律,它"体现平衡、有序",使"对立的双方相互补充而使整体趋于完善"(陈铭志 7),这一点在小说中得到了近乎完美的展现。

从宏观上看,小说中的两个地理空间系统恰好形成潜在的互补关系。野棕榈情侣在密西西比河南端入海口城市新奥尔良相识,由南向北私奔到芝加哥,当经济陷于困顿时来到市郊朋友提供的湖滨别墅借住。而这里的湖区通过运河与密西西比河东侧支流相连[4],也可以说是密西西比河流域的东北端。在储备食物快吃尽时,他们不得不离开湖区,回到芝加哥市区为生计各自奔忙。直到有一天,他决定带着她,重新去寻找一个能容纳爱的地方。于是,他们来到位于落基山脉的犹他矿区,而落基山脉的常年积雪,正是密西西比河西侧众支流的源头,从这个意义上讲,他们是来到了密西西比河流域的西侧边界。当夏洛特意外怀孕后,两人离开这个寒冷之地,南下在得克萨斯州的圣安东尼奥市做短暂停留,堕胎失败后东行回到流域南端的新奥尔良。至此,他们的私奔路线由南端新奥尔良至东北端芝加哥,再至西北端犹他矿区,后至西南端圣安东尼奥市,画了一个四边形,最终又回到起点新奥尔良。在这里,夏洛特见过了昔日的丈夫,最后与威尔伯恩一起在密西西比河入海口的沙滩小屋住了四天,直到死去。而威尔伯恩则被关押、审判,法院裁决他在帕奇曼的农场监狱服刑五十年。

新奥尔良、芝加哥、犹他矿区、圣安东尼奥,这四个端点支撑起了"野棕榈"故事的地理空间框架,这个四边形的地理空间框架,承载却又局限着男女主人公的骚动、渴盼和追求,见证却又融蚀着他们的坚持、记忆和爱。每一次迁徙他们都试图摆脱现状、冲出重围,而每一次迁徙又似乎冥冥之中落入了"众河之父"密西西比河的掌控之中。即使努力挣脱,也只能到达流域的某一个端点,无法真正突破这纵贯南北、横接东西的如织水系;甚至威尔伯恩最后被判决的归宿帕奇曼监狱也还是在密西西比河畔。更为巧妙的是,福克纳在这个故事中并未把密西西比河当作刻意描写的对象,相反,它甚至成为了回避的对象。借着这一对情侣的眼睛,我们看到的往往都是背朝密西西比河流域大平原的景象:芝加哥市郊的明净湖水,犹他矿区的皑皑雪山,新奥尔良入海口的茫茫大海。可不管是湖水、雪山,还是大海,他们无不在事实上与密西西比河相连:或是源头,或是归宿。"野棕榈"文本有意淡化了密西西比河流域,却又在它周边逡巡一遭,用一个四边形的迁徙路线将它围在了中间。

如果说正位文本"野棕榈"的地理空间是密西西比河流域一个外围的四边形,那么对位文本"老人河"的地理空间,则随密西西比河线性延展,恰好为这个四边形画上了一条分割东西、纵贯南北的轴线。

"老人河"故事发生在密西西比河肆虐的洪水上。由于大堤决口,位于大堤边上的帕奇曼监狱整体撤离,犯人们刚被疏散到下游地势较高的营地就受命去营救受困者。高个犯人驾小船救出了困在柏树上的孕妇,之后却被洪水裹挟而去,冲向下游,苦苦挣扎四天三夜才靠上一块小岛,使产妇得以顺利生产。之后两人被大汽轮救起,却被带往与目的地相反的新奥尔良。他们在途中下了船,在这里的沼泽地带,高个犯人成为受人尊敬的捕鳄人,不料新的生活没过多久就被打断:由于炸坝分洪,他们被强制疏散到新奥尔良,最终还是来到了密西西比河的南端入海口。

此时,洪水渐渐消退,高个犯人带着女人和婴儿驾小船逆流而上,返回帕奇曼监狱交复了自己的使命。

对位文本"老人河"的地理空间涉及密西西比河下游的河流主干、东西两侧的支流以及入海口的三角洲,这些恰好构成了密西西比河下游的主体水系。而这一水系,正是密西西比河流域广大平原的中轴和主脉。如此一来,恰好为"野棕榈"的密西西比流域外围四边形,潜在地绘出了一条中轴线。而扼整个密西西比河水系要冲的入海口城市新奥尔良,就成为四边形和中轴线共同的端点。这种宏观的地理空间的互补,随着章节的不断交错推进,逐渐在阅读印象中发生潜在交融,并最终叠合出一幅完整的密西西比河水系及流域的宏观地图。

在这幅广袤的地图上,福克纳选取的立足点仍然是南方。密西西比河作为南方的"老人河",始终以发达的水系和丰沛的水量哺育着广袤的南方,它见证着南方的辉煌与沉痛,承接着南方的历史与未来。随着对位章节的交错推进,密西西比河这条明晰的中轴线逐渐渗入到松散的四边形框架中,使"野棕榈"游移涣散的地理空间,因密西西比河的在场而被重新整合,并具有了独特意义。野棕榈情侣从南方走出去,经过一番颠沛流离之后又回到南方,他们的追求和困惑、放弃和选择,无不折射出战后南方社会急剧转型中的阵痛和处在历史交叉点上对于前途命运的惶惑之感。

地理空间的潜在互补,为威尔伯恩和夏洛特、高个犯人和孕妇的活动提供了一个具有统一性和整体性的"南方"背景。而福克纳对南方历史的沉痛思考、对南方现实的深切体验以及对南方未来的困惑与探索,也就在两个地理空间宏大深远的互补关系中,得到了自然而然的表达。

三、置换律:地理空间的隐喻性

置换律,"即织体中各声部的音调相互变换所处的地位",它"使对抗的双方能够发生某种联系"(陈铭志 6)。在音乐中,各声部中可以互换的对应音调,使声部之间具备了潜在的相互指涉。而在小说中,两个文本间也类似地存在着对应的地理空间意象。这些地理空间意象以其丰富的涵义,使两个文本在隐喻层面发生了延展和交汇,使文本之间的对位关系变得更加丰厚和隽永。在这部小说中,具有隐喻意义的地理空间意象有两个:"子宫"和"监狱"。

(一)子宫隐喻

在福克纳笔下,地理空间被赋予了生命感,不再是可以忽略的空洞容器,而是外在于人类身体的又一重机体。在这部小说中,地理空间与身体空间在不同层面上发生了暗合与互渗,其中,"子宫"是两个文本共有的一个核心意象。"子宫"作为孕育胎儿的空间,既有孕育时的封闭、安稳,也有分娩时的剧烈、狂暴;它是新生命产生的起点,也是两性结合的终点;对男性来讲,它既是曾经的母体,又是毕生的追寻,它的神秘令人向往,它的莫测又使人恐惧。"子宫"意象二元兼蓄的多义性,使得它极富空间渗透力,将小说的诸多空间场景叠映编结在一起。

在"野棕榈"文本中,"子宫"常常作为喻体来描述一种封闭、安稳、百无聊赖的存在状态。当威尔伯恩在湖滨别墅意志消沉到冰点时,他在心灵世界中将自己幻化为一个胎儿:"被动的,几乎是无知无觉的,像躺在孤独而又平安的子宫里;"(95)面对失去工作、失去住所的绝境,这一对情侣带着所有积蓄换来的面粉、罐头,寄居于朋友的湖滨别墅。在这个仿佛与世隔绝的伊甸乐园中,终日百无聊赖的悬浮在凝固的时光里,或游泳,或沉睡,正如胎儿漂浮在子宫里。直到冬天即将到来,钱粮告馨,他们才不得不离开这个与世隔绝的"子宫",回到芝加哥的闹市区,寻找工作,租住公寓,践行人世间的诸多规约,承受人世间的种种苦痛。

在故事的结局处,夏洛特病危,被送进医院。而威尔伯恩坐在医院走廊上,混合着的各种声音唤起了这个昔日的实习医生的记忆:"这是他知道、他记得的——这儿仿佛是子宫","人们为了逃避痛苦、而更多的是恐惧,都迅速钻进来","白昼黑夜都处于半睡状态,百无聊赖","经历了一段胎儿的状态之后,再次出生,以新的面貌出现,再承载一回世间的重负,直到勇气消磨干净"(258)。医院和湖滨别墅一样,都是一个隔绝了世俗生活的地方,宛如平安的"子宫",可以提供对胎儿的保护。子宫之内是安全的,但也是孤独、无知无觉、百无聊赖的。"子宫"在"野棕榈"文本中还体现在夏洛特的怀孕、堕胎上,它作为一个生命繁衍的空间遭到了人为破坏,不仅是胎

儿,而且夏洛特自己也因此而死去。

在"老人河"文本中,"子宫"是一个实实在在的本体,当高个犯人找到他的营救对象,那个躲在树上的女人时,他惊诧地发现这是一个大肚子的孕妇。这个即将生产的孕妇让高个犯人"仿佛觉得那根本不是一个女人,而是一个独立的、构成压力的威胁"(132),在他眼中,这个"有着庞大子宫的生命"(139)和肆虐的洪水一道,让他远离了平安的住所,被抛入无可奈何的境地,"子宫"激起高个犯人一种不安、逃避的情绪。"老人河"文本中的"子宫"又和"破水(water break)"隐性相关,它既可以指生产时羊水的破水,也可以指洪水的决堤,两种情形不管体现在子宫,还是体现在河流上,都是一种剧烈、狂暴的状态。但狂暴过后却是新生的希望;婴儿出生了,泛滥过后的土地更加肥沃了,万物又开始了新一轮的繁衍生息。

"子宫"意象在两个文本中对应出现,成为隐喻联系的一大枢纽。而"子宫"在两个文本中又各执一端,在"野棕榈"中暗含着封闭、安稳、百无聊赖和繁衍遭到破坏,在"老人河"中则暗含着不安、剧烈、狂暴和繁衍获得成功。这样相生相融的对比,恰好暗合了对位音乐置换律中,"使对立双方以同样质地进行平衡性的对抗"(陈铭志 6)的要求。

(二)监狱隐喻

"监狱"这个空间意象,在"老人河"文本中体现为实体的场所,单纯指高个犯人服刑的监狱;在"野棕榈"文本中则用来表述一种抽象的空间属性。"监狱"在正位文本"野棕榈"中是一个泛化的空间属性,文本多处场所都被蒙上了"监狱"的阴影。

从湖边别墅回到芝加哥市区,野棕榈情侣开始找工作养家糊口,夏洛特在夜间工作,为一个百货商店布置橱窗。夜间的店堂像一个用"铬化玻璃和合成大理石围成的洞穴",这是一种"怪诞的仿佛到地狱里工作的扭曲生活"。(103)后来,当夏洛特告诉威尔伯恩,百货商店让她在圣诞节后继续干下去时,威尔伯恩却在想城市的生活是否适合他们,"冬天驱赶人们进入四壁之内,无论他们在哪里;可是,冬天一旦和城市联合在一起,就构成一处地牢"(108-109)。最后,夏洛特病危,威尔伯恩在警察的监管下送夏洛特来到医院,坐

在医院的走廊上等待，直到护士叫他进手术室最后看了一眼夏洛特的遗体。对医院的感知是通过后来的监狱反衬出来的："监狱颇有些像那家医院，不同的是这儿是两层楼"（264），显然，在威尔伯恩眼中，医院和监狱有着几分相似之处。

在小说中，这是一种泛化的感觉，医院、商店、城市都蒙上了一层"地狱"、"地牢"、"监狱"的空间特征。米歇尔·福柯在《规训与惩罚：监狱的诞生》中揭示出整个文明社会的监狱性：用于改造犯人的方式"也可以用于医治病人、教育学生、禁闭疯人、监督工人、强制乞丐和游惰者劳动"，"凡是与一群人打交道而又要给每个人规定一项任务或一种特殊的行为方式时，就可以使用"。（米歇尔·福柯 231）监狱中的隔离、监视、控制、规训，已经渗透到整个社会，并成为了人们的思维方式和行为惯性。只要有人的地方，就有监视和规训，正如野棕榈情侣不管私奔走到哪里，房东、公寓管理员、邻居之流都会敏锐地识别出他们不是夫妻，并报之以轻鄙态度。

另外，"子宫"和"监狱"这两个核心意象之间还构成另一层隐喻的对位关系，二者都是封闭的空间，都形成一种对人的包围。然而，"子宫"所代表的是一种自然的繁衍生息的力量，对人的包围是保护、养育和给予；而"监狱"所代表的则是一种社会规训的异己力量，对人的包围是规训、惩罚和剥夺。两个文本之间的隐喻意象彼此生发、延展、缠绕，在文本之间形成了一种多层面对位的复杂形态。

福克纳以其对艺术的敏锐感受力，打通了音乐谱曲与文学写作的精髓要义。他对音乐"对位法"的借鉴也并不停留在错章对位的文本表层，而是藉由复调谱曲对抗律、互补律和置换律的思维方式，潜入到了文本的深处，在较之时序层面更为隐晦的地理空间层面，演绎出如丝如缕、多元多变的丰富对位。他以地理空间的丰富对位沟通了两个文本之间的联系，描绘出密西西比河流域的城镇、市郊、旷野、河道。在两个文本的穿梭交错中，编织出具体可感的地理空间网络。而凭附于这个网络之上的叙述，无论在人物塑造、主题探讨，还是在叙事手法、意象隐喻等方面都有了更"接地气"的依托。这使小说的两个下属文本在地理空间对位的基石上，演绎出主题、人物、叙事、意象等多层面的丰富对位，整部小说因而获得了一种超越于两个文本之上的回声缭绕般的谐音美质，具有了宏大深沉的效果和震撼人心的力量。

注解【Notes】

[1] 对位法："即复调音乐的写作技法，是根据一定的法则以音对音，将不同的旋律性声部结合在一起。各声部横向上保持自身独立性，纵向上又构成和谐的音响效果。"引自章伯青等：《艺术词典》，学苑出版社 1999 年版，第 272 页。

[2] 本文所用译文都来自[美]威廉·福克纳：《野棕榈》，蓝仁哲译，译文出版社 2009 年版。文中引用只标示页码。

[3] 福克纳语，他的原话是："为了那样讲述，我这样那样一来总算发现了它得有一个对应部分，因此我创造了另一个故事，它绝对的对立面，用来作对位部分。"转引自李文俊：《福克纳评传》，浙江文艺出版社 1999 年版，第 291 页。

[4] 1825 年建成的伊利诺伊运河，使得"密西西比河水系，向北通过伊利诺伊运河，在芝加哥同五大湖联系"。参见李春芬编著：《北美洲地理环境的结构》，高等教育出版社 1990 年版，第 152 页。

引用作品【Works cited】

[美]威廉·福克纳：《野棕榈》，蓝仁哲译，译文出版社 2009 年版。

[美]菲利普·韦格纳：《空间批评：批评的地理、空间、场所与文本性》，《文学理论精粹读本》，阎嘉主编，中国人民大学出版社 2006 年版。

[法]米歇尔·福柯：《规训与惩罚：监狱的诞生》，刘北成、杨远樱译，生活·读书·新知三联书店 2003 年版。

李文俊：《福克纳评传》，浙江文艺出版社 1999 年版。

陈铭志：《对复调思维的思维》，《陈铭志音乐论文选》，上海音乐学院出版社 2005 年版。

《宠儿》中的身体书写与黑人女性主体建构*

许庆红　杨　梅

内容提要：诺贝尔文学奖得主、美国黑人女作家托尼·莫里森的代表作《宠儿》的既往研究，多数从宏观的马克思主义和文化批评视角、女性主义视角、黑人民族文化或黑人群体的整体性研究角度，探讨种族压迫、黑人女性的自我身份建构和黑人集体民族文化身份和权力的重构问题，鲜有对其微观的黑人女性身体书写与主体建构关系的讨论。论文拟从身体书写的角度切入，解读文本中的黑人女性主体的双重建构。文章认为，小说通过对几位主要黑人女性的身体书写，一方面揭示了她们由"无法言说"的种族蹂躏历史到用身体伤痕重写历史，黑人女性利用自己的身体作为与奴隶制斗争的武器，从而重建黑人女性主体的种族身份；另一方面，莫里森书写黑人女性的性欲和她们对身体的热爱，表现了黑人女性的欲望体验，挑战了男性主导的传统性别观和性欲观，从而实现了黑人女性主体的性别建构。从女性身体入手，书写被贬抑、被禁锢的黑人女性自我，莫里森着眼于黑人女性身份的重新发现和认识，其积极的政治意义值得肯定。

关键词：《宠儿》　身体书写　黑人女性主体　种族　性别

作者简介：许庆红，文学博士，复旦大学外文学院博士后，安徽大学外语学院副教授，主要研究美国文学兼性别研究；杨梅，安徽大学外语学院硕士研究生，主要研究美国文学。

Title：Toni Morrison's *Beloved*：Body Writing and the Construction of Afro-American Female Subjectivity

Abstract：The previous scholarship on *Beloved* by Toni Morrison, an American black woman writer and the Nobel Prize Winner, has been done from the macro stance of Marxist and cultural criticism, feminist approach, the reconfiguration of black national culture or the integrity of collective ethnic identity. Not much work has been made to explore the relationship between black female body writing and the construction of Afro-American female subjectivity. This paper makes its attempt in this perspective. In the novel, body writing of several primary black women reveals that the unspeakable history of oppression and deprivation which Afro-American women were subjected to is rewritten by the evidence of the scars on their body. The essay argues that on the one hand, Afro-American women, with their body as weapon against slavery, reconstructs their racial identity. On the other hand, Morrison describes Afro-American women's desire for sex and love through body writing to show their special physical experience and desire and to break the male-dominated vision of gender and sexuality so that Afro-American female gender subjectivity is rebuilt. Morrison's efforts in establishing the connection between Afro-American female body writing and the construction of Afro-American female subjectivity is highly significant in its articulation of Afro-American female power.

Key words：*Beloved*　body writing　Afro-American female subjectivity　race　gender

Author：**Xu Qinghong**, PhD, is a postdoctor at College of Foreign Languages and Literature, Fudan University (Shanghai 200433, China), an Associate Professor at School of Foreign Studies, Anhui University (Hefei 230601, China). Her major academic interests include American literature and gender study. Email：xuqinghong@hotmail.com；**Yang Mei** is a graduate student at School of Foreign Studies, Anhui University (Hefei 230601, China).

　　受20世纪70年代激进女性主义思想的影响，美国黑人女性主义文学创作及批评"浮出历史的地表"，其核心内容之一便是强调"身体政治意识"对主体性建构的决定作用，亦即突出身体的政治意蕴，并有意识地利用被蹂躏、被禁锢的身体来伸张自己的合理权力，重建被贬抑的主体意识，从而由被控制的客体身份（他者）转变成主体身份。诺贝尔奖获得者、美国著名黑人女作家托尼·莫里森，通过其早期小说如《最蓝的眼睛》（*The Bluest Eye*，1970）、《秀拉》（*Sula*，1973）、

《所罗门之歌》(Song of Solomon,1977),就已经对黑人女性的成长、黑人主体建构有所关注。10年之后,在获普利策奖作品《宠儿》(Beloved,1987)中,莫里森仍然真实再现黑人女性的生活面貌,尤其通过对黑人女性身体经历的书写建构她们的主体意识。然而,纵观《宠儿》的既往研究,国内多数从宏观的马克思主义和文化批评视角、女性主义视角、黑人民族文化、叙事话语(如魔幻现实主义)等角度,探讨种族歧视、黑人女性所遭受的种族和性别双重压迫、莫里森对母亲身份传统的批评和母爱主题的探寻、黑人女性的自我身份建构、黑人集体民族文化身份和权力的重构等问题[1];国外(本文主要指美国)则主要集中在对黑人群体的整体性研究,包括黑人的记忆和历史重现、作为历史文本的身体记忆、奴隶母亲、女儿预示历史、叙事诗学和文化政治等问题[2],鲜有对其微观的黑人女性身体书写与主体建构关系的讨论。本文拟从身体书写的角度切入,解读文本中的黑人女性主体的双重建构。小说通过对塞丝、塞丝的母亲、宠儿等人的身体描写以及萨格斯婆婆对身体的热爱,使蓄奴时代的美国黑人女性所遭受压迫与欺辱的历史由"无法言说"到用身体伤痕重写历史;与此同时,黑人女性也利用自己的身体作为与奴隶制斗争的武器,从而重建黑人女性主体的种族身份;另外,莫里森对女主人公塞丝的身体描写,也表现了黑人女性的生理体验与欲望,打破了传统中男性主导的性别文化,从而实现了黑人女性主体的性别建构。黑人女性的身体书写,从种族和性别两个方面颠覆了传统中白人书写历史以及男人话语的霸权地位,建立了黑人女性自己书写真实历史的方式,实现了黑人女性主体身份的双重建构。

一、身体书写:莫里森冲破黑人女性的多重困境

在早期的黑人文学中,杜波伊斯曾提出"双重意识"来概括黑人所处的矛盾境地及其产生的身份困境,"在一个黑人的身体里,一个美国人,一个黑人,两个灵魂、两种思想"(Dubois 2),为黑人种族身份的建构奠定了感情和心理基调。然而,黑人女性身处社会的最底层,深受种族和性别的双重歧视。在种族主义者看来,"黑人妇女原始、淫荡、邪恶,黑色性的代表是黑人女性"(林树明 35)。美国著名黑人女作家佐拉·赫斯顿在

《他们的眼睛望着上帝》中,如此描绘黑人女性的生存境遇和卑贱地位:"白人把重负扔下,叫黑人男子把它捡起来。他把它捡起来了,因为他不得不这样做,但是他没有携带它。他把它交给了他的女人。依我看,黑女人是世界的骡子。"(Hurston 29)受其影响的艾丽丝·沃克,也在其黑人女性主义批评的重要论文《寻找母亲的花园》中写道:"黑人女性,在如此恰当地鉴定人的社会地位的民间传说中,被称为'世界的骡子',因为我们被交付了别人——其他人——拒绝携带的包袱。"(Gilbert 2378)

黑人女性主义理论家贝尔·胡克曾在《黑人妇女:形成女权主义理论》中批评早期的白人女性主义对种族问题的漠视,包括黑人女性在内的非白人女性完全被忽略不计:"白人女权主义者的行为常常让人觉得似乎是在她们提出了女权主义的观点后,黑人妇女才知道了性压迫的存在……她们不理解,甚至根本无法想象,黑人妇女以及每天生活在压迫中的其他妇女群体一样常常从她们的生活经历中获得对父权政治的认识,就像她们发展起反抗的策略一样……黑人男性的性别主义者破坏了女性根除种族主义的斗争,而白人妇女的种族主义者破坏了女权斗争。"(胡克斯 13-19)由此可见,白人女性主义者没有认识到种族身份也是女性主体的一个重要组成部分,其思想并不能从根本上反映黑人女性的需求,也不能实现黑人女性主体意识的双重建构。那么,黑人女性作家处于种族和性别的双重边缘身份,就能深刻体会到黑人女性的多重困境。美国黑人女性主义批评先驱玛丽·海伦·华盛顿曾言:"对于黑人女性作家来说,重要的是她对黑人女性独特而与众不同的看法。"(Wall 4)因此,莫里森欣然接受"黑人女性作家的称号",并指出:"我确实认为,作为一名黑人和女性,我得以步入的情感和感知领域比两者都不是的人拥有的要宽广得多。"(Draper 1422)性别政治和种族政治在黑人女作家的作品中是相互关联的,如同巴巴拉·史密斯在《黑人女性主义评论的萌芽》中所言,"承认黑人妇女创作中的性政治、种族政治和黑人妇女本身不可课分离的……黑人女性主义批评者应该时刻清醒地认识自己作品的政治含义而且将其与所有黑人妇女的政治状况联系起来"(史密斯 107-108)。莫里森肩负黑人和女性的双重历史使命,冲破以往带有性别或者种

族偏见的桎梏,结合种族意识和性别意识,吸收西方女性主义理论关于"身体写作"的观念,运用身体书写,将黑人女性所遭受到的种族和性别的双重压迫通过无言的身体伤痕展现出来,并且揭示黑人女性利用身体作为反抗的武器,从而建构主体的双重身份;此外,莫里森还通过黑人女性身体书写表达女性自我赋权、鉴定身份、渴望爱与自由的愿望。这些均打破了传统白人男性书写历史的遮蔽,实现了黑人女性种族和性别身份的双重建构。

二、身体书写:黑人女性的种族身份建构

重灵轻肉、抑身扬心的身心二元对立论受到了当代女性主义和后现代主义两股思潮的围攻,后现代主义语境下的女性主义接受福柯思想及其启示并加以运用。以福柯为代表的哲学家,开始将身体作为新的历史载体,通过对身体的分析和解构,冲破了传统历史学的桎梏,开启新历史的书写。在《规训与惩罚》中,福柯指出:"人体是权力的对象和目标……这种人体是被操纵、被塑造、被规训的……在任何一个社会里,人体都受到极其严厉的权力的控制。那些权力强加给它各种压力、限制和义务……被强制的不是符号,而是各种力量。"(福柯 154-155)在蓄奴时期的美国,奴隶的身体是完全被奴隶主占有的。奴隶的身体可以用来买卖、蹂躏、驱赶、抓捕甚至杀害,可以"用来标尺、指数,完全成为被挪用的工具和被任意书写的书本"(唐红梅 52)。《宠儿》的历史背景是在 19 世纪 50—70 年代美国奴隶制即将消亡以及奴隶制废除之后,关于黑人女性受种族和性别压迫的身心经历在以白人男性为主导的西方文化中一直是一片空白,双重边缘化的她们无法用语言还原历史,无法用语言构建自己主体的身份。她们所经历的真实生活在"大写"的历史中是被遮蔽和掩盖的。在小说中,莫里森并没有极力用语言直接控诉黑人女性所遭受的苦难,而是通过对作为真实、客观证据的身体伤痕的具体描写,默默讲述黑人女性在美国蓄奴时代所遭受的压迫和欺凌,并揭示她们用身体作为武器与奴隶制的抗争,这段历史的重新书写使黑人女性的种族身份获得重新的鉴定。

在《宠儿》中,几乎每个奴隶的身体上都留下了奴隶主迫害他们的痕迹,其中给读者留下深刻印象的是女主人公塞丝被鞭笞之后背上留下的疤痕。它第一次出现是白人姑娘丹芙解开塞丝背后的衣服时所看到的:"是棵树,一棵苦樱桃树。看哪,这是树干——通红通红的,朝外翻开,尽是汁儿。从这儿分杈,你有好多好多的树枝。好像还有树叶,还有这些,要不是花才怪呢。小小的樱桃花,真白。你背上有一整棵树,正开花呢。"[3](Morrison 79)这段比喻性质的身体书写带来的困惑,引领着读者看完下文才明白,这棵"树"并没有白人姑娘描述的那么美丽,而是作者对塞丝所遭受伤痛的一种无言的控诉。它给予读者想象,让历史重新回归到塞丝被"学校老师"和"两个侄子"鞭打的那个场景。莫里森没有描述面目可憎、心狠手辣的奴隶主暴打塞丝的场面如何血腥和灭绝人性,而是通过描写塞丝被打后留在背上的伤痕来展现黑人女性塞丝所经历的难以名状的折磨与痛苦。这说明种族制度对黑人造成的伤害不是无中生有,而是与身体紧密相连,并在身体上留下了确凿的证据,以伤痕的形式维持着一种无法回避的力量,让原本苍白无力的历史变得具体、真实。这样的书写方式,比起直面的控诉更加深刻、更加具有说服力。没有过多的解释也能让黑人女性所遭受的种族压迫摄人心魄,她们身体上留下的历史痕迹也足以作为书写历史的载体,足以构建她们作为黑人女性主体的种族身份。

除了身体上留下奴隶主蹂躏的痕迹能作为载体书写历史之外,黑人女性也利用自己的身体作为唯一能与奴隶制抗衡的武器,来反抗奴隶主对她们身体的规训,从而重新建构自己的主体身份。根据福柯的考察,"身体的扭曲和塑造被赋予了特定的历史文化意义,可以看作权力在身体上留下的历史烙印"(黄华 90)。因此,身体是建构人的主体意识的一个主要的权力点,身体既是权力的结果,又是权力关系得以形成和反抗的一个重要载体。《宠儿》中塞丝的母亲就利用自己的身体作为斗争的工具,来重新建构自己的主体身份。塞丝对自己的母亲没有太多的印象,但是她记得母亲胸口上的奴隶标记,这是她能够认出母亲的唯一证据。"她抱起我,把我带到熏制房后面,解开衣服的前襟,托起乳房,指着乳房下面。就在她肋骨的皮肤上有一个火烧出来的圆圈和十字架。她说,'这就是你妈……现在我是唯一有这个记号的人了。其他的都死了。如果我发生了什么,你又从我脸上认不出,你可以通

过这个记号认出我'。"(Morrison 61)莫里森借一个饱经沧桑与磨砺的黑人女性之口,利用印刻在黑人身上的奴隶标记,对奴隶制进行了强烈的抗议。塞丝母亲的身体,是被奴隶主用记号标识来指明奴隶的身体是受到规训和限制的,已经被当作客体用权力控制了。但是,塞丝母亲却反其道而行之,变被动为主导地位,把身体上的奴隶标志变成自己主体身份的标志。这种对于命名权的否定和拒绝,本身就是对命名的一种反抗和斗争,通过对身体标记的重新解释,黑人女性的主体身份得到重新鉴定与认可。

此外,《宠儿》另一个关键人物复活宠儿喉咙上的割痕和宠儿身体再现,也是莫里森通过身体书写对黑人女性主体的又一次重构。18 年前,塞丝为了争取孩子的自由,不让他们重蹈自己的覆辙,采取极端的方式割破了宠儿的喉咙,宁愿孩子死也不愿她遭受自己所经历的苦难。塞丝这种用毁灭身体的方式来反抗奴隶制,比起塞丝母亲对身体痕迹的重新解释要更加极端,给读者留下了更深的心灵震撼,为黑人女性沉默历史的重新书写起了关键的作用。18 年后,宠儿以鲜活的身体重现在塞丝的生活里,使得几乎被遗忘的历史再一次被记起,从而唤醒塞丝。塞丝第一次看到复活后的宠儿,"她睡眼惺忪地看着塞丝……喉咙上围着上好的花边……","她的皮肤光洁无瑕,只有额头上有三条平行的抓痕,又细又齐整,初次看来就像婴儿的头发一样"。(Morrison 51)眼前的女孩睡意朦胧,像婴儿一样的皮肤,额头上的抓痕,这些都预示着 18 年前被杀死女婴的复活。宠儿的复活,一方面代表着过去需要被他们接受、记起;另一方面,作为逆转历史的身体,又不能为社会所容忍,所以必须被毁灭。在这个过程当中,宠儿身体的复活,"不仅从主人手中或笔下夺回了属于奴隶自己的身体,而且还从黑人男性话语中夺回了自主的黑人女性身体,唤起了黑人女性的主体性意识"(唐红梅 187)。

三、身体书写:黑人女性的性别身份建构

在莫里森的笔下,她不仅对构建黑人女性的种族身份进行了思考,还对如何恢复黑人女性的性别意识进行了研究。1976 年,在与罗伯特·斯特普图的访谈中,莫里森谈到自己对黑人女性创作的思考,这样说道:"时常,我发现在绝大多数黑人男性的写作中所缺乏、而却经常呈现在黑人

女性众多作品中的东西,即快乐感,除了压迫、作为女性或者黑人等等之外……"(Stepto 24-25)这与上文提到女性主义者埃莱娜·西苏强调的"女性写作"是异曲同工的,由于两性的身体欲望有所不同,他们的语言也存在差异。因此,莫里森在《宠儿》中通过黑人女性的视角,以婉转、细腻的语言书写女性身体的欲望和对身体的热爱,突出黑人女性的性别意识,表现了黑人女性被贬抑、被禁锢的自我的觉醒,从而获得性别身份的重构。

关于女性身体的欲望,在男性话语霸权中是极少被书写的,"人们对女性的身体是耻于提及的。男权中心的社会,女性的欲望是不可言说的;历史的记忆中,女性是失语的"(荒林 7)。因此,在建构黑人女性主体身份的过程中,女性的性别身份构建也是莫里森关注的焦点。莫里森关注黑人女性欲望,通过黑人女性的视野表达她们对性、爱和自由的向往。小说中,关于女性身体欲望的描写是塞丝第一次与丈夫黑尔结合的情景,莫里森用委婉而又动人的语言描绘了塞丝心中欲望的释放和内心的快乐。"看着保罗·D的后背,她想起了那些被折断的玉米秆,它们折倒在黑尔的背上,而她满手抓的都是玉米外皮和花丝。花丝多么松散,汁水多么饱满。……剥下紧裹的叶鞘,撕扯的声音总让她觉得它很疼。第一层包衣剥下了,其余的就屈服了,玉米穗向他展现羞涩的排排苞粒,终于一览无余。花丝多么松散。禁锢的香味多么飞快地四散奔逃。尽管你用上了所有的牙齿,还有湿乎乎的手指头,你还是无法描述,那点简单的愉悦如何令你心旌摇荡。花丝多么松散。多么美妙、松散、自由。"(Morrison 27)这里出现的玉米包皮、花丝须子、玉米汁水、玉米穗和禁锢香味,虽然是大自然的意象,却无一不是塞丝性感身体的书写,它们细腻而又委婉地表达黑人女性的身体之欲、生命之愉。莫里森着力描写塞丝的身体欲望和性爱快乐,就是为了突出黑人女性的主体意识,实现性别身份构建。

然而,黑人女性的身体在奴隶制的控制下却不是属于黑人女性自己的,她们对自己身体占有的欢愉只是短暂的,长期占有、蹂躏、伤害她们身体的人是凶残的白人奴隶主。在蓄奴时代的美国南方,法律是保护白人男性占有黑人女性身体的,"(英国习惯法)默许了白人男性和黑人女奴

之间的性行为,通过让白人男性对黑人女奴发生性关系而出生的任何后代不承担责任,以此允许白人男人更多的法律、社会和心理自由,……"(Stetson 72)。小说中,几乎所有黑人女性的身体都遭受了白人男性的蹂躏:艾拉曾被锁在一间房间里长达一年,被一对父子糟蹋,后来回忆说"你无法想象他们两个对我做了什么"(Morrison 119);斯坦普·沛德老人的妻子瓦诗缇早年曾被她的少主人长期占有,他回忆说"瓦诗缇白天和我一起在田里干活,到了晚上往往整夜都回不来。我没摸过她一下……"(Morrison 233);萨格斯婆婆曾经跟五个男人生过六个孩子,还曾"为了把第三个孩子,她的儿子留在身边,她愿意和一个副领班同居四个月"(Morrison 23);塞丝的母亲在运奴船上被白人男性蹂躏,生了很多白人的孩子……所有这些黑人女性身体所遭受的伤害,与塞丝之前身体享受的性爱之愉形成了鲜明的对比,说明大多数黑人女性的主体意识是沉睡的。莫里森通过这样的对比,更能唤醒黑人女性的身体意识,唤醒她们重新鉴定自己的性别主体身份。

美国著名的思想家梅洛—庞蒂认为:"身体是知觉的载体,个体的人只有在自己的身体中才能发现自己的意识、经验及身份;没有身体,人的主体将处于无所附依的状态,个人乃至人类的经验、生活、知识和意义都不复存在。"(普里莫兹克 20)莫里森除了关注黑人女性身体的体验,还着力表现黑人女性对自己身体的热爱。与遭受奴役规训的奴隶身体相比,自由的身体与心灵是黑人女性感受幸福和快乐的源泉,她们获得自由之后对身体狂热的爱,反映了她们主体意识的觉醒。其中,最撼动人心的是萨格斯婆婆踏上自由土地、获得自由之后在"林中空地"对周围获得自由黑人们的布道,她深情款款地指着自己的身体,对他们说:"在那边他们不爱你的肉体。他们鄙视它。他们不爱你的眼睛;他们倒是宁愿把它们挖出来。他们也不爱你后背上的皮肤。在那边他们要剥你的皮。噢,我的人们,他们不爱你的手。他们只是用它,把它栓起来,捆绑起来,剁掉它或让它啥也没有。你们要爱你们的手!爱它们。举起来,亲吻它们。……他们不爱你的嘴,那边,在那边,他们愿意看见它被撕破,然后再撕破一次。你们用嘴说的东西,他们不在意。你们用嘴发出的尖叫他们听不到。你们放到嘴里想滋养你们身体的东西被他们枪走,只给你们残渣。……你们得爱它。这是我谈论的肉体,需要被爱的肉体。脚需要得到休息、跳舞;后背需要支持;肩膀需要双臂,强健的双臂。……在那边,他们不爱你们没有束缚、伸直的脖子。所以,爱你们的脖子;放只手在上面,让它优雅,抚摸它,支持它。还有你们的内脏,他们宁愿把它们掏出来喂猪,但你们得爱它们。那个黑黑的肝脏,爱它,爱它,那颗跳跃的心,也爱它。不仅仅要爱眼睛与脚,不仅仅要爱呼吸自由空气的肺。不仅仅要爱维持生命的子宫以及你那赋予生命的私密处,听我说,爱你的心。因为这是对你的奖赏。"(Morrison 88-89)通过贝比·萨格斯这样深情地描述着她对身体的热爱,我们不难看出她对这份自由的珍爱以及她对自己主体存在的骄傲和自豪。和几乎所有的黑人女性一样,萨格斯从一出生就处于最低等的位置,她饱经磨难,备受折磨,人生的大部分时间都是处于被奴役的地位,自己对自我主体存在的意识一直是漠然的。获得自由之后,萨格斯对身体强烈的爱恋说明了她主体意识的彻底觉醒,实现了黑人女性的性别身份重建。

通过对莫里森在《宠儿》中对几位主要女性人物的身体书写,本文阐释了其在种族和性别双重歧视下黑人女性主体建构中所起的重要作用。"世界将总是从身体的角度获得它的各种各样的解释性意义,它是身体动态弃取的产物。"(汪民安 14)。当身体逐渐走出身心二元对立的西方哲学认识论传统、转向现代哲学本体论的中心时,个体对自我身体的认知和接受上升到了政治和意识形态的层面,并对主体性的建构起着决定性的作用。文学建构的世界如此,现实世界亦然。在多元文化景观的当代社会格局中,阶级、种族、性别、宗教等各种因素相互交织,共同构成个体的复杂身份,与此同时,很多个体都可能面对异质文化价值观与其主体性的冲突。如此,个体形成正确的身体政治意识对内在的主体性构建尤其重要。因此,《宠儿》通过对黑人女性的身体书写所实现的双重主体建构,不仅反映了身体可以作为载体书写真实的种族压迫历史,而且迎合了当代女性主义者"身体写作"表达性别意识的潮流,理论蕴涵可谓一箭双雕,文学实践的积极政治意义值得肯定。

注解【Notes】

＊本文系教育部人文社会科学研究规划基金项目(项目编号:11YJA752026)、安徽省教育厅人文社科研究重点项目(项目编号:2011sk052zd)、安徽大学"211工程"三期博士科研项目(项目编号:33190047)的阶段性研究成果。

[1] 国内研究概要,主要基于杨金才(Yang Jincai)发表在《外国文学研究》2011年第4期上的文章《托尼·莫里森在中国的批评接受》(*Toni Morrison's Critical Reception in China*),第50—59页。

[2] 国外研究概要,主要基于莫里森的以下几本研究专著:① Missy Dehn Kubitschek. Toni Morrison: A Critical Companion. Westport: Greenwood Press, 1998. ② William L. Andrews & Nellie Y. Mckay. Toni Morrison's Beloved: A Casebook. Oxford University Press, 1999. ③ Maryemma Graham. Cambridge Companion to the African American Novel. Cambridge University Press, 2004.

[3] 本文中的《宠儿》译文,在参考潘岳、雷格的译本(托尼·莫里森:《宠儿》,潘岳、雷格译,中国文学出版社1996年版)基础上略做了改动,因此,文中的页码是小说原著的页码。

引用作品【Works cited】

[美]巴巴拉·史密斯:《黑人女性主义评论的萌芽》,载《当代女性主义文学批评》,张京媛编,北京大学出版社1992年版,第107—108页。

[美]贝尔·胡克斯:《女权主义理论:从边缘到中心》,晓征译,江苏人民出版社2001年版。

[美]丹尼尔·T·普里莫兹克:《梅洛—庞蒂》,关群德译,中华书局2003年版。

Draper, James P. Ed. "Toni Morrison", in Black Literature Criticism, vol. 3, Detroit: Gale Research Inc., 1992: 1422.

Dubois, W. E. B. The Souls of Black Folk. New York: Dover Publications, Inc., 1994.

Gilbert, Sandra M. and Susan Gubar, eds. The Norton Anthology of Literature by Women: The Traditions in English. New York: W. W. Norton, 1985.

黄华:《权力,身体与自我:福柯与女性主义文学批评》,北京大学出版社2005年版。

荒林编:《中国女性主义 NO. 10》,广西师范大学出版社2008年版。

Hurston, Zora Neale. Their Eyes Were Watching God. University of Illinois Press, 1978.

林树明:《迈向性别诗学》,中国社会科学出版社2011年版。

[法]米歇尔·福柯:《规训与惩罚》,刘北成、杨远婴译,生活·读书·新知三联书店1999年版。

Morrison, Toni. Beloved. Beijing: Foreign Language Teaching and Research Press, 2000.

Stepto, Robert. "Intimate Things in Place: A Conversation with Toni Morrison", in Conversations with Toni Morrison. Ed. Danille Kathleen Taylor-Guthrie. University Press of Mississippi, 1994: 24-25.

Stetson, Erlene. "Studying Slavery: Some Literary and Pedagogical Considerations on the Black Female Slave", in All the Women Are White, All the Blacks Are Men, But Some of Us Are Brave: Black Women's Studies. Ed. Gloria T. Hull, Patrica Bell Scott, and Barbara Smith. New York: The Feminist Press, 1982: 72.

唐红梅:《种族、性别与身份认同——美国黑人女作家艾丽丝·沃克、托尼·莫里森小说创作研究》,民族出版社2006年版。

Wall, Cheryl A. Introduction to Changing Our Own Words: Essays on Criticism, Theory, and Writing by Black Women. New Brundwick and London: Rutgers University Press, 1989: 4.

汪民安:《身体、空间与后现代性》,江苏人民出版社2006年版。

曼斯菲尔德《毒药》的文体形式与双层主题意义

贺赛波

内容提要：论文以曼斯菲尔德的短篇小说《毒药》为考察对象，从偏离现象、主人公对话以及男主人公的心理活动这三个方面进行了文体分析，揭示出该短篇小说文体形式背后隐含的双层主题含义。

关键词：曼斯菲尔德 《毒药》 文体形式 双层主题意义

作者简介：贺赛波，北京大学外国语学院博士研究生，研究领域包括英美文学、翻译研究。

Title：Stylistic Forms in Mansfield's "Poison" and the Double Thematic Significance

Abstract：This paper takes Katherine Mansfield's short story "Poison" as the analytical object, examines its stylistic characteristics from the three aspects：the deviant phenomena, the main characters' dialogues and the hero's mental activities. The paper reveals the double thematic meanings behind the stylistic forms.

Key words：Mansfield "Poison" stylistic form double thematic meanings

Author：**He Saibo** is a Ph. D. candidate at School of Foreign Languages, Peking University (Beijing 100871, China). Her research interests include Anglo-American Literature and Translation Studies.

一、引 言

　　凯瑟琳·曼斯菲尔德（Katherine Mansfield）是 20 世纪初英国著名的短篇小说家。她的文笔犀利，视角独特，感知敏锐，措辞微妙。其作品往往不直接说出信念、动机和意见，只是给读者展示"场景"、"地点"或"人物"（Porter，2006：343）；她喜欢"深入了解生活"，强化并使得微小事情"意义重大"（O'Sullivan，2006：318）。借用著名语言学家和批评家斯皮泽（Leo Spitzer）的话来形容她的作品，即她"语言最微小的细节能打开文学作品的灵魂"（参见 Leech and Short，2001：2）。

　　曼斯菲尔德的作品多从女主人公的视角来反映主题意义，但其短篇小说《毒药》（"Poison"，1921）却选取男主人公"我"的视角来叙述。该小说讲述了"我"把情感投入到有过两次不幸婚姻经历的女主人公比阿特丽斯（Beatrice）身上，希望和她长久在一起。尽管小说从表面上看，是男主人公感受到女主人公恰似他的一杯毒药，使他感情受到了伤害，但本文通过分析这一短篇的微妙文体形式，发现文本更隐含了女主人公的两任丈夫对她造成的毒害这一深层意义——这是她

犹豫再次步入婚姻的主要原因。而这表层与深层的类似"毒药"性质的伤害或主题意义，正是本文通过文体分析所揭示出来的"毒药"的双层内涵。

　　据笔者所知，这篇小说的上述主题含义尚未引起研究者的重视，因此本文拟从文体分析的角度，从与常规相偏离的现象、男女主人公的对话以及"我"的心理活动这三个方面，选取相关段落来解读《毒药》所含有的主题意义。

二、文体形式与"毒药"的双层含义

　　在已有对曼斯菲尔德短篇小说的批评文献中，有学者挖掘了如《启示》中的表层文本与潜藏文本之间的关系（申丹，2005：15-25）等问题。这种对深层意义的考察方法，我们可以借鉴来探讨《毒药》中的深层含义。但不同的是，由于《毒药》采用的是第一人称男主人公的视角，主要描述了他的内心活动，因此作者在该短篇小说中反映女主人公受伤害的深层含义时，与男主人公受伤害的表层现象之间并不矛盾，深层含义并不构成对表层的颠覆，而是同时存在的两层含义。

(一)与常规相偏离的现象

与常规相偏离的现象,有助于表达特定的主题思想。就本文而言,偏离现象既包括语法、语义规则的违背和修辞手法的运用,也包括语言所建构的现实与常识之间的偏离。这些文体选择在阅读中产生前景化的心理效果,作者借助于这种效果来表达特定的主题意义(申丹,2004:86-103)。

1.语法规则的违背

当男主人公"我"幻想着跟女主人公举行婚礼时,"我"的解释是:这"也许可能或许减轻"[1](might possibly perhaps lessen)她绝对自由的令人不快的感觉。助动词"might"本身就表示很不确定,"possibly"和"perhaps"的连用属同义反复,违反了语法规则,而且"perhaps"比"possibly"的可能性还要小。这三者的并置及顺序,表面上体现了"我"对这一说法的不确定,但实际上容易让人想到女主人公对他的爱,而不是婚姻对她的管束。

2.语义不一致的词汇并置

当女主人公提议去阳台,并用法语轻轻地说:"这里有股厨房的味儿"时,"我"注意到最近当她想"谈论食物、或天气、或开玩笑地说她爱我"(speak of food, or the climate, or, playfully, of her love for me)时,总是说法语。"食物"、"天气"、"爱"属于三种性质不同的对象,如果说前两者可以归为"物质"一类的话,那么第三个就只能归为"精神"一类了。食物能填饱肚子,天气能让人感觉身体是否舒适,这是人的生理需求。把爱情与生理需求相提并论,有可能是为了暗示她对精神情感的追求等同于对生理的需求,以及她对婚姻的慎重。这也暗示了"我"对于女主人公充满热情的同时,怀疑她对"我"的感情是否真诚,因此这一并置意味深长。

3.修辞手法

例如,矛盾修辞法的使用:"幸福是怎样的折磨——怎样的痛苦!"(What torture happiness was—what anguish!);"娇慵而灿烂"的微笑(languid, brilliant smile);"柔软而又可怕地"(softly, terribly)往后轻拂我的头发。这一修辞手法,主要是为了表达"我"对女主人公倾注了全部的热情,也暗含"我"对她感情的不信任,这种矛盾的心理通过矛盾的词义表现出来。

4.语言所建构的现实与常识之间的微妙偏离

当他们把包裹拿到饭厅时,餐桌使"我"感到一阵寒噤:"像往常一样,一看到为两个人布置的餐桌——仅仅为两个人——而且又如此精巧,如此完美,没有可能为第三者留出空间,让我感到一阵古怪、迅速的寒噤,仿佛[……]"(As always, the sight of the table laid for two—for two people only—and yet so finished, so perfect, there was no possible room for a third, gave me a queer, quick thrill as though [……])。这里,叙述者对餐桌着以浓墨渲染,使用了五个修饰语(前面四个又是两两相互加强)以及破折号(突出餐桌只为两个人所用)、连词等成分。当读到"如此完美"时,读者可能觉得"我"由情侣桌联想到情侣之间的甜蜜,但紧接其后的修饰成分"没有可能为第三者留出空间"打破了原来的印象,感觉到"我"对于女方的感情还存在担心、怀疑,这在随后的"一阵古怪、迅速的寒噤"等词句中得到进一步的肯定。

从上述偏离现象的分析可知:男主人公热切追求女主人公的同时,怀疑对方对自己的感情,而女主人公尽管也处于爱恋中,但小心翼翼。至于她的原因,小说在临近结尾之前都没有暗示出来。

(二)主人公的对话

除了上述偏离现象与主题的关联,男女主人公的几次对话也隐含了作者所要表达的双层主题思想。在他们的第一次对话中,比阿特丽斯总是使用祈使语气,而"我"则显得很谨慎和痴情:

"那老邮差该打![……]把这些东西放下来,最亲爱的。"

"你要我往哪儿放呢……?"

她抬起头来,甜蜜地、逗人地笑着。

"随便哪儿——好傻。"

但是我知道这儿没有这么个地方供她放东西,我宁可拿着[……]成年成月地站着,而不冒风险叫她爱精致整齐的习惯受到又一次小小的打击。

"喂——我来拿。"她把包裹[……]往桌子上用力地一掷。

对于邮差没有到达这件事,"我"的反应通过对双人饭桌的异常感受表达了出来(如前文所示),而比阿特丽斯显得特别现实,她的恼怒径直表现在言语中:"那老邮差该打!"("Blow the old postman! ")她粗鲁的语气与"我"无声的感伤相对照。此外,与她的祈使语气相比,"我"使用客气的"would"显示出"我"因为爱她而小心谨慎、担心在她面前出错的心理。当她叫"我"随便把包裹放在哪个地方时,"我"像是依然沉醉在柔情里,宁可自己劳累也不愿意搅乱想象中的她"爱精致整齐的习惯"(her exquisite sense of order)。但是"我"对她这习惯的评价却与她接下来的动作"用力地一掷"(plumped them down)形成鲜明对比,这不无反讽,因为桌子已经摆好,那么完美,却遭到了她这么粗鲁的动作。从以上对照可以看出,"我"对女主人公是近乎盲目的痴迷爱恋,而后者并没有或是不敢轻易对他付出全部真情,因而没有注意他的感受,这也许是他觉得受到伤害的部分原因。

随着小说的进展,女主人公的内心世界通过他们之间的对话逐渐展示出来。他们第三次形成鲜明对照的话语,发生在女主人公盼望的信没有到来之后。这时,她逐渐发泄出心中积怨已久的恼怒。男主人公只有零碎的几句回应,而她的话语特点是反问句多,如:"罪恶!你难道没有意识到吗?""难道你没有想到过发生投毒的数量?""难道你不同意吗?""难道你不明白我的意思吗?"这些反问句及其所在的段落,都反映出女主人公质疑世上的婚姻状况以及对自己婚姻的拷问。这也体现在以下片段中,在她随意翻阅了报纸之后,她把报纸扔在石头上,说道:

> "上面什么都没有,"她说。"没有。只有某个毒药审讯案子。某一个男人或是谋杀了或是没有谋杀他的妻子,每天都有两万人坐在法庭里听审,每次审讯过后,就有两百万字的电报发往世界各地。"

从常识可以推断,报纸的内容不可能只涉及案件,可能还会谈及其他事情,但对当时的女主人公来说,由于信件没有到来使她很失望,于是她看任何事物都觉得乏味、恼火。她认为报上"什么都没有",然后又说"只有某个毒药审讯案子";她还使用了一串干巴巴的数量词"某一个"、"每天"、"两万人"、"两百万字"来总结读到的内容。她的反应暗含着她的两次婚姻对她的伤害太大,而她的言行反过来又使男主人公"我"感觉受到了伤害。

上述分析的对话片段中,男主人公的话语很少,依旧一幅敏感、受伤害的神态,而女主人公通过动作和较多的语言表现出愤怒情绪,而且逐渐

隐现出她在婚姻中受到过的伤害。

(三)男主人公的心理活动

从整篇小说来看,"我"的说话并不多,但心理活动却占了很大篇幅;女主人公的话语较多,但心理活动却没有。把主人公的对话抽出来之后,剩下的大部分内容就是"我"的心理活动了。通过"我"的内心,读者了解到年轻的"我"在恋人身上倾注了全部热情,但又隐隐觉察到她感情的不可靠。随着他对女主人公的认识,他最终从盲目爱恋中醒悟过来。这从表面来看,小说只是在写男主人公感觉受到了伤害,但通过考察,可以看出小说也在逐渐间接地暗示出深层的内涵,即女主人公更是情感的受毒害者。小说的这一布局安排非常巧妙,需要研究者深入分析。

女主人公没有收到信件很恼怒,开始逐渐显示其真实想法。在这一过程中,作者一直在用微妙的措辞为男主人公对她内心世界的认识做铺垫。如在女主人公看报的空隙,作者突然把笔墨转到"一支烟卷"上,通过把烟卷比作"一个秘密的完美的小伙伴"(a secret, perfect little friend)以及安排"我"去抽烟,突出"我"似乎意识到了女主人公感情不专一,但意识还不够鲜明。也正是因为意识不鲜明,所以当女主人公谈论报纸时,"我"仍然渴望回到邮差来之前的浪漫情景中去。当发现实现不了时,又自我安慰:"不要紧。我情愿等——五百年也行,如果需要的话——既然我知道了。"从中可见,年轻的"我"对女主人公是多么迷恋。当女主人公由报上的下毒案件联想到自己的两次婚姻、平静地谈到前夫时,"我"的感受是"It hurt"。这里的措辞很巧妙,"hurt"可以用作及物和不及物动词,原文取不及物动词的用法把动作的受动者隐去不谈;当她说"我"连一只苍蝇都不会伤害时,"我"感到"奇怪。可是那话伤人。**伤得很厉害**"(Strange. That hurt, though. Most horribly)。作者把受动对象隐去,也许是要故意省略受伤害的对象,或是淡化、消减受伤害的程度,所以当"我"再次看到珍珠戒指的光芒时,仍然执着于盲目的感情,想到的是:"我怎么可能受她话的伤害呢?"(How could I be hurt at what she said?)可见,作者通过反复使用男主人公感到受"伤害"的形象,实际上把读者的注意力和想象力悄悄引向受伤害的真正对象即女主人公,从而实现了作者的真正意图,表达了

女性不满于婚姻对自己的约束。

当"我"对女主人公大加赞美而她却又重提让"我"担心的信件时，情景的鲜明对比使"我"恍然大悟，于是就有了小说最后的描述与"我"醒悟的心理活动。

> 她捻弄着手指间高酒杯的脚。她美丽的头下垂着。但是我举起酒杯来喝，慢慢地、审慎地呷着，一边看着那深色的头，一边想着——邮差、蓝甲虫、不是道别的道别，还有……

> 老天爷！这是幻想吗？不，这不是幻想。这酒的味道冷、苦、怪。

表面上来看，"但是"所连接的前后动作没有太大的转折关系。然而，从主题上考虑的话，它把"我"的动作与女主人公的动作、现在的"我"与前面的"我"对照起来，显现出"我"认识上的转变与成熟。而且，动词由"喝"变为"呷"，又有两个副词"慢慢地、审慎地"（slowly, deliberately）来修饰，所以"呷"这一动作所体现出来的思索形象与前文"我"的一味痴情盲目相对比，表明"我"开始学会慢慢地理智地思考问题。另外，外在的"看"与内在的"想"并列在一起，伴随"呷"这一动作，让人联想到"我"的所看所想融为了一体：她，"邮差"，"蓝甲虫"，"不是道别的道别"，等等。最后一段，通过自问自答的形式明显地表现了"我"对两人情感的突然领悟，清醒地认识到她递给"我"的这杯酒的味道："冷、苦、怪"（chill, bitter, queer）。从表层来看，最后三个字是对这杯酒的评价，以及对自己盲目爱情的反思，体现出"我"感觉受到伤害时的痛苦。似乎小说到此就结束了对主题的表达，但更进一步考察最后三个字的形式"冷、苦、怪"，我们发现，尤其是最后一个字"queer"的强调形式及意义，让人回味，留有较大的阐释余地。这杯带有特殊味道的酒由女主人公传递过来，隐含着传递者本人的类似感受，而这种痛苦感受的来源是她自己受到了前两任丈夫的毒害。因此，该短篇小说的最后措辞轻轻一点，把酒的意象、两层伤害的源头以及标题中的"毒药"二字紧紧联系在一起，共同揭示出本文的两层含义。

三、结　语

从上述三个方面对短篇小说《毒药》进行的文体分析，可以看出，"毒药"这一极具象征意味的标题至少有两层意思：表层是叙述者感受到的女主人公对他情感的伤害，深层是女主人公前两位丈夫对她的毒害。只有认识到这两层尤其是后一层意义，体会到作者对主题的多方位构建，才能把握曼斯菲尔德在该作品中要表达的内涵。

注解【Notes】

[1] 本文的译文，是在徐志摩和洪怡各自翻译的基础上稍作修改而成。

引用作品【Works cited】

Leech, Geoffrey N., Michael H. Short. Style in Fiction: A Linguistic Introduction to English Fictional Prose. Beijing: Foreign Language Teaching and Research Press, 2001.

曼殊斐尔：《毒药》，载《英国曼殊斐尔小说集》（第二版），徐志摩译，北新书局 1927 年版。

曼斯菲尔德：《毒药》，载《曼斯菲尔德短篇小说选》，洪怡译，上海译文出版社 1983 年版，第 197—203 页。

O'Sullivan, Vincent. Ed. Katherine Mansfield's Selected Stories: The Texts of the Stories, Katherine Mansfield—From Her Letters, Criticism. New York: W. W. Norton, 2006.

Porter, Katherine Anne. Life into Art. Katherine Mansfield's Selected Stories: The Texts of the Stories, Katherine Mansfield—From Her Letters, Criticism. Ed. Vincent O'Sullivan. New York: W. W. Norton, 2006.

申丹：《叙述学与小说文体学研究》（第三版），北京大学出版社 2004 年版。

申丹：《深层对表层的颠覆和反讽对象的置换——曼斯菲尔德〈启示〉之重新阐释》，载《外国文学评论》2005 年第 3 期，第 15—25 页。

《查特莱夫人的情人》中的庄子生态哲学思想

李　璐

内容提要：英国作家劳伦斯的作品《查特莱夫人的情人》中的生态观体现了中国哲学家庄子提出的"齐物"、"化物"和"顺物"的哲学思想。通过康妮对自然的认识过程，劳伦斯从正面说明了自然对于人类的积极影响和作用，人类只有融于自然才能获得平静与幸福。通过批判克利福德的言词与行为从反面说明了与自然为敌的危害性。在对天地万物的态度上，有前瞻眼光人们的思想跨越了时间和空间的界限，达到了统一。

关键词：庄子　自然　康妮　克利福德

作者简介：李璐，合肥市安徽大学大学英语教学部讲师，研究方向为英美文学。

Title：The Ecological View of Zhuangzi in *Lady Chatterley's Lover*

Abstract：The ecological view in Lady Chatterley's Lover by British writer Lawrence coincides with the view of Chinese philosopher Zhuangzi，who proposed the idea of "equality of things"，"integration of substance and ego" and "conformity with nature". Through Connie's coming to nature and melting to nature，nature's positive effect on man is presented obversely. While through criticizing Clifford，the danger of destroying nature is raised. In this way，Lawrence shows the influence of nature reversely. As for the attitude to nature，people with foresight share the similar opinion in spite of the difference in nation and era.

Key words：Zhuangzi　nature　Connie　Clifford

Author：**Li Lu** is a lecturer at the department of College English Studies，Anhui University，Hefei，China. Her research area covers British and American literature. Email：lilu123@tom. com

英国作家劳伦斯长篇小说的收山之作《查特莱夫人的情人》一直受到学界的关注，其中的生态观在近年也颇受重视。不少学者从起源于西方的生态批评的视阈对其进行了分析，然而，少有学者注意到这部作品的生态观与中国古代哲学家庄子哲学思想的契合之处。本文将从庄子的道家哲学视阈再次审视《查特莱夫人的情人》的生态观，从一个新的角度解读这部作品，解读劳伦斯的生态观。

一、引　言

庄子与劳伦斯虽然所处年代和国家不同，但是他们生活的历史背景颇有相似之处——都是社会剧烈变革的转型时期。

庄子生于战国初年（约前369年—前286年），此时正值中国从奴隶制向封建制度过渡时期，诸侯兵戎相见，战乱频繁，社会动荡不安，生灵涂炭，是一个"争地以战，杀人盈野；争城以战，杀人盈城"的时代（朱熹 354-355）。目睹此情此景而却无力改变现实，庄子把视线转向了"自本自根"（《庄子·大宗师》）的自然之道，相信它就是化育万物的生命本源，是宇宙间"最恒久的真、最崇高的善、最纯粹的美"（王素芬 2），主张回归自然、体会自然之道以指导人生和社会。

而生活于19世纪末20世纪初（1885—1930）的英国作家劳伦斯虽然比庄子的时代晚了将近两千年，但同样处于社会转型的激烈动荡时期。此时，英国的从自由资本主义迅速转型过度到了垄断资本主义。大工业跨着隆隆的脚步而来，以势不可挡的姿态侵吞美丽富饶的田地，践踏吞噬着自然环境，"满目之所见尽是些变黑了的子、锐角发着亮光的黑石板屋顶、夹杂着煤屑的黑泥、又湿又黑的人行道。仿佛一切的一切都被凄凉阴郁的情绪所浸透，完全与自然之美背道而驰，完全与生之快乐背道而驰,完全没有鸟兽对于形态美的本能,人类知觉官能的死亡是令人震惊的"(劳伦斯,《劳伦斯文艺随笔》:188)。

由于受到社会残酷现实的猛烈冲击,看似生活在毫无关联的不同的世界中的庄子和劳伦斯的生态观有了惊人的相似之处。

二、庄子思想的正面体现

在自然与人的关系上,庄子的生态哲学思想首先强调的是"齐物"。"齐"就是"同等"。"齐物"就是"生无贵贱、万物同一"。庄子说道:

> 行之而成,物谓之而然。恶乎然?然于然。恶乎不然?不然于不然。物固有所然,物固有所可。无物不然,无物不可。故为是举莛与楹,厉与西施,恢恑憰怪,道通为一。

> （《庄子·齐物论》)

即道路是行走而成的,事物是人们称谓而就的。事物皆有两面性,都有"然"、和"可"的理由,也都有"不然"和"不可"的道理。因此,不可只守一偏以定论。因此之故,小如草茎和大如屋栋,丑陋如厉人和美丽如西施,以及各种千奇百怪的事物,从"道"的观点看都是相通而同一的。人和其他万物一样,均是自然生态系统中的普通一物,各有他人他物不可替代的价值。所以庄子认为应当"齐万物以为首"(《庄子·天下》),就是把齐同万物作为首要的事。

《查特莱夫人的情人》女主角康妮在小说中就经历了从无意识地接触自然到意识到万物是与自己有着平等地位的主体的认识过程。劳伦斯虚构了树林这个小小的世外桃源(它代表了鸟语啁啾,花草菁菁的未被毁坏的原始自然环境),而康妮与树林关系的变化代表了人类与自然关系的变化。

小说始于 1920 年寒风萧瑟的秋天,新婚夫妇康妮和克利福德回到了拉格比。新郎克利福德双腿瘫痪,失去了性能力,从此远离自然,对精神活动顶礼膜拜。与克利福德的无聊空洞生活使康妮意识到一种"日渐强烈的不安",她想逃避克利福德,于是她开始逃往树林。她常常丢下克利福德,跑过猎园,趴在树林的蕨草丛中。此时,她对树林的接触并不是出于喜爱欣赏,树林只是她的"一个避难所,一个庇护地"。(劳伦斯,《查特莱夫人的情人》:21。以下《查特莱夫人的情人》的引文页码均在引文后直接标出)甚至"……

不真是她的避难所和庇护地,因为她与它没有关系。它只是她可以避开其他人的一个去处罢了"。因为此时,她与树林还仅仅是陌路人,尚不能以身心去感受自然的作为主体的气韵节律,她"未真正触到它的精神实质"。(21)

随着精神的萎靡,康妮的身体伴也日渐消瘦了。一天,她在镜子里看到自己曾经"丰润"、"瓷实"的胴体已经"纤瘦"、"松弛",不禁倒在床上失声痛哭。"身心俱损"的她知道自己的生活必须改变,只是茫然不知如何去改变。

渐渐地,她开始喜欢去树林了,因为她在树林里能够"享受到一份真正的孤独",看不见任何人。在对人失望之后,她感受到了自然界散发的独特的魅力,自然的气息默默地安抚着她:

> 古老的树林散发出忧郁的古代气息,这气息使她感到安慰,……老树具有一种非常强大的沉默的力量,同时又体现出一种充满生命力的存在。它们也在等待:固执而淡薄地等待,散发出沉默的潜能。(77)

这是一个主体对另一个主体的充满希望的默默等待,等待被发现,被认识,被了解,被承认,这个过程在康妮与自然一次又一次的接触中渐渐实现了。树林的存在是客观的,它的自然的力量亦有着客观性,不是由人创造出来的。自然作为主体拥有自己独立的精神实质,与人类拥有同等地位,并无高低贵贱之分。

在指出万物拥有平等地位的基础上,庄子进一步提出"物化"的观点。他明确提出,人与天地万物是有机联系在一起的,"非彼无我,非我无所取。是亦近矣……"(《庄子·齐物论》)也就是没有大自然,就没有我,如果没有我,大自然的赋予也就无从实现。可见我与大自然原为一体。万物有灵,人与万物可以相生相契,互相交融。只要静心体悟天地万物的存在,便能与自然融为一体,不分彼此,达到"物化"或"天人合一"的境界,获得"至美至乐"(《庄子·田子方》)的享受。以庄子看来,这就是人与天地的极致和谐状态。

著名的《庄周梦蝶》中描述的就是这种境界:

> 昔者庄周梦为胡蝶,栩栩然胡蝶也,自喻适志与!不知周也。俄然觉,则蘧蘧然周也。不知周之梦为胡蝶与,胡蝶之梦为周与?周与胡蝶,则必有分矣。此之谓物化。

> (《庄子·齐物论》)

在这个故事里,庄周便是不自觉地融于自然,与蝴蝶合而为一,与天地合而为一。这种"物化"的美好和谐境界不仅具有强大思辨能力的哲学家庄子可以达到,普通人亦可以领略,比如《查特莱夫人的情人》中的康妮。在大地回春、万物复苏的三月,康妮漫步来到树林,此时,大自然的勃勃生机默默渗入了她的身体发肤。

> "你必须重生!我相信肉体之复活!……当报春花吐蕊之时,我也会再度出现,来看太阳!"在三月的风中,无穷的词语在她意识中掠过。(103)

在这万物萌发、莺啼燕喃的春季,她感受到了树林的自主生命力,触摸到了大自然的整体生命和谐的节律。由于人本来就生成于自然的节律之中,所以自然的节律形式通过感应给人的生命注入活力。

接着:

> 康斯坦斯坐下来,背靠在一棵小松树上,小松树在她背后以一种奇异的生命力摇动着,富有弹性,有力而向上。这挺立着的活生生的东西,把昂着的头沐浴在阳光里!她望着那些在一阵突现的阳光中变成金黄色的水仙花,阳光也温暖了她的手和腿。(104)

小松树和水仙花也是主体,有其固有的价值与权利。整个生态系统,也就是包括土壤、岩石、水、植物、动物等的整个自然界,都有其固有的价值与权利。它们同时也是主动的主体,是自立的客观世界,其内部存在着相互作用、相互影响运动,并将这一运动作用于人、给人以影响。人可以聆听万物生命的律动,与天地共生,从而获得心灵的平静舒适与精神的无穷自由。春天的阳光土壤空气哺育了小松树和水仙,这种自然界内部的作用和运动影响了康斯坦斯,使她感受到了生命的希望。在她的身体得到温暖后,这温暖又慢慢悄然潜入、弥漫滋润了她的饥渴干涸的心灵:

> 她甚至闻到了淡淡的花香。随后,由于这么静谧,这么孤独,她似乎进入到了自己的命运之流中。她一直被缆绳拴着,像一只停泊在锚地的船似的颠簸摇动;现在她松开了缆绳,随波逐流了。(104)

在自然的循环和律动中,使康妮在感应中领悟到生命的智慧和意义,无意识的温暖愉悦在精神上上升到意识的层面,她受到了启迪:

> 阳光让位给寒冷,野水仙默默地笼罩在阴影之中。他们要这样度过白天和寒冷的长夜。貌似脆弱,但却那么强壮。(104)

在这段描写中,自然世界的信息以色彩("金

黄色")、气味("花香")、光线("突现的阳光")和形体("摇动着,富有弹性,有力而向上")的形式而存在,这些形式都具有一定的力度、节奏、气势、韵律,即具有一定张力结构的节律形式。这些节律作用于康妮这个生命体,对她的生命节律进行激发、调节和引导。

劳伦斯用康妮的经历告诉我们,人本来就是大自然的一部分,从自然中生成。由于自然与人的这种生态联系,大自然能使人性返璞归真,抚慰心灵、启迪智慧。

所以,每当康妮从拉格比奔向树林,她就从死亡奔向了生命。在这儿,一切总是欣欣向荣、朝气蓬勃:红花、绿草、苍翠的树木、刚刚孵化出来蹦蹦跳跳的小鸡……在平静美好的自然环境中,康妮的心情渐渐舒畅,身体也康复了。在自然的生命旋律中,她恢复了活力。

在此,劳伦斯描写的完全是熟悉亲近的自然景物,并以一种平静融入的方式细致入微地阐述了其盎然生意。自然与人类之间的关系玲珑透明,无需说明。这不是激情浪潮的喷涌,而是一种升华为非个人化的意境,是"天地与我并生,而万物与我为一"(《庄子·齐物论》)的至美至乐境界。

三、庄子思想的反面体现

在小说中,劳伦斯不仅通过对康妮与自然关系的描写从正面表达了自己的"齐物"、"物化"的生态观,而且通过批判克利福德从反面叙述了自己的生态观。

小说中的反面教材克利福德是一个脱离自然、脱离生活的畸变的人:从战场归来后,他双腿瘫痪,失去了性能力,从此远离自然,热衷于闭门造车的脑力活动,强调"精神"和"思想"。具有讽刺意义的是,这种纯粹的精神活动反而使他精神更加空虚。他写的小说数量众多但却"空洞无物"。(17)他邀请朋友来家做客,高谈阔论,可是"他们谈来谈去,总谈不出个子丑寅卯来"。(41)克利福德这群人脱离自然真实的生活,强调纯粹的"精神"和"思想",没有基础的上层建筑当然空虚无聊。

在他与自然的关系中,他仅仅喜欢在艺术层面上看待自然,把"所有令人遐想联翩的事都付诸字词"。然而在赞美自然时,问题依然存在:他没有"齐物"的观念,无能力以主体对主体的眼光

与自然对视,只能以高人一等的态度俯瞰自然。克利福德对于自然的态度体现了曾经在生态观中占统治地位的黑格尔的看法:自然之美只是低级阶段和不完善的美,因为这种美缺乏意识和精神,因此,自然美不是美自身,而只是被提高到艺术层面上被我们所认为的美。

克利福德的思想与庄子的"齐物"主张背道而驰。在庄子看来,人类只有与天地万物保持着主体间性的关系时,自身的存在才有意义,世界才能自然而和谐地存在。德国哲学家本·雅明也曾做过类似的论述,他认为,只有在平等的关系中,万物对人类才保有一种"光晕",即:他者回眸的目光,平等对视的能力,"生命权利"的表达,"那个被我们观看的人,或那个认为自己被观看的人,也同时看我们。"如果把这种"普遍存在于人类关系中"伦理反应转换到对无生命的或自然的客体上来,就会产生对万物的光晕的体验,因此"能够看到一种现象的光晕意味着赋予它回眸看我们的能力。"(郭军、曹雷雨 6)俯视天地万物的克利福德失去了被回眸的机会,只能在永恒不变的孤独寂寞中踽踽独行。

庄子不仅有"齐物"的思想,在天人关系上,他还提出了"顺物"自然的观点,即认识和把握自然万物之道、遵循自然法则,然后顺应其自然本性、循其规律行事。因为天地有其自然本性和自然法则:

> 天地有大美而不言,四时有明法而不议,万物有成理而不说。人者,原天地之美,而达万物之理。
>
> (《庄子·知北游》)

在庄子眼中,天地的造化有其美好的德性而不表白,四季的运行有其明确的章法而不议论,万物的变化有其现成的规则而不言说,那么,身处其中的人也就应当顺应天地万物的这种"大美"而通达其存在与运行的道理。

如果扰乱天然的常道,"乱天之经,逆物之情",那么灾难性的后果将接踵而至:"解兽之群,而鸟皆夜鸣;灾及草木,祸及止虫。"(《庄子·在宥》)离散群居的野兽和飞翔的鸟儿都会夜鸣,祸患波及草木昆虫。天地万物紊乱动荡,和谐美丽的大自然将不复存在。在这种情况下,作为始作俑者、作为大自然的一部分的人类也难逃厄运。

克利福德的经历就体现这种情况。他曾经开动轮椅来到小树林,获得了与自然界亲密接触

的机会,但是他沉浸自己的精神世界中,对自然之美视而不见。不仅如此,他还无情毁坏自然环境,让车子碾过了蓝铃花和喇叭花,把爬地藤的淡黄色钟形小花压得粉碎,在勿忘我花中间无情地开辟出一条道路。富于讽刺意味的是,机动轮椅在坡地上受阻了。他开始拒绝别人帮忙,狂暴地胡乱发动机器,结果弄坏了发动机,只好恼怒地让梅勒斯和康妮把他推回去。在人类与小车破坏自然环境的同时,自然也不动声色地报复了人类与小车。劳伦斯试图告诉我们与自然平等融洽相处的重要性必要性,否则,覆巢之下,焉有完卵。与自己的生存环境为敌,人类必将自食其果,不可能独善其身。

庄子不仅反对妄为破坏自然的行为,而且主张淡泊名利,以此恢复人的本真:"无以得殉名。谨守而勿失,是谓反其真。"《庄子·秋水》他对以身殉利、殉名、殉家、殉天下的价值取向予以否定,指出名利天下均是身外之物,不能因此而丧失人的本性。

这种鄙视功名利禄的想法与劳伦斯不谋而合。他把"成功"怒斥为"婊子女神"(74),其笔下的工业家克利福德双腿瘫痪,闭门不出,一心钻研工业技术,试图以技术革新大力提高矿井工作效率,醉心于利用工业生产的野蛮手段去俘虏所谓的"成功"。由于在追逐名利的道路上作茧自缚,他与周围的芸芸众生、与天地万物完全失去了联系,好像成了一只有"坚硬"的外壳、"柔软的内髓"的生物,工业社会的"一只奇异的蟹"(134)。克利福德外表貌似坚定刚毅而内心实际空虚懦弱。他必须紧紧依附于妻子及仆人身上以获得些许精神的慰藉,否则就无法生存。他以人性的扭曲、异化为代价换取了所谓的"成功",灵魂却没有寄托,漂泊无依。劳伦斯心中的理想人物是自然人梅勒斯,他在厌倦了世俗社会的烦扰之后归隐山林。康妮选择了他作为情人并与其在自然中达到了灵与肉的完美交融,实现了庄子所推崇的"天人合一"的境界。

四、结　语

早在战国时期,中国哲学家庄子就提出"齐物"、"物化"和"顺物"的主张。他指出大自然是生命本源,天地万物生而平等。宇宙中万事万物的生成、演化有其自然规律,以其自身的节奏韵律稳定和谐地存在与运行。如果人类顺应自然

规律,则天下和谐,如果逆理而行,则天下大乱。因此,庄子倡导欣赏天地之美、聆听自然之声、敬畏生命、天人合一。

时隔两千年后,身为经济发展一路高歌猛进、傲视世界群雄的工业强国的作家劳伦斯对人类毁坏大自然的行为进行了深刻反思,其作品《查特莱夫人的情人》完美地诠释了庄子的生态美学思想。通过描述康妮认识自然的过程和批判克利福德对待自然的态度,劳伦斯说明了,要恢复自然的意义,我们必须认识并承认自然的主体性,尊重自然规律,与自然友好平等交流,融为一体。在对待天地万物的态度上,有前瞻眼光人们的思想跨越了时间和空间的界限,思想不可思议地达到了一致。

今天,"齐物"、"物化"和"顺物"的思想已经深入人心,万物平等、尊重自然规律的思想得到了世界的普遍认同。曾经被无情嘲讽打击、被不屑地批判为消极避世的哲学家庄子和作家劳伦斯终于得以被重新审视、重新定位。如今,我们已经意识到人类必须珍惜自然,让心灵与肉体融入无限的自然万物。只有这样,我们才能远离克利福德的悲剧,避免表面上精明强干、体面风光,而内心却空虚寂寞、无助恐惧。只有这样,我们才能像康妮一样,获得大地之母的不竭力量,恢复曾经的蓬勃躁动的生命力,为漂泊流浪的灵魂找到安全温馨的永久栖息地。

引用作品【Works cited】

郭军、曹雷雨编:《论瓦尔特·本雅明 现代性、寓言和语言的种子》,吉林人民出版社2003年版。

[英]劳伦斯:《查特莱夫人的情人》,赵苏苏译,人民文学出版社2004年版。《查特莱夫人的情人》的引文页码均在引文后直接标出。

[英]劳伦斯:《劳伦斯文艺随笔》,黑马译,漓江出版社2004年版。

王素芬:《顺物自然》,人民出版社2011年版。

张默生:《庄子新释》,新世界出版社2007年版。

朱熹:《四书集注》,中华书局2011年版。

多角度认识和评价《苔丝》中的亚雷·德伯

郑长发

内容提要：长期以来，我国的评论者受我国国情和历史局限性的影响，对《苔丝》中亚雷·德伯这个人物的认识和评价存在片面性和简单定性的问题。尽管近年来人们对书中人物的认识渐趋客观，但与真实全面的评价还有不小距离。本文从小说的文本出发，通过考察亚雷·德伯的出身情况和他的言行，发现他称不上是所谓的"资产阶级代表人物"，也不是"恶魔"或"邪恶之人"所能概括得了的。亚雷虽然不是完人；他有严重的缺点——愚昧无知；他有不良习惯——放荡纵欲，但他具有鲜明的个性；他敢于挑战困难，认识自己的本性；他有良心，在玷污苔丝之后，自己背负了沉重的道德包袱，但他勇于承认错误和承担责任；他对于心爱的人慷慨大度，关心体贴。不幸的是亚雷爱错了对象，他执着的爱并未赢得真爱，他是一位值得同情的悲剧人物。

关键词：《苔丝》　亚雷·德伯　多角度评价

作者简介：郑长发，文学学士，副教授，河南商业高等专科学校英语教师，研究重点是英语教育和英国文学。

Title：Multi-dimensional Understanding and Comment on Alec D'Urbervilles

Abstract：For quite a long time, in China the understanding and comments on Alec D'Urbervilles of *Tess of the D'Urbervilles* were one-sided and Alec was simply defined due to China's national conditions and the influence of historical limitation on the commentators. Although in recent years the understanding of the characters has come to be objective, true and all-round comment on Alec D'Urbervilles still has much work to do. Based on the text, looking at his family background and what he says and does, it is discovered that Alec is not the so-called "representative of the bourgeoisie", neither can "mischief" or an "evil" person summarize his character. Alec is not a paragon; he has serious demerit—foolish; he has bad habits—uninhibited, but he is a man with distinct personalities; he is brave and aware of his nature; he is conscientious and has courage to admit his mistakes and take responsibility because he is deeply guilty of his harm to Tess; he is generous and considerate to his lover. Unfortunately, Alec loves the wrong person and his persistent love fails to obtain true love. All in all, Alec is a tragic figure worthy of sympathy.

Key words：*Tess of the D'Urbervilles*　Alec D'Urbervilles　Multi-dimensional comment

Author：Zheng Changfa, BA, associate professor, English teacher of Henan Business College, engaging in the study of English education and British literature.

　　《苔丝》的作者哈代在序言中说这部书有"描叙的部分"和"思考的部分"，"在描叙的部分，简单朴素地把意思表达出来，在思考的部分，多写进去一些印象，少写进去一些主见"。[1]很明显，作者力图保持客观。但正是这少许的"主见"深刻地影响了许多读者和评论者，对于书中的一个重要人物——亚雷·德伯的评论即是明证。如何客观全面地看待亚雷·德伯？只有基于作品中他的言行才能判定他究竟是一个什么样的人物。

一、作者对亚雷·德伯的看法

　　且不说作者在亚雷·德伯出场时所给予的特写镜头"样子没长好"、"全身的轮廓带着一些粗野的神气"、"那双滴溜溜转的眼睛"[2]含有什么意义。因为不管人的模样如何，我们不应该以貌取人。

　　也不说作者通过书中其他人物之口对于亚雷·德伯的评价。爱姆寺的牧师克莱先生对儿子说"那个所谓的老德伯死后，小德伯就任意放荡，拈花惹草，犯了万恶恶为首一个淫字"。玛琳和伊茨给安玑·克莱的信中说"正有一个恶人，外面装作友善，尽量诱惑她，逼迫她"。

但看作者"亲自出马"所做的评论：

He watched her pretty and unconscious munching through the skeins of smoke that pervaded the tent, and Tess Durbeyfield did not divine, as she innocently looked down at the roses in her bosom, that there behind the blue narcotic haze was potentially the "tragic mischief" of her drama——one who stood fair to be the blood-red ray in the spectrum of her young life. [3]

（他隔着弥漫帐篷的缕缕青烟，看着她那引人作遐想而却不自觉的咀嚼动作。苔丝·德伯呢？只天真烂漫地低着头看着胸前的玫瑰花，万没预料到，在那片有麻醉性的青烟后面，隐伏着她这出戏里那个"兴风作浪、制造悲剧的恶魔"，就要成为她那妙龄绮年的灿烂光谱中一道如血的红色）

苔丝在九月深夜围场遭污之时，作者这样写道：

Why it was that upon this beautiful feminine tissue, sensitive as gossamer, and practically blank as snow as yet, there should have been traced such a coarse pattern as it was doomed to receive; why so often the coarse appropriates the finer thus, the wrong man the woman, the wrong woman the man…[4]

（这样美丽的一副细肌腻理组织而成的软毂明罗，顶到那时，还像游丝一样，轻拂立即衰衰；还像白雪一般，洁质只呈皑皑。为什么偏要在那上面，描绘上这样一种粗俗鄙野的花样，像它命中注定要受的那样呢？为什么往往是在这种情况下，粗野鄙俗的偏要把精妙细致的据为己有呢）

这两部分中涉及亚雷人格的文字主要是"tragic mischief"和"course"。目前《苔丝》有几个中译本，译者对"course"的理解没有异议，但是对"mischief"的理解和表达则不尽相同："悲惨的一幕"（吴笛）[5]，"悲剧性的祸害"[6]（郑大民），"兴风作浪、制造悲剧的恶魔"（张若谷）。《新英汉词典》中"mischief"的意思是："1、（尤指人为的）损害，伤害；危害，毒害。2、造成损害的行为（或人）；祸根。3、恶作剧。"[7]从上下文看，"mischief"指的是亚雷，也就是"造成损害的人"。因此翻译为"祸根"比较合适。显然，作者把亚雷·德伯作为纯洁的对立面——粗俗和苔丝悲剧的祸根来看待的，这种对亚雷的"主见"影响了绝大多数读者和评论者。

二、我国评论者对亚雷·德伯的看法

多数评论者从同情弱者的人之常情出发，对亚雷的评论带有感情色彩。像作者一样，他们把苔丝的最后结局与早年失身于亚雷做必然的联系，因而使对亚雷的评论片面和简单化。

包括作品的翻译者，国内评论者对亚雷·德伯的评论可以概括为：20世纪80年代以前的评论除了说他是"兴风作浪、制造悲剧的恶魔"外，从阶级立场出发的评论比较普遍，说他是"有权有势的贵族少爷"，有"纨袴子弟那种无耻的咀脸"，"卑鄙下流"，"他站在新兴资产阶级统治者的地位上"，"任意玩弄女性、胡作非为"[8]，他是"资产阶级的代表人物"[9]。20世纪80年代之后，随着中国的政治经济形势的变化，对亚雷的评论也发生了变化，但是他仍然被看作一个反面人物。评论认为他出身"富户"，是"轻浮的纨袴子弟"[10]；"邪恶"，"粗野狡诈、游手好闲的纨袴子弟"[11]；"本性难改"的"恶棍"[12]；"邪恶势力"[13]。

三、从家庭出身看亚雷·德伯

吴笛在译本序中说"与苔丝形象进行强烈对照的另一个人物是亚雷克·德伯维尔。对于这个人物，也不能像一般论者提到他时那样简单地下个定义，说他是个'肉欲主义者'、'纨绔子弟'、'阶级敌人'"[14]。

从小说中看，亚雷的父亲"是一个忠诚老实商人（有人说他是放债的），在英国北方起家。他发了财以后，一心想在英国南方，远远离开他原先做买卖的地方，安家立业，作个乡绅。"为了不让人一下知道他的过去，他特意改了姓氏。他选了他想移家居住的那块地方上世族的姓"德伯"加在他的本姓之上。但是他"对于这种事情，却极有分寸……从不随便高攀，就是使用名衔，也都循规蹈矩，从来没僭越、过分"。

亚雷的母亲"是一个白发苍苍的妇人，年纪不过六十，甚至于还不到六十"。"这儿到处都有痕迹表示出来，住在那些屋子里的，一定是个连哑巴动物都爱护的人。"

亚雷家的"宅第不是通常所说的宅第。它也没有田地，也没有草场，也没有发怨声、有怨气的佃户，叫地主用种种欺诈压迫的手段压榨剥削，来供给自己和一家的开销"。"它完全、纯粹是为了享乐而盖起来的一所乡绅宅第,只有专为居住的目的而占用的地基,和一小块由地主自己掌管、由管家经营、试验着玩的田地。"

可以看出,亚雷的父母,一个忠诚老实,一个仁慈心软。产业只是自家享用,生活富足安逸,他们并不欺压剥削他人。作品中没有说亚雷父亲有一官半职,也没有说亚雷有任何创造财富的行为或有任何官位。在外人的眼中也只是"这一家好像是一家暴发户","那个所谓的老德伯死后,小德伯就任意放荡,拈花惹草",亚雷是"一位并不完全仅仅属于一区一隅的乡曲之士,并且他那种不择手段、拈花惹草、全无心肝、厌旧喜新的狼藉名声,正开始传布到纯瑞脊本地以外",是"一个放荡轻狂玩世傲俗的青年"。

从小说提供的家庭背景看,亚雷出身于偏远乡间的一个富户人家,不过是一位衣食无忧的享乐者、"年轻的花花公子"而已,很难说他"有权有势",是"资产阶级的代表人物"。

四、从亚雷·德伯的言行看他的人格

(一)他敢于挑战困难,乐于寻求刺激而放荡不羁

亚雷接苔丝去她家时,路上他"拼命打马直跑",玩"那种不顾死活的把戏",苔丝"不免害怕起来"。德伯说:"你不知道,我下山坡,老是打马叫它使劲飞跑。我觉得那样最能叫人提神!"

说到驾车的马,亚雷说"她的脾气很怪","这匹马简直没有活人制伏得了,如果有一个活人有那种本领,那就是我了"。

苔丝问:"你怎么养了这样一匹马?"

"我想这得算是我的命吧。提伯已经踢死一个人了,我刚把她买到手的时候,她也差一点儿没把我踢死。可是,我也差一点儿没把她打死,这话还是一点儿不假。不过,她还是爱使性子,非常地爱使性子,所以坐在她后面,有时候简直说不定人命保得住保不住。"

亚雷明知此马乖戾难驯仍要买下此马,明知该马爱使性子仍放手让马车往山下飞奔。由此不难看出他敢于挑战困难又放荡不羁的性格。他为了追求刺激,性命不保也不顾忌。作者将亚雷与苔丝同归于尽的悲剧在此埋下了伏笔。

(二)亚雷并不邪恶,也不是魔鬼

苔丝的美丽、性感是不争的事实,亚雷没有理由不爱苔丝。

苔丝母亲对她父亲说:"哎呀,你还没看见她今儿那个漂亮劲儿哪,她的肉皮儿那样肉头,简直地跟一个公爵夫人一样。"

塔布篱的女工初见苔丝,互相谈论说"她真漂亮"。

作者说:"原来她外貌苗壮,发育丰满,让她看起来,比她的实际更像一个成年妇人。因为她文雅温柔,使人动情,又正在一瞬即逝那种含苞欲放的绮年韶华,所以她在围场堡出现,很招得街上游手好闲的人偷眼暗窥。"

这么一个女孩,亚雷一见就喜欢上了应当不足为奇,况且苔丝父母巴不得女儿与亚雷成亲。她母亲说:"就是他早不娶她,他晚也要娶她。因为凡是有眼睛的都能看出来,他爱她那种火热的劲儿。""他真得说是个非常漂亮的人儿!"她父亲说:"俺盼着咱们那位年轻的朋友喜欢你这么一位和他一脉相传的漂亮姑娘才好。"

因此,亚雷爱上苔丝不是罪恶或邪恶的事。只不过,用作者的话说,对于苔丝,亚雷不是"一个在各方面看来,都对劲儿、都可心的人"。

对于亚雷深夜围场趁苔丝疲乏沉睡之时将其玷污,作者也没有明确说是亚雷蓄意为之。"他那天晚上,走了一个多钟头,实在是随意而驰,有弯就拐,为的是好和苔丝在一块儿多待一些时候"。在现实中,一个"二十三四岁"的年轻人一时冲动,失去自制,并不鲜见。从道德方面而言,这一行为违背苔丝的意愿,使苔丝失去了少女的贞洁,确是一桩罪恶,但是称"邪恶"有些牵强。

亚雷不认为自己是魔鬼。

亚雷一身农人打扮到苔丝家的分派地里干活,他对发现了他的苔丝说:"一个好说笑话的人,一定会说,咱们两个这种情况,正跟在乐园里一样。你就是夏娃,我就是那个变作下等动物的老坏东西,跑到园里来诱惑你……我这亲爱、亲爱的苔丝呀,我因为你老把我看得万恶,所以才对你提这些话,把你想要说我的话,替你说出来,其实我并不是那样。"

苔丝也没有把亚雷看成魔鬼,她回答亚雷说:"我从来也没说你是撒旦,也没想你是撒旦呀!我一点儿也没那样看待你呀!"

苔丝还承认:"我本来老认为你是个坏人,其实你也许——也许比我认识的那个你好点儿。"

（三）他是有良心的人

"良心"指对是非的内心的正确认识，特别是跟自己的行为有关的。[15] 良心常被认为能引起对于做坏事的内疚和悔恨。[16]

亚雷勇于承认错误，他对自己的行为是愧疚的。他对苔丝说："很对不起，惹你伤心。本来都是我的不是，这我承认。""我情愿把这笔债还清，连零儿都不剩。""你有什么困难，不论多么屑碎，你要我帮忙，也不论多么屑碎，只要你写几个字给我，你要什么我马上就给你什么。"

苔丝在去爱姆寺牧师公馆失望而归的路上被亚雷看到，亚雷追上她说："我从前那么没出息，那么胡作非为，我想起来真惭愧；你看不起我，还没有我看不起自己那样厉害哪！"

亚雷到棱窟槐找到苔丝再次悔过，"你能不能给我一个唯一的机会，让我把从前对你作的坏事补救补救？换一句话说，你能不能答应作我的太太，跟着我一块儿到非洲去？""我太混蛋了，把你的清白玷污了！咱们在纯瑞脊那番惹人咒骂的行为，千差万差，都是我一个人的差！"

在德北一家搬离马勒村前，亚雷到苔丝的窗前对她说："你晓得，因为从前的事儿，我欠你一笔债"，"我现在能有机会稍微补报你一下，我很高兴"。

亚雷三番五次向苔丝忏悔认错，并且从他后来给予苔丝娘家的实际帮助看，他说到做到了。可见他的悔过是真心的，他不是一个虚伪之人。

（四）他有自知之明

他知道母亲不喜欢他，"我现在是不入她老人家的眼的"。

苔丝离开纯瑞脊，亚雷在送她回家的路上说："我想，我得说我是个坏人，是个该死的坏人。我生下来就坏，活了这么大，就坏了这么大，大概到死也要是个坏人！"

他承认自己爱女色："女人的面貌对于我早就魔力太大了，我怎么见了它能不害怕哪！"

他明白"重归下流"的后果："你这真可以算是'大报仇'了！四年以前，我趁着你天真无邪的时候，把你骗了。四年以后，你看见我变了一个热诚的基督徒了，你就来诱惑我，让我再反教，让我也许万劫不复！"

他知道自己的本性——一个很实际的人。

苔丝："如果你做不到——你所说的那种——武断的教条，你至少能做到纯洁爱人的宗教啊。"

"哦，不成；我不是那样的人！我这个人，总得有人对我说，'你作这个，你死后就有好处，你作那个，死后就有坏处'，总得有人对我这样说，我的热心才能激动起来。"

他对自己的言行充满自责。他说克莱牧师"想法子劝导我，指引我；我这个荒唐可怜的混蛋，可一味地侮辱他"。

他知道自己愚昧无知。他对苔丝说："我是一无所能的！我对听我讲道的人说过，一切都是上天的力量"，"上帝可不容许我说我自己是好人，你也知道我也不会说我自己是好人。我本是新近才知道什么是善，什么是恶，不过新来后到的人，有时眼光倒看的更远。"

（五）他真心爱苔丝

1. 他赞美苔丝

第一次看到苔丝，走上前就说："我的大美人儿。"后来与苔丝说话，经常开口即是"最亲爱的人儿"、"你这个漂亮的人儿"等。

看到学吹口哨的苔丝，亚雷说："我以人格担保，你那副美丽的模样，真是人间少有，画里难寻。"

围场骑马夜行，他想亲近苔丝，说："你又知道我很爱你，老认为你是世界上顶漂亮的姑娘。"

亚雷第三次到棱窟槐找苔丝，他说："你还没看见我的时候，我早就已经在麦垛上看见你那苗条的身子和美丽的面貌了——你穿着这种紧紧的护襟，戴着这种有耳朵的软帽，把你的容颜身段，衬托得更动人了。"

2. 他慷慨帮助苔丝娘家

九月深夜围场骑马夜行迷失方向后，亚雷安顿好苔丝，去弄清到了什么地方前，对她说："我告诉你一件事，苔丝，你父亲今天得到了一匹马。""小孩子们也得到了一些玩意儿。"

第一次到棱窟槐求苔丝结婚不成的亚雷说："我既是不能跟你结婚，我愿意对你自己和你丈夫帮一点忙，也不管你丈夫是谁？"

第三次到棱窟槐的亚雷说："即使我不能把咱们两个以前的关系变成合法的关系，至少我也可以：帮助你……我这点儿家当，准够你跟你父母弟妹吃穿日用的，只吃穿日用还用不了哪！只要你信得过我，我准能让他们舒舒服服地过日子。"无可奈何的苔丝虽然自己坚持不要亚雷的帮助，但还是勉强答应了亚雷的好意："你要帮助他们——上帝知道他们需要帮助——你就帮助他们好啦，不必告诉我。"

亚雷到苔丝家的分派地里干活，对她说："不过你虽然没有丈夫，你可有个朋友；我已经打定了主意，非让你过个舒服日子不可，不管你自己的意思怎样。你待会儿回到家里，就能看见我给你送去的那些东西了。"

听说苔丝娘家被马勒村人赶出村子往王陴去住时，亚雷说："你们上纯瑞脊，到我家的园子里去住好不好？……你们要是去的话，我还要把你弟弟妹妹们送进一个好学校哪。我本来很应该帮你点儿忙！""你上我那所小房儿里去住好啦。咱们再办置一些鸡鹅，叫你母亲好好地看着，你弟弟妹妹们，也可以有念书的地方。""我明天一大早儿就吩咐人把屋子打扫干净了，把墙用大白另刷一刷；屋里再生上火，到晚上屋子就干了，你们可以马上就搬进去。"

3. 他尊重苔丝，爱她而不纠缠

苔丝围场被污几个礼拜后，不辞而别。亚雷赶马车拼命追上她说："为什么这样走法？你难道不知道没人拦挡你吗？""我拼命地来追你，为的是，如果你不回纯瑞脊去，我好赶着车送你这一段还没走完的路。"亚雷舍不得苔丝离开他，但是他没有纠缠她，而是把她送到她家附近。在确信苔丝不愿跟他回去后，亚雷"轻轻一跳跳上了车，理好了缰绳，在两行长着红浆果的高树篱中间消失了"。

他难以抵抗对苔丝的痴情，第二次到棱窟槐见苔丝，临走时，他提出："你让我抱一抱吧，苔丝——只抱一抱！看着从前的老交情——"

"亚雷，我可没有人保护！另一个体面人的名誉，可就在我手里攥着哪——你想想吧——你有羞耻没有？"

"呸！也是——也是！"他把嘴唇紧咬，自己恨自己没骨气。

4. 他体贴、疼爱苔丝

九月围场林地中，亚雷看苔丝微微打颤，"你怎么就穿了这样一件轻飘飘的纱连衣裙？"他把身上穿的一件薄外衣脱了下来，温柔地给她盖在身上。

亚雷三次到棱窟槐看苔丝，基本上表达同样的心意。如第三次到棱窟槐，他说："我到这儿来，并不是因为自己把事情做错了，来埋怨你。我到这儿来，苔丝，只是要来对你说，我不愿意你这样干活儿，我是特意为你来的。""本来自从我来到这儿以后，你可以什么都不必干的，你怎么偏要干，偏要这么倔强哪！"

亚雷还到苔丝家地里干活，苔丝问："怎么，你到这儿来刨地，完全是为的我么？"

"完全为你。我只是来看看你，没有别的……我到这儿特为来阻止你，不许你这样干活儿。"

5. 他钟情于苔丝

亚雷有"拈花惹草"的恶习，但对苔丝，他很痴迷，很执着。

苔丝被污之后离开纯瑞脊，亚雷赶车追上并送她到马勒村附近。分手前，亚雷伤感地说："我恐怕你永远也不会真心爱我的了。"

亚雷遗憾苔丝不爱自己，但他确实喜爱苔丝，因此仍反复劝说她跟他回去："苔丝，你是不是还能再跟着我回去？我说实话，我真不想叫你就这么走了！""我说实话，我真不愿意叫你就这么走了。"

苔丝从爱姆寺返回路过爱夫亥，她站在听讲道的人群后发现德伯后，一心想躲开他，"但是她一活动，他就立刻认出他来了。只见她那个旧情人当时好像过电的一样，因为她对于他的影响，比他对于她的可就大得多了。他那番劝善的热心，他那滔滔的讲辞，都一齐停止，一齐消灭了。他嘴里的话，本来想说出来，但是因为她在面前，他的嘴唇却只剩了挣扎颤抖的份儿了，一个字也说不出来了"。自从苔丝离开了纯瑞脊以后，一直到那时，将近四年，德伯没见过苔丝，却一眼就认出来了，他对苔丝还是如当初那样痴迷。

再次一见苔丝而不能自主的亚雷坚定了自己十分喜爱苔丝的信念，而且他自信苔丝会回到他身边："你记住了好啦，你总归得有对我客气的那一天。"因此他放弃讲道，到棱窟槐找苔丝，"我实对你说吧，我礼拜那天看见你以前，老也没想起你来；现在我可无论怎么咬牙，怎么横心，脑子里总也摆脱不掉你的影子了"。"我原先还只当我一点儿感情都没有啦，谁想我一见你，可又旧情复发了哪！""我今天跑了这么远，一直到这儿来，就是为了来看你！""我一心一意，想来看一个女人……如果天地间，有一个我一点儿也不鄙视的女人，那就是你。"

他还告诉苔丝:"你记住了,我的夫人,你从前没逃出我的手心儿去! 你这回还是逃不出我的手心儿去。你只要作太太,你就得作我的太太!"这话着实霸道和无赖,但也正说明了亚雷对苔丝的钟情。

6. 他大度对待苔丝的羞辱

苔丝用话羞辱亚雷。在棱窟槐和在她家窗口,亚雷试图亲近时,她甚至把手套扔到他脸上,用窗户夹他的胳膊,亚雷却没生气。他不但不生气,反而继续好言相劝,希望苔丝能接受自己的帮助:"该死——你怎么这样狠! 不是,不是,我知道你不是成心的。好吧,我等着你啦,就是你自己不来,我盼望至少你母亲跟你弟弟妹妹们能来。"

执着的亚雷终于打动了苔丝,这一点从苔丝讲给自巴西回来的克莱的话可以看出。"他待我很好,并且我父亲死后,他待我母亲,待我家里的人都很好。"

(六)他是一位可悲之人

苔丝一开始就不喜欢亚雷。母亲劝她拿定主意去德伯家干活时,苔丝说:"我非常讨厌德伯先生在那儿!"亚雷在棱窟槐问苔丝为什么不能嫁给他时,她说:"你晓得,我对你毫无爱情。"虽然亚雷在苔丝和她娘家困难之时给予的关心和帮助打动了苔丝,但是她内心不喜欢他,说"他多讨人厌"。她曾告诉亚雷,"我从来没真心爱过你,没实意爱过你,我想我永远也不会爱你的"。她在杀了亚雷之后追上克莱说:"安玑,我从来就没像爱你那样爱过他,你知道不知道?"尽管亚雷深爱苔丝,但是苔丝没有真正爱上亚雷。比他死于非命更可悲的是,他对苔丝的痴迷和执着的爱只赢得了苔丝的身体,并没有赢得苔丝的心。

五、结　语

亚雷的命运正如苔丝的命运一样,在两人认识之后才出现了重大变化。有关亚雷的内容所占的篇幅虽然不到全书的四分之一,主要是与女主人公苔丝有关的言行。如果我们仔细阅读,全面考察亚雷的言行,就会发现亚雷并不是"恶魔"或"邪恶之人"所能概括得了的,他是一位虽然有严重缺点和不良习惯,但是同时也是一位有着鲜明个性、值得同情的悲剧人物。

亚雷不是一个完人。一方面,他有严重的缺点——愚昧无知;他有不良习惯——放荡纵欲。但另一方面也应看到,他敢于挑战困难,认识自己的本性。他有良心,在玷污苔丝之后,自己背负了沉重的道德包袱,但他勇于承认错误和承担责任。他对于心爱的人慷慨大度,关心体贴,但是他爱错了对象,他的执着钟情并未赢得真爱。他不是一个邪恶之人,而是一个可爱可悲之人。

注解【Notes】

[1]　[英]哈代:《德伯家的苔丝》(原书第五版及后出各版序言),张若谷译,人民文学出版社1984年版,第4页。

[2]　[英]哈代:《德伯家的苔丝》(原书第五版及后出各版序言),张若谷译,人民文学出版社1984年版。文中没有注明出处的引用及译文均来自该译本。

[3]　Thomas Hardy. *Tess of the D'Urbervilles*. New York: Washington Square Press, 1998: 72.

[4]　Thomas Hardy. *Tess of the D'Urbervilles*. New York: Washington Square Press, 1998: 72.

[5]　[英]哈代:《苔丝》,吴笛译,中国书籍出版社2005年版,第38页。

[6]　[英]哈代:《苔丝》,郑大民译,上海译文出版社2006年版,第41页。

[7]　葛传槼等:《新英汉词典》(增补本),上海译文出版社1985年版,第820页。

[8]　唐广韵、张秀岐:《评〈德伯家的苔丝〉》,载《世界文学》1959年第4期,第156—159页。

[9]　李广博:《世界文学名著选评》(第二集),江西人民出版社1979年版,第183页。

[10]　徐增同:《外国文学名著欣赏》,黑龙江人民出版社1984年版,第113页。

[11]　林之鹤:《〈苔丝〉的魅力》,载《外国文学研究》1993年第1期,第123页。

[12]　[英]哈代:《苔丝》译本序,郑大民译,上海译文出版社2006年版,第4页。

[13]　[英]哈代:《德伯家的苔丝》译本序,张若谷译,人民文学出版社1984年版,第3页。

[14]　[英]哈代:《苔丝》译本序,吴笛译,中国书籍出版社2005年版,第6页。

[15]　现代汉语词典(2002年增补本),商务印书馆2003年版,第788页。

[16]　http://baike.baidu.com/view/150628.htm.

人内心深处之原始之地：人性中怪异又黑暗之角落

——劳伦斯《菊花的幽香》的象征和自然主义手法新析

汪志勤

内容提要：劳伦斯初期的短篇小说，如《菊花的幽香》，由于其特有的自然主义手法遭遇了某些批评家和读者的非议，将之归咎于他对"人生怪异而又黑暗的角落和对人性中更为野蛮更为本能方面的关注"。劳伦斯时代的思潮，尤其倾向自然主义，其对他的创作和文艺观的形成有着不可估量的影响。他认为艺术须保持沉默，而这沉默中又蕴含着事物的秘密。以往批评界对"菊香"的读解却忽略了这一点。本文旨在通过对故事文本的评析，援引劳伦斯的文论和各家批评，以揭示贯穿于整篇故事"菊花"的深刻和含蓄的象征意义和劳伦斯所敢于触及的"人的内心深处那块原始的地方"。

关键词：菊花　象征　自然主义　全然的事实　人性怪异黑暗的角落

作者简介：汪志勤，华东理工大学外国语学院教授，硕士生导师，研究方向为英美现代小说，主要研究 D. H. Laurence 的中短篇小说。

Title：The Primitive Innermost of Humans：The Queer Dark Corners of Humanity—A New Analysis on Symbolism & Naturalism in D. H. Lawrence's "Odour of Chrysanthemums"

Abstract：D. H. Lawrence's early tales, such as 'Odour of Chrysanthemums', were lashed by critics and readers due to his unique naturalism. They attributed it to "his preoccupation with 'the queer dark corners of life and the cruder and more instinctive side of humanity'". The ideology of his time, both literary and philosophical, especially the naturalistic tendency had great impact on his writing and philosophy. Lawrence believed that art must remain silent and the silence embodied the marvels of humanity. The pity is that the critics may have failed to notice this while expounding the tale. By means of text analysis and quotation of Lawrence's thoughts in his essays and the commentsof various critics, this thesis is aimed at unearthing the sublety of the symbolism in the chrysanthemum which runs throughthe tale, and "the primitive innermost of humans" with which Lawrence was bold enough to deal.

Key words：chrysanthemum　symbol　naturalism　the whole truth　the queer dark corners of life

Author：Wang Zhiqin is professor and tutor of postgraduate studies at the Institute of Foreign Languages in East China University of Science And Technology. His research area is in modern British and American fiction mainly concerned with D. H. Lawrence's short stories and novellas.

劳伦斯的短篇小说《菊花的幽香》（简称《菊香》）作于 1909 年，是他创作生涯前 10 年的初期作品。该作问世时劳伦斯还年仅 24 岁，在伦敦郊外的克罗伊顿任小学教师，挣扎于投身文学创作还是对付顽童的极度犹豫中。这一阶段，他的创作却极为丰盛。这些作品通过女友杰西·钱伯斯的介绍得到了《英语评论》的主编休弗的赏识[1]，后者将他作为"重量级的人物"引荐给了伦敦的文学界。

以劳伦斯极为熟悉的矿工家庭为背景，故事讲述了一个上井后经常在外酗酒的矿工之妻（伊丽莎白）何以应对这种状态，并最终何以应对他惨死井下的故事。从故事的语言、人物塑造（内心独白）、人物关系和事件的自然主义叙述上看，作品显得非常精到，难以相信它出自涉世不深、年仅 24 岁的作家之手。

伊丽莎白始终是叙事焦点，她黄昏时分盼待丈夫，直到 10 点半工友们将他的遗体抬回家中。在等待活人到安顿死者数小时的时间跨度中，劳伦斯对她的内心世界做了极其丰富和细腻的描写。但是，他特有的自然主义手法、他对人性中所谓的"怪异而又黑暗的角落"的关注以及"菊花"的象征意义等都受到学界褒贬不一的评论。但是，从风行一时的文艺和哲学思潮、从劳伦斯刚形成的文艺观来对比分析《菊香》的创作，并深入到贯穿故事"菊花"的象征意义中，读者就能感悟劳伦斯的艺术创意。

一、劳伦斯萌芽中的文艺观——自然主义对抗感伤主义

劳伦斯同一时期（1908）《艺术与个人》一文对于理解《菊香》之创造不无裨益。文中他的文艺观已略见端倪，反映了他对各种流派的好恶、他的艺术倾向和创作理念的现代性。文中他针对感伤主义的言论对于读解《菊香》颇具启发："令我们不快的第三种人是英国的感伤主义者，他们沉湎在感情之中——小女孩即将遭受时间之手的摧残，它摘下了最美的花朵——所有这一切都是由某位认为这是一个好题材的人写就的。感伤是艺术家能患的最严重的疾病；感伤使艺术变得卑鄙。"（劳伦斯 1999：236）劳伦斯之小说创作（尤其早期）时常与文论中的思想不谋而合。他与感伤主义的对抗，自然会产生类似《菊香》等小说中他所特有的、会遭到读者或批评家质疑的那种自然主义手法，自然会产生通贯全文"菊花"那构思奇妙的象征意义。另外，从主人公前后的言行、她何以应对丈夫突然的死亡、面对遗体她那怪诞的表现和内心独白来看，叙事似乎确实陷入了人性中"怪异而又黑暗的角落"。但小说冷静的自然主义手法却同感伤主义大相径庭。可以设想感伤主义会怎样处理如此死亡题材。他们会大肆渲染一个贫困家庭顶梁柱的暴亡。故事将由一幅幅色彩阴郁、滚动着悲哀线条的画面构成。丧者家人势必泣不成声、食不甘味、夜不成眠。而劳伦斯在《菊香》中对死亡主题如此冷静、达观的理解和处理实质上是对感伤主义文学、对英国维多利亚小说传统的一种反动。无怪乎休弗"读了杰西寄给他的劳伦斯的作品《菊颂》（即《菊香》）开头一段以后，十分兴奋，……"（邢建昌 38）并在随后文学界举办的宴会上宣布"他发现了一个名叫大卫·赫伯特·劳伦斯的重量级的天才。"当然，作品中后来让休弗耳目一新的也是对伊丽莎白应对丈夫暴亡的那些令人不可思议的言行的描写。这些也是在批评界引起最大争议的问题。劳伦斯的早期作品中不乏这种手法问题。到后期他才从自然主义转向神话的

表现形式。不过，对于感伤主义他始终不改初衷，在1927年写的《约翰·高尔斯华绥》一文中仍不忘对其大肆挞伐："感伤主义就是把自己并不真正拥有的感情往自己身上发泄。"劳伦斯之文艺观，对于读解其文学创作中引起非议和令人不可思议的手法，乃是重要的参照。在矿区长大的劳伦斯目睹过许多悲惨的工伤事件。他自己家也经受了1901年9月他哥哥威廉·欧内斯特·劳伦斯由于肺炎丹毒综合征而不幸死亡的惨痛事件。[2]因此，对于"死亡"对人心灵的震撼，会激发什么多重或矛盾的情感，他必有切身的体会。劳伦斯忠实于自己的灵性和冲动，他势必在作品中以真实的情感艺术地再现这一主题。只是他具有自己的本体论认识，主人公才表现出"怪异"。在《书谈》（1924年）一文中他也许道出了表现人性"怪异"这一艺术创意的宗旨："康德只用头脑和精神思想，但从不用血液思想。其实人的血液也在冥冥中沉重地思想着，它在欲望和情感剧变中思想着，会得出奇特的结论来。我的头脑和我的精神得出的结论是，这个人的世界，如果人们相爱着，就会变得完美。可我的血液却认为这想法是胡说八道，……"（劳伦斯 2004：200）直到晚期，劳伦斯依然对人性和人生持阴郁的自然主义态度，只是他藏起了锋芒，将人物的"怪异性"从现实世界转置于神话世界之中。

二、菊　　香

故事中，淡淡而又阴郁的菊花幽香似乎始终是死神的阴影。菊花在中国文人的视野中有傲岸、隐逸、清奇、坚贞、刚毅、无畏等品性。但在西方菊花常常是一个禁忌的花种。如在法国，菊花只有葬礼上才用，友人互访或晚宴前，可送任何品种的鲜花，但切不可送菊花。即使在作为吉祥之花的中国，白色菊花也表示哀挽之意，在殡葬场所常用以白色、黄色菊花为主的花饰。

劳伦斯用这种在东西方都具有悲怆意味的菊花来贯穿整个故事，有其特别的用意。女主人公特别怜惜菊花。在她住宅花园的"小径旁边，点缀着一些纷乱的粉红色菊花，宛如挂在矮树丛上的粉红碎布。"（89）她5岁的男孩约翰"扯着一簇簇高高低低的菊花，把花瓣大把大把地沿小路扔下"（90），即遭到她的训斥："别这样啦，这太可恶了。"[3]即她又"突然神情可怜地折断了一枝有三四朵蔫了的花儿的细枝，把花儿贴在自己脸

上。等母子俩到了小院子里后，她的手游移起来，接着，她没有把花儿放开，反而把它别在自己的围裙带子上。"(90)从这一行为的表层意义看，她对菊花怀有一种近乎宗教的感情。另外，即使在她那间狭小寒冷潮湿而又无法生火的起居室里也饰有两个插着淡红色菊花的花瓶。当一个抬着她丈夫遗体的工友在这间难以转身的房里为碰翻了一瓶菊花而尴尬并将担架放下时，她"没有去望她的丈夫"而是"等可以挤进那间房之后，立刻走去把打破的花瓶和菊花拾了起来。"(110)令常人惊愕的是菊花之神圣似乎已盖过她对丈夫暴亡的悲痛。劳伦斯似乎用她对菊花超乎常情令世人愕然的情感给作品蒙上了一层怪异的色彩。再深入读解，菊花的象征意义更为费解，并随之产生更多欣赏的角度——宗教、文化、两性或同性关系等——足以让读者迷失在其异质性中。但众多的阐释势必会解构小说的主旨，而且这篇作品的严肃性也不会给批评的故弄玄虚留有余地。

通过"菊花"劳伦斯巧妙地暗示或交代了人物和他们之间的关系，如故事开头伊丽莎白与男孩约翰和女孩安妮的关系。"菊花"在人物间的对话中充当着一种奇妙的媒质。先是伊丽莎白与她5岁的儿子约翰在花园里的那场对峙。约翰因极为不满母亲对他的严密管制而闷闷不乐，从而拼命地踩蹦菊花以泄怨气。他知道她怜惜菊花而故意为之。她为儿子的这种野蛮和恶作剧而恼怒，从而训斥他，命他停止那种可恶的(nasty)行为。在他的行为中她不仅可以看出她自己那沉默与执拗的个性，而且"还从孩子只顾自己、不关心其他一切这一点上看到了他父亲的为人。"(93)而且这个5岁的人物始终与黑暗和阴影联系在一起，宛如常年在地下劳作的沃尔特·贝兹。他似乎是阴暗和蒙昧的化身，始终处于黑暗和麻木不仁。他无法感受绽放中散着丝丝幽香菊花的美。与他形成鲜明对比的是他姐姐安妮的敏感和聪慧。她能在粗鄙的矿工家庭中感受和捕捉到一种朴素的美。同样是面对午后茶时的炉火，她竟有如此的赞美："在火光下看，一切的确很美"(95)最动人的是她突然发现母亲围裙上的那朵菊花而闪现的惊喜：'您的围裙上有一朵花！'孩子说，她对这件异常的事情感到有点儿欣喜。"(96)随即母女俩围绕菊花的那场对话似乎已暗示出菊花的某种象征意义：

安妮仍旧弯身对着她的腰。母亲烦躁地从腰带上取下了那枝花。

"啊，妈——别把花儿取出来！"安妮一边喊着，一边握住母亲的手，想把那截小树枝重新插进去。

"真胡闹！"母亲把脸避开说。孩子把那枝蔫了的菊花放到唇边，嘟哝说：

"这些花闻起来多香呀！"

母亲短促地笑了一声。

"不，"她说，"我不觉得香。我和他结婚的时候，菊花正开着；你生下来的时候，菊花也开着；他们第一次把他送回家来，他喝得烂醉的时候，纽扣眼里也是别着一朵褐色的菊花。"(97)

这对话暗示了菊花对于伊丽莎白人生的各个阶段举足轻重的意义。她的举止言行复现出劳伦斯母亲莉迪亚·劳伦斯的身影。"她是一个身材修长、神态高傲的女人，相貌漂亮，生着两道乌黑的眉毛。"(89)另外，她口语中标准的伦敦音与其他矿区居民的伊斯特伍德方言形成鲜明的对比。[4]相对应的是，从劳伦斯小时候起，莉迪亚便逼迫他讲标准英语[5]，竭力要把他培养成一个"上等人"。因为莉迪亚"出身于古老的苏格兰世家，有着强烈的优越感"(邢建昌 5)，自身也受过良好的教育。再者，伊丽莎白的家虽贫寒，但劳伦斯却用暖调子描绘了她厨房的整洁和壁炉的温馨。而奥尔丁顿也有一段回忆："他们最新的住宅'林恩小屋'是'一幢摆设齐全的舒适屋子'，劳伦斯自己也'为他的家而感到自豪'，认为'它有某种特色'。他认为壁炉前的地毯和靠垫'暖和舒适'，'图画品味高雅，瓷器漂亮，台布好看'"(奥尔丁顿 66)。而为伊丽莎白所不以为然的另一矿工家却脏乱不堪："长沙发和地面上放着小上衣、小裤子和孩子们的内衣；四处还乱扔了许多玩具。"(101)根据这些细节，我们极易在劳伦斯生活中追溯到对应的人物原型和事件。但伊丽莎白的"菊花"情结(即她对菊花超乎常情、怪异的情感)，却正如弗莱在论及埃及的故事《兄弟俩》时所说的，"它已抛弃了与'生活'的外在类比"(弗莱 191)。劳伦斯的这则故事，由于"菊花"那传奇般的象征意义，正如"这则埃及故事通过这一神话般的情节而获得一种抽象的文学品位，讲故事的人本可同样轻易地用更符合'现实主义'的方式处理这个小问题的，不过看来埃及文学也跟其他艺术一样，更喜欢一定程度的风格化"(弗莱 191)。这段话与劳伦斯在"艺术与个人"中批评"现实主义"的那段论述异曲同工：

艺术是让我们保持沉默的,这初始的沉默中包含着事物的秘密,包含着伟大的目的,而它们自己却默默无言;没有任何语言将它们道破,没有任何思想将它们思考,……当托尔斯泰要求艺术应该是明白易懂时,他使自己的目的化作了泡影。人类的命运似乎就是去最大限度地了解一切,而人们通常又不忍心去接触没有一层文字的衣裳的赤裸裸的玄义。(劳伦斯 1999:234)

劳伦斯无意以写实来给人性深处的善恶恩怨套上语言的镣铐,而始终让菊香默默暗示故事的"玄义"。在起居室,在瓦尔特的遗体被送回之前她就已经闻到"有一种寒森森的、死一般的菊花幽香"(109)。在这间房里菊花让这对夫妇进行最后一次对话。之前它还只是活人间对话的媒质。现在这或许是活人和死人间一次形而上的交流。"伊丽莎白站在那儿,望着这些菊花。她转过脸,估计了一下长沙发和碗碟橱之间的地上够不够陈放他。"(109)菊花曾是一个高贵的女性与她那长年酗酒、生性豪放靠本能生活的丈夫交流的唯一媒质:恋爱结婚时它盛开着,女儿出生时它盛开着,那醉鬼被抬回家时"纽扣眼里也是别着一朵褐色的菊花。"可以想象如此夫妇,除了肉体间的交融,尚存的其他对话方式。正是在菊花盛开的季节这对青年结成了人生的伴侣。而吸引那位古老世家的淑女的也许就是年轻人那"手臂上肌肉发达,头发乌黑稠密(只是瓦尔特是淡黄头发),胡子浓密,看上去'充满阳刚之气'"(奥尔丁顿 5)的模样。盛开的"菊花"见证了他们那段结果糟糕的罗曼史。他们头生的女儿也是在那个弥漫着菊香的季节来到了人世。婚后这对旨趣天壤之别的夫妇的家庭生活显然是极为不幸的。丈夫只能长期在外借酒浇愁,他似乎不能在清醒时面对这样一个出身名门、由于"良好的教育"脑中老是有某些知识和理念在作怪的妻子。烂醉的他回家后的情景可想而知。不过,他第一次喝得不省人事被人抬回家时居然"纽扣眼里也是别着一朵褐色的菊花"。如果菊花是他们感情上的信物,此举似乎令她百思不解:莫非他还存有对这段爱情有一丝温馨的回忆?这婚姻由于丈夫酗酒而经历百般周折。他们的关系似乎已山穷水尽,夫妻间的温存也荡然无存,即使他喝得烂醉带着"一身矿坑里的泥灰"被人抬回后在家里的地上打滚,她也"绝不给他洗。他可以躺在地上"(97)。唯一可以维系这家庭、让她保持生存意义的便是这段晚秋时略带凄

惨意味的回忆了。尽管绽开的菊花对她已失去往日的芬芳,可起居室到了季节仍饰有两瓶散着丝丝幽香的菊花。那莽撞的工友搬遗体时不慎碰翻了一瓶菊花,这势必又要触动她那段辛酸苦涩的回忆。因此,她与死者的对话是形而上的。如果菊花是他的爱情之作,她对菊花翻倒的反应宛如观者面对一幅画作与已故画家进行的对话。菊花之妙用蕴含着劳伦斯大师之创意,也与上述他文论中的观点契合。故事中菊花始终默默无言地散发着幽香,让读者身临深秋之境去品味其深刻而又悠远的象征意义。

三、全然的事实还是对"怪异而又黑暗的角落"的关注

死者遗体回到自己的起居室后的那一幕将故事推到了高潮,是最为精彩的场面。两个跪在他两边替他擦洗的女人不禁令人想起圣母玛利亚哀痛地抱着死去的耶稣的画面。虽然劳伦斯 16 岁时就"已经'批判并克服了基督教的教条'","尽管在青年和成年期他可能在理智上竭力地反叛它,但这种影响(指基督教)却从未完全脱离他。去世前不到两年前,他写到在凄凉丑陋的教堂里颂咏的赞美诗,……他还强调了《圣经》对他的永久性的影响"(奥尔丁顿 18)。写这故事前劳伦斯就经历了哥哥死亡的事件,感受到宗教上虔诚的母亲丧子的哀痛及死亡之庄严和神圣。因此,这一幕宗教象征意味浓厚,并具有神话色彩。受洗意味着涤除灵魂中的罪恶,获得解救和新的生命。这就赋予这一幕一种神性,使故事"获得了一种抽象的文学品位"。"受洗"后他显然获得了新生(或永生):"最后,洗完了。他是个体型好看的人,脸上没显出一丝酗酒的迹象。"(114)连他年迈的母亲也嘟嘟嚷嚷地这样祈祷道:"他白得像牛奶,……愿上帝赐福给他,……"(114)他的罪孽因此消除了。上帝只有通过死亡才能赦免罪恶,活着的机体却永远陷在罪恶之中。生前她无法改变他,只指望他受伤照顾他时"使他摆脱掉喝酒和种种讨厌的坏习惯"(106)。现在他羔羊般躺在起居室的地上,摆脱了罪而获得安宁。

但他的安宁又是"多么神圣不可侵犯啊!"(113)"伊丽莎白用脸蛋儿和嘴唇亲遍了丈夫的遗体。她似乎在倾听,在询问,试图取得某种联系。然而,她办不到。她被赶走了。他是无法渗透的。"(113)接着她又深切地感受到"他对于自

已成了一个多么陌生的人"(115)这段已有身孕的她面对丈夫遗体的独白表现出劳伦斯的自然主义对人性的全面关注。因此在生者与死者的对话中劳伦斯不仅表现出死亡在人性中激发的深沉的宗教感情，而且也表现出人性中面对亲人的死亡不可思议的、"已抛弃了与'生活'的外在类比"的一面。这些内心独白形成读解上的挑战。"一个正在清理丈夫遗体的妻子竟突然会对他们之间的距离感到恶心，并油然产生了对其陌生性的恐惧。"(Coroneos & Tate 107)因为她觉得"在另一个世界里，他对于她将是一个陌生人。"(116-117)按通常自然主义手法，夫妻无论到何种地步，一方的去世都足以让对方主要感到的是悲切，而不是她那种"无关痛痒的"意念。行为上她也是匪夷所思般地务实，置死人于不顾而首先关注那块心爱的地毯。怕弄脏它，她在地上铺了桌布来停放他的遗体。工友碰翻菊花，她首先想到不弄湿地毯。因此，碰翻的菊花又显出另一层象征意义，这便引发了劳伦斯自然主义中另一深刻的问题。

科恩·科罗尼奥斯以及特鲁迪·塔特(Coroneos & Tate)在《劳伦斯的短篇小说》(Lawrence's Tales)一文中将"对亲人去世如此之反应"归之为"劳伦斯对人性中'怪异而又黑暗的角落'之关注"，并提到劳伦斯其他两篇作品中类似的问题。在短篇小说《微笑》(1926)中，一男子"神志不清地站在已故妻子的床前，凝视着她的脸，'内心却涌动着大笑，不禁哼出声来，脸上露出匪夷所思的微笑。'(WWRA, 73)"(Coroneos & Tate 105)他提到这手法在写于《微笑》之前的《儿子与情人》(1910)中已具雏形。"保罗·摩瑞尔和他的妹妹面对母亲的遗体却咯咯地傻笑。"(Coroneos & Tate 107)关于学界对劳伦斯早期短篇小说《普鲁士军官和其他故事》的评论，科罗尼奥斯如是介绍道："对小说集故事中所展示的张力他们虽然表示钦佩。但他们却极为不满作者那种阴郁地看待人生的倾向，对那种毛骨悚然的自然主义手法的偏好，还有他对人生怪异而又黑暗的角落和对人性中更为野蛮更为本能方面的关注。"(Coroneos & Tate 106)科罗尼奥斯本人则认为："劳伦斯早期自然主义的精确和明晰的表现手法展示了作家的失控而非对人性怪异而又黑暗的角落的好奇。"(Coroneos & Tate 107)但总体上劳伦斯乃是以作品中人性的全部

事实为准绳，而不仅仅关注其黑暗面。《菊香》中他表现了面对亡夫已有身孕的伊丽莎白，其手法乃是对传统中感伤主义的反动。文学中劳伦斯将人物分成保持纯真的"自然人"和自由的人类个体心理已颓败的"社会人"。[6]在他看来多数作家都惧怕触及"人的内心深处那块原始的地方"(劳伦斯 1999：43)，并对精神分析和心理小说颇有微词。"弗洛伊德之流对最古老的人类本性——与上帝还没有分家时的人类本性——的仇恨是刻骨铭心的，在心理学家看来，这一本性就是恶魔，就是一群纠集在一起令人心惊肉跳的毒蛇。"(劳伦斯 1999：43)而"恶魔"、"毒蛇"正是堕落的驯服者眼里被歪曲的幻象，"他们被驯服的过程是一部历时千百年的耻辱史。人类本性是永远驯服不了的，驯服者对它又是恨又是怕，但是那些在内心深处对它抱有崇敬之心的人却是无所畏惧的"(劳伦斯 1999：43)。劳伦斯注重未遭"文明"驯化依然纯真的"自然人"。这种人物，他们匪夷所思的言行往往是叙事的焦点。伊丽莎白也不例外。批评家怕触及"人性之原始"才拿"他对人生怪异而又黑暗的角落和对人性中更为野蛮更为本能方面的关注"来治罪。但伊丽莎白却人格完整，她既有被文明驯服的一面，又具有未遭其蹂躏自然人的本性，后者恰恰表现在她面对死者怪诞的举止和内心独白中。

奥尔德斯·赫克斯利(Aldous Huxley 1894—1963)在《悲剧和全然的事实》(Tragedy and the Whole Truth)一文中的观点对认识劳伦斯"对人性怪异而又黑暗的角落的专注"不无裨益。他援引了荷马《尤里西斯》的一段故事："奥德赛和他的伙伴们眼睁睁地看着海兽西拉活吞了他们的六个伙伴。在这惨不忍睹的事件之后他们却做了精美的晚餐。满足了饥渴他们想起惨死巨兽口中亲爱的伙伴们，这时才泪如泉涌。但不久睡意又盖过了哀痛让他们堕入了梦乡。"(Huxley 21)在赫克斯利看来这则故事叙述了全然的事实，而悲剧则表现经过提炼部分的事实。"不过，荷马却宁可告诉读者全然的事实。他知道最悲痛的哀悼者也少不了饮食，因为人满足饥渴的需求远胜于挥洒泪水倾泻悲痛的需求。……简言之，荷马拒绝用悲剧手法来处理这个主题，他宁可讲述全然的事实。"(Huxley 23-24)叙事中劳伦斯乃崇尚全然的事实，其人物"自然人"之本性如何夸张都还在全然事实之范畴。

他的小说创作没有一件符合赫克期利定义的悲剧作品。[7]赫克期利自己也承认了这一点，并将劳伦斯列入了当时五名只写全然的事实的文学巨匠。

《菊香》中事件虽悲惨，人物性格却无悲剧性。伊丽莎白尚存"自然人"本性，对丈夫的暴亡也经历了复杂微妙的心理历程。对刚进房的遗体，"看到他死后朴实、庄严地躺在那儿"，两个女人都怀有敬畏之情。她"看到他安静地躺着，多么神圣不可侵犯啊！她和他丝毫无关。这一点她无法接受"（113），只是在她"用脸蛋儿和嘴唇亲遍了"他后才认识到死亡的意义、她和她的孩子还有那行将出世的婴儿与死者的关系。面对这么一具遗体，她充满了矛盾与困惑，情感混杂。"她心里对他一直充满了悲怆与怜悯。他受了些什么罪啊！"（116）但她又觉得"孩子们是属于生活的。这个死去的人跟他们毫无关系。"（116）对于幼小心灵，她不愿让死者多打扰哪怕一个晚上。贫困中，对生者前途的担忧盖过对死者的哀悼，宛如荷马故事中饥渴盖过对死者的哀痛。这即是劳伦斯基于"尊重全然的事实"的自然主义手法。由此来读解，我们便能感悟他"关注人性中怪异而又黑暗的角落"的用意并品味那一丝丝阴郁的菊花幽香。

注解【Notes】

[1] 邢建昌：《劳伦斯传》，中国广播电视出版社 2003 年版，第 38 页。

[2] ［英］理查德·奥尔丁顿：《劳伦斯传》，黄勇民、俞宝发译，东方出版中心 1999 年版，第 136 页。

[3] ［英］劳伦斯：《劳伦斯短篇小说集》，主万等译，上海译文出版社 1983 年版，第 90 页，其原译文为"别这

么做——看起来太邋遢啦"，而劳伦斯原文为"Don't do that-it does look nasty"。从本文的视角，"邋遢"在意义上有缺失。"nasty"还是取其"spiteful"或"ill-natured"之意为好。

[4] D. H. Lawrence. The Prussian Officer and Other Stories. Cambridge：Cambridge University Press，1983。原文中能体味到矿区居民的伊斯特伍德方言。

[5] ［英］理查德·奥尔丁顿：《劳伦斯传》，黄勇民、俞宝发译，东方出版中心 1999 年版，第 67 页。

[6] 分别参阅《小说与情感》和《约翰·高尔斯华绥》二文，选自［英］劳伦斯：《劳伦斯读书随笔》，陈庆勋译，三联书店 1999 年版，第 43、55 页

[7] 吴景荣、丁往道、钱清合编：《当代英文散文选读》（下），商务印书馆 1980 年版，第 25 页。

引用作品【Works cited】

［英］理查德·奥尔丁顿：《劳伦斯传》，黄勇民、俞宝发译，东方出版中心 1999 年版。

［英］劳伦斯：《劳伦斯短篇小说集》，主万等译，上海译文出版社 1983 年版。

［英］劳伦斯：《劳伦斯读书随笔》，陈庆勋译，郑克鲁编，三联书店 1999 年版。

［英］劳伦斯：《劳伦斯文艺随笔》，黑马译，漓江出版社 2004 年版。

［加］诺思罗普·弗莱：《批判的解剖》，陈慧、袁宪军、吴伟仁译，百花文艺出版社 2006 年版。

邢建昌：《劳伦斯传》，中国广播电视出版社 2003 年版。

Coroneos Con & Tate Trudi. "Lawrence's Tales", The Cambridge Companion To D. H. Lawrence. Edit Anne Fernihough. Cambridge：Cambridge University Press，2001.

Huxley Aldous. "Tragedy and the Whole Truth"，《当代英文散文选读》（下），吴景荣、丁往道、钱清合编，商务印书馆 1980 年版。

新女性的"新"与"悲"

——《占有:一部传奇》中的女诗人拉摩特形象解读

张 璐

内容提要:《占有:一部传奇》是英国当代文学的经典作品。小说所塑造的维多利亚时期女诗人拉摩特是解读这部小说的关键人物之一。本文以女性主义理论为基础,从社会历史的角度深入研究拉摩特所表现出的新女性气质,探讨她在追求职业理想、颠覆男权叙事传统、争取精神和生活上的平等自由等方面所做出的努力;同时,通过分析其被物化、妖魔化的悲剧命运,揭示男权社会对新女性的贬抑、伤害,以及其悲剧命运的成因。

关键词:新女性自身价值 平等自由 悲剧 他者 女巫

作者简介:张璐,天津师范大学外国语学院讲师;山西师范大学博士研究生,主要研究方向为英美文学和中外戏剧比较。

Title: A Study on the Image of Christabel Lamotte:New Woman and Her Tragic Destiny

Abstract: In Possession:A Romance, British novelist A. S. Byatt is greatly concerned with the female existence. This paper tries to explain one of the novel's main female characters Christabel LaMotte's modernity and the predicaments she faces. LaMotte is a representative of the awakening splendid women of Victorian Age—she takes literary creation as her career, rejects marriage and lives an independent life. Yet all her efforts prove to be pale and impotent in the patriarchy society; she is distorted as a "sex other" under the gaze of the male, loses her fertility and ends her life in solitude and pain.

Key words: new woman self-worth equality and freedom tragedy the other an old witch

Author: **Zhang Lu** is a lecturer at Foreign Languages College in Tianjin Normal University (Tianjin 300387, China) and candidate for doctoral degree at Shanxi Normal University (Linfen 041000, China), specializing in contemporary American and British literature and comparative drama studies. Email: lillianhere@126.com

《占有:一部传奇》(1990)(以下简称《占有》)是英国当代文学批评家、小说家 A·S· 拜厄特最具代表性的小说,该书一经问世便引起评论界的广泛关注,并获得英国最高文学奖布克奖。在这部作品中,作者成功塑造了维多利亚时代女诗人拉摩特的典型形象;很多学者在解读该人物时一方面对她身上所表现的女性意识的觉醒加以肯定,另一方面又对她在处理与已婚情人艾伦间炽烈的爱情时不能很好地找到理智与情感的平衡点而沦为爱的牺牲品这一命运扼腕叹息。但如果结合社会历史、从女性主义角度出发重新审视这一形象,就不难发现拉摩特是新女性的典范,造成她悲剧性结局根本原因在于男权社会对新女性自我意识的无情剿杀,她的悲剧是男权统治下新女性的悲剧。对这个人物形象的进一步解读有助于研究者对以拉摩特为代表的新女性气质、特点和命运的冷静审视和思考,也有助于加深对小说作者拜厄特女性主义观念的认识和理解。

一、拉摩特的新女性气质

维多利亚时代的社会依然是传统的男权社会,男性被看作独立完整的人,他们的角色和行动拥有绝对的权威和价值;而女性地位卑微,被视为男性的个人财产和附属物,她们的职责是照顾家人、养育儿女,毫无独立性可言。这种不平等的现实扼杀了女性的自我意识和自由追求,将她们囿于家庭生活之中,附属于男性,彻底沦为"第二性"。在《占有》这部作品中,拉摩特虽然身处男权社会,但作为一个清醒的女性诗人,始终以自己在创作和生活中的主体体验冲击传统文化关于女性的种种幻想,强调女人以平等的参与者加入既定社会秩序的权力,力图实现自身的价值,她的新女性气质主要体现在以下两个方面。

（一）作为女性,对自身价值的追求

为了摆脱家庭的束缚、追求职业理想,女诗人拉摩特在生活中以实践"姐妹情谊"的方式颠覆性别传统,在文学创作中有意识削弱男性的话语权、建立女性叙事权威,她通过这种积极的方式来解构性别二元对立的局面、创造自己的社会价值和劳动价值。

"姐妹情谊"是 20 世纪后期西方现代女权主义运动中涌现出的理论术语,指的是女性与女性之间基于维护共同利益、反抗男权文化而建立的特殊亲密关系。这种关系不仅包括情感、精神、心灵上的共鸣,也包括女性之间的性关系。小说中,拉摩特充分体现出新女性背叛异性恋秩序,转而在姐妹情谊中寻求支持和满足的情感需求。她 28 岁离开家,和女教师兼画家布兰奇同居,在不受外人打扰的"自己的房间"里进行诗歌和童话故事的创作,营造女性独立的文学空间。两个人心灵相通、情感相依,以真名发表作品,靠卖书画为生,自给自足,证明了女性的劳动价值。更为可贵的是,拉摩特作为公众人物能够不顾世俗的眼光和非议,携女友一同出席早餐会,与同时代的诗人们平等地讨论作品、交流学术观点,争取社会身份,实现社会价值。小说作者通过对拉摩特的塑造还原了历史上新女性的真实生存状态,不仅让她走出了伍尔夫在《自己的房间》中所揭示的作为一名女作家所面临的困境,而且展现了女诗人超越时代的胆识和魄力。

同时,小说中的拉摩特是一位才华横溢的作家,其价值更多地体现在她通过文学作品重塑女性形象,颠覆男权叙事中心,追求女性话语权等方面。

长久以来,女性被历史中"他的"故事所湮没,经常处于失语的状态,这一事实反映在文学作品中表现为大多数女性没有自己的声音,无法表达内心的真情实感。拉摩特在进行文学创作时没有盲目地模仿传统,而是赋予作品中的女性形象新的自我意识和叙述权力,进而解构以男性为中心的文学。以她戏仿《格林童话》中《白雪公主》的故事所创作的《水晶棺》为例,这篇童话中虽然保留了原来的白雪公主、小矮人、巫师等人物形象,但他们所表现出的文化内涵已大不相同、故事也大相径庭。在改写经典童话的过程中,拉摩特用女性自己的眼光重新解读整个故事,挑战男性视角下的传统两性形象。

首先,拉摩特采用女性第一人称叙述代替传统的全知视角,通过叙述视角的革新帮助故事女主人公建立起"话语权威"。《水晶棺》中的白雪公主处于主动的观察者地位,对事物有自己的评判标准,她以"我"的语气讲述所发生的一切,让整个故事在"我"的观察、评判与言说中展开。拉摩特通过转变叙述视角,成功地赋予了女主人公叙述权力,使其独立人格及价值得到了肯定,从而达到强化女性话语的目的。

其次,该故事颠覆了传统文本中男性作为拯救者、英雄、大人物的形象。《白雪公主》中出身高贵、英俊潇洒、勇敢果断的王子在《水晶棺》里被小裁缝所取代。小裁缝出身贫寒、相貌平庸、诚实善良;解救公主时他曾表现出暂时的胆怯;关键时刻他杀死巫师的武器不是宝剑而是水晶棺的碎片;婚后他居住在公主的城堡里,每天公主和哥哥出去打猎,小裁缝则留在家中做针线活。此处,他不仅以"反英雄"的形象出现,而且在行为和性格上具有了女性化的特征,这完全颠覆了文学经典中英雄救美的模式,反映出女性叙事视角下男权的苍白无力。

（二）作为女性,对自由平等的追求

拉摩特独特的生活方式和以重构女性意义主体为宗旨的文学创作反映出这一人物形象在其人生早期作为新女性对真实自我的追求。如果进一步对她后期的作品和情感生活进行探索,不难发现:这一时期她追求自由平等,重新对女性角色模式进行界定,大胆解构"虔诚、贞洁、服从、温顺"等传统社会的女性气质。这是拉摩特作为新女性在探索人生意义方面进一步走向成熟的表现。

首先,维多利亚时代要求女性必须培养自己高尚的基督徒品质、宗教献身精神和对上帝的敬畏之心,一旦她们变得虔诚,就自然会因循《圣经》的规范,对男性心生依赖和敬畏,安于自己的地位。小说通过拉摩特的创作活动展现了作家拜厄特的观点:虔诚的女性气质是男权社会虚构出来的,"女人"和"蛇"的意象与"不洁"和"邪恶"的联系以及夏娃因原罪而必受男性管辖的命运并不公平。拉摩特的代表作史诗《梅卢西娜》并未表现基督教神学中女性的冥想、祷告和忏悔等内容,而是以布列塔尼神话为原型,塑造了梅卢西娜这一半人半蛇的女神。梅卢西娜在形式上虽然是"女人"和"蛇"的结合体,但本质上却不是魔鬼,而是信守承诺、勤劳能干的丰产女神,是一个独立完整的人。有趣的是,在诗中,梅卢西娜的丈夫一直处于被动地位,失去了男性的权威;他背叛誓言的行为又具有"夏娃"的特性。拉摩特在塑造两性形象时不再以宗教关怀为着眼点,也没被主流的女人意识形态所囚禁,而是站在女性的角度重新建构属于女性的生命价值观,向男权神话大胆地发起挑战。

其次,传统的社会规范要求女性保持贞洁,即"她必须把她的人身、她的处女贞操以及所需要的绝对忠诚奉献给他(丈夫)……社会习俗也不允许未婚女人有性的自由"(波伏娃 492-493)。未婚的拉摩特在行动上突破了这一传统。她与同时代的著名诗人艾什的结合是为当时的伦理道德规范所不容的婚外恋,她明知道这段感情不会有结果,却始终义无反顾。面对艾什,她毫不掩饰内心的爱和欲望,直截了当地说出:"我想要和你住在一起……我向前迈进了一大步。不会后悔。这一次,无论你去哪儿,我都愿意被别人看成你的妻子。"(300)[1] 在贞洁观念至上的时代背景下,拉摩特能向心仪的男子主动袒露心迹,大声说出爱的宣言,是对传统观念极大的威胁和挑战。

最后,小说中所塑造的拉摩特个性独立,她认为女性一旦结婚就失去了自由,因而恪守独身主义、终身未婚,这种思想体现了社会转型期婚恋观在新女性身上发生的嬗变。她在两性关系中的行为带有强烈的自我意识和个人欲望。在与同时代诗人艾什交往的过程中,她主动发出声音、随时随地畅所欲言,"从来都不知道羞怯……那么实际、那么直接,简直让人吃惊"(306),甚至在新婚之夜,当恋人将她拥入臂弯之际,也是由她高声向对方询问:"你害怕吗?"(308);生活中,她跳出女性持家的固定模式,不负责打理家务,"由他斟茶,她坐着,看着他"(305),享受男性为自己提供的服务;两人独处时,她不甘心于作为被审视的客体,反过来从主体的角度审视男性,即使目光与男性交汇也从不躲闪、毫不示弱;在两人性爱关系中,她不单纯地依附于男性,也从不调整自己用以取悦男性,而是注重获得自身的

体验并且体现出与男性一样的激情与奔放。不难看出,拉摩特拒绝当时社会对于两性性别角色的刻板划分,在爱情中有意识地维持着自己的主体地位、与伴侣始终保持平等,体现了新女性理性的胜利。

二、新女性的命运悲歌

尽管小说中的女诗人学识丰富、有很强的自我意识、反对婚姻对人性的束缚、敢于挑战男权社会规范,与传统女性不同,代表了个性鲜明的新一代女性形象,但是由于拉摩特生活在 19 世纪的英国,不可能完全摆脱来自社会制度和传统观念的压制与歧视,因此她的反抗难免会以悲剧告终。

(一)难以改变的他者

长久以来,男权文化中的一个重要命题是"女人是他者",男性根据自己的观点将女性物化。在"男人/女人、主体/他者"的二元对立中,拉摩特这一人物在行动和意志两方面的自由都受到限制,难以改变其作为他者被边缘化、被物化的命运。

首先,小说中拉摩特与布兰奇之间的"姐妹情谊"在男性霸权的阴影下遭到毁灭。艾什对女诗人的爱渗入到这对姐妹的家庭生活中,不断地挤占着属于女性的独立空间,他先是和拉摩特通信、逐渐占据她与布兰奇独处的时间,使后者受到精神上的孤立,进而又鼓励拉摩特秘密出走。布兰奇为此深受打击,她对拉摩特又爱又恨,甚至想要通过给艾什的妻子写信揭露二人的婚外情这种方式来捍卫自己的生活。可见,男性的入侵不仅破坏了姐妹间理性的理想,也让原本亲密的女性走向了彼此的对立面。最终,两位诗人的异性恋超越了姐妹之间的同性恋成为三人关系中的主导因素,布兰奇在绝望中自杀,而失去了姐妹情谊的拉摩特也只能在心灵的折磨中凄惨度日。整个过程中,女性因其离经叛道的生活承受着惨痛的代价,而男性的主体地位从头到尾都没有动摇,故事的悲惨结局说明女性人物的非本质性并没有因为姐妹情谊而有所改变,依然处于被边缘化的位置,是难以改变的"他者"。

其次,在两性关系中,受世俗观念的影响,男人往往凭借智慧征服世界,而女人则是作为"性"而不是一个完整的人来被男性品评,两者构成了

明显的二级权力关系。这种主从关系主要通过男性的审视来实现。男性的异性恋视角将女性放在其观看对象的位置上,将女性的身体自然化,其结果是:男人成为主要者、绝对主体,而她成为次要者、附属者和他者。

《占有》中,拉摩特的形象漂亮、端庄,因此"(艾什)的眼睛一直盯着她……想象着她充满吸引力的白皙皮肤和绿眼睛"(298),"他欣赏她的发卷……她的脸轮廓分明,嘴唇呈一道美妙的曲线……他看着她的腰……回味起她全裸的样子和他用双手拥着她的情景"(301-312)。在这段描写中,男性的注意力集中在她所具有的性的魅力上,女诗人被直接物化成纯粹的欲望对象。同时,由于拉摩特在写作方面成绩卓著,行事风格上主动、直接,使艾什这个被社会和文化所塑造的典型资产阶级男性的权利地位受到威胁,为解除危机,后者会自觉地遵守社会的规范、通过审视将她物化为他者,以突出自己的主体地位。正如福柯所说:用不着武器,用不着肉体的暴力和物质上的禁制,只需要一个凝视……每个人就会在这一凝视的重压下变得卑微(Ramazanoglu 191)。在男性的眼光下,拉摩特作为独立个体的创造力和价值被无情抹杀。显然,作为他者被性化和物化的遭遇与女诗人追求平等的爱情观和通过写作寻求认同的价值观格格不入,因此也就注定了她爱情的失败和追求的幻灭。

(二)走不出男权藩篱的"女巫"

在"女人是他者"的现实中,新女性的"悲"不仅仅在于她的价值因受到物化而贬低,更多的是在于她被人为地扭曲和妖魔化。《占有》中,拉摩特桀骜不驯的思想和特立独行的生活方式不能见容于当时的社会,不断受到排斥和打击,最终被诬蔑为"女巫"、在幽暗的"塔楼"中凄凉度日。

首先,小说中女诗人拉摩特的理想是进行文学创作,让语言和文字来"占有"自己的一生。虽然她拥有非凡才华,写出了如《梅卢西娜》般瑰丽的宏篇叙事史诗,但在那个时代,诗歌和悲剧等高雅文体被看作是男性作家的专利,批评家们不能以真正公正的态度来研读女性著作、了解其艺术品格和创造精神,因此她的才华及其作品的价值被贬低。以致在《占有》这部小说的前半部分,当后世学者要对她进行研究时,发现拉摩特在文学史上仅仅被描述成写过几个童话故事的失意

诗人,且对她生平的记载存在明显的断裂与空白。在男性话语权威的统治下,女性的声音被人为地掩盖,拉摩特这位女性声音的发出者被迫沦为文学世界中的边缘人物。

此外,在当时的社会中"只有已婚女人做母亲才是受人尊敬的,未婚母亲会触犯公众舆论,而她的孩子会给她的生活带来严重的妨碍"(波伏娃 494)。拉摩特未婚生子,迫于压力不得不将刚出生的女儿送给姐姐抚养。对女儿的牵挂驱使她搬到了姐姐家开始了"自愿隐居"的生活,靠姐夫来供养。在经济上依附于男性,这使她降到了寄生者的地位,失去了极力追求的独立性。更可悲的是,女儿长大后自觉地认同社会的规范,将拉摩特这样的单身女人视为不健全的人。女儿深爱着养父母,却把亲生母亲看作"女巫"、"童话故事里的老处女","一点也不爱她",甚至觉得她对自己"关心过多……很不正常"(544)。在生命最后的岁月里,拉摩特隐退在姐姐家的塔楼里,默默忍受着痛苦的折磨,独自一人创作自己的"诗篇",成为"塔楼上的女巫",以悲剧结束。这样一个才华横溢、自主自强的女诗人在当时社会环境中被妖魔化,她的悲剧是对男权规范实质的真实揭露和无情批判。

拉摩特在生活和事业中勇敢地实践自己的女性主义理想,小说通过这个人物的个人追求与周围环境的冲突展示出男权社会对新女性贬抑、伤害的方式及过程,她的悲剧命运展现了新旧思想与观念之间的冲突。传统上男性对女性的态度总是矛盾的:她既是男性的梦想,又使他感到恐惧,消极被动的美丽少女因能给男性带来满足而受到推崇。而自我意识较强的新女性则因其"批评社会强加于她们的、将婚姻作为实现人生价值的唯一选择……在两性关系中坚持独立自主的新女性由于在艺术创作和职业领域、在家庭中挑战了男性至高无上的地位而引起人们对她们的强烈不满和恐惧"(Showalter 38-39)。新女性强烈的自我意识对男性秩序产生威胁,从根本上说她反对的是整个由男性主导的社会,这样力量悬殊的对抗必然导致悲剧的产生。《占有》中男权规范与女性个人的冲突在拉摩特身上体现出来,她努力挣扎、求索,却最终走向悲剧。

三、结　语

《占有》中的拉摩特是一个典型的新女性形

象,她聪慧、勇敢、独立,通过实践"姐妹情谊"反叛男权社会,在两性关系中追求自由与平等,用写作的方式建立女性的话语权威,但最终没能逃脱在男权社会中被物化和妖魔化的命运。她的经历体现了维多利亚时代新女性在坚守理想、实现个人价值、探寻人生出路等方面所做出的努力,同时也反映了男权社会对新女性残酷的压制以及女性在争取解放过程中所面临的困境。作者拜厄特塑造的拉摩特这一形象具有深刻的社会和现实意义,她的悲剧命运有助于读者对于女性的生存状态和个性解放这一命题进行深刻的思考;解决两性问题的最佳途径既不是男性霸权也不是女权至上,而是让"新女性"成为女性、成为常态,让男性和女性相互理解和尊重,只有让双方从男权社会规定的刻板的性别角色中彻底

解放,才能最终实现两性的和谐共处。

注解【Notes】

[1]　以下引文均出自：Byatt A S. *Possession*：*A Romance*. Beijing：Foreign Language Teaching and Research Press，2000(笔者译)。以下只标注页码,不再一一作注。

引用作品【Works cited】

[法]西蒙娜·德·波伏娃：《第二性》,陶铁柱译,中国书籍出版社 1998 年版。

Ramazanoglu C. *Up Against Foucault*：*Explorations of Some Tensions Between Foucault and Feminism*. London and New York：Routledge，1993.

Showalter E. *Sexual Anarchy*. London：Bloomsbury，1991.

精神分析视角下普鲁弗洛克的焦虑 *

于元元

内容提要：根据弗洛伊德的焦虑说，T·S·艾略特的成名作《J·阿尔弗雷德·普鲁弗洛克的情歌》展示了现代西方人的焦虑，包括现实焦虑、常规焦虑和神经症焦虑，焦虑的根源在于精神家园与生态家园的废弛。主人公的焦虑在 20 世纪初具有代表性，于当代亦有警世意义，警醒世人注重人文关怀和生态和谐。
关键词：《J·阿尔弗雷德·普鲁弗洛克的情歌》 T·S·艾略特 弗洛伊德 焦虑 心理人格

作者简介：于元元，安徽大学外语学院讲师，上海外国语大学英语语言文学专业博士研究生，主要研究英美诗歌。

Title：Prufrock's Anxieties in the Perspective of Psychoanalysis

Abstract：According to Freudian theory about anxiety, the first famous poem of T. S. Eliot, *The Love Song of J. Alfred Prufrock* demonstrates modern western people's anxieties, including realistic anxiety, moral anxiety and neurotic anxiety. The causes of the anxieties are, in essence, the loss of spiritual home and eco-friendly home. The anxieties of the protagonist are typical in early 20th century, and still have a warning effect today, warning the people of the importance of human love and eco-harmony.

Key words：*The Love Song of J. Alfred Prufrock* T.S. Eliot Sigmund Freud anxiety psychical personality

Author：Yu Yuanyuan is a lecturer of the School of Foreign Studies, Anhui University, and a doctoral candidate of Shanghai International Studies University. Her research interest is in British and American poetry. Email：yvonyu@163. com

一、引 言

1915 年，《J·阿尔弗雷德·普鲁弗洛克的情歌》(*The Love Song of J. Alfred Prufrock*)（以下简称"《情歌》"）的发表宣告了 T·S·艾略特正式登上了欧美现代诗坛。《情歌》问世之初，曾在文坛引起宿将新秀间的大论战。小说家伊夫林·沃(Evelyn Waugh)之父，资深评论家亚瑟·沃(Arthur Waugh)称艾略特为"醉酒的奴才"(drunken helot)，说他丑陋的文笔正可用以警告新手莫要步其后尘，他坚持认为"无论你多么深刻地观察周围世界，都不可能在缺乏美感的情况下将所观察到的写入诗歌。"(*Longman* 2350-2352)诗歌书店出版社(Poetry Bookshop)的创始人，诗人哈罗德·蒙罗(Harold Monro)退还其诗稿，斥其"绝对疯狂"。(Acroyd 55)艾氏好友，诗人艾肯(Conrad Aiken)的意见较中性，说《情歌》讲述的是一个"困苦焦虑的怪人"。(Ac-

royd 80)庞德却赞《情歌》"毫不矫揉造作"，说："《自我主义者》杂志发表了我们这一代最优秀诗人的作品。"(*Longman* 2353)"他(艾略特)实际上自我训练出了现代性。"(Acroyd 56)论战各方虽分歧巨大，但若求同存异，便会发现他们均认可《情歌》是一部取材于生活的作品，毫无粉饰地反映了主人公焦虑狂乱的内心世界。艾略特观察到"混乱的意识在 20 世纪早期尤为显著"(*Longman* 2345)，因此，普鲁弗洛克焦虑混乱的心理状态在当时颇具代表性。本文拟依托弗洛伊德精神分析理论中的焦虑说，分析《情歌》主人公的焦虑。

弗洛伊德的焦虑说生发于他的精神分析理论中关于心理人格的学说，他认为人的心理人格由本我、自我和超我三个实体组成。本我位于潜意识，拥有源自里比多的能量，潜伏着各种欲望，遵循唯乐原则。超我是"一切道德限制的代表，是追求完美的冲动或人类生活的较高尚行动的主体。"(弗洛伊德 52)超我的一端时刻监视着本我，另一端监督自我。弗洛伊德形容自我处于"一仆事三主"的苦境。它必须服务于外界、本我和超我。在服务外界方面，它通过知觉意识与外界接触，须设法满足外界的要求，遵守唯实原则。在依从本我方面，它应忠顺于本我，以获取能量，它须调节本我与外界的关系。对于本我的一些不为外界所容的要求，自我常采取绥靖或拖延策略，以保护本我使之不至冲动得对抗外界，从而遭受打击，甚至毁灭。在与超我关系方面，一旦超我察觉本我有不合常规的欲望，它便严罚自我，使它产生紧张情绪，表现为自卑感或罪恶感。基于此，如果一个人的自我强大，能够从容调节外界、本我和超我之间的平衡，使心理人格完整统一，他便会健康发展。否则，假如自我不够强大，抵御不了"三个主人"的压迫，导致心理人格分裂，人就产生焦虑。若不堪承受外界压力，则产生现实焦虑；如超我所设规范过紧，则出现常规焦虑；如本我备受压抑，则易生神经症焦虑。（弗洛伊德 59-62）

二、普鲁弗洛克的焦虑

《情歌》中的普鲁弗洛克准备赴沙龙向一女郎求爱，然而，犹疑万千却迈不开步。细读文本，便会发现，根据弗洛伊德的焦虑说，外部世界炎凉的世态、进入超我的道德枷锁和处处受堵的本我欲望三面迫进，使他同时罹患现实焦虑、常规焦虑和神经症焦虑。

《情歌》以戏剧独白的方式，为本我、超我、现实和焦虑的自我搭建舞台。不同于勃朗宁（Robert Browning）诗中独白者的强大的自我，《情歌》主人公的自我脆弱，心理人格分裂。艾略特独辟蹊径，通过分裂人格，即本我、超我、自我和外界间的斗争取得戏剧效果。这种内心独白式的"戏剧独白"（dramatic monologue）须满足两个条件：一是让"一仆三主"（尤其是常被压抑的本我）都充分发言；二是须有戏剧独白的对象。引言用典基多（Guido）在地狱中对但丁的大胆告白："既然，如我听到的果真/没有人能活着离开这深渊/我回答你就不必害怕流言。"[1]基多之所以敢肆无忌惮地袒露心扉，是因为他不相信但丁能走出地狱。艾氏借基多之言暗示，主人公普鲁弗洛克也将如基多一般不必担心秘密外泄，故而敢于向同在"地狱"中煎熬的伙伴袒露内心。这就意味着"一仆三主"在诗中将充分发声，满足第一个条

件。至于第二个条件，《情歌》首行"那么我们走吧，你我两个人"表明，主人公倾诉的对象是"你"。对于"你"的指称，学界有各种争论：或曰读者，或曰主人公的旁观的自己等。笔者认为应尊重艾氏原意："'你'仅是普鲁弗洛克的某位朋友或者同伴，也许是位男性，是说话者的对象，它没有多少情感内涵。"（蒋洪新 110）"你"作为"地狱"中的同伴，是戏剧独白的对象。第二个条件也得以满足。《情歌》的内心独白式的戏剧独白，适合展示现代人分裂复杂的心理人格和焦虑的自我。

《情歌》首节即透露了主人公心理人格的分裂和他的焦虑。"那么我们走吧，你我两个人。"但是，这出行缺乏动力。

> 正当朝天空慢慢铺展着黄昏
> 好似病人麻醉在手术桌上
> 我们走吧，穿过一些半清冷的街
> 那儿休憩的场所正人声喋喋
> 有夜夜不宁的下等歇夜旅店
> 和满地蚌壳的铺锯末的饭店（2—7 行）

艾氏早年深受法国象征主义的影响，并据此伸发，提出用"客观对应物"暗示并激发情感。法国象征主义的旗手马拉美曾指出："暗示，才是我们的理想。一点一滴地去复活一件东西，从而展示出一种精神状态；或者选择一件东西，通过一连串疑难的解答去揭示其中的精神状态。"（闻家驷 105）在《情歌》中，艾氏大量使用"客观对应物"暗示主人公的精神状态，引起读者的情感共鸣。同时，选择"主人公求爱"这一事件，不是直陈其事，而是一点点拂去重重迷雾，揭示主人公乃至他所代表的现代荒原人的精神状态。此处，客观对应物——病恹恹的黄昏，脏兮兮的饭店，无休止的街道似一张张无形的嘴，出卖了主人公索然的兴趣。他说是要出行，但他的拖沓背离了他的语言，说明他的语言背叛了他的意志。他分裂的心理人格开始隐隐现出。接着，一个"压倒一切的问题"（10 行）使他裹足不前。"唉，不要问，'那是什么？'"（10—11 行）这个问题一提就怕，焦虑的症状开始显现。

《情歌》既是戏剧独白，又是连贯一气的意识流。除非外界干扰，一般前后意念之间都有微妙的联系，因此，通过意识流，可以捕捉人物内心隐藏的秘密。与上节中主人公的焦虑相关，《情歌》随后掀开现实一角：

在客厅里女士们来回地走

谈论着米开朗基罗。（13—14 行）

据阿克罗伊德（Peter Acroyd）所著《艾略特传》，《情歌》中反映的是波士顿资产阶级风尚：法兰绒裤子、茶和茶点、出行、无关痛痒的谈话。艾略特形容波士顿人疑心重重，他们的社会了无生气。（Acroyd 39）另按，"普鲁弗洛克"本是艾略特小时居住的圣•路易斯市的一位家具商的名字，它也暗含"谨小慎微"、多疑多虑之意。（蒋洪新 109）看来，普鲁弗洛克在当时的美国资产阶级中具有广泛的代表性。这一群体过着养尊处优，闲逸无聊的生活。《情歌》中的女士们附庸风雅，谈论着关于米开朗基罗的话题，但是她们"来回地走"，足见心不在焉，暴露了她们低浅的艺术修养与虚伪。身处局中的普鲁弗洛克似乎并没有在意沙龙里女士们的浅薄和虚伪，他本我的情欲反倒被她们勾起。"黄色的烟在窗玻璃上擦着它的嘴/把它的舌头舔进黄昏的角落。"（16—17 行）黄雾如"性感的猫"暗示主人公本我的情欲涌起。联系上节，即可发现情欲是驱使他拜访她们的动力。然而，那"性感的猫"很快变得慵懒，之后竟沉沉睡去。这一变化象征主人公本我的情欲被压抑。

本我的情欲原是受到了自我的变相压抑。第四节中，自我使出惯用伎俩，推诿本我出行的要求。"有的是时间，无论你，无论我/还有的是时间犹豫一百遍。"（31—32 行）根据弗洛伊德的观点，当外界与本我的要求相抵时，自我常以思想活动延误身体行动，变本我的唯乐原则为正视现实的唯实原则，从而使本我免受现实的伤害与毁灭。（弗洛伊德 59-60）那么，是什么样的现实使自我觉察到了威胁？

随着面纱被一层层揭开，外界现实充满诱惑而冷酷的面容开始浮现。一方面，主人公的思绪又回到了高谈米开朗基罗的女士们身上。本我的欲望一再腾起。"那些胳膊带着镯子，又祖露又白净"（63 行）——这一性感的"客观对应物"两度出现，激发主人公的情欲。在荷尔蒙的催动下，他急于问一位女郎一个"压倒一切的问题"。这一问题虽然到诗歌末了也未发出，但是由后文可推知它关乎主人公的婚恋大事。然而，他已人到中年，尽管穿着讲究，却已微微败顶，他明显感到了自卑。"她们会说：'他的头发变得多么稀！'"（41 行）"她们会说：'可是他的胳膊腿多么

细！'"（44 行）与"祖露白净"的女郎臂膀相对，客观对应物"疏发细腿"引发关于性衰弱的联想。根据弗洛伊德的焦虑说，自卑既可能源自超我的强压，亦可能来自本我所受的压抑。主人公的自卑有"强力的色情的基础"（弗洛伊德 51），他衰弱的性机能无法满足里比多的高要求，本我受挫，由此产生的内心创伤引发了神经症焦虑。

残酷的现实未止于此，而是冷酷得令主人公无法忍受，产生了现实焦虑。普鲁弗洛克熟悉的现实生活貌似优雅时尚：用咖啡匙子量走生命，"稍远处的房里响起了音乐/话声就逐渐低微而至停歇"（50—53 行）。夕阳西下，水淋过街，人们在庭院里散完步，或读罢小说，用过果子酱、小吃、红茶和冰食，女士们长裙拖曳，谈起米开朗基罗。在这风雅闲适的环境里，主人公何以屡屡自问："我又怎么敢开口？"（61 行）因为"那些眼睛能用一句成语的公式把你盯住/当我被公式化了，在别针下趴伏"（56—57 行）；"万一她把枕垫放在头下一倚/说道：'唉，我意思不是要谈这些，'"（96—97 行）；或"把脸转向窗户，甩出一句/那可不是我的本意"（108-109 行），"我又怎么敢开口？"看得出，正如诗名《情歌》所点明的，普鲁弗洛克意图向一位女郎表白爱意。这位女郎被用"one"来指称，显见她是高谈米开朗基罗的女士们之一。附庸风雅，说些"无关痛痒"的话，是她们的常态；肤浅虚伪、冷漠刻薄则是她们的本性。正因为熟悉这一切，普鲁弗洛克才万般迟疑不敢开口。她会当头泼他一盆透心凉的冰水，轻描淡写的一句"那可不是我的本意"挡回火辣辣的求爱。她们会用"自作多情"、"一厢情愿"之类"公式化的成语"为他定性，使他无从反抗。他疑心病重是有理由的，因为现实已经残酷到只有化作硬甲尖螯，钻入海底，睡觉或装病，方可躲过一劫。但是，在本我的驱策下，他又不得不伸头赴此一劫，所以，在现实和本我的双面夹击下，脆弱的自我抵挡不住，产生了强烈的现实焦虑。他甚至一再想到了死。他先是看到自己的头被"用盘子端了进来"。（80 行）接着，看到了死神——"那永恒的'侍者'拿着我的外衣暗笑"。嗣后，他想象自己变成拉撒路，从冥界而来。随着预想中现实的幻景在眼前历历铺开，主人公的神经愈来愈紧张，他感觉"仿佛有幻灯把神经的图样投到幕上"（105 行）。幻灯放大了紧张的神经，也随之放大了现实。当现实被无限放大时，恐怖感即产生。

此时，主人公已陷入恐惧，几近癫狂，产生了神经症焦虑。

如果说在本我和现实的挤压下，普鲁弗洛克的自我已不堪其苦，那么超我的背后袭击，终成压垮骆驼背的"最后一根稻草"。超我是"一切道德限制的代表"。在《情歌》中，一旦主人公的超我探知本我欲望超出道德规范，便无情惩罚自我，于是，自卑产生，出现常规焦虑。主人公想到了死，他幻想自己的头被用"盘子端了进来"，那情形好似《圣经》中"施洗者约翰"（John the Baptist）的头被希律王（Herod）赐予继女莎乐美（Salome）。然而，自比先知，有失谦卑，而谦卑向被西方基督教—柏拉图主流文化奉为美德。因此，超我便严罚超出道德规范的自我，令其自卑。他哀叹："我不是先知——这也不是什么伟大事情！"（83 行）他"伟大的时刻"仅闪烁片刻便被掐灭，他不得不承认"一句话，我有点害怕"（86 行）。弗洛伊德曾判定，当自我被迫自认软弱时，会发生焦虑，（弗洛伊德 61）此时的主人公便是如此。

超我无孔不入，当普鲁弗洛克还在犹豫去还是不去求爱时，超我又上纲上线地判其自比哈姆雷特，违反谦逊美德。于是，在超我的苛责下，主人公又产生了自卑。"不！我并非哈姆雷特王子，当也当不成／我只是个侍从爵士……有时候，几乎是个丑角。"（111—119 行）自卑迅速蔓延。"呵，我变老了……我变老了……"（120 行）由超我强压产生的自卑滑向性衰弱产生的压抑本我的自卑，主人公的焦虑也由常规焦虑转向神经症焦虑。

主人公的焦虑症进一步恶化，最终又从自卑跌入自我麻痹。首先，由于本我受到压抑，急于反弹，于是主人公雄心勃勃地准备按当时的时尚打扮自己，以增强吸引力。"我将要卷起我的长裤的裤脚／我将把头发往后分吗？"（121—122 行）然而，紧接着的一问"我敢吃桃子吗"（122 行），"桃子"是禁果的隐喻。对于吃禁果的恐惧又将蠢蠢欲动的本我打压下去。一方面，情欲无从发泄；另一方面，现实令人不堪忍受，加之超我的伏击，三面楚歌，自我如深陷地狱，苦不堪言。此时，自我已虚弱得不堪一击，无力抵挡，只得投入潜意识的怀抱。他幻想"听见了女水妖彼此对唱着歌……我们留连于大海的宫室／被海妖以红和棕的海草装饰"（121—130 行）。自我麻醉的幻

想使本我的情欲终于得到些许满足。然而，耽于幻想实为精神病的先兆。一旦幻想破碎，回到现实，便将崩溃。为了说明这样的结局具有普遍性，诗人在最后一句中用了复数，"我们就淹死。"（131 行）

综上所述，普鲁弗洛克脆弱的自我受到现实、本我和超我的三面威胁，经历了犹豫、恐惧乃至精神病先兆的过程，产生了各种焦虑症状。他的现实焦虑、常规焦虑和神经症焦虑相互纠结，难解难分。在精神分析视角下，《情歌》实际上是一曲反映现代人精神困境的哀歌。

三、结　语

普鲁弗洛克的焦虑是因为心理人格失衡，主要体现在超我过于强硬，本我备受压抑，自我脆弱无法抵御残酷的外界现实。然而，其根源在于精神家园和生态家园的废弛。首先，主人公的精神家园变成荒原，造成了他的精神异化，引发各种焦虑。情歌作于 1910—1911 年，当时，以基督教为核心的西方信仰体系出现严重危机，人们广泛缺乏信念与热情。工业文明和物质主义的副作用开始凸显，世情冷漠，了无生气。其时又是一战前夕，战云密布，人心惶惶。拨开《情歌》中风雅沙龙的迷雾，便会看到现代荒原人的众生相：冷漠、孤独、焦虑、绝望。1959 年秋，艾略特曾对一记者解释："J·阿尔弗雷德·普鲁弗洛克的生活里怕是没有多少爱。"（Acroyd 328）主人公深知，自己鼓足勇气的求爱只会遭遇沙龙女郎冷冷的拒绝和无情的嘲讽。然而，他本人也不比她们多一丝温情，他求爱只因受到白花花胳膊的诱惑，他的动力纯粹来源于本我的情欲。具有反讽意味的是，在本该咏唱"情歌"的场合，无论是爱情还是温情，都未现踪迹。在缺乏爱的社会里，人心之间相互提防，缺乏沟通，因而产生了现代人的孤独。《情歌》里，普鲁弗洛克在赴沙龙的途中会"看到孤独的男子只穿着衬衫／倚在窗口，烟斗里冒着袅袅的烟"（71—72 行）。"孤独的男子"用的是复数，可见孤独是当时的流行病。人们的苦闷无处排解，郁结于心，便产生了焦虑。此外，由于缺乏信念，对生活意义失去信心，因而也就丧失了行动力，导致自我意志薄弱，优柔怯懦，从而易生焦虑。

再者，主人公的生态家园遭到破坏，导致他无法亲近自然，从自然中汲取力量，强化自我，因

而引发焦虑。本文的"生态"指广义的自然生态，包括大自然、健康体魄和天性情欲。首先，现代工业文明使人与大自然隔绝。东西方先哲早已不约而同地发现人们临山川而忘忧，近自然而欣悦，自然有恢复人性的神奇功效。这一结论随着爱德华兹（Jonathan Edwards）和爱默生（Ralph W. Emerson）等人思想在美国的传播早已深入人心。可是，据《艾略特传》，《情歌》中的漫天黄雾取象于密西西比河两岸工厂烟囱喷出的废气，黄雾代表的工业污染使人与大自然隔绝，无法受到自然的净化和提振。其次，污染的环境培养出了如普鲁弗洛克一般病态的人群：四体不勤，身心虚弱。如果说惠特曼（Walt Whitman）在《草叶集》（*Leaves of Grass*）中歌咏的强健的美国人是自然之子，那么疏发细腿、怯懦焦虑的普鲁弗洛克则是现代工业文明产生的畸形儿。三者，人的情欲发乎自然，乃人之天性，但是主人公强硬的超我时时压抑本我，引发焦虑。《情歌》创作时，清教随"五月花"传入美国已近三百年，清教教义包括原罪、性恶等思想早已渗入美国人的血脉。艾略特出身唯一神教家庭。唯一神教脱胎于清教，与清教仍有众多相通之处，例如，他们也认为"性是脏东西"。（Acroyd 45）主人公总是不由自主地压抑本我，不敢求爱，不仅因为受现实威胁，而且由于性恶论已沉积于血液。总之，以普鲁弗洛克为代表的现代西方人无法从自然汲取力量，难以从社会获得温情，也很难从受压抑的本我获取力量，久而久之，便活力枯竭，自我脆弱，产生了异化与焦虑。

普鲁弗洛克的焦虑具有代表性。《情歌》首行"那么我们走吧"和末行"我们就淹死"，人称都用了复数，暗示在地狱中焦虑煎熬的不只主人公一人，还有"你"——一个体貌情态模糊，适用于任何人的形象。正如美国批评家布鲁克斯（Cleanth Brooks）和沃伦（Robert Penn Warren）在《了解诗歌》（*Understanding Poetry* 1938）中所言："归根结底这篇诗不是讲可怜的普鲁弗洛克的，他不过是普遍存在的一种病态的象征。"（查良铮译 14）虽然，缓解主人公的焦虑症可以通过强化自我，适当地释放本我，降低超我的要求，但是，对这一"普遍存在的病态"进行根本有效的大规模防治，还须全社会共同努力，营造温情荡漾的人文环境与自然和谐的生态环境。在此意义上，主人公的焦虑在当代仍具警世意义。面对当代有全球化趋势的异化倾向，我们不妨抽去亚瑟·沃的"醉酒的奴才"一词的贬义，将其作为普鲁弗洛克的标签，让他令人同情的种种窘态作为反面教材，警醒世人重视精神家园和生态家园的建设与保护。

注解【Notes】

* 本文受安徽省教育厅项目"T·S·艾略特诗歌的结构主义研究"资助（项目编号：2011sk017）。

[1] 本文采用查良铮的《情歌》译文，个别处略做改动，文中引文处只标出行数。

引用作品【Works cited】

Ackroyd, Peter. T. S. Eliot. *A Life*. New York: Simon &Schuster Inc. , 1984.

Damrosch, David, Kevin J. H. Dettmar, Jennifer Wicke, ed. *The Longman Anthology*, *British Literature*, *2nd edition*, *Volume 2C-The Twentieth Century*. Boston: Addison-Wesley Educational Publishers Inc. , 2003.

T. S. Eliot. *The Complete Poems and Plays*. New York. Harcourt, Brace and Company, 1952.

Freud, Sigmund. *New Introductory Lectures on Psychoanalysis*. Harmondsworth: Penguin Books, 1975.

[奥地利]弗洛伊德：《精神分析引论新编》，高觉敷译，商务印书馆 2009 年版。

蒋洪新：《走向〈四个四重奏〉——T. S. 艾略特的诗歌艺术研究》，湖南人民出版社 1998 年版。

《玛拉美谈文学运动》，闻家驷译，载《国外文学》1983 年第 2 期，第 106—110 页。

《英国现代诗选》，查良铮译，湖南人民出版社 1985 年版。

少数族裔女性身份与殖民话语的阴霾
——对小说《砖巷》评论的探讨

张珊珊

内容提要：本文运用莫汉蒂关于第三世界女性身份构建的理论，对莫妮卡·阿里的小说《砖巷》在接受差异中出现的男女性别二元对立问题进行了研究。结论认为，用带有殖民话语特征的西方女性主义理论分析小说是导致该问题的根源；在批评实践中，不盲目跟从英美文学界的批评话语，把文学理论正确地运用于文本批评是一个值得注意的问题。

关键词：身份　少数族裔女性　性别二元对立　殖民话语

作者简介：张珊珊，暨南大学英语语言文学硕士，获英国华威大学比较文学 MPhiL 学位，广东外语外贸大学南国商学院大学英语系讲师。研究方向：英语小说，后殖民主义理论，英语教学。

Title：Identity of Minority Women and Colonial Discourse—A Discussion on the Discrepancy in Reception of *Brick Lane*

Abstract：This paper examined the dichotomy of sex that has been displayed in the reception of Brick Lane written by Monica Ali. What resulted in it was that the western feminist theory featuring colonial discourse has been used to analyze the novel. Therefore, attention should be given to how to approach a novel in conformation to the right critical theory in spite of the mainstream critical analyses provided.

Key words：identity　women of ethnic minorities　the dichotomy of sex　colonial discourse

Author：Zhang Shanshan is a lecturer at Department of English Education, South China Business College of Guangdong University of Foreign Studies. Before she came to work at South China Business College of Guangdong University of Foreign Studies, she had obtained an MPhiL in Comparative Literature from University of Warwick, U. K. and an MA in English language and literature from Jinan University, Guangzhou. Her research interests cover English language teaching and postcolonial literary studies. Email: coralshanshan@yahoo.com

进入 21 世纪，英国文学界对两位黑人女性作家有很高的评价，[1]莫妮卡·阿里就是其中之一。[2]她 2003 年创作的处女作《砖巷》（*Brick Lane*）一经发表就获得了巨大的反响。该书不仅被《泰晤士报》、《金融时报》、《卫报》、《伦敦书评》、《经济学人》、《纽约时报》、《洛杉矶时报》、《纽约客》、《大西洋杂志》等英美主流报刊争相推介成为图书市场的畅销书，而且还入围英美文学界的文学大奖——英国曼布克文学奖（The Man Booker Prize）和美国全国图书评论奖（The U. S. Award of National Book Critics' Circle）。莫妮卡·阿里本人也在当年被英国著名文学杂志《格兰塔》（*Granta*）列为二十名 40 岁以下英国作家之一。小说在 2007 年被翻拍成电影，在英国位列票房前十。

与此同时，在小说《砖巷》所反映的伦敦东部孟加拉移民聚居区——砖巷社区，该书却遭遇了抗议和抵制。在小说出版后不久，一个名为"*The Greater Sylhet Development and Welfare Council*"并自认为代表英国 50 万孟加拉移民而且为他们谋求福利的孟加拉移民志愿者组织分别给阿里、《卫报》、曼布克奖文学评审委员会寄了一封长达 18 页的抗议信，指责小说对砖巷社区"羞辱"的描述，把孟加拉移民描绘为"落后的、未受教育的、没有思想深度的"一群人："小说的描写完全是对居住在砖巷社区孟加拉移民的刻板印象描写，我们根本都不认识。"（Taylor）2006 年电影在砖巷社区拍摄取景时，又有一百名左右以男性为主的社区商贩示威游行，高喊口号抗议电影在此取景。他们认为，小说"充满了谎言"、有"种族歧视"，小说"欺辱人"，号召"描写社区的文字要准确有道德……不能歪曲和误写、不能企图制

造效应、不能带有偏见"。由于抗议和抵制,电影在砖巷社区的取景被迫取消。(Akbar;Lea and Lewis)

小说《砖巷》在英国书评界和孟加拉移民社区的不同反应,特别是社区内男性人士对小说的负面评价,很容易使人想到美国族裔小说《女勇士》和《紫色》的所遭遇的类似经历。与《女勇士》和《紫色》的故事内容相似,《砖巷》也以一位族裔女性的生活经历作为故事内容。小说主人公是一位名叫纳兹奈恩的孟加拉移民女性。她生长在孟加拉国的一个农村,18 岁时听从父亲的安排,嫁给了从未谋面、比她年长 22 岁的孟加拉裔英国人查努。查努在孟加拉国受过高等教育,到达英国后也不断进修学习,但由于种族歧视,仍然只能从事社会底层的工作。婚后纳慈奈恩从孟加拉国移民到伦敦的砖巷社区充当家庭主妇。她认识了邻居拉齐娅并和她成为好友,同时也和在孟加拉国的妹妹保持联系互诉近况。后来,查努的失业让她当上了家庭缝纫女工。通过工作,她认识了在英国出生的年轻的孟加拉裔供货人卡里姆。在他的影响下,纳兹奈恩参加了伊斯兰教的集会,认识了一些伊斯兰教活跃分子,思想和视野都变得开阔;她也和卡里姆发生了婚外情。最后,纳慈奈恩结束了和卡里姆的婚外情,也没有和丈夫查努返回孟加拉国定居,而是决定留在砖巷社区,和好友拉齐娅一起经营服装缝纫铺,独自抚养两个女儿,迎接新生活。

由于反映少数族裔女性生活经历的作品在主流文学界受到好评但在族裔社区遭到批评的情况不是个例,评论界也给予了关注。在美国,对于《女勇士》和《紫色》的接受差异主要围绕男女性别二元对立问题 (Okihiro 20);在英国,对于《砖巷》的接受差异主要围绕艺术创作自由度的问题。(Lewis)虽然两国评论界对各自作品接受差异探讨的重点不同,但也相互交叉。例如,对于小说《砖巷》,《格兰塔》杂志主编 Ian Jack 在谈到砖巷社区部分男性商贩的抗议致使电影取景在砖巷社区遭到抵制时认为,小说逼真地描述了伊斯兰教固有的男权统治,以及母亲和女儿们独立创造生活的渐序过程;穆斯林青年男性对男权统治在社区的失落感到愤怒和绝望,他们痛苦地意识到,在现代西方社会,没有他们那种中世纪男权文化的位置;他们反对电影在社区取景是希望避免社区内男尊女卑的文化遭到曝光。(Jack

7,58)鉴于男女性别二元对立问题在小说《砖巷》的研究中没有得到进一步分析,本文将对此做探讨。

一

针对反映少数族裔女性生活经历的作品容易在族裔社区内引起男女性别二元对立的问题,著名女性主义学者莫汉蒂指出了症结所在。她认为,西方女性主义理论在研究这些作品的女性身份问题时所表现出来的殖民主义话语,是不可忽视的一个因素。具体来说,西方女性主义在探讨第三世界女性身份问题的时候,认为"妇女"(woman)这个概念具有普适性,是一个可以超越种族、阶级、民族的同质单一体。这个同质单一体的基本特征就是受男权压迫;它使全世界妇女有了联合的基础。因此,西方女性主义者在分析第三世界女性受男权压迫时,忽略第三世界女性真实经验和真实经历,没有把她们置于特定的复杂社会历史条件予以分析,而是运用殖民话语中凸显权力关系的"西方"—"非西方"话语范式,复制帝国主义对第三世界的东方话语论述,使用一些修饰词如"不够进步的"、"传统的"、"欠缺权利意识的"、"无知的"、"家庭型的"等强化男权压迫的特征来表明"第三世界差异",塑造出"裹面纱的妇女"、"能干的母亲"、"贞洁的女人"、"顺从的妻子"等非历史性的第三世界妇女形象。在这个过程中,不同阶级、宗教、文化、种族、种姓背景的第三世界妇女都被同质化,第三世界女性身份问题被简化为第三世界女性反抗第三世界男权压迫的问题。这种受欧洲中心主义影响的西方女性主义使西方女性成为第三世界女性的代言人。(Mohanty 343-345)

如果对小说《砖巷》在国内的研究成果做一个梳理可以发现,运用西方女性主义理论研究女性身份意识觉醒的问题是最常见的分析小说《砖巷》的方法。我国最早论及小说《砖巷》的论文——《同根同果:〈砖巷〉与〈紫色〉》——就是运用法国女性主义学者海莱娜西苏和露西伊利嘉瑞的理论分析纳慈奈恩女性主体意识的苏醒过程。而其余的研究成果,除了一篇期刊论文主要探讨《砖巷》的叙事手法外,另外两篇硕士学位论文也分别从法国女性主义学者波伏娃《第二性》中的理论和第二波西方女性主义涌现出来的学者如波伏娃、肖瓦特、米莉特等的理论探讨纳慈奈恩女性自我意识的觉醒和女性身份认同。[3]

国外的研究成果虽然没有专门使用西方女性主义理论探讨女性身份问题的论文,但许多论文的结论也都强调了女性身份问题。例如,引用率较高的 Jane Hiddleston 的论文 "Shapes and Shadows：(Un)veiling the Immigrant in Monica Ali's Brick Lane",从接受理论的角度剖析文本再现和现实世界的关系,为阿里的艺术创作辩护。该文举例纳慈奈恩,"揭开移民的面纱",运用大量的文本细节指出,小说再现的砖巷社区是纳慈奈恩眼中了解的砖巷社区而不是读者心目中位于伦敦东区的砖巷社区,而这两个社区的存在和差异正是阿里艺术创作的体现,促使读者反思对孟加拉裔移民的刻板印象,体验纳慈奈恩构建自我身份意识的过程。(Hiddleston 57,72)另一篇论文 Michael Perfect 的 "The Multi-Cultural Bildungsroman：Stereotypes in Monica Ali's Brick Lane",运用当前英国黑人移民文学研究中较为流行的概念"bildungsroman"(成长)分析小说。他认为,小说中关于妹妹哈西娜的内容被指责为刻板印象描写有一定的道理,但不恰当,它实际上是作为"反证"强调姐姐纳慈奈恩"解放"和"开化"的故事内容,并体现了纳慈奈恩实现自我、自觉融入多元文化英国社会的的意义。(Perfect 19)在上面的论文中,除了研究女主人公纳慈奈恩之外,还有妹妹哈西娜和好友拉齐娅。这些研究的结果都认为,以奈慈乃恩为代表的孟加拉裔女性意识觉醒与反抗男权压迫密不可分。

二

根据莫汉蒂的理论,在研究第三世界/少数族裔女性身份问题的时候,如果只把她们身份的单一维度——性别作为研究视角,单纯聚焦反抗男权压迫,难免受到西方女性主义殖民话语的影响,陷入男女性别二元对立的泥沼。例如,对于《砖巷》的男女主人公,在 2007 年 Black Swan 出版的小说版本收录的书评中,《泰晤士报文学副刊》使用"最令人信服的成就"来描绘纳慈奈恩,而《泰晤士报》则用"令人恶心的自我绝望"来描绘她的丈夫。其实,反观研究小说《砖巷》女性身份问题的相关论文,这种殖民话语的使用可见一斑。

不少对纳慈奈恩女性身份的研究都把小说结尾看作是纳慈奈恩获得独立、实现自我、融入英国多元文化社会的一个象征。小说结尾,纳慈奈恩被两个女儿和一起经营服装设计缝纫店的好友拉齐娅带到了拱形滑冰场滑冰。在这种解读里,滑冰和工作是纳慈奈恩在英国多元文化社会找到自我的两把利器。滑冰是纳慈奈恩在英国电视上接触到的一个新奇事物,在小说里多次出现,每一次的出现都伴随着她思想上的变化,对她有很大的影响。比如,第一次看到男女混双花样滑冰的场景,纳慈奈恩感到很害羞,很不理解男女之间公开展示彼此亲密的行为;当第二次看到时,纳慈奈恩已经幻想自己成为了那名女滑冰选手,在男选手的带领下在滑冰场上自由驰骋;纳慈奈恩对滑冰观念的转变喻示了她自我意识的觉醒和对独立新生活的向往。而小说结尾,滑冰的梦想终于得到实现,她已经不需要男选手的引领,能够自己单人滑冰了。(蒋翃遐、柳晓 144-145)根据小说的描写,女性外出工作在孟加拉移民社区会遭人耻笑,被认为是丈夫无能的标志。纳慈奈恩的好友拉齐娅由于丈夫发生工作事故意外去世而外出工作,改善了家庭的经济环境,尝试到了经济自主的好处。在她的影响下,纳慈奈恩在丈夫查努失业后,也开始在家工作,接下缝纫活,经济上获得了支配权:既帮补了家用,又接济了在孟加拉国的妹妹,还省下钱来还伊斯兰太太的高利贷。经济的自主为纳慈奈恩赢得了解放和独立的机会,为她最终决定选择离开丈夫查努和情人卡里姆,留在英国埋下了伏笔。小说结尾,纳慈奈恩已不再靠给人做缝纫活帮补家用,而是和拉齐娅开店营业,自主决定服装样式和缝纫手法。(Perfect 118-119)在这种解读之下,纳慈奈恩获取自我意识的过程被归结为个性独立,摆脱男权控制的渐进过程,显现了西方女性主义妇女解放具有普适性的殖民话语。

不可否认,小说《砖巷》里的女性人物反抗男权压迫,追求独立自主有其正当性的一面。小说描述的砖巷社区是一个封闭的孟加拉移民社区,白人的踪影几乎难以寻觅,社区里的男男女女是小说的人物,他们之间的关系是小说描写的重心,男权统治、男女不平等的现象在较大程度上得到反映。例如,纳慈奈恩的好友拉齐娅受到丈夫的约束和限制,在家庭事务上没有做决定的权力,也不能按照自己的想法外出工作,只能听从丈夫的指派;纳慈奈恩的妹妹在孟加拉国受到丈夫和婆家的虐待,出逃之后本想追求幸福,但依然未能幸免于男人的欺凌和玩弄。然而,与小说其他女性人物相比,女主人公纳慈奈恩是小说的核心人物,牵涉的情节内容很多,身份具有多重维度:女性(女儿、姐姐、妻子、母亲)、移民、非白人、伊斯兰教徒、家庭妇女、孟加拉裔、缝纫女工……因此,其自我身份意识的维度也应呈现多重性,不应仅考虑性别维度(女性),更应基于上述多重维度综合考虑。正如莫汉蒂所提出的另一观点,在构建第三世界女性女性身份时,种族和性别是相互交织,不可分而谈之;第三世界女性基于自身处境,还存在和第三世界男性联合起来反对其他形式如种族主义、帝国主义、殖民主义的压迫。必须把第三世界女性的身份与种族、阶级、宗教等其他因素联系起来。(莫汉蒂 352-355)莫汉蒂指出的第三世界女性和第三世界男性存在的共盟关系,实际上为探讨《砖巷》的女主人公纳慈奈恩的身份问题提供了更广阔的视角。

三

在一定程度上,尽管小说中的砖巷社区深受孟加拉传统文化中男权统治的影响,但纳慈奈恩获得女性自主并非完全是反抗男权统治的结果。在小说里,丈夫查努就不止一次地对她说,嫁给他是她的福气,因为他是一个西化的人,不会阻止她做任何事情;而支撑纳慈奈恩经济独立自主的缝纫工作也是查努主动带到家里让纳慈奈恩做的(Ali 45,207)。[4]在不少论文中提到,促使纳慈奈恩独立意识觉醒的重要事件是查努两次拒绝纳慈奈恩的请求,出钱把在孟加拉国深受欺凌的妹妹哈西娜从孟加拉国带到英国。在其中一个引用最多的场景里,纳慈奈恩表达了对查努的不满,她独立自主的形象跃然纸上:

> 凡事都有可能,你知不知道我今天做了什么?我进了一家酒吧上厕所。你认为我能做这种事吗?我走了好几里地,也许走遍了整个伦敦,我没看到它的边。为了回家我进了一家饭馆,我找到了一家孟加拉饭馆问路,想想我的能耐。(Ali 62)

诚然,纳慈奈恩受到查努的压制迸发出了女性独立自主的渴望,然而查努拒绝把哈西娜带来英国的理由却是促使纳慈奈恩在随后的经历中体会性别独立只是她身份意识的一个方面。事实上,查努拒绝纳慈奈恩的请求,并不是对哈西娜没有同情的态度,而是更多地联想到自己在英国的境遇,心生愤怒,也就是他经常对奈慈乃恩

提起的"体制性种族歧视"对他的不公。(Ali 50)查努毕业于孟加拉国著名的高等学府达卡大学英文系,移民英国时胸怀大志,希望加入公务员队伍并成为英国首相的私人秘书。然而在英国生活了十六年,尽管不断地进修学习,但由于种族的歧视和偏见,依然在英国社会的底层挣扎谋生,工作得不到晋升,志向得不到实现。

当纳慈奈恩第一次提出让查努回孟加拉国寻找妹妹并把她带到英国时,查努回应道:"好吧,我是可以去……毕竟我在这儿没有什么可做,只不过是在等待一个学位完成,一个工作升职,一个儿子出生罢了……我可以把她从达卡的大街上找回来再把她带回来,顺路再把你们全家人都带回来,这是你想的吧?"(Ali 62)从这段话可以看出,对照自己当初来到英国时的雄心壮志,此时的查努对自己在英国的前途已经没有了期待;移民英国时背负家人的期望也都成为一个遥不可及的梦。当纳慈奈恩第二次提出把哈西娜带来英国并强调哈西娜在孟加拉国遇到了困难时,查努回应道:"有困难,难道这儿就没有困难了吗?当然没有。能够阻止困难产生的一切事情全部都被我们做了,是马上做了……难道你忘了?我们要去那里(孟加拉国),我已经决定了。当我做了决定,事情就不能变了。"(Ali 183)从这里可以看到,由于体制性的种族歧视,尽管查努认为自己在英国已经付出了最大的个人努力,然而生存状况依然没有得到改变,失望之余,不得不把前途和希望寄托在孟加拉国,希望能够重拾梦想,像留在孟加拉国的大学同学一样实现自我。

在小说里,把前途和希望寄托在孟加拉国的不只是丈夫查努,还有情人卡里姆。卡里姆是在英国出生和成长的第二代孟加拉裔英国人,不太会说孟加拉语,在舅舅的制衣厂做供货的工作,因而认识了纳慈奈恩。尽管卡里姆认为英国是"我的国家",但是他并没有家的归属感,觉得穆斯林在这个国家没有权利,形象被歪曲。以他爸爸为例。他当了二十五年的公共汽车司机,在车上受尽了歧视,被骂、被打、被欺负,过着担惊受怕的日子,从不反抗,退休后甚至连家门都不愿意出了。为此,卡里姆发起了一个叫作"孟加拉虎"的组织,希望能够保护英国本地穆斯林的文化和权益。然而由于美国纽约"9·11"恐怖袭击事件,"孟加拉虎"组织内部分化,同时又被英国

政府认为是一个宣扬恐怖主义的组织而受到监控，卡里姆希望为英国穆斯林争取平等利益的愿望落空，于是离开英国到孟加拉国学习真正的穆斯林文化。

然而，对于纳慈奈恩而言，查努和卡里姆寄予希望的孟加拉国和妹妹哈西娜信里给她描绘的孟加拉国是两个完全不同的世界。妹妹哈西娜信中的孟加拉国是女性地位低下，女性权益不受保障，阶级和贫富差距巨大的国家。这两个孟加拉国的形象差异让奈慈乃恩有了独立自主的可能性：

> 她的第一个想法是她要和丈夫和孩子去达卡，那是一件该做的正确的事情，她又可以和哈西娜在一起了。疑问从各个方面向她袭来。孩子们会很惨。夏腊娜永远适应不来。查努在这卡会怎么样？如果他的梦想破碎了，什么网会把他们单在一起？他们将如何生存？他们将吃什么？呆在这里，然后寄多点钱给哈西娜，那样帮助她不是更好吗？或者还可以把她接过来。但要是查努坚持回去，把她们留在这里一个人回去，又怎么办呢？她会嫁给卡里姆吗？她想嫁给他吗？那样对于孩子们是很难的。但又不可能简单地剔出他。或许最好还是回达卡。对卡里姆的记忆没有约束地进入了她，就像他进入了她，把她被动的灵魂搅碎了。（Ali 405）

纳慈奈恩的这段独白表明她对自我身份有了较为全面的意识：作为女性，为了不使自己和女儿遭受妹妹哈西娜的遭遇，她应该留在英国享受女性拥有的独立自主空间；作为孟加拉裔移民，为了使丈夫和自己以及女儿们在一起，她应该回到孟加拉国与查努一起实现梦想，免受种族歧视；作为卡里姆舅舅工厂的雇佣缝纫工，为了使自己和女儿在英国的经济有保障，她应该和卡里姆结婚以确保经济来源。可以看出，性别、种族、阶级的因素在纳慈奈恩身份意识的觉醒过程中相互交织、共同作用，最后使纳慈奈恩在小说末尾主动和卡里姆结束关系时发现了自我："我已不是从前的我，你也不是从前的你。从开始到后来，我们都没有看清问题。我们所做的——我们相互弥补。"（Ali 454-455）作为对自我身份意识觉醒过程的注脚，纳慈奈恩对卡里姆在这一过程中扮演的角色做了解释：她已经不是卡里姆一直寻找的"真正的那个东西，真正的孟加拉妻子，真正的孟加拉母亲"，而使她产生变化的正是卡里姆。卡里姆让她认识到在英国的孟加拉裔女性自我身份意识觉醒的过程中，除性别问题之

外同时要面对的其他问题，例如种族、宗教、阶级等。从上面的分析可以看出，在研究纳慈奈恩身份问题的时候，如果对西方女性主义中的殖民话语问题有一定的意识，把她的身份置于性别、阶级、宗教、种族等条件下综合考虑，可以发现纳慈奈恩和查努及卡里姆并不完全是对立关系，而在一定程度上具有相互依存的关系。

四

莫妮卡·阿里的小说《砖巷》在英国书评界有很高的评价，但在英国孟加拉移民社区遭到了批评和反对，从而引发争议。对于争议的解读，不应只是艺术创作自由度的问题，而且还应该是如何看待争议中所表现出来的男女性别二元对立的问题。在一定程度上，对《砖巷》女性身份问题的讨论使用了具有殖民话语特征的西方女性主义理论，导致了接受差异中的男女性别二元对立，引发了族裔社区内部以男性为主反对小说《砖巷》的局面。因此，在看待少数族裔女性身份问题上，必须意识到西方女性主义中的殖民话语阴霾，自觉地把少数族裔女性身份问题置于性别、种族、阶级、宗教等因素中综合考虑。从这个文学批评实例中可以看出，对于我们身在中国的外国文学批评者来说，在分析和对待英美文学界中的文学现象时，必须有自己的立场，不盲目跟从；同时，如何把文学理论正确地运用于文本批评也是一个值得引起注意的问题。

注解【Notes】

[1] 本文中的"黑人"取广义的"non-white"，泛指非白人作家。

[2] 另一位是扎迪·史密斯（Zadie Smith），她创作的作品有《白牙》（*White Teeth*，2000）、《真迹品商人》（*Autograph*，2002）。

[3] 这四篇论文分别是郑佳燕：《同根同果：〈砖巷〉与〈紫色〉》，载《龙岩学院学报》2007年第2期，第69—72页；蒋翃遐，柳晓：《自我生命意识的觉醒：〈砖巷〉的叙事艺术》，载《当代外国文学》2008年第2期，第140—148页；郭圆圆：《〈砖巷〉的女性主义批评研究》，河北师范大学硕士学位论文，2011年；赵淑敏：《论莫妮卡·阿里〈砖巷〉中女性自我意识的觉醒》，西北大学硕士学位论文，2011年。

[4] 小说引文由笔者翻译，所用版本为 Black Swan 出版社2007年出版的版本。

引用作品【Works cited】

Ahmed Rehana. Brick Lane: A Materialist Reading of the Novel and Its Reception. Race & Class. 2010 Vol. 52 (2):25-42.

Akbar Arifa. Brick Lane Rises Up Against Filming of Ali's Novel. The Independent. 22 July 2006.

Ali, Monica. Brick Lane . London: Black Swan, 2007.

Hiddleston Jane. Shapes and Shadows: (Un)veiling the Immigrant in Monica Ali's Brick Lane. Journal of Commonwealth Literature. 2005 Vol. 40(1): 57-72.

Jack Ian. Responses to Monica Ali's Brick Lane: Testify to the Continuing Power of Fiction. The Guardian. 20 December, 2006.

蒋翃遐，柳晓:《自我生命意识的觉醒:〈砖巷〉的叙事艺术》，载《当代外国文学》2008年第2期，第140—148页。

Lea Richard and Lewis Paul. Insulted Residents and Traders Threaten to Halt Filming of Best-selling Novel Brick Lane. The Guardian. 18 July 2006.

Lewis Paul. You Sanctimonious Philistine'-Rushdiev Greer, The Sequel. The Guardian. 29 July 2006.

Mohanty Chandra Talpade. Under Western Eyes: Feminist Scholarship and Colonial Discourses. Boundary 2 12 (3), 13 (1) (Spring/Fall), 1984: 333-358.

Okihiro Gary Y. African and Asian American Studies: A Comparative Analysis and Commentary. Asian Americans: Comparative and Global Perspectives, eds. by Shirley Hune, Hyung-chan Kim, Stephen S. Fugita, and Amy Ling. Pullman. Washington: Washington State University Press, 1991,17-28.

Perfect Michael. The Multi-Cultural Bildungsroman: Stereotypes in Monica Ali's Brick Lane. Journal of Commonwealth Literature. 2008 Vol. 43(3): 109-120.

Taylor Matthew. Brickbats fly as Community Brands Novel Despicable. The Guardian, 3 December, 2003.

生态批评视野下的《云图》

刘文如

内容提要:《云图》是英国小说家大卫·米切尔迄今最成功的作品。小说涉及六个历史时段和东西方文明世界,大卫·米切尔的生态观是以全球为格局、以时间为坐标展现在作品中的。文中反复出现的"食人"现象,不断拷问当代人对于生态问题的伦理道德底线,而小说基于现代文明发展方向对人类未来世界做出的展望极具警醒性。通过分析文中渗透出的作者对于自然的关注和生态的哲学思考,可以加深读者对作品更深层次艺术内涵的理解。

关键词:生态批评 大卫·米切尔 《云图》

作者简介:刘文如,安徽大学大学外语教学部讲师,研究方向为英美文学和英语教学。

Title:An Ecocritical Reading of *The Cloud Atlas*

Abstract:*The Cloud Atlas* is the most successful novel written by David Mitchell. David Mitchell embodies his ecological view in six stories of distinct historical periods in western and eastern civilization. The repetition of human-eating phenomenon challenges modern people's moral and ethical limits, and the prediction of the future human world based on reality is alarming. The analysis of author's ecological philosophy can deepen readers' understanding of artistic connotation of the work.

Key words:Ecocriticism David Mitchell *The Cloud Atlas*

Author:Liu Wenru is lecturer in College Foreign Language Teaching Department, Anhui University(Heifei 230039, China). Her recent research focuses on English and American literature and English teaching.

《云图》是英国小说家大卫·米切尔的第三部小说,也是其影响力最大的作品。2004 年该书出版后,除了荣膺英国国家图书奖最佳小说奖以及理查与莱蒂读书俱乐部年度选书之外,还入围了布克奖以及科幻界的星云奖、克拉克奖决选。绝大多数读者和评论家,都把目光投向了其独特的叙事方式和结构上的创新。但如果从生态批评的角度来解读作品,既可以为进一步了解作品深刻的内涵扩展空间,亦对社会生态环境问题的解决有着启发性和建设性的深远意义。

自 20 世纪 90 年代以来,生态批评开始在西方当代文坛活跃起来,并逐渐形成一股极具特色的文艺思潮。生态批评的主要任务是通过文学来重审人类文化,进行文化批判——探索人类思想、文化以及社会发展模式如何影响甚至决定人类对自然的态度和行为,如何导致环境的恶化和生态的危机。只有努力超越人类的利益和价值评判体系,将生态系统和自然整体作为参照物,才能重新审视和评价人类中心论、征服自然观、主客二元论、唯发展主义、科技至上及消费文化

等思想观念。[1]《云图》中透露出大卫·米切尔对于人类生存环境的深深忧思。如果人类继续以现在的方式对待地球,《云图》中人类文明灭亡的结局将不会再是幻想。"就个人而言,自私让灵魂丑陋;对人类来说,自私就意味着消亡。"[2](《云图》485)

一、两种文明的呈现

在小说《云图》中,人类的文明以两种方式呈现。一种是以最大限度满足人类欲望而产生的文明,这种文明无视自然生态的客观发展规律,索取无度,体现为对自然过度的控制和利用,如社会等级制度和现代科学技术。第二种文明是人类智慧的结晶,如音乐文学及其他人文艺术,这种文明表达的是对自然美好和谐的赞颂、对人类回归自然的呼吁以及对破坏生态行为的揭露和批判。这种文明可以使人类从思想和审美上受到教化,弱化人类自私贪婪的劣性,引导人类走上尊重自然、善待自然、利用人类的科学技术来维护自然的道路。第一种文明方式中,人类以

自然主人的身份出现,"你派他管理你亲手所造的,使万物,即一切的牛羊、田里的野兽、空中的鸟、海里的鱼,凡经行海道的,都伏在他的脚下"(8),文明与自然处于对立的关系。小说一开始,就描绘了文明人对原始岛屿的开发和对当地生态的破坏。他们过量地捕捉海豹,焚烧树林以开辟土地,引入新物种破坏当地的生态系统。信仰和平与自然和谐共处的当地土著莫里奥里人也未能幸免,遭到了种族灭绝式的屠杀。而克隆人星美的故事,则更为极致地体现了人类对自然生态的控制和干预程度。小说的这个章节,将人类两种文明的矛盾以夸张的手法体现出来。基因工程,在现代社会中也还是一个有争议的话题。从理论上说,人类的科学技术已经发展到可以为了自身需要而改变自然生物基因的程度。从伦理上说,人类社会却不能够接受一个克隆人的出现。公司制的国家政权,活着就只是工作、消费,工作的上等人成为了广告投射屏的月亮、完全按照人类需要培育的各种基因重组生物,还有批量生产的克隆人奴隶、实验标本甚至是活的克隆人玩具娃娃,反乌托邦式的未来是作者对现在盛行的科技至上观和消费文化进行的嘲弄。因为可以为所欲为的科学技术并不能给人类带来理想的生活,"内索国正一步步把自己毒死。土壤已被污染,河流毫无生机,空气充满毒素,食物供应充斥着流氓基因"(309)。内索国的人是可悲的:生活在人造的环境中,灵魂的价值就在于所拥有的金钱,他们"没有社区,只有相互猜疑的等级体系"(314),而且精神上的贫乏让他们的眼中都有"一种饥渴,一种不满"(315)。与之相对的是,曾经被人类囚禁奴役的克隆人星美,却发自内心地表达了对自然世界的赞叹,在她的眼中雪是"美仑美奂"的,(208)而基因改造过飞蛾翅膀图案的随机性则是"自然对公司制一次小小的胜利"(312)。她在自我意识觉醒过程中受到音乐、文学和电影作品的巨大影响,正是这种被公司政体禁止或抛弃了的第二种人类文明的教化,星美才变得比所谓的上等人更具有人性。她有强烈的求知欲和正义感,愿意为推翻违反自然法则的公司国牺牲自己,并希望自己能转世成为与自然世界和谐相处的、物质匮乏却精神富足的"聚居者"的一员。作者在这个故事中借星美之口向读者传达了一个信息,"看一个游戏不仅要看一局的输赢"。(329)在历史的长河中,人类必须对自身

文明进程中破坏自然生态的行为进行反思和修正,否则将来的受害者就是人类自己。

二、食人现象的启示

人类是自然界生物链最高环节的食肉动物,食人是人类动物性或兽性的体现,一般发生在人类物质文明和精神文明都极端低下的历史时期。随着人类文明的发展,食人现象已近乎绝迹。但是在《云图》中,作者为了揭示人类无法满足的贪欲,食人现象多次出现。第一章英国贵族嘴里镶嵌的是殖民地原始部落食人族的牙齿,这是作者对当时血腥殖民体制赤裸裸的掠夺和剥削本质的讽刺。殖民者对殖民地的武装占领、海外移民、欺诈性的贸易、海盗式的掠夺、血腥的奴隶买卖,和凶残野蛮的食人族在本质上极为相似。由于人类自私的本性和短浅的目光,为了一时的小范围的经济发展需要,播种下的是仇恨和灾难的种子。即使是在当今的现实社会,为了本国的发展将环境污染严重的企业迁入别国,将有害废物垃圾转移到别国境内的情况也并不少见。自然界是一个相互联系的有机整体,人类这种狭隘的环境意识和掩耳盗铃、自欺欺人的做法是可笑的,如果继续发展下去即为饮鸩止渴。大卫·米切尔在《云图》中展示了一种只追求经济和科技发展的人类社会的未来——内索国。政治独裁,等级森严,内索国为了发展已经到了不择手段的地步:用法律规定人们的消费额,用科技造出整个克隆人阶层为人类服务,而更可怕的是公司制经济学的研究成果,"基因工业需要数量巨大的液态生物物质,用于培育箱,但是最重要的是,为了生产速扑。还有什么比循环利用到了工作年限的克隆人更廉价的蛋白质供应呢?此外,剩下的'再生蛋白质'用于生产宋记的食品,给内索国各地的消费者食用。这是一个完美的食物循环"(325)。因此,内索国的消费者不仅仅是从精神上和肉体上奴役克隆人,而是确实为达到利用完后精准地消灭这一阶层的目的,将他们全部制作成食物吃掉了。这个"完美的食物循环",对当代人从伦理道德的角度来说是很难接受的。但是,如今的科学技术发展,已经令人们品尝到了各种转基因食品,以及各种用化学药物催生的水果蔬菜和禽肉类食物。所谓转基因产品,是通过不同生物之间基因的重新组合,创造出一种新的人造生物;或者通过不同生物之间基因的重组,改变

原有生物的自然特性，使其成为一种半人造生物。这些食品的生产和消费，已不是什么行业性的秘密，而是人类每日消费的必然选择。天然的食物已成为人类奢侈的享受，人造的转基因食物由于成本低廉而占据了市场。转基因食物是否有危害性，科学界暂无定论，各国政府在这个问题上也都采取了谨慎的态度。其实，人类社会距离克隆人的出现只有一步之遥。而正如作者在作品中写的那样，"克隆人是举在纯种人面前的镜子，照出他们的良心"（216），也可以照出人类伦理道德的底线。

三、人类的生态未来

自然资源被恣意破坏而变得越来越稀有珍贵，这种资源的稀缺性，则为人类的道德沦丧提供了完美的借口。为了争夺宝贵的不可再生性能源，战争的硝烟从未停止。《云图》中的另一个故事《半衰期：路易莎·雷的第一个谜》讲述的就是一个有良知的科学家思科史密斯为了使地球不受核能辐射的危害献出了自己的生命，而女记者路易莎·雷为了揭露这一阴谋也遭受到能源公司的追杀。当自然的安危和人类的巨大利益产生矛盾的时候，一切就会变得复杂起来。政治、经济、科技、军事等各个领域的人类，会为地球环境的未来做出何种选择，这是一个非常现实的问题。《云图》中描绘出的人类未来是悲观的：人类的现代文明已经彻底崩溃，退回到了原始部落时期。人类的智慧"征服了疾病，跨越了距离，插下了种子，而且能轻而易举地创造奇迹，但是它没有征服一件东西。人类心中的渴望"（262），

这是一种永无休止的渴望，人类想要获得"更多的工具，更多的食物，更快的速度，更长的寿命，更轻松的生活，更多的能量"（262）。"这种渴望让前辈们冲破天空，让海洋沸腾，用疯狂的原子毒化土壤，顽固地播撒腐烂的种子，于是孕育了新的灾难，小孩生下来都是怪胎。"（262）这部小说，探究的不仅是人类内心和客观自然之间的关系，还有人类文明最核心的问题：人类究竟应该如何对待自己的欲望。是做欲望的奴隶，让自然成为满足人类欲望的工具；还是控制自己不断滋长的欲望，和自然和谐相处。这是作为一个现代人不可回避的问题，对待这个问题的态度将决定着整个人类的生态未来。

环境问题正困扰着整个人类，基因工程究竟是要拯救还是毁灭自然，人类文明的发展方向将去往何处，《云图》的作者将自己对人类生态危机和文明进程的思索展现在作品的每段故事中，给现时代的人们敲响了警钟：自然万物都有其运转的客观规律，贪婪和自私只会将人类带入黑暗的未来，自然界对于人类的惩罚是无情的。尊重自然就是尊重人类，善待自然、善待生命也就是善待人类自己。

注解【Notes】

[1] 参见王诺：《生态批评的美学原则》，载《南京师范大学文学院学报》2010年第2期。

[2] 本文所引小说原文，均出自［英］大卫·米切尔：《云图》，杨春雷译，上海文艺出版社2010年版。以下只标明页码，不再一一说明。

反本质人文主义批评 *

——论多利默对《李尔王》的解读

许勤超

内容提要：《李尔王》作为莎士比亚的代表作，历来受到批评家的关注。传统上对于该剧中呈现的复杂人性，西方的批评家多用本质人文主义观点进行解释。多利默作为文化唯物主义莎评的重要代表人物，他主张从反本质人文主义的观点对该剧进行批评；正是基于这种批评观，多利默认为《李尔王》是关于权力、财产和继承权的一部剧作，从而揭示出人性的本质是由社会历史决定的，有力地批判了本质主义的人性观。

关键词：反本质人文主义 人性 文化唯物主义莎评 权力

作者简介：许勤超（1970— ），青岛科技大学外国语学院副教授，文学博士，主要研究英国文学与比较文学。

Title：Anti-humanist Criticism：On Dollimore's Interpretation of *King Lear*

Abstract：As Shakespeare's representative work，*King Lear* has always been interested by critics. The complicated human nature reflected in the play is traditionally interpreted by western critics in the perspective of essentialist humanism. Dollimore，an important representative of cultural materialist Shakespeare criticism，he opposes essentialist criticism，and favours anti-humanist criticism which results in his statements of *King Lear* as a drama of about power, property and the right of inheritance，thus revealing that human nature is determined by society and history，convincingly criticizing essentialist conceptions of human nature.

Key words：anti-humanism human nature cultural materialist Shakespeare criticism power

Author：Xu Qinchao(1970—)，associate professor of Qingdao University of Science and Technology，College of Foreign Languages；Doctor of literature，mainly engaged in the study of British literature and comparative literature.

《李尔王》和《哈姆莱特》一样，被认为同是莎士比亚悲剧的高峰作。《李尔王》主人公的痛苦程度，超过了莎士比亚在此之前和后来所塑造的一切悲剧人物的遭遇。该剧中对人性的惨烈揭示更是给人们留下了深刻的印象，对作品中人性的解释也就成了评论家津津乐道的话题。英国文化唯物主义莎评[1]家多利默，从反本质人文主义(anti-humanism)的视角(也就是他所说的唯物主义的批评 materialist criticism)，[2]对该剧进行了批评。传统上对于该剧中呈现出的复杂人性，人们多用本质人文主义(essentialist humanism)观点进行解释，[3]多利默认为这种分析存在缺陷，必须从反本质人文主义的观点方法出发，才能揭示出问题的根源。反本质人文主义，也作为一种批评的原则，被文化唯物主义莎评者加以运用。多利默在其《激进的悲剧》和其他批评著作里，始终贯穿着这一批评原则。他写道："和唯物

主义批评一样，反本质人文主义反对那种把人的本质视为先天不变并决定或优于其存在的文化环境的观点。"(Dollimore 2004：250)正如科恩(G. A. Cohen)所说："马克思主义的传统就是否认历史上永久不变的人性。"(Cohen：151)科恩接着又说，马克思并不是这一传统的创造者，他只是深信人性是可变的这一观点。阿尔都塞认为，马克思在其早期著作里对传统人文主义观点也是基本同意的，而在其后期著作里他就拒绝了传统人文主义对人的本质的看法，以历史的观点对人的本质理论进行了新的审视，把"生产力"和"生产关系"引入到对人的本质的理解当中。因此，阿尔都塞说："我们必须承认马克思主义在理论上是反本质的人文主义。"(Althusser 229)作为结构马克思主义者的阿尔都塞，把马克思主义概括为理论反本质人文主义，这种唯物的观点对文化唯物主义莎评影响很大。尽管"反本质人文

主义"这一概念在经典马克思主义著作里没有出现,在传统的马克思主义莎评著作里也没有运用过,因为以前的莎评多是用启蒙的人文主义(或人道主义)观点进行研究的,甚至包括传统的马克思主义莎评也没有跳出启蒙主义思想的囹圄。多利默更多地接受了阿尔都塞的观点,他认为"我们需要重新解释马克思的人文主义"(Dollimore 1990:481)。当然,他这样说的目的主要是想说明"马克思主义的人文主义把人类、个体和文化放在一个同等的地位加以考量"(Dollimore 1990:479-480)。多利默在这里暗示出了从文化物质因素方面理解传统的马克思主义有重要作用,而不是从主体的中心性和自主性方面去理解马克思主义。

为了说明文化唯物主义莎评与本质人文主义莎评不同,在对《李尔王》分析时,多利默首先对本质人文主义莎评的观点、方法进行了评介。他认为20世纪80年代左右,人们更多地是从本质人文主义的视角解读《李尔王》,这种趋势似乎是取代了基督教的解读方法,而实际上是有很多的相似性。基督教作为西方文化的重要组成部分,在很多方面对人性的阐释是十分深刻的,自然也非常适合于解读《李尔王》中的人性中"恶"与"善"的冲突。在《激进的悲剧》出版后,西盖尔对多利默书中的观点持不同意见,认为"莎剧中的基督教思想似乎已经成为研究的主潮"(Siegel 40)。西盖尔是一个有影响的莎评家,他的莎评中包含着许多基督教人文主义的观点,具有本质主义的倾向。多利默反对那些鼓吹本质人文主义的批评者,他认为本质人文主义的批评同基督教的批评殊途同归,都是本质主义和唯心主义的批评。基督教批评把人置于上帝所造的世界的中心地位;本质人文主义批评也强调人的中心地位,只不过人是处在一个悲剧性的混乱的世界中,而不是基督教所宣扬的一个整体的、有秩序的世界。本质人文主义批评与基督教批评,使"人的遭遇神秘化并赋予人一种'类似超凡的身份'(quasi-transcendent identity),而该剧(《李尔王》)并不存在这些。事实上,该剧并不反映(本质)人文主义所假定的本质主义"(Dollimore 2004:190-191)。多利默接着说,在《李尔王》和《特洛伊罗斯与克瑞西达》中,对人非中心地位的分析并不是对人类显示厌恶的情感,而是要揭示社会进程中意识形态的各种形式及其作用。说

到意识形态,其实,文化唯物主义莎评者在批评中有强烈的意识形态意识,这不仅仅是指作品中的意识形态分析,而且批评者有强烈的批评意图,那就是宣扬自己的思想和批评方法,正如理查德·雷文(Richard Levin)所说的那样,剧作成为了要表达某种意义的传声筒,人们不禁要问是谁在重构戏剧。(Levin 491-504)显然,答案是批评者,是批评者强烈的批评意识使人们不得不重新审视莎剧。我们常说20世纪是批评的世纪,文化唯物主义莎评者自然会在批评中渗入个人意识,这也有利于表达其激进的观点,文化唯物主义莎评者总是把历史社会等因素作为决定的力量。[4]多利默认为本质人文主义忽视了这种在历史进程中批评的观点和方法,他在对《李尔王》进行批评时,认为本质人文主义批评的败笔之处就是没有看到"社会存在决定意识"这一唯物主义批评的基点。多利默把这种批评者分成两种类型:一种是"伦理的人文主义"(ethical humanism)[5]——基于本质的人性和普遍的人类处境进行批评;一种是"存在主义的人文主义"(existential humanism)——基于本质的英雄主义和存在的完满性(existential integrity)[6]进行批评。这两种类型的批评都认为,悲剧主人公是"悖论性的超验"(paradoxical transcendence)存在体。对此,多利默解释道,个体的消灭在于他对自我本质的神化,也就是说,理想主义的愿望是建立在把历史真实神秘化的基础之上,这就说明伦理的人文主义和存在的人文主义都有类似基督教的批评理念:二者拒绝了基督教的天祐观和其独断僵化的成分,而保留了基督教关于苦难和新生的解释是基于人的本质的说法;基督教把社会中存在的复杂关系一笔勾消,一切因果关系都是由于人性所致,而人性只能借助超验的上帝做隐语性的解释,总之,人的一切遭遇都是由于他的本质特点所致。(Dollimore 2004:194)存在的人文主义主张"存在先于本质"[7],而又把人的绝对自由视为神圣。萨特就认为人正是在焦虑中获得了对他的自由的意识,这一点用于解释李尔王在暴风雨中的悲喊是十分贴切的。萨特的哲学理论虽被用于文学批评,但这种理论仍带有本质人文主义的批评色彩;萨特认为,自由选择是绝对的,除了人自己的自由选择之外,没有什么东西能够决定人的存在;萨特同意,人是在各种条件下进行选择的,但是,条件能否发生作用,

归根到底取决于人自己的选择,这本身就含有忽视社会因素的内涵。在对《李尔王》批评时,本质人文主义的批评者像菲利普·布罗克班克(Philip Brockbank)、芭芭拉·埃弗雷特(Barbara Everett)、利弗(J. W. Lever)、亨特(G. K. Hunter)等,在多利默看来都忽视了社会因素。亨特的批评具有一定的权威性,他称其对《李尔王》的解读是一种"现代"观点的解读,他认为《李尔王》是一部伟大的悲剧,因为它不仅剥离、嘲弄、攻击了人的尊严,而且以无以伦比的力量说明人性可以在堕落中复归;孤独的荒原是李尔心灵的避难所,亦是他重新开始新生活的温床;人性中所蕴含的光辉力量在荒原中得到展示。(Dollimore 2004:190)对于亨特的观点,多利默并没有做过多的评论,不过,多利默是不赞同亨特的批评观点的。显然,亨特肯定了本质主义的主体性原则,当主体遭遇强大的社会力量冲击时,主体能够超越这种力量的冲击。亨特作为一个人文主义的批评者,相信意识先于社会存在,"人的心灵——而不是社会,是一个人品德和一切关系的源泉"(Hunter:251-252)。

针对以亨特为代表的本质人文主义批评,多利默倡导一种唯物主义的解读方法,即反本质人文主义的方法。以前的莎评者多从人性的堕落方面解读《李尔王》,像用存在主义观点解读该剧的杨·柯特(Jan Kott)就认为,该剧的主题是世界的衰落和垮台,而这一切都是人存在的荒诞所致,与人可笑、幼稚、愚蠢的性格密切相关。(杨·柯特:526-561)的确,作为一部著名的悲剧,《李尔王》给我们提供了一个完整的时代标本,一个全面的社会模型。由个人到家庭再到国家的社会纽带,一系列的关系和秩序都受到了极端个人主义的冲击,正义和美德受到挑战,价值观念受到怀疑和否定,什么人伦纲常、道德法律,都无情地遭到破坏,悲剧给我们展示的是一个残酷的野兽世界,充满着阴谋、恐怖、残杀、混乱和忘恩负义。在表现人的堕落和政治败坏方面,较之莎士比亚其他悲剧,这部剧显得特别突出。而这一切的根源是什么,多利默不去做形而上的本体论的分析,不去发掘这部作品的宏大主题,而是要从社会关系中揭示问题产生的根源。多利默认为,李尔最让人感到同情的是,当他无家可归、带着弄臣奔赴原野、在暴风雨的伴随下气得发了疯的时候。但是,风雨的袭击毕竟没有女儿们的狠

毒那样令人痛心。此时的李尔,在黑夜里迎着狂风暴雨的袭击,在一片荒原上彷徨。他要风把地面刮到海里去,要不然的话,就把海浪刮得泛滥起来,把地面淹没,好让那些忘恩负义的人绝迹。李尔身边的弄臣,竭力用诙谐和怪诞的话来排遣这种不幸的遭遇。李尔在暴风雨的荒原上,第一次产生对衣不蔽体、食不裹腹的不幸的人们的同情,呼吁:"安享荣华的人们啊,服一剂药吧;暴露你们自己去感受这些不幸的人们的感受,你们才会分一些多余的东西给他们,表示一下上天还是公正的吧!"(3幕4场)这时,李尔比他刚被抛弃时少了些神圣的狂怒,和下层人生活相比,他心理上也许有一些安慰。暴风雨中,李尔的身份是由什么导致的呢?多利默认为,不是高贵的本质(神圣的权利,divine right),而是他的权威(authority)和家庭。荒原上的李尔,使我们看到了斯多葛主义[8]和基督教人文主义观念(Christian humanist conceptions)对人的束缚之深,其实,他的遭遇是对斯多葛主义的一种颠覆。斯多葛派的主要代表人物塞内加(Seneca)曾论述过"苦恼"与"哲学",他认为不论一个人遭受了什么打击,哲学可以起到保护的职能。(Dollimore 2004:195)在塞内加看来,哲学可以把人引向德性,德性就是遵从自然(本性)、顺从神意(即理性)。而相信天性之爱、理性的李尔,认为他的权威神圣不可侵犯,甚至认为只保留国王的名义和尊号就可以威仪四方,而最终成为了他的弄臣所说的"孤单单的一个零"(1幕4场)。当他极度痛苦而发疯时,还试图与"高贵的哲学家"、"好的雅典人"汤姆(装疯的埃德加)谈论"哲学"问题。"哲学"不能使他摆脱痛苦,而仅仅是语无伦次的疯语。多利默据此认为,这是对斯多葛主义的绝妙讽刺。相信斯多葛派所宣扬的本质主义,只能给人带来更大的痛苦。当葛罗斯特看到发疯的李尔,他无不感慨地说:"我还是疯了的好,那样我可以不再想到我的不幸,让一切痛苦在混乱的幻想之中忘记了它的本身存在。"(4幕6场)这也是对斯多葛主义的一种颠覆。多利默对斯多葛主义的批评,旨在说明李尔是一个迷恋权威的人,"相信我吧,我的朋友,我有权力封住你的嘴唇"(4幕6场)。他认为,权威高于政府和权力,而权力可以操纵"正义"。疯狂中的李尔,还坚信权威的力量是很强大的,它可以决定一切,正如他所说的那样:"放债的家伙绞杀骗子,褴褛的衣衫遮

不住小小的过失；披上锦袍裘服，便可以隐匿一切。给罪恶贴了金，法律的枪就无效而断；把它用破布裹起来，一根稻草就可以戳穿它。"（4 幕 6 场）可以说，这种把权威（或者说神意）看得至高无上的观点，导致了李尔的盲目自信，最终无权而被戈纳瑞和里甘两个女儿遗弃。多利默从李尔对权威的崇拜中，批判了斯多葛主义和宗教神学所宣称的本质主义思想，那种把自然天性当作人的本质的观念，在现实生活中是行不通的；人的本性与现实密不可分，在《李尔王》中体现在权力之中。

正是通过对宗教思想的批判，多利默认为《李尔王》是关于权力、财产和继承权的一部剧作。面对戈纳瑞，发疯的李尔怒斥道："忘恩负义，你这铁石心肠的鬼怪，当你出现在儿女身上，真比海怪还要丑恶。"（1 幕 4 场）这就是把广袤的疆域上所有浓密的森林、膏腴的平原、富庶的河流、广大的牧场送给女儿的父亲对女儿的诅咒，李尔这时应该明白究竟什么是天性的问题。如果这时戈纳瑞再对父亲说，"我爱您胜过视力、世界和自由；超越一切可以估价的贵重稀有的事物；不亚于兼有天恩、健康、美貌和荣誉的生命；不曾有一个女儿这样爱过她的父亲，也不曾有一个父亲这样被他的女儿所爱；这样的爱使口舌和言辞都无能为力；我对您的爱比所有上述都加起来还要多"（1 幕 1 场），恐怕李尔不会再相信这甜言蜜语。对于父女情感的背离，多利默指出，在这部剧中，人性美好的神圣法则被打破，亘古不变的人性也是不存在的。权力和财产大规模的重新分配最终导致了内战，这一切都揭示出了权力和财产是凌驾于人的慈爱之上的，同样权力与正义的关系也是如此。"人的价值观念并不先于物质现实，而是恰恰相反，物质现实塑造（inform）了人的价值观念。"（Dollimore 2004：197）[9] 面对社会秩序变化，多利默认为，葛罗斯特的观点是保守的，从他的话中就可以看出："最近这些日蚀和月蚀不是好兆；虽然自然哲学可以对它们做这样那样的解释，可是大自然被接踵而来的现象所祸害。爱情冷却，友谊疏远，兄弟分裂；城市发生暴动，国家发生内乱，宫廷发生叛逆，父子关系崩裂。我的这畜牲也属于这种恶兆，这就是儿子反对父亲。王上偏离天性，这就是父亲反对孩子。"（1 幕 2 场）葛罗斯特使社会混乱的原因神秘化，作为私生子遭习俗的欺凌、世人的挑剔的埃德蒙

却不这么认为，他深知识时者才是好汉，现实使他不相信命运，[10] 他拒绝天意的安排，他深知掌握权力才能超越现实的秩序，于是，他不惜手段，做出了诬陷兄长的事，从而获得了父亲的信任，具有了继承一切的权利。对于埃德蒙的所作所为，多利默认为，不能简单地认为埃德蒙的本性或者说他的人生观念是邪恶的，事情往往不能通过表面加以判断，必须深入到事物的背后，才能发现问题的根源。埃德蒙的怀疑主义思想或者说对命运的反抗是符合现存的价值体系的，权力、财产、继承权使他摆脱了私生子的尴尬，所有这一切现实的因素塑造了埃德蒙的意识，这一原则同样适合于李尔、葛罗斯特、戈纳瑞和里甘。（Dollimore 2004：198）为什么我们这样说呢？多利默接着做了具体的分析。

李尔所想象的天性之爱并不是一种无条件的爱，他里面包含了太多的意识形态，具体地说就是爱与权力的交融。在该剧开始时，李尔具有绝对的权力；他的国王身份是他权力的保证；他决不容忍与他的权力相抵触的观念和做法。李尔希望科迪利娅也像她的两个姐姐一样表达出对他的超乎一切的爱，而这种希望渗透着强烈的权力意识形态，因为"爱"与"权力"在这里是一种交易。正如李尔对科迪利娅所说："我的宝贝，虽然是最后一个，却并非最不重要；法兰西的葡萄和勃艮第的牛奶在竞争得到你的青春之爱；你有什么话说，可以换到一份比你两个姐姐更富庶的土地？"（1 幕 1 场）科迪利娅的回答并没有满足李尔的期望，她对两个姐姐的花言巧语非常反感，她深信内心的爱比留在口头上的爱更可贵。于是她表示没什么好说的，她爱父王只是按照她的名份，她不愿言过其实，她要把自己的爱一分为二，一半给她的父亲，一半给她未来的丈夫，她要做一个孝女，婚后还要做一个贤妻。科迪利娅的回答无可厚非，她的"违背"（transgression）并没有践踏"家族感情"，问题是她的这种做法威胁了绝对服务于财产、契约和权力关系的"爱"，她自然什么嫁奁也得不到。对合法的意识形态——父权的挑战将是十分危险的，因为它与财产是紧密相连的。在这里，女儿的"爱"和父亲的"慷慨"都与财产和权力有关。李尔把权力和财产关系置于突出的地位，他以绝对的权威宣布和科迪利娅断绝一切父女之情、血亲关系和责任关系。对此，肯尼思·缪尔（Kenneth Muir）在对《李尔王》

做注释时,曾把"财产"解释为"最密切的血缘关系"。多利默进一步解释道,爱的表白和国土的赠与这一情节中,包含着一种"所有权"的关系——即女儿归父亲所有,这与具有野蛮内涵的主子和奴隶的关系有相似之处。在《约翰王》中,这种权力与财产的展示也有所体现,剧中的路易就说:"我出身王家,世界上没有一种权势可把我支配,对我发号施令,让我做他的奴仆和工具。"(5幕2场)在《李尔王》中,各种这样的关系就是意识形态,血亲关系是由财产关系塑造的,像这部剧中所体现的长子继承权都是如此。当里甘只准许李尔保留二十五个随员时,李尔对戈纳瑞说:"我愿意跟你去;你的五十个人比她的二十五个还多一倍,你的爱心比她大十倍。"(2幕4场)李尔在落魄时,还把财产(随从人数)和"爱"紧密联系在一起。

葛罗斯特同样被这种财产意识形态所控制,因为他与儿子之间的关系也是建立在物质之上的。作为李尔重臣的葛罗斯特伯爵,他的地位自然通过财产体现出来。他的长子埃德加为合法的继承人;私生子埃德蒙获得合法的身份的标志就是篡夺家产,他一方面伪造一封埃德加企图弑父分产的信,另一方面又唆使埃德加潜逃,他的计谋果然生效。由于埃德蒙对葛罗斯特的"忠诚",葛罗斯特最终宣布要把埃德蒙的画像送到远近各处,让全国的人都认得他,要使埃德蒙继承他的土地,因为埃德蒙是一个忠实和有人性的孩子。忠实和土地的交易,就是葛罗斯特所认为的血亲关系。对此,多利默分析道,这样的关系不仅令人悲伤,而且非常可笑,李尔和葛罗斯特固执地坚守财产和权力的意识形态观念,最终使他们一无所有而走向精神的崩溃。各种各样的冲突使社会分崩离析,而导致冲突的意识形态结构却愈益得到加强,多利默在这里指出了李尔和葛罗斯特悲剧的根源。其实,这种意识形态对人的塑造,不仅表现在主要人物身上,从次要的人物身上也可以看到。一个人在社会上是否拥有身份,关键是看他是否拥有权力和财产,而要想摆脱这一意识形态的束缚,从多利默的分析中可以看出是不可能的。李尔的臣官肯特对戈纳瑞的管家奥斯华德的看法首先就是从物质财富出发,奥斯华德的极少财产和低贱身份遭到了肯特的嘲讽,他说奥斯华德是"一个吃肉皮肉骨的家伙;一个下贱的、骄傲的、浅薄的、叫花子一样的、

只有三身衣服,全部家私不过一百磅、卑鄙龌龊的、穿毛线袜子的奴才"(2幕2场)。

对于权力、财产对人物的塑造,多利默进一步指出,埃德蒙作为一个私生子,与埃德加相比,社会的秩序原则使他处于不利的地位,他的怀疑思想与主导的权力财产意识形态包含着深刻的内涵。埃德蒙的怀疑思想本身就包含着矛盾:他的私生子身份使他遭到社会的排挤,而这又使他更清楚地看到了他所处社会的意识形态本质,并不遗余力地去获取决定意识形态的东西,在这一点上,他很像一个反抗者;同时,他从自卑的神话中解脱出来,却又陷入了权力、财产和合法地位的困扰之中,这种困扰愈演愈烈,一种声音时时回响在他的耳旁,"合法的埃德加,我一定要得到你的土地"(1幕2场),"他看清了意识形态各种载体,而又被这些东西彻底绊倒"(Dollimore 2004:201)。这就是他的悲剧,亦是社会的悲剧。埃德蒙的悲剧说明了一种具有颠覆性的思想从一开始就包含了自身的矛盾,这种新生的意识一旦被主流意识形态控制,就会连自身一起颠覆。埃德蒙是心甘情愿地参与到主流意识形态对他的塑造过程中的,他的主体性的确立(即摆脱自卑,成为有身份的社会一员)是占有了财产——这一象征权力的物质载体,他从一开始就成了权力的奴隶。格林布拉特就说过:"没有什么纯粹的时刻和没有约束的客观性,确实,人类本身开始似乎就是非常不自由,不过是特定社会中权力关系的思想意识的产物。"(Greenblatt 256)格林布拉特在谈到文艺复兴时期人的自我塑造时,自我成了各种权力关系塑造的对象,他同多利默所说的主体受意识形态的塑造基本上是同一意思,他们二人采取的批评策略都是从反本质人文主义开始的。

在说明了剧中人物被主流意识形态塑造以后,多利默还对这部剧的结尾进行了批评。在这部剧结尾的处理上,他认为莎士比亚对传统道德伦理(指宗教伦理)标准持怀疑态度,这也是伊丽莎白和詹姆斯时代大多数剧作家的心态反映。一些人文主义莎评者多从道德伦理的视角看这部剧的结尾,认为莎士比亚是一个坚信宗教伦理道德的剧作家。尼古拉斯·布鲁克(Nicholas Brooke)就认为,《李尔王》的结尾说明了强大的社会秩序虽然崩塌了,而道德伦理(主要指宗教伦理)的光辉永存。(Brooke:60)正如埃德加对

埃德蒙所说："天神是公正的。"（5 幕 3 场）多利默认为，莎士比亚在处理这部剧的结尾上，受宗教道德伦理的影响。埃德加打败埃德蒙，是高贵的人性战胜了邪恶的人性；高贵的身份得到了恢复，正如奥本尼对埃德加所说，"我一看到你的仪态步伐，就觉得你是一个高贵的人，我必须拥抱你"；（5 幕 3 场）戈纳瑞也因自己的罪孽而得到报应；埃德蒙的人性在弥留之际不但得到回归，还显示出了对高贵出身的敬慕；埃德加把葛罗斯特的遭遇归于神的安排，他对埃德蒙说，天神"利用我们的风流罪过惩罚我们；他在黑暗邪恶的地方种下了你的生命，结果使他丧失了他的眼睛"。（5 幕 3 场）似乎善恶报应都是天意的安排，当奥本尼试图重整秩序，谈到他的打算时说，"一切朋友都要得到他们的德行的报酬，一切仇敌都要尝到他们罪恶的苦杯"（5 幕 3 场），多利默认为这依然是建立在善恶报应和诗意[11]（punitive/poetic）的基础之上。可最终的结局是，李尔死了，紧接着科迪利娅也死了。二人的死又是对善恶报应观的否定，也说明了现实的社会权力关系才是导致二人死亡的真正原因。所以，多利默认为莎士比亚最终拒绝了基督教剧作家的写作模式，显示出了他对宗教伦理的怀疑。

多利默不仅对《李尔王》剧本本身进行了唯物主义的分析，也对莎士比亚写作心理做了简单的分析。他从唯物主义的视角分析《李尔王》的结尾，其分析让人觉得有生硬之感。在多利默看来，莎士比亚似乎是完全按照唯物主义者的思维写作的，是一个完全对他所处时代的价值观念怀疑的人（Dollimore 2004：19-22）[12]，这也显示出了多利默批评的激进特点。多利默对《李尔王》中财产和权力的分析是有一定深度的，但莎士比亚不可能是一个彻底的唯物主义者，他对《李尔王》结局的处理也不可能完全按唯物主义的模式进行，他彰显人性的光辉通过宗教式的语言表达出来，多利默似乎忽视了这一点。

从认识论上说，多利默对《李尔王》的反本质主义分析策略，揭示出了问题的实质。而且，他的分析中也包含着道德诉求，因为他对人性中的善与恶进行了有意义的探讨，对恶的揭示就是在呼唤善的回归，这里面包含着人文关怀的情感。文学是记录人的情感的历史，多利默从反本质人文主义的批评视角，把《李尔王》中的人与人之间的情感关系揭示出来，从而使我们看到了有财产

和权力关系决定的人类的情感是何等的脆弱。为了获得财产，可以抛弃血亲之情，可以采取卑鄙之手段，人性泯灭于物质欲望和权力欲望之中。当我们环顾当代社会中的芸芸众生时，李尔王的悲剧也常常发生在我们的生活中。一些人认为，占有财富就是占有权力，而在占有的过程中，人文精神却被打入冷宫，财富和权力联合起来强奸人性，从这一方面看，《李尔王》是当代社会的隐喻。

多利默从反本质人文主义视角对《李尔王》的分析，使我们看到了社会中财产、政治、权力对人性的塑造起了很大的作用，人性不可能脱离现实的社会政治权力关系而存在。这种反人性论的批评观，丰富了我们对人性的理解，揭示了莎剧中呈现的人性问题的实质，具有强烈的现实批判意义。人性一旦和财产、权力结合，一旦成为政治功利主义者的工具，人性中美好的因素将会泯灭于物质利益和政治权术之中。当然，多利默通过分析莎剧，并没有明确指出如何才能塑造美好的人性，但他的分析使我们知道，人性是复杂的。关注社会历史中主体的存在，使主体向着美好的方向发展，这是任何一个人文主义批评者都必须关心的问题。

注解【Notes】

* 本文系 2012 年度教育部人文社会科学研究规划基金项目（12YJA752032）阶段性成果。本文引用的莎士比亚文本皆出自《莎士比亚全集》，朱生豪等译，译林出版社 1998 年版。

[1]　20 世纪 80 年代的英国，在莎士比亚研究领域出现了一种政治批评倾向，被学界称为"文化唯物主义莎评"。该批评打破传统学科界限，充分利用文学理论、女权主义、性政治学、马克思主义及文化学的各种成果，进行莎士比亚批评，强调政治性成为该批评的要旨，而政治的核心则是权力。

[2]　多利默在《激进的悲剧》中把反本质的人文主义称为"超越本质主义的人文主义"（beyond essentialist humanism），本质人文主义多利默用 essentialist humanism，由于特定的叙述语境，他也常用 humanist criticism 指传统的人文主义批评，即本质人文主义批评。而用 anti-humanism，就指的是反本质的人文主义，或者是反人性论、反人本性主义。有些学者把 anti-humanism 译成"反人道主义"，这种译法容易引起误解。

[3]　人文主义（humanism）有时也译成"人道主义"或"人本主义"，它的内涵在西方的不同时代发生了很大

的变化,不过,无论怎样变化,都与对人的本性或本质的理解有关,都是基于各种对人性的认识或人的概念。本质人文主义强调人的本质、人的先本性、中心性、自主性;它撇开人的社会性,离开人的历史发展去解释人的共同本质。反本质人文主义对这种思维方式提出批评和颠覆,对抽象的人、人性和人的本质、主体的中心等逐一讨伐,认为人性、主体性等都是受历史和社会等因素制约的。反本质人文主义实际上可以被视为人文主义发展的一个阶段,在人文主义思潮的"反本质"背后,表达的是一种超越传统的策略,是引起人们对自身、人类命运的深层关切。

[4] 这里需要说明的是,多利默及其他文化唯物主义莎评者并没有把文化唯物主义作为一种决定一切的"决定论"思想,他们旨在强调物质文化的作用,强调在历史进程中进行批评。

[5] 多利默这里用 ethical humanism 实质上指的就是本质人文主义。参见 Jonathan Dollimore, Radical Tragedy, New York: Macmillan, 2004, p. 193.

[6] 存在的完满性:指一个人作为完整的自我不仅应该是一个有形的或物理的存在,还应该是一个历史的存在。作为完整自我的历史存在,应该能够意识到自己的过去、现在、将来,对将来的意识应该包括对将来的生死与共、希望、理想、计划做出承诺。

[7] 萨特认为,人的任何存在状态都是人的自由选择,存在的过程就是自由选择的过程。"人除了他自己认为的那样,什么都不是,这是存在主义的第一原则。……人首先是存在——人在谈得上别的一切之前,首先把自己推向未来的东西,并且感到自己这样做。"(参见[法]萨特:《存在与虚无》,陈宣良译,生活·读书·新知三联书店 1987 年版,第 152页)对存在的自由选择,是与决定论格格不人的。萨特反对一切形式的决定论,特别反对宗教决定论。在西方思想传统中,基督教的上帝是存在的源泉,上帝在人的存在之前决定了人的本质。萨特认为,启蒙运动虽然否定了上帝的决定作用,但又假设了一个"人性"作为人的存在之前的本质。存在主义把上帝的不存在推演到底,得出了人的存在先于本质的结论。并且,人的存在就是人的自由,存在在先就是自由在先,"存在先于本质"意思就是人的选择造就了他自己。

[8] 这里主要指斯多葛派的伦理学。其核心是宿命论和禁欲主义,其伦理的最基本的概念是"自然"(或本性),其伦理的准则是"顺从自然(本性)而生活"。斯多葛派认为,宇宙决不允许被任何例外的绝对规律所支配,世界上的一切都是必然的、命定的,而这

种规律、必然性不是别的,正是理性的规律或必然性;理性也是神的意志,这就是说,世间的一切都是预先决定的、安排好的,要发生的一切都必须发生,偶然逃脱的机会是没有的,反抗也是没用的。斯多葛伦理思想,对中古的宗教神学产生了很大的影响。斯多葛派的宿命观,实质也是一种本质主义观念。

[9] 这里多利默用 inform 而不用 determine,他解释道,在这部剧中,物质因素并不完全决定价值,后者具有一定的独立性。这部剧中的价值观念,使"恶"得以存在,同时它也独立于"恶"。

[10] 正如埃德蒙所说的那样:"当我们命运不佳——常常是自己行为产生恶果时,我们就把灾难归罪于日月星辰,好像我们做恶人是命运决定,做傻瓜是出于上天的旨意,……全都是有一种超自然的力量在驱策我们。"(1 幕 2 场)

[11] 多利默这里用"诗意",指的是一种纯主观的美好想象,也带有"天意"之意。

[12] 多利默用 Nihilism 说明文艺复兴这个极具变化的时代是一个充满怀疑的时代。

引用作品【Works cited】

Althusser, Louis. For Marx, Trans. Ben Brewster. London: New Left Books, 1977.

Brooke Nicholas. Shakespeare: King Lear. London: Arnold, 1963.

Cohen G. A. Karl Marx's Theory of History: A Defense. Princeton: Princeton UP, 1980.

Dollimore, Jonathan. Radical Tragedy. New York: Macmillan, 2004.

Dollimore, Jonathan. "Shakespeare, Cultural Materialism, Feminism and Marxist Humanism", in New Literary History, Vol. 21, No. 3, 1990.

Greenblatt, Stephen. Renaissance Self-fashioning. Chicago: The University of Chicago Press, 1980.

Hunter, G. K. Dramatic Identities and Cultural Tradition: Studies in Shakespeare and His Contemporaries. Liverpool: Liverpool University Press, 1978.

Levin, Richard. "The Poetics and Politics of Bardicide", in PMLA, Vol. 105, 1990.

Siegel, Paul. Shakespeare's English and Roman History Plays: A Marxist Approach. Cranbury, NJ: Associated University Presses, 1986.

[波兰]杨·柯特:《〈李尔王〉,最后一局》,载《莎士比亚评论汇编》(下),中国社会科学出版社 1981 年版。

《星座》中的三重地理空间 *

谭杉杉

内容提要:《星座》是有岛武郎的最后一部小说,在这部未竟的长篇中有岛探讨了朝气蓬勃的年轻人面对人生的困境如何进行抉择,而白官舍、北海道、东京作为小说中的主要地理空间,构成了他们活动的舞台,三者就像同心圆一样并列存在,分别象征人物的内向心理空间、外向生活空间以及理想的符号空间,借此有岛探讨了世纪之交的知识分子们的困惑与彷徨,对知识分子进行了彻底的自省和自我批判,并最终指向了有岛作为清醒者、觉醒者的孤独。
关键词:《星座》　白官舍　札幌　东京　地理空间
作者简介:谭杉杉,华中科技大学人文学院中文系讲师,主要研究方向为日本近代小说。

Title: The Triple Geographical Spaces in *Seiza*
Abstract: *Seiza*, the last novel of Arishima Takeo, in which the author studies the youth how to choose their life style when fall in dilemma. Shirakannsha, Hokkaido, Tokyo, construct main geographic space, where the youth live their life and show their strength. The three geographic spaces are three concentric circles, which symbols internal psychological space, extrinsic life space and ideal symbolic space. Arishima Takeo implores people's confusion and hesitation at the turn of the century, from which finds intellectuals' self-reflection and self-criticism and actually impress Arishima's loneliness.
Key words: Seiza　shirakannsha　Sapporo　Tokyogeographic　space
Author: Tan Shasha, is the teacher of School of Humanities of Huazhong University of Science and Technology(Wuhan 430074, China), majoring in Modern Japanese novels. Email: michellefir@163.com

---

《星座》是有岛武郎的最后一部小说,被称为"明治青春群像之魂的形成史"(红叶敏郎语),[1]小说中描写了形形色色的青年男女的个性的消长。小说的时间设定为明治三十二年,即处于世纪之交的 1899 年,焦点集中于札幌的北海道大学。由于有岛武郎自杀时没有完成整部小说的创作,因此《星座》是未完的小说。《星座》的广告文为"这是长编创作序曲的第一卷。作者探索了年轻的生命力如何生长,如何枯萎,如何孕育,又如何结出果实。这明显是作者不遗余力的冒险。但是既已乘船出航。不到倾覆便绝不回头。"[2]虽然小说终究没有完成,但是已经出版的这一部分已经拉开了小说的大幕,朝气蓬勃的年轻人们有各自的苦恼、犹疑和缺点,但在困顿中终究坚定了自己的选择,这些选择暗示了他们的未来,使小说具有了一种言而未尽的魅力。小说中的白官舍、北海道、东京共同构建了小说的地理空

间,"文学作品中的地理空间建构,往往体现了作家的审美倾向与审美个性,以及他的创作理想与创作目标"(邹建军 42),《星座》中的地理空间隐喻了人们的生活困境,指向了整个时代的困境,同时也说明了有岛的创作心理问题及美学建构的问题。

一、白官舍:内向心理空间

白官舍坐落在接近这个市区中央的一条街道的拐角上。这是一栋四户长房,原系开拓使时代为下级官吏所建的住房,但美式的规模和丰富的木材最终使这座长房变成了一座坚固而高大的外墙为木板的二层建筑。而且,上面涂着进口白漆。这座建筑高高地耸立在其后建造的犹如小棚一般的茸木屋顶房舍之中。

然而,漫长的岁月和房主的玩忽职守已经将其破坏无余。滑落下来的砖瓦都担在屋檐上面,

木板墙皮都翘了起来,木纹和木节都用油分业已尽消得廉价白粉胡乱地抹着,看上去如同沙鱼表皮的皱纹和肿胞留下的伤疤一般。但是,每当夜深人静,不管天多么黑,这座建筑总像浸在磷里一般放着青白的光辉。那可能完全是风化作用带来的某种化学现象。这正如《圣经》所说,是个"涂抹成白色的坟墓"。(有岛武郎 279-280)[3]

白官舍是星野、阿园、西山等人在札幌求学期间居住的宿舍,学生们聚集于此,常常就时政、经济、理想等问题展开激烈的探讨,也经常为目前的困境陷入深深的苦恼。在这个狭窄封闭的空间里,各种意见、各种矛盾充斥其间,作为知识分子的代表,学生们尽情地展现他们的理想和抱负。然而,有岛却将白官舍称为"涂抹成白色的坟墓"。"涂抹成白色的坟墓"出自《圣经·马太福音》,耶稣谴责文士和法利赛人:"你们这假冒为善的文士和法利赛人有祸了!因为你们好像粉饰的坟墓,外面好看,里面却装满了私人的骨头和一切的污秽。你们也是如此,在人前、外面显出公义来,里面却装满了假善和不法的事。"(《圣经·马太福音》23:25)对于"涂成白色的坟墓"这一比喻,江头太助指出,这是"有岛武郎对于基督教逆说的讽刺性的表明"[4]。的确,《星座》中的人物,除了阿缝与父母之外,再没有任何人信奉基督教,有岛武郎借用基督教的隐喻并非批判学生们对于基督教教义的不尊重,而是对整个知识分子阶层的反省。

明治三十二年(1899),双重的时间标准,跨世纪之交,处于这个时间结点上的白官舍是代表了知识与进步的所在,但在内里,却充满了种种伪善和不法。居住在白官舍的学生们,因为掌握了先进的知识,是作为特权知者的存在,通过学生群像,可以发现日本近代形成过程中知识阶层对于自身功罪的反思和追问。这种自省和批判在第四章通过学生们的论争得到了充分的论证。西山极力煽动学生们离开札幌这个闭塞的地方去东京干一番事业,徒有热情却盲目缺乏计划性;渡濑专注于现实利益,缺乏理想,他既没有思考过如何解救与他境遇相仿的人,也没有思考过即将到来的时代应该如何;森村冷漠,对任何话题都缺乏足够的兴趣;柿江指出了西山长篇大论背后的空洞,却也毫无更好的思路,只是为了反对而反对。阿园一方面认为只有执着于真理才能改变社会,另一方面又觉得与脚踏实地的劳动

者相比知识分子毫无用武之地。学生们互相之间进行着毫不留情的批判和指责,暴露出各自的弱点。

这样的自省和批判,在中心人物星野的身上体现得更为深刻。星野被同学们默认为精神领袖,在学识上颇有过人之处,也常有真知灼见,但身体虚弱并且体现出了极端自私的一面。当父母、弟弟辛苦劳作,妹妹被迫做了有钱人家的奴婢受尽折磨之时,星野却一意孤行只想去东京创一番大事业,丝毫不考虑为家人分忧解难。面对家人,星野始终具有一种知识分子的优越心态,对父母、弟弟都抱着一种轻蔑和批判的态度。在星野看来,父亲无能懒散,并且经常做一些力不能及的事情;母亲没有接受过任何教育,盲目地服从父亲,宠爱弟弟,对星野也没有过多的关爱之心;弟弟智力低下,近乎白痴;唯一疼爱的妹妹也因为星野的求学而成为了牺牲品。但与其高傲自私相对应的,星野又具有一种自嘲自卑的心态,他清醒认识到自己在家人中的刻板印象:自大的无用者,身染恶疾的累赘。因此,星野常常处于一种自我分裂、自我煎熬、自怨自艾的情绪之中。

从星野对学术研究对象的选择,从他对价值体系的倾向性上,同样能够看到有岛对知识分子的反省。星野一直在写一篇关于新井白石的著作《折柴记》的论文。在《折柴记》中,白石从父亲的生涯谈起,继而回顾了自身从逆境中安身立命的经历,加藤周一认为白石并非对自己所属社会价值体系的批判者,而是信奉者。而白石所生活的时代正是依靠家长的儒教建立秩序的世界,毫无疑问,白石与其祖先、父母尤其是父亲是一体的。星野如此地推崇新井白石,结合他的心理和行为,不难看出星野实际上如白石一样,对于自己所属社会价值体系不是彻底的批判者,而是信奉者,他的优越感足以证明这一点。同时,星野一方面敏锐地感受了新的时代的到来,有意识地在信中使用西历,另一方面,他又无法摆脱旧的东洋式的思维方式和行为方式,在同一封信中,从语言的选择和遣词造句上可以看出他仍然是遵循了东洋式的风格,甚至古板得近乎枯燥,这亦可反映出他内心的矛盾以及有岛对知者的反省。

《星座》第一卷以阿靖的经历及阿园因父亲去世而返京奔丧结束,这两个情节同样印证着

"涂成白色的坟墓"。阿靖只读完小学，便只身前往小樽为婢，成年之后又被强迫嫁给高利贷者为妾。阿靖既无法摆脱孤立无援的境遇，也没有人可以倾诉满腹的委屈，当她忆起自私的兄长星野，从内心深处涌起了彻底的孤独感。这一细节，正是"对享受学问的特权的学生群体的批判"[5]。而在最后一部分，选择了近代科学道路的阿园，以克鲁泡特金的思想为立足点，试图解决自身内部的矛盾。阿园对克鲁泡特金的"相互扶持论"的重视，无疑可以视为是将以阿靖为代表的下层的劳动者和学生们所代表的知识阶层联系起来的某种期望。

二、北海道：外向生活空间

北海道在明治维新之前只是一片蛮荒之地，原住民是阿依努人，1868 年明治维新，翌年政府用购自美国的铁甲舰降伏了梦想建立"虾夷共和国"的旧幕府军，设置开拓使，将虾夷之地正式定名为"北海道"。从明治政府推行开拓政策以来，大批的犯人被流放至此进行开拓工作，北海道对日本人而言是蛮荒之地，充满了凄凉恐怖的气氛，但对北海道原住民阿依努人而言，北海道却是故土，象征了原初的生命力。《星座》中北海道作为一个独特的地理空间，指向了青年学生的外向生活空间，揭示了他们的生存困境。

"札幌——这是一个没有任何'坡道'的市镇。西面背靠手稻藻岩的山巅，东面则有丰平川蜿蜒奔流，市区坐落在一片广阔原野的一角，看上去简直不是一个殖民地的首府，倒像一个和衣而卧的年青寡妇，显得疲惫不堪而又不甚检点。"(279)这段描述揭示了札幌的尴尬处境：既是北海道的首府，处于近代化进程中的市镇，又是殖民地；既有不同于本州地区的不为人力所化的风景，又有被开拓的自然、人化了的自然。札幌是北海道的中心，虽然是城市，但与东京、大阪等真正的日本都市截然不同，山巅与河流环绕之中的札幌有着广阔的平原，疏朗的建筑，开阔的视野，没有任何坡道，而坡道、狭窄、密集恰恰是东京等大都市的代名词。然而，札幌又是被殖民的中心，明治政府的开发使札幌日益失去固有的特质，被迫烙印上日本近代的痕迹。《星座》中的札幌处处是新兴的痕迹：机械工业蓬勃发展，其标志钟楼矗立在城镇中心；札幌农校，也就是小说中主人公们学习之处，其创始人是来自美国的克

拉克博士，其提倡的校训也是彻头彻尾美国式的，从某种意义上而言这是双重的被殖民，殖民者既来自日本中原地区，又来自美国。有岛将札幌喻为"年青寡妇"，其言外之意显而易见，札幌一点点失去赖以生存的根本，在被动接受外来影响的过程中，札幌日益失贞陷入不名誉的艰难状况。

与此相对应的，被殖民的札幌也必然残留了其原始的面貌，"阿园每次望见这棵树，都会联想起它所经历的漫长岁月，都会联想起那漫长岁月必然赋予给它的威严。它给阿园一种难以从人类历史上获得的高深莫测的悲壮之感。每当看到这棵树，阿园都要把右臂弯成钩形高举过头，像打什么东西一样使劲地挥动几下——阿园激动的时候总是这样"(271)。这棵大榆树，耸立在札幌的中央，经历了沧海桑田，目睹了札幌的历史，记忆了被殖民者的辛酸与伤痛，见证了被殖民者的屈辱，也将其承载的历史记忆和沉郁顿挫的生命加以传承。这样的札幌，才是北海道人的生命来源。

与札幌相比，北海道的其他地区如千岁等地则更为闭塞，这种闭塞是双重的：首先是由于恶劣的自然环境造成的闭塞。千岁、函馆地处苦寒之地，以农渔业为主，冬季温度低持续时间长，农渔业的收获有限，近乎半年之久的冬眠期使得这些地区经济落后；其次是人们思想的闭塞和落后，以星野的家人为例，他们并不了解也不想了解家乡以外的地方发生了什么、正在发生什么，他们也不理解儿子所接受的教育包括哪些内容，在他们看来，上大学接受教育只是无用的附加物，对实际生活毫无裨益。在他们眼中，通过求学出人头地只是痴人说梦，留在乡下安心种田才是他们的宿命。在星野回家休养的日子里，他褪去了在校求学时同窗们赋予他的光环，变成了一个被家人厌弃的人。对星野的家人而言，他只是一个无用的发着癔病的病人，一个把自己的享乐建立在家人痛苦上的任性无情的懒汉，星野带给他们的只是沉重的经济负担。但另一方面，由于星野的学识，无知的他们又觉得惶恐，他们被迫对星野保持一种仰视的姿态，厌恶之中又带有几分敬畏。在这样的矛盾心理支配下，星野归家之后，以前沉闷平静的家庭气氛顿时被一种焦躁不安的情绪取代了。

然而，闭塞的家乡能带给星野宁静。"河水尽

情地流着。天空尽情地黑下来。树叶尽情地落着。枯枝尽情地耿直着。相互之间似乎不存在任何联系。清逸感到一种极为深切的哀伤。同时还感到一种强烈的爽快之情。他那长久站立的双腿有些麻木,冷得简直失去了知觉。与此相反,他的头脑却充满生气,兴奋而热烈"(347)。无知的家人又是勤恳的,正是他们的勤恳给自己的子女们提供了求学接近中心的机会。所以,星野仍然是尴尬困窘的,厌恶家乡的恶劣气候和家人的无知,想忘记闭塞的家乡,急于逃离,另一方面又从未敢忘却自己是家乡千岁的一份子,希望通过自己的努力在东京站稳脚跟以期证明家乡的价值。

北海道作为星野等人活动的外向生活空间,具有一种建立在北海道风土人情基础上的特异性,既是北海道自然地理环境和北海道社会历史环境孕育的地理空间,也是带有殖民地色彩的异国情调的地理空间,在对此空间的建构中贯穿着自我对责任的追问。

三 、东京:理想符号空间

《星座》中的东京,与白官舍、北海道相比,是更为广阔的地理空间,兼具显在和隐在双重特性,它承载了人们实现自我的所有梦想,也无情地将这些梦想一一打落尘埃,化为泡影。首先,东京是显在的,这种显在既表现在人们的生活中,也表现在对札幌这个城市的影响中。就人物而言,白官舍诸生都将东京视为求学并实现理想的乐园,西山、星野等人都想离开北海道前往东京。西山说:"总之,我要试一试。我无论如何再也不能在这个地方莫名其妙地忍耐下去了。你说,当个懂几个外文字母的农民,那又有什么好处呢!到东京去,首先我可以为所欲为大干一场。人干什么都是一辈子。要是不到一个叫人感到充实地地方大干一番,心里总是别扭。"(287)因为对东京的向往,西山欺骗父母,而星野的父亲为了解决他前往东京的开销四处借贷,逼迫女儿阿靖嫁给高利贷者做小妾。由此看来,虽然登场人物远离东京,但东京却在时刻影响并改变着他们的生活道路。就札幌而言,书中再三提及札幌是殖民地首府,这意味着东京的印记无处不在,且时时刻刻在改变着札幌。如果札幌追随着东京的脚步向前发展,那么,札幌会日益成为东京的缩影,即变成东京化的城市。东京作为日本脱亚入欧近代化的象征,时刻显露着具

有统领作用的各种象征形式的集中,因此,即使东京在《星座》中并未真正在场,但它仍然隐身在人们的言语背后暗中操控一切。在人们交谈中浮现的东京是经济政治文化中心,它始终忽隐忽现,不曾远离。

其次,东京又是隐的,不可靠的。如果说有岛对札幌的描写是实写,那么对东京的描写便是虚写。东京从未正面出场,小说未有任何一处关于东京的细节描写。与大段落地对白官舍、札幌的描写形成鲜明对照的是对东京的叙述,东京在白官舍诸生的争论中被叙述,在西山和星野的信件中被叙述,在阿园的回忆中被叙述。在他们的叙述中,东京在文化投射和意识延伸方面,在其无处不在地将自己展现为一个实现梦想的地域方面,远远超越了北海道。但如此一来,东京只是通过人们的言语得以复现。"当代叙事理论普遍地认定这样一个思想,即叙事只是构筑了关于事件的一种说法,而不是描述了它们的真实状况;叙事是施为的而不是陈述的,是创造性的而不是描述性的。"(马克·柯里 130)这个东京是叙述的东京,是言语中的东京,是施为的创造。被讲述的东京不是真实的东京,人们一直在讲述的是一种越来越多地出现在叙事中的自我意识,这种意识的表现形式是叙事所讲述的东京的虚构性。东京的可靠性有赖于讲述者与自我意识的距离,然而,《星座》中的东京承载了西山、星野们的太多期望,这些期望与强烈的自我实现意识紧紧捆绑在一起,东京于是成为了讲述之中的理想之境,成为了一个理想中的符号空间。有岛有意让东京在人们的视野中消失,但又让东京在人们的言语和语言中不断复现,作为符号的价值而被不断提及,并被建构成一个具有无限可能性的地理空间,实际上,这样的地理空间只存在于言语中,这样的东京也只是人为想象的东京,并不存在于客观现实世界。

于是,在西山的信件中隐晦透露出东京只是想象中的东京,与西山的预期相去甚远。介绍人圆山先生吃的是开水泡饭,托英比会馆并没有札幌练武场那般大小,寄居的房间老鼠大肆活动,啃咬他的脚趾头,而在学校西山也与其他人格格不入,他只好选择当一个孤独的抵抗者。总之,当西山真正到达东京之后才发现作为外来者他感受到的只有冷漠和蔑视,事实证明他空有热情却根本无法实现自己的抱负,甚至连最基本的生

存都成了问题。东京这个理想之境在现实面前徒留一个虚幻的背影,当西山似乎接近实现梦想的可能时,不可能早已开始逼近,意识到这一点的西山只得用"△"的符号聊以自慰。事实上,东京作为日本的都市,对外来者而言,只是一个符号式的存在。与东京形成对照的是札幌,作为人们实实在在生活、学习、努力的场域,札幌是切实的存在,显得真实。再则,阿园作为东京人的代表,一直在试图反抗东京,在同窗们纷纷向往东京之际,阿园离开自幼生长的东京远赴北海道求学,力求抛弃东京所赋予他的文人气息,转而在札幌寻找生命的原动力,并将札幌视为他抛弃感伤主义影响追求科学生命的出发点,尤其是札幌的普通劳动者给予他无穷的信心和力量,坚定了他追求科学真理的信念,阿园的选择从另一方面证明了理想东京的不可靠。

四、结　语

内向空间白官舍、外向空间北海道、符号空间东京构成了《星座》中的三重地理空间,三者就像同心圆一样并列存在,昭示了世纪之交的知识分子们的信心与彷徨、自省和自我批判,指向了清醒者及觉醒者的孤独。其意义与价值在于:

第一,白官舍、北海道、东京层层递进,从内到外共同构成了世纪之交人们生活的地理空间。如果说白官舍作为《星座》中的第一重地理空间,指向内部自我空间,隐喻知识分子的自省和自我批判;那么北海道作为第二重地理空间,则指向外部空间,象征人们的真实生活图景;而东京作为小说中的第三重地理空间,指向言语构筑的符号空间,它既是显在的又是隐在的,既影响着人们的生活,又因其不可靠而使人们的一切理想变成了幻想。

第二,三者都存在着内涵与外延的背离,揭示世纪之交知识分子的乐观与悲观、自傲与自惭的双重情绪。白官舍本是知识的中心,是学生求知的场所,他们一方面怀有优越心态,以特权者自居,对前途充满信心,另一方面又在白官舍互相抨击指责,暴露出自己的无能无聊,他们要么空谈无为,要么言行不一,要么生活在虚伪的谎言中,要么在低级的肉欲享受中无法自拔,这种求学的初衷与实际行为的背离构成了白官舍;北海道(札幌、千岁、函馆等地)既是殖民地,处处印下了日本近代化的烙印,又无可避免地继续遭受恶劣环境的困扰,感受

着原始生命力的勃动,这种变革与继承的背离构成了北海道的精神特质;东京作为日本政治经济文化的中心,对白官舍、北海道而言既是中心又是边缘,这种显在和隐在的背离构成了东京的内核。三重地理空间都存在内涵与外延的背离,这恰恰是世纪之交人们的普遍心态,既有所图谋又无所事事,既希冀变革又囿于传统,人们就在这样的双重矛盾中艰难前行。

第三,三者联合指向了有岛的文学空间,指向了有岛作为清醒者、觉醒者的孤独。作为作家,有岛并不是走向一个更可靠更美好的世界,而是在痛苦中折磨自身。"真理超越个人,并欲超越时间。文学便有了理性的光荣孤独,这是一种在需要决心和勇气的整体之中的罕见生活,倘若这种理性实际上并不是有条不紊的贵族社会的平衡的话,也就是说社会中一部分人的高贵的自我满足,这部分人在自身集中了整体,又孤傲地凌驾在它赖以生存的东西之上。"(莫里斯·布朗 10)如同《星座》中的知识分子一样,有岛经历了世纪之交,经历了日本脱亚入欧的阵痛,奇妙的回转,感受到希望总是同最深的绝望保持均衡,他从作品中汲取了一种信任的感情,写作变成了一种类似心理拯救的手段。在三重空间之间有岛怀疑自身、折磨自身,可以这么说,这三重空间由于它们的内在背离,构成了一种考验,在有岛武郎身上耗尽了作为一个作家的热情和忠诚,使他在其中看到了另外的东西、另一种要求,从而没有把他抛弃在迷失者中间。在这抗争中,有岛走向一种更高的观察,走向另一个世界,即本能自由的世界。

注解【Notes】

* 本文是中央高校基本科研业务费资助青年教师基金项目"有岛武郎小说中的地理空间研究"(项目编号:2011WC024)的课题成果。

[1]　转引自山田俊治:「『星座』の孤独／書くことの孤独——有島武郎〈晩年〉への一視角」,『有島武郎の小説下』,有島武郎研究会編。東京:右文書院,1995:87-110。

[2]　作者自译。原文为:「これは一つの長篇創作の序曲たるべき第一巻である。若い生命が如何に生まれるか、如何に萎むか、如何に育つか、如何に実るかを作者は探らうとする。それは明らかに作者の力には余るらしい冒険である。けれども船は既に乗り出された。覆る所まで進む外はな

い。」有島武郎：「『星座』第一卷広告文」、『有島武郎
全集』（第九卷）。

[3]　对原文的引用出自有岛武郎：“星座”，《一个女人的
面影》。福州：海峡文艺出版社，1991：260-401。以
下只标注页码，不再一一说明。

[4]　参见江頭太助：「キリスト教に対する逆説的なイ
ロニー表明」、「『星座』の構想と第一卷」、『有島武
郎研究』。東京：朝文社，1992。

[5]　中村三春：「学間の特権を享受しうる学生群全体
への暗然の批判となっている」、「意識の交響曲——
—『星座』の群像と内的独白の技巧」、『言葉への意
志』。東京：有精堂，1994。

引用作品【Works cited】

［法］莫里斯·布朗肖：《文学空间》，顾嘉琛译，商务印书
馆 2005 年版。

［英］马克·柯里：《后现代叙事理论》，宁一中译，北京大
学出版社 2003 年版。

邹建军：“文学地理学研究的主要领域”，载《世界文学评
论》2009 年第 1 辑，第 41—46 页。

《圣经》：中国基督教三自爱国运动委员会、中国基督教协
会出版发行。

文化"边缘人"视角与新女性的"神秘"气质 *
——以夏目漱石小说《三四郎》为例

陈　雪

内容提要：文化"边缘人"身份视角的运用对该视角下观察的人物形象产生影响。本文以夏目漱石小说《三四郎》为例，探讨该视角与人物"神秘"气质的关系。三四郎徘徊于近代文明与传统文化之间，具有文化"边缘人"的身份。通过这一身份视角的运用，获得"感觉"的真实，增强艺术真实性。并且，由于受其观察角度的局限性及对事物认知能力欠缺性的影响，该人物的观察对象更神秘，文本的陌生化叙述效果增强。三四郎对美祢子的认知层面存在局限，使新女性的"神秘"气质更为凸显。

关键词：夏目漱石　《三四郎》　文化"边缘人"　新女性　神秘

作者简介：陈雪，文学博士，安徽大学外语学院讲师，主要研究方向为日本文学。

Title：Cultural Marginal Person's Perspective and Modern Women's Mysterious Temperament—Take Natume Souseki's Novel *Sanshirou* for Example

Abstract：Cultural marginal person's perspective can affect the character images observed from it. This paper will take Natume Souseki's novel Sanshirou for example to discuss the relation between this perspective and the characters' mysterious dispositions. Sanshirou, the protagonist in the novel, hovers between the modern civilization and the traditional culture, hence he has the identity of cultural marginal person. Through applying the perspective, the true "feeling" can be obtained, the artistic authenticity strengthened. Moreover, with the limitation of his observational perspectives and cognition, such an observer can make his subject more mysterious and the text more defamiliarized. Sanshirou's insufficient understanding of Mineko highlights modern women's "mystery".

Key words：Natume Souseki　*Sanshirou*　Cultural Marginal Person　Modern Women　Mysterious

Author：**Chen Xue**，Ph. D. ，is lecturer at the School of Foreign Studies，Anhui University (Hefei 230601，China). Her major research area is Japanese literature.

　　《三四郎》(1908)是近代日本小说文豪夏目漱石(1867—1916)爱情三部曲的首篇作品。由于运用文化"边缘人"的独特视角，漱石文学由传统型小说转入现代型小说。米克·巴尔曾言："一个人对于感知客体的位置、光线、距离、先前的知识、对于客体的精神心理态度等，所有这些以及其他众多因素影响着一个人形成并传达给他人的图像。"(米克·巴尔 168)由于特殊身份视角的采用，特定的价值观及认知能力等因素对人物叙事产生决定性影响。笔者认为《三四郎》中文化"边缘人"视角是凸显新女性"神秘"气质的重要因素，本文将具体探讨这一特殊视角的叙述功能。

一、文化"边缘人"视角

　　《三四郎》中采用第三人称有限视角及有限全知视角相结合的叙述方式。其中，全知叙事者仅透视三四郎的心理，对其他人物采用外部观察的方式，即所谓的有限全知视角。纵观漱石文学，呈现第一人称叙事及全知叙事向第三人称叙事转变的过程，这反映了漱石对艺术真实性追求的志向。《三四郎》里减少叙述者对文本的介入性评论，由之前作品的叙述干预型倾向转为叙述者的隐蔽型立场。文中选取的聚焦人物的意识形态立场是决定文本本身客观性与否的关键性因素。三四郎属于文化"边缘人"，他徘徊于近代文明与传统文化之间，处于意识形态的城乡二元对立体系的中间地带。

文本选取的舞台为东京这一向近代文明发展的空间场域。开篇处的"火车"暗喻"近代化"，可视之为将三四郎由传统空间导入近代文明空间的载体。交通工具"火车"在漱石文学中常作为近代化隐喻意象的载体出现。例如，《哥儿·草枕》中论述到："再没有比火车那样更能代表二十世纪文明的了。"（夏目漱石 218）《三四郎》开篇处描述三四郎从梦中醒来的场景，暗示从传统文化空间过渡到近代文明空间。火车上不同人物的言行举止可理解为不同文化背景的反应，映照后文中典型人物的个性特征。在火车即将起动的时刻匆忙上车的老大爷，象征传统文化背景里的人物，其速度带有"滞后性"。与老大爷攀谈的女子对应新女性美祢子，都具有"主动性"气质。善于分析事理的"学者"身份人物对应广田先生。尽管后文叙述到三四郎认为该人物为广田先生本人，但并未完全确信，可判断属于同类人。三四郎"将吃空了的纸饭盒用力抛出窗外"（夏目漱石 2010：3），该动作本身隐含与近代化速度的不协调性。似乎存在与前进的近代化相反方向的反速度，两者累加起来构成较近代化的现实社会迟缓的速度，即存在落后于近代化的"滞后性"，这正是其意识形态存有传统文化的表象。车内恰似广田先生的人物将吃剩的果皮等物品"抛到窗外"（夏目漱石 2010：13），暗示他与三四郎都具有传统意识形态。

三四郎面对新旧文化差异的现实时，更多地感受到新文化冲击带来的不适，这也是其"滞后性"的表现。对于充满西洋文化元素的现实社会，其反应为茫然与孤独。当三四郎翻阅图书馆的书籍时，对于晦涩难懂的书怀有排斥感，而每本书上却留有读者笔迹。当众人论及有关西洋文化的事物时，他感到茫然。可以说，其意识形态中对西洋文化的认知近乎空白。文中描述了他与近代化社会隔绝开来的状态，"自己此前的生活完全没有接触到现实世界，仿佛沉睡于悬崖上的山洞里"[1]。其中"现实世界"暗指近代化的日本社会。后文又描述三四郎起初来东京后的心理，"回那儿去是很简单的事，想回去的话马上就能回去。不过不到万不得已的时候，三四郎是不想回去的。换言之，那儿就像一处后退的落脚点。三四郎把卸脱下来的'过去'，封在落脚点里"（夏目漱石 2010：71）。由此表明，他已乘上含有现代性隐喻意象的火车逐渐迈入近代文明空间。当三四郎读到母亲写有关于他与阿光婚事的信件时，显出回避与排斥的姿态，可见其逐步脱离传统文化群体的态度倾向。对于充满神秘色彩的文明社会现实，他既惊奇又憧憬。但是他依旧难以融入充满近代文明气息的社会现实，仅属于文化"边缘人"。有学者分析了三四郎活动范围的特点，指出："三四郎乘坐电车常去的地方是诸如田端、道灌山、染井墓地、巢鸭监狱等地方。参照明治 40 年代的东京地图就能清楚地知道，这些地方大都位于山手线的北侧，属于这座城市的外围地区"（郭勇 133），其中暗示三四郎的身份定位为近代化社会的边缘地带。

而且，三四郎的意识形态立场也随着文本情节的推移逐渐发生微妙变化。火车从九州至东京的行驶过程隐含逐渐脱离传统文化空间的轨迹。随后三四郎步入象征近代文明空间的东京，其意识形态立场逐渐由传统偏向近代，但当受众人议论的影响后，尤其是听到广田先生的一番话语后，三四郎的意识形态出现回归传统的态势。广田先生对他说道："母亲的话，应该尽量听从。"（夏目漱石 2010：146）三四郎的意识转变主要反映于对美祢子态度的微妙变化上。起初对其外表言行的神秘性怀有几分好奇，之后受众人对她负面评价的影响，对其产生偏见，认为她"遇事惟我独尊"（夏目漱石 2010：170）。反之，对家乡的阿光及母亲的态度从疏远转为接受。这些细节微妙地暗示三四郎回归传统的意识变化，即发生"偏离传统→回归传统"的转变。

三四郎处于两种文化之间，表现出意识形态立场的"浮动性"。这种游离的特征是近代文化语境中人物的典型个性。该特征是新旧不同文化交融与冲突的产物。漱石小说《虞美人草》的小野与三四郎相似，也表现出立场浮动的倾向，但三四郎的"浮动性"更为明显。漱石在《三四郎》的新书预告中写道："毕业于乡村高中，来东京上学的三四郎接触到了新的空气。并在与同龄人以及先辈、女性的接触中随性而动。笔者所做的不过是将这类人物置入这种空气之中而已。至于其后则全凭人物自在游动，自生波澜"（夏目漱石 2010：270-271）。其中"自在游动"印证了其"浮动性"一面。

二、文化"边缘人"视角的陌生化叙事

叙述者选取文化"边缘人"的身份视角观察近代文化空间,具有强烈的艺术表现效果。首先通过这种有限视角,可获得"感觉"的真实,增强艺术真实性。美祢子与三四郎在文中可视为中心人物与第三者的关系。三四郎作为第三者,使美祢子的形象更具客观性。换言之,三四郎在文中以其知觉为界限,起到观察者的作用,使其观察对象产生客观化的效果。漱石小说《过了春分以后》中敬太郎也起到使须永形象客观化的叙述效应,使中心人物对象化。

而且,《三四郎》中的文化"边缘人"视角属于所谓的"外视角"。罗杰·福勒认为:"对人物思想和愿望的观察,可有'内'视角和'外'视角之基本划分。内视角向我们展示人物的心理状态、反应及动机。……外视角则接受了他人经验的隐秘,即作者为他本人也为读者造就了这样一个角色:一个无特权的观察者,他最终只是零零碎碎地对那些虚构的人物有不全面的了解。"(Roger Fowler 89-90)根据这种视角理论,可认为三四郎在"外视角"下观察的人物形象具有片面性和推测性。

文化"边缘人"身份视角下的观察角度带有局限性,对于事物认知能力有所欠缺,由此使其观察对象更具神秘性,增强文本的陌生化效果。所谓陌生化,就是将对象从正常感觉领域移出,通过施展创造性手段,重新构造对于对象的感觉,从而扩大认知的难度和广度,不断给读者以新鲜感。《三四郎》里正是利用文化"边缘人"的身份视角增强陌生化效果。胡亚敏论及:"如用陌生人的眼光,孩子的眼光,精神病患者的眼光,甚至动物的眼光观察社会和自然界,往往会重构或更新读者的感觉。"(胡亚敏 193)三四郎具有"陌生人"的眼光,又带有孩子般单纯的眼光,从而使其观察对象美祢子的气质中"不透明性"因素增强。三四郎的思想意识单纯,缺乏自我意识的判断能力,这种单纯目光更能客观看待发生变化的对象世界。漱石小说《矿工》(1908)的主人公接近三四郎的人物个性,表现出"无个性"的灵魂。大竹雅则也论及三四郎与《矿工》的主人公都属于无个性且纯真无邪的人物。(大竹雅则 123)可以说,该人物是漱石塑造三四郎形象的前奏曲。两者存在对自身身份归属的迷失感,

这也正是《三四郎》中文本主题"迷途的羊"的反映。

三四郎扮演的人物身份并非思考者,更多地则是观察者。他对于近代文明社会空间的认知更多地停留于感知层面,缺乏认知层面的深刻性。因此,三四郎的文化"边缘人"视角决定了与其观察对象的意识形态的差距,增加"未知"层面的比率,增添建构新女性神秘气质的艺术效果。有学者指出:"神秘与对不确定的事物的感觉有关,它们没有按照我们熟悉和习惯的方式出现,它们挑战了我们的理性和逻辑。"(安德鲁·本尼特 235)神秘源于对象的不可知性,是超出有限理性能力以外的东西。由于新女性美祢子的内涵超乎于文化"边缘人"三四郎具有的认知能力,三四郎无法将其纳入自身具有的认知范畴或认知结构,即对象进入不可把握的领域。由此构成其观察对象的"不可思议"的特点,建构出对象的神秘气质。而且,由于这种神秘也增强对不可知性对象的关注。其实,神秘性是主体建构的结果,是人赋予对象的属性,体现主体与对象的关系。对象本身并不具有神秘性气质。(王文革 50)《三四郎》中倘若从广田先生和野野宫的视角观察美祢子的个性,则难以显现其神秘气质。由于两者与美祢子同属于近代化文化空间的场域,具有对其认知的能力,就不会生成陌生化的叙事效果。

三、文化"边缘人"视角与新女性的"神秘"气质

小说《三四郎》显现三四郎对新女性美祢子观察视角上的局限,对其认识更多限于对异性性感的表层面,难以感悟到新女性的独特感受及困惑等心理层面的丰富内涵。可以说,三四郎对其观察的层面几乎停留于服饰、面容(肤色)及动作等角度。例如,以下几处叙述暗含三四郎对美祢子观察视角的表层性。"三四郎一直在想着自己在大学的水池畔碰到的那个女子的脸——这是一种浅浅的褐色,好像一张微微焦黄的饼,而且皮肤极为细腻,三四郎认定:女人的肤色,非如此不可。"(夏目漱石 2010:28)"这是一张叫人引起深深遐想的脸。"(夏目漱石 2010:54)"美祢子的头发散发出香水的气味。"(夏目漱石 2010:84)"三四郎看着她的眼睛,脑海里浮起今天早晨这女子提着篮子从折叠门后出现的那一瞬间的情景,不禁心醉了。"(夏目漱石 2010:88)三四郎对美祢子观察的角度仅停留于表层,被其外表美所

吸引,而对其内心世界及个性特征的认识模糊。有学者认为三四郎属于"耽美主義者(唯美主义者)"(三好行雄 63)。三四郎对美祢子更多的感受来自其外表,且限于神秘感及亲切感等表层反应。

相比而言,从表层文本看,三四郎似乎对传统女性良子的感受更多来自对其心灵的感悟。文中叙述到:"三四郎在这种神情中看到了慵懒的悒郁与掩饰不住的快活的统一体。对三四郎来说,这种统一感是人生弥足珍贵的一瞬,也是一大发现。"(夏目漱石 2010:51)这种感悟超乎于三四郎能够洞察及感受的能力范围,是叙述者借三四郎的视角阐述对良子的认识。三四郎作为文本的"聚焦者",同时又是故事的"观察者"。"说"与"看","叙述"与"聚焦"既可以出自于同一主体,也可以出自不同主体。(谭君强 101)《三四郎》中显现"看"与"说"的分离现象,即聚焦者不同于叙述者,聚焦者代表"谁看",叙述者则意味着"谁说"。从逻辑推理而言,倘若三四郎对良子如此好感,应对其倍加关注,而后文很少叙述他与良子交往的关系。从文化心理学角度而言,由于良子的传统气质与三四郎的传统价值观相协调,三四郎对其产生亲切的好感,叙述者将这种亲切感上升为理性分析的高度。三四郎对美祢子眼神及服饰的感受,也可理解为叙述者借用三四郎眼光的阐释,叙述者在三四郎对其眼神从感官角度以及对服饰外表观察的基础上进一步升华为感悟力较强的认识。其实,三四郎认识事物时往往限于感性,缺乏深入思考理性问题的知性能力。文中也有揭示该特征的描述,"与其说三四郎是学习勤奋的学生,还不如说他是心灵处于休闲状态的人,不怎么看书。但一旦遇到触及灵感的情景时,他便会在脑海中反复思考,求其新意而不胜欢喜。好像感到其中存在有生命的真谛"[2]。由此显现他缺乏深入思考理性问题的知性能力以及求知欲望的特征。

因而,三四郎难以解读美祢子的思想,两人之间存在知性层面的差距。由于受文化"边缘人"身份的限制,三四郎对美祢子近代文明倾向的意识形态难以理解。因对其无深入明确的认识,仅从美祢子形象上感到"矛盾"(夏目漱石 2010:24),但无法认识产生这种感觉的根源所在,由此凸显新女性的"神秘"气质。对于美祢子充满知性浪漫色彩的话语,三四郎不知所云。文中反复出现他对其知性色彩的话语迷惑不解的情景描写。美祢子的语言充满知性,如"鸵鸟的boa"(夏目漱石 2010:81)、"stray sheep"(夏目漱石 2010:110)、"迷路的孩子"(夏目漱石 2010:110)等话语包含西洋文化元素及隐喻含义。三四郎对此感觉云里雾里,文中写道:"三四郎觉得像是听到了落语艺人道出了最后一句关子而顿时冰释似的。"(夏目漱石 2010:101)此外,三四郎甚至对美祢子的外表服饰也困惑不解,文中叙述到:"她手里提着个大篮子,身上的衣着有点特别,三四郎看不懂,只注意到不像平常的那样发亮。衣料上似乎有许多小小的颗粒,还有着条纹,花纹什么的,而那花纹是很不规则的。"(夏目漱石 2010:77)总之,三四郎在对新女性的认知存在明显局限。这种局限使新女性外表及言行的模糊性增强,增添叙述的陌生化效果,凸显其"神秘"气质。

漱石在其文学生涯中后期塑造了数名"新女性"形象,除美祢子以外,还有《虞美人草》(1907)的藤尾、《明暗》(1916)的阿延等人物。"新女性"一词诞生于 20 世纪初,是针对遵循旧思想、旧伦理观念、旧道德的传统女性而言,包含追求个性解放的一批女性新的精神风貌和人生态度。随着明治开国以来女子教育的发展,"新女性"大多具有较高的知识文化素养。(胡澎 140)新女性的身份内涵包括反传统性与知性等特征。具有知性气质的美祢子希望找到思想意识形态方面产生共鸣的人生伴侣,时常参与以广田先生为核心的知识分子群体的活动。她渴望寻求到知性及教养层面相知相识的知音,而三四郎与其精神层面存在隔阂。

该文本利用"镜"的意象暗示三四郎对其观察对象美祢子认知层面的表层性特质。文中叙述了三四郎"镜"中观察美祢子的场面,"三四郎移动那失去一半知觉的眼睛,朝镜子里瞅去,美祢子竟不知何时出现在镜子里。女仆离开时关上的那扇门,现在打开着。美祢子用一只手分开着挂在门后的门帘,胸部以上的部分清清楚楚地映现在镜子里。美祢子在镜中看着三四郎。三四郎看着镜中的美祢子"(夏目漱石 2010:167)。此处"镜"的描写展现美祢子的神秘气质。"镜"作为美祢子与三四郎之间由于意识形态差异形成的距离感的外化表象,暗示三四郎眼中的美祢子仅为"镜像",无法真实了解其内心世界。而引起这种"镜像"反应的原因之一为两者意识形态的差异,另一方面在于美祢子外表的传统与内在的现代性之间构成的"自我"分裂。这种"镜"与三四郎初次见到美祢子时遮面的"团扇"相似,有遮蔽内在"自我"的效应,因而美祢子也在"镜"中看三四郎。结尾处描述三四郎认为美祢子肖像画的名称不合适,反复说着:"迷途的羊。"(夏目漱石 2010:261)三四郎并未了解该画的真实意象及美祢子的内心世界。三四郎最终的应答印证对其认知层面的模糊性,凸显美祢子自始至终带有的"神秘"气质。

四、结 语

《三四郎》中隐含文化"边缘人"意识形态立场的"浮动性",即处于城乡观念的二元对立体系内的中间地带。由于受这种文化身份的限制,三四郎对带有反传统性及知性气质的新女性在认知层面上存在明显局限,表现为对其认知层面的表层性。因而,其观察到的新女性形象限于"虚像"。而这种局限又增强新女性外表及自身言行的模糊性,使其"神秘"气质更为凸显。由此可见,人物之间意识形态立场的差距会引起观察者对被观察者的认知能力受到限制的效应,形成被观察者的"神秘"气质。这种"神秘"源于观察者对被观察者的不可知性,即对象进入不可把握的领域。《三四郎》中新女性的内涵超乎于文化"边缘人"三四郎的认知能力,观察者无法将其纳入自身具有的认知范畴或认知结构,因此使其观察到的人物对象带有"不可思议"的特征。

注解【Notes】

* 本文为安徽省高校省级优秀青年人才基金项目(编号:2012SQRW015ZD),安徽大学博士科研启动经费资助项目(编号:33190238)的阶段性成果。
[1] 该译文系笔者所译,依据原版小说夏目漱石:《三四郎》,東京:新潮社 1973 年版,第 21 页。
[2] 该译文系笔者所译,依据原版小说夏目漱石:《三四郎》,東京:新潮社 1973 年版,第 72 页。

引用作品【Works cited】

[荷]米克·巴尔:《叙述学:叙事理论导论》(第二版),谭君强译,中国社会科学出版社 2003 年版。

[日]夏目漱石:《哥儿·草枕》,陈德文译,海峡文艺出版社 1986 年版。

[日]夏目漱石:《三四郎》,吴树文译,上海译文出版社 2010 年版。

郭勇:《现代性语境中的主体焦虑:论夏目漱石的〈三四郎〉》,载《外国文学》2010 年第 1 期,第 131—138 页。

[日]夏目漱石:《三四郎》,東京:新潮社 1973 年版。

Roger Fowler. Linguistics and the Novel. London: Mdthuen Co. Ltd, 1977.

胡亚敏:《叙事学》,华中师范大学出版社 1994 年版。

[日]大竹雅则:《漱石文学の基底》,東京:教文堂 1993 年版。

[英]安德鲁·本尼特,尼古拉·罗伊尔:《论文学中的神秘》,汪正龙译,载《江西社会科学》2006 年第 11 期,第 234—238 页。

王文革:《论文学神秘性形象的审美价值》,载《北方工业大学学报》2009 年第 2 期,第 50—54 页。

[英]三好行雄:《講座夏目漱石(第 3 卷)》,東京:有斐閣 1981 年版。

谭君强:《叙事理论与审美文化》,中国社会科学出版社 2002 年版。

胡澎:《从"贤妻良母"到"新女性"》,载《日本学刊》2002 年第 6 期,第 133—147 页。

对话自我理论视角下的《浮世画家》解读

郭 欣

内容提要：石黑一雄的小说《浮世画家》以一位画家的回忆为线索，描绘了"二战"前后日本人精神面貌和生活方式的转变，揭露了战争的罪恶和人性的扭曲。本文依据荷兰心理学家赫尔曼斯的对话自我理论探讨《浮世画家》主人公小野增二的"军国主义画家"身份，在他的一生中，这一身份经历了形成、独白、对话三个阶段。"军国主义画家"身份曾长期占据小野的自我系统，日本战败后，为了维护该身份的独白地位，小野封闭了自我系统，用选择性回忆麻痹自己。最终，小野回到现实中，通过自我系统多重声音的对话，建立了健全人格，能够理性看待自己的"军国主义画家"身份。

关键词：石黑一雄 浮世画家 对话自我理论 身份
作者简介：郭欣，安徽大学大学英语教学部讲师，研究方向为英国文学。

Title: The Interpretation of *An Artist of the Floating World* from the Perspective of Dialogical Self Theory

Abstract: Kazuo Ishiguro's novel An Artist of the Floating World uses a painter's memory as a clue to depict the spiritual outlook and life style of the Japanese before and after the World War II, revealing the cruelty of war and the distortion of human nature. This article explores the hero Masuji Ono's I-position as "a militaristic artist" from the perspective of dialogical self theory. All through his life, this I-position undergoes three phases—formation, monologue and dialogue. The I-position as "a militaristic artist" dominates Ono's self system for a long time. After the defeat of Japan, he closes his self system and numbs himself with selective memory so as to retain the monologue of this I-position. Eventually, Ono is brought back to reality. He develops sound personality through the dialogue in his multi-voiced self system, capable of viewing his I-position as "a militaristic artist" rationally.

Key words: Kazuo Ishiguro An Artist of the Floating World dialogical self theory I-position
Author: Guo Xin is a lecturer in Department of College English Studies, Anhui University. Her research mainly covers English literature.

日裔英籍作家石黑一雄以国际题材小说闻名，他擅长以回忆的方式叙事，用细腻的笔触描绘主人公的内心世界，他的几部小说从不同角度探讨了战争的残酷与人性的扭曲，其中，《浮世画家》独具匠心地以一位军国主义者的视角展开叙事，揭露了战争的罪恶，再现了日本民族"二战"前后日常生活和精神状态的变化。《浮世画家》主人公小野增二是时代造就的悲剧性人物，他被狭隘的民族主义思想蒙蔽，沦为军国主义的帮凶，将满腔热血投入到灾难性的事业中。小说以小野的回忆为线索，抽丝剥茧，一步步将他的"军国主义画家"身份暴露出来。这一身份曾为他带来荣耀，战争结束后又将他推向深渊。本文运用对话自我理论（dialogical self theory）探索小野增二的内心世界，分析他围绕"军国主义画家"这一

身份展开的心路历程。"军国主义画家"身份凝聚着小野大半生的信念和努力，曾为他赢得至高的荣誉和地位。日本战败后，小野为了逃避良心的谴责，一度自我封闭，用选择性回忆麻痹自己。最终，通过自我系统多重声音的对话，小野建立了健全人格，理性看待曾经的"军国主义画家"身份，承认过去所犯的错误。

20世纪90年代，一批文化心理学家将巴赫金的对话理论与威廉·詹姆斯的自我理论相结合，形成对话自我理论。对话自我理论跳出了二元对立的藩篱，将自我与他者置于平等对话的地位，认为他者亦是自我系统的组成部分。荷兰心理学家赫尔曼斯（H. J. M. Hermans）将自我定义为"由多个相对自治的身份（I-positions）ii 组成的动态复合体"[1]。主格我（I）在不同的甚至相对

立的身份中流动,倾听每个宾格我(Me)从不同立场发出的声音,这些想象中的声音在自我系统中形成对话关系,帮助个体实现自我创新,建立健全人格。赫尔曼斯将人的自我系统分为内部系统和外部系统,后者是前者的延伸,两者相互作用,密不可分。内部系统指向自我,通常包含多个身份,如"儿子"、"学生"、"音乐爱好者"等;外部系统指向他者,如"我的母亲"、"我的老师"、"我的朋友"等。外部系统中的身份也属于自我的组成部分,能够与内部系统中的身份形成对话关系。同时,外界环境也是促成自我系统各身份对话的重要条件。

依据赫尔曼斯的对话自我理论,小野的自我系统中"军国主义画家"这一身份经历了形成、独白、对话三个阶段。

一、形成阶段

小野的画家之路始于青春期的叛逆,出生于商人家庭的他不甘于商人枯燥乏味的生活,立志成为一名画家。被判父亲后,小野失去家庭的资助,生活窘迫,为了维持生计,他曾效力于竹田大师的工作室,然而,机械地创作缺乏艺术灵魂的商业画作并不是他的理想,最终,他带着同事"乌龟"离开竹田大师,转投森山先生门下。师从森山先生的几年内,小野的艺术造诣不断提高,"画家"身份得以完善。然而,从普通"画家"到"军国主义画家"身份的转变并非一夜之间完成,后者是小野经历自我系统的对话之后形成的。7年来,小野一直是老师最得意的弟子,若不是松田智众的出现,他或许一辈子甘当追求精湛技艺的浮世绘画家。松田是冈田——武田协会的会员,该协会致力于将艺术家与政治联系在一起。随着交往的深入,小野逐渐被这位血气方刚的同龄人吸引,将他纳入自我系统。作为小野外部系统中一个重要身份,松田的声音唤醒了小野内部系统潜在的"爱国者"身份。以松田为代表的"爱国者"们认为以森山先生为代表的众多画家是一群极端颓废的艺术家,"当周围的人民越来越贫穷,孩子们越来越饥饿、病弱,一个画家躲在象牙塔里精益求精地画艺妓是远远不够的"[2]。松田的劝诱让小野意识到自己身为艺术家的局限性,他曾经毫不怀疑画家的使命就是捕捉美,当他重新审视自我系统的"浮世绘画家"身份后,不禁为自己有限的视域惭愧。除了松田的影响外,日本的

大环境也是促使小野形成"军国主义画家"身份的重要条件。明治维新后,日本的综合国力不断增强,在当权者和民众心目中,日本已成为亚洲巨人,足以和西方任何国家抗衡。然而,让"爱国者"们心痛的是如此"强国"却依然存在贫穷与饥饿,他们将贫困归咎于政客的软弱和商人的贪婪。右翼分子将改变日本命运的希望寄托于天皇地位的光复,意图通过天皇的"召唤"让日本顺利踏上军国主义扩张之路,创造亚洲"共荣圈"。自古以来,皇族是日本最大的家族,身为皇族家长的天皇亦是全民的家长,"天皇与国民是本家与分家的关系和家族父子关系"[3]。在小野的外部系统中,"天皇"这一身份的重要性不言而喻,因此,在松田的诱导下,小野内部系统"忠于天皇的臣民"这一身份得以放大,对天皇无条件的"忠"和富国强民的愿望让他不再满足于躲在森山的别墅里描绘浮华世界之美,他渴望为民族的振兴贡献自己的力量。内部系统与外部系统各身份经历一番对话之后,曾占据自我的"浮世绘画家"身份失去原有的地位,并逐渐从内部系统的前景退隐到背景,新的身份"军国主义画家"形成并迅速占据自我系统。

二、独白阶段

"军国主义画家"身份建立之后,小野是否遭遇重重阻碍,在他的回忆性叙事中无法找到答案,他将回忆的重点落在这一身份为他带来的荣誉和自我满足感上。文化传播者的影响力不容忽视,贴上了军国主义标签的画家、作家、音乐家更是成为当权者蛊惑民众的有力武器。到了20世纪30年代,日本的"爱国精神"已成为主流,被爱国热情冲昏头脑的民众认定对外扩张是唯一的强国之路。小野凭借鼓吹军国主义的画作赢得不少声誉,与此同时,他将一批优秀的学生招至麾下。在弟子眼中,小野是一位具有时代先锋精神的优秀画家,他的话语具有不容置疑的权威性和影响力。社会的尊重和弟子的崇拜让小野获得极大的成就感,自我系统不再有反对的声音,"军国主义画家"这一身份不断巩固加强,处于独白(monologue)地位。1938年获得重田基金奖后,小野迎来了事业的全盛期,他的"军国主义画家"身份不仅得到全社会的高度认可,也得到自己的完全认同。虽然自我系统偶尔会有对立的身份出现,比如学生黑田,小野并不受其影响。

最优秀的弟子往往最先对老师的观点提出质疑，当黑田的抗议声出现在小野的自我系统中，傲慢和占有欲导致他无法与黑田处于平等对话的关系。小野试图将弟子拉回自己的阵地，却间接把他送入监狱。在相当长的一段时间内，小野的自我系统只能听到"军国主义画家"身份的独白。

日本战败后，整个社会发生了翻天覆地的变化，战争期间深受爱戴的政治家、军官、商人、艺术家转眼间沦为历史的罪人，在民众眼里，这些叛徒打着爱国的旗号背叛了国家，亵渎了天皇，理应受到惩罚。许多人不堪社会的压力和良心的谴责，选择以死谢罪，而小野却心安理得地度过战后的三年时光。为了免受周围环境的影响，小野启动心里防御机制，将自我系统封闭起来，维护"军国主义画家"身份的独白地位。他一方面利用选择性回忆不断肯定曾引以为傲的身份，另一方面将可能引起内心焦虑的问题外化。心理学家认为人的记忆是不可靠的，在一定条件下，人可以重构记忆，"正是记忆的构造性，使得人们无法完全准确地提取过去发生的事件，但也为人们的回忆增添了缤纷迷人的色彩"[4]。在整个叙事过程中，小野也多次提到自己的回忆可能不准确，他的回忆几乎都是在褒扬自己，其中有多少美化的成分不得而知。选择性回忆属于认知性防御策略，小野用精心编织的美好回忆将自己与外界隔绝开来，不让外界的声音干扰自我系统。小野时而会听到来自家庭内部的对立声音，虽然两个女儿极力维护父亲，在家里不触及敏感话题，女婿池田却抑制不住内心的怒火，一针见血地指出小野的罪行，"勇敢的青年为愚蠢的事业丢掉性命，真正的罪犯却依然活在我们中间……在我看来，这才是最怯懦的做法"[2]。此时，小野采用情感性防御策略，并不从自己身上找原因，而是迁怒于池田，将这一严肃问题外化为池田这一代人的性格问题。在他眼里，年轻的一代与传统道德背道而驰，对长辈有失尊重，说话尖酸刻薄，不能理性看待同辈的牺牲。即使唯一的儿子命丧战场，小野仍坚持认为年轻人英勇壮烈地为国捐躯是值得赞扬的。小女儿仙子被三宅家退婚的遭遇也被小野臆断为三宅家对门第悬殊的担忧。认知性和情感性心里防御策略让小野远离焦虑，保持了内心的平静。在一个封闭、独白的自我系统中，对话无法实现，因此，小野得以维护曾经的"军国主义画家"身份，成功逃避良心的谴责。

三、对话阶段

躲在自己的世界平静生活了三年，小野最终被拉回现实。退休后的小野没有老伴，女儿是他唯一的精神支柱，因此，"父亲"这一身份占据了自我系统，给小女儿仙子找个好归宿是他晚年最大的目标。被三宅家退婚后，小野固执地相信取消婚事的原因是三宅家觉得高攀不上，家人明白个中究竟，却不敢触动小野敏感的神经，直到与佐藤家讨论婚事时，大女儿节子才旁敲侧击地劝父亲采取预防措施。节子的态度让小野有些不悦，却又不得不思索退婚的真正原因。他想起曾经与三宅次郎对公司总裁自杀的不同看法，三宅认为总裁以死谢罪是一件了不起的事，而他则认为战争中为国效力的人不应该被称为战争罪犯。至此，小野恍然大悟，意识到曾经的"军国主义画家"身份给自己和家人带来的伤害。为了仙子的终身大事，小野听从节子的建议，出门拜访曾经的熟人和朋友。

小野首先拜访"战友"松田。在小野的自我系统中，"松田"这一身份始终与他保持高度一致，战争期间，他们共同完成新日本运动，获得全社会认可，战后他们共同沦为罪人，毕生的努力被全面否定。由于两人立场和境遇的相似性，松田有如一面镜子，让小野无处躲藏，不得不面对残酷现实中苟且偷生的自己。与松田微妙的对话让小野了解了一些真相，三年来松田饱受精神折磨，身体每况愈下，其他同事的处境更加不堪，穷困潦倒，艰难度日。相比之下，小野是幸运的，既保住了健康，又保住了财产。松田和其他同事的遭遇让小野意识到自己的幸运源于成功的自我保护策略——逃避现实，既然已经回到现实中，就应该面对真实的自己。至此，小野迈开理性看待"军国主义画家"身份的第一步。

在松田的建议下，小野前往学生黑田的住处。多年来，小野早已将黑田隐藏到自我系统的背景中。战争结束后，重新回到小野自我系统前景的黑田已不再是"学生"身份，而是社会地位与日俱增，且随时会报复自己的危险身份。小野担心黑田成为女儿幸福道路上的拦路虎，于是铤而走险，亲自登门拜访，偏巧黑田不在家。为了冰释前嫌，小野写信给黑田，却收到冷淡而简慢的回信，因此，小野对女儿的婚事不再乐观。连日来的打击激活了他自我系统中某些隐藏的身份，各个身份从不同立场发出不同的声音，形成对话关系，促使小野进一步质疑曾引以为傲的"军国主义画家"身份。

为婚事担忧的仙子含沙射影地指责父亲太骄傲，不愿承认过去的错误。为了做一名称职的父亲，小野允许女儿的声音与自己对话，对女儿的批评做了理性思考。相亲当天的气氛令仙子和父亲紧张不安，小野从左藤家小儿子光男的目光中捕捉到怨恨和谴责，虽然佐藤夫妇和大郎一直彬彬有礼，小野揣测佐藤一家人对自己的态度是一致的，只是掩饰得很好。为仙子婚事奔波的这段日子，自我系统的对话已经让小野认识到自己的狭隘和自欺欺人，眼看着女儿在相亲过程中一点点丧失自信，小野对相亲失败的恐惧达到极限，此刻，保护女儿的决心战胜了骄傲与自尊，他终于鼓起勇气承认过去所犯的错误。忏悔之后，小野如释重负，仙子的婚事也尘埃落定。

关闭心里防御机制后的小野豁然开朗，内心的对话更加丰富，对"军国主义画家"身份有了全面而理性的认识，他为这一身份带来的灾难性后果深深自责，为曾经狭窄的视野懊悔，与此同时，他肯定了当年为理想奋斗的热情和勇气，正如他对松田所说的，"如果我们看问题更清楚一点……应该能做出真正有价值的事情"[2]。相比绅太郎等人拼命与不光彩的历史撇清关系，小野更欣赏自己坦诚面对过去的勇气。自我系统的对话帮助小野建立了健全人格，既不逃避责任，也不会沉溺于罪恶感无法自拔。他从阴影中走到阳光下，默默关注着被美国文化影响的年轻一代，仿佛看到日本美好的明天。

《浮世画家》延续了石黑一雄精妙的第一人称叙事风格，带领读者走入一位军国主义者的精神世界，随着回忆的推进，读者逐渐了解主人公小野增二非同一般的经历和复杂的情感。第一人称叙事让读者能够深入探寻主人公的内心世界，了解他的自我系统从独白到对话的过程，从而对这一"历史罪人"做出客观公正的评价。海德格尔认为，"从哲学上定义错误，那便是判断的不正确性和知识的虚伪性，他不过是迷误的一种，而且是最肤浅的一种迷误而已"[5]。在特定的社会环境下，人类往往因为判断失误而造成不可挽回的损失，然而，"生活之所以成为生活，就在于它始终是在克服和改正错误的过程中进行"[6]。《浮世画家》不仅是一部以反战为主题的小说，更是一部探讨人类存在与发展的佳作。

注解【Notes】

[1] Hermans Hubert J M. The Dialogical Self: Toward a Theory of Personal and Cultural Positioning . *Culture & Psychology*, 2001,7(3), pp. 243-281. 在赫尔曼斯的论文中，"I-position"常简称为"position"。

[2] 石黑一雄：《浮世画家》，上海译文出版社 2011 年版，第 71、217、249 页。

[3] 李卓：《日本近现代社会史》，世界知识出版社 2010 年版，第 155 页。

[4] 杨治良：《记忆心理学》，华东师范大学出版社 2012 年版，第 126 页。

[5] 海德格尔：《海德格尔的存在哲学》，内蒙古文化出版社 2008 年版，第 150 页。

[6] 高宣扬：《福柯的生存美学》，中国人民大学出版社 2010 年版，第 36 页。

论《河雾》中的回乡悲剧

吴　辻

内容提要：日本近代作家国木田独步的短篇小说《河雾》，讲述了离乡20年的丰吉的回乡故事。本文从小说最后丰吉异常的离乡行为出发，对丰吉最后的结局做了符合逻辑的判断。并以此为线索，探讨了主人公丰吉为何会做出如此举动的原因，指出了丰吉此举背后所包含的两大现实主义因素——明治时代的出人头地主义和背井离乡的人与故乡之间的隔阂。这两大现实主义因素充斥着整个明治时代，它不仅酿成了很多现实中的丰吉式的悲剧，也浓厚了小说《河雾》中的悲剧色彩。

关键词：故乡　变化　现实主义　悲剧

作者简介：吴辻，吉林大学珠海学院外语系日语专业助教，主要研究方向为日本近代小说。

Title：A Study of "Home-Returning" Tragedy in *Kawagiri*

Abstract：*Kawagiri* is Doppo Kunikida's short story, which is about the home-returning story of Toyokiti. This paper makes a reasonable judgment about Toyokiti's final ending from the perspective of Toyokiti's abnormal exiling in the end of the story. On the foundation of this judgment, the writer points out the reason why the protagonist, Toyokiti, leaves his home, and two realistic factors behind Toyokiti's behavior. The two factors are "a notch above the others" doctrine in Meiji Era and the estrangement between the displaced and their homes. The whole Meiji Era is filled with these two realistic factors, which not only lead to tragedies like Toyokiti in real life, but also aggravates the tragedy in *Kawagiri*.

Key words：home　change　realism　tragedy

Author：**Wu Shi** is a teaching assistant in the department of foreign language of Jilin University, Zhuhai College, her research focuses on Japanese modern novels.

一、引　言

国木田独步的短篇小说《河雾》于明治31年8月10日发表在《国民之友》（第23卷第372号）上。作品讲述了主人公丰吉在20年前为了理想离开故乡，而20年后又落魄潦倒地回到了故乡，最后还是离开了故乡消失在河雾中的故事。作品发表后，森鸥外给予了很高的评价。他认为河雾中出现的"疲于生活"一词，多见于西方，日本还未曾普及，而国木田独步将这一词运用到了作品中，很好地诠释了日本文明开化的意义所在，是很好的。[1]关于《河雾》，日本的研究者从多角度进行了探究，较多的研究方向一类是将《河雾》定位为"回乡"小说，与同期的《归省》（宫琦湖处子著，明治23年发表）或是《归去来》（国木田独步著，明治34年发表）进行比较，分析当时的社会背景，探讨作品的主题。另一类是从比较文学的视角出发，分析《河雾》与屠格涅夫或是莫泊桑

等的作品及思想之间的关系。笔者发现，在主题研究中凡是涉及主人公的结局的，研究者都会高度一致地认为丰吉最后只能走向死亡，而究其死亡原因却各不相同。如山田有策认为丰吉的死反映了作者国木田独步对大自然的纯粹回归的向往；[2]片冈懋认为丰吉累了，疲于大城市的人际关系，所以选择了死亡；[3]而中岛礼子则提出丰吉自杀的动机与月亮有着密切关系，[4]等等。笔者虽然也很认同主人公丰吉最后的死亡结局，但是却发现前人对于丰吉最后结局与故乡之间的关系的研究中还有很大的空白领域。因此，笔者认为，有必要从文本出发，重新讨论的丰吉的死与故乡之间的联系。

二、心中故乡的遗失

主人公丰吉20年前为了实现自己的抱负离开故乡去了东京。在以东京为中心的东北地区

一带,丰吉尝试着做过很多事情,但最后都以失败告终。20年后,40来岁的丰吉落魄潦倒地回到了久违的故乡,故乡的人们也亲切地接纳了他。不能忍受无所事事的丰吉,在哥哥和乡亲们的帮助下,凭借自己的学识准备开办私塾。可是就在一切准备就绪,私塾开学的前夜,丰吉划着小船,消失在河雾中,再也没有回来。

丰吉的离开故乡的行为意味着丰吉自身对新生活的放弃,对生命的放弃。这不仅可以从丰吉乘船离开故乡之前的一系列与疲惫相关的言语行为可以判断出来,也可以从故乡在丰吉心中的分量得到论证。在丰吉做出如此举动之前的文字中,充满了与生存、生活下去相背离的负面能量。"丰吉坐在'胡须'的坟前,仰头看着月亮"(185)[5],他望着故乡的景色,"不时地叹着气,好像是感到了筋疲力尽一样。"(186)他"感觉到疲惫不堪。'开设私塾!'他在这句话里已经找不到任何动力了"(186)。丰吉想起了长眠在这块墓地的故人。"此时,他觉得自己的生命之泉已经流到了茫茫无际的大海边了。他和他死去的朋友之间,只隔着一层半透明的薄膜而已。"(186)在这样的丰吉身上,找不到任何值得期待的生命迹象。他发现了系在河边的小船后,摇着桨穿过河雾顺流而下,"河水的尽头就是茫茫的大海"(186)。作品结尾处的茫茫大海和丰吉自己感受到的生命尽头的茫茫大海相呼应,而随处可见的"疲劳"二字,也深刻地刻画出了在外辛苦劳累20年后的丰吉,经过一而再再而三的失败最后还是一无所获,只能潦倒归来的身心状态。丰吉无处可逃,他只能在这样的夜里,任凭自己的生命之泉流向大海。

如果要说,对生活的极度疲惫是导致丰吉自杀的显性因素,那么丰吉做出的回乡这一决定在促使其走向死亡中所起到的作用,是接下来无论如何都必须讨论的。丰吉离开故乡20年,在这20年中,他"在任何时候都忘不了自己的故乡。不管怎么穷困潦倒,他都没有在都市的小巷里将浊酒视为性命一样让自己像尘埃一样沦落"(177)。当他回到了"自己所怀恋的故乡"(178)之后,"他感到一种说不出的怀念之情,'就是这里啊,我出生于这里,我也将在这里死去。啊,真高兴真高兴,终于安心了。'这种感情从他心底涌上来,不知怎的,至今为止的那种长期折磨他的艰难困苦就像蜕了一层皮似的,远离了自己"

(181)。故乡的人们得知丰吉回乡后,都友好的接受了他,他们可怜他安慰他祝福他,这更加肯定了丰吉对故乡的眷恋之情,"啊,故乡!不管事业是一时的成功还是一时的失败,丰吉在这20年间,一天都没有忘记过它"(183)。

对丰吉来说,20年前离开的故乡,是其奋斗在外的孤寂心灵的情感慰藉,是支撑其不畏失败坚持自己梦想20年之久的精神支柱。22岁的丰吉将对故乡的眷恋揣在怀中,背负了乡亲们的期待直奔京城。这期间,正是有如此强烈的思乡之情在支撑着自己,丰吉不管遇到怎样的挫折,都没有在繁华大都市堕落。然而,在大都市摸爬滚打了20年,疲惫不堪的丰吉为了让身心的疲劳得到缓和,他选择了回乡这条路。这时的故乡,并不仅仅只是支撑丰吉在外打拼的心灵支柱,它也是帮助丰吉从毫无希望可言的眼下生活过渡到充满希望的新生活的桥梁,是丰吉心中的那块绿洲。然而,丰吉心中的故乡已不复存在了。"20年不见的故乡已经发生了很大的改变。"(178)丰吉"像是在梦境中一样追寻着古老记忆中的点点滴滴。果然,样子已经改变了"(178)。"但是,也可以说没有变。只是墙上的那个洞跟20年前的相比,稍微变大了一点而已。那是丰吉顽皮地用棒子戳出来的。"(178)"只是在丰吉眼里,那条路比以前窄了,树比以前多了,整个树林也比以前更觉得冷清了。"(178)丰吉的内心在"变了的故乡"和"不变的故乡"之间剧烈的摇摆着。20年不见的故乡,有变化才是理所当然的事情,然而,在丰吉眼中,他始终看到的,或者说更愿意看到的是20年前不变的故乡。丰吉心中所描绘的故乡,正是他20年前离开的那个,在他漂泊在外时给他支持的故乡。而当他需要心灵的安慰回归故乡时,却发现故乡早已改变。挣扎在故乡的变与不变之中的丰吉,并没有采取积极的态度去接纳变化了的故乡,他迷茫地走上了找寻遗失故乡之路。

三、逝去的少年世界

因为一事无成,回到故乡的丰吉为了不让乡亲们知道,他战战兢兢地徘徊着,无意间走到了青梅竹马的片山四郎家门前,遇到了一个叫"桧山"的少年。少年拿着钓鱼竿,就像没有看到丰吉一样小声地唱起了军歌之类的歌走到对面去了。这时,本该马上躲避起来的丰吉,却"茫然地跟在少年的后面盯着少年的背影走着,相隔大概几十步的距离。已经过了 30 年啦,而丰吉的眼里映出的全是生气勃勃的少年时候的自己"(180)。以与钓鱼的少年相遇为契机,丰吉开始了他的找寻遗失故乡之旅。

追随着少年的脚步的时候,丰吉发现了记忆中的故乡的风景。拐角处的一棵古树,它的"枝叶还和从前一样,连那些蝉也还停留在原来的地方"(180)。少年拐过拐角处,身影突然消失了。就像猜到了少年行踪一样,丰吉"高兴地笑着"(180)也跟着拐弯走了。当发现自己猜中后,丰吉"笑嘻嘻"(180)地走向了少年们钓鱼的地方。丰吉的笑意味着他发现了昔日故乡的风景,内心的喜悦已跃然纸上。当他听到有人叫道"上田"时,他"突然站了起来"(180)。叫做"上田"的这个孩子的出现,打断了丰吉对少年时代的回忆,将他拉回了现实。当丰吉发现这个孩子可能是自己哥哥的孩子时,他"皱着眉,眯着眼,就像被阳光刺着眼一样,看着少年的脸"(180)。终于,对家人、至亲的爱战胜了让乡亲们知道自己回来之后的羞耻感,丰吉走上前去,与少年攀谈起来。当丰吉确信这无论如何都是哥哥的孩子后,他坐在了离这个少年不远的一棵柳树下,"出神地凝视着那个少年"(181)。这时,丰吉迎来了探寻遗失故乡之旅的高潮。"丰吉的眼眶里涌出了泪水。他眨着眼想把泪水吞下去,可眼泪却不由得淌了下来。"(181)他将自己的生死与故乡紧紧相连,他在心中感慨道"我出生于这里,我也将在这里死去"(181)。

丰吉放下最初回乡的不安,勇敢地向少年道出了自己的姓名。但是,少年却吃了一惊,连脸色都变了。少年"丢下了钓鱼竿,二话不说一溜烟地跑走了"(182)。其他的少年也吃了一惊,"奇怪地打量着丰吉,急忙卷起了鱼线,提起了鱼篓,偷偷摸摸地逃走了"(182)。面对故乡少年们的如此反应,丰吉又一次从自己构筑起来的理想化的故乡中回过神来,他"呆呆地茫然地站在那里,目送少年们远去的背影"(182)。不管当年自己的行为与刚才的少年们是多么的相似,不管叫做"上田"的少年是多么地长得像哥哥,属于丰吉的少年时代一旦逝去就不可能再重新来过,意识到这一点的丰吉,内心受到了打击,呆呆地站立在那里。属于"不变故乡"中的少年世界已不复存在,而等待丰吉的是更为残酷的成人世界的考验。

四、失落的成人世界

没有勇气回到自己所出生的也就是哥哥家里去的丰吉,沿着杉树的篱笆走着,无意间就来到了青梅竹马的朋友片冈四郎的家门口。他一边想着"大概还过得不错吧"(179),"可能已经有了孩子了吧"(179),一边往门内窥视着。当听到了像是这家主人的说话声后,丰吉掩饰不住就要和故友久别重逢的喜悦,在内心反复道"是四郎,是四郎呀"(179),之后便又"茫然地站着,眯着眼"(179),望着小路的远处,陷入了对儿时情景的追忆中。一条狗从篱笆里钻了出来,它竖起耳朵怀疑地看着丰吉,正当它准备要做什么的时候,听到了从家中传来的口哨声又奔了回去。听到这一声口哨声,丰吉"仿佛从梦中醒来了似的稍微睁大了眼睛,眉目之间浮现出寂寞的微笑"(179)。这种"寂寞的微笑"与少年世界中曾出现过的"高兴地笑着"、"笑嘻嘻"形成了鲜明的对比。看着 20 年后的自己少年时代的友人,已经娶妻生子,过着安逸的生活,而自己却还孑身一人,一种说不出的寂寥之感迎面袭来。丰吉有些失落,但这种失落感的体验仅仅只是一个开始而已。

当乡亲们得知丰吉回乡后,都陆陆续续地来看望他。丰吉的朋友们,现在"都已经是 40 或者 50 岁的中年人、老年人了。他们不但都有了自己的孩子,其中还有人已经抱孙子了。……尤其是一些女的,过去曾是美丽的少女而如今都变成老太婆了"(183)。面对以失败者身份归来的丰吉,大家还是很友好地接受了他。这让丰吉吃了一惊。他感受到了故乡人们的善解人意,他对于自己这种落魄回乡的身份感到不甘心,于是"他哭了,心里有说不出来的高兴,说不出来的悲哀。他感到颓丧,一下子衰老下来了"(183)。丰吉在决定离开故乡走上生命的不归路之前,来到了墓地。他坐在"胡须"的墓前,思考起自己与朋友的事情来。"山河月色依旧。而儿时的朋友已经有几人已经长眠于此。此时,他觉得自己的生命之泉已经流到了茫茫无际的大海边了。他和他死去的朋友之间,只隔着一层半透明的薄膜而已。"(186)与看上去永恒不变的日月星辰相比,人生却只能最后走向坟墓。丰吉儿时友人已长眠于这块墓地,这也暗示了丰吉的未来,换句话说,丰吉是一个没有未来的人。当丰吉顿悟到年龄不停地在增长的自己，最后只能和这些旧友一样奔向死亡的坟墓，丰吉得出了自己和自己的朋友之间"只隔着一层半透明的薄膜而已"(186)这一结论。在成人的世界中，丰吉感受到的是无尽失落，放眼望去也看不到任何希望。在回乡期间，丰吉曾准备开办私塾，为自己的事业梦想进行最后的"挣扎"，然而，这样的行为也无法将徘徊在绝望大海边的丰吉救起。

五、无法满足的事业

丰吉20年前抱着出人头地的梦想来到了东京一带。这期间，他进行了很多的尝试，可最终还是没能够实现自己的梦想。具有着不会一受到挫折就逃避，要尽力而为之的性格的丰吉，最后决定回乡。这个回乡的决定意味着丰吉放弃了他20年前想在大都市出人头地的梦想。尽管这样，回乡的决定并不意味着丰吉内心中能够放下自己的大志，能够接纳这样一事无成的自己。20年来，一直朝着自己的梦想努力过来的丰吉，对于自己的梦想，在其内心是怎么也无法轻易说放弃就放弃的。回乡后的丰吉，虽然远离了大都市，但是他始终都抱着一颗依旧想为事业奋力一搏的不甘之心。

起初回到故乡，在哥哥的悉心照顾下，丰吉虽然什么也不用做，但是他却打不起精神来。哥哥的三个孩子也安慰着、陪着丰吉。花子唱歌给叔叔听，可"丰吉靠着茶室的窗子迷迷糊糊地打着瞌睡。被源造邀请去钓鱼时，他也半睡半醒的"(183)，特别是年龄最小的阿勇，想让叔叔学马叫时，丰吉"却学成了牛叫，惹怒了阿勇，却逗笑了全家人"(183)。但是，当丰吉开始为开私塾做准备之后，他"不再老是打着瞌睡听着花子唱歌了"(184)。有时"听着花子那低幽而哀伤的歌声，他那颗沉寂的心也微微地跳跃起来了"(184)。丰吉认为，"像这样无所作为，一事无成地靠着人家过一辈子，对他来说多少也是一种痛苦"(184)，"与其像现在每天安宁无事的过日子，倒不如像过去那样，失败也好烦闷也好，尽自己的力做些事情日子倒要好过些"(184)。借此机会，丰吉又想到了他在外漂泊那么久却一事无成的原因，

"未必都是自己的错。事实上是因为外乡人的人情味太淡了。如果是处在故乡这么亲切的人情环境中，做起事来多少应该会有一些成功的

希望，也不至于像以前那样惨败了。"(184)

但是，丰吉却很清楚地知道，回到故乡，也仅仅是"从没有希望的沦落的大海里，又漂到没有希望的平安的岛上来了"(183)。开办私塾，不仅唤醒了丰吉心中未遂的大志，也一同唤醒了他所经历的惨败。丰吉这次采取了积极的姿态，亲自为私塾的开办做了很多准备工作。可是就在私塾开学的前夜，丰吉做完最后的准备工作后，他"低头望着流淌的大河，一会儿入迷地看着故乡的景色，一会儿不停地叹息着，好像是感到了筋疲力尽一样"(186)。如果说，在准备开办私塾的过程中，丰吉对这一事业的憧憬让他没有时间去考虑太多，那么当准备阶段告一段落时，丰吉便意识到了开办私塾永远无法起到替代、弥补心中壮志未酬的失落与绝望，私塾的成立无异于在丰吉那颗沧桑的心上撒盐。故乡仅仅也只是一个"没有希望的平安的岛"(183)而已。丰吉不会满足于在故乡开设私塾，也不会靠着这个事业在安定的故乡满足地度过下半生。他无路可逃，最后只能选择一个人划着小船消失在了河雾中。

六、结　语

再回到最初的问题上来。如果说对生活的极度疲惫是导致丰吉自杀的显性因素，那么丰吉做出的回乡这一决定就是隐形因素，他在故乡所经历的一切在其走向死亡过程中起到了催化剂的作用。为了缓解身心的疲惫，丰吉回到了久违的故乡。然而在故乡中体会到的失落感、绝望感，使他挣扎在理想与现实的鸿沟之中。心中的大志依旧没有改变，可是体力不济、身心疲惫的42岁的丰吉并不能忘掉经历过的所有惨败，也不能像20岁那样意气风发地又一次回到东京去干大事业。而且，在心中小心珍藏了20年的故乡已经大变样，儿时的相识也已经老去，也有不在了的。住在这样的故乡中的丰吉，就是朝着死亡走去的。失去了心中最后的绿洲的丰吉，看不到新生活的希望，也无法满足于在故乡以开设私塾为生的安稳平淡的生活。他失去了自己最后的葬身之地，所以尽管在一开始回到故乡的时候，他还欣喜过"我出生于这里，我也将在这里死去"(181)，而最后，他被迫乘着小舟，离开了故乡，消失在茫茫无际的大海中。

作者国木田独步虽然用委婉的文字，道出了丰吉最后的归路，使其充满了浪漫主义色彩。但

是,在丰吉赴京、回乡、继而又离开故乡再也没有回来的这整个过程中,作者采取的却是现实主义的观察角度。在明治时期,"四民平等"等一系列人才选拔政策实施,造就了靠实力就能改变一切的,就能够被万人认可的社会现状。再加上受到福泽谕吉的《劝学篇》以及中村正直所翻译的《西国立志篇》的鼓舞,年轻人都像丰吉一样怀着出人头地扬名立万的梦想来到了大都市融入到了这一股社会热潮中。他们梦想着靠着开设议会的运动就能像幕府时期的有志之士那样,为自己谋到一官半职。又或者梦想投入到实业界,去赚那花不完的黄金。又或者专注于人才选拔考试,梦想着只要拿到高学历就会前途一片光明。特别是在高喊着"黄金黄金,赚钱赚钱"[6]的年轻人中,出现了一位因烦闷不堪而自杀的精英学生藤村操,这给当时以出人头地为目标的社会带来了极大的影响。其实,无论当时的青年选择走哪一条路,都是很难实现自己梦想的。立在他们面前的,有经济上的、文化上的以及人脉关系上的壁垒。这并不是说其中没有成功的例子,青年们摸爬滚打,他们更多的是尝到了让人抬不起头的失败与挫折的滋味,又或是那历尽千辛万苦而到手的那小小的一点成功罢了。

而类似于丰吉所表现出来的与故乡之间的龃龉,也在当时作为一个社会性的问题被反复提及。德富苏峰认为,故乡未必就是客观存在的那块土地,它是人们心中那块相忘却又不能忘记的最初篆刻出来的地方,它是人们凭着过去的记忆和想象,建立起来的神圣殿堂。[7]见田宗介则更明确地指出了出人头地主义的本质属性——普遍竞争原理,与其最显著的特征——对故乡的个别执着是一对无法调和的矛盾。[8]同是作为回乡小说的《归省》中也出现了几处表明主人公"我"无法与久别的故乡自然融合的场景。成田龙一将其归纳如下:一是"我"必须得回归到"故乡的我"中;二是"我"作为信息来源向亲友们介绍东京;三是在和母亲去佐田村的路上,产生了明显的矛盾。[9]虽然回乡的背景不同,其结果也各不相同,由于篇幅问题,这里就不再赘述《河雾》与《归省》中的异同。但是,对于在出人头地主义的鼓动下,早早离开故乡来到东京试图大展身手的年轻人来说,于故乡之间的隔阂是无法避免的。在说明出人头地主义时,国木田独步的另外一篇短篇小说《不平凡的凡人》曾被提及,而《河雾》一文并没有被当作例子用于说明当时的社会情况。这恐怕是与研究者对此文主题的理解有关。国木田独步刻画了一个没法出人头地的失败者的形象,委婉地道出了在明治时代追求梦想的青年与故乡之间的龃龉。因此笔者认为《河雾》是一出富有时代性的回乡悲剧。

注解【Notes】

[1] 参见森鸥外:『鸥外全集第 25 卷』(岩波書店昭和 48 年 11 月 22 日)63。本文中引用的日文资料全部由笔者自译,文责自负,以下的其他日文资料的翻译引用同。

[2] 参见山田有策:『国木田独步の文学空間—「河霧」をめぐって—』(『国文学:解釈と鑑賞』1980・11)95-101。

[3] 参见片冈懋:『独步研究ノート—河霧に就いて—』(『国文学:解釈と鑑賞』平成 3・2)89-91。

[4] 参见中島礼子:『独步「河霧」考』—二つの「画」—(『国語と国文学』平成 6・1)28-42。

[5] 参见国木田独步:『定本国木田独步全集(第二卷)』(学習研究社昭和 39・7)173-186。作品《河雾》的引用以下只注明页码,不再一一说明。

[6] 初出:「青年学問の傾向」(『国民之友』第 310 号 1896・8)参见 E. H. キンモンス広田照幸訳『立身出世の社会史—サムライからサラリーマンへ—』(玉川大学出版部 1997・6 月)147。

[7] 初出德富蘇峰:「故郷」(『国民之友』第 84 号 1890・5)。参见成田龍一:『「故郷」という物語都市空間の歴史学』(吉川弘文館 1998・7)14-15。

[8] 参见見田宗介:「「立身出世主義」の構造日本近代の価値体系と信念体系」(安田常雄佐藤能丸編『展望日本歴史 24 思想史の発想と方法』2000・9)302-303。

[9] 参见成田龍一:『「故郷」という物語都市空間の歴史学』(吉川弘文館 1998・7)155-158。

高建群与《最后一个匈奴》的文化原型 *

张祖群

内容提要：通过高建群其人与作品，发现高建群本人即有杜梨树之意象。陕北的革命叙述逻辑主要体现在苍凉贫穷、黄土精神、革命叙事三个方面。文章对《最后一个匈奴》中的主要人物黑大头、杨作新、白玉娥进行角色分析，同时剖析了杨作新与灯草、杨蛾子与红军战士、白玉娥与多人的苦涩爱情。最后，讨论认为：第一，从《最后一个匈奴》到《大平原》，寓示着村庄的终结，"最后"有复杂的文化学寓意；第二，我们只有在陕北民间寻找文化意义上的匈奴线索，寻找陕北人心中"匈"与"奴"组合；第三，《最后一个匈奴》是在特定历史时期对现实的超越与颠覆。

关键词：文学地理 高建群 《最后一个匈奴》 意象

作者简介：张祖群，首都经济贸易大学工商管理学院旅游管理系副教授、硕士生导师，中国科学院地理科学与资源研究所博士后，研究方向为遗产旅游与文化产业。

Title：Gao Jianqun and Cultural Prototype of *The last Hun*

Abstract：It is found that Gao Jianqun himself has the image of du pear through the study of his work. The revolutionary narrative logic in Shanbei is mainly embodied in the desolate poverty, loess, and the revolutionary narrative. The article analyzes the main characters of *The last Hun*, i. e. the black big head, Yang Zuoxin, and Bai Yu—e. At the same time, it also dissects the bitter love of Yang Zuoxin and rush, Yang moth and the red army soldiers, Bai Yu—e and many other people. Finally, there is a discussion about this question: Firstly, it indicates the end of the village from *The last Hun* to The Great Plains, and "finally" has a complex cultural implication. Secondly, only through the northern Shaanxi folk we can look for clues of the Huns in the cultural sense the combination of "Hungary" and "slave". Thirdly, *The last Hun* transcends reality and subversion during a certain historical period.

Key words：literature geography Gao Jianqun *The last Hun* image

Author：**Zhang Zuqun** is the associated professor and master tutor in Capital University of Economics and Business. He is the postdoctoral of Institute of Geographic Sciences and Natural Resources Research. He majors in heritage tourism and cultural industry.

一、概述与切入点

（一）高建群其人与作品

以陕西地域文学成名的高建群同志，现任职为山西省文联专职副主席、山西省作协副主席。作为国家一级作家，数十年来，高建群根植于祖国沃土，关注山陕地区社会民生，反映黄土地之时代变迁，潜心创作，著作硕丰。早在1993年，他就以长篇小说《最后一个匈奴》[1]享誉文坛。《最后一个匈奴》是1990年代初期"陕军东征"的主打小说之一。时隔13年之后的2006年，他推出《最后一个匈奴》（修订版）[2]，对这部宏著的修改主要放在下篇。作者将笔墨放在了香港回归、

联合国世界粮食总署的出现等更加贴近现实的时段上，也更加注重对人物性格的描写与刻画，特别是杨岸乡的思想活动与心理变化，在修订版中更为细腻与经典。2010年，他又推出一部重量级的长篇小说《大平原》。

高建群在《最后一个匈奴》中，曾做如是之问："那横亘在西北天宇下，那蠕动在时间流程中的金黄色的庞然大物，是我的陕北高原故乡吗？"高建群是黄土地文学的又一个代言人，这里主要对高建群的作品《最后一个匈奴》进行探析，兼论《大平原》。

深深地热爱着黄土地文化的高建群，和路遥等作家一样，从小就不间断地读着这本叫做"生

活"的无字大书,宿命让他们成为黄土高原这方水土的文学代言人。如果说路遥作品的真实在于苦难饥饿的真实,高建群作品则在于革命反叛的真实。

(二)杜梨树之意象

杜梨树是高建群在《最后一个匈奴》中反复描写的文化意象和原型。杜梨树是在陕北山间最常见的一种普通蔷薇科梨属落叶乔木。在小说的开始,作者这样写道:"小路尽头,是那棵杜梨树。杜梨树已经十分古老,斑驳的树皮,粗壮的树干,伞一样的华盖。"[3]当陕北的天才女孩死去的时候,杜梨树便出现在读者面前:"山顶上有一棵高大的杜梨树。它突兀地站在山顶上,点缀着这高原荒凉的风景。此刻,正是杜梨树树阴笼盖、枝叶婆娑的时节。起风了,杜梨树受风的一面,发出一阵阵呼啸般的响声。"[4]杜梨树代表了高原贫瘠黄土地里倔强而生的最后一个匈奴,它在与命运抗争,向生活控诉!如同新中国成立初期以陕西作家柳青、杜鹏程、王汶石等为代表的"白杨树"派。"白杨树"之意象,刚正淳朴,俊俏挺拔,不畏风寒冰雨,那是代表新中国平凡人革新生活的不平凡。从杜梨树之文化意象里,赞美、感伤、忧愤等复杂而浩茫的情感意绪喷涌而出,[5]那分明是活生生的人啊。从1990年代初,以高建群等为代表的陕军东征,横扫中国文坛,延续至今,他们抵抗住时间风雨,顽强傲然挺立。高建群自己树立一个标杆,仿佛就是陕北高原上那棵苍劲的杜梨树。

二、陕北的革命叙述逻辑

(一)令人震撼的苍凉和贫穷

一个几乎使人难以置信的日常生活场景在小说《最后一个匈奴》里呈现了:穷得一无所有的家庭,却要养活十几个孩子。穷得买不起碗,干脆从山上扛回一颗树回来,在树上凿一排洞。吃饭的时候,父亲端盆,母亲拿勺,往每个洞里点上一勺,十三个孩子顺势爬成一溜,个个狼吞虎咽,一扫而光。这种如同喂猪的食具,在陕西方言中有一个独特的名称——垄栏子,这难道不触目惊心?在没有垄栏子的家庭,人睡在热炕上,晚上容易口干舌燥,炕灶相连,往那边一伸手,抓住碗就可以舀水喝,一举两得啊。[6]生活在城市里的人们,缺少底层生活的真实感悟,也许会不屑一

笑,以为这是文学夸张和胡编乱造,[7]甚至先是呕吐反胃,继而是怵目惊心!然而,生活在陕北的人们,无论如何是笑不出来的。这就是根植于残酷自然环境的"养儿"现实,这就是真实得令人感到沉重、窒息的陕北底层民众的生活,这是都市想象中匪夷所思的陕北文学传神之笔,这是震撼人心的点睛之笔。

著名作家、北京作家出版社编辑、副编审朱珩青先生,也讲过一个心酸的故事:一位知青偶然得到了一幅超乎寻常的剪纸,看到这幅剪纸,他很是震撼,请北京相关专家鉴定。最终,该剪纸的作者,被北京的权威专家评定为中国的"毕加索",这幅剪纸也被给予是"人类在不同的空间、时间中共同的思考,共同的创造"等评价。还是这位知青,在寻找剪纸天才途中遇到了一个讨饭的小女孩,她在吃完了一大钵子的羊腥汤之后幸福地死去了。经过了几番周折,才知这位夭折的小女孩正是她要寻找的天才艺术家。然而,艺术家的乡亲们却认为如此经不住摔打的孩子就不配活在世上。想想这真够悲凉的!然而,陕北的民间艺术如剪纸、唢呐、信天游,无一不是具有这样的苍凉味道,它们是在久经摔打的陕北人中产生的。[8]当毕加索(Pablo Picasso,1881-1973)将艺术具象从三维空间扩展到四维空间,而被称为是20世纪现代艺术的开端时,其实在陕北农家老太婆的剪刀和画笔下,这种表现手法她们已经稳熟地使用了几千年,这就是专家为我们指出的陕北民间艺术的惊世骇俗之处。[9]平常的女孩,可能脸上还带着高原红,却有着独特的城市人所解释的"艺术天赋",但是她却从来没有吃饱过,终于满足一回,却幸福地死去。城市人对之怜悯,陕北老乡认为这是天命,毫无惋惜。这就是一种令人震撼的苍凉和贫穷兼具的黄土地域本色,这是独特的苍凉土地中的"物竞天择"伦理。

正如路遥在《平凡的世界》创作随笔《早晨从中午开始》中阐述的那样,一个作家能够在日常细碎的生活中演绎出平凡人生的心灵震颤,才是他最大的聪明才智。高建群的小说,就将陕北的苍凉和贫穷描述得比真实生活还真实!这是一种来源于生活又高于生活的文学真实与文学艺术表达。

(二)黄土精神

陕北在地理上的封闭和经济上落后的特点,

决定了文化发展的相对滞后性，以及萌芽——发展——形成的历史过程。对塑造陕北群体人格影响较大的民族，应有商周时的戎狄、秦汉时的匈奴、魏晋时的鲜卑羯氐以及唐宋时的党项羌。历代保卫和开垦边境的汉人及其后裔，和这些游牧族群不断杂交混血，北魏的"五胡乱华"时期最为突出。在经历商周至唐宋的震荡和嬗变之后，随着西夏政权的灭亡，历经唐宋变革，大约到了明代初年，陕北群体人格和人种才稳定下来。胡汉混血，生活在这里的人们虽然都汉化了，但是他们却是具有"胡气"的汉族，[10]也是有着汉族气息的"胡人"。最终，在自己的精神方向、生活态度、人生信仰、行为模式、价值观念、思维方式、情感态度以及心理机制和心理更深的层面，表现出一种独特的"黄土精神"。[11]

（三）革命叙事

高建群的《最后一个匈奴》，在文学上是陕军东征的五部作品之一。《最后一个匈奴》的上半部中心事件是黑大头逼上后九天、杨作新收编土匪武装，下半部中心事件是杨岸乡的艰难生存历程和戏剧性变化。其中，围绕着"描述中国陕北这一块特殊地域的世纪史"这一结构中心，固然，没有沉迷于曲折离奇的传说故事，也没有热衷于悲欢离合的人物叙事，[12]而是展现了杨、黑两个家族三代人荡气回肠的命运沉浮，朗诵了"黄土高原革命史诗"。

高建群为了写作这部小说，几乎查遍了陕北所有的县志，他最后概括这个地区的历史为两点：灾荒史和暴动史。这些足以构成人类历史上那个特别时期的经典事件，在陕北这块土地上的区域折射。千百年来，游牧民族进驻陕北后，在举起牛鞭、羊鞭的同时，在拉起弓箭的同时，也背起了锄头和犁铧。他们的生计，从原来的以游牧为主体，逐渐转变为狩猎、定牧兼农耕，乃至以农耕为主。而陕北土地贫瘠、气候干旱，民众陷入"越垦越荒，越荒越垦"、"越生越穷，越穷越生"的历史恶性循环。倘若遇到气候异常，便成灾年，民众逃亡他乡或者揭竿而起，暴动起义。其实，曾经在那块土地上，举义为王者与占山为匪者并无严格区别，多是无路走寻、铤而走险的饥民。那段历史也让我们明白，革命暴动的发生往往不是来自外部，外部只是导火索，而是来自内部力量的积蓄，来源于当地"要吃饭、要活下去"的地域、民情的制约，来源于打破本土历史恶性循环的文化心理。

地方动乱如果从官方记载和道德打压相反来看，实际上是一个区域社会的建构过程。[13]动乱最终表现为对国家既有秩序的挑战，呈现国家与地域社会之间的互动因素。与《最后一个匈奴》有异曲同工之妙的是黄志繁先生的《"贼""民"之间：12—18世纪赣南地域社会》，精彩地向我们呈现了动乱这一革命叙事逻辑。[14]革命的发生，既是地方社会支配阶层与当时国家对抗和冲突的必然结果，也是不同阶层之间权力和利益的转移和再分配的过程。在这种争夺资源、权力乃至各种力量的博弈过程中，区域社会表现为打破原来的既定困局，获得一种新生。这也是陕北历经千年一直保持一种勇敢奋进的活力所在。

正如高建群为《最后一个匈奴》拟写的"题记"那样：谨以此书献给陕北450万个唐·吉诃德。这部小说的分量绝不在于哭诉，更不在于正名，而在于表现大起大落、大悲大恸中人性本生的强健力量，潜在的生命的尊严和野性的顽强，表现人在与厄运搏斗中的人生韵味。对于死水般的人生（如杨贵儿），对于动荡的人生（如杨作新），作家都有自己独特的思考。[15]《最后一个匈奴》一反以前主流革命话语体系，从社会最底层的小人物和乡村叙述中给出了革命反叛的理由。并非以思想宣传和意识形态为主导，却因陕北独有的民族沿革和血统基因，孕育了一种骚动不已的生命爆发力和文化习惯。解读《最后一个匈奴》的文体特点，可以看出如下三个特点：

第一，真实地描写了陕北人在急剧动荡的革命时期的心灵历程。陕北的生活本相，隐藏于色彩斑斓的自然景观之列，也体现于神奇诡秘的文化现象之中。"那静静地伫立于天宇之下的，那喧嚣于时间流程之中的，那以拦羊嗓子回牛声喊出惊天动地的歌声的，是我的陕北，我的亲爱的父母之邦吗？"[16]于浓墨重彩之中，展现心灵历程。

第二，飞动的灵性、奇巧的叙事方式是高建群创作的一大特质。高建群是一个另类，这可能跟他的个性有关系，他血管里面可能流着一种狂妄的血液，决定了他的写作是不受约束的状态。从《最后一个匈奴》到《大平原》，无不透射出这种只有高建群才具有的独特灵感、灵性、灵气和灵动，以及对大自然的生灵、对黄色大地的热爱与依恋。[17]

第三,文字之中和文字之外都溢出的底层关怀。底层生活被作家所关注并进入文学叙事之中,就是文学对公共事务介入、担当责任的明证。[18]《最后一个匈奴》承继了中国文学的底层关怀优良传统,鞭笞国家的贫穷落后、社会的停滞不前、群众的愚昧麻木、人生的坎坷痛苦,为了革命天下为公的刻骨铭心情怀,为恃强凌弱者的忧愤不平,为大历史背景之下各色小人物的忧虑和反思。我们从中看不到西方现代派作家那种对人生虚无、个体生存的绝望式的焦虑,看到的却是对国家民族和苍生社稷的强烈关注、社会责任和历史使命。

三、《最后一个匈奴》中主要人物的角色分析

根据 1993 年版的《最后一个匈奴》改编、拍摄的电视剧《盘龙卧虎高山顶》,其导演延艺表示:"我们要拍出高原那种沉稳与凝重的黄色,要用饱满而有气势的构图拍出大地母亲的温厚与博大。把高原上人民落后贫困的生活与渴望自由、追求光明的生命力拍出来。"[19]《盘龙卧虎高山顶》以陕北二次革命时期为背景,以吴儿堡的杨作新、黑大头、白玉娥三个主要人物的传奇人生为主线,再现了革命圣地波澜壮阔的历史风云。个人认为,黄土本色是这个根植于小说的电视剧拍摄成功的最主要因素之一,可谓点睛之笔。

(一)黑大头之角色

小说中,黑大头是原名黑寿山的外号,此人在历史中是不存在的,但是,了解陕北那段历史的人,在读黑寿山的时候,很容易联想到黑振东、郝延寿、帝靠山这三位延安地区的领导人,三人其名取其一字,"黑寿山"此名大概就是这样来的吧!高建群也表示,他取了黑振东早年投身革命队伍的经历、郝延寿在榆林领导群众治沙的经历以及帝造山在延安领导群众大搞农田基建、发展生态农业的经历来塑造之。[20]在陕北,像小说中的"黑大头"、现实中的"黑寿山"的人物不在少数,他们如同参天大树,撑起了这一片中国乡土的脊梁。

黑大头被歹人绑票后,一时生死不明,听天由命。当杨作新去肤施城办事回来,路过一个山口,正遇黑大头差点被歹人所杀。他三言两语一劝,救了黑大头一命。当初黑大头、杨作新娶亲时互相让路,有点头之交,而今这个偶然的相遇延续了生死兄弟的情缘。

(二)杨作新之角色

作为赤脚大盗的后人,杨作新外柔内刚。杨作新本是一个地道的陕北贫苦后生,自小聪颖好学,不甘现实,不甘寂寞。在求索的人生路上,他幸运地遇上了共产党的地下党人杜先生,在共产党革命思想的熏陶下,他由一个激进青年成长为一个坚定的共产主义者,丢弃了手中羊鞭,拿起了手枪,走上了职业革命家的道路。他心智高远,行侠仗义,曾经从土匪的刀下救了黑大头的命,参加革命后,又有了上山策反土匪黑大头"投红"、大闹肤施城、筹粮筹款设十里长亭迎接毛泽东红军进陕北等一系列壮举。他屡次落入呼延迲的圈套,却化险为夷,手刃仇敌。最后,对革命怀着一腔热血的他,被设计陷冤狱,撞墙而死,成为政治斗争的牺牲品。

(三)白玉娥之角色

白玉娥,风骚到骨子里的陕北婆姨。就是这样一个陕北婆姨——白玉娥,敢于嫁给一个脸上有块大黑疤但心地善良的凶丑男人,敢于捧着十月怀胎的大肚子去土匪窝救夫,敢于面对提不起勇气的男人们破口大骂,敢于领着一帮兄弟攻打城池,敢于守寡后挑战传统向自己仰慕的男人表示自己的爱意。在依靠黑大头当着少奶奶的时候,温顺地像猫一样,但当黑大头有难,救夫的她如同一只下山的母狮。她的身上总是充满着各种的可能与不可能,这就是敢爱敢恨、有情有义、既剽悍又温柔、既风骚又泼辣的陕北婆姨!

四、《最后一个匈奴》中苦涩的爱情

(一)杨作新与灯草

与白玉娥相比,同为陕北婆姨的灯草,则没那么幸运,她的名字似乎也注定了她的薄弱与无奈,可怜地如同一棵无人知晓的小草。按照陕北的习俗,家境再怎么贫寒,男人娶妻都是件不能耽搁的大事。杨作新的父母看儿子到了成婚年龄,便瞒着儿子给其妹许下一门亲,换来了给他娶亲的彩礼。当杨作新知道时,彩礼已经送到了生得丑黑的灯草家,如要悔婚,彩礼也收不回,杨作新便辜负了父母的心意,更辜负了妹妹杨蛾子的牺牲。而杨家给灯草家的彩礼又是灯草的哥哥娶妻用的,就在这样一种无奈又可悲的情况

下，杨作新与灯草结为夫妻。新婚第一夜，两人无眠，和衣而睡，秋毫无犯。品性温顺的灯草，不知道杨作新在想什么；心怀革命事业的杨作新，更不知道该如何去面对这样一位妻子。连续几天，父亲杨贵儿大骂丢脸。不久，杨就不顾家人反对去了肤施上学。这就是乡下女子的洞房花烛夜，这是苦命人的苦命安排。

照理说，能够嫁给像杨作新这样的英雄少年是一个女人的幸福，但这门亲事，一开始就让杨作新带有一种负罪感。而且念过几年书，思想新潮的他对陌生的灯草是"退避三舍"，更不用说过日子了。彼此不能走进对方世界的夫妻，注定是场悲剧，经受精神折磨的灯草最终还是没能让自己解脱，她用结束自己生命的方式结束了这场婚姻。

（二）杨蛾子与红军战士

杨作新的妹妹杨蛾子原是换亲嫁给花柳村一个秃子。秃子娶妻是假，实际是想把蛾子卖去作暗娼，蛾子逃了回来。她的婚姻本身是哥哥婚姻的一部分，这就是苦命女人的苦命婚姻。

小说里，有一年，政府遣送来一群红军伤员。为了保护这些红军，藏在各户百姓家养伤，杨蛾子家也送来了一个。没过多久，两人情投意合便好上了，并结了婚。由于结婚的折腾，伤兵的伤开始恶化，部队只好将他转走。两人洒泪而别，杨蛾子在一个美好的夜晚，在梦幻般的夜幕下，对着自己的心上人唱《大女子要汉》，"……奴家长得这么大，不给奴家寻婆家……"，唱动了伤兵的心。电视剧《盘龙卧虎高山顶》则删去了小说中的这段情节，可能是为突出杨蛾子的前半段悲惨婚姻。杨蛾子的命运，被改写成从没有红军的悲到有了红军的喜，最终杨蛾子在红军中找到了自己的爱情，并成为一名陕北红军，像一朵娇艳美丽的野花，迎风怒放。从灯草到杨蛾子的巨大反差，这也寓意着陕北婆姨的命运因为红军而改变。

（三）白玉娥与多人的爱情

在笔者看来，在这个泼辣柔情的婆姨白玉娥身上，她的性格决定她的爱情世界是最为丰富的。她婚姻中的爱情，那是给他的丈夫黑大头的；然而，感情丰富的她还有另一种爱情，那是给他的情人杨作新的。小说和改编的电视剧，都遵循了一个伦理底线，让前一段婚姻和后一段爱情

当中隔离一个断裂事件：黑大头死了。这是这个婆姨的幸运，还是不幸呢？

在黑大头死去不久，新寡的白玉娥向她的心上人杨作新卖弄着自己的风情，"六月里黄河十二月风，老祖先留下个人爱人"。在苦役般的人生旅程中，一对多情男女，将整个痛苦的世界抛诸脑后，享受着人生的快乐。[21]

五、讨　　论

（一）《大平原》：村庄的终结

继《最后一个匈奴》推出16年后的2009年，依然怀着这种崇高的理想主义色彩，高建群推出了其具有史诗性质的长篇力作《大平原》。《大平原》讲述了陕西渭河平原上一个传奇之家三代人经历种种苦难与爱恨情仇，在顽强求生存的同时，努力捍卫自己做人的尊严。在21世纪的城市化浪潮中，这个村庄被纳入开发区，结束了上千年的乡村文明。在这块土地上，继而涌现出了在商业化生存法则中继续奋斗的新一代弄潮儿。该书犹如一部关中平原的《百年孤独》（马尔克斯著的拉美文学文本）式的家族史，也是一部献给中华农耕文明的礼赞。

《太平原》采用的叙事方式是"家族叙事"，家族叙事是乡土文学中很重要的叙事方式，实际上是对传统文化的核心价值的理解，高建群为什么用"大平原"这样一个标题？我觉得《大平原》里面有一种对宏大叙事的偏好，有一种对宏大观念的偏好。但是《大平原》却不同于以往常见的家族故事，其最大不同在于：它几乎没有写常见套路的几个家族之间或宅院内部的权力争斗，它也不正面写重大的改变历史的政治事件；它借助于急剧变化的社会政治背景，却无意于深挖社会政治本身的历史内容，而是把大量笔墨落在拷问自然灾害、生存绝境、土地与人的关系上；它不是向空间无序扩展，而是一种纵向的时间的绵延。

正如高建群所说的那样，他想把这本书同时献给"所有已经消失或正在消失的村庄"。人类走到哪里，村落建到哪里，文化就会扎根在哪里。文化的纽带，在不经意间，在平常的生活中，得以延续。即使是今天我们看到的惨淡的黄土窑洞、冰冷的烧烤坑、破碎的陶器用具，露出屁股、流着鼻涕的小孩，见了陌生人就脸红、但是站在高处可以引声高亢的村姑……所有这些黄土高原乡

村的文化元素,它们仍然传递着文明的火光。

高建群说:"中国文坛应该有一部真正经典的作品出现了,我相信就是《大平原》,这是一部真正可以和世界对话的作品。"由此可见,他是多么看重《大平原》!

(二)寻找匈奴的族源

笔者以前在新发地桥北汽车站旁一家兰州羊棒骨拉面店见过一个端盘子的的女工,长得非常高挑,突突的颧骨,圆圆的脸,黄黄的长发,深深的眼窝,鹰钩鼻子,很像中亚的少数民族。笔者询问她是什么民族?她说:甘肃的汉族。个人觉得,她像"最后一个女匈奴"。试问:匈奴的族源在哪里呢?我们如何去寻找现实生活中的匈奴?首先,从血缘上说,1995年中国医学科学院和中国社会科学院向国家科委联合申报"分子考古学"的课题取得可贵进展,通过契丹人墓葬出土的契丹人头骨、牙齿和女尸的腕骨中提取DNA,再从内蒙古自治区的达斡尔、鄂温克、蒙古和汉族等人群血样中提取DNA,经过两者的DNA测序和对比,从而得出契丹与达斡尔族有最亲近的遗传关系之结论,达斡尔族为契丹人后裔可信。其次,从地域上说,寻找匈奴后裔在今内蒙古呼伦贝尔境内的鄂伦春、达斡尔人身上获得了"最后线索"。无论体质人类学还是DNA技术,只能承认当今世界某个族群身上保留了更多匈奴的遗传基因。而匈奴作为一个历史上显赫一时的民族,消失了1 000多年,我们当今只能寻找匈奴分子生物学意义上的后裔,不可能在某个偏僻深山寻找到原汁原味的匈奴人。当年,北匈奴留在故地"自号鲜卑",南匈奴进入长城,内附于汉,民族整体特征在分裂与演化之中逐渐失去,游牧民族融化于汉民族的包容之中。[22] 今天,陕北的汉民族很大一部分是融合了匈奴、最后汉化的文化产物。

新世纪的生活中已经不存在匈奴,小说中的匈奴只是取自历史、传说和民俗。为何取名为《最后一个匈奴》呢?小说中描绘了一个动人传说。诸君试想,在遥远的年代里,匈奴人从关中向北撤退至陕北。最后一批匈奴人,横过苍黄漠北,消失在夜幕的远方。在此过程中,一个匈奴士兵掉队了,他被远处辽远的信天游吸引,声音来自塬上一个着红衣的汉人妹子。那是怎样的一种黄色与红色的鲜明对比?厌倦了战争、渴望

平淡生活的他,不再想去找寻他的队伍了。于是,就在这黄塬上,一个匈奴士兵的偶然掉队,带来了黄土沟洼里一场惊心动魄的男女生命狂欢。匈奴士兵和汉人妹子过上了男耕女织的平淡生活,两个异族媾和的种子在这片贫瘠的黄塬落地生根,开花结果,生生不息。与土生土长在黄塬上的当地人不一样的是,他们的孩子脚趾头的大拇指竟是圆的!后来,孩子长大成人,成家立业,其后代脚趾头的大拇指也都是圆的。进入近现代历史,匈奴的后人,杨干大、杨作新、杨岸乡以及他们周围的芸芸众生,都是圆的大脚拇趾头的一类人。这个故事陆续进入了人们的视野,给人的感觉是,其中很多人如同虚构出来的,但实际上他们都活生生地存在着。这种带有明显生理特征的文化隐喻,其实隐喻着陕北民众身体里流淌着父辈匈奴人和母辈汉人共同的血液,他们历经千年,生生不息,顽强地"活"到现在。

传说是一种文体,它承载着特殊的社会文化使命。传说虽然不是历史,但具有历史真实性;传说也许不是实事,却具有真实性的线索。专名不一定代表真实,也不代表纯粹真实的历史,但是专名能够产生一定的真实性、历史性、可信性(依据罗素和克里普克)。虽然真实不一定联接着完全的可信,但是真实性必然联接着一定的可信。传说可以让人多少有些相信,基于专名的叙事,并辅以可见证的地方风物和叙述性的语言风格,使人们在阅读叙事中构建一种文本的真实。这种叙事方式颠覆了真实性,赢得人们阅读的真实感。[23] 基于以下两点事实,我们更加深刻地理解传说的意义:第一,山西洪洞一带的尧舜及娥皇女英传说,是借用历史上家喻户晓的"专名"来强调民众口头传说的真实性。第二,除了由历史人物专名的真实性赋予叙事以真实性之外,当地民众在讲述活动中,还通过对一些特定的地理专名(如羊懈村、马驹村、车辐村)的来历的解释性传说,来构建叙事的真实性。邹明华(2008)阐释了"文化人书写的历史否定了民众相信古史传说的条件,可是客观的历史进程却保留了民众相信古史传说的机会,民间自有保持传说的真实性的机制"。因此,传说及其仪式活动的价值不是一个历史范畴,而是一个文化范畴,不是一个事实真伪命题,而是一个生活意义命题。文化是相信即为"真",意义是认同即发生。[24] 同样,陕北民众借用历史上汉与匈奴之间惨烈的战争记忆来强

调故事的真实性，这样，吴儿堡、肤施、丹州、延河、九重天等现实中的地名，为小说构建起真实的空间骨架。

正是这些特殊的地域，曾经出现过李自成、张献忠，出现过韩世功、梁红玉，出现过吕布、貂蝉，出现过刘志丹、谢子长……"米脂的婆姨，绥德的汉，清涧的石板，瓦窑堡的炭"，一方水土养一方人。所以，在近现代历史中，在这片神奇的土地上，出现了最底层的苦难世界和最红火的革命就不足为奇。这也就能解释为什么最后中央红军走投无路时候选择会师陕北，盘龙卧虎于陕北，从此，中国民主主义革命的火种从陕北点燃！小说里的各式人物，如同生活在陕北的老乡们，大多经过大灾大难、大悲大彻，然而，在与自然环境争斗中、与命运搏战中，无一不表现出生命本原的倔强、族群本原的强悍！这就是"最后一个匈奴"，他们的脖子最硬，他们的腰杆最直！

（三）现实的超越与颠覆

1. 演员在现实与历史场景中的"颠覆"

饰演杨作新的潘粤明，原本在生活中是一个文弱书生，在荧屏中他确是一个既有着崇高革命理想又铮铮铁骨的陕北汉子！饰演白玉娥的刘涛，在现实生活中外表温文尔雅，在荧屏中她确是一个大胆泼辣、独领风骚的女人。饰演黑大头的王超是军人出身，他哪有土匪那样的横行霸道？！潘粤明、刘涛没有陕北生活经历，摄录过程中说出的多是自己心目中的陕北话，真正的老陕听起来像外星语言，对陕西有感情者甚至会感觉到无比的愤怒！这是一种典型的现实与历史场景中的"颠覆"。

2. 旅游开发的超越

改编、拍摄电视剧《盘龙卧虎高山顶》的主要外景地，是陕北志丹永宁洛河峡谷，电视剧的热播也让这个曾经名不见经传的峡谷、村庄红火了起来。拍摄不久，就有投资商修建影视基地，拟后续开发。

（四）陕北人心中"匈"与"奴"组合

钱穆先生认为，人类文化有游牧文化、农耕文化、商业文化三种源头，其中，游牧文化发源于高寒的草原，农耕文化发源于大河灌溉的平原，商业文化发源于滨海地带以及岛屿。中国文化的核心发生在黄河流域，凭借黄河的各条支流产生便利的灌溉与交通，在每一支流两岸和流进黄河的角落里，诞生了古代中国文化之摇篮。那么，三种文化类型进取还是保守呢？他解释说，向外争取和进攻是游牧、商业民族之秉性，而农耕民族与耕地紧密相连，生于斯，长于斯，老于斯，安于斯，叶落归根，不求空间之扩张，只求时间之绵延，不求天长地久，只求福禄永终，循环不已，生生不息。[25]基于地域色彩的秦地小说，主要是体现农耕文化，如《平凡的世界》、《白鹿原》、《废都》、《大平原》等，而《最后一个匈奴》则是兼具了农耕文化与游牧文化。每当那以农耕文化为主体的中华文明走到十字路口难以为续时，于是，游牧民族的踏踏马蹄便越过长城线呼啸而来，从而给停滞的文明注入了新鲜的胡人血液。农耕文化的保守，游牧文化的反叛，便在陕北这块土地上结合了。有人说，陕北人心中"匈"与"奴"具有两面的多重组合。第一，"匈"者，是生态环境和历史传统乃至血统带来的雄强逼人、坚韧卓绝；第二，"奴"者，是被千百年缺氧缺钙的村社文化所窒息、软化造成的狭隘和懦弱。你从小说中可以看到这种精神多重组合所造成的悲壮和悲切，而不由得赞叹或哀叹。[26]这种处理方式，类似于老村的小说《骚土》。该书的包装，就以误读的方式做了俗化外理，有意抓住风骚的一面大做文章。其实，"骚"首先是指纷扰和躁动，其次是指文体和诗人，最后才指轻佻风骚淫荡。作者正是在骚扰不安和变动不居的意义上，使用"骚"字并把作品命名为"骚土"的。《骚土》的本义，不仅在于为书名正名，还因为理解《骚土》一书的钥匙正在这里。[27]

（五）最后的寓意

对于取自历史、传说和民俗寓意的匈奴，为什么是最后一个呢？过去大量的家族史文本，擅长于写"最后一个"，写灯尽油干、大厦将倾，写跳不出的文化怪圈和文化悖论，崇尚所谓文化秘史式的、审父式的、寓言式的写法。所以，《白鹿原》有汉民族百年秘史之说，《最后一个匈奴》有黄土高原史诗之说。

从陈忠实笔下《白鹿原》中的"最后的族长"白嘉轩、"最后的乡贤"朱先生，到高建群笔下《最后一个匈奴》中的"最后的匈奴"、《六六镇》中的"最后的骑士"张家山，从蒋金彦笔下《最后那个父亲》中"最后的父亲"黄全福到高建群笔下《大平原》中的"最后的村庄"等一系列形象，都强烈地表现出了秦地作家通过重建传统而达至"大境界"的渴望。这种陕西文学中及其独特的"最后现象",应该是民间生命文化原型对当代文学精神的重建意义所在。生命的崇拜是超越天灾人祸的法宝,也是挽救异化人生和人文危机的良药。[28]《最后那个父亲》是从嫡亲子孙的角度审视父辈祖辈的悲哀,父亲肩上所承载的或许是最后的家庭文化和农业文明。高建群的《最后一个匈奴》,其实寓意着一个游牧英雄的逝去和一种游牧反叛精神的崩塌。高建群的《大平原》的最后部分,一个高村在工业化和城市化进程中建高新区、科技园,不可避免地成了城市的一部分,古老的地名也"从大地上残忍地抹去了"。乡村变成城市,乡村永远终结了。"无可奈何花落去,似曾相识燕归来。"他们作为最后的某个文化符号,反映的是一个时代,一种文明,一种精神,一种价值观念的终结。

注解【Notes】

* 本文是国家社会科学基金青年项目(12CJY088)、北京市高等教育学会"十二五"高等教育科学研究规划课题(BG125YB012)、北京市属高等学校人才强教深化计划中青年骨干人才资助项目(PHR201108319)、北京市社科联青年社科人才资助项目(2012SKL027)科研成果之一。

[1] 高建群:《最后一个匈奴》,作家出版社 1993 年版。

[2] 高建群:《最后一个匈奴》(修订版),十月文艺出版社 2006 年版。

[3] 高建群:《最后一个匈奴》(修订版),十月文艺出版社 2006 年版,第 5 页。

[4] 高建群:《最后一个匈奴》(修订版),十月文艺出版社 2006 年版,第 19 页。

[5] 李建军:《又见高原杜梨树》,载《长篇小说选刊》2006 年第 6 期,第 285 页。

[6] 侯甬坚:《渭河》,江苏教育出版社 2010 年版,第 109 页。

[7] 包永新:《〈最后一个匈奴〉的主题意向》,载《小说评论》1993 年第 6 期,第 14—17 页。

[8] 朱珩青:《革命和那方土地——读〈最后一个匈奴〉》,载《文学自由谈》1993 年第 3 期,第 110—112 页。

[9] 高建群:《陕北的男人和女人》,载《西部大开发》2001 年第 6 期,第 40—43 页。

[10] 艾斐:《论陕北题材文学》,载《延安大学学报》1989

[11] 杨蕤:《试述陕北文化的形成》,载《华夏文化》1998 年第 2 期,第 25—27 页。

[12] 包永新:《〈最后一个匈奴〉的主题意向》,载《小说评论》1993 年第 6 期,第 16—19 页。

[13] 杨国安:《区域社会建构的历史学描述:对地方动乱的一种考察——读〈"贼""民"之间:12—18 世纪赣南地域社会〉》,载《中国图书评论》2007 年第 7 期,第 43—47 页。

[14] 黄志繁:《"贼""民"之间:12—18 世纪赣南地域社会》,生活·读书·新知三联书店 2006 年版。

[15] 朱珩青:《高建群和他的长篇新作〈最后一个匈奴〉》,载《小说评论》1993 年第 3 期,第 78—83 页。

[16] 高建群:《最后一个匈奴》(修订版),十月文艺出版社 2006 年版,第 90 页。

[17] 雷涛:《文坛三友行》,载《延河》2010 年第 2 期,第 48—49 页。

[18] 单三娅:《中国文学三十年——访中国当代文学研究会副会长孟繁华》,载《光明日报》2008 年 11 月 14 日第 10 版。

[19] 解辰巽:《〈盘龙卧虎高山顶〉演员很颠覆》,载《北京晨报》2011 年 3 月 30 日 第 A26 版。

[20] 高建群:《好大一棵树——记延安市人大常委会主任张志清同志》,载《中国作家》2001 年第 6 期,第 188—197 页。

[21] 陈淑丽:《袖中一卷英雄传——〈最后一个匈奴〉品读》,载《现代语文》2010 年第 7 期,第 71—73 页。

[22] 图门,巴雅尔,纪佳彤:《寻找匈奴的最后线索》,载《东方养生》2010 年第 2 期,第 62—66 页。

[23] 邹明华:《专名与传说的真实性问题》,载《文学评论》2003 年第 6 期,第 175—179 页。

[24] 邹明华:《"伪"历史与"真"文化——山西洪洞的活态古史传说》,载《文学评论》2008 年第 5 期,第 123—128 页。

[25] 钱穆:《中国文化史导论》,商务印书馆 1994 年版,第 1—8 页。

[26] 肖云儒:《论"陕军东征"》,载《人文杂志》1993 年第 5 期,第 103—111 页。

[27] 白烨:《老村之谜与〈骚土〉之"骚"》,载《小说评论》1996 年第 2 期。

[28] 李继凯:《论新时期秦地小说中的民间原型》,载《湘潭大学学报(哲学社会科学版)》1997 年第 5 期,第 27—32、125 页。李继凯:《秦地小说与三秦文化》,湖南教育出版社 1997 年 1 版,第 378 页。

乡土规范视野下的史诗建构*

——《新安家族》解读

张宏国　汪　杨

内容提要：《新安家族》这部史诗般的小说力图复现徽商乃至整个徽州文化的记忆；论文第一部分论述了《新安家族》"小说造史"的手法，作家用三层历史叙述展开了小说叙写；论文第二部分论述了乡土世情对于小说人物的影响，还原了乡土文化规范下的徽商。

关键词：《新安家族》　小说造史　乡土世情

作者简介：张宏国，安徽大学大学外语教学部讲师，安徽大学文学院在读博士，研究方向为应用语言学和比较文学。汪杨，文学博士，安徽大学文学院副教授，研究方向为中国现当代文学。

Title：Epic Constructing from the Perspective of Native Soil Norms—Interpreting *Xin An Family*

Abstract：*Xin An Family*, an epic novel, endeavors to recall the memories of Huizhou merchants and the whole Huizhou culture. The first part of the paper illustrates the method of "novel creating history" in *Xin An Family*, in which the writer employs three layers of history to narrate the novel. The second part discusses the effects of rural human relations on characters in the novel and reproduces the image of Huizhou merchants in the norm of native soil culture.

Key words：*Xin An Family*　novel creating history　rural human relations

Author：**Zhang Hongguo** is a lecturer at the Department of Foreign Studies, Anhui University and a doctoral student at the School of Chinese Language and Literature (Hefei 230601, China). His major academic interests include applied linguistics and comparative literature. **Wang Yang** is an associate professor at the School of Chinese Language and Literature (Hefei 230601, China). Her academic interest is Modern and Contemporary Chinese literature. Email：adzhg@163.com

　　"文学是一种社会性的实践"（韦勒克，沃伦100）。在足以消磨一切历史本来面目的时间面前，文学"能够帮助我们如实地再现过去，或者按照可能的状态去创造过去"（卡尼 123），通过记忆和讲述，抵御正常的时间性；季宇的《新安家族》以百万字的篇幅，围绕徽州地区汪、鲍、许三大家族展开叙事，以程天送为中心人物，采取连环套式的叙事手法，前后勾连起近百个人物，故事从晚清绵延至抗日战争，细致而又真实地还原了徽商的奋斗史、创业史，艺术地再现了徽商为赢得公平商权、振兴民族大业而自强不息的商业精神和民族精神。

　　就小说而言，面对历史的存在感与平面性，细节的再创造是至关重要的，即使是在《战争与和平》这样的历史小说中也是如此，本文所感兴趣的就是，《新安家族》这部史诗般的小说，究竟是用什么样的方式去复现徽商乃至整个徽州文化的记忆呢？

一、小说造史

　　《新安家族》是"一部集家族、商战和励志为一体的小说"[1]。作者用三层历史叙述展开了小说叙写。

　　在小说中，最显而易见的人物就是程天送，作者不惜笔力，讲述程天送从弃婴、学徒、历经磨难与坎坷，最终成长为民族实业家，所以，程天送的个人故事是这部史诗性小说的第一层历史。在小说中，程天送是鲍清源的儿子，汪仁福鸿泰钱庄的学徒、经理，同时代表汪家与竞争对手许家的永丰钱庄在商场上多次交手；他是汪、鲍、许三大家族的链接点，他个人事业上的纷争，正是这三大家族对内求发展的投射；由于对主要人物采取的是个人立传的写作方式，小说对于程天送的表现是比较立体而全面的，作者一开始就交代清楚了程天送的真实身世,虽然小说中的人生活在迷障中,只是感慨冥冥中有一种力量在牵引他们的聚合,但读者所面对的却是"楚门的世界",这是典型的史家笔法。

程天送经历了被收养、被卖南洋、被误解的种种遭遇,无论是事业还是个人的感情生活,他总是不断地经历苦难,仿佛就是被命运之手拨弄下的古希腊悲剧英雄。程天送虽也顺应天命,却从不自我放逐,他坦然地接受来自生活的一次又一次的挑战,从不坠青云之志,"故天将降大任于斯人也,必先苦其心志,劳其筋骨,饿其体肤,空乏其身,行拂乱其所为,所以动心忍性,曾益其所不能",孟子的这番话可以为程天送波折的人生做注脚。最终,程天送走出了自己个人的小天地,从想做"徽州第一商、天下第一商",到对外争商权,求公平;这个人物曲折前行的一生映射的是近代中国政治与经济的发展史。他勤劳、刻苦、诚信、仁义、精明而又进取,这些品质既属于程天送个人,也凝定着中华民族的精魂,这是这部小说的第二层历史。

小说立足于徽商,又超越徽商,从而拓展了徽州形象的语义空间,丰富了徽商以及徽州文化的内涵;以程天送为代表的徽商的奋斗史与创业史,正是中华民族近现代发展史的一个缩影,徽商家族的命运联系着中华民族近现代的命运,他们在时代的感召下,迈出家族的局限,毁家纾难。这种以家报国、以商报国、振兴民族的愿景,正是近代以来中国人的理想与追求,《新安家族》所折射的正是中华民族从压迫到反抗,从衰败到复兴,从弱到强的现代之路。"程天送从对内求发展到对外争商权的升华,既是他个人成熟的标志,也是每个民族的最终发展之道。"(804)

在《新安家族》中,还漫溢着第三层历史,也就是这部小说的背景——关于徽州地区的浮世绘。在说故事讲历史的同时,小说往往会宕开笔触,描绘新安江的景色,讲讲徽州人的生活,说说徽商的来龙去脉:新安江穿行于万山丛中,透迤东流,对于交通闭塞的徽州来说,它是通往外界的孔道,一代代徽州人正是从这里走出徽州,这是作者对于徽州地理风土的讲述;徽州地区山多田少,经商之风盛行,新安商业以盐业、木材、典当、茶叶为四大宗,正是基于当地的物产,《新安家族》中对于徽州人的这四大经营产业均有涉猎,尤其对茶、典做了相对比较详细的勾勒,在小

说中有大量关于徽茶的介绍,作者所采用的语言既来自于古老的《茶经》,如旗枪雀舌、剑潭雾毫,又有现代茶叶交易的术语,如山价、明前茶、雨前茶,不仅如此,作者还有意借制茶高手唐老彦之口讲述了徽茶的历史,俨然是一部徽茶的历史传略;钱庄的风俗在小说中也占有相当的篇幅,比如作者就写到了钱庄的小账期、大账期,临时性放账与设立分庄两个不同的经营模式,还写到了年终的算大账,案头上堆放着厚厚的红账,而这红账则是徽州的一种习俗,封皮用红色,象征着吉利和喜庆。小说中三大家族中的汪家、许家正是在茶叶与钱庄上较劲,而两家面对枕木订单的争夺,也是围绕着徽木生意而展开的;所以,这部《新安家族》,是读者了解徽商的重要切入点,作者把徽商的经营范畴、营销策略细微地渗透进了人物的故事中,颇有些类似现代文学时期京派小说的写法,沈从文不就在《边城》里把翠翠安置在青山绿水中吗?他让翠翠个人的爱情故事与茶侗的风俗生活紧密地联系在一起,既增加了故事与人物的可信性,又通过人物塑造了独特的地域文化,人与景有效地贴合在一起,扩展了历史的深度。而这样文学处理的妙处在于,小说中的物与事不再是单向的时间与空间存在,它们不仅仅是孤立的关于过去的事件,而且是以风俗画的形式超越时代,成为了作家对于现实的写实和关于未来的寓言。作者正是通过小说造史的手法,分三个层次展开,营造了徽州世界。

二、乡土世情的规约

在这三层历史故事建构的背后,作者并不满足于对于徽州地区外在的描摹,他通过新安家族中不同人物的命运,挖掘其人性动因;事实上,"社会对群体的划分无处不在,无孔不入,也完全无法避免。"(努斯鲍姆 13)而选择用什么样的方式去讲述历史,实际上隐含着作者的价值判断,而作者对于徽州地区精神内核的提炼,是建构在乡土世情规约之下的。

对于中心人物程天送,小说从其出生写起,用大量笔墨描述他的成长过程,故事有头有尾,所有与程天送关联的出场人物,命运都一一交代清楚,这是典型的中国传统世情小说的叙事模式。新文化运动的开展,一方面推动了西学的发展,加快了中国社会现代化的进程,但另一方面又人为地在文学层面中断了现代文化与中国传

统的衔接，到了当代，传统的中国伦理又在政治话语、反封建争自由的挤压下，愈发失去施展的权力。事实上，每个民族都诞生于某种叙事，一个民族，一旦忘记自己的叙事起源，将会迷失掉本民族的特性。而纯正的中国伦理，比如善恶终有报，仁义得天下；恩情和友情大于实利，国家和民族要大于个人等等，是与中华民族的传统意识吻合连通的，程天送的人生轨迹正是传统中国伦理的体现，作者实际上接起的正是久被忽略的乡土世情叙事。

即便是无徽不商，但在儒风盛行的徽州，科举功名仍然是最神圣的。小说中的汪家是以经营钱庄而闻名，藏镪百万，雄踞东南，但最让汪家自豪的却是三座"忠"、"孝"、"节"的御赐牌坊；在这般地理与文化孕育之下的徽商是中国商业史上的奇葩，明清两代曾雄踞中国商坛五百余年，红顶商人胡雪岩就是其中的代表人物。徽商贾而好儒，"官、贾、儒"三位一体，形成了独具特色的徽州文化。徽商有了钱财之后，往往选择回家建祖立业，古牌坊、古民居与古祠堂因而得以并称为徽州古建筑"三绝"。在《新安家族》中，徽州的乡间传统以及附着之上的中国传统文化，才是主宰人物命运走向，决定三大家族兴衰成败的关键。

徽商能成功，除了自身的优秀品质之外，得益的还是他们对于人际关系的运用。《新安家族》中人物缠缠绕绕，彼此之间都有着千丝万缕的联系，或为师生，或为亲眷，哪怕是程天送去了武汉打天下，也依然得靠乡情和人际打开局面；小说所反映的正是典型的中国乡土社会，错综复杂的人际关系构成了乡土规范中特有的"熟人社会"：程天送能够找到力压洋行的茶缘，是因为一个茶贩，而这个茶贩是当年在南洋舍生救出程天送的老庆叔的堂弟；许家之所以一开始能独霸茶叶的洋行市场，在于华孚洋行买办董小辫与汪家的交恶与许家的亲近；在一场舶来的枕木竞标会上，胡东阳点出了胜出的关键点在于人，什么样的标书最合适，要害就是负责招标的盛宣怀，为了拿下枕木生意，程天送名为机器局增股，实际上是给盛宣怀送了一份厚礼，这场效法西方看似公平的招标会上，程天送制胜的标书上一个字也没有："那是一张白纸，有的只是一个预订的结果。不论出现何种情况，鸿泰的标书永远要比最低价低五分。"（251）在这样的乡土文化制约下，

经商必然就要讲究人缘，正如老舍《茶馆》里的王掌柜一辈子遇事多说好话，对人多请安，"在街面上混饭吃，人缘儿顶要紧。讨人人的喜欢，就不会出大岔子！"[2]《新安家族》里程天送以德报怨，广结善缘，最终从一介布衣赢得了自己的一席之位，而三大家族之一的许家的败落，正是因为他们"心术不正"，失掉了人缘，"春风不动，秋霜必严"（602）。

乡土文化带来了家族的理念，家族所构建的人际网络又使得家族的概念得以不断推演下去，作为个体生命，肉体会消亡，但是精神层面——个人的名声，却会伴随家族的延续而长存，正因为如此，《新安家族》中的个人并不是为自己活着，而是更多地为家族活着，这就不难理解，为什么在事业上如此进取如此百折不挠的程天送，面对爱情，却如此退缩；首先是他与文静的门户不当对，其次则是因为父母之命，再加上好朋友余松年的介入，程天送不得不违心地放弃了对于个人爱情的追求。程天送的理性不是因为世故和怯懦，而是源于他在乡土文化培育下的责任观、道德观，个人的私欲在家族、大局面前，轻若鸿毛，倘若没有文雅的配合，没有罗丝的误杀天叶，程天送与汪文静一定是注定的悲剧结局；其实不单单是程天送，小说中的人物或多或少在事业上都有过成功，但都缺乏个人的爱情因素，季宇并没有留给他们个人感情的开拓空间，小说中有的只是家族的联姻，只是女性的牺牲与成全，这也恰是乡土社会中男权至上的明显表现：汪仁康面对许晴芳的热烈追求，他不敢也不可能像莎翁笔下的罗密欧那样，甘愿抛弃自己的姓氏，只求和爱人在一起；小婵娟也不可能用爱情去打动许晴川，让他放弃家族复仇，弃暗投明；为了顾及子孙后辈名声，碧云不仅没有和鲍清源再续前缘，而且连自己的儿子也不敢相认。

作者的可贵之处，就在于他在尊重乡土规范，还原彼时彼地的现实时，并不回避乡土世情严苛的桎梏，他是以后来人的眼光重新关注那段近去的历史。随着抗日战争的爆发，民族危机的进一步加剧，原有的乡土社会平衡被打破了，中国社会核心地带的精魂，已然不可逆地维系在了革故鼎新之中：汪仁福还是一心要把家族事业留给自己的儿子文南，结果导致了惨败；鲍清源为了一己私仇，差点酿成两败俱伤的恶果；原有的道德规范，在现代化的洪流中寸步难行，而乡土

的地域限制,也是造成徽商不能拓展商业规模的
主要原因。曾经推导徽商发展的,恰恰也是今天
的制约点,季宇一步步引导并推动着天送在传统
与现实间寻找,一方面铭刻住那段文化,另一方
面又用现代的眼光去审视旧文化的不足。

正如黑格尔所言,现在就是从过去发展而来
的(转引自《新编简明哲学辞典》第 138 页),《新
安家族》正是通过对于徽州的建构,还原了乡土
文化规范下的徽商,并以此观照现实与将来。

注解【Notes】

* 本文为安徽大学青年骨干教师项目(项目号:33010063)
和安徽大学"211 工程"三期第三批青年科学研究基金项
目(项目号:SKQN1113)的成果之一。
[1] 本文所引均出自季宇《新安家族》小说原文及后记

(安徽文艺出版社 2010 年版)第 803 页。以下随文
仅标注页码,不再一一说明。
[2] 引自老舍:《茶馆》,人民文学出版社 2003 年版。

引用作品【Works cited】

[美]勒内·韦勒克、奥斯汀·沃伦:《文学理论》,刘象愚
等译,江苏教育出版社 2005 年版。
[爱尔兰]理查德·卡尼:《故事离真实有多远》,王广州
译,广西师范大学出版社 2007 年版。
季宇:《〈新安家族〉后记》,安徽文艺出版社 2010 年版。
[美]玛莎·努斯鲍姆:《诗性正义》,丁晓东译,北京大学
出版社 2010 年版。
[苏]N·B·布劳别尔格、N·K·潘京:《新编简明哲学
辞典》,高光三等译,赵洪太校,吉林人民出版社 1983
年版。

汉语视域下的诗语光辉

陈仲义

内容提要：汉语在音节、结构、语法、词汇、象形、修辞等方面有着源远流长的优势，汉语视域下的文言诗语特质，同样体现独具一格的魅力。但在语言转型中，文言诗语也暴露其软肋与局限。从差异性出发，现代诗语应以其"本土气质"为导向，无愧于现代语境下重新命名事物的几率与活力。

关键词：汉语　诗性　文言诗　语现代诗语

一、汉语的优势

要接近诗语的真谛，首先要了解自己的母语。世界上分布最广的印欧语系属于音本位的表音语系，汉语则是属于字本位的表意语系。西洋逻各斯主义统领下的语言学，总是认为表音系统优于表意系统。事实上，以文字为中心的汉语与以拼音为中心的西方语言是各有所长、各有所短，很难分出伯仲的，而弱项与优长恰恰是一个硬币的两面。

汉语只有 130 个音节，如此有限的语音形式要表达复杂的事物，势必造成大量麻烦的同音词，如"这种物质可以治癌"，经常会听成"这种物质可以致癌"；"产品全部合格"，中间稍顿了一下，便听成"产品全不合格"。然而，汉字通过以形达意的特有途径，毫不忌讳众多同音字词的存在，从而有效克服"音少义多"的矛盾。英国学者李约瑟就承认："汉字有许多同音词，用拼音拼出来的英文字母根本无法表达其意思，而从汉字一看便知。"[1]看来，同音并非绝对坏事。

汉字单字发音，属于声调（四声）语言，这在各种语言中比较少见，故韵律感较强，容易形成合仄押韵、对称排列的格律化效果。汉字语法简单灵活，容易对仗工整，锻词炼句，造就文辞优美且简约凝练的文风，显得"瘦身"、"苗条"，对此语言学家王力分析道："西洋语的结构好像连环，虽则环与环都联络起来，毕竟有联络的痕迹；中国语的结构好像无缝的天衣，只是一块一块的硬凑，凑起来还不让它有痕迹。西洋语法是硬的，

没有弹性的；中国语法是软的，富于弹性的。"[2]郭绍虞也十分认同汉语的弹性：重言可以伸缩；连语可以伸缩；语缓可以增字；语急可以减字；复语可以单义；骈词可以分合等等。[3]申小龙进一步将弹性提升为"体用相连、内外融通、功能散发、意蕴丰润"的高度。的确，汉语的简练和积木式的组合变化，非常适合艺术的审美表达，它带给读者多元饱满的语义张力和联想空间。申小龙甚至提出另一整套的"句型—流块论"："汉语在语言组织方略上的弹性实体和神摄方法，都体现出汉语立言造句的强烈的主体意识。正是在这种主体意识的作用下，汉语文学语言呈现出一种以组块和流块为基本环节的活泼生动的样态"，"利用单音词语双音词的弹性组合，灵活运用而成为音句，再循自然事理之势巧为推排为义句，于音节铿锵之中传达交际理念，这就是汉语句子建构由组块到流块的全过程"。[4]此外，申小龙也特别推崇汉语文学独出心裁的"文气"："这种具有意念内聚力的意向，配以为不阻滞文气而采取的适合汉语节律的短语结构连贯铺排，把复杂的思想、过程、逻辑事理处理得有声有色，简洁有力，具有卓越的表达功能。汉语句子组织的这种与整体思维相应的气韵生动的心理时间流，是西方语法的机械、严谨、精确的句子建构意识所无法涵盖的。"[5]

有人批评汉字词汇量太少，《汉语大字典》所收汉字不过 56 000 个，而《韦伯斯特大辞典》已逾 100 万。尽管多数的汉字是单音节词，但有限的字可造无限的词。平心而论，一个普通中国人只要拥有 3 000 个汉语词根，就足够"包打天下"了，

因为汉语的优势在于词根构词能力强。比如说，汉字"马"可以构成词语"大马"、"小马"、"公马"、"母马"、"马肉"、"马奶"、"马皮"、"马毛"、"马头"、"马腿"、"马屁"、"马力"……由此，生发出"拍马屁"、"马前卒"、"马子"、"马仔"、"马后炮"、"马首是瞻"、"马到成功"、"马列"等等"缀语"，异常丰富。复合构词法到处都可以灵活"套用"，它是汉语的一个伟大"专利"。再以"云"为例，它可以构词数十个，随便挑一个"云山"——不是简单的"云＋山"，至少从其内部可再生出三层意思，即云覆盖的山、像云的山和在云中的山；而"云雨"——不是简单的"云＋雨"，也至少有三层意思，即一种阵雨的指称、一种气候的表达、一种男女性事的借代。再如，"上山人"、"人上山"、"山上人"，三个独立的字眼，只要稍微对调一下前后语序，一字之差表达的内容就完全不同了。通过句子中的词序区别语义，那是最自然、最便捷、最节约的高效率方法，这在大多数西语中是难以做到的。

退十步说，汉语词汇量委实较少，但却可以一以当十。看看我们的成语、俗语、谚语的形象造词俯拾遍是，许多熟语简直就是一幅画、一个故事，如"浑水摸鱼"、"走马观花"、"投鞭断流"、"门可罗雀"，有着形象逼真、简洁明快的效果。像汉语词汇这样隐藏着巨大丰富的弹性，委实是世间少有的，应该得到我们进一步发扬光大才对。

我们承认，英语词汇的超速增长率远远高过我们，它是当代科技快速发展的产物，这也是为什么至今人们还在索解著名的李约瑟难题：具有古老文明的中国，反而没有发展出近代科学技术。早先的科学巨匠爱因斯坦似乎给出答案：中国缺乏一套用于科学思维的符号系统，因而在代数和几何学等学科上虽多有创见，但却没有形成系统学科。这当然能印证印欧语系的分析性优势，更适应高科技发展需要，而反衬出作为象形文字的汉语却"滞留"于圆周性思维，伴随着逻辑性弱、易生歧义、令人费解等局限弱点。

然而，正是圆周性思维，"配套"着生动直观的表形、察能见意的指事、耐人寻味的会意，自成一格带有诗性光彩的符号体系。E·范尼洛萨说，汉诗的思维能将最大量的意义压进一个句子，使它孕育、充电、自内发光。每个字都聚存着这种能量在其体内；汉诗的语言总是波动着，一

层又一层的弦外之音。[6]不少外国学者十分认可这种"无语法的语法"——依赖读者的能动性参与来实现，而读者的参与又平添了语义的繁衍。洪堡特（Baron von Wilhelmvon Humboldt）说："在汉语的句子里，每个词排在那儿，要你斟酌，要你从各种不同的关系去考虑，然后才能往下读。由于思想的联系是由这些关系产生的，因此这一纯粹的默想就代替了一部分语法。"[7]读者能"自行"增加语法，是少见的语言现象，反过来也说明汉语自身隐秘的"孤独"，有人称为汉语的孤立语性。日本学者松浦友久在《唐诗语汇意象论》中称，中国文言所表现出来的孤立语性质之强，使得诗语与诗语之间的关联，与其说是逻辑性的，倒不如说是感觉和情绪的，还真说到点子上，汉语言夹着不少感觉与情绪的成分，为汉语的诗性特征打下了铺垫。

近期有人从四国语言的比较中进一步检验汉语的优势，以"我爱你"(Wo ài nǐ)为例证，汉语显得最利落。相应的其他语言是：土耳其语：seni seviyorum（你—宾格）（爱—主格）；日语：watashi wa anta gasuki desu（我）（主语）（你）（宾语）（爱）（功能词）；挪威语：Jeg elsker deg（我）（爱）（你）；北印度语：Main tumhe pyar karti hoon（女性用）（我）（你）（爱）（功能词），Main tumhe pyar Karta hoon（男性用）（我）（你）（爱）（功能词）。由此可见，汉语音是"清水出芙蓉，天然去雕饰"。"为了解决语法关系，梵语一个动词至少要有56种形式，法语一个动词可以多达72个变位．汉语词结构简单、纯粹，单音节词占绝对优势。因为有这样的结构，汉语短小却不失气韵，灵巧却不失严整，疏朗却不失浩然，氤氲磅礴幽林曲涧，一切由人尽情游戏！"[8]

涉猎过8种外语的刘光第，也总结出汉语的"八无"特色（无性、数、格的变化；无时态变化；无人称变化；无语气形式；无语态变化；无泛指与特指的语法形式）以及"不"到位的否定方式、大主语的概念、介词及介词短语的大量省略（无限制的省略）。汉语的"八无"特色，导致"它是一种规则最少、省略最多、最灵活、最简洁和含蓄的语言，因而可以说它是一种文学性最强的语言，也就是说是诗一样的语言。它的表达充满暗示性和会意性。'简洁是智慧之魂。'汉语能够做到最简洁，这本身就是高度智慧的表现。应该说，汉语是一种智慧很高的语言"[9]。总之，汉语文字

的视觉形象和音韵形象及其简约性，形成了它独特的诗性特征。

二、文言诗语的魅力

汉语的智慧与诗性光彩，无疑集中体现在古典诗词上。文言诗语一直是哺育国人文化心理、道德情操、艺术修养的琼浆玉液，千年来延绵不绝。孔夫子"巧言"、"美言"、"思无邪"；《易经》"修辞立其诚"；《诗大序》赋比兴，风雅颂，盛长久远，蔚成泱泱诗教。王弼的"言生于象，象生于言"、"尽意莫若象"，奠定了早期意象语的基础。陆机的"会意尚巧，遣言贵妍"，回答了意与言的关系。刘勰的"自然会妙"、"润色取美"，指示了语言辞彩两大形态，颇有先见之明。李白崇尚"清水出芙蓉，天然去雕琢"，杜甫追求"语不惊人死不休"的穷工，苏轼"气象峥嵘，五色绚烂，渐老渐熟，乃造平淡"的综合，都给后人有益的启示。南宋胡仔继承黄庭坚，以一字为工的"点石成金"，或许触发了后来王国维"著一字境界全出"的顿悟？明代诗书画兼得的徐渭关于好诗语须"如冷水浇背，陡然一惊"之说，和西方现代诗语的"惊愕"论，仿佛里外应和，如出一辙？[10]朱庭珍在《筱园诗话》里道出其间的秘笈，"不即不离，若远若近，似乎可解不可解之间"[11]，有意确立了某种语言标高？此外，各历史时段众多的"言约为美"、"言近旨远"、"言简意丰"、"言有尽而意无穷"等提法，集成了古典诗词主流语言观，为我们提供了富有承传意义的鉴照。

客观地说，汉语的优势不在提供一套分析性逻辑性的思维，而是让圆周性思维、具象思维所带动的象形文字弥散着诗性的光辉。历史学家葛兆光特别钟情我国古典诗歌精致的图案化语言形式，把轻重、长短、开阖、抑扬、明暗、浓淡、高低乃至于情景等等不同质的"对立"都糅在了一首诗的语言形式中，显示了"人心与天道的同律搏动"。他具体深入到意脉与语序的细部里：

> 由于中国传统思维方式常常使人能以意逆志似地补足句子的省略部分，使意脉在若干跳动的点之间潜存，由于汉字自我完足地具有意义与形象，可以脱离句法结构显示意指内容，所以使省略成为可能。而省略不仅使诗句词汇整齐化与意象化，具备了音步整饬与节奏有序的前提条件，而且使诗歌意蕴复杂化。副词、介词在诗中的逐渐消失，使时空位置模糊了。因而"直线的过程"还原为"平列的组合"，时间空间一下子变得无限广阔；主语性

代词的逐渐消失，使诗句的视觉角度模糊了，读者可以从这边看那边，可以从那边看这边。这种"视角转换"即视点游移构成了电影蒙太奇的奇异效果，使诗境处于一种不断的叠变之中。其次是词序，省略使诗句结构关系松散，关联词逐渐消失，就像本来环环相扣的链条一下子松散开来一样，词汇与词汇之间的关系松动了，因而词汇可以互相易位，这种词序的错综，更使得本来就朦胧的诗境变得更加曲折多变，意蕴复杂，包容了多种组合的可能性与意义的互摄性。[12]

从事中西诗学比较的资深诗学家叶维廉，尤其欣赏诗词语法的灵活机动：

> 在中国文言的古典诗里我们发现到诗人利用了特有灵活语法——若即若离、若定向、定时、定义而犹未定向、定时、定义的高度的灵活语法，仿似前面所谈到的"距离的消解"（如无需人称代名词所引起的"虚位"，如没有时态变化所提供的"刻刻发生的现在性"，如无需连接元素所开出的"自由换位"，及词性得用及模棱所保留语字与语字之间的多重暗示性），使得读者与文字之间，保持着一种灵活自由的关系，读者处于一种"若即若离"的中间地事，而字，仿佛如实际生活中的事物一样，在未被预定关系和意义封闭的情况下，为我们提供一个可以自由活动，可以从不同角度进出的空间，让其中的物象以近乎电影般强烈的视觉性在我们目前演出。[13]

正是汉语的无限魅力，"护送"着千年文明进程，特别是催生了屹立于世界之林的古典诗词瑰宝。文言诗语一直让人引以为傲，单就美学技艺而论，对偶、对仗、迭声、双关、顶针、镶嵌、并置、回文……是世间上少有的文字魔术。简单的析字法可将一个汉字先析成几个部分，再使它组合，而嵌字法是反其道而行之，将字镶入文本中，组建隐蔽而含蓄的诗句。嵌字法发展到现代洛夫的隐题诗，便有了"继往开来"的长势：《我不懂荷花的升起是一种欲望或某种禅》、《危崖上蹲有一只独与天地精神往来的鹰》、《一夜秋风你便瘦得如一句箫声》的进展——类似古代宝塔诗、藏头诗的变种。其标题本身是一句诗或多句诗，每个字都隐藏在诗内，有的藏在头顶，有的藏在句尾，诗题成就每句诗的开头，或每句诗的开头镶成了长长的诗题，相互映衬，摇曳多彩。全世界哪能找到这样的诗语品种呢？大家熟悉的的回文诗，对句读的消解体现主宾转化关系——正念倒念皆能达意明理，简直就是汉语诗典难得的"金不换"。

而古代大家特别熟悉的的回文诗，体现主宾转化关系——正念倒念皆能达意明理，同样是

"承前启后"的"金不换"。回文诗发展到了现在，并不单单是一种游戏。游戏的背后有情感有技巧。请读《重阳》：

> 菊离枝头，开进你的眼眶/今儿又重阳/母亲，你喜悦的眉梢告诉我/还挂在父亲嘴角上/那滴醉人的桂花酒/一定，一定是你亲酿

现在换序一下，变成：

> 一定，一定是你亲酿/那滴醉人的桂花酒/还挂在父亲嘴角上/母亲，你喜悦的眉梢告诉我/今儿又重阳/菊离枝头，开进你的眼眶

现代诗的换序肯定比古诗难度大，表面上倒读顺读意思一样，但细究意境还是有所差别的。诗歌能够做如此规模的颠倒秩序，证明汉语语言的遗传基因——内在的筋络结缔是何等柔韧，经得起来自四面八方多种力的牵拉。

这种"百事通"的句法不时让人惊出虚汗。余光中的一些典型句，任你颠倒变更，也不失法度，"月，是盘古的瘦耳冷冷"，试做多次移位，语义毫厘未损，甚至还能翻新：

①月冷冷，是盘古的瘦耳
②盘古的瘦耳，冷冷月
③冷冷月，是盘古的瘦耳
④月，是盘古冷冷的瘦耳
⑤盘古的瘦耳，冷冷，是月
⑥盘古瘦耳冷冷月
⑦盘古的瘦耳冷冷，月是

诗歌句法能够做到如此全盘颠覆而又通达八方，证明汉语诗歌内在意脉纹理是何等顽韧，语言的弹性拉力经得起多种拉扯打击，汉语独特的诗性时时在诗语中流光溢彩，难怪一直以来诗学界形成压倒性主张——现代诗语继承文言诗语义不容辞。

三、文言诗语的反思：断裂与转化

问题是从文言诗语到现代诗语，其实存在着一个相互汇通又"断裂"的复杂格局，某种意义上断裂甚至更为严重。但由于长期惯性思路，人们更乐意大谈薪火赓续。笔者以为，现代诗歌与古典诗歌既有相通（即可以打通的、可以转换）的部分，但又有反动的、断裂的、补充性的、未完成的甚至完全不同的崭新部分。我个人更愿意把现代诗歌与古典诗歌看成是两个不同的、有较大差异的、相对独立的范畴和板块。简要地说：

第一部分，可相通的、转换的，或多或少业已进入我们民族的文化心理结构，成为我们的集体无意识，这些综合性的东西有如阳光空气存留在我们皮肤、血液、细胞里，只是多与少的程度而已。比如天人合一、道法自然、以物观物、神与物游；比如圆周式思维；比如物我交融、主客互感、形神兼备的意境说和境界说；比如中和的艺术辩证法，刚柔相济，虚实相生；还有"不着一字，尽得风流"的语言风范等等，更有一部分是说不清道不明的，比如参禅的神秘飘逸、顿悟的欲辩忘言，包括神韵、精气、性灵这些中国古典诗学独特的范畴。现代诗人只能凭借自身的智慧去领悟贯通。上述这些古典质素，部分延续、渗透、影响或部分地"结构"到了我们的现代诗歌里。

第二部分，与古典形态几乎不太发生关联的，完全是到现代才普遍出现的产物，比如大量的非理性、潜意识、瞬间体验、意识流……20世纪初叶，弗洛伊德发现潜意识，发现原欲本能，潜意识成为现代诗学一个源头，同时也成为一种表现对象，这就催生了布勒东的超现实，怂恿了诗歌的意识流写作，这在古代是不可想象的。尤其是来自西方文化哲学上——非传统意义上的"人本"探照、玄学开发、神秘主义，解构方式，与我们古典形态简直大相异趣。

第三部分，是现代形态对古典形态的变异和补充。例如，现代诗歌大量出现的瞬间体验，它既是对古典经验积淀形态的排挤，又顺应高速变换的语境；现代诗歌出现大量智性、知性的元素，在审智层面上，至少使情感世界的激情表现得到某些遏制与控制；20世纪90年代，本来在诗歌中没有太高地位的叙事，忽然大行其道，20多年来畅行无阻，为诗歌的抒情性提供另一种并行不悖的途径。

第四部分，是完全在现代新诗自身实践土壤中成长的全新的元素。最明显的一个例子，是20世纪80年代中期出现的"语感"。语感绝不是传统意义上对语言的感觉，语感是生命冲动与言语耦合的半自动言说。在发生学意义上，语感也可以成为诗歌的动力源之一，它始终以生命冲动为"先导"贯穿言语运行的形式，引领了后来铺天盖地的"口语诗"潮。这是一个很大的契机和变化，和古典时期及早期白话诗是不可同日而语的。

面对这样差异、断裂、转化的语境，一部分诗人积极从事"修复"工作，像"新古典主义"写作那

样，这一方面军始终不渝坚持古今诗语的同一性，行走在发扬光大的道道上。近期沈奇的系列新作《天生丽质》（64首），可谓是一支令人瞩目、突前的轻骑兵。它重新祭起"字思维"：抓住中国文言以字为本位的优势，努力挖掘在诗歌写作中被掩蔽的"字"的功能。虽然现代汉语、现代语法、现代生存的复杂境遇让"字思维"遭遇许多难堪，迄今实施起来困难重重，但《天生丽质》提供了一份"汲古润今"的出色答案。它重新启用久违的禅思，在现代诗写作中楔入禅境、禅理、禅味、禅趣、禅机……，是古典与现代一条奇妙的通道。一些人孜孜以求，但总觉得有些"隔"，成功者不多。《天生丽质》以它娴熟的灵觉区别于20世纪30年代的废名、80年代的孔孚、晚期的洛夫，以及彼岸成就最高的周梦蝶，自成一格。它重新发掘诗语中最基本的功能——词张力。所谓词张力，是指字的弹性以及字与字之间的离散关系。字与字没有离散的牵扯，便容易变成老词、便词、固词，而有适度的碰撞、紧张、暧昧，就会产生新诗语意味。

仅就《天生丽质》中的诗题而言，随便挑几个：《岚意》、《依草》、《雪漱》、《提香》、《听云》、《烟鹏》——字与字之间的交接处，立马可发现"词张力"特别强悍。以"茶渡"为例：独立看，单一的"茶"字已内潜香、色、味、泽、韵、趣之弹性；单一的"渡"字本身也隐有泅、洇、津、浸、泡、游的动势，两相搭配，于国色天香中可体悟腾挪翻转之功夫，也可在形意裂变与形质并茂的张力中分享"茶渡"这一创设新鲜的意味。

再看"依草"，既通俗又亲切，依字充满依偎、依恋、依依不舍、小鸟依人，足够弹性，草字虽稍逊一筹，但草的天然本色承载巨大的自然内容，况且细小到可在"薰衣草"之类上坐实，也会溢出格外的诗意。另外，像散布在诗语中的"影青"、"悦意"、"风忙"、"浮羽"、"一鸟若印"、"种玉为月"等等，都同样可作如是观——如此以词为单位的张力可谓举不胜举。

词张力带来的启示意义是：在汉语大量熟字、老字、固字、便字里，其实隐藏着许多尚未被开发的内敛弹性。诗人的工作就是从中挖掘反词、非词。汉语的字本位及其表意优势，使得词、语象、意象自身有着发达的分蘖、发酵功能，包括形态、声音、本义、衍意、排列，可延伸为多重语境，而弥散其间的种种绽放、波折、逆挽、顿挫、

悬宕、余音，都具备对峙、包容、阻抗、枘凿的张弛，那么，此间的词张力便油然而生。沈奇的实验，为复活古老字词的活性提供了有效试卷。

除了对古典诗语的重新发掘，更多人基于诗语已然发生天翻地覆的变化，断裂大于转化，哪怕十分通俗的诗语，也会借现代传媒不怕浅显简陋地到处疯长。生活化、粗鄙化、口语化成为主流，身不由己，势不可挡。近年爆红的"手机诗"便是一个明证，坊间街弄、下里巴人玩得滴溜溜转，与传统诗语有天壤之别。你身处其间，自觉或不自觉地被影响、被牵扯、被裹挟，不必太久，你就承认了、就范了。你从中逐渐体会到，现代诗语或准现代诗语的最大优势是，能与当下生存、生活、心理、心态、情感、情绪、认知、价值紧密维系在一起，水乳交融，难解难分。文言诗语再高雅优美，也很难做到这一点。这是信手摘录的新年手机诗：

祝你在新的一年里/百事可乐/万事芬达/天天哇哈哈/月月乐百事/年年高乐高/心情似雪碧/永远都醒目//祝你在新的一年里/一帆风顺/二龙腾飞/三羊开泰/四季平安/五福临门/六六大顺/七星高照/八方来财/九九同心/十全十美//祝你在新的一年里/致富踏上万宝路/事业登上红塔山/情人赛过阿诗玛/财源遍布大中华

这样的"非诗语"、准诗语，纳入许多意想不到、不可入诗的成分，广告、成语、俚语、俗语、谚语，加上拆字、镶嵌、谐音、典故、比喻、并置、借代、错位、省缩，在民族文化心理结构与民俗风情场域中，信手拼贴，自然流转。试想，世界上有哪一国文字，有这样高度灵活的汇通？咫尺之间，竟吸收近十种修辞。以上例证，说明巨大变迁的语境的决定性力量——当下在场以及与之相应的回音壁才是一切现代诗语和准现代诗语的生命。面对巨大变迁的语境，主要不是现代诗语对于文言诗语的臣服，倒是文言诗语对现代诗语的加盟。因为我们笃定回不去文言诗语时代，我们只有在现代语境下坚定地以现代诗语为领军，从事翻造旧词、自铸新语的工程。由此返观文言诗语：

文言诗语在极尽辉煌绚烂之后，是否也要反省在遭遇现代语境后自身的问题：例如起承转合定然是一种放之四海而皆准的永恒性结构？平仄韵律在解套后是继续于倾圮的废墟上修修补补，局部改良，还是彻底另起炉灶？显赫的外在音乐性已无法适应更幽微复杂的现代意识流、情绪流，是依然固守沿袭已久的外在节奏，还是寻

找以内在声音为主导的"内在律"作为出路？潜意识作为现代诗语一种新的表现对象，何以在半自动的运作下幽然绽放？知性上升为现代诗语又一主打要素，何以在深奥、理性、哲思与感性的两难中悠游自如？古老的"字思维"能在多大程度上加入现代性的词思维、句思维，或许在保留某些精锐的前提下做适度裁军才是明智选择？而田园模式在都市模式、后现代模式的夹击下丧失古老优势，如何在城市化的进程中转变方式发挥余热……[14]

反思之余，笔者以为，文言诗语与现代诗语在资源、价值取向、内容表现、审美意趣、传达方式诸方面都发生了重大变化，有些甚至是分道扬镳（排列、标点符号、平仄、节奏、韵律、字词、自然意象与都市意象等）。故从差异性出发，人们发现代诗语与古典诗语既有相通（接续、转换）部分，又有反动、断裂、补充性、未完成的乃至全然不同的崭新部分，由是推知，现代诗语与文言诗语可以分属于两种不同制式、相对独立的言说语系。从差异性出发，现代诗语以其"本土气质"为导向，应更无愧于现代语境下重新命名事物的几率与活力。

注解【Notes】

[1] 王文松：《汉字的特殊功能》，载《云南师范大学学报》1991 年第 4 期，第 65—70 页。

[2] 王力：《中国语法理论》（上），上海中华书局 1954 年版，第 197 页。

[3] 郭绍虞：《中国语词之弹性作用》，《照隅室语言文字论集》，上海古籍出版社 1955 年版。

[4] 申小龙：《语文的阐释》，辽宁教育出版社 1991 年版，第 427—428 页。

[5] 申小龙：《语文的阐释》，辽宁教育出版社 1991 年版，第 459 页。

[6] ［美］E·范尼洛萨：《汉字作为诗歌的媒体》，转引自郑敏：《世纪末的回顾：汉语语言变革与中国新诗创作》，《结构—解构视角：语言·文化·评论》，清华大学出版社 1998 年版。

[7] ［德］洪堡特：《论语法形式的性质和汉语的特性》，转引自申小龙：《语言的文化阐释》，知识出版社 1992 年版，第 73 页。

[8] 裴文：《我们的汉语能走多远》，载《粤海风》2007 年第 6 期，第 11—16 页。

[9] 刘光第：《汉语，诗一样的语言——中外语言比较谈》，http://www.eastling.org/discuz/showtopic-2223.aspx，2006 年 2 月 9 日。

[10] ［明］徐渭：《答许口北》，《徐渭集》第二册，中华书局 1983 年版，第 482 页。

[11] ［清］朱庭珍：《筱园诗话》卷一，载郭绍虞编选、富寿荪校点：《清诗话续编》，上海古籍出版社 1983 年版。

[12] 葛兆光：《汉字的魔方》，辽宁教育出版社 1999 年版，第 66 页。

[13] 叶维廉：《中国诗学》，生活·读书·新知三联书店 1992 年版，第 58 页。

[14] 陈仲义：《现代诗：语言张力论》，长江文艺出版社 2012 年版，第 35 页。

（陈仲义，厦门城市大学中文系教授。已出版现代诗学专著 8 部，发表诗学论文 200 余篇。）

融通与新创:惟山汉语十四行抒情诗之"美"的境界

李志艳

对于中国文学来说,十四行诗是舶来品,它是欧洲文学史上产生的一种格律严谨的抒情诗体。这种诗体最初流行于意大利,彼特拉克的创作使该诗体臻于完善,是为"彼特拉克体",它以其独有的思想与艺术魅力感染了许多读者,后传至欧洲各国。在英国经过改造与发展,又形成了著名的"莎士比亚体",或称"伊丽莎白体"等,终于达到了最高境界。邹惟山先生作为中国比较文学与英美文学研究的大家,同时亦醉心于诗歌创作,又加之他对于中国古典诗词的热爱与西方诗歌的熟悉,因此,选择此种诗体用汉语进行创作取得卓越成就,自有其内在的逻辑性。不言而喻,正是他选择了十四行诗体,也是十四行诗体选择了他,才成就了当下中国诗歌创作的这一方胜景。

惟山十四行诗,绝大部分都是游历诗,它们以特有的方式应时写景,抒发胸襟。有少数篇章有溢于此,或感时伤事、或指陈时弊、或长抒己见、或记录想象,在此难以尽全。每打开一组其十四行诗,扑面而来的是满溢的现实气息、五彩缤纷的艺术灵光。在《重游韶山十四行诗》"之一"里,"伟人"的形象从那片"福地洞天"中走来,"黎明"的"精光"让人"睁不开眼",而那"挂满在莲花的朵朵花瓣与绿叶"上的"露珠",又是如此"新鲜",而"伟人"与"山水"相互为伴,与"猛虎"谈话为邻,让所有伟大都化为平凡,又让每一个平凡蜕变而成为伟大。此时,诗人自身却也是"急急""回首顾盼",化成青山绿水,幻为猛虎风云,原只为与"老人"的平凡相伴、伟大毗邻。惟山十四行抒情诗不光是在虚徐柔婉里徜徉,亦在刚健劲道里纵横。在《长江三峡十四行抒情诗》"之二"里,"一个诗鬼,在一直逆着江风而吼/江上雷鸣电闪,来了一种怪异的气候"之后,诗人又在诗末回环叠唱,长江的气势,"诗鬼"的临江情怀,似乎都在亘古的绵延里,盘桓出中华的脊骨。惟山十四行抒情诗以"实"为主体,借助这种特殊

的体式,以皴染的叙述方式,写尽一方山水,说透几番情怀。不仅如此,其"实"之经纬,沿着时空铺开,以传统文化为底蕴和内在肌理,又佐之以空间跨度,从容勾勒出图画鲜活、意蕴绵长,而又视域宽广的情山意海来。在《草原诗草五章》"之一"中,被汉代美女王昭君踩过的青草依然"青翠如醉",她的"笑声"、"歌声"、"目光"都留在了青冢里,写在了青史上,泼绿了这离离青草。也就是这样的一个时间、一个地点,如此真实地融化了诗人的自我,"千年之后的一下夏天/你的青丝就这样拂上了我宽阔的额头"。王昭君抒写了那一页历史,却留下了一首不会写完的诗,王昭君读懂了诗人,诗人延续了那一段历史。

惟山十四行抒情诗不仅文化底蕴阔迥,在空间跨度上亦大度宽远。在《西游柏林》里,"云彩""伸出双手搀住那迷人的黎明时光"("之一");"飞机"如"银鹰轻快飞翔"("之三");"劳拉"也"正向月宫里飞翔"("之二");"万湖浪花"在"一缕阳光"里"正款步走过来"("之四"),都是为了这中西文化的碰撞、自由思想的交流。它们在诗人的内心里奔涌,在云彩里浅吟低唱,在大地上茁壮成长,由此可见其十四行抒情诗之写"实"规律:(1)以自己的亲身经历为创作对象,促成了诗歌叙述以抒情为基本表意模式,并以其经验的深刻性与亲昵性,保证了诗歌的情感浓度,以及在此基础上所展现的语境复现性,二者辩证融合,实现了叙述的情感性和情感的想象性之高度统一。如《竹雨松风》就以诗人的故乡为中心,铺开诗歌的再现空间,"雪花潇潇在老屋前那丛丛竹林/以自己的想象让竹枝挂满花篮/以婀娜的身段象征气质的明艳"。诗歌状"风"、画"竹"、描刻"山坡"、写"人"等,都贯连在时间的脉络里。这不仅成为表意的基本起点,更奠定了在寻求架构现实描刻和主观抒情、实与虚、抽象与具体之间的融合关系的逻辑条件。着眼于审美经验的自我形式、突出故乡在中国传统文化中勾连作者与

读者之间的语用功能、以此为中心形成初步的意义衍生经纬，这在实现"写气图貌，既随物以宛转；属采附声，亦与心而徘徊"（《文心雕龙·物色》）上就具有了逻辑基础和必要条件。(2)"实"的展开维度沿着时间和空间二维度展开，并且在意蕴层次即哲理深思上拓展了诗歌的三向维度，保证了诗歌含蕴的延展性，以及对读者接受的顺势性，尤其是在召唤空间上的隐性建构和再创造上，显得更为舒展和广阔。在《竹雨松风》中，以故乡为中心，实现时间与空间不断拓展，并与之相适应的追逐情感表达与哲理思考成为该诗并行的三条基本脉象，"蔡琰胡笳十八怕远无它的激越/冼星海黄河大合唱远无它开阔/瞎子阿炳的二泉难映胸间的月//心中回响的全都是纯美的歌声/双眼布满的全都是秋天的神韵"，从实景性描刻到自我性抒怀，再到人生气度的绵延思考，构筑了特定的情境维度。在这种勾连转合的维度上，诗人体现出是以叙事和抒情的辩证融合方式。在《竹雨松风》"之一"《竹雨》中是以描刻故乡人生活情态中人与山水天地的契合统一关系来完成的，同时又将山水的运动与人的表情演绎勾连起来，实现了实景传情，情在景中，并交流着充盈的生命自然性运动；在"之二"《松风》中，先铺之以厚实的实景描写，在意象化的过程中将情感熔铸为内在肌理和动态机制，同时又着墨于"仙女悄悄来到了他身边"叙事方式，进行宛转与连带。如此，故事本身内在的发展逻辑牢牢地控制着诗歌的情感节奏和语意表向，诗歌情浓且"理扶质以立干"；另一方面，情感力量与意象结构"青松"、"青叶"、"松针"、"松涛"又消解了叙事中的事件逻辑限性，使其在审美化的过程中呈现出表意弹性与圆融之美，又辅之以铺陈、复沓、移情，"文垂条而结繁"（陆机《文赋》），叙事与抒情高度融合，形塑了意义呈现的多元性与表意方式的有机性。而到了"之七"《人间》中，便以此为基础，表达诗人对生活的哲理思考，"有了竹的地方就有了一种精神/有了雨的时候就有了一种情感/有了竹雨就有了一种超越境界"，同时又呼应主题，更加凸显了诗作本身的结构整体性、表意的绵密与厚实，这种表意特征在其他诗作中也都有类似的体现。(3)"实"的表意模式呈现出中国古典形态，即以跳跃性、皴染式、描点式写法来寻求叙述与表情的对应性，以及这种对应关系建构的准确性、创新性和诗体契合性。故而，西体中

用，洋体本土化、民族化，应该是惟山十四行诗的本色和基调。总体看来，写实抒情，以实写虚，注重写实对情感表达的结构性与构成性，最终实现写实与传情的一体两翼。在《九凤神鸟》中，从"之一"到"之九"，分别是"以启山林"、"刚毅居正"、"庄王问鼎"、"惊采艳艳"、"楚虽三户"、"风雨莲花"、"九凤之香"、"彩云飞翔"、"东海之上"，展现出了一定的事理逻辑，即从景物描写开始，注重其地理属性与文化时空专属特性，乃至其历史意义的不断追溯、诘问与反思，再回归现实，思考当下，形成以湖北特定地理环境为中心，以时间为展开轴线，贯通古今，纵论寰宇的语意脉络。诗人进一步选取了具有重大历史意义、能够代表鲜明的地理文化特征、勾连时间轴线的事件，从而实现了时间跨度大但条理清晰、事件典型并情理丰富、语意跳跃而不失连贯，显示了诗、情、思的高度融合。其次，写作方式也与大结构相契合，显现出相似的语意模式和创作规律，如《以启山林》，"洞庭湖以北有一片土地富饶/大平原以南有一群美女妖娆/神农架以东有一只神鸟高蹈/……/八百年里她引领了强悍民族/八百年里她传下三千年文脉/八百年里她开拓五千年里疆土//一只耳朵装满人间所有哀嚎/九头鸟本是一个不善的外号"。从小处着笔，在历史宏大语境中捭阖，后又在地域代号中归结，形成了时空承转、小大结合、结构严密的行文思路。又如"之九"《东海之上》，"大鹏从远古不间断日夜飞翔/始终鼓动着那一双如云翅膀/其智大兮其慧远兮天下欢唱//……/广阔的山林水浒里只有爱情/所有楚国人的眼里全是思想/神鸟将楚人未来托于东海上//天上九头鸟不是地下湖北佬/九凤神鸟的羽毛里全是忧伤"。长江流贯湖北，穿江城而过，向东流入东海，诗歌以此为结，一是凸显出地理走向与文化发展传承的紧密关系；二是又与前诗呼应，形成问答形式，从而完善了诗歌结构；三是在历史时空的支持下进行反思，这种思考以"九头鸟"与"九凤神鸟"的悖论统一为意象象征，贯连起整个楚地历史文明，诉诸于未来属性的言说与推演方式，使得诗歌意象"大鹏"、"山林"、"九头鸟"、"楚国人"、"湖北佬"等完美地构成了诗歌物理语境呈现、情感意义传达以及象征意味伸延的统一与开拓，并在美学上呈现出语意跳跃、情感氤氲、思想宏阔的特性。

在写实的基础上，情感抒发就水到渠成了，

只不过在技巧上如何实现"清水出芙蓉,天然去雕饰",就显得尤为珍贵。"诗言志"、"诗缘情"是中国古典诗歌的传统,在当代诗歌史上乃至世界诗歌中,都具有普遍的意义。在《西湖》"之一"中,能够读到诗人在美景中的沉醉与感伤,"你却微笑如兰/此时,西施在我们面前轻歌曼舞,如柳烟"。"可如今,群山环抱着白浪滔滔,杨柳依依/而我的眼里呈现出的,是雨雪纷纷又茫茫"。在《汶川》"之三"中,展现的却是"古老的中国,何时才会手握光阴","精魂永存开裂的大地终将松柏森森"。诗人的情感走出了"小我",面向了祖国、民族和普通世人,将诗人的热血与精魂都投入了这方山水,"登山则情满于山,观海则意溢于海"(刘勰《文心雕龙》),这更显出了诗人传承古代文化传统,高扬人道的方式与价值取向。有了情感,如何融入诗中,造成"一切景语皆情语"的情景氤氲态势,成为诗人十四行诗表意方式的重点。诗人左右逢源,或取中国典故,或携异域情怀,或演时事之艰,或体人性之貌,等等,背后却隐藏着更为深厚的意蕴与理性:(1)所描写对象与情感的相似性,如以"虎"喻伟人,以"荷"喻美人,取其气势、外貌、体态、形状、颜色等来抒写诗歌情怀。这种描写方式,取法于生活常态与文化习常,较为容易形成与接受者的视域融合和阅读交感,这种通识而自然的建构方式,常常维系了其十四行诗的质朴之美与读者接受广度。(2)所描写对象具有深厚的文化意味,其本身就是叙事和情感的复合体,如描写王昭君的坟冢、西湖的美景,促成其诗表意产生了两个重要维度,即情感意蕴的浓度以及想象空间建构的延展性。这颇类似于中国古典诗词中对于典故的使用,而难能可贵的是,诗人对于历史典故的使用,常常与其发生的特定的地域条件、文化环境,以及与当下的现实情形勾连比较起来,形成诗歌表意的拓展方式和思考维度。于此,其诗歌意象不仅具备了典雅之风,又常常在生活情趣、文化溯源和异位思考中昭示出浓厚的当代质素,从而为古为今用、中西结合奠定了基础和条件,同时也形塑了广袤的去限域化的想象空间。(3)在中国传统文化中,情志没有多大区分,而在西方心理学上,情感的类型、层次都有很好的区分,这不仅成为体察其诗中情感的依据和标准,更意味着其诗中情感发展的层次方向性,与所描写对象更换的适应性,故而其所描写对象的灵活度以及对灵活度的限制与导引,情感的层次性以及变动性态势,其二者的动态关系构成成为其诗语言结构的内在方式与逻辑原则,使诗歌作品变而又有其法度,规矩却又不乏灵动。在《歌乐山》,首先,该诗一共包含有五首小诗,分别是"对视"、"相约"、"牵手"、"相拥"、"爱恨",这在标题显现上就是一个美丽缠绵的爱情故事,有着故事演变的因果逻辑和程序走向;其次,该诗的重心并非一个浪漫唯美的爱情故事,而是借助此种形式,演绎"草原文化"与"海洋文化"的历史流变和交往沟通情况,是为诗歌创作一变,在此突变中,诗人情怀跃出小我世界,在"草原文化"与"海洋文化"两大文明对话中,进入历史,情感维度迅速升级;再次,对于两大文化的抒写,其诗并非泛泛虚谈,而是以"我"为情感中轴,以两大文化的表征物"野草花"、"雪原"、"黑石崖"、"海椒"等,在嘉陵江上歌乐山汇的聚来展现它们的文化运动历程,如此从小处着手,以人动为脉,以生活为根基,不仅展现出诗歌创作深蕴的生活现实和艺术规律的关系构成,也实现了文化运动的拟人化抒写,从而为状物而抒情、叙事以言志奠定了基础。同时,情感又由宏阔走向细节,导致了此处诗美的华丽转身,又是一变;最后,诗歌以"草原文化"和"海洋文化"来意指中国乃至世界文化的发展历程,形成对整个文明史的宏观性思考,将诗歌的意义又往前推进,并且在深刻的人生感悟与历史思考中得出,"在北方的大草原身上只有爱恋/在南方的大海洋心间没有仇恨/大草原与大海洋之间不再误会/大海洋与大草原之间流动深情//……//只要我们曾经深深地拥有阳光/世界上就有了想象的神秘超越/只要我们曾经呆呆地凝视月亮/人世间就有了鲜花满山的山岳",诗意境界到此又经一变,并在结尾又回归对于歌乐山的描写,形成小—大—小的结构方式与诗意流转。于此处可见,诗人对于诗歌境界的创作与把握,是以事件属性或叙事要素为基本原核,从而形成不断衍生、拓展乃至超越的诗意圈层。同时,又佐之以相应的诗歌语言音节,形成语意发展的对应契合,从而显示出对诗歌结构的内在控制力和节奏感。另外,诗人的感受、体悟和思考,都离不开自身生命的直接性审美经验,并以自身的生命运动形态与诗歌结构、语意拓展、语音节控形成胶着与融合,熔铸了诗人独特的情感意蕴及与之契合的意义脉象。(4)情感的象征性。情感是附着于相应肌肉运动的心灵意义的活动程序,一个动态的发展进程,故其发展方向是以无字的形态,昭示着诗之境界及其无限性。在《秋游龙泉》中,"白石在河水里拥抱着岸上的青草/就如将多情神女呵护在宽阔胸间",情感已经超越了单纯的对应性与发展适应性方式,而指向了一种境界的写意,在此状态下,形式已经被完全超越,存留的是物我相忘的空灵境界。

在写实的基础上,诗人实现了情感的形式和形式的情感之融合,在审美上具有了浓郁的诗味。追求趣,容纳诙谐、幽默、智性,已经成为其十四行诗美学风采的第一层面。在《初游韶山》"之一"中,"还是因为我那风水先生 本来就没有什么高明",便在自嘲中写尽韶山山水的瑰奇与伟人的博大。又如《恩施的山川》"之四"中,"来到七十米高十里深的腾龙洞/巨龙的音容笑貌一直没有亲见/我回过神来看到美女们的身影",将巨龙和美女谐趣、神话与现实参对,就活泼泼地画出了腾龙洞的幻与实、美与真、灵与性,幻是人之情真,趣为不和谐的和谐统一,并着力于文字的矮于生活的执白,就更显得童趣絮然。哲思是其诗追求趣的第二层次,它洗涤了呆板低俗,造就了圆润与飞动。在《草原诗草》"之二"中,"蒙古草原上的大昭寺"中,"转经筒"显示的是"人间的命运";在《长江三峡》"之五"中,"几只古老大船,正停泊在三峡的渡头/向东方,似乎刚停靠,又像正要启程",启示的却是人生无常背后的有常、平淡之中的伟大。其诗的哲思,通常是对于生活寻常事物的生命体悟,以自身的学术研究和生活智慧为底蕴,以整个人类和社会为向度,以历史的纵横向为铺展方式,将事件、情感、哲思融为一炉,以此来探索生命与诗歌的高层境界。如此,既摒弃了纯哲学的抽象与枯涩,又摒除了诗歌表意的平庸与乏味,诗歌显得静而又孕飞动之势、沉而又显凌空之感。古诗强调"韵外之致"、"味外之旨",西方强调文学创作的空框与召唤结构,其实都是意指语言的封闭性与开放性,"言有尽而意无穷"也。诗人深得奥妙,故以情感推动

着哲思、哲思夹携着意蕴,都在文字的结束处,翩翩然的四处涌溢,渐趋无限之境。在《西游柏林》"之三"中,"(劳拉)她是温暖的火焰,那微笑飞了过来/一朵冷艳的鲜花,不禁发出了光亮"。是那无止境的"美",以身体的灵魂和灵魂的身体为基础——"微笑",诠释了那观念的层次——"光亮",才有了"语言有止,诗思不驻"的盛况。在《青海观察》"之一"中,"黑衣少女猜不破古老的谜语/青青海水里沉吟着黑衣少女",青海—剑侠—美女—千年谜语,到底是何种的迷幻,是人生、文化、宗教,抑或是那争论不休的哲学命题,成就了诗歌的五彩缤纷,紧扣着世人的倦怠灵魂,地理文化孕育了诗歌,诗歌催延着地理文化,在这双向的掣动系统中,语言文字的静谧,竟饱含着难以察觉的惊世之动。其诗的诗味也有一个相对清晰的显现,立足的基础是情感与所属事件,以此为基础的形成的哲思理趣,彰显的是诗人立足于自身经历与学术深思的进展与拓进方向。而这种方式的建立与取得,并非依从于既定的规范或模式,而是从事件和情感的特殊性出发,向生命本性、哲学维度和美学高度三维进发,从而在形塑情感化意义氛围的基础上,诱人揣摩与反思。至此可以明白,惟山先生的十四行诗常有法而"活法",有矩范而无矩范。

最近十年以来,惟山先生以自己的努力与才气,创作了数十组十四行诗,成为当代中国诗歌艺术国度里的精品,让许多读者心向往之。他的十四行诗取式于西,获道于中,终孕育了这艺术的果卉,奉献了这分外的甘饴。诗人创生了十四行诗,十四行诗也新生了诗人,同时也标立了自我,它一经写就,便有如具有强大生命力的孩童,在蹒跚学步中,渐至茁壮与成熟。自此,诗歌与诗人便唯有交集,更在人诗互见的维度上,不断吸纳它门类特质,形成自为性、自主性营养与济补,森然于这"当代翰林"。

(李志艳,文学博士,广西大学文学院教授、学科负责人,南海学派重要学者。)

艾米莉·狄金森与英国巴罗克文学传统 *

刘立辉

内容提要:美国十九世纪诗人艾米莉·狄金森的诗歌显示出了独特的创新性,英国十六、十七世纪巴罗克文学传统成为狄金森诗歌重要的艺术和思想源头之一。狄金森所生活的年代是美国历史上的动荡时期,狄金森发现了自己所处时代与欧洲巴罗克时代的契合点,并且在布朗、多恩、马维尔等英国巴罗克作家和诗人那里找到了知音,狄金森诗歌蕴含了复杂的思想内涵和偏离常规的艺术手法,显示出了对古典主义的背离和对巴罗克传统的亲近。

关键词:狄金森　诗歌　巴罗克
作者简介:刘立辉,西南大学外国语学院教授,博士生导师,主要研究英美文学。

Title: Emily Dickinson and English Baroque Literature

Abstract: The 19th-century American poetess Emily Dickinson demonstrates unique innovation, which is rooted in the 17th-century English baroque literature. Dickinson's turbulent age resembles that of European baroque in many aspects, and Dickinson finds affinity with such English baroque writers as Thomas Browne, John Donne, Andrew Marvel, among others. Dickinson's poetry demonstrates baroque features in terms of the departure from classicism.

Key words: Emily Dickinson　poetry　baroque
Author: Liu Lihui is professor at the College of International Studies, Southwest University (Chongqing 400715, China). His academic research mainly covers British and American literature. Email: liulihui99@163.com

近一个世纪以来,学界时断时续地提及或论述过狄金森与英国十六、十七世纪文学的关系。美国著名学者艾伦·泰特写于 1928 年的论文《艾米莉·狄金森》可能是最早论及狄金森与英国十七世纪文学传统关系的文献。泰特提及英国玄学派代表诗人多恩与狄金森的相似处,指出狄金森像多恩一样,都处于一个矛盾因素尖锐对立、跌宕不休的时代,他们因此而常凭感觉表达抽象概念,即感性取代思维,重视觉的"看"而弃逻辑性"推理"(Tate 289-292)。早在二十世纪 60 年代初,美国学者班塞尔(Judith Banzer)撰文,以多恩和赫伯特为讨论对象,辨析狄金森诗歌与英国玄学派诗歌的相通性,指出两者都有通过悖论、奇喻等手法,呈现复杂甚或矛盾情感体验的"复合风格"(Compound Manner),这种诗歌风格相似性的产生原因则是狄金森有多种途径接触到英国玄学派诗歌。(417-433)稍后,美国宾州大学有人做出博士论文,梳理狄金森的阅读经历,其中就包括英国十六、十七世纪的重要作家和诗人,例如莎士比亚、弥尔顿、赫伯特、沃恩、布朗、考利等,但却没出现多恩(Capps 74-91)。然而,这些讨论没有将英国十六世纪后期到十七世纪的文学作为一个有机体的文学传统进行处理,大多停留在写作风格和写作主题的对比阅读上。这种侧重现象的比较研究较难解释狄金森诗歌创新性的内在机制。狄金森阅读过的这些诗人、作家、戏剧家主要生活在欧洲文化思想史上的巴罗克时期,狄金森对他们的亲近,构成了狄金森诗歌的巴罗克文学传统内核。

一、怀疑论、整体性、动态化的巴罗克世界观

狄金森所处时代是一个社会转型时期,新旧思想和事物涤荡着新英格兰大地,既有公理会信仰与超验主义思想的对立,也有农业文化和工业文化的冲突,还有革新与守旧之间的较量,更有各种冲突激发的国内矛盾,以及最为灾难的内战。在这样一个动荡不安的时代,世界好像失去了一个中心,不再存在唯一可靠的思想根基。狄金森对自己所处的世界抱持一种怀疑的态度,觉得一切都不可信赖。1853 年,年仅 23 岁的诗人在给哥哥奥斯汀·狄金森的一封信中称自己的时代是"如此令人震惊的时代"(Dickinson,

Selected Letters 102),她的困惑可见一斑。

狄金森的怀疑论涵盖了较为广泛的范畴,既怀疑上帝的存在,也诘问观看自然的单一角度,还反思爱情和友情的双刃作用。

诗第1545首[1]写道,"《圣经》是一部远古的书卷——/由褪了色的人们写成/在圣鬼们的启发下——"(Dickinson, *Complete Poems* 644)。正统基督教相信《圣经》是上帝之圣言,是先知们受到上帝的启示而写成,狄金森的诗歌无疑对此进行了彻底的怀疑,认为经书上规定的教义是世俗之人所写,并非真是上帝之真言。对所谓正确的基督教教义失去信仰后,狄金森转向依赖自身可以近距离体验到的形而下之物,例如自然、爱情、友谊等,但她同样不迷信这些事物,而是保持了一份怀疑的距离。诗第668首从听觉、视觉、感觉等角度描写自然,既呈现了自然的丰富,同时诗歌说话者三次使用英文词"Nay",不断地进行否定,又不断地进行补充,表明了对人的认知能力的怀疑。下文要分析的诗歌作品,大多透露出诗人的怀疑论思想。怀疑论世界观启动了狄金森看待事物的整体和动态视角。

狄金森通常通过书写世界万物的矛盾性,展示了诗人独特的整体性世界观。例如,在狄金森的死亡诗歌中,诗人以多维度呈现了死亡的复杂性,这种复杂性构成了诗人对死亡的整体性理解。此以《当我死时——听见一只苍蝇的嗡嗡声——》为例子,进行一番分析。"当我死时——听见一只苍蝇的嗡嗡声——/房间里的沉寂/就像在风暴的间歇——/那空中的沉寂——/周围人的眼睛——早已把泪水哭干——/喘息也渐渐恢复平稳/为了承受那最后一击——冥冥之王/在这个房间——降临——/我立下遗嘱——把家产/遗物一一分赠,连同/我身体的部分——这时/闯进来一只苍蝇——带着蓝色的——飘浮不定的嗡嗡声——/在光亮和我之间——起伏——/后来,窗户不见了——再后来/我的眼睛一片模糊——"(Dickinson, *The Complete Poems* 223-224)诗中的暴风雨喻指人生风暴,死亡是沉寂,与风暴形成对照,死亡显得令人向往。按照基督教传统观念,人死亡时,迎接灵魂的应该是天使或者基督本人,但迎接诗歌说话者灵魂的却是苍蝇,消解了死亡那令人向往的一面。苍蝇还让基督教世界的读者联想到撒旦,苍蝇可能是撒旦的使者。这极可能暗示了基督和撒旦对

死者灵魂的争夺,诗歌最后一节的"光亮"意象可以象征天堂,但是,"在光亮和我之间"却是那嗡嗡作响的苍蝇,暗示在"我"还未抵达"光亮"之前,苍蝇已经介入了,而"我"也显得比较消极,拿不准是否可以抵达"光亮"处,或者随苍蝇而去,因此,"我的眼睛一片模糊"。

"苍蝇"意象还有另外的象征含义。房间和亲人是温暖意象,暗含人间的温情和亲情;嗡嗡的苍蝇则可以象征纷争的世界。这样,死亡虽然可以带领死者脱离喧嚣的尘世,但同时也失去了温暖的亲情,所以,"窗户不见了"就是指死亡导致亲情的消亡。此外,苍蝇的飞翔运动还可以喻指人生轨迹,苍蝇的嗡嗡声暗示这个人生轨迹的喧嚣与愤怒,而"死亡"这个国王可以将"我"带到平静和光亮的国度,离开人世前"我"交出了自己的身体,但苍蝇作为一种昆虫,也让"我"对交出身体感到不安,因为,"那以腐物为食的'苍蝇'让死者在最后时刻窥见即将出现的可怕景象——他的遗体将被令人恶心的虫类和蝇蛆所分食"(刘文哲,刘立辉 11)。由是,尘世既让人厌倦,也让人留恋;死亡既让人向往,但也让人无发把握。这显示出了矛盾性、丰赡性,这种彰显矛盾性和丰赡性的整体性世界观,正是巴罗克世界观的延续,也体现出现代人认识世界的复杂态度。

有充满矛盾的整体性,就会有动态性,因为两者是相互联系的,但动态性强调变幻不定、相互转换的巴罗克世界观。所谓的动态观,是指事物的矛盾两极之间没有绝对或者固定的界限,而是可以相互转换或者向对方滑动的。例如,诗712首第一行是"因为我不能等待死亡——",而且那位彬彬有礼的死亡恋人贯穿整首诗歌,该诗因此被认为是一首有关死亡主题的诗歌。但我们也可以将该诗解读为一首关于时间的双刃作用的诗歌。西方文化传统中,拟人化的时间就是坐着马车,每天从东方启程,到西方沉落。本诗中的那位绅士可以说是时间的拟人化,既有催生又有摧毁的双刃力量。人类个体从母亲子宫受孕到出生,标志着时间的催生功能;但那位时间绅士早早地就为这个刚出生的人准备好了马车,跨过童年,迈过中年,慢慢地驱车赶往墓地。这样,时间里面的生就意味着死,类似于海德格尔的"面死而生"的悖论命题,但它却揭示了狄金森审视世界的动态视角。

诗1072首从辨证的动态角度审视婚姻。诗

的第一行是"称谓神圣——我的——",暗示"妻子"这个头衔的神圣性,接着全诗涉及订婚、戒指、婚礼、性爱的欢愉等婚姻因素,暗示婚姻的神圣性,并且用了"做新人"(born)表示新娘因婚姻而获得新的生命活力。但是,诗歌也同时描写了婚姻的对立因素。新娘说自己是"髑髅地的女皇",表明婚姻既有欢乐也有苦难,因为作为耶稣的受难地,髑髅地暗示苦难。虽为女皇,但没有皇冠(crown)则表明新娘的快乐可能只是表面的。马丁指出,"宝玉"(garnet)和"黄金"(gold)两个词语暗示戴指环和吻指环这些婚姻仪式,但狄金森独特的诗句安排"Garnet to Garnet — / Gold — to — Gold —"则与教堂葬礼仪式的语句"Earth to earth, ashes to ashes, dust to dust"是相同的;与此同时,"bridalled"(庆婚宴)的视觉效应在于"bride"(新娘)和"bridled"(马笼头;约束)形成的文字游戏,丈夫会像控制马儿一样控制妻子。这些表明婚姻造成新娘这个新的身份的诞生,但她的自主性却被裹上了"寿衣",死亡了。(Martin 84)紧接"宝玉对宝玉"、"黄金——对——黄金"这个既表婚姻仪式又含性爱成分的语言表达之后,有这样三行:"做新人——庆婚宴——披寿衣——/一天之中——/三重胜利"(Dickinson, *The Complete Poems* 487)至此,狄金森的动态婚宴观显露无遗。

二、巴罗克的情感体验书写

古典主义重逻辑和思维,巴罗克艺术强调日常情感体验的重要性,张扬情感的迷狂性和体验性。艾略特在讨论英国玄学派诗人时,提出了"智性诗人"(the intellectual poets)和"沉思诗人"(the reflective poets)两个重要概念,认为丁尼生和布朗宁这样的浪漫主义诗人是沉思诗人,"他们思考,但他们不像感受玫瑰花香那样直接感受自己的思想";由此相反,"思想对多恩来说是一次体验,并修正着他的感受能力",多恩诗派能将"杂乱的、不规则的、零散的"体验整合成"新的(诗歌)统一体"(Eliot 247)。艾略特的意思是说,玄学派诗人不看重诗歌叙述的逻辑性,反而将日常体验的非逻辑性和碎片性整合到诗歌叙述中,形成让人感觉一新的诗歌体验。这说明,玄学派诗人倚重个体的情感体验,不遵守文化共同体所倡导的逻辑思维定势和传统价值取向。艾略特所说的玄学派诗人就是欧美当代学界所界定的

英国巴罗克诗人,这种巴罗克式的情感体验也得到了狄金森的充分认可。

狄金森对诗歌的定义是:"我阅读一本书,它使我全身感到冰冷,即使火也无法温暖我,我知道那就是诗歌。我真切地感受到自己灵魂出窍,我知道那就是诗歌。这些是我知晓诗歌的唯一方式。难道还有别的方式?"(Dickinson, *Selected Letters* 208)狄金森对诗歌的表述不仅是感性的,而且也认为诗歌的本质就是一种情感体验。这与艾略特对玄学派诗人的描述是非常吻合的。当然,狄金森更以自己的诗歌写作,践行着她对诗歌的理解。例如,第258首《有一缕斜阳》:"有一缕斜阳/冬日的那些下午——/它压迫,像教堂乐曲/那样沉重——//无比的伤害,它给我们——/我们无法发现任何疤痕/可是内在的差异,/在那里,真实地存在——//……//当它来时,远景倾听——/影子——屏息——/当它走时,像那冷淡/在死神的脸上——"(Dickinson, *The Complete Poems* 118-119)此诗写冬日阳光给说话者形成的震撼力,冬日的阳光就像一枚无形而威力无比的剑,留下内在的疤痕。学者们常将此诗解读为狄金森写的自然诗歌,表现了冬天带来的恐怖力量。[2]其实,将该诗解读为诗人心灵的情感体验,兴许其内涵更为深远。那缕冬日的斜阳就像一枚闪着寒光的利剑,但却伤得致命。那种伤害如同教堂里面的乐曲,轻柔但沉重,会压迫你喘不过气来;那枚寒剑不会留下任何可见的疤痕,但它的意图是内伤,那是致命的。当那种伤害发生时,万物都不敢发出声音;当那伤害过去时,留下的冷淡如同死神来临那样可怖。

可以说,狄金森通过捕捉冬日下午的一缕斜阳,将其进行隐喻化和象征化处理,传递出震撼灵魂的情感体验。该诗中的阳光不再是自然界的物理光线,而是心灵体验的物化投射,那缕斜阳既是实,也是虚,但它首先是心灵化的。正是心灵化的情感体验内涵,使得这首诗歌成为狄金森的经典诗歌之一。

三、巴罗克的审美修辞

狄金森诗歌的文体风格既无古典主义的体面和优雅,也无浪漫主义的口语化和日常化,而是显得十分的"怪异",曾让读者和评论者感到十分头痛。有论者总结狄金森的"怪异"风格主要

表现为大量使用容易产生混乱的标点符号(例如破折号),句型倒置且经常省略,音步和韵脚不规范,语法不规范(例如时态混淆),认为这是对语言常规的有意偏离,产生了分裂的诗学效果。(Miller 44-46)

狄金森的怪异修辞风格实际上是心灵体验世界的诗化投射,诗人通过特定的诗歌修辞风格十分物理化和感性化地呈现了对这个世界的当下感受和认知体验。狄金森是一个当下性感受的诗人,如果将狄金森的诗歌转换成散文,其产生的认知体验则是迥异的。这里仅以第 668 首《自然》为例,以便感受不同的阅读体验:

"Nature" is what we see —
The Hill — the Afternoon —
Squirrel—Eclipse-the Bumble bee —
Nay — Nature is Heaven —
Nature is what we hear —
The Bobolink — the Sea —
Thunder — the Cricket —
Nay — Nature is Harmony —
Nature is what we know —
Yet have no art to say —
So impotent Our Wisdom is
To her Simplicity.

(Dickinson, *The Complete Poems* 332)

可以尝试将该诗改写成散文:Nature is what we see: the hill, the afternoon, the squirrel, the eclipse of the moon, the bumbling bee. No, nature is the universe. No, nature is what we hear: the warbling of bobolink, the tumbling of the sea, the storming of thunder, the chirping of the cricket. No, nature is a piece of harmonious music. Nature is what we know, but we have no art to say, for our wisdom is so impotent even to know her simplicity.

虽然散文填补了逻辑,但却丢失了诗歌的形式之美,更消解了形式之美所隐含的深刻内涵。诗歌以破折号代替标点符号,不仅延缓了阅读速度,增强了空间跨度,而且形成了视觉化的碎片感,这种形式上的碎片感与诗歌主题极其吻合:自然丰富多彩,我们的知识和智慧都极其有限,认识的只是些零碎的东西。米勒曾对狄金森诗歌的碎片化形式做个精彩的说明,认为这种零碎化形式不仅"削弱了读者寻找有序意义的期待",

而且诗歌"以其主体结构对社会结构做出更为深远的点评","特别是形式上的混乱在主题上反映了对以文化界定秩序之模式的偏离。这些混乱传递这样的信念:世界并不和谐;生活既非理性也非容易;也不存在自然或者神圣的计划使得万物能免受不断出现的混乱之困扰"(Miller 46)。这就是说,所谓的意义和秩序是文化生产的结果,是经过文化层面或者文化体制给过滤出来的,狄金森要对世界做一番现象还原的诗学体验,她选择了碎片化的主题形式作为表达体验世界的最佳表达手段。

狄金森的思想本质是不相信西方传统的形而上学体系,无论是宗教的或者哲学的,转而相信形而下的当下经验,当下经验通常是零散的、非逻辑性的。狄金森对感性经验的亲近与巴罗克文化重感性经验的价值取向如出一辙。英国十六、十七世纪培育出了培根和洛克的经验哲学,说明那个时代在抛弃了中世纪的经院哲学后,表现出对感性经验的迷恋。对人性的理解让多恩丢不下恋情,对科学的关注让他使用了圆规,圆规画出的圆圈和一个中心点又是炼金术的标志,如此丰富而驳杂的思想和感性经验使得《赠别:别悲伤》(*Viladiction*:*Forbidding Mourning*)具备了丰富的内涵。难怪艾略特对多恩做出这样的评价:"多恩相信任何东西。看来在那个时代,世界上似乎充满了各种思想体系的不完整的残枝破布,一位像多恩那样的诗人,就好像一只喜鹊,衔起各种映入他眼帘的闪闪发光的思想碎片,把它们点缀在他的诗行的各处。"(艾略特 165)当然,狄金森通过偏离语言常规的修辞革命,有效地表达了对感性经验的回归,其诗学形式所取得的主题表达效果比多恩更有效。当然,除了偏离语言常规的修辞手段,狄金森还采用了其他的修辞手法,表达自己对经验的倚重。

奇喻(conceit)是狄金森表达自己感性经验的有效修辞手段。奇喻缩小了本体和喻体之间的距离,弱化了本体和喻体之间的浅层逻辑连接,却带来了惊奇的修辞效果。可以说,奇喻实现了感性经验的审美化过程,因为人的感性经验通常缺少逻辑链接,但却充满惊奇和出乎意料。奇喻修辞与感性经验有着内在的亲缘性。奇喻布满了狄金森的诗篇。例如,第 254 首《"希望"是个带着羽毛的事物》将希望与面包和自我奉献的歌鸟连接起来。人们通常将希望联想为太阳、花朵之类的事物,很少将希望与面包和歌鸟联系起来,况且是只甘愿自我牺牲的歌鸟。诗人笔下的歌鸟不知疲倦,她的歌声从不停止;她无所畏惧,面对狂风暴雨仍能发出最甜蜜的歌声;她坚韧不屈富有活力,寒塞边陲茫茫大海都能听见她的歌声;她从不贪求,即使山穷水尽,也只需要一点面包屑。作为一个绝大部分时间都独处庭院的家庭主妇式女诗人,歌鸟和面包是再熟悉不过的日常经验,诗人将"希望"进行感性经验处理后,就演变为具有新意的奇喻修辞了。同时,诗人说希望之鸟栖息在心灵,养育歌鸟的面包屑自然就来自心灵之面包了,心灵就是面包,则是另一个奇喻了。再次,狂风暴雨、寒塞边陲、茫茫大海等,何曾不是人生的奇喻修辞?马丁曾指出,狄金森擅长做面包,对其诗歌隐喻具有建构作用,并举证包括本首在内的数首诗歌(Martin 56)。马丁颇具慧眼,但他没有注意到,这种以感性经验为出发点的隐喻缺乏浅层的逻辑线索,已经悄然演化成奇喻了。第258首冬日下午的阳光和教堂的乐曲之间;第712首死亡和恋人之间;第444首士兵的尸体与美钞之间,伟大的生命与散落的珍珠之间;第234首人的救赎和商业投资的亏盈之间;第754首人的生命与装有子弹的抢之间;第585首火车与马之间,等等,无一不是奇喻修辞关系。狄金森脱离了从本体和喻体的相似性中构思修辞手法的古典主义模仿论传统,而是转向个体的感性经验,通过心灵的沉思,将两个或多个没有多少相近性的物体连接在一起,实现了诗歌的奇喻修辞,拓展了诗歌的表现内涵。

除奇喻外,狄金森还喜欢使用悖论修辞去记录诗人感之切切的感性经验。狄金森身边的感知世界是充满矛盾的。例如,她有着丰富的情感世界,但却终生未嫁;她是家里唯一不上教堂的人,但却又对上帝有那么一丝依恋;她渴望友情,但又担心会消解她的独立和自主;她感到现实世界有诸多的负重,但又觉得死亡世界显得神秘莫测。狄金森面对的感性世界充满矛盾、困惑、无序,狄金森就常使用悖论修辞记录心灵对周遭世界的感性体验。例如,第21首描写生活却没有用高深的哲理,而用赌博的悖论修辞,全诗虽仅三行但却十分深刻:"我们输——因为我们赢——/赌徒们——老想着这一局/又掷出他们

的骰子!"(Dickinson,The Complete Poems 15)诗中的"我们"既是赌徒,也是"他们"。因为有所期待,"我们"就赢了;因为赢了,"我们"就再次掷出骰子,所以"我们"输了。这里,赢就是输,输就是赢,促成输赢的是期待、是命运;人生如赌局,悲与乐、生与死、伟大与渺小,诸如此类问题,哪里能分得那么分明。

再如,第1277首描写心灵恐惧的诗歌,也主要使用了悖论修辞,言出了别人心有但却无法诉诸文字的感受:"当我们正对它恐惧之时,它来了——/但来时却减轻了恐惧/因为对它恐惧那么长久/已几乎使它变得亲切可爱——//有一种适应——一种惊恐——/一种适应——一种绝望——/知道它要来比知道/它真来到更令难以忍受。//就尝试一下这个极限/它是陌生的清晨/比一辈子戴着它/还要可怖。"(Dickinson,The Complete Poems 558)这首诗抒写心灵畏惧和宁静之间的转化。在令人畏惧的事情来临之间,人一直处于畏惧甚至恐惧的心理状态,但当恐惧的事情真的到来,恐惧的心理却消失了。这也许是一种麻木后的恐惧消失,也许是一种别无选择的宁静,但狄金森的悖论修辞传递出了深刻的人生哲理:畏惧本身不是畏惧。同时,狄金森还从女性的感性经验出发,使用了奇喻。译诗中的"适应"、"尝试"、"戴着"在原诗中分别是"Fitting"、"Trying on"、"Wearing",表示试衣和穿衣的动作。畏惧就像一件不合身或者不喜欢的衣服,试穿的时候心里很是不舒服,但别无选择地穿上时,又是"亲切可爱的"(原诗中的 fair 一词)。

四、以再创性为旨归的巴罗克诗学策略

巴罗克诗人抛弃了以复制为旨归的古典主义诗学,转向对所观察到的世界进行再创造。玄学派诗歌是英国巴罗克文学的桥头堡,其诗学理想的内核就是追求诗人的创造活力。

艾略特在《玄学派诗人》一文中指出,与别的诗人不同,玄学派诗人不讲究隐喻、明喻等修辞手法的准确性,而是将一个修辞格扩展到创造性思维所能到达的范围(Eliot 242)。艾略特将注重心灵创造的玄学派诗人称为"智性诗人"(the intellectual poets),其创作体现了约翰逊博士所说的"智性"(the wit),这些智性诗人通过联想,可以对毫无关联的经验进行整合,从而构建出新的整体经验。(Eliot 244-248)。这表明,玄学派诗

人的智性就是诗歌再创功能的另一种说法。我
国学者李赋宁先生也指出,约翰逊对"智性"一词
的论述包含着诗的创造性功能:"在更高的层次
上,约翰逊说:才气是在不和谐的事物之间看出
隐蔽的和谐关系的本领,是把不协调的形象结合
起来、串起来的本领。在这个意义上,才气就是
诗歌创造的能力。"[3]

玄学派诗歌的智性诗学策略追求什么样的
诗学效果呢? 那就是要展现事物的复杂性、矛盾
性,以"惊奇"的诗学效果去纠正古典主义的因果
思维定势。艾略特没有就"智性"给出明确的定
义,只是认为诗歌的"智性"品格"不仅仅是指一
个时期(诗歌)的技巧成就,或者词汇和句法,而
是包含更多的东西",是"轻快优雅的抒情性却隐
含着不可置否的说理性",是"轻浮和严肃的结
合"(Eliot 252,255)。总之,"智性"涉及对立经
验的正确组合。因此,艾略特认为,"智性"使得
马维尔的名诗《致他的羞涩的女友》"突然转向,
产生了惊奇,此种是自荷马以来获取诗歌有效性
的最重要的方式之一"(Eliot 254)。事实上,艾略
特所说的"智性"是巴罗克文化的重要内涵,它偏
离了古典文化的逻辑性和因果律,强调日常经验
的对立共存性和悖论性,在审美效果上追求
"惊奇"。

可以说,狄金森遵循的诗歌策略总体上就是
玄学派诗歌的智性策略,她将诗人的再创能力放
到了最重要的位置,为了实现诗歌的再创功能,
诗人选择了远离现场的诗歌态度,由此观察到事
物的矛盾性、复杂性、动态性,并以实验性的诗歌
形式忠实地传递出对世界的原始认知体验。狄
金森研究者安德森指出,狄金森诗歌具有艾略特
所言的"智性"品质,因此,艾略特认为英语诗歌
自十八世纪后不复存在"智性"品质的观点,是值
得质疑的。(Anderson 3)此言可以说是道出了狄
金森诗歌的部分奥秘所在。

狄金森写有定义诗人身份的诗歌文本,充分
肯定诗人的主体者地位,常将诗人理解为一位堪
比上帝的创造者。在第 307 首诗中,说话者宣
称,"那位能重复夏天的人—— / 比夏天本身更
伟大";那能在太阳沉落的时候重造太阳的人,
"即使他是人类中最渺小的一个",那么在世界消
亡很久后,"他的名字——永存——"。虽然说话
者没有点明这个能创造夏天和太阳的最渺小一
个人是谁,但读者不难推测,那是诗人,因为只有

诗人才能用文字创造夏天和太阳;虽然诗人是渺
小的,但他的创造却是伟大的。诗第 569 首对宇
宙存在之链进行排序:首先是诗人,然后是太阳,
其次是上帝的天庭。诗人之所以位列第一,是诗
人似乎包括了整个宇宙,太阳和天庭都成了摆设
(a needless show),诗人可以提供夏天,炫目东升
的旭日,甚至天庭。

这样,狄金森不曾将诗人看成一位模仿者,
这远离了古典主义对诗人的职责要求,更接近巴
罗克的诗人理想。作为创造者的诗人主体地区
得到确认后,能体现主体性的有效行为就是用心
灵对世界进行重新组装。在这种意义上,狄金森
将诗人看成一个变形师,一位炼金术士。诗第
593 首是纪念布朗宁夫人的,狄金森诉说自己读
布朗宁夫人的诗如同着魔,改变了自己对自然的
看法,"蜜蜂——变幻成了蝴蝶 / ——蝴蝶——
变幻成了天鹅——";最后一诗节 4 行,每行分别
使用了"witchcraft"(巫术),"magicians"(巫师),
"magic"(魔力),"deity"(神力),强调诗人的变形
能力,并指出需要"守护"(to keep)。巴罗克艺术
被通称为变形的珍珠,意即艺术有别于实在的物
理世界。狄金森赞美诗歌的巫术能力,让蜜蜂变
幻成蝴蝶,这与巴罗克的艺术宗旨如出一辙。

以玩变形术和炼金术而体现诗人的主体创
造性,就得将万物置于心灵之光中,进行心灵之
光的折射和过滤,才能呈现出独特的狄金森诗歌
世界。狄金森曾将写诗比喻为点灯(第 883 首),
她没有说是什么火光能将诗歌这盏灯点亮,但不
难推测应该是心灵之光。为了获取自己独特的
诗歌之光,狄金森选择了远离现场,但不脱离现
场的远距离观察的诗歌策略。她害怕融入现场
就会使自己失去独立性。十九世纪的美国仍奉
行男主女仆的家庭伦理观,狄金森对这样的伦理
观是不怎么接受的。人们对她终身未嫁的理由
猜测纷纷,但有一个理由得到学者的普遍接受,
不结婚可以很好地保持她的自主性。女诗人曾
将自己的数首诗歌寄给希金森(Thomas Higgin-
son),后者对狄金森那反传统的诗歌大感不解,
委婉地建议她推迟发表,狄金森回信道:"你建议
我推迟发表,我就笑了——那与我的想法是陌生
的,就像天空对鱼儿那样陌生"(Dickinson, Se-
lected Letters 174)。这就是说,如果为了迎合大
众或者所谓传统去写可以发表的诗歌,狄金森只
能放弃自我,放弃自己诗歌的独特性,就像鱼儿

离开大海,去到天空中生存,结果是必死无疑。这表明,独特性是狄金森诗歌的生命所在,已经成为她诗歌写作的自觉追求。狄金森认为发表诗歌是拍卖灵魂(第709首)。这自然暗示了诗歌写作对她来说是很私密的事情,是与灵魂有关的,她的诗歌世界是内化的,亦即心灵化的诗歌世界。

因此,狄金森要与她周遭的世界,包括文学传统和文学时尚,保持适当的距离,从而获得心灵感悟和体验的自由,以便充分行使诗人的名分。狄金森在第441首诗中写道,"这是我写给这世界的信 / 她未曾写信给我——"。这表明诗人和她力图进行交流的世界之间是有距离的,她所理解和呈现的世界是单方面的,她"看不见"与这世界进行交流的其他"人手",所以,诗人请求她的同胞要宽容她对这世界所选择的理解:"出于爱她——亲爱的——同胞们—— / 温柔地审问——我吧"(Dickinson, *The Complete Poems* 211)。这就是说,狄金森以审视之眼光而"看"到的世界是有别于其他"人手"所接触到的世界,这也就是布鲁姆所说的,狄金森是使用了"透视法"(perspectivism),是诗人第627首诗最后一行所说的,"以另外一种方式——看"(Bloom 308)。

"以另外一种方式——看"就是以狄金森的方式"看",包括她的独特的世界观、情感体验以及奇特的语言表现方式等,能催生以另外一种方式看的"透视法"则是狄金森的智慧。布鲁姆认为狄金森是一位思想家的诗人,思想的力量保障了她诗歌的原创性,"除莎士比亚外,狄金森展示的认知原创性超过但丁以来的任何西方其他诗人",这让众多读者和批评家对狄金森的诗歌感到困惑,但狄金森本人却"对自己的奇怪念头(whim)感到得意"(Bloom 291-292,295)。布鲁姆对狄金森的思想性、认知原创性、怪异性的描述,十分类似于艾略特对英国十七世纪诗歌体现出的"智性"诗学特征。

注解【Notes】

* 本文系国家社科基金项目"英国十六、十七世纪巴罗克文学研究"(07BWW014)的阶段性成果。

[1] 本文所引诗歌的编号皆采用 Emily Dickinson, The Complete Poems. Ed. Thomas H. Johnson。

[2] 例如,当代狄金森研究权威马丁(Wendy Martin)就认为该诗是抒写自然的诗歌,参见 The Cambridge Introduction to Emily Dickinson, 95;中国学者刘守兰也认为该诗是描写自然的诗篇。参见《狄金森研究》,上海外语教育出版社 2006 年版,第 194—195 页。

[3] 参见[英]艾略特:《艾略特文学论文集》,李赋宁译,百花洲文艺出版社 1994 年版,第 27 页,注释 1。李赋宁先生将"wit"译为"才气",将"intellectual"译为"理解力"。本文统一译为"智性",因为艾略特认为,具有 wit 能力的诗人,就是 the intellectual poets。

引用作品【Works cited】

[英]艾略特:《艾略特文学论文集》,李赋宁译,百花洲文艺出版社 1994 年版。

Anderson Charles R. Emily Dickinson's Poetry: Stairway of Surprise. New York: Holt, Rinehart and Winston, 1960.

Banzer Judith. "Compound Manner": Emily Dickinson and the Metaphysical Poets. In American Literature, 4 (1961): 417-433.

Bloom Harold. The Western Canon. New York: Harcourt Brace & Company, 1994.

Capps Jack L. Emily Dickinson's Reading 1836-1886. University of Pennsylvania, Ph. D., 1963.

Dickinson Emily. Selected Letters. Ed. Thomas H Johnson. Cambridge: Harvard University Press, 1986.

Dickinson . The Complete Poems. Ed. Thomas H Johnson. Boston and Toronto: Little, Brown & Company, 1960.

Eliot T S. Selected Essays. New York: Harcourt, Brace & World, Inc., 1964.

刘文哲,刘立辉:《文本·死亡·自我——艾米莉·迪金森死亡诗歌结构形式解读》,载《外国文学研究》1993 年第 1 期,第 9—13 页。

Martin Wendy. The Cambridge Introduction to Emily Dickinson. Cambridge: Cambridge UP, 2007.

Miller Cristane. Emily Dickinson: A Poet's Grammar. Cambridge, MA: Harvard U P, 1987.

Tate Allen. Emily Dickinson. In Essays of Four Decades. Chicago: The Swallow Press Inc., 1968: 281-298.

那一段穿越古今的回响

——白居易与詹姆斯·赖特

李广寒

内容提要：20世纪以来，太平洋两岸见证了一场轰轰烈烈的比较文学研究。中西诗歌比较研究中，赵毅衡与朱徽两位学者在各自的著作中都谈到了中唐诗人白居易对当代美国的赖特的影响。王佐良认为这两个诗人有不可忽略的相似。张隆溪在《同工异曲：跨文化阅读的启示》中提到，不同的文化常常巧合地在近似的观念和主题上表现出一致，这就是文化的"呼应"。本文借助平行研究方法分析白居易与赖特之间的种种巧合，试图证实这两个隔着时空的诗人，的确存在着灵魂深处的呼应。

关键词：平行研究 社会批判 审美观照 呼应 契合

作者简介：李广寒，西南交通大学峨眉校区外语系讲师，主要从事英美文学研究。

Title：The Resonance across Ages：Bai Juyi and James Wright

Abstract：In the twentieth century, the comparative studies of China-American cultures and literatures have drawn much attention from scholars. From the perspective of influence study, Zhao Yiheng and Zhu Hui have pointed out in their research that James Wright has been influenced greatly by the poetics and poetry of Bai Juyi, and Wang Zuoliang has also mentioned an affinity between the two poets. Zhang Longxi, in his book Unexpected Affinities：Reading across Cultures, states that there exists a kind of "convergence" of different cultures based on "conceptual similarities or thematic affinities". This paper is an attempt to take the approach of parallel study to examine the two poets from different aspects, in order to manifest there is affinity of their souls which transcend the gap of centuries and oceans.

Key words：parallel study social criticism aesthetic value echo affinity

Author：Li Guanghan is lecturer in Foreign Languages Department, Southwest Jiaotong University (Emei 614202, China). Her academic interest is British and American Literature. Email：liguanghan333@yahoo. com. cn

久负盛名的中唐诗人白居易，因其诗歌语言直白明了，被现当代美国诗人推崇备至。詹姆斯·赖特更将其视作灵魂的先导。赵毅衡认为赖特的确在诗歌创作上深受白居易影响，表现在他简洁明快的创作风格和精巧的富于东方色彩的意象上（赵毅衡 62）。通过影响研究的比较方法，朱徽认为赖特在诗歌创作手法及诗人责任的意识上都受到白居易的影响（朱徽 5）。本文在综合两国评论家及比较文学学者的研究基础上，采用平行研究方法，从白居易、赖特两人的诗歌语言、意象、主题和创作目的等方面进行比较，得出结论：尽管由于时代和社会环境造成明显区别，这两位诗人在诗歌的创作艺术和主旨上表现出的惊人相近，是一种超越时空的巧合，也就是张隆溪提出的"呼应"（Zhang 6）。

《冬末过水塘，想起了一位中国的老官员》这首诗几乎可以看作赖特对白居易的献礼。1960年明尼阿波利斯的早春二月，主流文化的冷漠疏离，让赖特这位敏感的诗人体会到了中唐时羁旅他乡的白居易的不易。赖特在诗中亲切地说他想起了白居易，那个"秃顶的老官员，颤颤巍巍地过三峡"（Wright, Collected Poems 111）与白居易的《初入峡有感》[1]遥相应和。一个老官员，谢了顶，颇有些落魄相，很符合赖特当时的心境。"颤颤巍巍"似乎不仅仅表现在扁舟过峡的险象环生，也暗示了白居易的坎坷仕途和赖特孤立于文化边缘的志忑。一句直白的"我想你"，则是坦陈他将白居易视作灵魂的知己。白居易的落寞不得志与当代美国诗性备受物欲横流的主流文化排挤的寂寥，在赖特看来都是莽莽的无边"暗夜"（Wright, Collected Poems 111）。赖特分明是将自己比作现代的白居易，在当代美国严苛的社会中挣扎，独自踟蹰在傍晚的明尼阿波利斯，感受不到温暖。这种比拟流露出赖特认为两人之间是遥遥相知，而不是他被动地接受白居易的影响。身份的认同更强调赖特认为两人之间有一种默契存在。诗中描写白居易的动作多用进行体，也是为了表现这是一种延续的状态，仿佛可以持续到赖特所在的当代。

通过白居易和赖特的生平资料，可以发现，动荡的生活，长期的疾苦和不安，在这两位诗人的诗作中形成了悲悯富于同情的基调。

两个诗人的生活历程颇有些类似。白居易出生于一个清苦的官宦之家，祖父和父亲都是官员，为人正派。在他们的影响下，白居易对知识分子的责任有了自己的认识，并在多年的漂泊生活中对平民的疾苦有了切身体会（李道英 259）。白居易在诗作中大量描绘贫苦人的生活激起许多人不满，他在《与元九书》中写道："凡闻仆《贺雨》诗，而众口藉藉，已谓非宜矣；闻仆《哭孔戡》诗，众面脉脉，尽不悦矣；闻《秦中吟》，则权豪贵近者相目而变色矣；闻《乐游园》寄足下诗，则执政柄者扼腕矣；闻《宿紫阁村》诗，则握军要者切齿矣。"而相比白居易，赖特的生活更加复杂、不确定。生于俄亥俄州一个工业小城，赖特靠做矿工的父亲养活。目睹父亲工作的惨状，赖特从小憎恨工业文明对劳动者的残害。16 岁时第一次精神崩溃之后，幼年时的创伤记忆成为他诗歌中挥之不去的阴影，使赖特大量作品都笼罩着悲悯、阴暗的色彩。俄亥俄州的贫苦环境，使赖特的社会评论中也充溢着浓浓的悲伤（Ruby 17）。作为密切关注社会和民生的诗人，白居易在作品中常常流露出对官场的失望和落寞（静永健 50），"莫笑贫贱夸富贵，共成枯骨两如何？"白居易在《放言·其三》中明确地表达了对富贵权势的富贵，而赖特则是认为只有那些贫穷受苦的人才有真性情。宗教信仰的确实和个人命途多舛，赖特对现代文明都抱着不信任的悲观态度（Middle-brook 658）。

投向贫穷和苦难的关怀也使白居易和赖特两位诗人的意气相投。白居易的诗作语言朴实，诗中人物也少有文人骚客达官巨贾，多数是描写困顿的普通人如歌妓、农夫的生活，都是那些被排斥在主流文化生活之外的人。而赖特笔下也

多数是无家可归的流浪汉、被剥夺公民权的印第安人、不被教会接纳的同性恋，和白居易笔下那个弹琵琶的歌女一样，赖特的诗歌人物也是一群被社会遗忘的边缘人。"自古飘沉人，岂尽非君子？"（《初入峡有感》）这种飘零感并不完全是诗人遭际的自叹自怜，更多的是对周围受苦人的同情与关怀。赖特自小在矿区长大，虽说家境并不宽裕，倒也算家人齐整。矿工们的艰辛困境竟然在这个敏感的少年心里投下了浓重的阴影，导致他后来多年抑郁和精神崩溃。赖特作品有很多篇幅是在描写美国中西部矿区的凋敝民生，饱经蹂躏的自然风物和那些"看不见的人情"（Myers 208）。一些评论家认为赖特诗歌中的人物过于凡俗庸常，几乎是狄更斯人物的感伤版（Smith 469）。相对白居易来说，赖特的诗句当中的指称则晦涩得多。在《致一株开花的梨树》中，他描写了一个白发老头儿，和白居易一样，过着艰险而孤寂的生活。他们在这难以直言冷漠的充满敌意的社会环境中，只好将隐忍地将这种悲苦寄托在对冷酷的自然的描绘中。

白居易在诗歌创作中坚持诗歌的社会功能，即对政治和文化的讽喻以供当权者采纳（Alley 6），因此他的作品语言直白明了，情感丰沛。《与元九书》："诗者，根情"，提出诗歌的根基在于情感，实实在在的对受苦的人的同情和理解。赖特也是一位感情十分饱满的诗人，Rodney Jones 认为他是当代北美写诗最动情的一个（Jones 370）。但与白居易诗歌的社会教益不同，赖特的诗歌只为了替那些穷苦的、边缘的人们抒发心中难以言说的苦痛。他认为诗歌的力量在于通过抒发内心的情感以达到某种"灵魂的救赎"（Butscher 519）。好的诗人就应该像 Roethke 那样，能够用高超的记忆与神秘的想象结合起来，达到情感的解放（Bogen 98）。对于赖特来说，技巧非但不会阻碍情感的表达，反而会促使诗歌中的情感流露得更加淋漓尽致。白居易的诗论中也十分重视技巧，用词和音乐性是白诗中最重视的艺术手法。

有趣的是，白居易和赖特都在有生之年饱受毁誉。白居易被认为是一个感性、极富同情、浪漫至极的诗人（张再林 71），也因为对仕途的竭力追求遭人诟病。传白居易作诗总要请老妇人听听是否明了。不论这个轶闻是否属实，至少能说明白居易的诗歌是公认的简单易懂。不事雕琢

的诗歌语言也是白居易与赖特共有的特征。他们都对诘屈聱牙的程式化诗歌语言深恶痛绝，认为这样繁琐的语言妨碍了诗意的传达。赖特的语言因其俗白被评论家们认为是对普利策奖的"羞辱"，普利策奖带给他的不仅是荣誉，也有来自各界的指责、怀疑。不少评论家认为他的才华平庸（Butscher 520），包括 Elkins 在内的几位主要的评论家都认为赖特的诗歌表现为"直白的陈述"（Elkins 7）。

尽管对艺术技巧不懈追求，白居易与赖特不约而同地采取直白明快的诗歌语言，以便更加生动形象地刻画生活在底层的人们的情感和精神状态。白居易的《采莲曲》中有"逢郎欲语低头笑，碧玉搔头落水中"。寻常农家女子的鲜活、灵巧，全然没有受到儒家对女子从头至足的束缚；采莲的少女在劳作时看到心仪的青年，欲语还休，这低头一笑定是花枝乱颤的，才能把头上的玉簪笑得抖落水中。对大自然的生机勃发的赞叹，在白居易是不拘礼俗，在赖特是不从流俗。

赖特在创作中摈弃了当时现代派诗歌中精英趣味的语言风格，采取"自白派"诗歌直陈胸臆的手法甚至粗俗的意象。他认为限制诗歌的作法乃至客观现实都是对抒情的妨碍，是一种"对人格的干扰"（Smith 470）。在《一个拥挤的城市的夏日回忆》这首诗中，赖特写道"我深爱着这大地，和它的干草灰"（Wright, Collected Poems 192）。大地、草灰，都是生活中最平常的事物，句中的深情歌咏，代表赖特面向大众的审美取向。有的评论家甚至认为赖特的抒情过于泛滥，有些"狄更斯式的平庸"（Smith 469）。事实上赖特并非只会直陈抒情，他注重将丰沛的情感和精巧的诗艺相结合，获取完美的表达效果。在《诗人摩根·布鲁姆的挽歌》中赖特写道"孤独的摩根，/死去的摩根，/跟着他唯一的/孩子走进了一片广阔的/荒凉"（Wright, Collected Poems 145-146）。孤独、广阔、荒凉，都是极其平淡却直接明了的描述。

在诗歌创作中赖特与白居易一样，也流露出强烈的感伤与自省的情绪。无论是自身的生活经历还是平日所思所想，都在这两位诗人的作品中直白地呈现出来。白居易的《弄龟罗》"有侄始六岁，字之为阿龟。有女生三年，其名为罗儿。一始学笑语，一能诵歌诗。朝戏抱我足，夜眠枕我衣"描述的是他和孩子们的天伦之乐，没有孝

悌忠义的教诲，毫不掩饰地摆在作品中；如同赖特的《刚下罗切斯特的高速路，明尼苏达州》中写到两只小马："我想把更柔软的那只抱在怀里，/她向我走过来/用鼻子轻轻蹭我的左手。"（Wright, Collected Poems 114）取材于生活中的寻常点滴，却有一种感人至深的力量。

尽管赖特的诗歌中总是萦绕着一种"朦胧、神秘的自然"（Williamson 472），他仍然被大多数批评家认为是一个"自白派"诗人，抒情过分到接近"歇斯底里"（Butscher 520）。《树枝不会折断》和《我们要不要在河边相聚》这两部诗集都被看作"后自白派"的代表作（Middlebrook 659）。赖特的多愁善感也能从白居易的作品中得到呼应："我亦定中观宿命，多生负债是歌诗。不然何故狂吟咏，病后多于未病时？"（《自解》）赖特虽以"美国的批评者"（Bedient 521）自居，在诗句中仍然充溢着浓厚深沉的爱，《哀叹沟渠中的影子》就是这样一首情感饱满的作品："这里聚集着那些还不想死的饿鬼的影子？他们还不是犹太人……一个饥饿的影子是什么颜色？"（Wright, Blossoming Pear Tree 11）像白居易一样，赖特也不拘于直抒胸臆。他在《明尼阿波利斯组诗》中写道："然而我不能忍受/我的兄弟我的身体死在/明尼阿波利斯。"（Wright, Collected Poems 139-141）诗集中，许多诗句以第一人称的口吻抒发对现状的不满和个人精神生活的痛苦，因此被评论家指出他的两大主题是"担惊受怕的回忆和赤裸裸的抱怨"（Butscher 519）。白居易相信，若是君主能广开圣听，国家和民众仍然有救助的希望；然而赖特却看不到任何希望，他的诗句中没有神灵，只有苦苦挣扎的，无法救赎的灵魂。

20 世纪关于中美文化与文学方面的交流吸引了许多文艺创作者和批评者的注意。诗歌理论与创作是其中的一个热点问题。中西比较文学和比较文化研究在这个问题上做出许多探索和成就，尤其是现代文艺理论的引入为这个课题提供了许多新的视角。在研究中国古典诗词对美国现当代诗歌创作与理论的影响时，赵毅衡与朱徽两位学者在他们的著作中分别提到唐代诗人白居易对美国当代诗人詹姆斯·赖特在诗歌题材、风格、语言和创作目的等方面都有深刻影响，赖特曾经在一首诗中明确表示出与白居易惺惺相惜的感情。包括赵毅衡、朱徽、钟玲在内的数位学者通过影响研究的方法对白居易与赖特

之间的相似与相异做了许多引人深思的研究，指出赖特在诗歌创作观念和实践中都受到了白居易的影响，王佐良提出白居易与赖特之间存在着诗人的契合。本文在这些富有创见的观点基础上，试图用平行研究的方法证明赖特与白居易有着惊人的相似之处，所以才导致了赖特的自我定位向白居易靠拢，出现了文本互涉的现象。本文通过平行比较分析白居易和赖特这两位不同时代、不同生活背景下成长的诗人的生活背景、诗歌创作原则、风格和主题，发现和辨析这些相同和相异之处，说明这两位诗人在诗歌创作目的与风格诸多方面有着许多相同的表现，而这些相同之处则是在不同的时代氛围和文化背景中表现出来的共通的观照，就是对苦难中的人们的同情和不公正的社会的批判。这种横跨中西、穿越古今的契合，也是赵毅衡所说的中西古今诗人之间的灵魂呼应。对不拘束的自然的向往，对主流权贵的蔑视，对普罗大众的关怀与怜悯，就是白居易与赖特两个诗人之间远隔时空的灵魂的共鸣。枝枝蔓蔓的千差万别、异彩纷呈的章章句句，是一种诗情描绘出的两派画意，所谓同是天涯沦落人，一曲知音吟古今。

注解【Notes】

[1] 白居易诗歌作品均出自白居易：《白居易诗选》，谢思炜编，中华书局出版社 2005 年版。以下只标注诗歌篇目，不再一一注明。

引用作品【Works cited】

Alley Rewi. Translator's Preface. *Bai Juyi 200 Selected Poems*. Trans. Rewi Alley. Beijing: New World Press, 1983, pp. 5-8.

Bedient Calvin. A Review of Saint Judas. *Contemporary Literary Criticism*. Ed. Carolyn Riley. Vol. 5. Detroit: Gale Research Company, 1976. pp. 520-521.

Bogen Don. *A Necessary Order: Theodore Roethke and the Writing Process*. Athens: Ohio University Press, 1991.

Butscher Edward. The Rise and Fall of James Wright. *Contemporary Literary Criticism*. Ed. Carolyn Riley. Vol. 5. Detroit: Gale Research Company, 1976. pp. 519-520.

Elkins Andrew. *The Poetry of James Wright*. London: The University of Alabama Press, 1991.

Jones Rodney. The Vision of a Practical Man. *Poetry Criticism*. Ed. Elizabeth Gellert. Vol. 36. Detroit: Gale Group, 2002. pp. 370-379.

Myers Jack David Wojahn. *A Profile of Twentieth Century American Poetry*. Southern Illinois University, 1991.

Ruby Mary K and Ira Mark Milne. Introduction of "Autumn Begins in Martins Ferry, Ohio". *Poetry for Students*. Ed. Mary K Ruby et al. Vol. 8. Detroit: Gale Group, 2000. pp. 16-17.

Smith Dave. Introduction of The Pure Clear Word: Essays on the Poetry of James Wright. *Contemporary Literary Criticism*. Ed. Jean C Stine. Vol. 28. Detroit: Gale Research Company, 1984. pp. 469-472.

Williamson Alan. An American Lyricist. *Contemporary Literary Criticism*. Ed. Jean C Stine. Vol. 28. Detroit: Gale Research Company, 1984. pp. 472-473.

Wright James. *Collected Poems*. Hanover: Wesleyan University Press, 1971.

Wright James. *Saint Judas*. Middletown: Wesleyan University Press, 1958.

Wright James. *To a Blossoming Pear Tree*. Toronto: McGraw-Hill Ryerson Ltd, 1977.

Zhang Longxi. *Unexpected Affinities: Reading across Cultures*. Toronto: University of Toronto Press, 2007.

白居易：《与元九书》，选自《古代文论名篇选读》，中国书籍出版社 1998 年版，第 276—281 页。

白居易：《白居易诗选》，中华书局 2005 年版。

静永健：《白居易写讽喻诗的前前后后》，刘维治译，中华书局 2007 年版。

李道英：《魏晋南北朝隋唐五代（第二册）》，选自《中国文学史》，北京师范大学出版社 2006 年版。

张再林：《唐代士风与词风研究——以白居易、苏轼为中心》，人民文学出版社 2005 年版。

赵毅衡：《远游的诗神》，四川人民出版社 1985 年版。

朱徽：《中美诗缘》，四川人民出版社 2001 年版。

英雄倒地空扼腕，骑士精神不复存 *

——莎翁对《伊利亚特》的反拨

田朝绪 ·

内容提要：在荷马的《伊利亚特》中，"力拔山兮气盖世"的英雄们认同勇敢正直、光明磊落、为荣誉而战的骑士价值理念，积极面对命运的挑战，冒死抗争，从而成就了叱咤风云、惊天地泣鬼神的一代英雄；但在《特洛伊罗斯与克瑞西达》中，莎翁对这一理念进行了反拨，人性的弱点如傲慢、猜忌和偏执导致了人性的堕落，骑士价值理念被无情摒弃，英雄轰然倒地，城池失陷，独留后人扼腕叹息。

关键词：《特洛伊罗斯与克瑞西达》 《伊利亚特》 英雄倒地 骑士价值理念失落

作者简介：田朝绪，硕士，安徽大学外语学院讲师，研究方向为英语文学。

Title：Downfall of Heroes，Loss of Knighthood Values——A Contrast between *Troilus and Cressida and Iliad*

Abstract：Knighthood values such as aggressive and enterprising spirit advocated in *Iliad* have generated heroes of honor；while in *Troilus and Cressida*，those values have been abandoned. In the latter, the weaknesses of human nature such as arrogance, jealousy and crankiness lead to the loss of knight values and to the downfall of heroes, which brings about the fall of Troy and pity to the world.

Key words：*Troilus and Cressida Iliad* downfall of heroes loss of knight values

Author：**Tian Chaoxu** is lecturer at the School of Foreign Studies，Anhui University（Hefei 230039，China），His major research area is English literature.

一、导　　言

莎翁的《特洛伊罗斯与克瑞西达》约作于1601—1602 年。关于该剧的性质，评论界一直存在争议：既有人认为是喜剧，也有人认为是悲剧，还有人认为是历史剧，而本·琼生则给其一个确切的名称"喜剧性讽刺剧"[1]。该提法得到了W·W·劳伦斯（W. W. Lawrence）和 F. S. Boas 的认同。劳伦斯认为该剧是"介于喜剧和悲剧之间的讽刺剧"[2]；Boas 认为该剧是"对中世纪浪漫传奇圈内所滋生的夸大的爱情理想观的无情讽刺以及对封建模式下爱情和荣誉的极度蔑视"[3]。其他的评论家们也认为该剧的核心精神是讽刺。

对于该剧的来源，也有学者指出："莎士比亚的《特洛伊罗斯与克瑞西达》是个很奇怪的混合物。"[4]原因在于，莎翁取材于不同来源，根据自

己的理解和需要，创作出符合观众需求的作品。例如，关于描写爱情的情节，莎翁借鉴了乔叟（G. Chaucer）的同名爱情诗《特洛伊罗斯与克瑞西达》（*Troilus and Criseyde*）和罗伯特·亨利森（Robert Henryson）所做的续集《克瑞西达之约》（*The Testament of Cresseid*）；关于特洛亚战争的情节，除了来自于威廉·卡克斯顿（William Caxton）的《特罗亚史》（*Recuyell of the Historyes of Troy*（1475））和约翰·里德盖特（John Lydgate）的《特洛亚之书》（*The Troy Book*（c. 1412-1420）），还有比较权威的来源是乔治·查普曼（George Chapman）所翻译的荷马（Homer）所著的《伊利亚特》（1598）（*Iliad*）中的第一、二、六至十一卷和第十八卷和亚瑟·豪尔（Arthur Hall）所翻译的《伊利亚特》（1581）中的前十卷[5]。此外，莎翁还可能参照了古罗马诗人维吉尔（Virgil）的《埃涅伊德》（*Aeneid*）和奥维德（Ovid）的《变形记》（*Metamorphoses*）。莎翁的

《特洛伊罗斯与克瑞西达》创作可谓集百家之长。其中，《伊利亚特》对莎翁创作影响最大，因此，人们通常会根据《伊利亚特》来理解莎翁的这部剧作。本文作者在将莎翁的《特洛伊罗斯与克瑞西达》和《伊利亚特》做比较研究后发现，两部作品具有相同的背景，描述相同的人物，讲述相似的主题。但是，两部作品对人性的分析和对价值观的分析却有明显的不同：在《伊利亚特》中所提倡的人的积极进取精神在《特洛伊罗斯与克瑞西达》中表现为人性的堕落；在《伊利亚特》中坚持的骑士价值观在《特洛伊罗斯与克瑞西达》中被摒弃，而这些差异最终导致了英雄地位的下降和特洛亚城的陷落。本文从介绍特洛亚战争背景入手，采用比较分析的研究方法，试从社会宗教和政治经济等方面论述形成这些差异的原因。

二、背景介绍

关于特洛亚战争的背景，神话传说把这场战争归因于神明之间的争执，争执又涉及于凡人。据说主神宙斯从普罗米修斯那里得知，他若同女神忒提斯结婚，生下的孩子将会推翻他的统治。宙斯为了保住自己的地位，决定把忒提斯下嫁给凡人。在忒提斯与米尔弥冬人首领佩琉斯举行婚礼时，争吵女神因未受邀请而进行报复。她向席间扔下一个写有"给最美的女神"的金苹果，引起天后赫拉、智慧女神雅典娜、爱与美女神阿佛罗狄忒的争吵。宙斯让三位女神去找特洛亚王子帕里斯裁判。帕里斯因出生时有异兆，被父王普里阿摩斯抛弃在伊达山中，长大后在山中放牧。三位女神分别许给帕里斯权力、武功、美女，帕里斯把美誉判给了爱与美女神阿佛罗狄忒。帕里斯一次去希腊作客，在阿佛罗狄忒的帮助下，把斯巴达王墨涅拉奥斯的妻子、世间最美的女子海伦拐回特洛亚。希腊人对特洛亚人和平交涉不成，于是以墨涅拉奥斯的兄长、迈锡尼王阿伽门农为统帅，组成联军，包括忒提斯和佩琉斯的儿子阿喀琉斯等著名希腊英雄，进军特洛亚，从而开始了特洛亚战争。[6]

特洛亚战争虽然持续了整整10年，但在《伊利亚特》中，荷马只是撷取其中的一段，集中叙述了在战争进行到第十个年头即将结束前约50天里所发生的事件。把重点放在最后几天希腊阵营中的内部分裂上，以阿喀琉斯的愤怒为核心，以双方将领惊心动魄的近身肉搏预示波澜壮阔

的群体战争，以近景透视远景，以片段性蕴含统一性，并以充满艺术张力的辱尸和还尸作为史诗结局，将战争与和平、兽性与人性的交响乐推向高潮，从而重点突出地对古代战争生活进行了高度概括。

而在莎翁笔下，《特洛伊罗斯与克瑞西达》的主题则是战争与爱情。通过希腊联军和特洛亚人之间久拖不决的战争和克瑞西达对特洛伊罗斯爱情的背叛，莎翁着力于揭示人性的堕落和价值观的改变对城池的失陷和战争的胜败起着至关重要的作用。

三、众神不在场，人性始堕落

《特洛伊罗斯与克瑞西达》和《伊利亚特》的第一个差异源于社会宗教观念，前者没有后者中的神和超自然因素。

按照当时的宗教观念，虽说神决定人间的事情，但是命运决定一切。可以说，在荷马笔下，超自然力（命运）、神和人并存。

在古希腊神话中，存在着命运（moira）一说，它有时被人格化为命运三女神（Moirai），而在《伊利亚特》中则以一种"抽象的自然力"、一种"定数"的形式出现。众神也要听从命运的安排。虽然众神可以预知命运，但是却无法改变命运。例如，在第八卷中，宙斯出场用一个命运的天平预知战局发展："太阳升到中天时，神和人的父亲平衡一架黄金的天平，在秤盘上放上两个悲伤的死亡命运，分属驯马的特洛亚人和披铜甲的阿开奥斯人，他提起秤杆，阿开奥斯人的注定的日子往下沉。阿开奥斯人的命运降到养育人的大地上，特洛亚人的命运升到辽阔的天空。他从伊达山鸣放大雷，把闪亮的电光送到阿开奥斯人的军中，他们看见了，感到惊异，苍白的恐惧笼罩着他们。"（第八卷，68—77行）但是，宙斯预见他最心爱的儿子萨尔佩冬即将被杀却无能为力，"他将先杀死许多将士，其中包括神样的萨尔佩冬，我的儿子"（第十五卷，66—67行），只得眼睁睁地看着亲子成为剑下亡魂，空留喟叹。这些都说明命运是高于众神的存在，连众神也要服从它，包括众神之神——宙斯。

《伊利亚特》中由于人同时受命运、神和自身缺点的共同摆布，因而作品在表达英雄勇猛行为时，也多了一份悲剧的壮烈。例如，阿喀琉斯虽然被称为"捷足者"、"最勇敢的人"，但他终究要

早死,所以才会有史诗开头阿喀琉斯母亲忒提斯伤心的哀叹:"我的孩儿啊,不幸的我为什么生下你?但愿你能待在船边,不流泪,不忧愁,因为你的命运短促,活不了很多岁月,你注定要早死,受苦受难超过众凡人。"(第一卷,414—417 行)赫克托同样如此,因为天平倒向冥王哈得斯一边,虽然赫克托仍在人间奋勇作战,但死亡的阴影已经笼罩在其头上。在史诗《伊利亚特》中引用最广的一段话,渲染了这种命定观和人生短促的悲叹:"正如树叶的枯荣,人类的世代也如此。秋风将树叶吹落到地上,春天来临,林中又会萌发,长出新的绿叶,人类也是一代出生,一代凋零。"(第六卷,146—149 行)

难能可贵的是,虽然史诗中人的命运已经决定,但是人并没有消极逃避,等待死亡。相反,必死性的回应正是对命运的挑战。既然人的一生已经注定了最终的归宿,那么在有限的岁月里,如何发挥最大潜能,成为受人景仰的英雄而非碌碌无为的凡人,便成了英雄们首先考虑的问题,因而,整部《伊利亚特》真正关注的并不是英雄们究竟获取多少利益,"更重要的是他们做事的方式,以及他们面对磨难和死亡的表现"(142 行)[7]。所以我们看到的是埃阿斯在浓重的迷雾中战斗,不放弃抗争;阿尔戈斯王狄奥墨德斯不怕报应,刺伤了爱神和战神也体现了人的抗争精神;而赫克托和阿喀琉斯在知道自己不幸命运的情况下,仍然忘我战斗,则是最强烈的抗争方式。《伊利亚特》所倡导的也正是这种人的积极进取精神。

反观之,在《特洛伊罗斯与克瑞西达》中,没有了超自然因素和众神,只有人的行为。人性的弱点导致了人性的堕落,而人性的堕落也造成了特洛亚城不可避免地陷落。

在《特洛伊罗斯与克瑞西达》中,内讧、争吵和争执等人性弱点导致了交战双方陷入了无谓的内耗,使得战争久拖不决。在希腊阵营一方,联军主帅阿伽门农面对久攻不下的特洛亚城一筹莫展时,"你们都知道我们这次远征,已经遭遇意外的滞延,特洛亚城被围七年,还不能把它攻克下来。我们每一次进攻,都不能收到预期的效果"[8](292 行)。而军中盛行的却是以阿喀琉斯和帕特洛克罗斯为首而形成的漠视纪律、轻视长官、傲慢自负、结党营私、信口雌黄的恶习,"结果就引起了猜忌争竞的心理,伤害了整个军队的元

气"(294—295 行)。所以俄底修斯一针见血地指出了联军士气不振的原因:"特洛亚所以至今兀立不动,不是靠着它自己的力量,乃是靠着我们的这一种弱点。换句话说,它的生命是全赖我们的弱点为它支持下来的。"(295 行)阿喀琉斯再也不是《伊利亚特》中那个使敌人闻风丧胆、使天神无比震怒,能叱咤风云、惊天地泣鬼神的英雄了,而是个"听惯了人家的赞誉,养成了骄矜自负的心理,常常高卧在他的营帐里,讥笑着我们的战略"(295 行)和"嘲笑着我们的能力、才干、性格、相貌,各个的和一般的优点"(295 行)的傲慢不逊、目空一切的小丑。希腊阵营中的内讧极大地消耗了联军战斗力,致使特洛亚久攻不下,希腊联军损失惨重、士气低落。

而在特洛亚一方,从一开始,就爆发了对这场"抛掷了这许多时间、生命和言语"(306 行)的战争的正义性和必要性的争执。身为统帅,赫克托头脑冷静,在理智地分析战争的得失后,认为根据自然和国家的道德法律,战争既然是因为海伦而引起的,那就应该把她归还给希腊人:"她是不值得我们费了这么多代价去保留下来的"(307 行),"自从为了这一问题开始掀动干戈以来,我们已经牺牲了无数的士兵,他们每一个人的生命都像海伦一样珍贵;要是我们丧失了这许多的同胞,去保卫一件既不属于我们,对于我们又没有多大价值的东西,那么我们凭着什么理由拒绝把她交还给人家呢?"(307 行)而他那个"偏执着私人感情,而不知辨明是非利害"(308 行)的特洛伊罗斯兄弟和那个"自己吮吸着蜜糖,让人家去尝胆汁的苦味"(310 行)、"闯祸的"帕里斯兄弟却提出荒唐的理由,把放荡的海伦当作"一个光荣的题目"(311 行),把"各人的荣誉寄托在这一次战争里"(309 行),旨在煽动偏激的意气,进一步把特洛亚拖入战争的深渊。而赫克托在错误已经铸成的情况下,却也执迷不返地坚持下去,从而大错特错,给自己和特洛亚带来了灭顶之灾。

所以说,人性的弱点诸如傲慢、猜忌和偏执导致了人性的堕落,而人性的堕落又使得交战双方陷入战争久拖不决的漩涡。

四、价值观改变,特洛亚陷落

《特洛伊罗斯与克瑞西达》和《伊利亚特》的第二个差异在政治经济方面,交战双方为了争权夺利,置传统价值理念于不顾,从而导致英雄地

位的下降,特洛亚城的陷落。

在荷马的《伊利亚特》中,以赫克托为代表的英雄们认同绝对价值,承认绝对道德准则,即勇敢正直、光明磊落,为荣誉而战的骑士精神理念。他们不仅言语上充满勇气和豪情,而且行为上敢作敢为,无所畏惧,其缺点也是为了衬托其伟大,因而都被描绘成为骑士般的英雄。

在荷马笔下,赫克托是位"力拔山兮气盖世"的英雄。在战场上,他作战勇猛,极具男子气概;指挥得当,尽显大将风度:"他全身披挂,立即从车上跳下来,挥着两支锐利的长枪去到军中各处,鼓励将士,引起可怕的战斗呼声。……赫克托大声呼喊,鼓励特洛亚人说:'英勇的特洛亚人啊,……你们要显出男子的气概,朋友们,你们要怀念你们的凶猛的勇气。'"(第六卷,103—115行)面对不利战局时,他头脑清醒,审时度势,及时谴责其弟帕里斯——特洛亚战争的一手制造者精神萎靡、逃避战斗、涣散军心:"我的好人,现在不是你发怒的时候,战士们在城市周围和城墙边战斗阵亡,都是因为你的缘故,城市周围才爆发不断的战斗和呐喊;你要是看见有人躲避这可憎的战争,你也会指责他。快走吧,免得城市在火焰中彻底遭毁灭。"(第六卷,326—331行)面对即将诀别的妻儿时,赫克托也表现出了慈祥的一面。当在城墙上遇到自己的儿子时,他"默默地凝望着这个孩子笑一笑",然后,"他亲吻自己的儿子,抱着他往上抛一抛"(第六卷,404、474行)。但是,当他面对泪流不止的妻子的劝阻请求,而且明知自己面临死亡时,却义无反顾地奔向战场,为尽一位儿子、丈夫、父亲和特洛亚统帅的职责而征战,就是最后被杀也体现了其男子汉的责任心和视死如归的英雄主义精神。可以说,赫克托是位集英勇善战,理智果断,忠诚守信和珍惜荣誉于一身的理想骑士美德的体现,也是《伊利亚特》中极力倡导的价值观。

但是,在《特洛伊罗斯与克瑞西达》中,这种骑士理念的价值观则受到了质疑,甚至遭到了反讽。

在莎士比亚笔下,赫克托不仅保留原有的英雄形象,而且被加入了苏格拉底式的智慧和堂吉诃德式的激情。基于理智的思考,赫克托指出凭着个人的好恶,不足以表明战争的正义性,敏锐而有力地反驳了特洛伊罗斯和帕里斯的提议,认为在经历了7年的血的战争后,留下海伦实在是

个不明智的决定。他反对把荣誉置于理性之上,反对凭着私心的爱憎而决定事物的价值,"要是以隆重的祭礼,去向一个卑微的神祇献祭,那就是疯狂的崇拜;偏执着私人的感情,而不知明辨是非利害,也就是溺爱不明。"(308行)

但是就是这么一位理智的英雄在关键时刻却作出了令人出乎意料的举动。首先,他在特洛伊罗斯和帕里斯几乎理屈词穷的时候突然妥协:"这是赫克托的良心上的见解;可是虽然这么说,我的勇敢的兄弟们,我仍旧赞同你们的意思,把海伦留下来,因为这是对于我们全体和各人的荣誉大有关系的。"(311行)这毫无理由的妥协铸就了特洛亚毁灭性的结局。其次,在特洛亚即将取得决定性胜利的时刻,赫克托却坚持凭一场私人决斗决定战争的胜败:"用喇叭唤起一个真心爱他情人的希腊人来,赫克托愿意和他一决胜负。"(298行)然而,他的一番雄心换来的却是一个呆滞、蠢笨的对手埃阿斯,而且,在决斗中占尽上风的有利形势下,他却心慈手软,以亲戚之由与对手握手言和,"让我拥抱你,埃阿斯,凭着震响着雷霆的天神起誓,……拥抱是这一场决战的结果。"(356行)使得敌人得以喘息机会。最后,当赤手空拳的赫克托被阿喀琉斯率人围攻时,还坚持光明正大和公平竞争的骑士精神:"我现在已经解除武装,不要趁人不备,希腊人。"(382行)但是被乘人之危的阿喀琉斯偷袭暗算,以至于丢了性命,失去了挽救特洛亚、改变命运的机会。

骑士价值理念使得赫克托在行为上举止高尚,在言语上理智善辩。但最后荣耀感战胜了理智,亲戚之念代替了持续战斗,谨慎被浮华所蒙蔽,从而落得身被杀,尸受辱的结局。可以说,相对于《伊利亚特》中认同绝对价值、承认绝对道德准则的赫克托,《特洛伊罗斯与克瑞西达》中赫克托的死意味着骑士精神的终结。骑士精神一旦不复存在,英雄地位也就一落千丈,空留后人扼腕叹息。

同时,埃阿斯也被描述成为个喜剧人物,"像狮子一样勇敢,熊一样粗蠢,象一样迟钝"(282行),是个"蠢牛一样的狗杂种将军"(302行),"给那些聪明人卖来卖去"(303行)。阿喀琉斯是个易使性子的废物,一直呆在帐篷里生闷气,这个人的头脑"像利比亚的沙漠一样荒凉"(299—300行)。同样,阿伽门农"人倒是很老实,他也很爱吃鹌鹑,可是他的头脑总共还不过像耳屎那么一点点"

(363—364 行)。

所以,在莎翁笔下,传统的骑士价值理念被无情的抛弃,将士全都不凭良心或理智行事,战争被无限期拖延,爱情遭到无情背叛。

五、结　语

莎翁的《特洛伊罗斯与克瑞西达》第一次将特洛亚故事中人类在混乱宇宙的环境下面对决策的痛苦公之于众。在这个混乱的宇宙中,根植于放纵私欲的人性的弱点和对骑士价值理念的摒弃导致了特洛亚的灭亡。

相比较而言,荷马在《伊利亚特》中崇尚的是英雄为利益而战,为荣誉而献身的骑士价值(绝对价值)观念:纵然战死疆场,也会流芳百世。结果是,英雄丧命,城池失陷,仇恨得以宣泄,和平随即来临。而莎翁在《特洛伊罗斯与克瑞西达》中展示给读者和观众的是由贪心不足的饿狼——欲望(人性的弱点)所造成的混乱和灾难。由于毫无遏制的欲望到处肆虐,到该剧结尾,战争并没有结束,城池也没有失陷,而人性却已堕落,爱情也随之堕落;由于欲望没有得到满足,仇恨也没有得到宣泄,战争仍在继续,和平遥遥无期。

(注:感谢安徽大学华泉坤教授、山东大学外国语学院申富英教授和马文教授在本文写作过程中对本文作者的指教)

注解【Notes】

* 本文为安徽省教育厅人文社会科学研究项目(项目批准号:2011sk043)。

[1] Oscar James Campbell. *The Reader's Encyclopedia of Shakespeare*. NEW YORK:MJF BOOKS, 1966:894.

[2] Ibid. 894.

[3] Ibid. 894.

[4] 何其莘:《英国戏剧史》,译林出版社 1999 年版,第 77 页。

[5] Oscar James Campbell. *The Reader's Encyclopedia of Shakespeare*. NEW YORK:MJF BOOKS, 1966:892.

[6] [古希腊]荷马:《荷马史诗·伊利亚特》,罗念生、王焕生译,人民文学出版社 1994 年版,第 2 页。另本文中关于《伊利亚特》的引文均引自该书,只注明卷数和行数。

[7] 包中:《〈伊利亚特〉中的"勇气"主题初探》,载《理论界》2008 年第 1 期,第 141—142 页。

[8] [英]莎士比亚:《莎士比亚全集》(第 2 卷),朱生豪译,译林出版社 1998 年版。本文中关于《特洛伊罗斯与克瑞西达》的引文均出自该书,文中只标出页码。英文参阅:William Shakespeare, William Shakespeare:*The Complete Works*. Stanley Wells and Taylor Gary, ed. Oxford:Clarendon Press, 1998.

同性恋电影刻板形象 *
——戴尔对电影再现政治的研究与发现探源

赵　伟

内容提要：英国的理查德·戴尔对媒介性政治研究有独特的表现，但国内对他的认识还仅限于他 1979 年的一本著作《明星》。本文首先梳理了理查德·戴尔的学术生涯和他的一篇重要文章《刻板类型》的理论背景；然后翻译并分析了理查德·戴尔在《刻板类型》中的重要观点及其论证逻辑。在国内理查德·戴尔为数不多的"酷儿"研究中，本文的努力将具有探索性意义。

关键词：理查德·戴尔　电影　同性恋　刻板类型

作者简介：赵伟（1976—　），武汉大学新闻与传播学院 2011 级博士研究生，武汉纺织大学外语学院讲师，主要研究跨文化传播。

Title：The Stereotyping of the Homosexuals in Movies——An Inquiry to Richard Dyer's Media Representation Politics

Abstract：Richard Dyer has made outstanding achievements in the politics of media representation about queers. So far in China, however, Dyer is known mostly, if not only, for his Stars published in 1979. This paper first builds an overview of Dyer's academic career, outlining the theoretical background and its logic of his Stereotyping. By translating and analyzing Dyer's major arguments in Stereotyping, the paper intends to show that Richard Dyer is inspiring to queer studies in China, thus, this inquiry itself remains meaningful and significant.

Key words：Richard Dyer　gay/lesbian　film　stereotyping

Author：Zhao Wei is a doctor candidate in the Journalism and Communication of Wuhan University, a lecture in the Foreign Language School of Wuhan Textile University. Her major interest is intercultural communication.

一、引　　言

　　英国"伯明翰大学当代文化研究中心"的文化研究，尤其是亚文化研究已经颇负盛名且成果丰富，其中英国电影学家理查德·戴尔（Richard Dyer）对同性恋的关注，尤其是同性恋在电影这一媒介中的"再现政治"研究令人瞩目，具有前沿性和里程碑的作用，但国内受众对此却知之甚少，学界对他的文化成果引进更是稀有，本文翻译并梳理了戴尔的代表作之一的《刻板类型》及其总的理论研究框架，希冀能为国内的亚文化研究迈进更为广阔的领域起到一些铺垫效果。

二、戴尔学术生涯及理论背景

　　戴尔是一位英国电影学专家，1945 年出生于英国西约克郡的利兹。他原本在圣安德鲁大学

法语专业学习，之后在电影院工作一段时间，后来在"伯明翰大学当代文化研究中心"拿到了英语专业的博士学位。他曾是英国《同性恋解放前线》的一位活跃的、有影响的人物，并一直定期给《左派同性恋》杂志写稿。2006 年他成为了伦敦国王学院电影研究中心的教授，之前他在沃维克大学担任教授。人们认为他的作品带有"强调文化作品的审美和历史特殊性"的意味。2007 年，戴尔接受了"电影与媒体研究社团"所颁发的终身成就奖。他对女权主义、基佬和同性恋的研究成果丰富且态度鲜明，对这类人的社会地位和立场有着敏锐的意识。下文从四个方面回顾了戴尔对"的士高"、电影、电影明星等带有大众流行文化的符号化研究。

（一）为"的士高"辩护

　　1977 年，戴尔组织了"伦敦国家电影院"的第

一个同性恋电影事件,同时还出版了由他编辑的《同性恋与电影》的杂志。1979 年,在《左派同性恋》杂志上,戴尔发表《为的士高辩护》的文章,该文是他第一篇认真研究迪斯高文化,并把迪斯高当作同性恋新意识的表达的文章。《明星》(1979)是戴尔的第一部长篇书籍。在这部书里,他发展了这样的观点:观看者对电影的看法主要受他们对影视明星看法的影响,而那些宣传资料和评论则决定了观众对电影的体验方式。根据这种论点,戴尔分析了批评家们的写作、杂志、广告以及电影来探讨明星们的重要性,他特别关注了马龙·白兰度、贝迪·戴维斯、玛琳·黛德丽、简·方达、葛丽泰·嘉宝、玛丽莲·梦露、罗伯特·雷福德、约翰·韦恩 等重要的明星。这本书在中国已经被当作电影研究的经典书籍得以引进并被翻译成中文出版。

（二）娱乐研究

在他的第二部书——《只是娱乐》里,戴尔宣称电影研究在研究娱乐的同时,不仅丰富了娱乐研究本身,也提高了自身。因为那些分析者们主张:电影在某些方面是娱乐,在某些方面却是研究关注的真正焦点。戴尔抱怨说:"通常,没有人告诉我们西方人为什么会兴奋,为什么恐怖电影会令人恐惧、为什么伤感的电影让我们泪流满面。相反,我们被告知:当他们(电影中的人物们)兴奋、恐惧或者是怪模怪样时,电影是在讲述历史、心理、性别角色等等生活的真正含义"。戴尔认为,一定还有另外的、有教育意义的"娱乐"研究。

因此,戴尔用一种特别的元意识流方法,以糖衣药片的比喻来定义"娱乐",认为娱乐本身是一种"给药片加糖"的意识形态。其中,娱乐是"糖",意识形态是"药丸"。不过,他认为这种特殊的乐观主义也只是体现在"把激进的乐趣概念化"之上,这种乐趣是一种没有顾虑的、难以"驾驭的快乐";戴尔还认为有一种"真正"的乐趣,这种乐趣来自那种带有不负责任意识的内容或是那种仍然带有享乐主义空间的材料。

（三）"范畴化"与"白人文化"

1993 年、1999 年,戴尔受英国电影学院的委托,两次撰写《英国现代经典电影系列》。第一次是写 1945 年的电影《相见恨晚》;第二次是写 1995 年由美国导演大卫·芬奇(David Fincher)导演的电影《七宗罪》等。戴尔的文章——《白人》,首次刊登在《荧幕》杂志上,后来这篇文章扩展成了一部作品《白人:种族与文化杂文集》,这本书被广泛传阅且同行评价非常高,在该书中戴尔继续了"范畴化(categorisation)"的主题。戴尔辩称:"白人文化"已经确立得如此之好,变成为了一种无形的规范,以至于那些'有色'文化实体不得不以与'白人文化'的不同之处来定义自身。"戴尔的这些研究在英国文化研究学者群里受到了广泛的阅读和尊敬。

（四）影评与酷儿研究

戴尔还在电影纪录片中出现过多次。1991 年他评论了"阿尔玛·柯岗"(一位英国 50—60 年代片酬最高的影视歌明星)在电影《阿尔玛·柯岗:一个声音里有笑意的女孩》中的表现。1995 年他又给电影纪录片《赛璐璐壁橱》贡献了自己的观点。《赛璐璐壁橱》是美国一部描写男女同性恋的历史电影。1996 年 9 月 5 日在英国的第四频道开拍。五年之后,当该纪录片以 DVD 形式发行时,还发行了以前未曾使用过的材料,这些材料编辑在一起后形成了一个小时之久的《来自壁橱的拯救》花絮秀。

虽然戴尔的学术专长在于电影,但他还拥有对文化的广泛兴趣,在这种文化里,人们是各种各样早已被"范畴化了"的人。2001 他写了一部名为《酷儿文化》的书,总的来讲,《酷儿文化》是一部关于男同性恋文化历史的书。在以前的几篇文章里,戴尔曾探索了酷儿文化中"gay"一词的使用缘起。在这本书里,他考察了几个更宽泛的议题:比如有确定性文化的性别分类;再比如由艺术和媒体所刻画的文化中那些相对较小的几套刻板印象等。最特别的是,他用"酷儿文化/怪异文化"来暗示在"基佬文化"占主流之前时这种分类的价值。在该书中,戴尔还探讨了这两种文化的不同之处。

三、解析戴尔的《刻板类型》

这里的《刻板类型》选自《再现的政治》(总第)23 章;它最先来自于 1984 年纽约西洋镜出版社出版的《男同性恋与电影》杂志第 27—39 页中戴尔所写的同名文章。戴尔在《刻板类型》里重点讨论的是处在社会意识形态影响下同性恋这一独特群体在电影中如何被再现这一问题。

（一）论点的提出

戴尔在文章引言中写道:"在电影中存在大

量关于同性恋的刻板印象。不能离开刻板形象这个问题,正如最近关于黑人和女性形象所做的工作一样。想到同性恋的形象,我们需要超越只是简单认为刻板形象是错的、是扭曲了的这种排除法。……人们经常以为人物建构应该就是'现实性个体'的创建,但是,正如我所想辩论的是,正如其鲜明的反面一样,这是个有着很多缺陷的、'不现实'的刻板形象;而同时一些类型的形式实际上更是如此。以上就是我想在这篇文章里谈论的主要问题——刻板类型的功能和定义,还有其替代方式等问题"。(353)

这里,戴尔指出了异性恋的社会文化将同性恋者妖魔化的偏见,并提出了同性恋者要想获得自由,首要的任务就是"反击刻板印象"的毒害这一主张。文章通篇都围绕刻板印象的定义,刻板印象在意识形态和美学上如何运作这两个问题来进行论证。

(二)类型与刻板类型

戴尔运用社会学理论,对社会类型和刻板类型进行比较。在讨论人物构建时,戴尔首先定义了广义的"类型"。认为类型是简单、生动、易理解的且广为确认的特性,这种特性中的几个特点是前设的,其发展变化往往是限定在最小程度内的。(355)在把类型细分为社会型的、刻板型的和成员型的几种类型后,戴尔又比较了在1962年美国风行的一本讨论社会类型的书中对类型的定义:"类型就是那些表明按社会规则行事(社会类型)和那些生活在社会规则之外的人行事的情况(刻板类型)。正因为如此,刻板型比社会型更死板。后者是开放的,更短暂的、更灵活的,可以创造一种自由感、选择感。在常态的范围内可以自我定义的。而刻板型却是固定的、轮廓鲜明的、不可逆转的。"(355)因此,戴尔认为电影里同性恋刻板印象形成的原因很明显:"看起来你在用某种手段选择你的社会类型,但你却被指责为一个刻板类型。还有,那些喜剧性的、荒谬的或者恐怖的刻板类型,正如保罗·洛克所争辩的那样,可以用来证明以(异性恋社会的)规则来行事是多么的重要……"所以,在电影或者喜剧里,同性恋在多种性属里面经常是显得恐怖就不足为奇了。(355-356)

戴尔认为:通过社会来建立常态是统治群体的一种习惯(包括树立刻板类型),统治阶层经常

根据他们自己的世界观、价值体系、理智和意识形态来改变整个社会。他们把这个过程弄成是"自然而然的"、"不可避免"的样子,至少目前为止,他们成功了,因为他们建立起了自己的霸权。然而,霸权是个"活跃的"(active)思想,它是一种在遇到明晰或不明晰的挑战时都得不停的建构和重建的东西。而低等的群体所持有的亚文化对它来讲就是一种不明确的挑战。这种挑战就像肉中刺,可以复原但非常讨厌,在这种亚文化中建立起的政治斗争在关于谁有权利来改变世界是直接而且明确的。(356)

简单来讲,戴尔认为刻板印象是对社会人群的一种过于简单化的分类方式,通过刻板形象建立起来的霸权有两种主要特征,比如 Roger Brown(183)所定义的"种族中心主义"——"所谓的种族中心主义就是在某个文化内运用适用于其他文化内规范,如果在一个文化内而不是文化与文化之间的政治层面进行重铸的话。刻板化的过程就是处于支配地位的群体对下属群体使用属于他们自己规范的过程,在这个过程中,前者发现后者对这种规范的欠缺之处,因而后者对前者来说是不足的、低级的、病态的或者是古怪的;也因此增强了支配群体对他们自身支配权的合法感"(356-357)。

在影片中(比如戴尔对电影《杀死修女乔治》的分析),这种属于心理范畴的刻板印象包含了政治的意味,在意识形态上存在权力关系。这种权力关系使某些人利用刻板印象建立了一种霸权,加重了社会的矛盾。所以,在戴尔看来,刻板印象体现的是主流的社会群体与次群体的权力之争。那些主流的社会群体将自己的标准施加于次群体上,并断定这些次群体天生是不健全的、下等的、奇异的,以此来建立自己合法和长久的统治。(356)

(三)同性恋电影中的刻板类型

戴尔运用图像学理论并结合细致的文本分析的方法,证明在电影文本里面,刻板类型主要通过图像学和人物关系结构来运作。

图像学是一种快速、经济评定角色的方法,它特别适合用于评定电影中的同性恋角色。(358)。戴尔以威廉·弗里德金执导的《乐队男孩》为例来说明:电影常常利用视觉做铺垫——一开始播放的时候,马上就利用图像学暗示影片

中角色的同性恋倾向和相关特性。(357-358)

在《乐队男孩》的开端，只是一系列简单的镜头和场面调度立刻就明确了影片中主要角色的性倾向。尽管影片的影像语言运用得相当精致，但是通过分析主人公的外表，包括服装和饰物，戴尔得出结论，该电影塑造同性恋的方法和其他影片一样，都是注重角色的外表。例如，怪异的化妆、假发、身体造型、肤色苍白等等。这些刻板印象不仅暗示了同性恋者是堕落、邪恶和精神病的象征，更将他们塑造成一群过分注重打扮和不敢公开的群体。(357-358)

戴尔发现，许多影片在片头就开始交代角色的性取向的原因有两种情况。而第一种情况是由于同性恋刻板印象运作的铺垫机制——以部分代整体(synecdoche)的要求。(358)通常，在电影的开端，暗示角色的同性恋倾向是必需的，因为只要观众看到角色特性的其中一个方面，他们就会顺着这一方面推测到其余方面。(358)影片通过肖像法暗示影片中那些人物的同性恋特征，这对于角色接下来的行动和语言，观众就能够根据刻板印象来构想了。

刻板类型还通过电影中人物关系结构的功能来运作：戴尔随机挑选了一组有女同性恋角色的法国电影，通过细致的文本分析，他发现，虽然现实中的同性恋女性在性层级方面是平等的，但在这些电影里面，在涉及同性恋者的关系结构里面，依然以异性恋社会的不平等来定义同性恋，比如年龄、金钱和阶级方面的不平等。(359)这些不平等的作用在于定义同性恋关系的本质。

通常来讲，那些处于主要关系结构的女同性恋者会比其他人更强悍和更拥有权力，努力控制影片中主要的女性角色（比如在电影 *Emmanuelle* 中）。而且这些"蕾丝边"必定是输的那一方，这本身也暗示女性应从异性恋的角度来被定义，且必须从男性那里得到定义的刻板思维。还有，这些电影通常把这些"蕾丝边"刻画成掠夺成性的、好竞争的角色，行为方式非常男性化。电影中反复播放那些"蕾丝边"吃"烟屁股"，反复强调她们的关系是建立在身体强势而非感情基础之上，比如在《杀死修女乔治》中，修女乔治与一位妓女之间的亲密关系就是如此，这些桥段和情节都是在不断地再现这种不平等的人物关系(359)，一方面定义了女同性恋具有掠夺性和破坏性的邪恶本质，一方面也投影出同性恋电影依然从其社会关系结构刻板化同性恋者。

在点评差不多十余部女同性恋题材的电影之后，戴尔认为所有这些电影，包括那些有大量女权主义意味的电影，其中的异性恋思维和情感结构依然是毫不动摇的，而且为了增强这种结构的合理性，男同性恋的思维更是保留在其中。这种用异性恋社会的不平等关系来定义同性恋之间关系的电影手法，实际上也是社会意识形态刻板化运作的一种机制。

四、结　语

在《媒介、文化及其关键词》的第四部分——《再现政治》这一章开头，匿名专家点评了戴尔的文章，并且说明了收录这篇文章的原因和意义，这对本文和有志于研究同性恋再现政治的学者有很强的借鉴意义。这位编辑的观点如下：

> 理查德·戴尔的文章——《刻板类型》的主题是性征和再现。他的文章主要聚焦于电影和媒体中对性别、对各种少数群体的再现过程中那些起到传统作用的意识形态问题。他发现了刻板印象是统治群体用以维持其支配地位的霸权过程之一。……虽然这篇文章时间已经很久远，但收入到《再现的政治》中是因为该文提出了与媒体和性别有关的、长期以来受到冷落的议题。而且，正因为如此，该文成了解锁媒体研究中的同性恋问题里面某些核心方面的关键。

如上所说，为了"解锁媒体研究中的同性恋问题"的核心，本文首先对戴尔的学术生涯和《刻板类型》的理论背景做了全面回顾，然后翻译并分析了戴尔在《刻板类型》一文中观点的提出与论证的过程，比较了《再现政治》一书中编辑对戴尔富有动见的批评。笔者发现，戴尔通过批评电影对同性恋形象的刻板定型这一现象做了深入细致且富有先见的分析，他发现了电影中同性恋的刻板印象形成的原因是隐藏在社会结构中根深蒂固的霸权意识形态在起作用，而这些电影不过是接受了异性恋社会中不平等的关系并把这些意识投射到对同性恋群体的建构上。同性恋异化的刻板形象就是社会阶级、金钱、年龄等不平等关系的延续，是主流的社会群体与次群体的权力之争的真实再现。

注解【Notes】

* 这里把文章题目翻译为"刻板类型"而不是常见的"刻板印象"，是由于戴尔在文章中利用社会学的方法，根据人物构建的特性,把人物细分为了社会类型、刻板类型与群体类型、个体类型(可见原文第 354 页)。作者资料来源见 http://en. wikipedia. org/wiki/Richard_Dyer。

[1]　[英]理查德·戴尔:《明星》,严敏译,北京大学出版社 2010 年版。

[2]　英国桑德兰大学教授约翰·斯多瑞(John storey) 2011 Culture in Intercultural Communication: A Cultural Studies Critique. " Invited keynote address, The Sixth International Conference on Intercultural Communication, Wuhan University, China, December 2011. 评语": http://www. crmcs. sunderland. ac. uk/research-staff/john-storey/

[3]　以上资料均译自 http://en. wikipedia. org/wiki/Richard_Dyer

[4]　见 Durham M G& Keller D M (2006). Media and cultural studies: Key works (pp. 353-365).

[5]　From Richard Dyer. "Stereotyping". In Gays and Film(pp. 27-39). New York: Zoetrope, 1984. ©

1984 by Richard Dyer. Reprinted by permission of the author.

[6]　这部分译自书中第四部分简介中编辑对戴尔文章的评价,见 Anonymous. (2006). Part IV, The politics of representation. In Durham M G & Keller D M Media and cultural studies: Key works (pp. 339-340). Blackwell Publishing.

引用作品

Brown R. (1965). Social Psychology. Macmillan, New York &. London.

Dyer R. (1984). Stereotyping. In Gays and Film (pp. 27-39). New York: Zoetrope.

Dyer R. (2006). Stereotyping. In Durham, M. G., &. Keller D M (Eds). Media and cultural studies: Key works (pp. 353-365). Blackwell Publishing.

[英]理查德·戴尔:《明星》,严敏译,北京大学出版社 2010 年版。

玛格达消解时间和历史 弥补身份缺失

孙晓蕾

内容提要：南非大陆殖民时代留下的是：种族矛盾和身份缺失。库切的小说《内陆深处》中，玛格达深受以白人父亲为代表的父权和殖民的迫害，在家中和社会中丧失了存在、身份和话语权。为了争取自我存在，她消解时间和历史，打碎现实并站在废墟上弥补身份的缺失。

关键词：时间 消解 身份 历史

作者简介：孙晓蕾，上海外国语大学硕士，上海师范大学天华学院英语系助教，研究方向为英国小说。

Title：Magda Dissolving Time and History to Compensate Her Identity Loss

Abstract：What the era of colonization in Africa leaves is racial conflict and identity loss. J. M. Coetzee in *In the Heart of the Country* depicts Magda, under patriarchic and post-colonial suppression, as a "lack" without presence, identity and right of speech both in the family and the society. She dissolves time and history to gain personal presence and breaks reality into ruins in which she stands to compensate her identity loss.

Key words：time dissolve identity history

Author：**Sun Xiaolei**, Master's degree in Shanghai International Studies University, associate instructor, English Department of Tianhua College in Shanghai Normal University, specializing in British novels.

亚里士多德的时间观奠定了西方传统时间观念的主流：时间是永恒向前的线性测度，是衡量时间"先"与"后"发生的依据。钟表的发明使人类摆脱了对潮汐和月缺的依赖，钟表时间精准度的升级提醒人类时间不可逆转的客观机械性。奥古斯丁第一个把时间作为哲学问题提出来，认为时间是上帝的绝对意志，时间开端于上帝的创世纪，在此之后，时间便与上帝存在于人们心中。时间没有过去、现在和未来之分，没有任何一个点的时间是现在，哪怕是再不可分的一个点，因为时间是心里的时间，时间不是流逝，而是存于人的心中。在《纯粹理性批判》[1]中，康德认为："时间无非是内感官的形式，即直观我们自己和我们的内部状态的形式。因为时间不可能是外部显象的规定：它既不属于形状，也不属于位置等等；与此相反，它规定着各个表象在我们的内部状态中的关系。而正因为这种内直观不提供任何形状，所以我们也试图通过类比来弥补这一缺憾，通过一条无限延伸的线来表象时间序列。"康德的时间观念是有矛盾的：一方面，时间的存在就是内直观，是人的直观感性的主观条件；另一方面，时间就显象而言是客观的，因为时间被作为感官的对象来对待。人的存在也有两方面：人属于本体界，作为自由存在；人属于显像界，终有一死。在《实践理性批判》[2]中，为了解决这两者之间的对立，康德做出了"灵魂不朽"和"上帝存有"这两个悬设。只有设定人的灵魂不朽，人才能是自由存在的本体。同时，人是被创造出来的，"上帝是行动者的存在者（作为本体）存有的原因"。柏格森在《时间与自由意志》[3]中认为，时间是绵延，即意识形态的陆续出现且相互渗透、紧密相连，"这些意识状态的相互渗透不知不觉地把自己组成一个整体，并通过这个把过去和现在联系在一起"。这种相互渗透不是数目的累积，是性质发生了变化，意识状态不停发生变化，不重复，不可逆转。由此而言，生命是不可逆的，不可预测的，它的每一刻都是改造。生命的意义，就在于不断变化和改造。瓦尔特·本雅明在《历史哲学纲要》[4]中指出，只有废墟意象"才能破除现代社会历史生活里的和解假象，其目的就是为了更迫切地召唤出超越的需要"。杰姆逊在其后现在主义的文论中认为，对历史的态度实质上是一种对时间的哲学观，历史感的消退意味着后现代主义拥有了一种"非连续性"的时间观。历史意识消失产生断裂感，这使后现代人告别了诸如传统、历史、连续性，而浮上表层，在非历史的当下时间体验中去感受断裂感。[5]

一、对时间和历史的消解

　　库切小说《内陆深处》的女主人公玛格达生活在南非一处地处沙石荒漠地貌的祖传农庄大宅里，这所宅院用古罗马圆形剧场那种石块建造，状如 H 形状，取意英文单词"Heaven"，代表"天堂"或者"天意"的含义。她的母亲已过世，唯一的亲人只有父亲，但她却在父亲的粗暴冷酷下过着压抑的"地狱"生活。她受过良好的教育，时而舞文弄墨，时而脏话连篇，已经过了婚嫁的年纪却无人问津，冷漠孤僻。她住的大宅历史悠久但无根可寻，她看管着文明的大钟，但感受着心中的荒蛮，"在黑暗的过道里，那座钟滴滴答答地送走日日夜夜。我给那钟上发条每个星期一次，根据日影和历书校正它。农庄的时间就是大千世界的时间，一分一毫都不差"[6]。作为家中唯一幸存的女性，她并不享有独立的地位，她是父亲的仆人和附属品，同时她也是黑人仆人的女主人。作为前者，她没有权力发出声音；作为后者，她是殖民者的后裔不被认同。这样的双重身份，让她失去话语权。那座大钟证明了"机械已经驯服了荒蛮"，可是玛格达感受到的是"荒蛮"，"这片土地上全是像我这样的精神忧郁的老处女，湮没在历史之中，就像祖传屋里的蟑螂一样无精打采，总是把铜器擦得锃亮，总是在做果酱。年幼时，我们被专横的父亲追逐着，我们是怨怼的贞女，人生就这么毁了"。除了在家中的话语缺失之外，玛格达从小就不善于用言语与同龄的孩子交谈，而是用"动作"、"手势"、"面部表情"和"手上的变化"，"肩膀"和"脚的姿势"，以及"语法上没有的间隔和空白"来表达：你们不要惹我。玛格达受制于父权至上和殖民历史的双重压迫，在时间和历史中丧失了存在和身份以及语言表达的权力和能力。

　　为了争取自我存在，她首先让自己完全脱离时间的鞘壳，通过制造不存在消解时间。在父亲面前她从来就是个不露面的人，一个零，一个无，

一段气流，一个没有内心的真空，她把自己时常封闭在自己的卧室中，不介入卧室外发生的事件。饭菜和尿壶由仆人每天供应，犹如虫卵卵在自己的卧室，与世隔绝。其次，她让自己完全脱离家族历史的鞘壳，通过制造历史不存在消解历史。在玛格达的生活中，她的母亲不曾留过痕迹。作为她父亲的妻子，她的母亲死于分娩，一辈子都生活在丈夫的淫威下，因为没有给丈夫生下男嗣，心怀歉疚地死在产房。她是一个虚无不存在的人，她美丽的外貌并没有遗传给女儿玛格达，她的温情也没有在女儿身上得到继承，甚至连挂在餐室墙上的照片也是模糊的。玛格达身着黑色或墨绿的衣裙在昏暗灯光下的暗色出场，是对自身形象的消解。她在消解时间、历史和自身形象中找到了存在感，通过藏在自己卧室窗帘后面的偷窥才能有所感知。她每天都要料理家务，出入厨房，因而她时常处于分崩离析的自我存在的抗争中，"虽然我像机器似的胖手胀足做着家务，事实上我却是一个有爆炸能量的剧烈震颤的球体，不管怎么样随时准备着让自己四分五裂"（59）。当她在卧室之外重复着给父亲准备洗澡水和收拾厨房的劳作时，她的主体感消弥，世界已不是人与物的世界，而是物与物的世界，或者说父亲残暴冷血的控制占据了她的生存空间，他的存在就是她的不存在，"看上去这儿只是一间空空的厨房，冰冷的炉灶，成排的铜器在阳光下闪闪发光，无人在此，两个人都不在，三个人都不在，四个人都不在。我父亲一手造成这种缺位状态，无论他走到哪里，都会留下这种空缺"。仆人欧·安娜和雅格比因发现男主人的私情遭遣散后的早晨，玛格达从数日的卧室禁闭中走出来，体会到了自己无需遣散却早已被遣散的虚无感。当她在卧室镜子中有意无意瞥见自己日渐老去的面容和身体时，或者当她周期性的头痛袭来时，她感受到了时间的流逝和自我存在的渐失。如果说她可以在自己的卧室中找到自我存在的话，这种自我存在也在逐渐消失的孤独感，分明让她感受到了任何努力终将无果的现实，"至于说上帝在这片荒漠之地的缺席，这个我所不了解的话题也没什么可说的……上帝忘了我们，我们也忘了上帝。我们这儿没有对上帝的爱，因为也别指望上帝该来眷顾我们。涌流已经停止。我们是上帝的海难漂流者，是历史的海难漂流者。这就是我们孤独情感的缘起"。（202）

上帝不曾眷顾她荒凉的处境,更没有眷顾到她满心的荒凉。她不相信上帝存有,也不相信灵魂不朽。内陆深处中,人们都是上帝的弃儿,自生自灭;是历史的弃儿,无根可寻。

玛格达和父亲之间此消彼长的力量抗衡,代表男女性别在权力上的争夺。"如果我父亲是一个羸弱的人,他就能有一个出色的女儿。可是,他从来不需要什么。我着了迷似的需要就是被他需求,我就像月亮似的围着他转悠。我唯一可笑的冒险就是进入我们分崩离析的心理状态……延长你自己,延长你自己,这是我内心深处听到的悄声细语。"(7)她看到父亲的生活因为有了性玩伴之后越来越不需要她,她在从边缘化到被清零的过程中,因为失去父亲这个抗争的对象而怅然若失,她痛恨父亲作为自己的对立存在,更痛恨将要丧失作为父亲对立面存在的机会。女性以男性的对立面而存在,女性存在的必要取决于男性的需求。"延长你自己"是玛格达在彻底物化前对自己的通牒,延长自己就是延长她的存在并延展她的地位。为了避免在家庭生活中被彻底清零,愤怒在她的心中剧烈燃烧。她几次向正在和克莱恩·安娜交欢的父亲发出挑衅,敲门砸铃后得到了父亲的暴力回应,这激化了她心中压抑的仇恨:她透过敞开的窗户向内扣动了扳机,子弹出膛的爆炸声让她兴奋,父亲死在她的报复下。"经过与我父亲的这场冲突,把我自己从无休无止的冥思状态中拽了出来,作为独立的存在之物,带着危机感与责无旁贷的决心,进入某种真正的角色冲突"(93),弑父行为完全暴露了她和父亲之间不可调和的矛盾。通过杀死父亲,她创造出一个全新的自我,有存在有历史,从此自由掌控自己的命运,在走向更宽广世界的同时,也找到了内心的暂时安宁。

二、身份的缺失和弥补

南非在消除种族隔离政策之后,并非消灭了种族间的冲突,白人殖民者后裔在南非土地上不断丧失主人的地位。没有本土文化,只能游离在南非本土文化之外,这就造成了白人身份的缺失;与此同时,虽然南非在政治上获得了独立,但在经济文化方面依然落后,不得不依附于白人文化,而殖民历史留下的是种族间的憎恶和排斥。种族间不完全的角色转换和相互排斥中的依赖,给南非社会蒙上了一层复杂的阴影。玛格达的

父亲就是白人殖民者丧失统治地位的代表,只有在确认黑人和女性的隶属地位中,通过着装、财力、语言和武力弥补缺失的身份;但凡出门必究穿着,每周定会自酌几杯,说话必是发号施令,随意差遣黑人和女儿,占有黑人亨德里克的妻子,无视女儿的身心需求。而当黑人比白人在农场经营中越是能干越恭敬地称白人为"主人"时,白人因为自己的身份和地位受到威胁而愈表现得冷酷无情,种族冲突加上父权社会男性对女性权力的清零行为,使玛格达成为殖民和父权双重压迫下的受害者:奴隶和附属品的综合体。玛格达通过和父亲此消彼长的对比关系展延自己的存在,通过弑父的行为主观切断自己与父亲的联系,企图打破时间、历史以及性别的束缚,重建一种新型的人际关系:平等地存在,和殖民地人们平等相处(与亨德里克媾和、与克莱恩·安娜和解)。然而,她和亨德里克以及克莱恩·安娜的共处只是一种假象。在玛格达弑父之后,农场因无人打理而渐入绝境,亨德里克出于得不到工钱的愤怒和被奴役的历史,以报复的方式强行占有她羞辱他。即使玛格达多次努力尝试和克莱恩·安娜以姐妹相待,安娜仍和她保持种族间不信任的距离。无奈之下,玛格达不禁对着无情的亨德里克呼喊自己的心声:"我并不只是白种人中的一个,我是我!我是我,不是哪一类人,为什么我该为别人的罪过付出代价呢?"(176)作为殖民历史的受害者,玛格达不想属于过去和历史,只想成为独立的自己。她想代表自己的愿望终究是不可能的,如果剥离开历史和种族,她也就不存在了。黑人亨德里克和妻子克莱恩·安娜的身份也是缺失的,他们通过自己的劳作、性报复和物质掠夺的方式弥补了这种缺失。由于害怕玛格达弑父的秘密败露会殃及自身,亨德里克和妻子离开了农场,带走了一切能绑在自行车上的东西。羊群散去,水渠干涸,只剩下玛格达和一片废墟。她可以告诉前来寻找她父亲的造访者弑父的事实,但事实真相并非为他人所信,黑白混杂的社会并非能理解此行此举,种族间的矛盾冲突谁可裁决?殖民社会留下的是黑白种族间难以调和的生存现状。农场是荒漠的内陆、历史的废墟,这里是殖民历史的残骸,也是玛格达弑父的"战利品"。此刻只想代表自己的玛格达意识到她的存在永远是相对的,人之为人在于关联,"我需要有人可以交谈,需要兄弟、姐妹、父亲

和母亲，我需要历史和文化，我需要希望和灵感，我需要在我感受幸福之前能感悟道德的喻示和神的安排，更不用说食物和饮料……我再度陷入孤独，独存于历史的现在时"（179）。玛格达争夺的话语权也只相对地存在着，"人之为人并非缘于言谈，而在于跟他人的言谈"（189），"为什么没有人用真正发自内心的语言对我说话？适中的，中庸的——这才是我说要的！既非主人也非奴隶，既非父母也非孩子，只是居间的桥梁，在我心里，这样一来所有的矛盾都将化为一致"（199）。人与人之间的纽带，不是种族、性别、话语，而是人心换人心的真世界和纯语言：ES MI（是我），这种语言"并不是那种地域性的西班牙语，而是某种纯粹意义上的西班牙语……它如此深刻地植入我的内心，可见它们呈现的只是纯粹的意义"，是我，是消解了时间、历史、性别、种族的我，我就是我。

《内陆深处》中，玛格达反抗时间、历史、种族和性别，消解现实，在废墟和绝境中寻找生存的力量，重建身份，这样亦成亦败的冒险何以至此，库切书中解释说"由于缺乏所有那些外在的敌人和抵抗，囿于某种狭隘而一成不变的压抑生活，

人们最终无可选择，只能把自己变成一桩冒险行动"（191）。玛格达冒险弑父虚实难辨，库切亦实亦虚的描写就是南非社会黑白并存、男女同在、殖民和后殖民、现代和后现代并行的真实写照。

注解【Notes】

[1] ［德］康德：《纯粹理性批判》，《康德著作全集》第四卷，李秋零主编，中国人民大学出版社 2005 年版，第 31 页。

[2] ［德］伊曼努尔·康德：《实践理性批判》，张永奇译，中国社会科学出版社 2009 年版，第 121 页。

[3] ［法］柏格森·亨利：《时间与自由意志》，吴士栋译，商务印书馆 2009 年版，第 50—52 页。

[4] ［美］沃林·理查德：《瓦尔特·本雅明救赎美学》，吴勇立、张亮译，江苏人民出版社 2008 年版，第 58 页。

[5] 朱立元：《当代西方文艺理论》，华东师范大学出版社 2005 年版，第 375—379 页。

[6] ［南非］J·M·库切：《内陆深处》，文敏译，浙江文艺出版社 2007 年版，第 2 页。以下同一著作引用，只注明页码。

《黎明之屋》中的印第安文化及其生态启示 *

张 林

内容提要：小说《黎明之屋》是美国印第安作家莫曼迪的代表作，蕴藏着深厚的印第安传统文化，体现了作家对印第安传统文化的深切关注。莫曼迪在小说中生动地描述了印第安传统的农耕、狩猎文化，以及玉米舞蹈、太阳之舞、"神圣环形"、奔跑等印第安文化，并将这些宝贵的精神财富与小说主人公阿贝尔的成长历程紧密联系起来，指出印第安人首先应该遵循自己的传统文化，否则会在白人文化和印第安文化之间徘徊不定，失去自我。小说凸显了印第安人对自然、土地、太阳、宇宙的敬仰，以及对和谐的人与自然关系的渴望。他们这些独特的世界观、宇宙观，对于面临生态困境的当代人无疑起到了警醒和借鉴的作用。

关键词：《黎明之屋》 司各特·莫马迪 典仪 文化

作者简介：张林（1971— ），江苏沭阳人，江苏师范大学外国语学院副教授，硕士生导师，上海外国语大学博士在读，研究方向为英国文学、生态文学。

Title：American Indian Cultures in *House Made of Dawn* and the Ecological Revelations

Abstract： *House Made of Dawn* is the representative work of American Indian writer, N. Scott Momaday. The novel contains rich Indian traditional cultures, which embodies the author's deep concern about Indian cultures. In the novel, Momaday vividly describes Indian traditional cultures, such as farming, hunting, corn dancing, sun dancing, running and so on, which are closely related to growing-up of the protagonist Abel. He concludes that Indian people should adhere to their own traditional cultures first of all; otherwise, they will lose their own self-identity among white-dominated society. The novel embodies Indian's respect for nature, earth, sun, universe, etc., and their yearning for the harmonious relationship between man and nature. Their unique world outlook, universe outlook can exert a warning role for modern people who are now faced with ecological problems.

Key words： *House Made of Dawn* N. Scott Momaday ceremony culture

Author：Zhang Lin (1971—), born in Shuyang, Jiangsu Province, Associate Professor of Jiangsu Normal University, supervisor for masters, is studying for doctor's degree in Shanghai International Studies University, whose research focuses on ecological literature and British literature.

作家司各特·莫马迪（N. Scott Momaday）是美国当代印第安文学代表人物之一。1992年，莫马迪获得了美洲原住民作家终身成就奖；2007年，他又获得了由美国前总统布什（George W. Bush）颁发的"国家艺术奖章"。他为美国印第安文艺复兴做出了很大的贡献。小说《黎明之屋》是其经典之作，出版于1968年，并于1969年获得了普利策文学奖，是首部获得美国主流社会认可的美国印第安小说。小说的获奖，不仅奠定了莫马迪在美国文学史中的地位，也标志着美国印第安文艺复兴运动的正式开始，从此，学术圈掀起了一股研究、出版印第安文学的热潮。

小说讲述了印第安年轻人阿贝尔（Abel）在白人社会和印第安保留地之间不同的生活体验。在白人社会，阿贝尔受到种种歧视和打击，他犹豫、彷徨、困惑，觉得自己一无是处。当他彻底沉沦的时候，印第安传统文化使其逐渐恢复了活力。在族人的帮助下，他重新了解并接受传统的印第安农耕、狩猎文化以及玉米舞蹈、太阳之舞、奔跑等宝贵的印第安精神财富，并从中得到了精神支柱。他遵循印第安传统，回归自然，最终找回了真正的自我。小说以其"雄辩的文风，强烈的情感，新颖的主题，独特的视角"得到了大家的认可，标志着"一位成熟的、经验丰富的美国原住民艺术家创作美国文学时代的到来"[1],也使得莫马迪在文学界一举成名。《黎明之屋》出版之前,美国文学中的印第安人总是被描述成出没于林莽间、凶残野蛮的准野人形象。印第安人这一老套、刻板的形象,在19世纪美国白人文学大师包括库珀(J. F. Cooper)、麦尔维尔(Herman Melvill)、马克·吐温(Mark Twain)等在内的作品中体现得淋漓尽致。库珀、麦尔维尔、马克·吐温等所捏造的老套的、固定的印第安形象,被后来的许多白人作家接受、强化,并做了进一步扩展描述。这些作家将印第安人贬低为"唯一类型的、时而高贵时而蒙昧无知的野蛮人"[2],他们在文本中描述印第安民族的衰落和灭亡,以维护白人对印第安人的殖民统治。《黎明之屋》出版后,人们对印第安人的印象发生了翻天覆地的变化。小说对当代美国印第安人的心理状况和生存状况的生动描摹,尤其是对印第安文化的生动展示,引起了读者的强烈反响,如小说成功地描述了印第安人的农耕、狩猎文化,再现了印第安人的典仪文化,开了描述现实生活中的当代印第安人形象的先河。

一、印第安农耕、狩猎文化

在印第安民族的宇宙观中,"自然"的概念不同于西方文明所指的"自然"。"在他们的脑海中,自然与他们密切相关。他们从自然中来,是自然的一部分。"[3]自然有其独立存在的内在价值,而不是西方文明所指的工具价值。我们人类应该尊重自然,不应该一味地剥削利用自然。印第安人对自然的敬仰,体现在他们对待农耕和狩猎方面。在农耕和狩猎活动中,印第安人不仅得到了他们生活的必需品,而且也学会了如何与自然和谐相处。小说开篇,就展现了一幅原始农耕图景:

整个夏天人们都在田地里忙碌。当月亮满月时,他们夜晚也在干活,用古老的人工犁松土,用锄头除草;如果天气晴好,水分充足,他们会获得大丰收。他们种植易于保存的作物,如玉米、辣椒、苜蓿等。河边的小镇旁有一片片果园,种植着西瓜、葡萄、南瓜等。每隔六七年,他们在小镇东面的土地上还会收获丰盛的矮松果。如同山中的小鹿,这些果实都是上帝的馈赠。[4]

印第安人祖祖辈辈生活在这片美丽的土地上。在农耕活动中,他们掌握了季节的变化、植物的生长规律,能够感受到土壤的静谧之美。他们对土地怀有一颗感恩之心,他们的生活永远也离不开养育他们的土地,他们感谢自然的慷慨给予。他们眼中的小鹿、老虎、谷物、水果等,都是自然存在的,有其存在的价值,不应受任何外来力量的控制。自然界万事万物都永远处于和谐共存的状态之中。因此,当白人大肆掠夺印第安人的良田美景、把他们赶到狭小的保留地时,他们不知道为何"白人能够买卖天空、土地?这种观点使他们困惑"[5]。在印第安人眼中,自然界中的一切有生命或无生命的事物都是相互联系的,存在于一个密不可分的网络之中,都有其存在的理由和价值。1851年,苏魁米什人首领西雅图(Seattle)和其他印第安部落,在华盛顿州西北部皮吉特海峡发表了著名的环境宣言:"小溪和河流中流淌的波光粼粼的水不只是水,而是我们祖先的血液。……这些河流是我们的兄弟……我们知道,地球不属于任何一个人。而人应该属于地球。我们深知这些。所有东西都是相互联系的,就像血脉联系我们的家族一样。万事万物都是相互联系的。"[6]这种相互联系的观点,体现了印第安人独特的宇宙观,尤其体现在他们对待土地的态度上。他们认为,土地是人类生活不可分割的一部分。土地是印第安部族文化共同的基石,起到了联系部族的纽带作用。他们视土地为彼此联系的宇宙间的最基本部分,这一观点与白人视土地为牟取利益的工具的看法大相径庭。此外,大部分印第安人从事畜牧业、狩猎等,即使从事耕作的那些部族也用典仪式的敬重态度看待土地。他们认为,土地"是一个活生生的联系网,不是作为他们可以购买的碎片"[7]。由此可见,印第安人对待自然、土地的态度和白人是截然不同的,他们尊重土地的内在价值,而不是一味地剥削利用。

印第安人对待土地的态度,值得人们反思。长久以来,人们一直叫嚣着要征服自然、改造自然。如今,大自然已经变得千疮百孔,人类也为此付出了惨重的代价,如温室效应、臭氧层改变、环境恶化等。实际上,大自然是一个严密的体系,任何一种生物都与其生存的环境有着密切的关系,破坏了其中任何一个环节,必将导致一系列关系的损坏,甚至整个生态系统的紊乱。小说《黎明之屋》中体现的印第安人的土地观,非常值得现代人深思。

此外，小说对印第安人的狩猎文化也做了生动的描述。狩猎也是印第安人亲近大自然的主要手段之一。捕猎动物不是大规模的屠杀，而是根据自然规律进行合理的捕杀。他们对待狩猎的行为也是有其独特的理解。《黎明之屋》主人公阿贝尔的祖父弗朗西斯科（Francisco）严格遵守传统的狩猎习俗。当他捕猎一头熊时，能够耐心等待，直到受伤的熊自己死去，而不是使用凶残的手段快速结果熊的性命。在弗朗西斯科看来，他的捕猎是为了整个部族，根本没有考虑个人的想法。当熊被杀死后，他用玉米花粉对着熊的尸体进行祷告，让其灵魂得以安息。这种做法，表明了印第安民族对生命的敬畏。如果狩猎也是一种精神活动，那么，有节制地猎杀一定数量动物也是可以谅解的，是符合自然界生态规律的。这种行为也有利于动物在自然界中的繁衍生殖保持在平衡状态，体现了印第安民族对自然的敬仰之情和其能够安然平静地生活在自然之中的舒适之心。

二、印第安的典仪文化

典仪在印第安人的传统文化里占据着特殊的位置。无论印第安人婚丧嫁娶、救治伤病，还是播种收获、征战狩猎，他们都要举行相应的典仪活动。"作为传统印第安文学的主要样式之一，典仪运用吟颂、歌舞、对白、鼓乐和讲述等艺术表演手段，侧重表现印第安民族对和谐、平衡、一统的推崇与追求，表达了他们对时空循环和亲缘关系的独特认识与理解。"[8]典仪也能够帮助人们治疗疾病，尤其是精神方面的疾病，可用于协调人与自然之间的关系。典仪是印第安人对自然传递敬畏之情的主要表现形式。典仪的形式多种多样，在《黎明之屋》中，典仪主要表现为以下两种形式：舞蹈，圣歌。

印第安文化中的舞蹈，不是一般意义上的舞台表演或者自娱自乐，而是一种与自然乃至整个宇宙的交流方式。对印第安人来说，"地球及地球上所有的生命都由一些精神理念支配。这些理念需要通过舞蹈或歌唱的方式被理解，或者在某种程度上被掌握。这些舞蹈是为狩猎、捕鱼、仪式、雨水、战争胜利等而作"[9]。在小说中，莫马迪描述了玉米舞蹈和基奥瓦人（Kiowa）太阳舞蹈。书中章节"7月24日"所记载的内容涉及了玉米舞蹈场景的描述，将其视为人们表达思想的

一种方法。小说中的白人女性安杰拉（Angela）起初疏离大自然，她认为自然是无法融入的，她对亲近大自然的阿贝尔也无法理解，后来，印第安人的玉米舞蹈改变了她的世界观。"几天前，她在考其蹄那个地方看到了玉米舞蹈。真是又美丽又奇怪。在她看来，舞蹈者似乎要永远以那种做作、刻意的方式舞蹈下去。舞蹈充满了严肃、神秘的氛围。那些老人都在阳光下跳舞。舞蹈者的态度都非常……非常的严肃。没有一个人微笑。好像一切对他们来说都非常重要。舞蹈者一直眼望着前方，好像看到了一切，但是她当时却没有注意到这些……她不能够理解，甚至有些怀疑。"[10]事实上，玉米舞蹈是印第安人典仪中的一种，每当玉米将要成熟时，印第安人都要用这种舞蹈来庆祝，活动将持续几周的时间。这种舞蹈一方面表达了印第安人对大地母亲的感恩，感谢她又给予了一个丰收季节，另一方面也是印第安人借此机会积蓄力量、净化心灵的方式。

除了玉米舞蹈外，莫马迪还在小说中对基奥瓦人的太阳之舞及其神灵泰米（Tai-me）有所描述。小说中的太阳之舞，是由牧师陶萨玛（Tosa-mah）叙述出来的："我的祖母敬畏太阳，这种情感到现在已经记不清楚了。她总是小心谨慎，存有一种古老的敬畏之心……孩提时代，她参与到一年一度的太阳之舞当中，并且每年她都参加这一仪式。在舞蹈中，她知道如何让人们在神灵泰米面前重新恢复活力。"[11]陶萨玛的祖母对太阳的敬畏之情，代表了所有印第安人的情感。太阳是印第安人的保护神，是他们赖以生存的保障，也是他们的希望所在。据说，太阳之舞是印第安舞蹈中的最高仪式。舞蹈活动能够带来健康，帮助参与者本人及其亲戚的灵魂获得活力，也能够使地球上所有的生命获得重生。在太阳之舞中，地球、植物、动物都能够获得新的生机和活力，人与自然也能够实现平衡和和谐。然而，印第安人的这种生活状况却被欧洲殖民者彻底打破。在殖民者眼中，印第安人是没有人性的野蛮人。根据上帝的意愿，这些印第安人应该被移置或灭绝。"一切非基督教的及缺少基督教文明的习俗与本性将在势不可挡的进程中被驱除掉。"[12]欧洲殖民者视印第安人为"长着人形的动物"[13]，他们认为美洲是一片荒芜野蛮之地，等着他们去开拓，当地的印第安人应该臣服于欧洲文明，否则就会

遭受灭顶之灾。由于受到欧洲殖民者的侵略,大多数印第安部落被灭绝,余者也濒临灭绝的危险,北美大陆变成了"一个窃取来的、充满鲜血的、当地人极度贫穷的大陆"[14],原来宁静祥和的北美大陆已经不复存在。

小说《黎明之屋》也描述了欧洲殖民者对印第安民族侵略的罪恶行径。小说中的北美大陆自然环境遭受严重的破坏,自然界中"野牛已经不复存在"[15],这一现象严重影响了印第安传统文化太阳之舞的传播与发展。"[祖母]7岁的时候,最后一次基奥瓦人太阳之舞于1887年在雨山谷的瓦士塔河边举行。"[16]野牛是太阳之舞中最重要的动物之一,是构成舞蹈主题的重要因素。野牛与人,有着精神和肉体上的联系。根据印第安文化,如果没有野牛,人们将面临死亡,或者至少会招致贫穷。野牛在太阳之舞中的重要地位,也反映了印第安人对自然的敬重,因为野牛也是自然中的一分子。印第安人对待自然的态度与白人截然不同,印第安人将整体生物圈的和谐与自然的利益放在首位,而白人则把自然作为剥削利用的工具。

除了舞蹈之外,莫曼迪在小说中对圣歌也有着惟妙惟肖的描述。小说的题目《黎明之屋》,来源于美国最大的印第安部落纳瓦霍人(Navajo)的"晚间圣歌",为纳瓦霍人所创作的62部起到治疗作用的典仪之一,歌曲记录了印第安人的一些典仪活动以及这些活动对他们生活的影响:

黎明之屋,/夜晚光亮之屋,黑云之屋,/阳雨之屋,/浓雾之屋,/阴雨之屋,……
为我治好了我的脚,/为我治好了我的腿,/为我治愈了我的身体,/为我治愈了我的精神,……
非常快乐地,我康复了。/非常快乐地,我的内心变得平静。/非常快乐地,我一直前行。……
或许,我的周围一切都是美丽的。/在美丽当中,一切都得善终。[17]

在这首圣歌中,黎明和夜晚、光亮、黑云、阳雨、浓雾、阴雨等形成了平衡关系,一切事物都处于和谐平衡关系之中。一切生物,包括人,都能够和谐相处。这首圣歌赞美了平衡的生态世界,在这个世界中,人们的身体疾病和精神疾病都可以得到治愈。小说中,巴雷历(Benally)在洛杉矶的小山上对阿贝尔吟唱圣歌"黎明之屋",呼吁回归自然,从大自然的怀抱中寻求安慰和保护。他们在唱这首圣歌的同时,内心发生了强烈的共鸣,再次感受到了大自然的魅力,他们约定以后一定还要吟唱这首圣歌。

在小说的结尾,这首圣歌再次出现。当祖父弗朗西斯科去世后,阿贝尔沿着死者下葬的路线在山谷中奔跑,独自吟唱着这首圣歌,重新认识自我,开始了新的生活。当初,阿贝尔从战场上归来,他无法适应保留地的生活。一年以后,是这首古老的印第安圣歌治愈了他心灵的创伤,使他重新恢复了活力。也正如伯林盖姆(Lori Lynn Burlingame)所说,小说《黎明之屋》明确"肯定了美国原住民意识形态蕴含的力量和治疗的功效"[18]。

三、印第安"神圣环形"文化

印第安民族"神圣环形"文化,在小说中也得以成功展现。神圣环形是印第安文化中的一个重要概念。"在苏族的创世传说中,尚未被创造出来的世界是一个'由无数环形构成'、统一于太阳的神圣环形的整体。……这个传说所勾勒出的创世结局则更是集中反映出印第安人对以神圣环形为中心的和谐统一体的憧憬与推崇。维·奥塔·维查沙的双胞胎孙子变成雄鹰,飞到高高的山顶,从神圣环形那里获得了神奇的能力和生存本领,并把这一切带回给'红色的太阳人'——苏族人。"[19]从此以后,苏族人便在由神圣环形覆盖的土地上构筑起了一座座环形营地,并且"遵照神灵的指示,以神圣的方式生活,守护着整个世界"[20]。在印第安人眼中,神圣环形能够"使一切生灵在同一环形中和谐相处"[21],也使得宇宙间万事万物在无限循环中形成了和谐统一的整体。地球和整个宇宙是一个永无止境的环形,在这个环形当中,人只是其中的一分子,和其他动物一样在环形中运动。这种神圣环形,代表了人类世世代代的生存方式和大自然的生生不息。

小说《黎明之屋》以阿贝尔在黎明中奔跑开始,再以其在黎明中奔跑结束,小说的整体结构形成了一个环形,也是神圣环形文化的体现,是作者独具匠心手笔之所在。奔跑在印第安文化中有其独特的意义。1977年,巴塔耶(Bataille)采访莫马迪时,请他解释一下奔跑的象征意义是什么?莫马迪做出了如下的回答:"据我所知,杰梅兹(Jemez)地方的奔跑是对水流的模仿,水流沿着源于泉眼的河道——灌溉的沟渠。沟渠的清理是为了保证水流的畅通,而奔跑与清理沟渠的行为相似。这就是奔跑的象征意义所在,因为水是这种文化乃至整个世界最重要的东西。人们奔跑是使自己迎合了宇宙中最基本的运动——水沿着河道流淌。这种象征意义在印第安部落的西南部地区广为流传。"[22]

阿贝尔个人的成长历程,也体现在奔跑这种特殊的行为中。印第安人非常敬仰土地,认为土地是他们不可或缺的部分,"脱离了土地就会导致疾病,如精神疾病,异化和迷茫。一方面,外部力量,如臭名昭著的《安置法》,使得人们脱离了土地;另一方面,个人错误的世界观使其不能够也不愿意一直生活在土地之上,不愿意信奉土地所蕴含的精神与活力"[23]。阿贝尔遭受了这两个方面的折磨,尤其是第二个方面。在印第安土地上,蛇和老鹰是土地的灵魂与象征,人们信奉大地上"蛇的精神"和"老鹰的精神"。而阿贝尔不愿意被土地束缚,不愿意遵循这些信仰。因此,阿贝尔离开印第安保留地,参加了第二次世界大战,并试图在白人社会中生存,这直接使其思想错位、精神空虚迷茫,无法给自己正确定位。在经历种种遭遇过程中,阿贝尔逐渐发现自己错误的世界观,认识到了印第安民族本土文化的重要性。只有遵循这些传统,人的灵魂才能归于完整。最终,阿贝尔回归到了他们的故乡瓦拉塔瓦(Walatowa)。小说的最后章节"二月二十八"开篇如是描述,阿贝尔"突然醒来,完全清醒,并开始倾听"[24]。阿贝尔的世界观变得越来越成熟,当祖父弗朗西斯科去世后,"他知道他该做什么"。"他再次心甘情愿地加入了瓦拉塔瓦的奔跑比赛当中……这种运动将瓦拉塔瓦的黑暗驱赶到黎明,将其冬天驱赶到春天。"[25]在奔跑过程中,阿贝尔认识到土地的重要性以及土地上"蛇的精神"的重要性;他能够认识到生命的整体性。"他终于不用思考就能看懂;他能够看到峡谷、山脉和天空;他能够看到雨水、河流和田野。他能够看到黎明时分黑黝黝的小山。"[26]此刻的阿贝尔浑身充满了生机和活力,"像弗朗西斯科以及其他年长的奔跑者一样,他知道生活从来不会是完美的,也不可能总是令人满意的。人们应该认识到宇宙中有邪恶、混乱及毫无意义的事物等的存在,有时候人们还需要直接面对这些东西。阿贝尔理解了生存固有的规律:一个人必须努力认知高深莫测的大地。多年前,他还试图消灭邪恶,同时也受到了生命的威胁。如今,和其他奔跑者一样,他不再害怕未知的世界,而是以一颗敬畏之心面对这个世界,从而人们能够生活在美好和谐的世界当中"[27]。阿贝尔从部族的黎明奔跑活动中找回了自我,清楚地认识到他与保留地有着千丝万缕的联系。只有回归大地,遵循印第安部族的传统,他才能够真正实现自我。可以说,他的奔跑遵循了印第安文化传统,是回归大地的一种表现。由此可见,阿贝尔先是离开家园,后又回到家园;从对本族文化的排斥到接受,并能够身体力行实践传播这种文化;从偏执到逐渐成熟。阿贝尔的成长历程纷繁复杂,环环相扣,体现了作家莫马迪的巧妙用心。

除了阿贝尔,小说中印第安村庄普韦布洛其他的黎明奔跑者,面对冉冉升起的太阳尽情地展示他们的力量,参与到"神圣环形"连续不断的循环当中。他们信奉根据太阳运行指定的历书,这种历书是村庄中各项典仪活动的主要参照。他们从部族的土地上观看太阳的运行规律,然后再安排部族的一些精神层面的或者商业层面的活动。印第安人将其信念、宗教等融入到生活的方方面面,融入到大自然当中。

此外,小说中,"托萨玛(Tosamah)主日讲道的行为也形成了一个环形,其开始和结束的地点都是在雨山。一百多年前,基奥瓦人就是在雨山结束他们的旅程的"[28]。托萨玛指出,雨山是基奥瓦人寻求精神之旅的必选之路,其中的戴维斯塔(Davils Tower)有着治愈人们精神疾病的强大魅力。人们和大地是密不可分的,人们对自我身份的认同深受所处周围环境的影响,人的生命也是在特定的自然环境中完成各种轮回转换。阿贝尔深受托萨玛主日讲道的影响,认识到回归大地的必要性,"日出时分的大地既是'人类的中心',也是个体的中心"[29]。"小说中的大地是一种催化剂,使得主人公意识到白人文化与印第安文化的区别。"[30]大地是人类的精神之所,不管怎样的循环往复,人们最终要回归大地,这是亘古不变的规律。莫马迪在小说中对印第安神圣环形的宇宙观进行了淋漓尽致的刻画,表明印第安神圣环形文化是他们传统文化中不可缺少的一部分,代表着印第安民族最朴素的世界观和最本质的哲学思维。印第安神圣环形文化的主旋律是"和谐",启发人们如何处理好人与人之间、人与动植物之间、人与社会以及人与自我的内心世界等纷繁复杂的关系。今天,我们所提倡的"可持续发展战略",完全可以从印第安神圣环形文化中汲取营养,拓宽视野,以便有更加理性的、更加客观全面的发展。

四、结　语

　　小说《黎明之屋》是深受印第安古老文明影响的作家莫曼迪的经典之作,蕴藏着深厚的印第安传统文化,体现了作家对印第安传统文化的深切关注。莫曼迪在小说中生动地描述了印第安传统的农耕、狩猎文化,以及玉米舞蹈、太阳之舞、奔跑等印第安文化,这些传统文化充分体现了印第安人对一切生灵的尊重。他们敬仰养育他们的土地,能够处理好与动物、植物等的关系,能够将生命融入到大自然之中,与自然形成了和谐共处的关系。无论是精神活动,还是物质活动,印第安人都能将和谐的"神圣环形"理念融入其中。

　　在小说中,莫曼迪将印第安人这些宝贵的精神财富与小说主人公阿贝尔成长历程紧密联系起来,指出印第安人首先应该遵循自己的传统文化,否则会在白人文化和印第安文化之间徘徊不定,失去自我。小说所体现这些印第安人的文化传统,在当今社会有着非常重要的借鉴意义。在21世纪的今天,人类不得不面对全球的生态危机,人类的生存状况已经受到了多方面的威胁。从印第安文化中攫取精神营养,能够激发人们的生态意识,唤起人们的生态良知,保护环境,拯救地球。从这个意义上来说,印第安文化为人类的未来谋取可行的发展道路有着非常重要的意义,值得人们进一步的关注和研究。

注解【Notes】

* 　本文系江苏省教育厅高校哲学社会科学研究项目"英国20世纪生态小说研究"(项目编号:2010SJB-750019)阶段性成果之一。

[1]　Schubnell, Matthias. N. Scott Momaday: The Cultural and Literary Background. Norman: University of Oklahoma Press, c1985, p. 93.

[2]　Norton Anthology of American Literature. 3rd Ed. (shorter). New York: W. W. Norton & Company, 1989, p. 1681.

[3]　Momaday, N. Scott. "Native American Attitudes to the Environment" in Stars Above, Earth Below: American Indians and Nature. Ed. Marsha C. Bol.

UK: Roberts Rinehart Publishers, 1998, p. 8.

[4]　Momaday, N. Scott. House Made of Dawn. New York: Perennial Library, 1999, p. 5.

[5]　Seattle. "Seattle Declaration." Environment Discourse and Practice, A Reader, Malden. Eds Lisa M. Benton and John R. Short. MA: Blackwell Publishers Inc. , 2000, p. 12.

[6]　Seattle. "Seattle Declaration." Environment Discourse and Practice, A Reader, Malden. Eds Lisa M. Benton and John R. Short. MA: Blackwell Publishers Inc. , 2000, p. 12.

[7]　Cousins, Emily. "Mountains Made Alive: Native American Relationships with Sacred Land." Cross Currents 46. 4 (1996/1997): 497-510. http://www. crosscurrents. org. /mountainsalive. htm.

[8]　邹惠玲:《典仪——印第安宇宙观的重要载体》,载《徐州师范大学学报(哲学社会科学版)》2004年第4期,第54—57页。

[9]　Goldstein, Marc. "Dances and Dancing" in American Indian Culture. Eds. Carole A. Barrett and Harvey J. Markowitz. California: Salem Press, Inc. , 2004, p. 204.

[10]　Momaday, N. Scott. House Made of Dawn. New York: Perennial Library, 1999, p. 32.

[11]　Momaday, N. Scott. House Made of Dawn. New York: Perennial Library, 1999, p. 116.

[12]　Deloria Jr. Vine. "An Open Letter to the Head of the Christian Churches in America." Literature of the American Indian. Eds. Thomas E. Sanders and Walter W. Peek. Beverly Hills: Benziger Bruce & Glencoe, Inc. , 1973, pp. 213-220.

[13]　Jennings, Francis. The Invasion of America: Indians, Colonialism, and the Cant of Conquest. Chapel Hill: University of North Carolina Press, 1975, p. 15.

[14]　Cook-Lynn, Elizabeth. "American Indian Intellectualism and the New Indian Story." Natives and Academics: Researching and Writing About American Indians. Ed. Devon A. Mihesuah. Lincoln: University of Nebraska Press, 1998, pp. 111-138.

[15]　Momaday, N. Scott. House Made of Dawn. New York: Perennial Library, 1999, p. 117.

[16]　Momaday, N. Scott. House Made of Dawn. New York: Perennial Library, 1999, p. 116.

[17]　Momaday, N. Scott. House Made of Dawn. New York: Perennial Library, 1999, pp. 129-130.

[18]　Burlingame, Lori Lynn. "Cultural survival and the

oral tradition in the novels of D'Arcy McNickle and his successors: Momaday, Silko, and Welch". DAI-A 56/05(1995): 1774. 10 Dec 2007 <http://proquest. umi. com>.

[19] 邹惠玲:《试论蕴涵于印第安创世传说的印第安传统信仰》,载《徐州师范大学学报(哲学社会科学版)》2007年第1期,第40—44页。

[20] Lincoln, Kenneth. Native American Renaissance. Berkeley: University of California Press, 1983, pp. 129-136.

[21] Dickason, Olive Patricia. Canada's First Nations: A History of Founding Peoples from Earliest Times. New York: Oxford University Press, 2002, p. 55.

[22] Momaday, N. Scott. Conversations with N. Scott Momaday. Ed. Matthias Schubnell. Jackson: University Press of Mississippi, 1997, p. 62.

[23] Nelson, Robert M. Place and Vision: the Function of Landscape in Native American Fiction. New York: Peter Lang Publishing, Inc. , 1993, p. 17.

[24] Momaday, N. Scott. House Made of Dawn. New York: Perennial Library, 1999, p. 209.

[25] Nelson, Robert M. Place and Vision: the Function of Landscape in Native American Fiction. New York: Peter Lang Publishing, Inc. , 1993, p. 87.

[26] Momaday, N. Scott. House Made of Dawn. New York: Perennial Library, 1999, p. 212.

[27] Teuton, Sean Kicummah. Red Land, Red Power: Grounding Knowledge in the American Indian Novel. Durham and London: Duke University Press, 2008, p. 18.

[28] Nelson, Robert M. Place and Vision: the Function of Landscape in Native American Fiction. New York: Peter Lang Publishing, Inc. , 1993, p. 71.

[29] Nelson, Robert M. Place and Vision: the Function of Landscape in Native American Fiction. New York: Peter Lang Publishing, Inc. , 1993, p. 72.

[30] Schubnell, Matthias. N. Scott Momaday: The Cultural and Literary Background. Norman: University of Oklahoma Press, 1985, p. 85.

身份的漩涡:《J·阿尔弗莱德·普鲁弗洛克的情歌》的现代主义叙事视角*

——与莎士比亚《爱人的怨诉》对比

傅　悦

内容提要:通过与《爱人的怨诉》的对比,论文以文本解读的定性分析为主,辅以 Wordsmith 6.0 和 Readability Analyser 的定量分析,发现《J·阿尔弗莱德·普鲁弗洛克的情歌》通过固定搭配的颠覆、人称代词指称意义的模糊化、意识主导的流动时空和碎片化的叙事手段,建构了以"I"为核心的漩涡似的叙事身份,开启了现代主义诗歌模糊、多元和流动的叙事视角。而这种叙事视角的建立,既体现了现代主义诗歌主题的复杂性,也为读者提供了解读的多种可能性,为现代主义文学作品的发展和后现代主义的衍生奠定了基础。

关键词:《J·阿尔弗莱德·普鲁弗洛克的情歌》　现代主义　叙事视角　叙事身份　语料库

作者简介:傅悦,文学硕士,安徽大学外语学院讲师,主要研究领域为翻译理论与实践。

Title: Complexity of Narrative Identity: Modernist Narrative Perspective of *The Love Song of J. Alfred Prufrock* Compared with Shakespeare's *A Lover's Complaint*

Abstract: This paper analyzes the narrative perspective of a leading modernististic poem *The Love Song of J. Alfred Prufrock* through qualitative and quantitative comparison with *A Lover's Complaint*. An "I"-focused narrative identiy and a fuzzy, multidimensional and fluid narrative perspective have been constructed by the subversion of common collocations, fuzziness of personal pronouns' referential meaning, consciousness-dominating fluid time and space, and fragmented narratives. This modernist narrative perspective, together with its well-set complex narrative identity, shows the complexity of modernist poems in theme, and makes the poem open to interpretation. The construction of this modernist narrative perspetive lays a solid foundation for the development of modernism itself and the derivation of post-modernism.

Key words: *The Love Song of J. Alfred Prufrock*　Modernism　Narrative Perspective　Narrative Identity　Corpus

Author: FU Yue, MA, is a lecturer at School of Foreign Studies, Anhui University (Hefei 230601,China). Her major academic interests include translation studies and literature. E-mail: fredafuyue@gmail.com

　　T·S·艾略特(1888—1965)发表于1915年的现代主义诗歌先驱之作《J·阿尔弗莱德·普鲁弗洛克的情歌》(以下简称《情歌》),通过叙事者戏剧般的内心独白,塑造了一个貌似蹉跎彷徨、空虚迷茫的中年男人形象。在包括批评家在内的众多读者的解读中,《情歌》折射出第一次世界大战爆发前期西方社会知识分子的信仰缺失、绝望和异化感。同时,《情歌》因为频繁的用典和晦涩的意象,成就了史上最另类的情诗。然而,情歌的主人公J·阿尔弗莱德·普鲁弗洛克是否就是全诗的叙事者?他究竟是在吟唱个人的爱慕,还是在表达人类的无助?他口中的"我们"、

"你"和"我",究竟意指何人?《情歌》是如何通过有别于浪漫主义情诗的视角,来营造意象、传达信息、揭示主题的?

　　本文选取文艺复兴时期文学巨擘莎士比亚的叙事长诗《爱人的怨诉》(*A Lover's Complaint*,又译《情女怨》)作为比较对象。该诗被认为是现实主义与浪漫主义完美结合的产物,收录于1609年的莎士比亚《十四行诗》的附录部分。在体裁和主题上,两首诗歌具有相似之处。《情歌》叙述了中年男人和同伴出门(抑或是未出门)探寻爱情和生命意义之旅,《爱人的怨诉》则讲述一个年轻女子被男人欺骗和抛弃之后的哀伤。

两首诗都涉及人类与自身欲望之间相辅相成、相生相克的关系,但两者在包括语言在内的叙事手段上存在着明显的差异。通过对比《情歌》和《爱人的怨诉》中叙事视角和叙事身份构建的显著差异,本文力图展现现代主义诗歌的独特语言魅力和艺术感染力。

一、叙事视角与叙事身份

叙事视角一直是文学研究的重要切入点之一。在《文学术语汇编》(A Glossary of Literary Terms)一书中,美国文学批评家艾布拉姆斯(M. H. Abrams,1912—)将叙事视角(point of view)定义为:"讲述故事的方法——作者所采用的一种或多种方式,由此告知读者这个故事的构成要素,如人物、对话、行动、情境和事件。"(作者译,Abrams 2004:231)由此可见,叙事视角作为必要的叙事手段,是贯穿作品始终,串联时空、人物和场景,连接作者、作品与读者的重要纽带。

法国文学理论家热奈特(Gérard Genette,1930—)在其著作《叙事话语》(Narrative Discourse:An Essay in Method)中,将叙事者的不同视角类型分为内视角(intra-diegetic)和外视角(extra-diegetic)、异视角(hetero-diegetic)和同视角(homo-diegetic)。(Genette 1980:248)内视角和外视角,是针对文本和叙事者的立场而言,即叙事者是站在故事内部还是外部。异视角和同视角,则是针对叙事者和故事中的人物而言,异视角即叙述者不是故事中的人物,同视角则意味着叙述者是故事中的人物。一部文学作品的叙事,可以是内视角或者外视角,同时也可以是异视角或者同视角。在此基础上,热奈特将叙事视角分为零聚焦型、内聚焦型和外聚焦型三种。零聚焦型,即无固定的全知视角(an omniscient narrator),属于传统的叙事手段,这种视角中的叙事者无所不知,而读者只能被动接受,发挥想象的空间较小;内聚焦型,即叙事者只言人物的所看所想,增加了叙事的可信度和亲切感;外聚焦型,指叙事者所言比人物所知少,这种视角能够增加人物的神秘感,最大限度地调动读者的想象和参与。

根据 Riessman 所言,"故事讲诉的就是那个可能的自己"(Telling stories configures the 'self-that-I-might-be)。(Riessman 2003:7)叙事身份,即文学作品中作者赋予叙事者的身份,它

源于但也有别于作者对自我的认识。而 Tracy(2002)则将话语中的人物身份划分为主体身份(Master Identity,即叙事者的性别、年龄、阶层和宗教信仰等)、互动身份(Interactional Identity,即每个场景中与其他角色之间的关系变化)、社会身份(Relational Identity,人物间的关系)和个人身份(Personal Identity,叙事者的个性特征)。(Benwell & Stokoe 2006:70)

因此,不同的叙事视角势必产生迥异的叙事身份,从而建构了不同的叙事风格。即使是同一事件,在不同的视角中显然会产生不同的面貌,折射出不同的世界观和人生观。对于叙事视角和叙事身份的解构,有助于梳理作者传达的信息,揭示作品表现的主题,更能窥见作者对自我、他人和世界的认知。此外,不同流派的文学作品在叙事视角上存在的显著差异,也能清楚地展现不同流派对于文学的认识和建构,丰富我们对于不同文学作品的认识。

本文以定量和定性研究相结合的方式,通过分析《情歌》和《爱人的怨诉》在语言和结构上的差异,由此探寻叙事视角和叙事身份的建构上的不同之处,以及现代主义作品在叙事视角上产生的变化及对渲染主题的影响。需要说明的是,《情歌》和《爱人的怨诉》的叙事身份概念都并非是一成不变的,而是沿用《话语和身份》(Discourse and Identity)中"动态的、有着文化和历史背景的、根据情景变化的,而且可能是自相矛盾的身份概念"。(Benwell & Stokoe 2006:89)

二、《情歌》VS《爱人的怨诉》:有显著差异的叙事视角

创作《情歌》时的艾略特身处慕尼黑,即将结束他在巴黎的学习。(Miller,2005:152)艾略特在读书期间就常和同性朋友一起出游,所以叙事者开场即说到 "Let us go then,you and I"。"I" 是此刻叫做普鲁弗洛克的人,他是全诗的叙事者之一,是一个长相平凡、畏缩彷徨的中年男人的形象,而"you"可能是他的爱人、男性或女性朋友,甚至可能是内心的真我。不过,艾略特在1962年接受参访时,如是说道:普鲁弗洛克是个40岁左右的男性;而诗中的 you 是个男性同伴,没有任何感情色彩。(Ibid,154)他的原话是:Prufrock "was *partly* a dramatic creation of a man of about 40… and partly an expression of feelings of my own." "…'you' in the 'The Love Song' is merely some friend or companion, presumably of the male sex, whom the speaker is at that moment addressing, and that it has no emotional content whatever."(斜体为作者所加)。既然没有任何感情色彩,何以在文章开篇就放在和"I"同样重要的位置,并且在诗中反复使用多达 9 次? 这就涉及叙事身份的问题,正是由于改变了"you"这个在浪漫主义情诗中多称呼异性(如"Shall I compare thee to a summer's day?")的性别,和由此有别于传统情诗的"us"、"we"的组合一起,构成了既非全知视角又有别于传统的第一人称主人公视角的叙事角度,模糊了叙事者的身份,也模糊了《情歌》的情诗体裁,诗歌开篇即颠覆传统,正体现了现代主义诗歌在语言上的实验与创新。

随着普鲁弗洛克的喃喃自语,我们穿过了他眼中的街道和廉价旅馆,又看到沙龙里来来往往的妇人,接踵而至的居然是一团黄色烟雾,之后在他对于生活细节的回忆里,现实和虚幻的交织,过去、现在和未来的时空重叠中,他的身份和视角愈加模糊,他反复地说"这不是我所表达的"(That is not what I meant at all)。他时而是诗中的人物,时而又跳出诗去,到尾声部分,读者仿佛和叙事者一起被带进了一个巨大的漩涡。随着叙事的深入,叙事者的身份变得愈加模糊和捉摸不定。

此外,就叙事身份而言,普鲁弗洛克是个中年男性,似乎是优柔寡断的个性,除此之外,我们无法清楚地勾勒他的形象和他视角中的自我、他人、世界和爱情,也无法确定在他身上发生的具体事件。而他要表达的思想,也只是若隐若现地呈现在读者眼前,我们甚至无法肯定他和他的同伴有没有迈出房门。除了性别、年龄和大概个性,普鲁弗洛克这一叙事者的四重话语身份,即主体、互动、社会和个人身份,都很难给出清晰的界定。

而反观《爱人的怨诉》,诗歌中出场人物先后有序,分别是"I"、"she"、"a reverend man"和年轻女子"she"口中的"he"。开篇透过第一人称有限视角,我们了解了年轻女主人公的外貌和经历。又通过年轻女主人公的视角,非常清楚地认识了欺骗她的男人,包括他的形象、阶层和个性特征。最后,我们对于女主人公的身份界定非常清楚:她是一个被骗失身、痛心疾首、最终却仍然执迷

不悟的年轻女子。在她单一、固定和清晰的叙事视角中,我们清楚了解她被男人的花言巧语所骗的全过程,以及她痛心疾首、哭天抢地却最终执迷不悟的情感经历。

对比之下,我们可以看出《情歌》中普鲁弗洛克这一叙事者的身份及其视角是多重、多变和模糊的,下文将以语料库辅助的量化分析结合定性分析为手段,揭示《情歌》是如何通过语言、形式和主题上的实验和革新来建构多重叙事身份和多变的叙事视角。

三、《情歌》的现代主义叙事视角

在篇幅上,《情歌》不及《爱人的怨诉》一半的长度,共 1 070 个单词(不含标题和引言),131 行,20 个诗节,没有固定的诗韵。在结构上,受日本俳句、短歌以及法国象征主义诗歌的影响,对浪漫主义情诗的结构进行了颠覆。《爱人的怨诉》共计 2 576 个单词(不含标题),47 个诗节,每节 7 行,均采用 ababbcc 的君王诗韵(rhyme royal)。

(一)《情歌》的模糊叙事视角:高频词和易读性

根据 Wordsmith 6.0 的分析,《情歌》和《爱人的怨诉》中的前 10 位高频词如下表所示,以 BNC(英国国家语料库)和 COCA(美国当代英语语料库)的前十位高频词为参照:

	《情歌》	《爱人的怨诉》	BNC	COCA
1	the	and	the	the
2	and	the	of	be
3	I	of	and	and
4	a	in	to	of
5	to	to	a	a
6	have	his	in	in
7	of	that	that	to
8	that	a	is	have
9	it	her	it	to
10	all	all	for	it

经过对比,《情歌》的前十位高频词中有七个和《爱人的怨诉》重复,不在《爱人的怨诉》前十位的有"I"、"have"和"it"。如此频繁使用的"I",自然是全诗以第一人称为主而进行叙事的忠实写照;"have"是叙事者频繁使用现在完成时的必然

结果,体现了叙事者的立场和时间观,反映了叙事者对于自己过往生活的反思和生命意义的考量;而关于"it"的用法,与《爱人的怨诉》不同的是,《情歌》中的 it 很多时候并不具体指称某个人或物,增加了诗歌的难度,需要读者更多的参与,同时也给了读者更广阔的诠释空间。如诗中反复出现的"Would it have been worth while"和"And would it have been worth it, after all,"以及下文中的两个"it":

But as if a magic lantern threw the nerves in patterns on a screen:

Would it have been worth while

If one, settling a pillow or throwing off a shawl,

And turning toward the window, should say:

"That is not it at all,

That is not what I meant, at all."

这样即使反复联系上下文也很难明确的 it,恰当地反映了叙事者自身思绪的混沌和视角的模糊,与他对琐碎生活细节的回忆交织,使叙事者的身份更加模糊。

巧的是这三个词正好可以组成 I have it,不能不说是全诗探寻自我与世界的绝佳佐证。

需要注意的是,I、have 和 it 在《爱人的怨诉》的频率词表中分别位列第 17、33 和 28 位。而《情歌》中也使用了《爱人的怨诉》的前十位高频词中的 in、his 和 her,其中,"in"位列第 11 和 98 位,而

her 只使用了 1 次。此外,因为叙事的需要,两首诗都用了如"you"和"us"等其他人称代词,下文中将会专列一节论述人称代词和相关的物主代词的使用情况。

总体而言,《情歌》与《爱人的怨诉》的前十位高频词中,不在 BNC 和 COCA 前十位高频词范围内的三个词,分别是:I、have 和 all;I、that 和 all。考虑到主题等因素,《情歌》和《爱人的怨诉》前十位高频词没有明显差异。

除了高频词外,《情歌》和《爱人的怨诉》的主要数据如下:

	形符	类符	类符形符比	标准类符形符比	平均词汇长度
《情歌》	1 070	407	38.04	38.10	4.01
《爱人的怨诉》	2 576	1 091	42.35	52.05	4.34

从上表可以看出,《情歌》的标准类符形符比低于《爱人的怨诉》,所以,它所用词汇并没有《爱人的怨诉》丰富,但是读起来却较之晦涩难懂。在平均句长上,《情歌》和《爱人的怨诉》分别为 24.88 和 36.80 个单词,如果我们假设句子越长、全文的难度增加的概率越高的话,数据显示《情歌》也并非因为长句而显得更加难懂。

此外,上表还显示两者的平均词汇长度相差不大,两首诗中所有词汇在长度上的分布比重差异也不明显:

	1-letter	2-letter	3-letter	4-letter	5-letter	6-letter	7-letter
《情歌》	16.94%	24.14%	23.33%	12.68%	9.53%	6.59%	3.35%
《爱人的怨诉》	15.93%	22.68%	21.39%	14.69%	8.85%	7.30%	5.22%

	8-letter	9-letter	10-letter	11-letter	12-letter	13-letter	14-letter
《情歌》	1.93%	0.81%	0.30%	0.40%	0	0	0
《爱人的怨诉》	2.07%	1.35%	0.27%	0.11%	0.11%	0	0.03%

我们将单词分别按 1—5、6—9、10 个字母以上分为短词、中等长度的词和长词,并且假设字母越长、全文难度增加的概率越高,我们发现,单词的长度不能说明两首诗歌在难度概率上的差异。因此,《情歌》并没有比《爱人的怨诉》更频繁使用较难的词汇,当然,极其个别如 etherize 这样的术语,可能对普通读者构成挑战。

	1-5 letter	6-9 letter	10-14 letter
《情歌》	86.62%	12.68%	0.70%
《爱人的怨诉》	83.54%	15.94%	0.52%

为了进一步量化两者的难易度,我们以 Readability Analyser 辅助分析它们的易读性,得出《情歌》的 RA2 指数值为 51.6,远高于《爱人的

怨诉》的29.1。该指数越高，表示文中使用非常见搭配的频率越高，全文难度概率越高。《情歌》中这样的例子几乎贯穿全篇，不胜枚举，如诗歌开篇的"etherized upon a table"和"a question on your plate"、中段"sprawling on a pin"和"butt-ends of my days and ways"以及尾声的"threw the nerves in patterns on a screen"等等。

这些数据，从侧面验证了包括诗歌在内的现代主义文学作品对于传统语言形式的实验和革新。而《情歌》的革新，并非是使用复杂的长句，也不仅是使用了晦涩的词语，而主要在于对固定搭配的颠覆。恰恰是这些不常见甚至是"匪夷所思"的搭配和对于文本外语境的诉求，营造了叙事者模糊的视野和超乎寻常的意象，呈现了复杂如漩涡般的视角中异化的世界，挑战了读者的想象力，需要读者更多的参与其意义的建构。

(二)《情歌》的多元叙事视角：代词的使用

叙事身份，尤其是叙事视角的建构，离不开代词的使用。在传统的零视角中，较多使用第三人称代词，而内视角中使用的多为第一人称代词。经过检索，两首诗的人称代词和相应的物主代词使用频次和频率如下：

	I		me		my		mine		myself	
《情歌》	41	3.83%	5	0.47%	11	1.03%	0		0	
《爱人的怨诉》	20	0.78%	21	0.82%	25	0.97%	7	0.27%	4	0.16%

	you(主)		you(宾)		your		yours		yourself	
《情歌》	2	0.19%	7	0.65%	1	0.10%	0		0	
《爱人的怨诉》	6	0.23%	4	0.16%	8	0.31%	1	0.04%	0	

	he		him		his(形容词性物主代词)		his(名词性物主代词)		himself	
《情歌》	0		0		2	0.19%	0		0	
《爱人的怨诉》	23	0.89%	13	0.50%	45	1.75%	1	0.04%	1	0.04%

	she		her		her(形容词性物主代词)		hers		herself	
《情歌》	0		0		1	0.10%	0		0	
《爱人的怨诉》	16	0.62%	26	1.09%	2	0.08%	0		2	0.08%

	we		us		our		ours		ourselves	
《情歌》	2	0.19%	4	0.37%	1	0.10%	0		0	
《爱人的怨诉》	3	0.12%	2	0.08%	4	0.16%	0		0	

	they		them		their		theirs		themselves	
《情歌》	3	0.28%	5	0.47%	0		0		0	
《爱人的怨诉》	10	0.39%	11	0.43%	25	0.97%	1	0.04%	1	0.04%

列表显示，《情歌》共使用了18个人称代词和物主代词，比《爱人的怨诉》少了8个之多。两者的主要差异还有：《情歌》中I、you和us出现的频率分别是《爱人的怨诉》的4.9倍、4倍和4.6倍，而me的频率却远低于《爱人的怨诉》；《情歌》的叙事者提到them的频率和《爱人的怨诉》相当，却没有一次提及their。

通读全诗，我们发现，《情歌》确实并未使用更多的代词，而是模糊了代词的指代意义。《爱人的怨诉》中的人称代词指代意义明确，因此视角也显得清晰明了；而《情歌》中的代词指代模糊，使得叙事者和倾诉对象的身份模糊。诗中"I"的主体身份，也并没有很清晰的界定，他可以是普鲁弗洛克，也可以是任何一个在现代社会挣扎的人。他时而是生活的旁观者,时而是批评者,时而又是反叛者。you、they 等,也并非像在《爱人的怨诉》中一般用来指称某个(些)具体的人或物。尤其值得关注的是,诗中"They will say⋯"也是视角转换的明证,因此,《情歌》借助模糊代词指称意义的方法,建立了叙事者、同伴、众人等多元并行的叙事视角。

(三)《情歌》的流动叙事视角:颠覆时空和碎片化叙事

与《爱人的怨诉》中物质时空和单一场景中的年轻女子在山谷中的怨诉不同,《情歌》中不仅存在多元叙事者,而且他们视角中的时间是流动的,空间是变幻的。与《爱人的怨诉》相比,《情歌》的叙事者并没有使用更多或更复杂的时态。《情歌》共使用了一般过去时、一般现在时、现在完成时和一般将来时等四种时态,比《爱人的怨诉》少了过去完成时。两者的区别在于,《爱人的怨诉》以客观世界的时空为坐标,完整叙述了事件的始末,而《情歌》则以叙事者的意识为主导,建构了流动的精神时空。譬如,在第一节副歌部分之后出现这一诗节:

The yellow fog that rubs its back upon the window-panes

The yellow smoke that rubs its muzzle on the window-panes

Licked its tongue into the corners of the evening

Lingered upon the pools that stand in drains,

Let fall upon its back the soot that falls from chimneys,

Slipped by the terrace, made a sudden leap,

And seeing that it was a soft October night

Curled once about the house, and fell asleep.

开篇出现了普鲁弗洛克和同伴视角中的街道和廉价旅馆,紧接着突然转为全知视角,而这一视角中的黄色烟雾并不属于物质世界,通过模糊客观时空,叙事者成功地营造了流动变幻的时空,使得原本多元的视角流动起来。再看这一诗节:

And indeed there will be time

To wonder, "Do I dare?" and, "Do I dare?"

Time to turn back and descend the stair,

With a bald spot in the middle of my hair—

[They will say: "How his hair is growing thin!"]

My morning coat, my collar mounting firmly to the chin,

My necktie rich and modest, but asserted by a simple pin—

[They will say: "But how his arms and legs are thin!"]

Do I dare

Disturb the universe?

In a minute there is time

For decisions and revisions which a minute will reverse.

重拾普鲁弗洛克的视角之后,现在时和将来时的交叉使用,使得原本多元的视角流动起来,成功营造了现实与幻想交织、物质与精神碰撞的意象。

除了时态的表达,客观对应物(objective correlative)的频繁使用,很大程度上构建了变幻的空间概念。叙事者用客观意象颠覆了如《爱人的怨诉》般浪漫主义诗歌传统的叙事时空。在《情歌》一诗中,我们可以找到很多这样的例子,如诗的开篇,作者所呈现的似"病人麻醉在手术桌上"(a patient etherized on a table,查良铮译)的夜色、"在窗玻璃上擦着它的背"(rub its back upon the window-panes,查译)的黄色雾,诗的中段叙事者用来丈量自己生命的"咖啡勺"(I have measured out my life with coffee spoons)、置于盘子中的"我的头(有点秃了)"(my head [grown slightly bald] brought in upon a platter,查译),以及诗的结尾"对唱的美人鱼"(mermaids singing, each to each,查译"女水妖彼此对唱着歌")、叙事者和同伴流连的"大海的宫室"(the chambers of the sea,查译)。通过这种手段,《情歌》割裂了传统文学作品中从始至终叙述某个事件的模式,取而代之以碎片化的叙事手段,与颠覆的时空交相辉映,完美呈现了现代社会多元流动的视角,也成功预言了现代社会工业化过程中人们的生活被逐渐碎片化的事实。

(四)《情歌》的主题:无限放大的"I"

我们发现,相对于《爱人的怨诉》,《情歌》的关键词为 I 和 the,其中两者的 P 值均小于 0.01,具有统计学上的显著意义。这充分说明，《情歌》对于自　　　　我的关注，正是现代主义自我意识萌发的表现。

关键词	《情歌》中的频率	百分比	《爱人的怨诉》中的频率	百分比	关键性	P值
I	41	3.83％	20	0.78％	37.96	0.0000000000
the	74	6.92％	73	2.83％	29.71	0.0000000474

　　与《爱人的怨诉》中谴责负心汉对自己的伤害不同，《情歌》放大了"I"这个叙事者的能动性，颠覆了物质时空，以碎片化叙事中呈现的意象替代人和物的描写，显示了对自身意识的强烈关注。与其说它是送给仰慕者的情诗，不如说是写给自己和全人类的爱歌。同时，叙事者也不曾停止对自我的反思，仿佛语言在思想面前是如此的苍白无力。或许，正如《维洛那二绅士》中所说的那样："真正的爱情是不能用语言表达的，行为才是忠心的最好说明。"《情歌》中，叙事者以自我的消亡为代价，得到精神的不朽。诗歌已结束，漩涡却未止。

　　通过与《爱人的怨诉》对比，我们发现《情歌》通过颠覆固定搭配、模糊指代意义的人称代词、意识主导的流动时空和碎片化的叙事手段，建构了以"I"为核心的漩涡似的叙事身份，开启了现代主义诗歌模糊、多元和流动的叙事视角。

　　这样的现代主义叙事视角，体现了作者异化了的自我认知，在表达与沉默、自信与自卑、认同与反叛、吸引与疏离、生存与毁灭之间，不仅为叙事者更是为读者制造了巨大的身份漩涡。多重叙事身份和模糊、多元、流动的叙事视角，使得全诗对于读者而言更加开放，改变了读者的阅读模式，由被动接受为主转为主动参与，使得读者在诗歌意义的建构上拥有了更多话语权。这样的叙事视角，不仅丰富了读者多元解读的可能性，更体现了现代主义诗歌主题的复杂性。同时也反映了，人类进入工业化社会初始，对于自身价值和生命意义的终极追问，正是文学进入现代社会之后对于社会巨变和复杂人性的映射。现代主义继往开来，有别于浪漫主义的叙事视角，开启了一个新的文学纪元，也为后现代主义的衍生奠定了坚实的基础。

注解【Notes】

＊本文为"第二批安徽大学青年骨干教师培养对象"资助项目（项目编号：02303301-0242）的阶段性成果。

引用作品【Works cited】

[1] Abrams, M. H. A Glossary of Literary Terms. Beijing: Foreign Language Teaching and Research Press, 2004.

[2] Benwell, Bethan & Stokoe, Elizabeth. Discourse and Identity. Edinburgh: Edinburgh University Press Ltd., 2006.

[3] Cousins, A. D. Shakespeare's Sonnets and Narrative Poems. Singapore: Pearson, 2000.

[4] Genette, Gérard. Lewin, Jane E, trans. Narrative Discourse: An Essay in Method. New York: Cornell University Press, 1980.

[5] Healy, Margaret. Shakespeare, Alchemy and the Creative Imagination: The Sonnets and A Lover's Complaint. New York: Cambridge University Press, 2011.

[6] Miller, Jr. James E. T. S. Eliot: The Making of an American Poet, 1888-1922. Pennsylvania: The Pennyslyvia State University, 2005.

[7] Riessman, C. K. Performing identities in illness narrative: Masculinity and multiple sclerosis', Qualitative Research 3 (1), 2003.

[8] Schoenfeldt, Michael. The Cambridge Introduction to Shakepeare's Poetry. London: Cambridge University Press, 2010.

[9] Sharma, Jitendra Kumar. Time and T. S. Eliot: His Poetry, Plays and Philosophy. New Delhi: Sterling Publishers, 1985.

[10] Ward, David. T. S. Eliot Between Two Worlds: A Reading of T. S. Eliot's Poetry and Plays. London: Routledge & Kegan Paul, 1973.

[11] Tracy, K. Everyday Talk: Building and Reflecting Identities. New York: Guilford Press, 2002.

历史文化的深度解读

——读任蒙散文集《反读五千年》

卢锡铭

读任蒙的历史文化散文,是一种极大的享受。它带你穿越幽深的时空隧道,徜徉于历史长河中,让你看到一段段惊心动魄的激流,看到一朵朵低吟浅唱的浪花,时而让你俯首沉思,时而让你仰天长啸。你仿佛看到一个集作家、学者和哲人于一身的思想者,站在时代的讲坛上,用极富诗性与哲思的语境,向你深刻解读中国五千年的历史,让你享受品质极佳的历史文化盛宴,在细细品嚼之余,受到深深的启迪。

我们在京相识时,正值辛亥革命百年将临之际,他曾跟我说,他准备花点工夫写一写这场伟大革命。我很理解,辛亥革命的第一枪是在武汉打响的,那是他长期工作的城市,但辛亥革命的源头毕竟在广东,我当即邀请他到广东来走走。当年秋天,他赴约前来,我们一起去看了中国近代史的开篇之地虎门,寻访了林则徐指挥销烟的销烟池,凭吊了当年鸦片战争的古战场。随后,又去中山市翠享村,参观了孙中山的故居和博物馆。然后,折回广州去凭吊黄花岗起义的七十二烈士陵园。他回到武汉之后,花了数月的业余时间,赶在纪念辛亥革命100周年前夕,洋洋洒洒写了十多万字,从辛亥革命的历史背景写到革命的爆发,再写到最后一个封建王朝的落幕。写得跌宕起伏,写得扑朔迷离,他视角独特,把这场革命解读得入木三分,具有极强的历史穿透力,这就是收在《反读五千年》首篇的《世纪的黎明》。此文尚在写作过程中,就有《天津文学》等主流期刊向他预约,问世之后,即被多家报刊和大型网站争相转载,任蒙也被多所知名大学相邀前往开设辛亥革命的纪念讲座。《长江文艺》近水楼台,在任蒙没有动笔之前就预订了几万字,后来他们颇为庆幸,说"这篇散文支撑了那期特刊",因而,他们也毫无争议地将其辛亥百年纪念征文唯一的一个散文特别奖授予了任蒙。这篇力作,也是迄今为止描写辛亥革命唯一的一部长篇散文,也

许有人仅仅把它当作历史来读,而我更愿意把它看作历史文化散文,且是历史文化散文中高高耸立的一座丰碑。

文艺理论界一般认为,文化散文具有四大特质:一是题材的文化性,二是强烈的文化意识,三是文化解剖具有穿透力,四是行文上具有诗化韵律。我深以为然,并且认为这些要素的多寡与强弱是评判其作品高低与优劣的试金石。毫无疑问,任蒙是"烹饪"这四大要素的高手,所以他能够雄踞这个领域的高地。有评论家拿任蒙的历史文化散文与余秋雨做过比较研究,认为其审美性可能比余氏"稍逊风骚",但任氏在思想性上绝对超越了余秋雨。作为中国散文学会会长、中国鲁迅研究会会长的著名学者和散文家林非,在读完《任蒙散文选》之后曾经做过这样的评说:"任蒙的散文,细节与形象的描绘、思想之分析、情感之抒发、文字之表达,都浑成一体,使我读后深受启迪。其中尤其觉得文中的一些哲思诉说,最为精辟。"他还特别列举《伊水岸边的那条小径》一文,由于任蒙在此文中不但集中展示了白居易人生品格的"两重性",而且还让读者看到了他具有综合性人生成就无人比肩的陌生一面,而这种"个性"意义所折射的恰恰是几千年知识分子的悲剧性命运和整个封建体系残忍与荒诞的本质。所以,林老称赞这篇散文"无疑是我读到的相关篇章中的最佳之作,启发不小"(见《东方散文》2010年第4期)。《光明日报》曾发表专评认为,任蒙的文化散文可以让我们领略"大散文"的风采,无论是写历史事件,还是历史人物,都能够从历史哲学层面上进行深度开掘,"具有震撼人心的思想力量"。

首届全国孙犁散文奖组委会在给《任蒙散文选》的颁奖辞中,不吝词汇,给了他很高评价:"他以深邃的鉴史眼光、凝重的忧患意识和恢弘的书写气势,在传统寻根与现代认同之间探寻真相,

感悟生命，并独辟蹊径，自成一家。亘古兴衰，历史沧桑，山河变迁，现实经纬，经他的酣畅笔力化作了一道道气象万千、诗意沛然的人文风景。无论是黄钟大吕的磅礴长调，还是言近旨远的精粹短歌，都使他站在了一个'天、地、人、文'浑然交融、厚积薄发的写作高度。"著名散文家和编辑家石英曾经在颁奖大会上颇有感慨地说，天津是散文重镇，但天津散文创作的整体水平与任蒙的作品相比较，"还存在一个再上台阶的问题"，并且强调说，"几乎所有参与评选的同志对此已成共识"（见《首届全国孙犁散文奖获奖作品汇编》第1页）。有评论家说任蒙是实力派，有评论家说他是先锋派，有评论家说他是偶像派，还有人说他最大的优势是其作品是写给大众看的，是一个大众派。我认为，他们说的都是，也不全是。他们都是从一个侧面去评论任蒙。其实，任蒙就是任蒙，他总是用前行者的姿态，既博取各派之长，又勇于对种种流派和陈规进行质的突破，写出自己的风骚来。《世纪的黎明》如此，其他历史文化散文也是如此。我无意把任蒙划归哪个流派，也无意将任蒙与其他历史文化散文大家论个高低。我只认为，要研究中国当代历史文化散文，任蒙是一座绕不过的峰峦。

《反读五千年》分为四辑，第一辑《世纪的黎明》，写的是辛亥革命；第二辑《遥远的影像与符号》，写的是古老的沧桑沉浮；第三辑《青灰的往事与记忆》，写的是历史文化遗产；第四辑《神奇的圣贤灵光》写的是历史人物。可以认为，它们均从不同侧面对中国五千年历史文化进行了深度解读，字里行间展露的是诗性语境与思辨色彩，批判的意识浓烈而又有度，从某个角度来考量，可以看成是对中国史书的一种反读，让人耳目一新，让人心灵震撼。或许，这正是此书的价值所在。

我认为，《反读五千年》是历史文化散文创作领域近些年来一部不可多得的力作。纵观全书，主要体现了三大特点：

其一，质疑与批判双锋并出，彰显出洞悉时空的穿透力量。

任蒙业余酷爱读史，但不是作为茶余饭后的一种消遣，也不是为了在学术会议上掉书袋，而是为了"认识中国"、"理解中国"和"透视中国"，这种强烈的使命感，使得他把史学的功底打得很扎实，并且具有自己独特的视角和独到的见解。

历史是胜利者写的，修史更多的是为统治者所用，写出来的"正史"，往往有众多扭曲和不真实的成分。对此，任蒙认识得更为透彻，因而他敢于对"正史"提出质疑，敢于对一些传统文化进行反诘。他那种站在思想高地的批判姿态和批判精神，不时流淌出幽默的语丝，闪耀着智慧的灵光……

在《昏黄午后的明祖陵》中，作者写道："五千年的封建帝制，不知留下多少荒唐"，"帝王权柄的魔力，要胜过神话中的法宝一万倍，……正是有了这种诱饵，历史又开始沦入几乎与从前同出一辙的新的怪圈"。这岂止是在写明祖陵？他为封建社会涂抹了一层底色，把历朝权力更迭的历史本质解剖得淋漓尽致。正因为他准确地把握了这个主脉，所以，对封建时代历史人物和历史事件如何评判的许多问题，都能够在他笔下游刃有余。

在《悲壮的九宫山》中，作者引用了史学界的新发现，对《明史》说李自成因抢粮食而致人马陷入泥潭最后被农民锄击而死提出质疑。作者在文章的结尾写道："这是荒谬的封建历史遗留给我们的荒谬。"在这里，作者剑锋所指不仅是"正史"的荒谬，而玩弄历史的人则更显荒谬。这种批判所向，又岂止是明朝，又岂止是历史！

《放映马王堆》一文，写的是长沙马王堆。当初汉墓出土，媒体炒得沸沸扬扬，一个劲儿去赞叹一具在地下长眠二千多年的女尸竟然完好保存下来的奇迹，作者并不否定这种奇迹，然而他着墨更多的，却是去反问这个被封赏七百户的小小列侯夫人的"阴间奇迹"是从哪里来的？结论是："漫长的时间使腐朽化作了神奇，而我们通过神奇更透彻地看到了腐朽！"是呵，小小的官太已是如此奢华，更大的帝王将相还用说么？这一批判，仿佛一支响箭，穿越两千多年历史的迷雾，直穿封建社会的本质！

其二，是历史与文化的相互融和，展现出高远旷阔的文化视野。

历史文化散文，极易产生两种倾向，一种是只有历史而缺文化，另一种是只有文化则缺历史。前者看似旁征博引，考究论证，还不如以往那种"读史札记"来得实在，读起来枯燥苦涩，味如嚼蜡；后者常是"文化"膨胀，情感泛滥，实际是虚张声势，缺乏洞察历史的器识，读来如云山雾海，不着边际。任蒙历史文化散文的可贵之处，正是历史与文化的高度融和,既有翔实的历史,又能调动所有的文学手段,把历史解读得既深刻又生动,具有极强的艺术感染力。

《历史深处的昭君背影》一文,将昭君出塞写得荡气回肠,写得文采飞扬,还原了一个不能主宰自己命运的少女身世。然而,这篇散文更为重要的意义,在于作者对和亲的历史作用表达了自己独到的见解:"事实上,在匈汉和睦中起根本作用的不是(也不可能是)公主外嫁,联姻只是一种形式,通过这种形式宣告结盟或归附和体现友好。能否实现友好,关键仍在于双方政治和外交的方略是否正确。"最后,作者饱蘸诗意对王昭君这个千古传奇美人形象做了耐人寻味的描绘:"如果从正面或侧面去着笔,也许只能描画她那'落雁'之美,……似乎只有这个无限丰富的背影才是历史上的王昭君。"读到此处,历史与文化的水乳交融怎叫人不低首沉吟,感慨良多?

《一个财富王朝的解读》一文,劈头一句"走进乔家大院,使我一步走近了晋商",便一下抓住了读者的神经,接着文章便直切主题:"此次晚到的寻访,我试图拂去历史的尘埃,通过埋藏在这座大院的历史记忆,来解读一个传承了两个世纪的财富王朝,重新审视我以往只能在书堆里认识的晋商。"文章写的是乔家大院,叙述的是乔家发迹史,解读的却是晋商文化,层层展开,娓娓道来,三管齐下,还有谁不跟着作者去寻觅?有谁不愿意随作者的思路去探个究竟?

其三,是诗性与理性相映生辉,营造出大气雄浑的美学意象。

任蒙的历史文化散文中还有一大亮色,就是诗性的构建与理性的升华。这得益于他文学创作的经历,他是从诗歌起步的,随后又写过不少杂文,近年又浸淫于史学之中,所以他的作品将诗、史、思融为一体,文中常是意境精妙,文采灿然,哲思丰盈,达到艺术性与思想性并举的境地,具备超越同类的一种特质。

《拜杜公祠》写杜甫的临终一幕:"当时没有人料到一个被后来的历史反复追溯的时刻,会发生在洞庭湖一侧的野江孤舟之上,会发生在那个凄迷的夜晚。然而,一场悲愤的历史大剧以这种意想不到的平静方式落幕,更为其主角的伟大生命增添了撼人心魄的力量,更能诠释出一种穿透时空的不朽精神。"读来让人情绪难抑,一场悲情的历史大剧,竟在如此落寞凄清的背景下终结,怎叫人不痛彻心脾?

《昏黄午后的明祖陵》一文中写道:"当时,整个陵地和泗州城皆沦为泽国,树梢行舟,殿顶游鱼,以龙地自喻的皇室祖陵,果真成了水晶宫。"与其说作者以诗的语言来描绘水淹皇陵的场景,不如说他对这块"风水宝地"的讽刺运用的是诗化了的哲思,怎叫人不拍案叫绝?

在《围墙》一文中,作者把长城比喻为一个民族统治者垒筑的一堵围墙,把故宫喻为一个一元中心的院落。这种跨时空的意境状述,不是诗的构思又是什么?又一篇《登临长城》,任蒙则形容"它像一条浴火的长蛇,曾在漫天硝烟中疯狂地舞动了几千年,曾在无穷的血火中痛苦地扭曲几千年,才留下了今天弯曲的遗体",又说"它像一道高高挥舞的粗大鞭影,千百回抽打过我们的民族,最后沉沉地落在这块土地的脊梁上"。这样的散文语言,怎能分得清哪是诗意哪是哲理?

《千年送别》整篇就像一首诗,诗的意境,诗的语言,而精妙的哲思均融在其中。古老桃花潭的神韵,先贤依依惜别的离情,圣境幽情,丝丝入扣。"桃花潭水深千尺,不及汪伦送我情"的意蕴,还能用其他语言来解读吗?

在这个物欲横流的社会里,任蒙是一个文学的殉道者,他耐得住寂寞,杜门避嚣,不为尘世喧嚷和犬马声色所诱惑;他守得住清贫,从不为金钱而折腰;他身在官场,却淡泊权欲,不屑于官道上的种种争权逐利。他宵衣旰食,辛勤耕耘,执著得有点痴迷,追求的是一种文学的品位与境界。我坚信,凭他的才智,凭他的执著,凭他的坚持,将有更多更佳的力作面世。

我们期待着……

(卢锡铭,著名作家、编辑家,曾任广东出版集团副总经理,现任广东省政府参事、广东省期刊协会会长。)

女性解放的身体寓言

——评杨秀芝、田美丽《身体·性别·欲望——20世纪八九十年代小说中的女性身体叙事》

常　芳

20世纪60年代开始,西方女性开始有意识地通过文学作品中的身体叙述来表达自我,强化自身的存在价值和社会地位。受其影响,我国从20世纪80年代开始也出现所谓"身体写作"的热潮。其实,正如身体是人与生俱来的存在一样,身体的叙说也与文学相伴而生。

20世纪以来,作为人的生命载体的身体开始变得复杂起来,远远超越了原初的生理意义,而具有了审美的、政治的、伦理的、哲学的意义。英国学者伊格尔顿指出,"现代化时期的三个最伟大的'美学家'——马克思、尼采和弗洛伊德——所大胆开始的正是这样一项工程:马克思通过劳动的身体,尼采通过作为权力的身体,弗洛伊德通过欲望的身体来从事这项工程",也即"在身体的基础上重建一切——伦理、历史、政治、理性等"。[1]由此可知,身体的意义增殖其实是和现代性联系在一起的,而这其中女性身体尤其成为极具吸引力的审视对象。杨秀芝和田美丽的新著《身体·性别·欲望——20世纪八九十年代小说中的女性身体叙事》,正是在此前提下对中国当代小说中作为性别符号和欲望对象的女性身体的深度解析和独特观照。该书的价值,笔者认为体现在以下几个方面。

一、在女性视角与男性视角的对比中揭示女性身体叙事的实质,最终又能超越性别的二元对立

身体作为区分性别的符号,具有毋庸置疑的权威性,与此同时,不同性别对于身体的态度又显示出超乎想象的差异性。该书作者将女性作家与男性作家对于女性身体的书写进行并置,一方面,放大了女性身体文学表述的性别差异,从而揭示出深藏于其中的性别控制机制与形象塑造策略;另一方面,又在此基础上通过对差异的

分析跳出男女性别二元对立的传统观照方式,力图构建一种自在自为的身体叙事逻辑。该书从作为情色符号的女性身体、乳房的隐喻以及脚与鞋的寓言等角度,解析了世俗眼光及男性作家如何观看、享用、想象与塑造女性身体和身体的延伸物。在对象化的观看、想象与建构中,文学作品中的女性身体成为性别权力的折射。在男性文化视野与权力机制下,女性身体失去了其作为生理存在的自然特征与自在状态。就女性身体审美而言,美的标准由男性制定,美的身体由男性享用,女性以男性的标准塑造自身形象,这集中体现在"女为悦己者容"的古语以及女性束腰、裹足等一系列摧残自身的行为中。男性不仅仅塑造了文学作品中的女性形象,而且直接参与了现实女性形象的塑造。书中还深入剖析了男性作家作品中隐藏着的潜在心理动因,即菲勒斯中心意识和斯德哥尔摩征候,这些无不体现了两性等级秩序的存在以及男性对于这一秩序的合理性的强化。同时,该书作者又透彻地分析了男权社会在面对纵欲和禁欲、罪恶与欲望时的矛盾、挣扎与恐惧。该书梳理了女性作家身体叙事的发展历程,说明女性作家的身体叙事经历了从理性的凝视、自我生活的体验到狂欢化书写几个阶段,并以张抗抗的作品为例,归纳了女性身体的诸种形态以及由此体现出来的女性身体观,与男性作家的身体观相对照,女性作家的身体观是以精神为旨归的,是对女性身体"被看"传统的改写及对传统评价体系的解构。在改写和解构之外,女性作家还承担起了身体重塑的重任,她们试图使女性身体摆脱被动展示与男性附庸的地位,让女性通过身体以言说自我。与男作家不同,女性作家们塑造出了健康的身体,"去色情化"的身体以及"走出去"的身体,这些努力都体现出作家们

自我意识的觉醒与自我身份确认的执著。女性作家也通过身体书写欲望,但已经是立足于张扬女性的主体性及女性对话语权的争夺。该书的可贵之处在于,明确区分了男女作家处理身体问题的不同立场与心理机制,同时又超越二元对立的简单对比,清醒地认识到当前身体叙事所体现出的认识上的局限性及身体叙事被商品社会所挟裹的现状,批判了身体的物化与工具化,将目光投向了更为久远的将来,指出应该追求一种自在自为的身体观,追求身体与心灵的统一、肉体与精神的融合。只有当身体摆脱了附加在其上的男权欲望与女性抗争,身体才能回归其本质。而作为女性身体的所有者与叙事者,女性作家应该承担起更为积极的责任。

二、警觉而清醒的当下视域与现实态度

该书两位作者都是受过高等教育的女性,她们对于男权社会中的女性处境有着深切的理解和理性的思考,这在该书中表现为警觉而清醒的当下视域与现实态度。她们研究的出发点与立足点即在于紧密结合现实,重点分析女性身体叙事的当下状态,对女性身体叙事现象进行解剖式研究,对身体伦理进行深入探讨。立足当下,并非意味着眼界的狭窄。研究过程中,作者的思维非常开阔,从古希腊到尼采、萨特,再到巴塔耶、德勒兹、拉康、罗兰·巴特以及福柯,从《墨子》、《孝经》、《礼记》到《论语》、《孟子》,从《白毛女》、《水浒传》、《金瓶梅》到但丁的《神曲》。在从古到今的思想变迁中探析身体观念的流变,从古今中外的文学作品中搜寻性别等级的蛛丝马迹,这一切都是为了能够更好地认识当下、解读现状。正是因为有了对传统的系统梳理与全面理解,才有对现实的理性阐释。该书通过对 20 世纪八九十年代文学作品身体叙事中所表现出来的性别意识与欲望诉求的详细分析,为读者构建了一个庞大的自成体系的等级观念与身体伦理之网,揭示了中国近几十年来男性作家与女性作家对于女性身体的认知变化的逻辑。书中不但剖析了男性加之于女性身体之上的情色眼光,使女性身体对象化,而且还分析指出,男权社会直接参与女性身体的型塑,规训女性自身的身体观,使之内化为女性自觉自愿的追求。其实质在于,剥夺了女性言说自我的话语权,从而掩盖了女性在社会中的主体化存在。而对于女性作家的身体叙事,

作者看到了她们对男权社会的抗争、自我意识的张扬以及为争取话语权而做出的努力,这些努力对推动女性的解放有着积极的现实意义。但是,同时又清醒地意识到,花样翻新的"身体写作",一方面冲破了传统的障碍,另一方面又迎合了商品社会的消费需求,身体叙事从对抗走向合谋,这意味着新的危机的到来。伊莱恩·肖瓦特富有洞见地指出:"女性美学强调女性生理经验的重要性非常危险地接近性别歧视的本质论。"[2]其危险性在于,女性在此性别歧视的话语场中是主动言说者,并且对此危险不但毫不自知,反而乐在其中。正如作者所表明的,对女性身体形象的刻画与分析并不是该书的最终目的,该书的最终目的是要在研究女性身体在男性与女性文本中的不同呈现的基础上探讨未来女性身体写作伦理的问题。身体写作伦理不是单纯的写作问题或艺术问题,而是具有社会学意义的现实问题,它与一个社会中两性关系的和谐、文明程度的提高以及女性在社会中的角色定位等等问题紧密相关。该书研究的是文学现象,体现的却是现实关怀,这似乎正寓示着新时代女性当仁不让的社会担当。

三、细腻而又灼见频出的文本解读

该书的观点和结论,是建立在大量细致的文本分析的基础之上的。作家的文本被置于理性的显微镜下,因而纤毫毕现,使读者可以读出文字背后的隐密的欲望、狂乱的情绪、无奈的挣扎与丰富的精神意蕴。男性作家作品中对女性乳房的描写往往带有情色的想象与占有欲的满足,除此之外,乳房的哺育功能也是男性作家所一再赞美的。作者通过对莫言的《丰乳肥臀》、岳恒寿的《跪乳》、阎连科的《坚硬如水》等小说的深入分析,发现其共同的特征在于,"故事的主人公都是男性,而且他们都在这种场景中品味出奉献、牺牲与母性相联的精神"。而实际上,无论是情色的想象,还是道德的赞美,都是男性本位意识的体现,是男性发自内心的以"利我"为目的的构想,而不是对女性情感与经验的深切体悟。正如书中所言:"男性作家都在歌颂乳房的哺育功能,歌颂母爱的伟大,在这种热烈的歌颂中,强调母性的牺牲,强调施惠于子的美德,女性哺育的体验却没有人关注,这种匮乏只能由女性作家来补充的。"作者通过对林白小说《说吧,房间》的对比

分析,雄辩地说明了男性作家和女性作家身体叙事中完全不同的情感旨归。林白通过主人公多米的丰富体验,细腻地传达出母亲哺乳期种种独特的身体感觉与与情绪起伏。在这里,乳房不再是男性欲望的对象,也不再是与身体割裂的单独的器官,它与女人的其他器官紧密相联,"它既不神圣伟大,也不委琐渺小,更不充满色情意味,它自然而然地存在着,并且带着自己的好恶"。女性作家笔下的乳房,终于摆脱了男性的情色审视与道德想象,它是敏感的、活跃的,它使哺乳中的女性更好地感知自身,又给她们带来现实的烦扰,这时的乳房才回归乳房的本真。可以说,哺乳期女人的独特生命体验,只有女性才能真切体悟、准确传达。这也许就是法国女性主义学者埃莱娜·西苏以下宣言的出发点:"妇女必须参加写作,必须写自己,必须写妇女。……必须把自己写进本文——就像通过自己的奋斗嵌入世界和历史一样。"[3]

该书不仅仅对研究的主要对象即 20 世纪八十年代文学作品进行了如此细致的解读,而且还广泛汇集了古今中外相关的文学文本,形成多层次、多维度、多视点的文本系统,因而使得观点与结论能够立有所据、论有所本,经得起反复的推敲与审读。

注解【Notes】

[1] ［英］伊格尔顿:《审美意识形态》,王杰等译,广西师大出版社 2001 年版,第 192 页。

[2] ［美］伊莱恩·肖瓦特:《我们自己的批评:美国黑人和女性主义文学理论中的自主与同化现象》,《当代女性主义文学批评》,张京媛主编,北京大学出版社 1992 年版,第 258 页。

[3] ［法］埃莱娜·西苏:《美杜莎的笑声》,《当代女性主义文学批评》,张京媛主编,北京大学出版社 1992 年版,第 188 页。

（常芳,中南民族大学讲师,主要研究文学批评、比较文学。E-mail:iscf@163.com）

马修·阿诺德在中国的译介与研究述评 *

吕佩爱

内容提要：马修·阿诺德作为西方世界的"文化先知"，在中国的译介和传播却经历了一场实实在在的"文化苦旅"。虽然20世纪初期他曾成为众多文化名人追捧的偶像，但毕竟当时中国缺乏英国那样的经济社会基础，很难找到引起思想共鸣的社会阶层和变革力量。近代以来中国深重的民族危机和图存的急迫愿望，使阿诺德持成稳重的改良学说遭受较多的冷遇和拒斥。但在当前进入转型期的中国，阿诺德的真知灼见逐渐引起国人的关注与吸纳，成为当前研究的一个热点。

关键词：马修·阿诺德 中国 译介 研究

作者简介：吕佩爱（1974— ），山东淄博人，同济大学外国语学院英语系副教授，文学博士，主要从事英美文学研究。

Title：A Review on the Translation and Study of Matthew Arnold in China

Abstract：The translation and spread of Matthew Arnold's works and thoughts, who is regarded as the "Cultural Prophet" of the western world, has undertaken a thorough zigzagging journey in China. Though he was highly honored by many cultural celebrities in the early 20th century, Matthew Arnold was met more with cold reception and repulsion than willing acceptance because of the lack of the same economic and social bases in China as those in England, the urgent reality to save the nation from subjugation, and the demanding wish to realize modernization. However, he is attracting more and more attention and becoming a hot topic in China for his profound insight in transitional China.

Key words：Matthew Arnold China translation study

Author：Lv Peiai(1974—) is Associate Professor of English in the School of Foreign Languages at Tongji University. Her research is concentrated on British and American Literature. She is currently working on the project of Matthew Arnold's Cultural Theory at the Present Time.

一

在中国，最早与阿诺德有过交往并受其思想影响的当属清末民初的文化怪杰辜鸿铭（1857—1928）。19世纪六七十年代，辜鸿铭曾先后进入苏格兰公学、爱丁堡文法学校、爱丁堡大学学习拉丁文、希腊文及英国文学、哲学、修辞学等课程，并于1877年4月以优异成绩获得了爱丁堡大学文学硕士学位；更为重要的是，在这期间辜鸿铭得以亲承卡莱尔、阿诺德等人的教诲，以至终身将阿诺德、卡莱尔、华兹华斯、纽曼等人所代表的文化学说视为"西方真文化"，未予任何批评与攻击。[1]虽然辜鸿铭是阿诺德文化思想在中国承袭的第一人，在其晚年思想政治上的保守主义和复古倾向中亦得以管窥。但令人遗憾的是，辜鸿铭回国以后并没有系统地向国人译介西方的人文学术思潮，而是把主要精力放在研究中国传统

思想并向西方译介儒家经典著作上，成为西方世界中东方文化的代言人。这或许与当时洋务派提倡的"中学为体、西学为用"的思想观念有关。

最早译介阿诺德诗歌的中国现代作家当属闻一多。1919年5月，他在清华学校期间，一度效法林纾以古文翻译英诗。他用严整的五言古体诗翻译了阿诺德的《飞渡矶》（即 *Dover Beach*，今译为《多佛海滩》），将阿诺德原意书写英国人为失去对基督信仰的感伤，译成服膺传统的人总感叹古道不兴的悲哀。1921年10月，闻一多又发表《节译阿诺底〈纳克培小会堂〉》（*Rugby Chapel by Matthew Arnold*）一诗。从他早期对新文化运动所提倡白话文采取"不愿随流俗以讥毁"的态度，表明其与阿诺德的文化观点颇多契合之处。[2]

20世纪20年代，较大规模译介与评价阿诺德的工作是由学衡派完成的。20世纪初，一批中国学子先后留学美国，师从新人文主义大师白璧

德,并通过白璧德间接传承了阿诺德的文化思想,形成了文化思潮中著名的"学衡派"。其中较为突出有梅光迪、张歆海(鑫海)、吴宓、汤用彤、林语堂、楼光来、奚伦、梁实秋、范存忠、郭斌和、张荫麟等人。"学衡派"在 20 世纪上半叶对阿诺德进行了较多的介绍和评价。在哈佛求学时,张歆海就在白璧德的指导下以 The Classicism of Matthew Arnold(《马修·阿诺德的尚古主义》)作为博士毕业论文的选题。时值国内新文化运动的高潮,张歆海和在哈佛的中国同学大多不赞成胡适、陈独秀等人彻底抨击和否定传统文化的态度,主张"昌明国粹、融会新知"。这也是后来《学衡》杂志的办刊宗旨。从当时的历史条件看,这种文化态度无疑具有强烈的保守主义倾向,从中反映出阿诺德文化思想对这批青年学生的深刻烙印。1923 年 2 月,梅光迪在《学衡》第十四期上发表了《安诺德之文化论》。该文从维多利亚时期英国人对"民主政治"的态度分三派论起,即大文学家卡莱尔、保守党和自由党,指明其各自的弊病,"故安诺德一生之文化运动乃为反抗以上三派而起",在简要分析了阿诺德的文化思想之后,梅光迪将其赞誉为"真正的理想家",文中对阿诺德的崇敬、赞美之情溢于言表。[3]吴宓在《吴宓诗集(1908—1934)》卷首的"吴宓自识"中,明确将阿诺德列为他所追慕的西方三大诗人之一,并简要概述了阿诺德关于诗歌是人生批评的观点。吴宓自己的诗歌创作也深受阿诺德的影响。在《释落花诗》一文中,他明确写道:"惟余诗除现代世界知识阶级之痛苦外,兼表示此危乱贫弱文物凋残之中国人所特具之感情,而立意遣词,多取安诺德之诗融化入之,细观自知。"1935年,吴宓在哀悼著名影星阮玲玉的诗中,曾以"我是东方安诺德"自况。不仅陈述了自己模仿阿诺德为凭吊某歌妓、舞女而作挽歌的事实,还表明他已充分认识到自己与阿诺德在学理和精神人格上的灵犀相通。[4]经由学衡派梅光迪、吴宓等人的介绍,阿诺德的文学、文化观开始在中国传播。1925 年 10 月,商务印书馆出版了马宗霍编著的《文学概论》。该书第一章文学界说的"西人论文"部分,将"安诺尔德(Arnold)"与柏拉图、黑格尔相并列,并引述了阿诺德关于文学的论点。1927 年 2 月,上海中华书局印行陈钟凡的《中国文学批评史》,第一章在讨论文学义界时,引述了法国"佛尼(Vinet)"和英国"埃诺德(Matthew Arnold)"以及美国"亨德(Taevdore W. Hunt)"等人有关文学的看法。1927 年 8 月,上海商务印书馆印行了郁达夫的《文学概说》,在该书第三章"文学的定义"中,郁达夫也引述了阿诺德关于文学的界说:"The knowledge of best that has been thought and said in the world";而且,在全书末尾所附录的近二十本参考书目中,放在前两位的就是阿诺德的 Essays in Criticism Ⅰ,Ⅱ series 和 Essays in Literature。[5]

与此同时,新月书店印行了梁实秋的第一本批评文集《浪漫的与古典的》,在开篇之作《现代中国文学之浪漫的趋势》中,梁实秋论述了以古典主义对抗浪漫主义的批评立场,反映了阿诺德对其思想的重要影响。此外,在《拜伦与浪漫主义》、《文学批评辩》、《文学的纪律》等文章中,也引述和评析了阿诺德的一系列文学观点。朱光潜 1927 年在《东方杂志》第 24 卷 13、14、15 号上发表总题为《欧洲近代三大批评学者》的 3 篇文章,分别介绍和论述了圣伯夫(Sainte Beuve)、阿诺德、克罗齐(Benedetto Croce)。在第二篇关于阿诺德的文章中,介绍了他的生平、创作尤其是文学批评思想,长达 9000 余字,论述深入浅出,并准确地将阿诺德定位为"一个站在浪漫主义潮流中崇奉古典主义的人",文后还附有参考书籍。这是我国第一篇比较全面介绍阿诺德文学观的文章。后来,朱光潜又将这篇文章略做删改,并以《阿诺德》为名收入其文集《孟实文钞》。从朱光潜将阿诺德与圣伯夫、克罗齐并立,分别代表英、法、意三国近代文艺批评的中心潮流来看,他给予了阿诺德相当高的评价。[6]

二

随着抗日战争的爆发及后续的中国内战,国内学术氛围发生了根本性变化,中外文化交流也受到了极大的阻碍;阿诺德基于维多利亚时期英国中产阶级的文学批评观和文化哲学思想,因与当时中国的文化现状和社会需求相距甚远而少人问津。建国以后,只有人民文学出版社于 1958 年出版了由殷葆璱翻译的《安诺德文学评论选集》,选取了阿诺德较为重要的 4 篇论文:《评荷马史诗的译本》、《论诗》、《诗与主题》和《评华兹华斯》,其中涉及诗歌的题材选择、诗歌内容与形式的关系、诗的评价以及诗的翻译等话题,较为全面地反映了阿诺德的诗歌批评观。

改革开放以后,阿诺德的作品在国内又逐渐受到关注。《译林》1982 年第 3 期发表了由刘佳敏译的阿诺德的《六月之夜》一诗。《扬州师院学报(社会科学版)》1986 年第 3 期发表了由蒋贻瑞译的阿诺德的《〈华兹华斯诗歌选〉序言》一文。1984 年 5 月,复旦大学出版社出版了由伍蠡甫主编的《西方古今文论选》,其中对阿诺德做了专门介绍,并节选了由伍蠡甫译的《当代批评的功能》一文,介绍了阿诺德关于文学批评的健全理智和超然无执的观点。1986 年,人民文学出版社出版的《十九世纪英国文论选》一书中,节选了由吴苏敬译的《诗歌题材的选择》,这是由阿诺德 1853 年的《〈诗集〉序言》以及 1854 年的《关于第二版的说明》所组成的,集中体现了阿诺德在诗歌创作宗旨及题材选择方面的重要观点。1987 年,上海外语教育出版社出版了由英国乔治·桑普森著、刘玉麟译的《简明剑桥英国文学史》(19 世纪部分),其中将马修·阿诺德与亚瑟·休·克拉夫、詹姆斯·汤姆森并列做了专门介绍,对阿诺德的生平、作品及其主要观点和特点做了较为全面的概述,并与后两者进行了比较。

进入 20 世纪 90 年代,又有两本专著论及阿诺德的文学批评与文化思想。一本是雷纳·韦勒克著、杨自伍翻译的《近代文学批评史》第四卷,由上海文艺出版社 1997 年 7 月出版。该书第八章论述了阿诺德、白哲特、斯蒂芬三人的文学批评思想,有关阿诺德的篇幅占四分之三,达三十页之多,为我们提供了关于阿诺德文学创作与批评,以及宗教、哲学思想等多方面的概况,尤其是给予阿诺德"单枪匹马"地"使英国批评走出了浪漫主义时代的盛况之后所陷于的低潮"的评价,具有很强的辩证色彩,有利于我们更深刻地理解阿诺德的文学批评思想。另一本是杨冬的《西方文学批评史》,由吉林教育出版社 1998 年 4 月出版。该书第三十三章不仅比较全面地介绍了阿诺德关于诗歌的宏旨与批评的功用、"诗歌是生活的批评"以及"试金石"与风格理论等方面的内容,而且还给予出了比较客观的评价。

进入 21 世纪以来,国内对于阿诺德文化思想和理论的研究日益重视。2000 年 11 月,中国文学出版社出版了由吕滇雯翻译的《友谊的花环》;2002 年 1 月,北京生活·读书·新知三联书店出版了由韩敏中翻译的《文化与无政府状态:政治与社会批评》;2002 年 9 月,华中师范大学出版社出版了张玉能主编的《西方文论》;2006 年 3 月,外语教学与研究出版社出版了钱青主编的《英国 19 世纪文学史》;2006 年 11 月,首都师范大学出版社出版了段怀清著的《白璧德与中国文化》;2007 年 12 月,北京大学出版社出版了刘锋著的《〈圣经〉的文学性诠释与希伯来精神的探求:马修·阿诺德宗教思想研究》;2009 年 8 月,上海外语教育出版社出版了李振中著的《追求和谐的完美——评马修·阿诺德文学与文化批评理论》等等。这些译作和著作或从经典文本解读,或从作家作品介绍,或从流派渊源传承等方面对阿诺德的文化理论及历史地位做了一定的阐述和评价。

三

对于阿诺德的研究论文,通过中国知识资源总库(CNKI)跨库文献检索,自 1979 年至今,以"马修·阿诺德"为题名或关键词的学术、学位论文共有 60 余篇。研究内容涉及阿诺德的诗歌理念、文学批评、古典主义、文化理论、比较研究、教育思想等等,涌现了一些较高水平的研究成果。

(一)关于阿诺德的诗歌理念

王守仁对阿诺德《迷途的狂欢者》等戏剧片断体诗进行了比较分析,认为阿诺德在描绘生存境况的同时,赋予其美的形式,从而达到"让读者振奋、欢乐"的目的,阿诺德的戏剧片段体诗体现了他诗学的基本思想。[7]殷企平结合阿诺德《多佛海滩》及其他作品的互文关系,从诗中"海潮"和"夜战"两组中心意象,深入发掘其背后的文化命题,反映出阿诺德一以贯之的文化思想。[8]吕佩爱以阿诺德"诗歌乃人生批评"理论为切入点,综合了阿诺德在《批评二集》中对英国浪漫主义诗人华兹华斯、拜伦和雪莱等人的评价,从中可以看出阿诺德文学批评理论的具体运用,以及他为实现"文化、人性整体和谐、全面发展的完美"这一终极目标所做的不懈努力。[9]

(二)关于阿诺德的文学批评

刘意青从评介阿诺德"去个人好恶"的批评原则着手,探讨了文学批评的原则、西方与中国的批评实践、两希传统对西方批评的不同影响以及现当代多元文论语境中批评的特点和问题,并肯定了阿诺德对批评的客观性和公正性的追求。[10]张建青提出,阿诺德主张文学批评要保持

"超然无执"的健全理智,超越现实具体问题的纷争,但同时,他又提倡文学批评乃人生批评,即文学批评的最终目的在于指导人生。二者貌似矛盾,其实本质相通,即为了更好地指引人生方向必须本着"超然无执"的态度进行文学批评,其批评理论对当前我国的思想文化建设仍大有裨益。[11]

(三)关于阿诺德的古典主义

肖滨提出,古典主义文学观是阿诺德文化思想的基石。研究阿诺德的古典主义文学观离不开对其时代背景的考察,其文学观的意义与其时代密切关联。阿诺德对希腊精神的选择是对时代需求的考量,其古典主义文学观是对古典文学与现代文学的重新审视,因而具有现代性,对当代文学批评与文化发展具有借鉴性。[12]赵国新提出,阿诺德应时势之需,赋予文化以政治教化的功能,以此纠偏中产阶级的市侩习气,驯化底层民众的反抗精神,以求社会摆脱无政府状态。阿诺德的对策固然有迂阔不实的一面,可他从文化角度去解决社会问题,对于 20 世纪新左派知识分子倡导的文化政治多有启发。[13]

(四)关于阿诺德的文化理论

徐德林认为,阿诺德作为具有精英情怀的"有机知识分子",不仅通过其诗歌创作繁荣了维多利亚时期的英国文学,借助"人生批评"理论奠定了现代英国文学批评的基础,而且更为重要的是,他始终积极发挥文化组织者的作用,致力于以社会文化批评改造由心胸狭隘、不具亲和力、不具吸引力的中产阶级所代表的维多利亚英国社会。[14]吕佩爱抓住科学精神和人文关怀两个核心要素,考察了阿诺德文化观的科学内涵和精神实质,并以学习、教育和思考为主线,探讨了阿诺德文化理想的实现路径,驳斥了一些对阿诺德文化观偏激的理解,认为阿诺德的文化观内涵深刻、寓意深远,但同时也隐含其必然要引起世人争议和批判的基因。[15]

(五)关于阿诺德的比较研究

韩敏中通过对阿诺德"文化"理想与蔡元培借鉴欧美教育模式的努力比较分析,追溯了英美大学英文系的智性传统及其演变,探讨将我国研究型大学英语系纳入这种智性传统的可能性。[16]曹莉以费孝通先生关于"文化自觉"的命题为出发点,在回顾和考察英国文化思想家阿诺德、利维斯、威廉斯等人的文化观和批评观的

基础上,结合当下中国的社会特质和文化语境,分析说明当代中国在全球化与和平崛起的大背景下,如何有针时性地吸收外国优秀文明成果和文化思想,并以此反观我们自身的文化传统和文化选择。[17]

(六)关于阿诺德的教育思想

朱镜人提出,阿诺德作为英国中等阶级利益的代言人,古典人文主义教育思想家。他倡导以追求完美为目的的文化理论并以此作为其教育理论的基础。他所关注社会下层民众的初等教育和中等阶级的中学教育的思想对后世教育产生了深远影响。[18]文进荣提出,阿诺德基于文化的视角,对 19 世纪英国社会文化和教育发展进行了批判性的审视。他赋予了文化教育以特殊的使命,指出文化教育的目的在于培养完美人格和健全理智,并将文化教育目标的实现重点依托于古典教育的实施。这些独到见解对维多利亚时期英国文化和教育的发展做出了特殊贡献。[19]

四

从以上对阿诺德自 19 世纪末以来在中国的译介与研究历程进行回溯与考察,我们发现,虽然阿诺德的文化守成思想与中国传统文化有异曲同工之妙,但由于近代中国亡国灭种的民族危机和救亡图存的急切愿望,迫使国人急需一种能够迅速革故鼎新、翻身解放的救世良方,由此对激情、浪漫的革命学说广为吸纳,而对持重渐进的改良方案较为拒斥;且植根于 19 世纪最强盛资本主义国家的经济社会土壤,代表中产阶级立场的阿诺德的文化理论,在积贫积弱的半殖民地半封建社会的旧中国,很难找到引起思想共鸣的社会阶层和变革力量。虽然学衡派的梅光迪、张歆海、吴宓等留美学子,经由白璧德的引荐和中转,传承了阿诺德的文化衣钵,但与五四运动以后浪漫主义在中国大行其道的趋势存在着巨大的张力。此后,阿诺德、白璧德及其中国阐释者被视为 20 世纪初世界范围内反现代化思潮的代表性人物,而 20 世纪中国最迫切的任务恰恰就是实现现代化,因此阿诺德的思想遭到了本能性抵抗,其著作在中国的译介和传播也长期销声匿迹。所以,阿诺德在中国遭遇了一场实实在在的"文化苦旅"。时过境迁,随着改革开放的深入、市场经济的发展、综合国力的增强,中国面临种

种社会转型与现代化进程的问题和挑战,阿诺德在维多利亚时代的"盛世危言"再度引起了国人的关注。"因为他在英国向现代社会转型时期所提出的问题至今仍是无法绕过去的重大问题"[20],而且"随着时间的推移越来越显示出其高瞻远瞩的预见性和生命力"[21]。一百多年前阿诺德所提出的真知灼见,对于今天中国发展市场经济、实行改革开放、推动和平崛起、构建和谐社会仍不乏借鉴和启示。所以,对阿诺德的研究近年来又成为一个新兴热点问题。

尽管前面我们有不少方家和学者对阿诺德的重要著作及思想理论进行了成果颇丰的译介和研究,但总起来看,国内学界对于阿诺德的研究还较为薄弱。对于阿诺德的诗歌研究,主要集中在他的《多佛海滩》,而且许多研究成果观点相近;对于阿诺德的文学批评,也聚焦在他的"人生批评论"、"试金石"原则等方面,缺乏全面综合的考察和解读;对于阿诺德的文化理论,尚无一个统一的界定,有种"仁者见仁,智者见智"的偏狭,其时代价值也有待深入发掘;此外,对于阿诺德的宗教思想、教育理论等等,都还依然存在着较多的空白点,有待研究者开展更加深入系统的译介、整理和研究。对于阿诺德的传世名著《文化与无政府状态》,过去有批评家认为,阿诺德涉及政治与社会批评领域是个巨大的错误,因为他"在一个不熟悉的领域讲了一些外行话"。若从文学的视角来看的确如此。但事实上,《文化与无政府状态》是阿诺德以文学家的眼光对当时英国社会所做的政治与社会批评。该书固然不如一般政治学或社会学论著那样逻辑严密、自成体系。但从其宽广的知识视野、深厚的人文底蕴以及精辟的社会批判,阿诺德的理论有其独到之处。

注解【Notes】

* 本文为 2010 年度教育部人文社会科学研究青年基金项目"马修·阿诺德的文化理论及其当代价值研究"(项目批准号为 10YJC752028)的阶段性研究成果之一。

[1][3][4][5][6] 向天渊:《马修·阿诺德与 20 世纪中国文化》,载《重庆工商大学学报》2006 年第 3 期。

[2] 周淑媚:《论学衡派的思想资源——阿诺德的文化论与白璧德的人文主义》,载《东海中文学报》2009 年第 21 页。

[7] 王守仁:《赋予生存以美的形式——论马修·阿诺德的戏剧片断体诗》,载《外国文学评论》2000 年第 4 期。

[8] 殷企平:《夜尽了,昼将始:〈佛海滩〉的文化命题》,载《外国文学评论》2010 年第 4 期。

[9] 吕佩爱:《马修·阿诺德的"人生批评"与英国浪漫主义诗人》,载《同济大学学报(社会科学版)》2004 年第 5 期。

[10] 刘意青:《评阿诺德"去个人好恶"的文学批评原则》,载《英美文学研究论丛》2009 年第 2 期。

[11] 张建青:《追求超然无执的健全理智——马修·阿诺德的文学批评观》,载《兰州学刊》2007 年第 9 期。

[12] 肖滨:《马修·阿诺德的古典主义》,载《外语学刊》2010 年第 3 期。

[13] 赵国新:《马修·阿诺德的"天人之策"》,载《学海》2011 年第 3 期。

[14] 徐德林:《作为有机知识分子的马修·阿诺德》,载《国外文学》2010 年第 3 期。

[15] 吕佩爱:《科学精神与人文关怀——论马修·阿诺德的文化观》,载《英美文学研究论丛》2009 年第 1 期。

[16] 韩敏中:《阿诺德、蔡元培与"文化"包袱》,载《国外文学》2002 年第 2 期。

[17] 曹莉:《文化自觉与文化批评的新契机——阿诺德、利维斯、威廉斯对我们的启示》,载《中国比较文学》2010 年第 3 期。

[18] 朱镜人:《马修·阿诺德文化与教育理论述评》,载《河北师范大学学报(教育科学版)》2006 年第 3 期。

[19] 文进荣:《马修·阿诺德的文化教育观》,载《长江大学学报(社会科学版)》2012 年第 1 期。

[20] [英]马修·阿诺德:《文化与无政府状态——政治与社会批评》,韩敏中译,生活·读书·新知三联书店 2008 年版,第 2 页。

[21] [英]马修·阿诺德:《文化与无政府状态——政治与社会批评》,韩敏中译,生活·读书·新知三联书店 2008 年版,第 13 页。

文心所寄,如切如磋

——《文学创作论》编后记

宋　焱

人生需要诗性,犹如婴儿需要母乳、草地需要阳光雨露。没有诗性照耀的人生是灰暗的,没有诗性浇灌的心灵是干涸的。文学犹如甘露滋润着诗意的心。没有文学的世界,是一片干涸的沙漠,是一只断翅的雄鹰,是一段没有色彩的旅行。拥有文学,人们就拥有了清泉和绿洲,拥有了腾空万里的壮志。人们将写作技巧谙熟于心,能够更好地进行文学创作。湖北民族学院柳倩月教授所撰《文学创作论》一书的问世,无疑是文艺理论界的一朵奇葩,她为众多的文学爱好者馈赠了一份厚礼!愿借柳教授亲切诚实的语言、生动盎然的诗意和宁静柔韧的美感铺就的小径,引领我们走进诗意栖居之地!

《文学创作论》一书的核心内容,是对文学创作这种精神活动的基本原理及规律、思维方式、代表性文学文体的创作原则及基本技法等进行系统的论述。它主要由五个方面构成:①文学创作的基本理论,介绍文学创作的基本含义、本质特征、主要原则;②文学创作规律论,分析文学创作基本过程的双重飞跃规律及不同阶段的思维原理;③文学创作客体论和主体论,深入阐释社会生活作为文学创作客体的原理及意义,分析创作主体的智能结构、必备能力、基本素养要求兼及读者的意义等;④文学创作文体论,介绍主要文学体裁诗歌、小说、散文、文学剧本创作的基本原理及基本技法;⑤对媒介融合时代的文学创作特点、形式、类型等进行研究。柳教授说,虽然她不无繁琐地搬出了很多的原理、规则、方法,但她不满足于这种枯燥的说教,而更愿意尝试着用一种平易近人的笔法,来讲述一个个与文学创作有关的故事。例如,柳教授论及文学剧本创作技法时谈到了"巧设悬念",为了让读者更好地掌握这一技巧,她以影片《蝴蝶梦》为例加以说明:"整个故事在缓慢的节奏中展开,时不时插入奇笔,在场面调度上出其不意,吓人一跳。丹佛斯太太的

出场常常不期而至,令人害怕,这就是悬念。"读者在学习过程中将理论知识与亲身体悟相结合,能更好地掌握写作技巧。

柳教授为这本书的结构做了精心设计,除了主体部分的十章之外,她以一篇《创造自己的森林》作为开篇导言,又以一篇《追梦的小草,根向大地,叶向太阳》作为后记,前者意在将读者引入文学创造的神秘之境,后者意在讲述自己的文学经历,鼓励爱好文学的人要敢于为梦想而立志。柳教授的家乡恩施州,地处湖北省西南腹地,位于长江之南清江中游,东瞰江汉、西接渝蜀、南控潇湘、北通豫陕,是镶嵌在鄂西南山中的一颗璀璨明珠,因拥有举世罕见的硒资源而被誉为中国"硒都"。30余万土、苗、侗等少数民族儿女所传承的民风民俗,使恩施旅游独具特色且已成为环长江三峡、张家界大旅游区的重要组成部分。"清江漂流"被誉为"神州第一漂","梭布垭石林"已成为省级重点旅游景点,土家"女儿会"被称为"东方情人节","撒尔嗬"、"傩戏"等被学术界视为民族文化奇珍。附录《我的鄂西南》是一组与家乡恩施有关的散文,意在倡导创作原理与创作实践的结合,并暗示一个文学创作者应将自己的文学生命之根深深地扎在养育了自己的土地上,珠联璧合,真可谓"土中发芽,笔下生花"。

《文学创作论》一书的笔调清新而活泼。柳教授怀有一颗诗意的心,尽情地洋洋洒洒,每一句话都是发自内心的低吟,没有虚假的脂粉味,而是文化人一腔痴痴的情怀。这语言,看似淡泊,像清水潺潺,晶莹小珠落玉盘,蕴意却非常深刻。读她的书,最适合一个人躲在安静的角落里,安静地看这些文字,然后思考其中的奥妙,每当有所体悟,都是一件令人感动的事情。例如,她在附录的散文《栗子熟了》一文中写道:"那应该是在尚有余烬的柴火灶膛里丢一把带壳的栗子,听到它们'噼噼啪啪'炸裂的声音后再刨出

来,一边拍着灰,一边烫乎乎地吃,那香、那甜,简直令人欲罢不能。当然,我最常做的是用棍子把一个个乒乓球般大小的毛球从床下拨出来,然后猛踩毛球们,令人馋涎欲滴的栗子肉就会从裂开的毛壳中跳出来,我会直接把掉到木板地面上的栗肉捡起来扔进嘴里,或者用手指一块一块地掏出来吃。正是这样的一些山野的馈赠,把处于艰苦生活中的我养得结结实实胖胖墩墩。"也许是因为柳教授的眼光太过敏锐,观察过的生活是如此的真实,展现在读者面前的时候,让人不得不为之动容!

文如其人。作者先后师从王济民教授和陈水云教授,现为湖北民族学院文学与传媒学院教授、文艺学硕士生导师,主讲文学理论、中国文学批评史、宗教与文学、文学人类学导论等课程。柳教授现已出版专著 2 部、教材 1 部,参编著作 2 部,在各级学术期刊上发表学术论文 40 余篇;现为中国中外文艺理论学会、中国古代文学理论学会、中国民俗学会、中国文学人类学学会、湖北省文艺学学会、恩施州文艺理论家协会会员,并担任海上风民族民间文化论坛版主、恩施新闻网文化恩施论坛版主。俗话说:"台上一分钟,台下十年功。"柳教授能取得今天的硕果,与她数十年来默默无闻、孜孜不倦的耕耘密不可分。在编校《文学创作论》一书的过程中,我被她一丝不苟的治学精神深深地打动。我清楚地记得:封面设计时,柳教授对封面网纹的布局反复检查,不断提出修改意见,直到达到最终的审美效果。我们曾一起探讨封面暗影绿叶的大小及布局,不断改变叶子的形状、不断地更改位置,最终决定将它放在书名下方,稳稳地托住"柳倩月著"四个大字。终审前的一次检查,柳教授打出纸稿,连夜坐火车赶往武汉。第二天清晨,我拿着她亲自送来的稿件,翻看着修改痕迹,大到标题层级、文章大意,小到一个标点、一个文字。从柳教授熬得通红的眼睛,我知晓她又通宵了。我无言以对,只感觉一股暖流流遍全身,感觉到了这稿件的分量,沉甸甸的。

这部浸润着柳教授"为文之用心"的专著《文学创作论》终于出炉了,这是文艺理论界的骄傲,更是恩施儿女的骄傲。我真挚地祝福柳教授在文学之峰上越攀越高,在学术之路上越走越远!

(宋焱,湖北巴东人,世界图书出版广东有限公司武汉学术出版中心策划编辑。)

2000 年以后国内外关于《洛丽塔》的研究综述 *

李　莹

内容提要:《洛丽塔》是俄裔美国作家纳博科夫的代表作,是批评界普遍认为的后现代的经典之作,不管是在国内还是在国外,一直都是批评家们热衷的研究对象,但国内外的研究方向和关注热点有所不同。2000 年以来,国内对该书的研究主要集中在后现代性和叙事策略方面,道德评判和人物分析也有所涉及。而同期,国外对该作品的研究呈现多元化的趋势,包括文化批评、新历史主义研究及互文性和比较研究等,对书中人物产生了新的理解,对作品中的细节和意象也做了细致深入的考察。相比而言,国内对该书的研究热点过于集中,参考引文也大多是国内文献,缺乏第一手历史资料,在拓展研究方向上还有很大潜力。
关键词:《洛丽塔》　文献综述　研究热点
作者简介:李莹,英语语言文学硕士,北京信息科技大学外国语学院讲师,研究方向为英美文学。

Title:The Literature Review of *Lolita* with Regards of Both Domestic and Foreign Criticism since 2000
Abstract:*Lolita*, the representative work of the Russian American writer-Nabokov, is generally considered as the masterpiece of post-modern work. It remains the focus of both Chinese and foreign criticism for decades since its publication, but draws the attention of the critics in different terms. While Chinese critics focus their attention on its post-modernity and narrative strategies, with some attention to the ethical problems and character analysis, foreign scholars began to study the book in terms of cultural criticism, new history criticism, intextuality and comparative study, etc. They interpreted the characters from fresh point of views and discussed the details and images of the book. Comparatively speaking, Chinese critics focus only a few aspects of the story and cited mostly Chinese literature, therefore, we need to broaden our views and improve our study approaches.
Key words:*Lolita*　review of the literature　research hotspots
Author:**Li Ying,** Master of English Language and Literature, is the English lecturer in the Foreign Language Institute of Beijing Information Science and Technology University, with study focus of British and American Literature.

一、作品介绍

　　《洛丽塔》是俄裔美国作家纳博科夫的代表作,是批评界普遍认为的后现代的经典之作。小说描写了一个从欧洲去美国定居的中年男子和一个美国少女之间的畸形恋情故事。1958 年《洛丽塔》在美国出版后,马上引起了轰动。一时间,《洛丽塔》旋风横扫欧美,吹遍了整个西方世界。小说的销售量一路攀升至《纽约时报》畅销书榜的第一位（储诚意 108）。《洛丽塔》在世界范围内产生了巨大影响。它曾获选纽约公共图书馆 1995 年"世纪之书"（books of the century）中"当代文学的里程碑",以及美国蓝灯书屋 1998 年 20世纪百大英文小说的第 4 名。不管是在国内还是在国外,该书一直都是批评家们热衷的研究对象,但国内外的研究方向和关注热点有所不同。笔者将在本文中概述 2000 年以来该书在国内外的研究情况。

二、我国研究现状

　　在我国对于这部作品的关注程度也日趋升高。自 1964 年,第一个《洛丽塔》中译本出现以来,两岸三地共出现 18 个中译本,20 位译者。流传较广的是 2000 年江苏文艺出版社出版的于晓丹的译本。最新的是 2005 年 12 月上海译文出版社出版的主万的译本,至 2009 年 1 月,此版本已经再版 15 次。译本的频繁推出和颇高的再版频率都反映了国内对这部作品的关注程度。评论界也对此书给予了相当的关注。1988 年《读书》

上发表的董鼎山先生的《洛丽泰四十二岁了》[1]，可谓是我国研究《洛丽塔》的先声。90 年代，于晓丹的《〈洛丽塔〉：你说是什么就是什么》[2] 全面介绍了这部作品。2002 年，黄铁池的"玻璃彩球中的蝶线"——纳博科夫及其〈洛丽塔〉解读》[3] 对该书进一步做出了整体上的分析。这两篇文章几乎成为此后每位《洛丽塔》的评述者写文章必然涉猎的文献。

进入 21 世纪以来，我国学术界对《洛丽塔》的研究不断升温。CNKI 上专门论述该书的文章达 175 篇之多，在讨论纳博科夫的文章中，对《洛丽塔》也多有涉及。如戴晓燕在其对纳博科夫的研究综述中指出，国内研究者的焦点更多放在解读《洛丽塔》上。[4] 有关该书的博士论文共 4 篇，优秀硕士论文 59 篇。在浏览这些文献之后，笔者对这些文献做出了总结、归纳和分析。这些文献大致可以分为 7 大类：

研究方向	期刊论文（篇）	硕博论文（篇）
叙事策略及语言分析	30＋	13
后现代性	20＋	11
道德主题	20＋	3
时间及欲望主题	20＋	5
人物分析	10＋	5
文化研究	10＋	2
其他		

下面笔者将逐一分析各个领域的文献。

在叙事策略方面，这些文章大多运用 Wayne C. Booth 的隐含作者的概念分析亨伯特叙述的不可靠性，如汪小玲的《论〈洛丽塔〉的叙事策略与隐含作者的建构》[5] 和 4—5 篇硕士论文。詹姆斯·费伦[6]、尚必武[7] 和胡雪丹[8] 对该书进行了叙事伦理方面的研究。李慧军从叙事结构方面论及了本文的表层结构和深层结构。[9] 张巧凤探讨了虚构的"真实性"、叙述的含混性、阅读的迷惑性和内容的消融性等特征。[10] 刘丽利用中国套盒的概念解释了本文的叙事结构。[11] 张鹤提出小说中的叙述者与受述者、正文作者与前言作者之间也隐含着丰富的对话性，对话的协调与冲突在一定程度上转移了读者道德评价的重心。[12] 耿海英和张薇涉及了叙事时间的问题，但未能进行深入研究。[13] 陈榕探讨了多重叙述视角的问题。[14] 金宗静运用热奈特的聚焦理论对文本进行分析。[15]

《洛丽塔》就像一篇优美的散文，在讲述恋情的时候充满饱满的激情，它具有诗情画意般的美，充满了华丽的语言、优美的韵律、形象的比喻。一些文章也讨论了文中的语言：罗桂保概述了本文的语言特色，[16] 肖谊探讨了双关语的问题。[17]

后现代性也是评论界经常探讨的问题之一，主要集中在该书的不确定性、元小说性质、戏仿、和反讽等性质。在博士论文中，詹树魁探讨了《洛丽塔》中的戏仿问题，[18] 李小均分析了该书中的自由主义反讽倾向。[19] 此外，还有 10 篇左右的硕士论文，十几篇期刊文章就后现代性的各个方面进行了阐述。还有多篇文章提及了本文的虚构性。大多数从元小说的角度讨论，但也有别的角度涉及，如从巧合的角度证明该书的虚构性。[20] 赵君在探讨该书的后现代性时指出：纳氏从一般小说对思想性的追求向小说内在诗性追求的转化，也就是将小说的主题空灵化，这种后现代式美学追求在该书中得到了充分体现。[21]

该书的道德问题从出版之日起就是人们争论的焦点，也是学术界探讨的另一热点。马红旗从新历史主义的角度，做了史料调研，描述了这本书在出版之初引起的道德纷争和书中的道德意识。[22] 有些文章将叙事和和道德结合，从叙事伦理的角度阐释文本，在上文笔者已经提及。几篇硕士论文将道德问题和其他方面结合做出了解释，董娜从自白书的角度谈论书中的道德倾向，[23] 曾澜在其硕士论文中提出作品的道德感和艺术感是不可分的。道德是艺术的内在品质。《洛丽塔》是艺术与道德完美结合的典型，[24] 张巧凤论证了文学活动中文学主体与伦理道德的复杂关系。[25]

人物分析也是另一大研究热点。对于亨伯特的分析主要集中在作者和叙述者的差异，其叙述的不可靠性，道德问题等。曾庆静、谢素萍、郭建友和尹平都从叙述的不可靠性来讨论亨伯特的道德问题，[26] 董娜和辛雅敏从流亡的角度解析这个人物，[27] 还有 4 篇文章从弗洛伊德的精神分析法解释亨伯特。而周锐从存在性不安视角论的解析方法给这个人物的分析引入了新的方法。[28]

对另外一位主要人物洛丽塔，专门的评述文章也很多。其中以何岳球的 2 篇文章最为新颖独到。[29] 纳博科夫本人既是文学家也是研究蝴蝶的专家。何岳球在其文章中将洛丽塔和蝴蝶意象联系在一起,对文本进行了深人解读,立意新颖,论证充分。在阐述"戏仿"这一观点时,数篇文章都提到《洛丽塔》对爱伦·坡的短诗《阿娜贝尔·李》的模仿和颠覆,谈及了两个女主人公的相似性。杨建民中描述了洛丽塔的生活原型,为笔者进一步理解人物提供了良好资源。[30]李宇笛中对纳博科夫小说中的女性人物做了整体分析。[31]另外有 2 篇文章谈及了奎尔蒂,都将他解释为亨伯特的影子或另一半。

纳博科夫的时间观受到了来自各方面的影响,其中最主要的影响来自亨利·柏格森、马赛尔·普鲁斯特和詹姆斯·乔伊斯。视时间为生存的牢狱的观念是纳博科夫独特的生存体验的产物。对于《洛丽塔》一书中时间话题的讨论也层出不穷。张亚军通过对时间的阐释解读了人物。[32]毕其玉和李小均把对时间的讨论和作者的流亡情结联系到一起。[33]时间主题亦和欲望话题在黄铁池,赵槟和尚必武的文章中并列出现。[34]硕士论文中,时间这一主题已经和死亡、欲望、记忆等联系在一起,做出过多种多样的讨论。

与时间和死亡紧密相关的是纳博科夫的"彼岸世界"观。纳博科夫相信在尘世世界之外,还存在着另一"彼岸世界"。与人处于囚禁状态的尘世世界不同,"彼岸世界"是超越时间的。真正的世界是一个自由和谐的"无时间"的世界。有 3 篇硕士论文讨论了这一观念。黄小平指出《洛丽塔》是从三个层次的"死亡"体现了纳博科夫的玄学理念"彼岸世界"的内涵,深化了读者对"彼岸世界"的认识,引起他们对诸如生命、死亡和存在意义的严肃命题的思索。[35]一些文章对此书进行了文化方面的解读,其中最出色的当属王霞的博士论文《越界的想象:论纳博科夫文学创作中的越界现象》[36]。她指出:纳博科夫越界的想象,绝不仅仅局限于地理疆界意义上的跨越,而更多的是表现在多种不同维度和层面上的交叉融合,具体来说分别有此岸与彼岸的越界、时间与空间的越界、文学与其他学科的越界、文本空间与记忆空间的越界、俄语与英语语言文化的越界等。刘红从大众文化和精英文化的角度对文本进行了阐释。[37]期刊论文方面大概有 7—8 篇讨论了该书的文化内涵,涉及美国现代社会、汽车旅馆、教育、大众消费文化和青少年教育等。

除了上面所说的几大类研究角度,还有一些

角度是近年来开始受到关注的,但涉及的文章不多。关于该书的美学思考,多来自对作者"审美狂喜"的观点的阐释。这方面有 2 篇硕士论文和4—5 篇期刊论文涉及。关于该书与其他作品互文性的研究有 2 篇硕士论文。陈欣深入讨论了该书中互文性的作用和意义,是较早进行这方面研究的文章,观点颇有见地。[38]

该书中的细节和意象研究也有所涉及。杨振宇的《善良的上帝在细节中——试论纳博科夫的小说〈洛丽塔〉》中谈到了细节和狗的意象,观点新颖,分析透彻,是有关细节方面最出色的一篇文章。[39]潘敏芳提及了水的意象,张昀韬中利用罗兰·巴特的重读理论讨论了纳博科夫小说的细节魅力。[40]其他文章还有涉及福柯规训理论、后殖民主义分析、翻译、爱情、狂欢化、混沌理论、读者反应、戏剧性和陌生化等。除翻译有 3 篇外,每个方面各有 1 篇文章,论文数量不多。

以上是笔者对 2000 以来国内《洛丽塔》研究的考察。综上所述,可以看出,国内对于这部作品的研究已经取得了很大成就。在叙事策略和后现代性方面的研究成果颇为瞩目。叙事方面主要从叙述者,视角,隐含作者和叙述的不可靠性来展开讨论。后现代性的各个方面,包括不确定性、元小说性质、戏仿、和反讽,都有详细论述。对作者的时间观的研究主要从柏格森的绵延学说和普鲁斯特对作者的影响入手,同时涉及欲望和死亡的话题。对该书在道德方面的问题,评论者们有不同意见,有人谴责该书的道德导向,但也有人认为这部作品不是不道德,而是非道德的,即不可以用世俗的道德标准来衡量。对男主人公亨伯特的研究主要探讨他的叙事不可靠性和道德问题;对女主人公洛丽塔的研究一般从其原型,形象解读入手。人物的论述较为充分。

然而,国内的《洛丽塔》研究还有一些不足之处,现总结如下。

(1)研究热点过于集中。对于叙事策略的研究主要集中在叙述者,视角,隐含作者和叙述的不可靠性上,对叙事学中其他领域没有涉及或讨论不够深入,如叙事时间方面。后现代性的研究太过泛滥,多有重复,失去了研究意义。实际上,西方评论界在 20 世纪八九十年代就已经做过大量这方面的研究了。

(2)纳博科夫的时间观和柏格森及海德格尔的哲学论断紧密相关。这方面有研究文章出现,但不够深入。

（3）目前在西方学术界，文化批评和新历史主义方兴未艾。我国对这部作品中的文化现象讨论相对肤浅，缺乏第一手的历史事实资料。

（4）目前，生态批评在西方评论界的被关注程度也相当高。纳博科夫本人就是蝴蝶的研究专家，在其作品中应该有关于自然和生态的反映，但我国对于这方面研究著作太少。

（5）纳博科夫的作品语言富有诗意，文风华丽，意象叠加。但对该书的意象研究只有3篇文章左右，还有很大研究潜力。

（6）该书旁征博引，典故频出，并涉及了法语、拉丁语和希腊语等多种语言。与其他文本的互文性其实有很大研究空间，但我国对此的研究还远远不够深入。

（7）期刊文章的参考文献90%都是国内文献，而且集中在几部作品中，极少有2000年以后的。文献来源单一，而且比较陈旧。

在对该书的国内研究状况进行了解以后，笔者还浏览了同期国外的科研文章，发现其研究方向与国内有很大不同。笔者将在下面进行阐述。

三、国外研究现状

谈到《洛丽塔》，不能不谈到它的作者——纳博科夫。在美国，纳博科夫被视为20世纪美国文坛上继福克纳以来最重要的作家之一，"二战"后美国实验小说最有影响的先驱。在布朗大学教授乔治·亨凯尔看来，纳博科夫推动了现代主义文学走向后现代主义文学，而《洛丽塔》正被誉为后现代主义的开山之作。1995年，由9个国家的42位知名学者合作撰写，耶鲁大学斯拉夫系主任、弗·亚历山大洛夫教授主编的《纳博科夫大全》在美国出版。1997年，专门研究纳博科夫的学术机构——纳博科夫学会成立。研究纳博科夫的欧美和俄国学者们还创办了专门的学术刊物——《纳博科夫研究》。从这两种资料里，可以找到很多研究《洛丽塔》的文章。

由于条件所限，我能搜集到的2000年以后的国外资料不如国内的丰富。期刊文章（包括摘要）60篇左右，博士论文11篇，专著4部。笔者的述评将在这个范围内进行，权当抛砖引玉。与国内研究方向相对集中的情况正相反，国外的研究成果研究方向的多元化现象十分明显，归纳起来比较困难。

要想透彻地理解《洛丽塔》的文本，阿佩尔的《洛丽塔》注释本是研究者不可忽视的一本书。[41] 该书包括大约900条长短不等的注释，解释了《洛丽塔》中晦涩难懂的词句和各种文学典故，十分有助于对小说进行深度的理解。[42]

从涉及洛丽塔一书的博士论文的情况来看，20世纪80年代的3篇论文中有2篇讨论叙事学问题，1篇研究时间问题，并涉及流亡问题。20世纪90年代的3篇论文分别讨论了记忆、爱情、后现代性、元小说性质、叙述者的主题。2000年以后的论文中，除了2000年的一篇讨论流亡问题之外，其余论文的主题都在以前从未涉及，包括爱与挑逗的主题，[43] 以及语言和欲望的主题[44]。Molina提出该书中亨博特身上的自我毁灭倾向源于尼采论述的酒神精神。[45] Slaughter论述了亨博特的反鉴赏倾向，即他对洛丽塔的感情并非欣赏和喜爱。[46]

由此可见，我国的洛丽塔研究还停留在国外20世纪八九十年代的阶段，对最新的研究动态涉及甚少。

从期刊论文来看，多元化的倾向更为明显，研究角度更多，观点更新颖。大致可以分为如下8大类：

①文化批评11篇；

②新历史主义9篇；

③比较互文性8篇；

④人物分析8篇；

⑤意象5篇；

⑥整体分析5篇；

⑦叙事学4篇；

⑧纳博科夫研究（论述纳氏的文章或专著，提及洛丽塔）19篇。

下面笔者将对这几类分别论述。

（1）文化批评。目前西方评论界最为盛行的批评方法之一就是回归现实主义，将文本中体现的文化现象和现实生活中的文化现象相结合展开讨论。洛丽塔已经成为西方世界的一种文化现象。Debra Merskin中指出：在当今社会，洛丽塔已经成为对青春期及青春期前期女孩子的隐秘欲望的代名词。[47] 有关洛丽塔的研究涉及电影、广告、美学、伦理道德、心理学等，还有一些方面是我们国内从未涉及的。Eric Rothstein讨论了学校里的规范和洛丽塔的性格；[48] Steven Belletto讨论该书中的种族问题；[49] Susan Mizruchi

研究该书创作时的战争背景,把亨伯特比作纳粹独裁者;[50]Jennifer L Jenkins 将书中的旅行被比作基督徒朝圣之旅。[51]

(2)新历史主义。西方目前盛行的另一个批评方法是新历史主义,即研究文本创作时详细的历史背景,以便对文本有更合适的解读。对于该书的新历史主义研究涉及这部作品的诸多方面。Gerald Williams 讲述了该书的产生过程;[52]Shekhovtsova 讲述了该书在前苏联的研究情况;[53]2005 年恰逢《洛丽塔》创作 50 周年,纳博科夫研究的权威期刊 Nabokov Studies 出版了洛丽塔专刊来纪念这部伟大的作品。还有一些文章是关于该书从一开始备受冷落到后来被奉为经典这一过程的。Sarah Weinman 讲述了这本书被大众所接受的过程。[54]

(3)互文性或比较研究。该书与其他作品的互文性或比较研究在我国开展得很少,但在西方非常广泛。数篇文章都提到了该书的“二战”背景。Lelandl de la Durantaye 将亨伯特比作纳粹独裁者;[55]Michael Sayeau 指出了该书和《尤利西斯》的相似之处;[56]Eric Naiman 将该书的不雅词语和莎士比亚作品中的不雅词语做出比较;[57]在 Nabokov Studies 于 2005 年出版的《洛丽塔专刊》上,几篇文章分别将该书和维多利亚时期作品,雨果的作品和安徒生的《小美人鱼》做出比较。[58]

(4)人物研究。人物研究也是该书研究的一大热点,但西方的研究侧重点和我国的有所不同。Leland De la Durantaye 意在改变洛丽塔在人们心中的形象;[59]Marie Bouchet 探讨欲望主题,将洛丽塔视为符号。学者对亨伯特的理解出现了新的观点。Maurice Couturier 的 Narcissism and Demand in Lolita 用拉康精神分析法讲述了欲望和亨伯特的自恋情结。Kellie Dawson 的 Rare and Unfamiliar Things: Vladimir Nabokov's Monsters 将亨伯特妖魔化;[60]Eric Goldman 讨论了亨伯特性观念,认为他有厌女癖;[61]George Ferger 研究了该书所谓的序言作者 John Ray Jr。[62]

(5)意象和细节。纳博科夫对于细节的重视是众所周知的。他作品中的细节和意向研究也已经有所发展。《洛丽塔》中的水,湖,狗以及圣经意象均被研究过。研究纳博科夫的专家 Brian Boyd 的文章在这方面论述的比较详细。[63]

(6)叙事学。这方面的研究也有,但不多见,笔者只浏览到 4 篇文章,2 篇是关于叙事伦理和叙述的不可靠性。另外 2 篇有一定新意。Mark Conro 整体分析了该书结构,讨论了记忆内容与描述记忆语气的不一致;[64]Amit Marcus 运用 Tamar Yacobi 的交流模式研究书中叙述的不一致现象。[65]

(7)其他。还有一些文章的研究内容不便归类,在此大致列举一二。Brian Boyd 研究过该书中的“错处”,例如时间。[66]Duncan White 研究书中的标点,分析了书中括号的作用;[67]Michael Glynn Plymouth 运用俄国结构主义分析书中的象征和反象征,认为纳博科夫不是人们普遍认为的象征主义者。[68]

(8)专著。有关洛丽塔的专著也有很多,但由于条件所限,笔者只能浏览到几部。Marina Grishakova 的 The Models of Space, Time and Vision in V. Nabokov's Fiction 从时间、空间、意象等方面对洛丽塔进行了深入的文本解读。[69]Gerard de Vries 和 D. Barton Johnson 的 Nabokov and the Art of Painting 评论了书中出现的绘画作品。[70]Nicole Bracker 和 Stefan Herbrechter 的 Metaphors of economy 其中有一章把《洛丽塔》和另一本书 Libidinal Economy 进行比较,用马克思主义和弗洛伊德的力比多的观点对该书进行新的解读。[71]Graham Vickers 的 Chasing Lolita: How Popular Culture Corrupted Nabokov's Little Girl All Over Again 于 2008 年,为纪念《洛丽塔》出版 50 周年推出。全面研究了《洛丽塔》的原型,文化影响,包括相关的戏剧、电影、文学作品、艺术绘画等。此书不仅研究洛丽塔现象,而且研究了从维多利亚时期至今的性、儿童、大众文化,应该是迄今为止最新也最全面关于《洛丽塔》的文化批评专著。[72]

综上所述,国外的《洛丽塔》研究与国内有很大的不同。有关后现代性和叙事学的研究集中在 20 世纪。2000 年以后的研究主要集中在文化批评、新历史主义和互文性等方面。对人物有了与以往不同的理解,并且批评界开始关注书中的细节和意象的研究。这些研究角度和观点都值得国内学者借鉴和学习。

四、结　语

纳博科夫是 20 世纪西方最伟大的作家之

一。《洛丽塔》是使他名满天下的第一部作品,也是受到最多学术关注的作品,被誉为西方后现代主义的开山之作。从它被学术界认可之日起,西方学术界就对它进行了各种各样的解读。我国对这部作品的研究起步相对较晚,研究方向也比较单一,参考文献,即研究的依据也相对滞后。《洛丽塔》一书博大精深,可以进行诠释的角度很多,因此,这部作品进行多方位的研究将会填补我国在这部作品研究上的学术空白。莎士比亚的作品被研究了几百年,至今仍可以根据时代的变迁不断进行新的解读。纳博科夫作为后现代主义文学的代表人物之一,在这一学术领域内,其学术地位相当于莎士比亚在整个文学界的地位。作为学术界的成员,有义务让世人更多地了解这位伟大的作家,更应该了解他这部代表作品,让这部《洛丽塔》屹立于我国以及世界经典作品之列,绽放出应有的光芒。

注解【Notes】

* 北京信息科技大学学校科研基金项目资助(项目编号:1335028)。

[1] 董鼎山:《洛丽泰四十二岁了(代译序)》,载《读书》1988 年第 10 期,第 126—131 页。

[2] 于晓丹:《你说是什么就是什么》,载《外国文学研究》1995 年第 1 期,第 76—80 页。

[3] 黄铁池:《玻璃彩球中的蝶线——纳博科夫及其〈洛丽塔〉解读》,载《外国文学评论》2002 年第 2 期,第 105—111 页。

[4] 戴晓燕:《纳博科夫在中国》,载《南京晓庄学院学报》2005 年第 3 期,第 60—64 页。

[5] 汪小玲:《论〈洛丽塔〉的叙事策略与隐含作者的建构》,载《外国语》2007 年第 170 期,第 72 页。

[6] 费伦·詹姆斯:《疏远型不可靠性、契约型不可靠性及〈洛丽塔〉的叙事伦理》,载《世界文学评论》2008 年第 2 期,第 294 页。

[7] 尚必武:《叙述者聚焦、双重聚焦与伦理取位——詹姆斯·费伦的修辞性叙事聚焦观探析》,载《江西社会科学》2007 年第 7 期,第 32—40 页。

[8] 胡雪丹:《自由的囚徒》,南京理工大学硕士学位论文,2008 年。

[9] 李慧军:《论〈洛丽塔〉的双重结构及其表现内涵》,载《学术交流》2008 年第 7 期,第 165—167 页。

[10] 张巧凤:《审美与伦理的融合——〈洛丽塔〉艺术独创再认识》,载《哈尔滨学院学报》2008 年第 8 期,第 53—57 页。

[11] 刘丽:《试论〈洛丽塔〉的叙述框架》,载《河海大学学报(哲学社会科学版)》2007 年第 1 期,第 49—53 页。

[12] 张鹤:《试论〈洛丽塔〉的对话性因素》,载《外国文学》2007 年第 6 期,第 50—55 页。

[13] 耿海英:《谈〈洛丽塔〉叙事中的狂欢性》,载《郑州大学学报(哲学社会科学版)》2001 年第 5 期,第 39—41 页;张薇:《洛丽塔的叙事奥秘》,载《当代外国文学》2004 年第 1 期,第 164—166 页。

[14] 陈榕:《评弗拉基米尔·纳博科夫的〈洛丽塔〉》,载《河南科技大学学报(社会科学版)》2003 年第 2 期,第 68—71 页。

[15] 金宗静:《众语喧哗的世界——论〈洛丽塔〉的叙事聚焦》,载《时代文学(双月上半月)》2008 年第 6 期,第 47—48 页。

[16] 罗桂保:《诗化散文——纳博科夫〈洛丽塔〉语言风格赏析》,载《甘肃高师学报》2006 年第 6 期。

[17] 肖谊:《论双关语在纳博科夫小说文本中的特殊功能》,载《四川外语学院学报》2008 年第 6 期,第 1—4 页。

[18] 詹树魁:《符拉迪米尔·纳博科夫:从现代主义到后现代主义》,厦门大学博士论文。

[19] 李小均:《纳博科夫研究》,复旦大学博士学位论文。

[20] 罗桂保、梁延守:《浅谈〈洛丽塔〉中的巧合》,载《甘肃高师学报》2005 年第 1 期,第 41—42 页。

[21] 赵君:《〈洛丽塔〉:小说主题内涵的后现代式嬗变》,载《当代文坛》2007 年第 3 期,第 134—137 页。

[22] 马红旗:《道德意识与文化的可接受性边界——解析由〈洛丽塔〉引起的论争》,载《盐城师范学院学报(人文社会科学版)》2008 年第 2 期,第 87—92 页。

[23] 董娜:《纳博科夫在玩什么花样?》,山东大学硕士学位论文。

[24] 曾澜:《道德、不道德还是非道德——解读〈洛丽塔〉》,江西师范大学硕士学位论文。

[25] 张巧凤:《文学内在价值与社会道德规范的冲突》,南京师范大学硕士学位论文,2007 年。

[26] 曾庆静:《谎言背后的真相——论〈洛丽塔〉中亨伯特的不可靠叙述》,载《作家杂志》2009 年第 1 期,第 93—94 页;谢素萍:《叙事角度解构〈洛丽塔〉》,载《作家杂志》2009 年第 4 期,第 70 页;郭建友:《通过纳博科夫的智力测试》,载《中国人民解放军外国语学院学报》2003 年;尹平:《人物亨伯特与叙述者亨伯特》,东北师范大学硕士学位论文,2006 年。

[27] 董娜:《亨伯特的物质生活变迁与精神意识流浪》,载《湘潮(下半月)》2008 年第 6 期,第 62—63 页;

辛雅敏：《流亡与自由审美——纳博科夫与亨伯特·亨伯特》，载《河南师范大学学报（哲学社会科学版）》2006 年第 7 期，第 114—118 页。

[28]　周锐：《从存在性不安视角论〈洛丽塔〉中亨伯特的自我分裂》，安徽师范大学硕士学位论文，2007 年。

[29]　何岳球：《洛丽塔：纳博科夫的"变态"蝴蝶》，载《外国文学研究》2008 年第 5 期，第 119 页；何岳球：《纳博科夫的蝴蝶情结与美学意蕴》，载《当代外国文学》2007 年第 1 期，第 105 页。

[30]　杨建民：《纳博科夫生命中的〈洛丽塔〉》，载《世界文化》2007 年第 1 期，第 11—12 页。

[31]　李宇笛：《美丽而神秘的画卷》，华中师范大学硕士学位论文，2008 年。

[32]　张亚军：《坠落的金箭—解读〈洛丽塔〉的三个关键词》，载《涪陵师范学院学报》2002 年第 1 期，70 页。

[33]　毕其玉：《一个"流浪者"的"艺术欺骗"——论纳博科夫的小说〈洛丽塔〉中的恋童情节》，载《四川外语学院学报》2001 年第 11 期，第 18—21 页。李小均：《流亡者永在旅途——评纳博科夫的杰作〈洛丽塔〉》，载《四川外语学院学报》2001 年第 11 期，第 18—21 页。

[34]　黄铁池，赵槟：《囚禁与抗争》，载《常德师范学院学报杜会科学版》2003 年第 5 期，第 62—64 页；尚必武：《〈洛丽塔〉的欲望解读》，载《广东外语外贸大学学报》2005 年第 10 期，第 38—40，86 页。

[35]　黄小平：《纳博科夫对"死亡"的思考》，广西师范大学硕士学位论文，2007 年。

[36]　王霞：《越界的想象：论纳博科夫文学创作中的越界现象》，华东师范大学硕士研究生论文，2006 年。

[37]　刘红：《精英主义立场：从文化的视角解读纳博科夫小说〈洛丽塔〉》，华中师范大学硕士学位论文，2008 年。

[38]　陈欣：《论互文性在〈洛丽塔〉中的破坏性与建设性作用》，载《中国人民解放军外国语学院学报》，2004 年。

[39]　杨振宇：《善良的上帝在细节中——试论纳博科夫的小说〈洛丽塔〉》，载《外国文学研究》2002 年第 2 期，第 82—86 页。

[40]　潘敏芳：《论〈洛丽塔〉对经典文本的戏仿》，载《河北建筑科技学院学报（社科版）》2006 年第 12 期，第 76—77 页；张昀韬：《燕尾飞扬，以自己的方式超越传统——阅读理论反观下的纳博科夫小说艺术》，吉林大学硕士学位论文，2004 年。

[41]　AppelAlfred. *The Annotated Lolita Revised and Updated*. London：Weidenfeld & Nicolson, 1993.

[42]　刘佳林：《纳博科夫研究及翻译述评》，载《外国文学评论》2004 年第 2 期，第 70—81 页。

[43]　JaafarNisrane. *The Blue Flame and the Red Flame：Love and Eroticism*. Concordia university, Motreal, Quabec, Canada, 2001.

[44]　Ariniello David L. *Perpetual Strangers：Stereoscopic Vision, Self—Fashioning and Three Modern Novels*. University of California, Irvine, 2006.

[45]　Molina, Norma Grace. *Consciousness in Crisis：The Dionysian Journey in Selected 20th Century Novels*, spring, California State University, 2007.

[46]　Slaughter. *The Aristocracy of Consciousness：Connoisseurship in Modern Literature*. Washington University, 2007.

[47]　Merskin Debra. Reviving Lolita? A Media Literacy Examination of Sexual Portrayals of Girls in Fashion Advertising. *American Behavioral Scientist*(48), 2004, p. 119.

[48]　Rothstein Eric. Lolita：Nymphet at normal school, *Contemporary Literature*, Spring, 2000, p. 22.

[49]　Belletto. Pickaninnies and Nymphets：Race in Lolita, Steven. *Nabokov Studies*(9), 2005.

[50]　MizruchiSusan. Lolita in History. *American Literature*(3), 2003, pp. 629-652.

[51]　Jenkins Jennifer L. Searching High and Lo：Unholy Quests for Lolita. *Twentieth-Century Literature*51(2), 2005, pp. 210-243.

[52]　Williams Gerald. Lolita, Who's Your Daddy? *Massachusetts Review*(4), 2006, pp. 757-764.

[53]　Shekhovtsova. Spending the Night with Lolita—Vladimir Nabokov's Novel in the USSR. *Russian Studies in Literature*, Fall, 2006, pp. 52-72.

[54]　Weinman Sarah. The Fifty-Year-Fire. *Poets & Writer*(9/10), 2008, pp. 11-12.

[55]　Durantaye Leland De La. Eichmann, Empathy, And Lolita. *Philosophy and Literature*(2), 2006, p. 311.

[56]　Sayeau Michael. Love at a Distance (Bloomism)：The Chance Encounter and the Democratization of Modernist Style. *James Joyce Quarterly*(2), 2007, pp. 247-261.

[57]　Eric Naiman. A Filthy Look at Shakespeare's Lolita. *Comparative Literature*(1), 2006.

[58]　Special Article Section：Lo at 50, *Nabokov Studies*(9), 2005.

[59]　Durantaye Leland De la. Lolita in Lolita, or the Garden, the Gate and the Critics. *Nabokov Studies*(10), 2006.

[60]　以上 3 篇文章均来自《洛丽塔专刊》Special Article Section：Lo at 50, *Nabokov Studies*(9), 2005.

[61] Goldman Eric. Knowing' Lolita: Sexual Deviance and Normality in Nabokov's. *Lolita Nabokov Studies*(8), 2004: 87-104.

[62] Ferger George. Who's Who in the Sublimelight: "Suave John Ray" and Lolita's "Secret Points". *Nabokov Studies*(8) ,2004.

[63] Boyd Brian. Lolita: What We Know and What We Don't. *Cycnos* Vol. 24,2009.

[64] Conroy Mark. Quality the Guilty: Scapegoating Mass Culture in Nabokov's Lolita. *Southern Humanities Review*(2),2004,pp. 105-132.

[65] Marcus Amit. The Self-Deceptive and the Other-Deceptive Narrating Character: The Case of Lolita. *Style* 39(2), 2005,pp. 187-205.

[66] Boyd Brian. "Even Homais Nods": Nabokov's Fallibility, or, How to Revise Lolita〔http://www. libraries. psu. edu/nabokov/boyd1. htm〕Nov. 12, 2012.

[67] Duncan White. I have camouflaged everything, my love: Lolita's Pregnant Parentheses. *Special Article Section*: Lo at 50 (9),2005.

[68] Plymouth Glynn Michael. The Word Is Not a Shadow. The Word Is a Thing—Nabokov as Anti-Symbolist. *European Journal of American Culture* 25(1), 2006,pp. 3-30.

[69] Grishakova Marina. The Models of Space, Time and Vision in V. Nabokov's Fiction: Narrative Strategies and Cultural Frames. *Tartu Semiotics Library*(5). Tartu: Tartu University Press, 2006.

[70] Vries Gerard de,Johnson D Barton. *Nabokov and the Art of Painting*. Amsterdam: Amsterdam University Press, 2006.

[71] Bracker Nicole ,Herbrechter, Stefan. *Metaphors of economy*. Rodopi, 2005.

[72] Vickers Graham. *Chasing Lolita: How Popular Culture Corrupted Nabokov's Little Girl All Over Again*. Chicago: Chicago Review Press, 2008.

引用作品【Works cited】

储诚意:《论〈洛丽塔〉的悲剧意义》,载《安庆师范学院学报(社会科学版)》2007 年第 6 期,第 108—110 页。

"期刊编辑与中外文学史的构成"研讨会综述

刘玉杰

一、文学与学术期刊评价

邹建军教授首先高屋建瓴地提出了自己对于期刊的定义,然后白阳明和李卫华副教授分别从微观和宏观两方面对文学与学术期刊的评价标准发表了自己的独到见解,之后陈富瑞、王海燕、袁艺林等人展开了细致的讨论,最后杜雪琴博士做了精彩总结。关于期刊的定义,邹建军教授在将期刊与报纸、图书、教材相比较后得出结论:一是期刊是连续出版物;二是期刊是公共平台;三是期刊有自己的目标与风格;四是期刊要有独立的灵魂。期刊也可以分出许多大类,时政的、科普的、文学的、学术的、时尚的、教育的、艺术的、广告的等等,我们要讨论的显然是学术的与文学的。湖北工业大学外国语学院副教授白阳明从期刊这一微观角度提出了评价期刊优劣的标准,她认为可以从期刊的中图分类号、期刊的版权页、期刊的目录、期刊作者的信息、期刊文章的内容、期刊文章发表的难易程度和刊发程序以及期刊刊名的稳定性七个方面来判断期刊的优劣。湖南科技大学副教授李卫华则从期刊评价体系这一宏观角度认为:现在已经有了比较系统的期刊评价体系,如北大的核心期刊目录、南京大学的 CSSCI 目录,都是根据一定时期内刊文的引用数据、影响因子等来评定。

另外他还认为除了外在的量化标准以外,邹建军教授所说的期刊自己的目标与风格、自己的灵魂以及对自身办刊宗旨的坚持也是评价期刊优劣的一个重要的方面。中南民族大学外国语学院王海燕副教授认为:要创办出一流的文学与学术期刊,我觉得首先要看期刊的学术定位,所选用文章应该具有该学科的前沿性以及精英性。当然做到这一点首先要有编辑的独到眼光及高深的专业知识积累还有海纳百川的胸怀。华中师范大学硕士研究生袁艺林认为评定文学与学术期刊的优劣可以主要比较考量文学与学术期

刊所研究领域的前瞻性、探索性思维,以及其在国内乃至世界的影响,组成文学与学术期刊的研究专家团队等几个方面。

当然,这些都需要专业领域专家的权威评价。华中师范大学博士研究生陈富瑞认为,文学与学术期刊有其特定的读者群体,因其自己的目标和风格,在内容的选用上就非常讲究。非常同意邹老师关于期刊的观点,也可以作为判断学术期刊优劣的标准:是否属于连续出版物?是否以期刊为核心成立了公共学术平台?是否有自己独立的目标和风格?是否有本期刊独立的灵魂?针对不同的读者群体,文学期刊和学术期刊应该采用不同的对策来吸引读者。获奖和发行量只是其中一个判断标准,曲高和寡也是常有的事。湖南理工学院外语学院副教授易立君认为,选文的前瞻性要求编辑能慧眼识珠,能有世界性的学术视野。期刊的风格和灵魂也反映编辑的学术品位和批判能力。既有对理论的探索和建设,也有对已有文学史的审思和反拨,还有对文本的新解读,这样的期刊更能吸引读者。还提出了一个当前学术期刊面临的普遍问题:学术期刊之雅俗共赏是否更能提高它的生存能力和存在价值?

武汉出版社编辑王冠含针对易立君提出的问题,提出了自己的见解,她认为期刊的风格和灵魂就是刊物的特色。雅俗共赏就是大众化,学术期刊定位为大众化不大妥当。曾经担任过《世界文学评论》编辑的潘秋子认为期刊应该做出自己的品牌,不断提升自身的品质,持续吸引读者。并结合自己的编辑实践,以《世界文学评论》为例提出,《世界文学评论》在栏目开辟上就做得比较好,既有特定不变的栏目,如欧洲文学研究、文学理论研究等,又有顺应文学研究发展方向所开辟的文学地理学研究、教学改革与教材建设等栏目。期刊可以通过这种方式引领文学学术界的争论,当然这对期刊编辑的素质提出了很高的要求。华中师范大学博士研究生杜雪琴认为,文学

与学术期刊是探讨文学创作、开展文学批评、交流文艺思想、引领文学思潮的重要平台。最后她借用罗梁波《学术之伤,文章之痛,期刊之痒》一文中对学术与期刊的一段话为此议题做了很好的总结:无问题无以做研究;无方法无以治学问;无规范无以成文章;无基础无以为源头;无框架无以显逻辑;无长度无以上层次;无精细无以提水平;无认真无以办学报。(《中国社会科学报》,2011年7月8日)

二、期刊编辑与中外文学史

期刊是近代文明的产物,在此之前,中外文学的发展及文学史的构成也就与期刊编辑毫无关系;但是如今,期刊编辑与中外文学的发展及文学史的构成则有着千丝万缕的关联。而这两个议题也是比较文学媒介学研究的重要方面,可以为中国比较文学研究提供诸多个案与典例。这一议题既有理论的探讨,如李卫华、颜红菲的发言;也有具体案例的分析,如刘玉杰就2012年诺贝尔文学奖获得者莫言的成长与期刊的关系、王婉就新写实主义这一文学思潮与《钟山》杂志的关系的讨论等。李卫华认为文学期刊构建了一个公共空间,它成为作家、研究者发表创作、交流意见的场所,甚至有的成为某种文学思潮或文学流派的阵地(五四时期的同人杂志大体如此);文学期刊也承担着提携、发现文学新人的重任(如刘心武的《班主任》最早发表在《人民文学》上,并由此走上文学之路)。在这样一个公共空间当中,各种权力话语的运作是值得我们重视的又一话题。并从比较文学媒介学的角度认为期刊作为传播媒介,还发挥着"议程设置"与"架构"(framing)的功能,一定程度上规范和制约着与文学相关的问题、议程与框架。比如说新写实主义的兴起就与《钟山》杂志密切相关。陈富瑞分享了张守仁先生的一个观点:任何文学史都是由作家、作品、文学社团、文学流派所组成。一个个重要的文学期刊,就是一个个标志性的驿站,一块块锦绣的园地,一只只温馨的摇篮,哺育、催生着一篇篇文学新作,扶植起一茬又一茬作家,并经历着一场又一场的论争,连缀起来,编成了文学的历史。

华中师范大学硕士研究生袁循认为,文学期刊中的作品的批评,新的文艺思潮,可以说在某种程度上影响到了怎么样的作品以及怎样的作品评价进入到文学史家的视野之中。刘玉杰以获得诺贝尔文学奖的莫言为例,认为莫言等一大批有影响的中国当代作家都是从在文学期刊上发表作品成长起来的。莫言的处女作《春夜雨霏霏》就是1981年5月发表在河北保定的《莲池》上,直到11年后的1992年,花山文艺出版社出版其长篇《食草家族》,莫言还在其后记《圆梦》里写到:"我能走上文学之路,是与河北文坛上诸多师长与朋友的扶持帮助分不开的……"莫言的成名作《透明的红萝卜》发表于《中国作家》1985年第期,《红高粱》发表于《人民文学》1986年第3期,并因此荣获年度全国优秀中篇小说奖。然后经文学批评家在学术期刊上的研究批评而进入文学史。杜雪琴认为,一本好的文学批评期刊,对一个时代的文学批评,甚至这个时代的文学创作,会起到重要的影响。因为它会影响到作家的文学创作,关系到文学批评家的成长,甚至他所持有的批评立场。因此,它也会影响到文学史的构成。袁艺林认为,文学和学术期刊关注当下的文学热点问题,反映了当代的文学发展方向。同时,期刊的发行,也增加了专家和学者之间的交流学习,便于发现更加深刻、更加新颖的文学问题,一定程度上也影响了文学的发展。华中师范大学文学院博士研究生、南京工程学院外国语学院副教授颜红菲认为,英国文学的发展史和期刊发行密不可分,最初的小说都是在报纸和期刊上连载的。这样在读者和作者之间形成对话,影响了作者的创作。期刊对文学的影响是很大的,特别是培养理想的读者。华中师范大学硕士研究生王婉认为,从外国文学的发展来看,狄更斯的《匹克威克外传》就是在报刊上连载发表,有趣的是,这部连载小说还未出齐,市场上就出现了多种以"匹克威克"命名的帽子、雪茄等商品,一度形成潮流。狄更斯正是靠这部小说正式走上文学舞台,并最终成为英国文学史上大师级的人物。从中国文学的发展来看,五四时期的《新青年》是中国新文化运动的发源地,在中国现代文学史上占据着重要的地位,同时也推动着中国近现代文学的发展。由此可见,期刊的编辑是文学史构成的一个重要部分。

白阳明认为,期刊作为文学传播的重要媒介,以其自身的优点,成为推动文学发展、建构文学史丰富性与复杂性的要素之一,是文学展示的平台,是文学史的见证者与参与者。期刊能够相对完整地表达作者的文学观点,体现编者的意图,且作者群和读者群也较为明确固定,可以从多方面、多角度勾勒文学的历史轮廓,进而形塑文学地图,成为文学史的观测站、查号台。文学要有历史,就必须通过编纂文学史的方法,将文学现象、文学运动、文学思潮、作家作品等用文学史贯串起来。期刊不是教科书,能独辟蹊径,借助文学场域中众多的文史专家、作家、学者等文化资本引领文学思潮,从而建构文学史。文学思潮形成的冲锋号角一般是在期刊上吹响的。期刊是不同文学集团、持不同文学标准的研究者对文学阐释权争夺的战场,是为塑造各自认可的文学经典而斗争的阵地。在期刊与文学思潮这一问题上,王海燕认为,由 Harriet Manroe 在 1912年创办的诗刊是意象派运动的发源地和战斗堡垒,虽然只有 10 年多的办刊时间,但对意象派的贡献是功不可没的。王婉认为在中国当代文学中,"新写实小说"潮流的形成也与期刊编辑有着密不可分的联系。"新写实小说"的正式命名始于《钟山》杂志 1989 年第 3 期上开辟的"新写实小说大联展"。同年 10 月,《钟山》又和《文学自由谈》联合召开了"新写实小说"讨论会。而且,《钟山》杂志在 1989 年第 3 期的"卷首语"中完成了对新写实小说这一概念的理论界定。

三、网刊的创办及其重要意义

随着时代的发展,互联网在大家的生活中占据了越来越重要的位置。作为学术成果的展现地,期刊的网络化也顺时而来。2012 年,邹建军先生提议创办网刊《东林诗刊》与《南海学术》,让我们的学术成果能够与现代科技接轨。网刊在信息化时代有着怎样的地位与意义?我们应当怎样看待文学与学术期刊的网络化?并进而实现网刊与社会思潮、文学发展的相统一?期刊自由与新闻出版的自由化要怎样实现?这一系列的问题,都是我们在期刊网络化的进程中必须面对的问题。白阳明、杜雪琴、刘凤等总结了网刊的优越性,陈富瑞、彭姗姗等就网刊与传统纸质刊物的关系给予了辩证的观照,最后王婉做了总结性发言。

白阳明认为互联网空间大、成本低的特点改变了编辑、作者和读者的关系。以前一个作者要从草根成为公众人物,先要获得期刊编辑的青睐,通过在他们这里发表作品,获得公众的认可。但现在,作者要想成名,不需要看编辑眼色,读者就可以说好好坏。当作者将作品发表在网络上时,读者对作品的评价,其实早已取代了非互联网时代编辑的作品优劣评定权。作者一旦打动受众,自然就可以打开市场。因此,在网络媒体时代,文学与学术期刊必须寻找刊物的升级路径,而文学与学术期刊的网络化是科学与时代发展的必然选择。杜雪琴认为,在网络环境下,个体认知彻底突破了原有的地理空间和地域疆界的束缚,无数知识生产个体可以在网络界面上,吸收与整合全球范围内数以千计的智慧个体的精神成果,从而开启了知识生产与知识整合的新视阈。因此,文学与学术期刊的理念必须向网络化转变,基于网络化的视野,不再局限于创办期刊的网络版或局限于纸本期刊上网,而是应有广阔的视野与全新的编辑手段,构建更为广阔的网络交流空间与平台,立足于期刊创新的理念,从而推动学术的进步与繁荣。《南海学术》执行编辑刘凤认为阅读的网络化这一现实使得期刊网络化成了必然的趋势。并结合自己编辑《南海学术》的经验,认为编辑网刊和编辑纸质刊物的最大区别就是,所有工作都是在电脑上完成的。网刊确实有其自身的发展优势。刊物编好之后,第一时间就可以发给作者,发布在网上,分享给大家。速度之快是传统期刊无法比的。陈富瑞认为网刊的创办适应了电子时代的发展潮流,学术网刊的创办更是一个新兴的事物,是值得大力提倡的。但她也指出了网刊因其发表的便捷性,存在的一些诸如对学术规范的遵从、对期刊排版的要求等方面的问题。如何能在发挥纸质期刊优势的基础上,发挥网络期刊的便利性是我们亟待关注的问题。华中师范大学硕士研究生彭姗姗观照了网络化时代下的传统纸质期刊的命运,她认为网络化的流行其实只是形式的改变,不用害怕这种改变,加以利用依然可以使传统的期刊在网络电子化的时代,一样发挥巨大的作用。王婉最后发表了自己具有总结性的观点,她认为一方面实现文学与学术期刊的网络化对期刊发展来说是一个难得的机遇;一是大幅度缩短刊出周期,减少作者的等待时间;二是利用网络的传播优势,提高期刊的传播力、覆盖面和渗透力,进而提高期刊的影响力和在本领域的话语权;三是改变期刊的服务模式,从传统的单纯论文出版服务转换成为作者、读者提供个性化、综合的文献情报服务,提高作者的忠诚度,也开拓了新的业务模式;四是利用社会化资源,提高工作效率,从重复劳动中解脱出来,把时间和精力真正用于期刊的策划和发展。另一方面,在中国,网络期刊的发展前景是大有空间的,它是纸质期刊在因特网上的延伸,是纸质版期刊的网络门户,但同时又必须以纸质版期刊为源,尤其是网络期刊必须借用纸质版期刊的作者群及读者群,而且,目前网络尚未完全覆盖全国各地,纸质版期刊仍有它的市场价值,同时,它对网络期刊有导读作用。而网络期刊应依靠其容量大的优势、及时快捷等特点,对传统纸质版期刊起到一个宣传作用,所以,网络期刊必须与传统期刊相结合,优势互补,才能共同发展。

四、期刊编辑与杰出人才的成长

邹建军教授和几位特邀嘉宾都做过很多年的编辑工作,都是编辑中的翘楚;邹建军的学生也基本上都做过《世界文学评论》的编辑,拥有丰富的编辑实践经验,对于如何在编辑工作实践中提高领导素质、期刊编辑工作要注意的一些问题这两个议题都有着很多独到的见解。邹建军教授指出毛泽东在年轻的时候就是一个编辑,办有《湘江评论》。邓小平在白区的主要工作,就是办油印刊物,发挥了很大的作。他们之所以成为才子式领导人,会写文章,与此有很大的关系。中南财经政法大学中文系世界华文文学研究所所长古远清学生时代就是《珞珈山文艺》的主编。《中山大学学报》副编审李青果在学生时代就是学生刊物《五色土》的主编。杜雪琴回忆起自己读大学时参与创办《宜大人》的文学杂志,她是共有的四任主编之一。《宜大人》在当时的学校产生了不小的影响,尽管全部是自费发行,自己编辑,油印机印刷。作为《中国学者眼中的华裔美国文学》一书主编之一的陈富瑞认为没有好编辑就难有好作品。图书的编辑如此,期刊编辑亦如此。《中国学者眼中的华裔美国文学》论文集的顺利出版就与责任编辑王冠含的辛勤工作分不开。好编辑能在文字润色、版式安排、装帧设计、印装工艺、营销方式等方面,提出建设性的意见,做出创造性的工作。白阳明虽然没有做过编辑工作,但从读者的角度认为,编辑应做到:一是要贴近生活、贴近群众,要接地气儿;二是要高度重视刊物的个性特色。纵观我国编辑史,著名的

刊物无一不是以自己鲜明的特色、独特的个性而受到读者欢迎的,这些刊物的编辑们也总是以树立刊物的特色为重要使命。担任武汉出版社编辑3年有余的王冠含认为编辑工作好的地方在于:一是能够在一定程度上了解我们这个时代的主要思想动向。有人说,现在是全民抒写时代,写作或写书的人比以往任何时候都多。各个阶层都有他们对社会、对生活的理解,虽然参差不齐,有的甚至不能出版,但编辑在阅读中可以发现某一时期社会上涌动的思想状况。二是对上层文化政策和主流价值导向比较熟悉。编辑出版工作被誉为戴着脚镣跳舞,从来是不自由的,上面的政策事关存亡问题,因此不能不知。就在这下达上传中,让编辑对我们正处的社会不至于太隔膜。三是有助于激发学习和写作的欲望。编辑审稿多了,对不懂的肯定要请教学习,方能下笔修改校正;也会时有感触,见贤思齐,不时地想自己动手写点文字。不大好的一面在于,首先是比较琐碎,没耐心的人难以久为;再是为人做嫁衣裳,是个隐身幕后的工作,也许一辈子默默无闻。之前的确出过天才编辑,比如邹韬奋、郑振铎等。但世易时移,如今的编辑出版界,正处于大变革、大动荡的时候。内有体质的弊端和行业间的恶性竞争,外有数字出版的冲击挑战。

邹建军教授做了精彩的总结,他认为虽然编辑很重要,然而我们的目标,不是只做好一个编辑,而是做一个有力的领导者,做各个方面的头面人物,编辑只是一种训练,一个过程,一个起点。对此,各位要有清醒的认识。所以我们的要求是全方位的,是与时代同步的。这次讨论会,尽管各抒己见,各有高见。但是对于某一些问题的认识还不太到位:一是文学期刊是如何影响文学史的?二是文学期刊是如何引导文学思潮的?三是文学期刊是如何与作家创作发生关系的?四是学术期刊是如何影响文学史研究的?五是对于作家作品的研究如何体现文学史的眼光?如何处理其中的时间与空间问题?六是期刊编辑与杰出人才的成长问题。并期待就以上六个方面的问题,继续展开讨论。

(整理者:华中师范大学比较文学与世界文学专业硕士研究生 刘玉杰)

爱在青山白云间

——评赵文"人本主义"现代诗

居　北

认识赵文先生是很多年前的事了,但知道他写诗并正式出版诗集,却是最近的事。

手边就有一本已经出版的《重塑生命的价值:"人本主义"现代诗集锦》,还有一摞厚厚的正待付梓的最新诗稿(编注:赵文先生的"人本主义"现代诗集锦之二《信仰的未来》,2013 年 4 月由长江文艺出版社正式出版发行),随便翻开一篇,那简洁明快的诗行、引人深思的意旨、扑面而来的人文气息,似乎都在清楚地表明:作者并不是在追求晦涩的表意,或是抽象先锋的体验,甚至玩弄辞藻游戏和语言技巧。确如诗集副标题所提示的那样,作者在乎的无关技巧,只关乎对自然、对社会、对人生最本真的"人本主义"思考与关怀。这些平实的哲理化表达,闪耀着难得的朴素、真诚和力量。

那些看似漫不经心的选题,总能传递严肃的命题;那些平淡无奇的日常化名词,总能最后获得灵动的意蕴,真可谓"无时不能歌,无处不是诗"。譬如,几何图形组诗(《三角形》、《梯形》、《圆形》、《正方形》)、五官组诗(《额头》、《眼睛》、《耳》、《鼻》、《嘴》)、行为组诗(《吃》、《喝》、《玩》、《乐》)、情绪组诗(《喜》、《怒》、《哀》、《愁》),都带给人全新的现代诠释。而一些小清新诗行,譬如这样的句子,"我始终记得/我们曾经的约定/花开时/一定去看您"(《醒来》),也显示出作者在面对聚散离合的剧烈感情纠缠时,反而具有一份超脱的细腻情绪。

如果说这些诗歌选题表现了作者微观写意的偏好,那么,他也同样展现了对于宏大叙事的"野心"。值得重视的是,在展开这些相对抽象、厚重、尖锐的现实题材中,作者仍然坚持了"平淡"、"平实"与"平和"的风格。

在这些诗歌中,我们可以读到深沉的父爱,"背着你/带你走过/无怨无悔的童年/不为别的/只为了聆听/你时时处处/传递给世界的/爽朗笑声"(《背》);读到一个正派之人对于浮华乱象的《困惑》:"不知道低调做人/能否融入这个浮躁的社会/不明白夸夸其谈/为何更容易平步青云/不理解忍气吞声/竟成了没有个性的标志/不清楚邀功媚俗/何以让太多的人追随效仿";读出了作者对于现实的沉重感喟与轻蔑讽喻,一如《我曾经属于这里》对现代化后遗症的诘问,"错落有致的山峦/哪里去了/稻花飘香的土地/你在何方/原来都变成了/所谓的人间奇迹",亦如这一年 3 月 15 日所写,"破坏只是开始/过程一直/惊心动魄//毁灭才是最终/结果总是/惨不忍睹"(《贪婪》)。

在这些洗练的文字中,我们可以发现一个善良、正直、敏感、容易感伤、偶尔还略带些羞涩的人,基于自身丰富的人生经历和复杂难辨的社会万象,而不断发出的疑问、焦虑以及那永不消失的正义激情。

然而,诗歌的关怀还不仅于此。在书写日常生活、深思沉重现实的同时,作者还在坚守并传递一种"信仰的未来"。也许,在一些人看来这就是主旋律;在另外一些人看来,这是过时的教导;但在作者这里,这是正能量;而在我看来,这正是作者在进退之间、困顿与清醒之间、失望与希望之间,赖以安身立命的理想家园,据以面对困难与痛苦的精神凭据。

于是,我们在《旗帜》、《中国文化的美丽精神》、《苦难》、《我注定为您而生》、《南湖春天》、《精神的冲锋》和《信仰的未来》等诗篇中,看到了作者对于革命传统的理性认同,以及对于改革时代的热情礼赞;也看到了他对于中华传统的自豪与珍惜,以及对于文明复兴的关注与信心。作者的执着与固守,让人感佩于在这样的人格分裂时代里,仍然有人愿意掷地有声地表白:"请允许我/融入这片/红色的土地/我愿意始终追随/你的脚步/和你一起/捍卫真理/匡扶正义"(《红》)。

一切文学都是人的文学，一切诗歌都有着人文的关怀。在真实的信仰和真实的表达面前，一切技巧都只能退居次席。对于现代人而言，看惯了层层语言包装下的伪善做派，习惯了那些斑驳迷离的矫情浪漫，我们悲哀地发现，诗人在流浪，文人在放逐，更多人在文和学的世界、诗和歌的世界，悄悄完成了自身与资本和权力不可告人的勾当。

这样的文风下，这样的世风下，一个人是否能够忠诚于自己的理念，又是否能够真诚地表达自己的理念，需要绝大的勇气、智慧和牺牲。美国人本主义心理学家卡尔·兰塞姆·罗杰斯曾说："当我看着这个世界时，我是悲观主义者；当我审视这世界的人们时，我是乐观主义者。"赵文先生"似诗非诗"的作品，可以让我们在过度复杂化了的景象中重新回归常识、回归生活、回归人本，从而寻找出悲观与乐观之间的最佳平衡，并以此面对前方的风平浪静或者惊涛骇浪。我以为，这样的诗词与歌谣是有价值的，也是有生命力的。

尤其是联想到 10 多年前，风华正茂的他也曾书生意气、青云直上；此后，一路艰辛，却也一路坦然，终至在鄂地例行公务，竟在险川巨流之间升华了人生的境界。念及于此，似乎顿悟了诗中的欢喜哀愁俱是无言大爱，而爱，不在名利场，也不在功利坊，只在青山白云间。

（居北，哲学博士，文化评论人，现居北京。）

新书推介

> 新书推介之一

作　者：邹建军　主编
出版社：世界图书出版公司
ISBN　：978-7-5100-5307-8
价　格：60.00元

《易卜生诗剧研究》

作者简介　邹建军，华中师范大学文学院教授、博导，《外国文学研究》与《中国诗歌》副主编，主要研究美国华裔小说、比较文学学科理论、中西诗歌艺术比较、文学地理学。在《文艺研究》、《求是》、《读书》等重要期刊发表论文100多篇，其论文多次为《新华文摘》等全文转载，出版《"和"的正向与反向：谭恩美长篇小说中的伦理思想研究》等多部专著。

内容摘要　该书共收录易卜生早期诗剧研究论文36篇，主要研究对象为易卜生早期创作的11部诗剧。为了更好地表现易卜生早期诗剧创作的实质，即民族浪漫主义与时代精神的诗剧化，以及凸显其讽喻现实、探究人性的历史性和哲理性的总主题，编排以大体的剧作写作先后为时序。作者以多维视野中的古今中外文学论为经，以剧作家易卜生诗剧之意识及艺术发展轨迹为纬，密切关注经纬交织并链接其创作全程，探索了作品中深藏不露的多重代码，进行了当代意识的多元化诠释。

《小说翻译中的异域文化特色问题》

作者简介　杨晓荣，上海海运学院外语系（现上海海事大学外国语学院）翻译理论与实践专业1988年毕业文学硕士，南京国际关系学院教授，博士生导师。主要研究方向：翻译批评，汉英翻译原理。代表性专著《翻译批评导论》（2005），为国内首部全面梳理翻译批评基础理论的著作。

> 新书推介之二

作　者：杨晓荣　著
出版社：世界图书出版公司
ISBN　：978-7-5100-5951-3
价　格：20.00元

内容摘要　该书应用文化语言学的基本概念，将小说翻译作品中具有异域风味的文化特色现象整理为12种具体表现，指出其至少具有三种重要价值，即文化交流价值、外国文学审美价值和翻译对原作的忠实性价值。基于此，作者提出了小说翻译过程中此类异域文化特色的再现原则，即文化对等原则和可接受性原则，并分析了这两个原则的依据和所涉及的各种理论和实践问题。作者认为，可接受性和可译性具有内在联系，原作中的大部分文化特征都是可以迻译的，虽然不一定都可以接受；另一方面，接受本身具有动态性。在重现原语文化特色和确保译文的可接受性这二者之间寻求平衡，不仅必要，而且在多数情况下也是可能的。

> 新书推介之三

作　者：徐新　著
出版社：世界图书出版公司
ISBN　：978-7-5100-1312-6
价　格：49.00元

《论犹太文化》（《南京大学犹太文化研究所文丛》第八辑）

作者简介　徐新，南京大学哲学系教授，博士生导师，南京大学犹太文化研究所所长。1977年起任教于南京大学，主要从事犹太文化、历史以及犹太人在华散居史等方面的研究，重要学术成果有首部中文版《犹太百科全书》、《反犹主义解析》、《西方文化史》、《犹太文化史》等。

内容摘要　进入现代以来，犹太人的成功有目共睹，也为世人特别关注。犹太文化是一种独特的文化，是一种在各个方面都独树一帜的文化。然而，事实上犹太文化既是"民族的"也是"世界的"，该书不仅深入探究了优秀的文化传统对于犹太人成功的贡献，而且将给"不了解犹太文化，就不了解世界"这一流行口号提供一个具体且有力的诠释。该书主要从文化的起源、文化的基本内涵、文化的建构、文化的宗教性、文化的新发展、文化的新中心、文化的世界性、知识分子的历史作用、成功的机制等九大方面，对犹太文化展开了比较全面深入的研究和探讨。

图书在版编目（CIP）数据

世界文学评论. 第 15 辑/《世界文学评论》编辑部编. —广州：世界图书出版广东有限公司，2013.5

ISBN 978-7-5100-6202-5

Ⅰ.①世…　Ⅱ.①世…　Ⅲ.①世界文学—文学评论—文集　Ⅳ.①I106-53

中国版本图书馆 CIP 数据核字（2013）第 112468 号

世界文学评论　第15辑

策　　划　武汉中图图书出版有限公司
责任编辑　黄　琼
出版发行　世界图书出版广东有限公司
地　　址　广州市新港西路大江冲 25 号
http://www.gdst.com.cn
印　　刷　虎彩印艺股份有限公司
规　　格　889mm×1194mm　1/16
印　　张　16.75
字　　数　500 千
版　　次　2013 年 5 月第 1 版　2013 年 12 月第 2 次印刷
ISBN　978-7-5100-6202-5/I·0274
定　　价　50.00 元